权威·前沿·原创

皮书系列为
“十二五”“十三五”国家重点图书出版规划项目

智库成果出版与传播平台

湖南文情报告（2020）

ANNUAL REPORT ON HUNAN'S LITERATURE (2020)

主　编／卓　今　王瑞瑞

社会科学文献出版社
SOCIAL SCIENCES ACADEMIC PRESS (CHINA)

图书在版编目(CIP)数据

湖南文情报告．2020／卓今，王瑞瑞主编．--北京：社会科学文献出版社，2020.12
（湖南文学蓝皮书）
ISBN 978-7-5201-7437-4

Ⅰ．①湖… Ⅱ．①卓… ②王… Ⅲ．①地方文学史-湖南-2020 Ⅳ．①I209.964

中国版本图书馆CIP数据核字（2020）第198521号

湖南文学蓝皮书
湖南文情报告（2020）

主　　编／卓　今　王瑞瑞

出 版 人／王利民
责任编辑／张　超

出　　版／社会科学文献出版社·皮书出版分社（010）59367127
　　　　地址：北京市北三环中路甲29号院华龙大厦　邮编：100029
　　　　网址：www.ssap.com.cn
发　　行／市场营销中心（010）59367081　59367083
印　　装／天津千鹤文化传播有限公司

规　　格／开　本：787mm×1092mm　1/16
　　　　印　张：25.25　字　数：377千字
版　　次／2020年12月第1版　2020年12月第1次印刷
书　　号／ISBN 978-7-5201-7437-4
定　　价／158.00元

主要编撰者简介

卓　今　文学博士，湖南省社会科学院文学研究所所长、研究员，中国当代文学研究会常务理事，湖南省文学评论学会会长，中国作家协会会员，国家社科基金评审专家，第十一、十二届全国少数民族文学“骏马奖”评委。主要研究领域为中国当代文学、文学阐释学、马克思主义文艺理论、文化研究。在《文学评论》《民族文学研究》《文艺争鸣》《南方文坛》《当代作家评论》《人民日报》《光明日报》等报刊发表论文100余篇，国际会议论文（英文）1篇，智库类调查报告等若干。出版学术专著3部、译著3部、编著5部。主持国家社科基金、省社科基金课题4项，其他课题7项。被《中国社会科学文摘》转载1篇，中国人民大学复印报刊资料《文艺理论》转载2篇。代表作有《公共阐释与文学经典化》《残雪评传》《中国阐释学理论资源整理及现代性转换》等。获湖南省第十届哲学社会科学优秀成果二等奖，获第五届毛泽东文学奖（文学理论类）。

王瑞瑞　文学博士，助理研究员，湖南省文学评论学会副秘书长。近年来在《中国文学研究》《当代作家评论》《福建文坛》等期刊发表论文20多篇。主要研究领域为西方文学理论、科幻文学、当代作家批评等。

摘　要

本报告主要是对2019年的湖南文学创作、文学研究、文学活动进行评述和总结。全书分为四个部分。第一部分为总报告，包括年度文情综述和文学创作基本情况两方面。第二部分为分体综述篇，按照体裁分类对年度作品进行综述，对各体裁和门类的规模、特征、作家、作品进行总体性呈现。推介重点作品，挖掘有发展潜力的作家，尽量全面观照所有有质量的作品。分为小说、诗歌、散文、报告文学、儿童文学、网络文学、电影文学、电视文学、文学评论、湘籍作家10个门类进行综述。第三部分为力作评说篇，一是2019年小说之力作评说，包括长篇、中篇和短篇小说，有蔡测海的《地方》、黄永玉《无愁河的浪荡汉子》、熊棕的《声声入耳》、少鸿的《三滴水雕花床》、阿满的《满楚古德吉的鹰》、简媛的《美好的夜晚》，共6部（篇）小说被评论。二是2019年诗歌、散文之力作评说，分别为梁尔源、张战的诗歌，谢宗玉、邓跃东的散文。三是2019年网络文学、报告文学、儿童文学之力作评说，分别为流浪的军刀的网络小说《血火流觞》、二目的网络小说《放开那个女巫》、杨丰美的报告文学《先声》、蔡皋的儿童散文《一蔸雨水一蔸禾》。第四部分为附录，包括2019年市州文情、2019年成果汇总、2019年文学大事记。

关键词： 湖南文学　力作评说　湘籍作家　市州文情

Abstract

Annual Report on Hunan's Literature (2020) mainly reviews and summarizes Hunan's literary creation, literary research, and literary activities in 2019. It is mainly divided into four parts. The first part is the General Report, including the annual literature review and the basic situation of literary creation. The second part is Reports on Classification Review, which summarizes the annual works according to genre classification, and presents the overall scale, characteristics, writers, and works of each genre and category. It is summarized in 10 categories: novels, poems, essays, reportage, children's literature, network literature, film literature, television literature, literary criticism, and Hunan writers, which aims to recommend key works, find out writers with development potential, and try to view all quality works in a comprehensive way. The third part is Reports on Masterpieces Review. Firstly, a total of 6 masterpieces of novels, novelettes and short stories in 2019 are reviewed, such as *Place* (by Cai Cehai), *Wandering Man in Wuchou River* (by Huang Yongyu), *Sound in the Ear* (by Xiong Zong), *Three Drops of Water Carved Flower Bed* (by Shaohong), *Manchu Gudeji's Eagle* (by A Man), and *A Beautiful Night* (by Jian Yuan) . Secondly, it focuses on masterpieces of poems and essays in 2019. They are poems by Liang Eryuan and Zhang Zhan, and proses by Xie Zongyu and Deng Yuedong. Thirdly, masterpieces of network literature, reportage, and children's literature in 2019 are commented. They are Wandering Sabre's online novel *Blood and Fire*, Er Mu's online novel *Let Go of that Witch*, Yang Fengmei's reportage *Herald*, Cai Gao's children's prose*A Streak of Rain and a Streak of Grain.* The fourth part is the appendices, including the situation of works creation in all cities and prefectures of Hunan in 2019, the summary of the works in 2019, and the literary events in 2019.

Keywords: Hunan Literature; Masterpiece Review; Hunan Writers; Situation of Works Creation in All Cities and Prefectures of Hunan

目　录

Ⅰ　总报告

Ⅱ　分体综述篇

Ⅲ　力作评说篇

Ⅳ　附录

皮书数据库阅读**使用指南**

CONTENTS

I General Report

Ⅱ Reports on Classification Review

Ⅲ Reports on Masterpieces Review

Ⅳ Appendices

总 报 告

General Report

B.1
2019年湖南文学发展报告

王瑞瑞*

摘 要： 2019年，湖南文学在湖南省及各市州作协、省内高校、科研机构的有效推动下，在小说、诗歌、散文、报告文学、儿童文学、网络文学、电影文学、电视文学、文学评论等方面都取得了较好成绩。总体来说，现实主义文学创作仍然是湖南文学创作的主流。作家聚焦日常，关注当下，都市题材、农村题材、扶贫话题齐头并进，创新写作依旧是2019年湖南文学创作关键词。面对复杂急速的现实变化，作家扎根生活，以未来眼光和世界视野审视现实，为湖南文学获得长足发展积蓄力量。

* 王瑞瑞，湖南省社会科学院文学所文学博士，主要研究方向为文学理论与批评。

关键词： 湖南文学　现实主义　创新写作

2019 年是新中国成立 70 周年。中国人民实现了从站起来到富起来、强起来的伟大飞跃，书写了中国前所未有的发展华章。文学是展现历史的重要载体，是进入历史记忆深处的无意识能量。生活在这个时代的文学工作者，与共和国同行，与国家和人民同命运，用文字讴歌这个伟大时代，创作了许多催人奋进的文学作品。

作为中国文学重要组成部分的湖南文学，也在此期间取得了辉煌的成就。湖湘大地孕育了众多文学巨匠，自古至今，湖南都是中国文学的在场者与见证者。厚重坚实的文学蕴藏成就了远负盛名的“文学湘军”。当代湖南文学在 70 年历史演进中成绩卓著，众多优秀的湖南作家立足湖湘热土创造出属于自己的文学世界，写出了湖湘精神和人文担当。2019 年，湖南文学界深入学习党的十九大、十九届四中全会精神，立足本土，放眼世界，为人民贡献了许多名品力作。在这些作品中，我们可以深刻地感受到跃动的时代脉搏、澎湃的艺术激情和深厚的人民情怀。

一　年度文情述略①

2019 年，湖南文学在创作批评、获奖出版、组织活动等方面取得了不少成绩。主要体现在以下方面。

第一，文学机构组织及其活动有序开展。

3 月 4 日，湖南省作协确定年度定点深入生活项目公示，最终确定 6 部作品选题为湖南省作协 2019 年定点深入生活项目。管弦的长篇散文《毒草芬芳》、李万军的中篇报告文学《万家渡口——破译“感动中国”人物万其珍家族“百年义渡”密码》、徐虹雨的长篇报告文学《军歌嘹亮》、王旭的

① 本部分主要参考容美霞《2019年度湖南文学大事记》（未刊稿）写成，特此说明并致谢。

长篇报告文学《撬动地球的奶奶》、丁纯蓝的长篇小说《枫林湖》、邓小华的长篇报告文学《人性的芬芳》入选。

3 月 14 日，湖南省作协第八届主席团第七次会议召开。会议由省作协主席王跃文主持，党组副书记、专职副主席游和平，党组成员、秘书长王艳，副主席万宁、马笑泉、刘清华、何顿、余艳、沈念、胡丘陵、龚旭东、阎真、彭东明、谢宗玉出席会议。会议表决同意龚爱林同志因工作岗位调整辞去省作协常务副主席职务，审议了八届四次全委会议程，审议了 2019 年省作协工作报告，并审议通过了省作协 2019 年新发展会员名单。会议还研究了其他有关事项。省作协相关部门负责人列席了会议。

3 月 14 日，湖南省作协第八届全委会第四次全体会议在长沙召开。湖南省委宣传部巡视员龚爱林出席会议并讲话，省作协主席王跃文作工作报告。会议由省作协党组副书记、专职副主席游和平主持。会议深入学习贯彻习近平新时代中国特色社会主义思想和党的十九大精神，贯彻落实省第十一次党代会、全国全省宣传思想工作会议和宣传部长会议、中国作协九届四次全委会精神，总结工作，分析形势，对 2019 年工作任务做了研究部署。会上奖励了第七届鲁迅文学奖获奖作者。

3 月 22 日，湖南省作协举行 2019 年重点扶持作品申报选题评审会。经过评委的认真审读和充分讨论，采取投票表决的方式，最终确定熊忠的长篇小说《清白之年》、赵竹青的长篇小说《纸影》、熊梦红的长篇小说《苇花飘处》、谭博文的长篇小说《我们永远是战士》、向升的长篇小说《边土》、陶永喜的长篇小说《青坡里》、晏杰雄的文学评论《长篇小说与中国故事讲述路径研究》等 20 部作品选题为省作协 2019 年重点扶持作品。

7 月 19 ~23 日，中国文联主席、中国作协主席铁凝率队来湘调研。调研期间，省委书记杜家毫在长沙与铁凝一行座谈，就贯彻落实习近平总书记致中国文联中国作协成立 70 周年的贺信精神，进一步加强文艺创作、共同推动湖南文艺事业全面繁荣发展等深入交换意见。

7 月 24 日，湖南省作家协会教师作家分会正式成立，秘书处设湖南教育报刊集团。湖南省人大常委会党组副书记、副主任王柯敏向大会发来贺信。湖南省教育厅党组成员、副厅长、省委教育工委委员王玉清，湖南出版投资控股集团党委书记、董事长、总编辑、中南传媒董事长龚曙光，湖南省作家协会主席、湖南省政协文教卫体和文史委员会副主任、中国作家协会主席团委员王跃文，湖南省文联副主席、湖南省作家协会副主席、湖南师范大学教授汤素兰出席成立大会。王跃文、龚曙光、唐浩明、阎真、余三定、欧阳友权担任湖南省作家协会教师作家分会名誉主席。湖南省作家协会教师作家分会首届理事会共54名常务理事，大会选出1名主席、15名副主席，汤素兰当选为湖南省作家协会教师作家分会主席。

12月27日，“湖南与中国当代文学七十年”学术研讨会暨湖南省文学评论学会第二次年会在湖南省社会科学院召开。此次研讨会以“湖南与中国当代文学七十年”为主题，对湖南当代文学的现状、成就、文学史地位以及未来发展路向进行深入探讨。与会专家学者还通过湖南当代文学作品细读与理论深阐、不同文类创作的经验思考、乡土书写立场、湖湘文化精神的传承与变化等路径切入思考，提出了颇有新意的见解。与会专家学者一致肯定七十年来湖南文学取得的巨大成就，同时对湖南文学的未来发展进行了积极展望。此次研讨交流实现了对湖南当代文学七十年历程的细致梳理，展示了湖南文学研究的新成果，对当下湖南文学创作和研究具有积极意义。

第二，重点作家作品研讨活动广泛开展。

3月1日，由中国当代文学研究会、湖南省作家协会、湖南文艺出版社、长沙市委宣传部、长沙市文联联合举办的“长篇小说《幸福街》研讨会”在北京召开，来自各地的近20位评论家围绕何顿写作及其新作《幸福街》展开讨论，并一致认为何顿的写作经验和悲悯情怀让《幸福街》呈现“一部优秀的现实主义经典作品”的气象。《幸福街》通过勾勒新中国成立后幸福街两代人的命运遭际，全景式展现了新中国成立七十周年来普通人的生活、思想、命运境况与时代风云激荡的历程。

4月12日，“何立伟文学作品研讨会”在京举行。与会专家学者认为，何立伟是一个才华横溢的文人，他不愿意将自己拘束在一个领域之内，而是按照自己的天性，任意挥洒创作的才华。他在文学作品中所表达的，就是一种天真、自由的生命态度，认为生命不应该受到各种世俗力量的束缚。在早期的作品中，他大多写的是孩子的事，他们天真无邪，仿佛生活在一个远离尘嚣的世外桃源。他着力展现人性的良善和美好，使用的是古典的、诗意的语言，延续了诗化小说的传统。后来随着时代语境的变化，何立伟的小说创作也发生了改变，关注复杂的人性，书写人的欲望的压抑和释放，在叙述上也多了一份批判的力度。但不论怎么变，我们都可以在其中看到作者本人的影子，他始终坚守自我，依然保持着那股不屈的“精气神”。

11 月 24 日，梁尔源诗集《镜中白马》研读会在京举行。与会专家一致认为，梁尔源的作品缩短了人与诗歌的距离，其诗歌朴实、温暖、真诚和朴素，诗风正，具有家国情怀，符合诗歌创作规律，在创作中做了富有成效的探索。他的作品反映了自己的心路历程，是对他个体的生命体验，时代气息浓烈，生活滋味浓酽，除了一般人都爱写的对亲情、对家乡的题材以外，作品里面的当下元素颇多，表现出较强的个人观察力。在诗歌的创作上，他对“好”和“真”作为诗学与美学落实到文本中的挑战有了很好的处理，作品规避了极端化的表现，用优美和诗意消解了负面内容与情绪，不仅能够引起广大读者的共鸣，而且能够在个人性和时代性的平衡中凸显一个优秀诗人的精神能力。

12 月 6 日，“周立波与中国现当代文学学术研讨会”在长沙市毛泽东文学院召开。此次研讨会围绕“延安文艺座谈会方向”与周立波的文学史意义，周立波小说创作研究、翻译研究，以及周立波研究中新材料的发掘等主题展开，集中探讨了周立波的文学艺术成就及其历史贡献。与会作家从周立波小说的艺术风格、美学意蕴、语言形式、经典化、方言书写实践、翻译研究、地方性等展开了充分的讨论，着重探讨了周立波小说，尤其是其 20 世纪 50 年代的长篇小说《山乡巨变》的艺术成就，并由此重新思考周立波在 20 世纪中国文学史上的地位。

第三，获奖频频。

6 月 27 日，第四届海峡两岸新媒体原创文学大赛颁奖典礼在北京举行。本届大赛金奖空缺，湖南女作家余红凭借作品《我的青春有片海》荣获银奖，同获银奖的还有作品《落凤山》。

7 月 21 ~22 日，2019“大白鲸”原创幻想儿童文学年度盛典系列活动在大连举行，知名作家、画家、评论家、阅读推广专家代表与作者一起，共同见证了第六届“大白鲸”优秀作品征集活动获奖名单的揭晓。其中，湖南省作者木彬的《多多有一个自由门》被评为银鲸作品。

8 月 7 日，由北京出版集团和中共丽江市委宣传部共同主办、《十月》杂志社承办的第一届“爱在丽江·中国七夕情诗会”爱情诗接力赛在云南丽江颁奖。湖南诗人康雪获年度冠军奖。

8 月 19 日，中宣部第十五届精神文明建设“五个一工程”表彰座谈会在北京召开，本届“五个一工程”评选结果同时揭晓。湖南作家纪红建的长篇报告文学《乡村国是》获特别奖，成为全国 13 个获此奖项的作品之一。长篇报告文学《乡村国是》是一部反映我国脱贫攻坚壮举的现实主义文艺力作，被誉为“一部鲜活感人的‘中国故事’”。

11 月 14 日，2019 陈伯吹国际儿童文学奖颁奖典礼在上海宝山国际民间艺术博览馆举行。湖南省作家龙向梅刊登于《少年文艺》2018 年 9 月的《鞋尖朝外》获年度单篇作品奖。

11 月 24 日，第四届张天翼儿童文学奖揭晓。长篇小说、童话或儿童文学专著奖获奖作品有：吴双英的《童书之光》、汤素兰的《阿莲》、邓湘子的《像蝉一样歌唱》、龙章辉的《歌乡传奇》、唐池子的《勇敢的花朵》、沈念的《岛上离歌》、方先义的《土地神的盟约》、谢乐军的系列童话《最奇怪大王》。短篇或单篇儿童文学作品奖为谭群的《雨打芭蕉》、陈静的《去看好外婆》。杨巧获得新人奖。

二　文学创作基本情况[①]

（一）小说创作

2019 年湖南小说创作以现实主义风格为主导，集中于对现实人生进行

① 本部分主要参考分体综述篇写成，特此说明并致谢。

反映，从历史或当下的复杂环境中发掘人性。2019 年小说创作题材多样，有童年成长、历史探寻、地域文化、时代变迁、生命感喟、人生哲学等。整体创作主要体现出以小切口反映大时代、以个人史折射民族史的特点。

第一，长篇小说创作意在展示历史与现实的张力。主要作品有马笑泉的《放养年代》、余红的《我的青春有片海》、杨文辉的《追梦》、楚鱼的《荣辱》、刘道云的《第一书记》、舒中民的《网探》、李长廷的《南行志异》、蔡测海的《地方》、李梦昭和李凌洁的《故人庄》、谢长华的《大义雪峰》、蒋志飞的《半条被子》、高正伟的《春火》等。

第二，中短篇小说创作从多元文化母题的开掘与实践中，折射出湖南地域人生及其精神世象。主要作品有马笑泉的《灵银》《水师的秘密》《回身掌》、彭东明的《豆苗青　稻子黄》、蔡测海的《三川半万念灵》、许玲的《较量》、邓建华的《双头无尾蛇》、简媛的《美好的夜晚》、少一的《篮球滚下了山坡》、曾晨辉的《玻璃种》、万宁的《乡村书屋》、向本贵的《上坡好个秋》、沈念的《天总会亮》、阿满的《满楚古德吉的鹰》、刘起伦的《白石铺的一九七八》、姜贻斌的《黑欠》、聂鑫森的《书鱼馆主》、残雪的《捞鱼河村的母亲河》等。

第三，小小说创作强化主题学叙事智慧。主要作品有戴希的《新孝顺时代》《穿袜还是戴帽》、伍中正的《1984 年夏天的门板》、王锐的《一九八四年夏天的秘密》、唐波清的《糖醋张》、欧阳丽华的《爱情红烧肉》、伍月凤的《快递到了》、金可峰的《谍报》等。

（二）诗歌创作

相比 2018 年，2019 年湖南诗歌创作在发表数量上有减少，在整体写作质量上有所提升。面对部分诗人的沉潜，另一部分诗人在创作中不断调整诗歌观念，努力突破单纯的抒情路径，力图回归自我倾听生命深处的呐喊。

在乡土书写方面，由过去的“现代乡土抒情”模式转向以生命体验、文化经验和地理经验完成乡土与地理的重建。代表作品有刘炳琪的《晒谷坪》、张战的《沅江》、陈政昌的《薄暮》、湖南锈才的《雨后》、黄鹤的

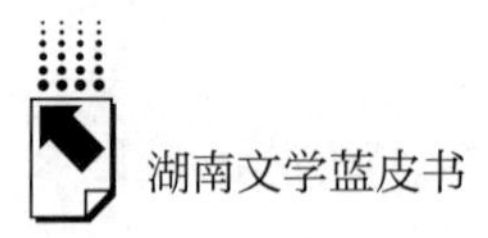

《萤火虫》、雄黄的《良辰吉日》、范朝阳的《插秧的女人》、彭伟平的《草垛》、蒋志武的《受命的铁钉》、梁尔源的《登岳麓山》、廖志理的《阿尔卑斯少女峰》等。

在生活日常书写方面，诗人们思考如何从琐碎的，甚至是重复性的生活日常中提取诗性。此类作品主要有康雪的《谁没有疲倦的时候》、王江平的《园中的池子》、熊芳的《随想》、吴昕孺的《黄皮信封》、刘起伦的《和平村纪事》、龙红年的《使命》、谈雅丽的《重温“深圳速度”》等。

情感与个人领受是2019年湖南诗人创作的重要部分。在人类精神世界愈加混乱与复杂的当下，诗人思考的是如何表现自身多向度的情感空间。置入此类思考的作品主要有一江的《母亲的符咒》、钦丽群的《窗口上的母亲》、玉珍的《蝴蝶消失》、王琛的《清明，看父亲点烟》、李少君的《雪的怀念》、梦天岚的《猛虎集》、聂沛的《十一月的风》、刘晓平的《红树林》、严彬的《光芒》、菊女的《落花下的小和尚》、空格键的《掉在地上的松塔》等。

（三）散文创作

2019年湖南散文立足乡土亦超乎乡土，写作者在观照个体命运、抒发个人情感的同时，思考当下与历史、乡村与城市的关系，找寻二者之间的边界和对接点，完成深情的大地书写。具体体现在以下几方面。

第一，以多重视角审视故乡。谭谈的《故乡那座山，老家那个园》、蔡英的《故乡，故香》、彭湘的《未知的远》、甘建华的《祖山植柏记》、鲁丹的《暖流无声》、杨传向的《父亲的身影》、范诚的《母亲的手》、肖念涛的《炖年关》、罗瑞花的《他从城里来》等作品皆以各自的方式进行精神返乡，从而实现对自我生命历程的回顾与检视。

第二，从乡土文化到城乡中国。李新文的《穿越生命的符码》、杨旭昉的《画笔村》、陶永喜的《情醉皇都》、吴昌仲的《半坡涌莲》、张建辉的《杀年猪》、周美蓉的《糊仓》、邓宏顺的《古树之舞》、龙宁英的《追着古歌走松桃》、刘克邦的《涟水谣》等作品试图为消逝中的乡土文化留下剪影，探索一条新旧和谐相生的精神自由之路。

第三，历史题材的现代性观照。吴昌仲的《千秋一碗兵书阁》、姚建刚的《我在古窑遇见你》、张雄文的《通道的红与绿》、谈雅丽的《兰州城的黄河记忆（外一篇）》、徐辉的《黄土刀锋的血性抵达》、奉荣梅的《五夫镇，半亩方塘活水来》、王丽君的《朱张渡》、刘诚龙的《绝交之典范》、凌鹰的《地狱边缘的花朵》等作品在历史题材的开掘上更多地与当下结合，让历史具有了时代的温度。

第四，山水气韵与日常之思。作者从山水风物中领略自然之美，将俗世情感融入所见所闻，在观物的同时通心，以去宏大叙事的细琐窥见人生的哲理、还原生活的肌理，抵达以情动人的审美境地。主要作品有李炳华的《拾梦澧水河》、谢德才的《行走张家界》、杨庆生的《归璞，心之所属》、王跃文的《难忘当年 AA 制》、马笑泉的《渐行渐远终同在》、袁道一的《低伏》、邓跃东的《人息屋檐下》、葛取兵的《一树花开，一树叶落》、赵燕飞的《花奴》等。

（四）报告文学创作

第一，扶贫题材创作持续不断。谢慧的《古丈守艺人》以湘西古丈茶人为书写对象，是一种贴近大地、接活现实的写作。作品由 28 位古丈茶人的人生故事组成，其中有着他们对家乡和茶艺的挚爱，创业中的艰辛与收获，生活中的进取与困惑。尹红芳的《苗乡“保尔·柯察金”的逐梦之路》、胡小平的《为了共同的事业》都记述作者亲临一线的扶贫体验。

第二，热情歌颂时代的英雄楷模。欧阳伟的《我们发现了新中国第一个铀矿》用生动的语言和故事，阐释了新中国第一个铀矿的发现始末，以及过程中的艰难曲折和重大意义。纪红建的《奔腾吧，霞湾港》一文以霞湾港为视点，讲述了株洲清水塘老工业区 70 年峥嵘发展历程，以小见大，展现 70 年来的工业变化。余艳的《老兵战舰》追忆中船重工牺牲的专家，《大国引擎》报告国防科大超算团队的自主创新。王丽君的《一生承诺》书写了央视“2017 年度感动中国人物”谢海华和谢芳夫妇相守一生的故事。

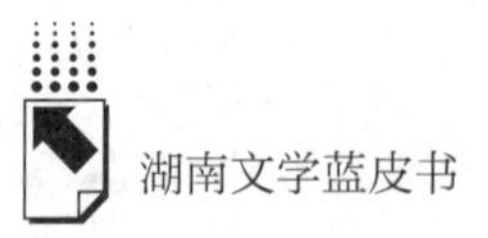

尹红芳的人物传记《公安英模官同生》、陈冠雄的《湖南解放第一案》、杨华方的《山腰上有条河》、段华的《逐梦海天》、胡小平的《为了共同的事业》等也是2019年发表和出版的优良之作。

第三，红色历史题材作品频出。龚盛辉的《战火催征》讲述了我国第一军事工程技术学府——国防科技大学与新中国近70年深情互动的故事。杨丰美的《先声》记述了100年前，以毛泽东、蔡和森为代表的爱国青年成立新民学会，并投身五四运动、留法勤工俭学运动等探索救亡图存新道路的伟大历程。曾散的《第一军规》讲述了“三大纪律八项注意”的发展历程，用纪实手法记录了一支军队的成长史，阐述了“军规”对一支军队的意义，彰显了人民军队的本色。

（五）儿童文学创作

第一，现实主义儿童文学创作萌发新意。《像蝉一样歌唱》中，作者邓湘子将少年的心灵觉醒和山乡的巨变融于湘西南侗族聚居地区独特的自然风貌和民俗风情之中。纪红建的《家住武陵源》聚焦当代中国精准扶贫这一重大民生工程，以少女花儿的小家变迁反映武陵源地区乡村风貌的焕然一新，展现了以前捆绑当地人发家致富的穷山恶水摇身变成助推当地人脱贫奔小康的青山绿水的生动历程。天下尘埃的《星星亮晶晶》将对世界的审视沉入纷繁的日常生活之中，以少年小说的方式击中自闭症儿童这一生活痛点，从而牵引社会大众对特殊儿童的广泛关注。刘山霞《黑妹》专注于进城务工人员随迁子女的个体情感观测，以黑妹的城市校园生活展现了这一特殊人群在城市中自我形塑、认同构建的过程。

第二，烛照现实的童话写作。汤素兰的《犇向绿心》呈现打通现实题材和童话幻想的通透质感，以复活的黄牛刻画了云岭那片乡土的复兴。周静的《天女》从中国上古神话中汲取养料，通过游历寻找的叙述模式，以神话展现成长之姿，映现生活之真。龙向梅《皱皱巴巴的城市》中，作者用童话的方式探秘一座城市的灵魂符码。牧铃的儿童科幻小说“智能少年”系列紧跟当下提倡的“科幻现实主义”小说热潮，将背景设置在当下，聚焦当下社会的同时追求人工智能“人性化”与人类思维“电脑化”的悖谬。

第三，作家的童年记忆。韩少功的《湘水谣》以闲话家常铺展童年真趣，体悟人生百味。谢宗玉的《独自远行》给人最深的印象是“日光”与“流年”。文章给人以向美向善的熏陶。叶梦的《逆风飞翔》以作者出生到求学成材的童年经历为线索，将祖父、父母、老师等童年生命中常驻的群像连缀起来，展示了一代人真实而生动的生活图景。晓寒的《回到一棵树的时光》以犁屋匠讲传、猫头鹰傍屋夜鸣、老牛的衰老和死亡等童年往事传递出生命平等的美学价值。

第四，人与动物的良性互动。谢长华的《雪牛寨》以抗日战争为背景，讲述了身处雪峰山腹地，与世隔绝的雪牛寨的人世沉浮、动物传奇。小说丰沛的情感一方面来源于人与动物和谐共生关系的表现，另一方面则是源于人与人之间坦诚相待、无私奉献的情感传递。毛云尔的《麦冬和他们的斗牛》以大蘑菇头山中一个寨子里的斗牛传统审视牛王的荣耀与悲哀。毛云尔的《火狐》以城市女孩罗雯雯在幕阜山与火狐“琥珀”的邂逅牵引出两代人的火狐奇缘。

（六）网络文学创作

第一，现实题材小说成为创作主流。网络作家们聚焦时代，秉持以人民为中心的创作路线，深入生活、扎根生活，创作了一批现实题材精品力作，彰显出网络文学的社会担当、作家情怀和人间温情。这类作品主要有安如好的《致我们勇敢的年华》、王敏的《荣耀之路》、丁墨的《待我有罪时》、不信天上掉馅饼的《刑警荣耀》、风卷红旗的《永不解密》、流浪的军刀的《血火流殇》等。

第二，幻想题材创作。玄幻、奇幻创作以正能量和创新精神更新气象，异能、直播、电竞、匠术、重生等紧跟时代潮流的类型文大放异彩，凸显多样化审美风格。主要作品有妖夜的《不灭龙帝》、三千道的《洪荒神帝》、苏耐的《亲爱的床先生》、西楼月的《最强保镖俏总裁》、轧基的《直播之全能天王》、战七少的《国民校草是女生》、暴富的宠儿的《偏偏世子要娶我》等。

（七）电影文学作品

第一，侧重彰显湖南本土特色。2019 年湖南主要出品的影片倾向于选择主旋律、历史题材、儿童题材等，侧重展现湖南特色与风情。讲述湘绣与历史进程中长沙故事的《国礼》以及在湖南拍摄取景的两部儿童题材影片《公主裙》和《放学者联盟》都显示了这一特点。

第二，联合出品增多。2019 年最值得关注的湖南联合出品的影片是《流浪地球》。《流浪地球》由郭帆导演，改编自刘慈欣同名小说，该片是一部关于拯救地球的科幻影片，因此有人称 2019 年为“中国科幻元年”。2019 年另外一部湖南参与联合出品的影片《小小的愿望》由田羽生导演，改编自 2016 年韩国电影《伟大的愿望》。该片主要讲述重症肌无力患者高远在即将离世之际，家人与朋友帮其实现心愿的故事。另外还有《小巷管家》《赛尔号大电影 7：疯狂机器城》《最佳男友进化论》《灵魂的救赎》《我为你牺牲》等影片均属联合出品。

第三，网络电影进一步发展。从目前情况来看，2019 年湖南网络电影以古装题材为主，并且注重借用著名 IP 的影响力带动电影的关注度。主要包括《新包青天之血酬蛊》《小戏骨之黄飞鸿》《大汉十三将 2 烽火边城》《花魁之明朝攻略》等电影。

（八）电视文学作品

第一，献礼主题影视剧吸纳时代新元素。这些剧作聚焦革命、战争、改革等宏大主题，却主动吸纳时代新元素，迎合年轻受众的口味，展现出比较鲜明的湖南特色。大体可分为三种类型：第一类是革命题材剧集，代表作为《伟大的转折》与《共产党人刘少奇》；第二类是军旅题材剧集，代表作为《空降利刃》《陆战之王》《河山》；第三类是行业题材剧集，代表作为《激荡》《你是我的答案》。

第二，都市青春与爱情叙事。2019 年都市青春类型电视剧将青春恋爱和故事与不同行业、不同领域进行结合，共同讲述有关年轻人的故事，大体分为四种体题材：第一类是校园题材，主要有《初恋那件小事》《鳄鱼与牙签鸟》《你好，对方辩友》《不可思议的晴朗》等；第二类是与科技、神话有关的剧作，代表作为《我的波塞冬》；第三类是美食题材，主要有《食分喜欢你》《身为一个胖子》等；第四类是运动题材，有《陪你到世界之巅》《出线了，初恋》《极限 17》《奋斗吧，少年》等剧集。

第三，古装剧，以恋爱主题为主。2019 年的古装剧数量较少，仅有《大宋少年志》《锦衣之下》《一夜新娘》三部。

（九）湘籍作家创作

第一，“湘籍作家”2019 年的小说创作以中短篇为主。蒋子丹通过《女人与狗》《往事重现》《闺蜜》三个作品揭示当下不同代际女性的生存境遇和情感困惑。田耳通过《吊马桩》《开屏术》两个中篇虚构一地一事，体现了作家对当下复杂的地域生存环境、复杂的人际关系和人物心理的思考。黄永玉在《收获》连载《无愁河的浪荡汉子》数年，小说调性散漫从容，“无愁河”的节奏与气质传递着清澈纯净安之若素的人生旨趣和顺其自然的处事心态。郑小驴《去洞庭》以一则日常的交通事故开篇，通过不断设置悬念和第三人称的非限制叙述，建构起一个以“洞庭”为支点的现实世界。

第二，自然诗学与简语写作。“自然诗人”李少君出版了新诗集《应该对春天有所表示》和《李少君诗选》，发表组诗《雪的怀念》。大量的创作实践更将其倡导的自然诗学理念、情境化诗学观念推向了一个新的认识高度。“湘籍诗人”周瑟瑟也用自我丰富的诗歌创作实践为自己的诗学主张服务，大力倡导“简语写作”，出版新诗集《世界尽头》《犀牛》两部。两人一个力求“向上”，期待建立一种新的向上向善的诗歌美学；一个追求“向下”，在田野与内心的广阔天地追求一种极致、简约、排他的写作姿态。

第三，报告文学与散文创作。《中华水塔》系列报告寄寓了作者陈启文对三江源处境深厚的忧与爱。《海祭——从虎门销烟到鸦片战争》是陈启文用报告文学方式打开中国近现代史第一页的成功尝试。彭学明的“轻”散文《流年》从湘西老家的屋檐、吊脚楼说开去，深情回忆起童年往事的点

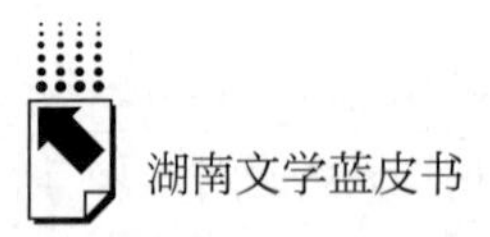

点滴滴。《血之源》中，作者熊育群用真诚的行走与抒写记录了拓跋鲜卑源氏后人的归根、反哺之路。盛可以的散文《老在路上》寄寓了作家对人生的文艺想象和审美建构。

（十）文学评论

第一，文艺理论研究方面，赵炎秋、季水河、卓今、刘超等在马克思文艺思想方面进行有深度的开掘；卓今、廖述务在文学阐释学方面提出新见；李三达、罗如春在西方文论领域进一步开拓。周仁政、刘泰然、郝二涛等在各自研究领域有所建树。

第二，作家作品研究方面，鲁迅、周作人、沈从文、穆旦、赵树理、丁玲、胡风等现代经典作家和韩少功、王跃文、田耳等湖南当代作家是2019年湖南文学研究界重点关注的对象。王攸欣、龙永干、易彬、杨经建、吴正锋、刘长华、廖述务、丰杰、梁海军、王小林、罗维、罗如春、常琳、吴宝林、胡辉杰、马新亚、陈圆圆、汤志辉、梁小娟等研究者聚焦上述作家，贡献了高质量的研究成果。另外，卓今、章罗生、赵飞、李群等对省外当代作家的研究也取得了许多优秀的成果。

第三，跨介质与新兴文学研究方面，岳凯华、陈伟华在影视文学研究方面进行了深挖；欧阳友权、禹建湘、贺予飞、陈维超、邓桢为网络文学研究贡献了许多优秀成果；王瑞瑞在科幻文学批评与理论研究方面深耕细作。

总体来看，2019年湖南文学各个文类都涌现了不少优秀作品，现实主义是2019年湖南文学创作的主体风格。作家聚焦日常，关注当下，都市题材、农村题材、扶贫话题齐头并进，创新写作依旧是2019年湖南文学创作关键词。各文类创作较之往年呈现新特点，比如小说创作趋向以小切口折射大历史，诗歌创作趋向直面生命返归自我，散文创作寻求乡土经验的重构等。面对复杂急速的现实变化，作家扎根生活，以未来眼光和世界视野审视现实，为湖南文学获得长足发展积蓄力量。

分体综述篇

Reports on Classification Review

B.2

小说：时代与人、地与子的浑融漫漶*

晏杰雄**

摘　要： 2019年小说创作题材涉及童年成长、历史探寻、地域文化、时代变迁、生命感喟、人生哲学等，致力于从深沉涩重的表象世界发掘细微的生活质料，体察新时代历史语境下普通人的痛切与欢欣、阻滞与奋进，从而揭示时代精神症候和人性意蕴根本。长篇小说聚焦个人成长史、民族奋进史与时代生活前沿，展示历史与现实的本源性张力；中短篇小说从多元文化母题的开掘与实践中，折射出湖南地域人生及精神世象；小小说创作通过细小的入口表现较深刻主题，笔法隽永。

---

* 本文系2019年度湖南省作家协会重点作品扶持项目"长篇小说与中国故事讲述路径研究"阶段性成果。

** 晏杰雄，长沙市作协副主席，中南大学文学与新闻传播学院副教授，主要从事新世纪长篇小说研究。

关键词： 湖南 小说 本源性张力 多元母题 主题学叙事

2019年，湖南小说创作集中于对现实人生的反映，从历史或当下发掘生活的多棱镜，对复杂环境下的人性有了更为深刻的诠释。或返身过去，打捞历史片段中的精神遗迹；或观照当下，精心描摹当代人的追求与迷惘；或开掘多元文化母题，折射出湖南地域人生的常与变；甚或交接起一段历史，以时代书记员的忠笃刻画变迁中的世界。但不论笔下的图谱怎么变化，对于人的关注始终深深嵌入小说的命理中，可以说，探照人性，特别是面向复杂环境下的生命形态，是湖南作家们孜孜书写并传达出来的精神内涵。2019年小说创作题材涉及童年成长、历史探寻、地域文化、时代变迁、生命感喟、人生哲学等，致力于从深沉涩重的表象世界发掘细微的生活质料，体察新时代历史语境普通人的痛切与欢欣、沉潜与奋进，从而揭示时代精神症候和人性意蕴根本。

一 长篇小说：展示历史与现实的张力

综观2019年发表的长篇小说，马笑泉的《放养年代》、余红的《我的青春有片海》、杨文辉的《追梦》从年轻人的视角看到被释放的动能，绽放催人向上的强光。也有集中于社会角色的矛盾表达，如楚鱼的《荣辱》书写新时代公职人员的义利之辩，刘道云的《第一书记》真实还原基层干部的责任担当，舒中民的《网探》聚焦警营生活，以新奇的探案元素展露犯罪事实下的人性根源。而历史题材的小说，诸如李长廷的《南行志异》，蔡测海的《地方》，李梦昭、李凌洁的《故人庄》，于神秘的地域氛围中复活现实，展现生活的足迹和流变。此外，也涌现了一批向时代致敬的红色小说，如谢长华的《大义雪峰》、蒋志飞的《半条被子》，重现战争年代的民族大义与温情，而高正伟的《春火》则重点挖掘开拓创新的民族性格，生动地呈现石渚窑民的悲欣。这些小说题材多样，但都忠实于特定地域、时代中的人物，洋溢着现实主义的品格与审美特质。

（一）抗拒异化与生命成长

小说的现实性首先表现为对同一时代社会的介入，从不同的角度窥探社会前行的图景和讯息。几十年来社会发生了纷繁变化，作家已经悄然地将它纳入自己的写作范畴，继而转化为一种内在言说的来源。因而，其在把握如此厚重的生活经验上，常以小角度、小格局的方式，采取主体性的视角，对陷于物欲困境中的自我进行存在价值的追索和探寻。在实际的创作中，则表现为对童年经验的改写，它推翻普遍的温情式的书写，以一种“反童话”叙事意图揭示“愤怒青年”的成长土壤。当然，除了对于童心的关照，有的小说也从一群年轻的生命体中，挖掘出奋斗、执着的青春力量。例如，《我的青春有片海》《追梦》就借创业的故事外壳，让主人公穿越外部事件和物象携手建构的尘世高墙，迸发出蓬勃向上的精神内里。因而我们看到，人的异化与崇高皆揉入同一个文本中，理性而有力地发出时代的声音。

马笑泉的《放养年代》是一部20世纪80年代县城儿童的生活史。与时下带有“圈禁”意味的孩童生长状态不同，小说着力书写一种自在野蛮、充满活力与欢欣的童年，跟随以任冲为首的一群孩童的成长轨迹，从他们出生到上幼儿园，再到小学，呈现了物资匮乏的年代，飞龙县城的儿童们充沛的日常。这些日常，由游戏、分食、吵架、斗狠等场景搭建起来。具体到嗨蚂蚁、弹玻璃球、斗烟壳等“手工”发明的游戏，甚至是花几分钱买糖果、把动物造型饼干当作奢侈品，一系列真实可感的细节带上了浓厚的时代印记。从这个角度看，小说是对“70后”“80后”童年的生命回望，肌理中渗透着温情和怀旧的情绪。但作者在“自序”中也提到，童年，“单纯中蕴藏着被忽略与遗忘的复杂，并且，与成人世界一样，充满着残酷的竞争”。因而“放养”的含义不仅在于生命的舒展，在无拘束的心灵内部，还有一层因浸染了成人的规则后走向沉沦的危险。男孩子以任冲、周明等为代表，崇尚暴力与权力，拼勇斗狠，排除异己；女孩子以陈玉、罗佳、戴娜等为代表，依附、崇拜强权，争风吃醋、见不得同伴的好。儿童之间的对立与“斗争”实际上是成人世界的镜像。机械厂里有单位的人和街上的人之间有无形的壁垒，儿童世界里，厂里的小孩与街上的小孩同样等级森严，儿童与成人这两种空间形成一种呼应和对接。通过挖掘童年经验中富于成人化的心理成分，小说更多地窥探和揭露出粗鄙、畸形的人文环境。在这一问题上，对任冲这一少年形象的聚焦，在其从“有志青年”向“问题少年”的转变中，映现出外在环境对于少年成长的影响。这些残酷的生活元素，使小说从单一的童年叙事延展到复杂的社会问题，落实到与家庭教育、时代风气、人性等相关的思考和反省中。此外，在对“童心”的多重表现中，小说掺入了较多的儿童身体书写。它所揭露出的朦胧的性意识和性表现，是对儿童复杂心理世界的直面与深度追求，也是对以往同类题材遮蔽、过滤掉的童年经验的一次回应。

余红的《我的青春有片海》的关注点放在青年人身上，利用“都市+青春+科技”这一新颖的叙事模式，探照走在时代前沿的“90后”“00后”们的心灵世界与精神风貌。小说的主线是出身平民家庭的女大学生林小薇，进入一家大型电商企业后，遭遇激烈竞争中的种种挑战与重重考验。其间，企业与战场、青春与职场、都市与情场几个方面的生活元素相互交织，勾勒出一幅励志与坚韧的青春图画。小说重点写了北漂女孩林小薇从职场新人到公司高管的蜕变过程，叙事意图很好地渗入前者富于挑战的人生追求中。首先，它反映了利用网络科技拓展传统产业、创办新型企业的时代走向，具有体察现实的敏锐度。其次，抓住创业艰难这个点，情节跌宕起伏，真实地还原了当下年轻人的生存环境与竞争压力。对此，小说内部展示了多方面的矛盾冲突：新宇集团与紫金公司的对抗；林小薇等新人与以刘丽华为代表的老职工的摩擦；林小薇与李雁南、方振宇之间的感情纠葛等。这些矛盾写活了人物的性格品质。林小薇自信阳光，拥有不畏艰难的勇气与坚持，体现了一个时代新人葆有理想又勇于拼搏的时代精神。两位男性形象的塑造形成了鲜明的对比：李雁南成熟稳重、精明能干；方振宇则是青春纨绔的代表，单纯又执着。但小说对于性格的刻画并不单一，随着情节的推进，人性的柔弱之处逐步地显露出来。小说善于聚焦人物的心灵世界，对于女性的心理表现得尤为细腻，通过处理人性中的坚强与脆弱之间的较量，从创作到接受层给予这些人物理解、关怀与鼓励。这样，结尾营造出的“创业成功”的圆满，便是对青春能量的肯定与诠释。全书从选材到内蕴，都贴近现代都市生活，青春气息浓厚，带有较强的生活实感。标题中的“海”极具象征意味，既指机遇，也暗示挑战，寓意丰富。语言清新明快，故事中大量穿插着文学性书写，具有诗意的气质。

杨文辉的《追梦》深扎农村现实，选取女性创业的视角，再现改革开放以来农村纷繁变动的生产与生活空间。小说以 20 世纪 80 年代中期梅山乡伊水村高二女生王仙梅，因父母双亡辍学求生为背景，以她带着未成年的弟妹懵懂走向社会为主线，讲述她在复杂的社会与人性面前，凭借智慧与毅力从村中起家，再奋战于沿海城市，最后回到家乡成功创业的故事。从题材看，它是一部创业小说，展示了个体奋斗与时代浪潮的复合与变奏。然而，女性视角更为曲折地传达出时代之外的，更为内隐而复杂的内容，为小说解读人性，特别是女性问题提供一种新的方式。首先，它塑造了一位迎难而上、敢为人先的女性创业者形象。在生活压力、对改革精神充满向往的合力助推下，王仙梅衍生了创业的念头，从她以女司机的身份开拖拉机挣钱，到鼓动丈夫买卡车，一步步将生意做大，最后投身于改革开放的前沿阵地——珠海等一系列充满实干与创新的事迹中，展露了一名女性的商业智慧和隐忍坚强的性格。并且，小说善于从婚姻中两性角色的失衡与对调，凸显王仙梅女强人的精神品质。其次，直面社会激荡下，人们思想观念、生产生活的转变，有力地发出批判的声音。小说从王仙梅的视角，展露了封闭落后的村庄对于改革开放由误解到正视的过程，尖锐而真实地触及人性的愚昧与黑暗。如花大量笔墨介绍乡人将女性送往城市卖淫作为发家致富的捷径，将改革开放错误地认为是性开放，深挖造成风俗、人情等发生改变的根源。而从创业经历中，从地域的流转中，以点带面式书写了金钱、权力、利益等为主导的社会风貌，常借人物之口，或议论或自白，批判时代转变中人性的沦落。此外，还以公司经营为切入口，深刻披露行业内部的潜规则，将批判的触角深入官场中的暗流。如鲜活地刻画了李爱国为政以来的精神蜕变，表明纯洁的理想、心性被物欲侵蚀这一事实。最后，构建新乡土“桃源”世界，以充满正气与希望的时代精神荡涤和消解人性的阴暗面。小说后部分着力展现王仙梅稳扎乡土后，乡村人民在政策的引领下进行思想转变，通过发展产能、开发产业链等方式展望乡村的致富之路。总体而言，小说聚焦农民通过创业极力提升生活水平这一现实，真实地还原乡土世界的复杂与躁动，并以乡村振兴为旨归，把在时代中迷失的乡村拉出“荒原”，构建成理想的“桃源”世界。同时，全书始终震荡着关涉改革利弊的两种声音，借反复的质疑与肯定声直抒胸臆，进一步关照与思考时代的发展，尤其是改革对于普通民众的意义。艺术上，虽然内容上指向乡村发生的几近跨越式的裂变，但行文中并没有太多波澜壮阔的渲染，代之以充满人性化的现代表达。情节跌宕起伏，关照时代中的人，勾勒出善良、扭曲、顽强、奋斗等形象。几位主要人物，如王仙梅、易广林身上具有高于现实的理想主义特征，借以艺术的笔法巧妙地化身为国家意志的代表。小说也敞开了梅山地区的风物人情，蛮文化、民谣山歌、方言等元素凸显了鲜明的地域性。小说语言清新流畅，细腻而真实地展露女性的心理，深具时代与现实性。

（二）历史想象与地域传奇

潇湘独特的文化语境孕育了一批富有辨识度的文学作品，例如沈从文笔下的湘西世界诗意盎然。鬼斧神工的自然地理，神秘传奇的人文风光，吸引作家们一再地发掘里面的故事。2019 年发表的长篇小说，围绕着湖湘这片土地，或从历史的视野解锁远古的文化密码，或立足于现代的文明演变，书写改革开放以来，乡村世界在物质与精神层面所受到的巨大冲力。作家以丰厚的写实经验，着力展现落后荒僻地区的底层人民经历时代蜕变后的迷惘彷徨，不但关注乡土内部的结构变动，还从城乡矛盾中以辩证的眼光看待乡土在当下的发展。因而，极力去书写那些走出村庄、楔入时代的底层人民的生存状态与命运轨迹，展示经济浪潮大泛滥时期湘西、梅山地区人民的求索、热望抗争与无奈等种种态势。一直以来，因经年形成的传统质素有其陋习的一面，文学史中的乡土坐标便深受启蒙与批判，即使到了今天，在动态的发展面前依然如此。因而，在对乡土的挖掘上，既从地域性的角度张扬自然历史锻造下的传奇瑰丽，也将现实的触角伸入土地上的方方面面。作家们轻车熟路似的将二者融入自己的生命体验中。在自在原始的生命力面前，乡土是清新自然的，散发着时空悬隔状态中诗性的光华，缥缈而悠远。但如沈从文先生所言，“美丽总是令人忧愁”，揭开美丽的面纱从而呈露乡土的真实，这正是许多作家竭力追求的使命。

李长廷的《南行志异》主要讲了距今4000多年前舜晚年南行的一系列行迹。小说从舜帝梦游九嶷起笔，到舜帝魂归九嶷终篇，全景式再现了舜帝时代的自然环境与社会景观。自然环境方面，主要显现为从蒲坂到君山岛，再到九嶷山这一路的奇山异水，兼写沿途风光带来的挑战和美感。社会景观方面，小说描写了三苗、封豨、修蛇等数十个语言装扮、饮食婚姻、文化传承各异的部族，如桑林之乐、花椒定亲等奇异婚俗，葬鱼、浴日、祈雨等神秘巫风，构建了具有传奇性、异域性、神秘性的文化审美空间。通过刻画精明勤苦的禹、老成持重的皋陶、自负狭隘的丹朱等数十位个性鲜明的人物，展示了部族及人物之间深刻的历史矛盾与复杂的现实冲突。值得注意的是，小说穿插介绍了大禹治水、瑶姬化草、嫦娥奔月等历史事件与神话传说，知识丰富驳杂，内容涉及物质生活、精神风貌与文化传承各个方面。同时，以舜为中心人物，详尽书写了他与娥皇、女英之间的纯美爱情，与象之间的手足亲情，辅之以大量的生活细节，塑造了一位具有人情味、接地气的人文始祖形象。其形象背后，反映了历史上舜对南行救世的乌托邦理想的坚守与追求。驾驭如此丰富的故事内容，小说在艺术上显现了独到之处。一方面，虚实结合的表现手法营造出审美的意境，使小说具有一定的诗意与梦幻色彩。例如南行因舜的一个梦境开始，结局亦是梦境般扑朔迷离。另一方面，小说的叙事手法灵活多样，围绕南行这条主线，作者采用倒叙、插叙、预叙、补叙等多种方式，介绍舜帝的成长经历与奋斗历程。同时，小说巧妙设置人物关系，通过偶遇、巧合、追寻等方式，将众多的人物与事件串联起来，依次展示给读者看。整部作品人物众多而安排有序，故事繁复而不显杂乱，语言明白晓畅，节奏舒缓平和。小说延续了作者以往的创作风格，是潇湘文化语境下，个人的对于历史的个性化表达，渗透着故乡民族情怀。

蔡测海的《地方》根植于湘西这片古老而神秘的土壤，以生长于斯的劳动者、底层民众为主人公，叙说了数十年的历史流变。它所展示的历史，大体在20世纪50年代到80年代，发生在这片土地上的诸多故事，多半是脱胎于作者故乡湘西的艺术变体。围绕三川半这块地方，作者以词条的形式将人、事、景、物、情等分割成一个个小单位，分篇讲述。首先，以诸多篇幅对历史事件进行了一定的投射。如“盗名”篇对“四人帮”的隐喻，“哮天犬”的追踪与“使劲”的抗争暗含的政治色彩。由于多以寓言或传说的形式切入历史，文本内涵具有丰富的解读性，这些艺术化的表达方式，实现了对于时代伤痕的理性反思。其次，书写天地人文之灵，勾勒出“神之尚存”的湘西世界。文中水、虫、鸟、牛等随处可见的自然之景充满灵性，写意的笔法贯穿其中，穿插着神话点缀。不仅如此，情节设计紧贴万物神化这一要旨，显现出空灵玄妙的审美特征。村长母亲踩石滑倒而诞子，村长良善、忠贤的品质自降生便得到神启，人性与神性相生交融，别有韵味。小说还塑造了雨这一贤妻形象，表达对纯净和美好的追求。另外，又将她的经历神秘化，脱离于现实存在，在现代文明话语下显露出旧时代文化失落的悲凉意味。最后，以神性意识为指引，执着于生命至高境界的构建。小说较为完整地勾勒出地方人民在政府带领下曲折前进、迎来曙光的历程。在政府和人民的关系上，忠实于当时的历史，对不同的政策与制度进行了直观的肯定或批判。有意思的是，小说对政府与人民的描写统归于人性，象征着人民寓居世界、与世界相处的方式，寓意深刻。而在宏观的视野上，小说在本土与外来文明的对立中审视整体人生，透射出对于国民性、对民族精神的强烈关注与思考。本书系“三川半三部曲”的末篇，笔力扎实、厚重，可以看作一部抒写三川半自然生命、人物命运的地方志。在形式上，它摒弃了文本的单一性、纯粹性，多种文体穿插融合，传达出散文随笔的韵味、诗的意境和神话寓言的玄妙。语言简洁凝练，带有文言的古雅和诗意，却拥有丰盈的内涵，寄托遥深。

李梦昭、李凌洁的《故人庄》以石桥铺为背景，鲜活地呈现了村中三代农民在改革开放四十年语境下的生活变迁。就写作重心而言，小说将笔力主要聚焦到以大斧头、桃花、大锤子、黄牛牯、黄桂生等新一代农民的命运身上，书写新时期以来他们在工作与爱情中的求索与困境，具有强烈的现实性和当下性。这些人物，紧贴着乡土，个性鲜明，因对生活做出不同的选择而拥有不同的人生。如大斧头精明能干、重情重义，出狱之后凭借着内心的坚韧与良善成功创立了自己的企业，也获得了美满的婚姻。在功利化的外在环境中，他的人生际遇体现着传统道德精神和伦理信念，有着鲜明的现代主体色彩，是新时代下有着新气象的新农民代表。具有正面特质的还有孙老瞎子、桃花等人。另外，小说也书写了以彭石匠、荷花、黄广生等在功利社会中逐渐自我迷失的一批人，揭示出对物质主导的现实的思考和批判。这些形形色色的人物命运，暴露出较为广泛的社会问题，其中包含着作者对农民和土地关系的思考、农民和市场关系的审视、农民和农民关系的忧患、农民和自我蜕变的考量。这些不仅充实和深化了作品的内涵，更提升了作品的现实主义精神和美学品质。小说的现实性还体现在原生态的乡土情韵中，以梅山地区为背景，将乡风民俗、民间传说，同现实中富有传奇色彩的事件与人物，巧妙地糅合在一起，富有时代气息和地域特色。比如，有喝红薯烧酒、摆流水席、要炭花舞、唱傩戏等纷呈热闹的民俗，也有占卜、卦象等神秘的巫文化，更是写活了湖湘人骨子里的“蛮”。小说前半部主要由李梦昭执笔，后面章节以李凌洁为主，尽管是两人撰写，但仍然保持了一致的风格。由于从事秘书工作的关系，李梦昭自觉地追求语言的精简与本色，景物描写清新自然、朴素明朗。人物语言特别是人物之间的对话，点明了人物的个性，富有表现力和感染力。情节由多条线索构成，没有明显的主次之分，按照时间顺序并列叙述，线索的转换呈现散文化、自由化的风格。这种叙事策略与自由质朴的文风相适应，营造出诗意的情致与意境。

（三）民族精神的回溯与掘进

历史又总是表现民族的时代进程，2019 年长篇历史小说还有另一个突出的特点，即在历史流变中发掘出当代价值。正如习近平总书记所说：“文艺创作不仅要有当代生活的底蕴，而且要有文化传统的血脉。”因而，这些小说自觉地发现与弘扬传统中的优秀精神质素，如抗战小说，激励人们传承革命传统，弘扬革命精神。即使是《春火》这部描写古代石渚窑兴衰的小说，内里却始终昂扬着对窑民开拓智慧精神的赞颂。可以说，在宏大的社会环境下，这些小说以开阔的视野再现了社会历史的激荡风云，无一不显现出浑厚质朴的民族风格。与此同时，还展现了鲜活生动的社会画卷，兼具民间精神立场和审美意识，引发人们对过往历史的诸多回味和思考。

蒋志飞的《半条被子》是一部致敬红军长征 85 周年的历史小说。它以罗开富的一篇题为《三个红军姑娘在哪里》的新闻稿为原型，结合大量长征史料创作完成。通过半纪实、半戏剧化的形式，将叙事场景聚焦在红军长征时期的汝城县沙洲村，在波澜壮阔的长征史实背景下，讲述了这一个山区小村庄的村民与红军，从误会到相知再到依依不舍离别的故事。首先，是对传统“史诗性”品格的继承与超越。围绕“半条被子”等感人事迹，小说彰显了军民之间的鱼水情谊，与历史的发展方向高度吻合，是基于传统革命叙事的理性表达。而在长征这一宏大背景下，则集中于村民日常生活和个体生存的描摹，如描写红军进村前村里的样貌，细致到每家每户的状况，笔触深入像徐解秀这些普通百姓的内心世界。其次，情节刻画、人物塑造方面均凸显伦理政治化寓意。书中的徐解秀是一个典型社会主义“新人”形象。随着红军的到来，她从普通的穷苦苗族农妇蜕变成一个怀揣着政治理想、对党忠诚的社会主义新人。这种转变，基于三个女红军王木兰、刘百灵、张小妹对百姓的爱护与恩情，说明了民间伦理秩序的合理性是政治话语合法性的前提。而恶毒凶狠、为非作歹的黄队长走在人民的对立面，作为一股失败的政治力量，反向凸显红军战士的崇高品性，深化了小说内涵。作为一部长征题材的小说，它一方面成为人们理解这段史实的窗口，另一方面，情节的艺术再现诉诸情感，凝聚着时代记忆和军民情结的“半条被子”，潜藏半世纪的感人长征故事，是当今社会对永不泯灭的革命精神的深情抒发，是建设社会主义核心价值体系的重要资源。区别于一般的历史小说，小说贯穿着两条叙事线索：一条是党史工作者“我”与被采访者罗开福先生的访谈录，另一条则是红军与沙洲村居民的交往。在描绘军民深情的过程中穿插着访谈记录作为补充，如小说的第八章，清乡队要拿徐解秀开审时，穿插进“我”与罗开富先生的访谈。两条叙事线交叉呈现，为读者提供观察事件的多重视角，增加了作品的真实性和可读性。小说语言流畅，叙事灵活多变，显示出作者深扎现实和历史的能力。目前，它已经被改编成同名电影，使红色经典在新时代语境下受到更为广泛的传播。

谢长华的《大义雪峰》以家族力量及地方抗日武装为切入点，辐射整个雪峰山脉乃至国内外抗日大局。根据作家本人介绍，创作的灵感来自族中亲人的抗战经历和传奇轶事。小说的诞生便脱胎于这些素材，经过艺术的加工进行了历史的复刻与还原。故事从湘西雪峰山开镖局的谢氏族人押运一批军饷进京写起，详尽呈现了谢氏一族解散镖局修建武馆、剿山匪、参与抗日救亡运动等英勇事迹。洋洋60万字，于一个家族的生存与抗争中窥探出广阔的社会内容，渗透着历史的纵深感，具有史诗气质。此外，善于设置悬念，情节链条环环相扣，加上具有地域特质的传奇元素，均为小说裹上一层传奇色彩。例如，开头对谢建造一行人的押镖之旅的描写，扣人心弦。后来刻画镖师与劫匪斗智斗勇的场景，描写民间法师斗法、求雨等情节，以及插入湘西特有的“赶尸”这一神秘事件。在精彩的故事外壳背后，小说生动地塑造了一批有血有肉的人物。如谢建造之子谢宏昌，侠义智谋，重情重义。通过“假死惩恶”“代父娶亲”“重孝请兵”“箱靴教邻”这些典型事迹一一使其形象立体化。年轻一代人物谢耀宗具有民族大义感，通过叙述其投笔从戎的人生转变，从危难的时局中凸显其战士般的品格。在抗战的特定背景下，小说从家族的小视野拓展到整个雪峰山，书写动荡局势中微小势力的存亡与斗争，具有把握现实的力度。除了对紧张刺激的外部环境描写，小说把脉人性深处，对人物心理的幽微进行了开掘和真实反映。如细腻地呈现了谢耀宗、虞芳、王洁伟之间的三角恋情，揭示内心的纠结矛盾。整体而言，小说从一个家族着眼，审视清末至抗战结束这段历史，展现雪峰山人民血性、粗犷、勇猛、刚烈等可贵的品质。最有特色的是，小说构建了一个以孝义庐为中心的精神纽带，人物身上或多或少闪现纯良的传统美德，并在最后升腾为至高的民族忠烈观。书中传递出来的良好家风、爱国理念等，在时下语境中具有深广的现实教育意义。艺术手法上，小说大致以时间发展为序，叙述有条不紊。通过作品中人物的回忆或发生的事件溯源，间有倒序、插序。叙述视角也颇有特色，在以第三人称为主体的讲述中，插入“我”这一角色，虽在文中出现不多，却是全知视角，对文中的情节起到补充和提示作用，即自我陈述中串联起前后人物和事件，明晰因果，拓展故事内容。在主题的揭示上，也起到一定的深化作用。小说语言朴实流畅，叙事笔力扎实。作者是儿童文学家出身，一些意象的书写充满温暖、生气与活力。

高正伟的《春火》以“安史之乱”后唐代社会生活为背景，以潭州石渚窑的兴衰过程和窑民生产生活为内容，再现了窑民内部矛盾、同行竞争、窑民和官府的激烈斗争。开头从国家兵变、百姓逃亡写起，以郑家隆、庞邵钦、卞如海等原河南籍的窑工们背井离乡，逃往潭州开创基业的曲折波澜为主线，叙述带有深厚的历史底蕴和宏阔的历史跨度。对于多事之秋的描述，如杀戮与逃难的场面，具有丰厚的现场感，再融入一些真实的人物与历史事件，如剿灭史朝义叛军、漂泊在外的老年杜甫，充分显示了写实的基调。而主心部分对于石渚窑发展过程的再现，则是取虚构的笔法，重新对这一历史事件进行发掘，描绘了以豫湘窑为代表的石渚窑民克服困难、大胆创新，在研制出釉下单彩、多彩的基础上，终于烧制出瓷中珍品釉里红的过程。首先，小说中的人物多以群像出现，不仅刻画某个人的品行，而且浓墨重彩地讲述商场斗争中芸芸众生的喜怒哀乐，塑造窑民们的竞争品格。具体到内容中，则鲜活地呈现了郑家隆、刘五满、石骡子、何二菩萨等一系列本分勤劳的窑工形象，也写了赖半边、何九等唯利是图的小人形象，充分从二者的交叉矛盾中凸显商业竞争的激烈，在跌宕起伏的情节中挖掘窑工们的商业潜能。围绕着瓷器业市场这条线路，即从内陆到沿海再到海外，侧面还原了唐末的经济面貌，并且借助这支新兴的经济体的发展，进一步挖掘出与现代竞争意识相通的思想资源。其次，对于生活流的叙述占据了较大的篇幅，显示了醇厚的世俗性。小说从窑民这些底层民众的视角，多样化地叙述了与衣食住行、婚丧嫁娶等相关的生活形态，如刻画赛龙舟、抢孤、看戏等极具地域风情的民俗，透出浓烈的画面感。也细腻地展露了曼姝、喜麦、娥子等年轻女子的情感世界，流动着青春的朝气与忧愁。这些构成一种浑然的社会氛围，使良善、情爱、孤寂等人性于细碎的生活中变得更为具体。最后，宗族色彩浓厚，呈现以仁义为核心的儒家伦理秩序。文中窑厂几乎以姓氏命名，无形中抒发了团结友睦的家族观，在商业发展中凝聚成一股强烈的文化渊源。如在乡一级的行政单位中设置窑行行首，以传统道德伦理为依据，管理大小窑行之间的纠纷。而在人与人的相处中，通过聚焦郑家隆的仁义形象、何二菩萨收养女儿、乡亲们热情扶助等情节，表现和睦团结的宗族关系。最出彩的部分则在处理郑家隆与婷娘间暧昧不清的感情时，将男女间的相守之爱置放于越轨的伦理中，笔端含蓄而克制，充分展现了传统道德对于人的约束。整部小说，叙述详略得当，详写建窑、研制产品、工艺改革等过程，字里行间透露出专业性，这来自作者多年来对于石渚窑耐心考据、精心发掘的结果，使小说富于写实性。原生态的时间流向中，将众多平凡的个人史与商业史融为一体，既有人间温情的表达，也有残酷的生活写实，众生杂语中跳动着一条清晰的文化主脉。它以艺术的手法，还原石渚窑的历史流变，于历史的一隅瞥见古代窑民不屈不挠、砥砺创新的精神内里。而这种精神始终蕴含着一种悲壮性，小说以娥子跳窑而偶得釉里红结尾，在充满戏剧性、悲剧性的氛围中升华了对于人的关注，显示了成熟的艺术水准。小说语言朴实自然，对于山川地理的书写灵动传神，写到一处庙宇或古迹，常插入传奇笔法，饶有趣味。

（四）生活现场与人性勘探

为拉近政治与大众之间的距离，2019 年长篇创作关注了公职人员这一重要的社会角色，既以编织生活化故事为主，又带有相当的纪实性成分，对于认知社会现实、叩问人情与人性有一定的作用。如小说《荣辱》通过展示人与环境、与体制之间的矛盾斗争，将官场形态与基层现实做了生动的刻画。正因为如此，庙堂之高的神秘被日常叙事所解构，代之以细微真实的生活场景。几部以公务员为观照中心的官场书写，都或多或少地透露出对权力的反思和批判，继而引起人们关注当前精神文化缺失状态下，体制背后的形象与信仰危机。另外，在新时代各项政策的号召下，有些小说深扎广阔的社会现实，从干部的视角敞开形形色色的生存世相，在精准扶贫、法治建设等扼要问题上，以塑造时代新人的方式拨开人性中的涩重污浊，具有较高的现实价值。

楚鱼的《荣辱》鲜活地展示了新时代官场“深水区”的权力运作及各色人物的挣扎沉浮。小说从主人公叶知秋的视角，从其步步升迁的职业生涯线中，真实地呈现机关人物生活的常态与矛盾冲突。故事从他处理一桩农民工跳楼事件开局，一步步铺开，信访局处长的小算盘，王一禾落马的场景，这些碎片化的情节逐步揭开权力的面纱，书写当代的“官场现形记”。但作者并不满足编织一张描摹机关现实的故事大网，他要做的似乎是要厘清这张欲望之网背后的“荣辱”之辨，探求出一种宠辱不惊的“为政之德”。叶知秋这个人物便是解读文本的一把钥匙。他出身于农家，凭借自身的努力考上选调生，继而迈上仕途之路。小说通过纪录他从基层到大机关的仕途发展，再到最后与腐败分子斗争所面临的荣辱抉择，切实有力地还原了一位复杂多面、有血有肉的国家公职人员形象。一方面，他具有传统知识分子的士人情怀，工作中心系人民，维护人民的利益，干事创业富有革新精神，面对矛盾、诱惑时善于自我审视和反省；另一方面，在面临升迁、得失，角逐于名利旋涡之时，又完全体现出常人的矛盾与挣扎，自愿剖开内心脆弱、不堪的灰色地带。如当他游走在情感边缘时，面对灵魂伴侣唐梦云及两大美女江丽丽、蒋雨霖带来的诱惑，真实地敞开了内心世界，细腻地描写了理智与情感、自我与本我间的缠斗。小说以人为观照中心，设身处地地反映人在物化边缘的挣扎与坚守，从官场题材投射的权力话语，挖掘和展示人性，因而深具现实精神。除叶知秋外，他还刻画了陈大年等“两面人”的腐败人生，从不同的官场人生中窥探权力所引发的自私本性，并在哲学意义上思考了现代社会中人的意义和存在的价值。这正是小说标题“荣辱”的深刻内涵。题记中以书画展观书法“宠辱不惊”为源头，从文中孔坤之义正词严的训诫，到王一禾作茧自缚的反思，一正一反两方面对思辨“荣辱”这一主题进行了生动、深刻的阐释。巧妙地借助了人物的政治身份和命运走势，在情节演进中前后照应、升华主旨。叙事架构也别具匠心，沿着叶知秋自身经历这条主脉，编制出一张清晰而错落的人物关系网，笔力紧凑，又自然地让整个故事紧紧围绕主人翁展开枝节，抽芽生长。从他初露锋芒，到身边贪腐官员的纷纷落马，情节的演进顺理成章，一气呵成。作家系体制内出身，熟稔体制人员的生活，无论是故事内容还是思想表达，都使官场这一远离百姓生活的题材变得平民化。小说语言流畅，细节描写真实，常常融入一些文化、医学、史学、文学类的小料，扩充小说的质地。

刘道云的《第一书记》以驻村扶贫干部的独特视角展现了当下农村的生活面貌，切入精准扶贫这一时代主题。首先，小说塑造了一个新时代共产党员——霞染村驻村第一书记何丰华的光辉形象。通过记叙他服务于基层的种种事例，彰显其体民情、谋民事的务实品格，生动而深刻地展现了一名共产党员的精神高地。他具有强烈的时代精神，凝结着当下主流话语的政治伦理与政治道德，其言行体现着社会主义核心价值观。其次，小说揭露时下农村社会的现状与问题，发掘造成落后的历史根源与现实诱因。通过公与私、新与旧、开拓与固守、廉洁与贪腐等矛盾冲突，鲜活地再现封闭乡村现代转型过程的真实图景，从而诠释出扶贫干部身在脱贫一线的艰辛与不易。围绕霞染村脱贫这条主线，小说也着眼于爱岗敬业、乡风文明等举措，将其与乡村振兴有机结合，多方面阐述，叙事线条分明。艺术上，常借人物对话推动情节，刻画性格，写活了杨梨花等当下农民形象。细节描写真实，贴合农村现实，具有较强的亲和力，显示出作者深厚的生活积累和扎实的创作实力。小说践行习近平新时代中国特色社会主义思想、以人民为中心的创作导向，政治性与文学性有机融合，立意深刻，格调明朗，表现出作家善于捕捉时代题材的敏锐目光和把握重大主题的艺术胸襟。

舒中民的《网探》延续了“非常三部曲”的创作风格，叙事内核依然是围绕警营生态与犯罪故事展开，但也显现出了一些新质。它聚焦时下备受关注的网络安全问题，选取黑客这个特殊的角色，构思一场由其为主导的犯罪阴谋，情节新奇而诡谲。故事开始于一桩蹊跷的家庭妇女自杀案，以此为引子，揭开一系列暗黑与惊心的案件内情，即犯罪分子利用黑客技术盗取信息，炮制假投资平台引诱投资者上当，并不惜杀人灭口制造连环血案。不难看出，叙事动机深植于以物欲为主导的社会背景中，在科技、暴力、犯罪等元素包裹的故事外壳下，一直隐现着作者对非理性欲望的批判。黑客具有现实与虚拟双重属性：一方面，他是现实存在着的人，具有杀人的动机；另一方面，他凭借高超的电子技术驰骋网络，实施犯罪。因而，像所有刑侦类型小说一样，小说严格依据刑侦小说的逻辑编织情节，围绕“谁是凶手”分列出两条清晰的故事线。一条是刑警罗卫及其同事开展的线下刑侦工作，另一条是技术师丁扬对黑客进行线上追踪、斗智斗勇。两条线索交叉并进，场景自由切换，富有极强的代入感。线下这条线索主要聚焦社会的暗流与杂语，反映各种扭曲、残酷的人生，刻画了卖身求存的李花花、唯钱是上的吴小毛、凶残嗜杀的“达摩”。在揭示网络犯罪的社会原因方面，小说花较多笔墨书写丁扬与黑客达一路的遭际，从二人相离的命运轨迹中获得反思的空间。他们同出生于因诈骗受到伤害的家庭，一同走上痴迷互联网之路，一同在网络上研讨黑客技术，但一人因伤生恨，刻意以恶对恶，报复社会；一人从警，参与警方打击网络诈骗犯罪。小说不仅从物理层面揭露犯罪真相，还从人物的内心寻求真相，于人物自我的剖析中直抵人性的隐情，立体而丰富地刻画了黑客心狠歹毒，但又踌躇彷徨、自责忏悔的复杂形象。从宏观来讲，小说借助刑侦题材，从特殊的角度还原了公安等国家机关的运行机制，写出了以罗卫为代表的公职人员的敬业精神。而这也是作家多部小说所执着表现的警察精神，通过一系列细节的呈现，使警察形象变得更为平民化，并审视警察的角色担当和普世情怀，弘扬法治精神。因而，这部小说从另类的角度介入现实，关注“人”的回归与“法”的进入，从而在更广的层面上展示了作品的思想深度。艺术上，侦察、推理、悬疑、打斗等元素交融一体，引人入胜。叙事巧妙，紧紧围绕着“谁是达摩”这一谜团推进情节，悬念重重。情节看似是直线行进，实则不断地旋转、迂回，枝丫旁生，故事的核心直到小说中段才出现，却与前面的铺垫吻合，显示了严密的逻辑性。另外，小说通过书写虚拟世界，为读者提供了一种全新的审美视野。

由上观之，在新的社会变革和现实关系下，长篇小说敏锐地触及时代生活下的人的状况。文学是人学，纵使周围的世界风云变幻，也要回归到人本身上来，在对个体的生命透视中寄寓追寻、反思、希冀。考量 2019 年的创作，不论文本自身传达何种的生活形态，那些人性的冷硬与粗糙从未消磨对于生命本身的热情。聚焦过去与现在，让封存的历史灵动起来，在新的文学想象中凝聚民族记忆，也使当下的诸多现实有了更多表达的空间。

二　中短篇小说：呈现城乡变局中的精神世象

2019 年，湖南中短篇小说创作从多元文化母题的开掘与实践中，折射出湖南地域人生及其精神世象。通过对地域文化的深描、历史的记录、平庸生命的探测，彰显出存在的光芒。自五四以来，现代文明与传统文化的对立是中国文学的内在发生结构，在独具中国特色的城乡二元语境中，作家穿透城与乡的隔膜，书写流动空间里的百态人生，展现荒诞的社会图景，并通过对生命情感的深情关切，多方面地表达对纯美质朴人性的期盼，体现出对现实人生的深度思考意识。

（一）民间文化的还原深描

文学与地域之间历来都有着千丝万缕的联系，作家的创作与文学流派的发展都离不开地域。在 2019 年的湖南中短篇小说创作中，作家们通过对辉煌灿烂的民间艺人文化进行重温，以深情的笔触再现了民间艺人的纯熟艺能，更深层次说，则是借此表达对古朴民间文化的惦念。这部分的作品通过对民间艺人的形象塑造，观照出原汁原色的乡土风情。小说中既有对淳朴乡风习俗的回味，也试图在守旧与创新的对立中探寻民间文化的发展路径，在民族风情与地域景观的书写中呈现浓厚的传奇色彩。

马笑泉 2019 年的三篇小说都是描写时代特征的作品。刊载于《民族文学》第 8 期的《灵银》以杨百灵与孙女小锦的相处经历为主线，平静亲切地表现侗族人自由、鲜活、独立的生活方式，歌咏了侗族百姓独特的生命律动，文化意味浓厚。主人公杨百灵人如其名，轻盈、灵动，有着百灵鸟般明亮婉转的歌喉。作品通过她的回忆，如电影镜像般徐徐放映着侗族青年男女们不拘小节、大胆求爱的过往。标题中的“灵”既指银镯的灵气，也喻指侗族歌女杨百灵那肆意而百变的生命力。在小说中，“灵银”实指杨百灵将略显黑沉的银镯送给孙女之后，银镯又重新焕发银光的事实。因此，“灵银”既是多代侗族女性光彩生命的见证者，也满载着作者对侗族百姓醇厚灵动生活的礼赞。小说构思精巧，以银镯这一小小的贴身物件为线索，由此牵引出侗族歌女杨百灵如彩虹般多彩的人生经历，以生动畅达的笔调昭示了侗族人世代崇歌善舞的生活图景，再现了古朴的民族风情。

《水师的秘密》被《当代》2019 年第 2 期选登，小说以第一人称“我”的视角展示了水师吴爷爷的生活事迹，并将神秘的湘楚文化熔铸其中。作品从标题伊始，便极力营造浓厚的神秘气息。故事缘起于一碗清水，一个少年走进了水师——吴爷爷的神秘世界，见识了用水和黄纸上那些朱红色符号治病的神奇场面。而父亲被冲床压断胳膊、工友们跌打损伤，甚至是曾经批斗吴爷爷的秦主任登门求助，他们都接连被吴爷爷治愈，水师的“神力”也逐渐被推向顶峰。小说至此并没有结束。当满江的排在江面缓缓前行之时，吴爷爷捶鼓做法，百千排工齐声呐喊，一幅具有浓烈地域和文化气息的世俗气象由此铸就。原来，“水师”是湖南部分区域对民间接骨医生的尊称，而“排教”则是活跃于湘西的民间法教组织。而在作家马笑泉笔下，排帮、水师这些曾经真实活跃过的湘西民间组织，则幻化成了湘楚巫文化的载体。水师吴爷爷曾用神秘力量造福一方，而后却屡遭批斗，最终走投无路，只好销声匿迹。“我”憧憬吴爷爷身上的文化气息，又在现代文明的进程中产生了失落感，作为故事的目击者，“我”感到一种极致的悲哀。当历史的淡忘和“我”的暧昧记忆形成对比，这一方面体现了作者对这位远去水师的无限缅怀，另一方面表达了对野性逐渐黯淡的湘楚文化的深情呼唤。

《回身掌》不再描写湘西地域风情，而是将小说的背景设置在庚子事变到民国初年的老北京时期。故事采用第三人称倒叙的方式，以三师弟与二师兄之间长达十年的矛盾纠葛为主线，娓娓道出清朝覆灭前夕，改朝换代之际江湖义士们抵抗侵略者的英勇过往。小说开端便交代了“回身掌”是三师弟对二师兄十年耿耿于怀、潜心筹划复仇的根源，却在行至结尾处才渐渐点明了主题：二师兄在“回身掌”与“虎扑”之间之所以选择“回身掌”，其实是在告诉年轻气盛的三师弟，等你回来。作品通过二师兄与师父的良苦用心，展现了在那个充满原始野性、不拘一格的动荡年代里，师门情义的深重，以两位师兄弟的矛盾发展书写出宽容与温情对仇恨的消融作用。另外，在作家马笑泉的笔下，有许多表现传统手艺人与江湖门派在时代风云下日渐式微的作品，如2018年《宗师的死亡方式》便是借武侠小说的外壳，讲述太师祖一门日渐衰落的故事，隐含着传统精神气节日渐退化的无奈。而在小说《回身掌》中，虽然也流露出对武行大兴的期待，却从师父陡然隐居终南山的结局中，还原了当时武林、武行与江湖的最终命运，厚重的情怀下氤氲着淡淡的悲伤气息。

彭东明《豆苗青　稻子黄》发表于《当代》2019年第6期，小说重现了坪上村的皮影戏与武术文化如何在现代文明的洪流中迅速找准定位、站稳脚跟的过程。作者通过坪上村两代人的经历还原了家乡平江县坪上村的两大文化宝藏——皮影戏和武术从兴盛、式微到复兴的流变过程。小说塑造了技艺精湛、才气过人的皮影戏唱诵人贺戏子和从教严明、满腔侠义的武术师傅陆师傅两大典型形象，更为精妙的是，作品通过对两位传承人形象的刻画，再现了坪上村清丽温润的乡村景象与深厚的文化根底。作品中对传统的拜师仪式和占卜向北坛老爷问卦的旧风俗的细腻描绘，富含充沛的情感，增添了古旧的意味。小说题目“豆苗青　稻子黄”充满无限的想象，短短六个字便道出了乡村传统诗意生活的情感内涵，隐约传递出作者对乡村生活缓缓流失的遗憾与留恋。作者将散文般意境悠长的语言与乡村土话完美地融合，渐渐勾勒出一幅澄明的乡村风俗画，宛如一支温柔缠绵的歌。

蔡测海《三川半万念灵》刊载于《小说选刊》2019年第9期，“三川半，草木生灵家族的部落，和颜悦色的山水，生死无界的时空，善恶相生相济的伦理，人鬼神共享的世界。在这里，草木泥石，是人的一部分，是与人共生群体。”三川半，借指湘鄂川三省，武陵山陵地，泛三峡地区，与湘西地界有着极大的重合之处，是虚构的文学地理空间。小说由六个短小精悍的故事组成，网罗三川半地区的行业风情，瑰丽诡谲、神秘空灵的意象中满载民族精神失落的忧虑。作者以他时张时敛、真假莫辨的笔触多角度地刻画了三川半人的性情习性与生活状态，展示了一个生动具体的文明剖面。这六个发生在三川半的故事散乱、晦涩，看似毫无关系，实则暗中契合。答案在三川半本土文明与现代文明的碰撞中逐渐浮出水面：《和龟》中闭眼的“太阳”、坠河的“露”是自然的化身，“天”是富有野性的湘西精神代表。“太阳”和“露”赖以生存的环境就是“天”。“龟”把“天”驮走，目的是“搞开发”“建幢大房子”。崇山峻岭的阻隔造就了文化部落自尊、排他、守常的性格，当现代文明潮涌而来，揽月披风的湘西文明便面临失去民族生命本色的威胁。《猫变》中“猫煞”的涌入与王家人的溃逃，预示着两种文明无法阴阳相融、和平共处的状态。在大胆想象与魔幻纪实的背后，作者在《冰凌花蝶》中借王姓男子与其女出走后相继死亡，揭示了三川半人的悲惨命运，字里行间皆流露出乡村文明被迫面对现代文明冲撞时的恐慌与无措。

（二）城乡叙事的多重范式

21 世纪以来，中国经历了从“乡土中国”到“城乡中国”再到“城镇中国”的转型，当代文学因时而变，对城市日常生活和城乡流动空间的书写比重也不断增加，意在表现时代症候下的世俗气象。2019 年的湖南文学在城—乡双重空间的建构上呈现两个特征，首先是对纯粹城市空间的书写，作家通过对市井百姓日常生活的多重书写，探寻现代生活的精神表征，诠释日常生活的哲学。

许玲《较量》以老朱与赵来华多年的争端为中心，通过对朱、赵两家不和的溯源，多场面地描写了贯穿于两个家庭、两代人之间多年来互相算计、怄气的较量行为，并以老朱与妻子谢秋云在生活中频繁出现的争吵与不满，再现了中年婚姻的庸常。老朱与老赵的斗争，始于二人同在生资公司任职之时，两人或暗或明的挑衅行为已经持续多年。表面上看，小说对这部分并没有花费很大的笔墨，实则是作者通过张弛有度的笔力，以详略得当的铺排逐步复原了两人水火不容的纠葛始末。作家以旁观者的视角观察生活，描绘出一幅真实的市井生活图画，展现了小人物的虚荣与自大姿态。小说将大量的笔触投注于人物的细节与心理活动，细腻地展现了现代中国社会普通世相，体现了写实主义色彩。

邓建华《双头无尾蛇》体量不大，内容简洁。故事围绕天天走红楼盘中顶层住户郑、泰两家的积怨展开，穿插叙述了被社区派为“和事佬”的老支书吴志立在调解两家矛盾时，惊心动魄的捕蛇经历。作品巧构双线并置叙述，并采用隐喻和暗喻的手法将一个从矛盾到和解的故事悬疑化。作者从现实生活中萃取提炼出“蛇”这个原料，营造出双头无尾蛇这样愈加阴森恐怖却又独辟蹊径的意象，使其贯穿于小说的始终。这个元素好似成了小说提味的原料，为现实矛盾的展现增添了一丝诡谲的色彩。吵闹、诡异与和解是这部小说的关键词，在这部小说中，郑、泰两家针锋相对，利用各种手段想要置对方于困境之中，但小说中人物不能用简单的好人和坏人来进行划分与定义，他们接受生活的捶打，或多或少地存在一些生活的缺陷。作者在小说中深刻地描绘矛盾、凸显矛盾，小人物之间各种各样的对立与挣扎就在作者沉稳的叙事风格中一一陈列。作品虽以批判现实为主调，但作者并不是简单地对社会弊病与生存困境的现象进行罗列，而是用他敏锐的自觉去窥探社会的背光面，用荒诞的笔触开掘人性，展现对普通人命运的关注。结尾处用双头无尾蛇的和解暗示郑、泰两家矛盾的消融，展现了普通生命的本真状态，体现出生活的原味与原色，以及对纯美质朴人性的呼唤。

简媛《美好的夜晚》讲述了一个昔日热爱本职工作的计生干部杏子，在失去独生女儿阿宝之后，渐渐领悟到生命可贵的故事，荒诞意味缠绕其间。中年丧女的杏子原本分管的是超生工作，她的任务是将一个个超生的女人送进妇产科。小说的悖谬之处在于，杏子在坚持国家的法律政策和人情伦理的冲突中坚定地选择了前者，退休之后却变成了“失独”家庭救助中心的志愿者。执行政策时的坚定意志与悲伤可怜的中年“失独”母亲的形象不断交织，杏子在极致的痛苦之下逐渐理解了那些执意超生的夫妻，而她曾经是一把斩断生命与希望的刀。杏子的内心充满了矛盾，两种冲突之间不断碰撞挤压，正当杏子痛苦崩溃之时，一位与母亲相依为命的高三女孩出现了，她成了主人公心灵冲突和解的妙药。杏子最终的和解让我们看到了她为走出悖谬与伤痛所做出的努力，也回应了小说标题中所指代的美好。

另外，部分小说并没有将城与乡两个空间隔开，纯粹地书写城市空间的立体景观，而是通过对城乡进程中世态人心的深度开采，试图完成对中国经验的历史建构。或通过对城市干部深入农村，带领农民摆脱贫困情节的刻画，呈现典型的中国色泽。

少一《篮球滚下了山坡》采用了回忆与现实并置叙述的模式，两者之间不断穿插叙述，好似呈现明显的割裂感，实则是出色地复现了大山里的少年何桑的过往。大山里的少年奋力想要摆脱贫穷，千辛万苦求得了一个城里人的身份，却在事业风生水起之时又不可避免地步步沉沦，渐渐丧失初心。小说标题既充满诗意，又具有象征性：“篮球”象征着美好的少年何桑，“滚下了山坡”则喻示了何桑最终走向迷失的结局。小说以第一人称的口吻讲述了何桑此刻的现实困境，并通过“我”的回忆，展示出少年曾经意气风发、个性张扬的模样。“我”是何桑人生经历的见证者，作品将“我”与何桑的现实交往，和那些过往的回忆反复对比，表达了对年少时光的追忆。正如小说中所说，“唯有童年时光光鲜、无邪、朴拙，具有十足的弹性，可供人一生享受和消费”。小说借何桑的悲剧命运，拷问贪心、虚荣、贫穷等人性原罪对人的毁灭性影响。从小说的结局来看，何桑与妻子管翠英在经历种种波折之后，似乎明白了相濡以沫的意义，这实则与小说标题的指向背道而驰，更像是作者内心的一种美好夙愿。圆满的表象之下，尽显人性的复杂与人生的苍凉，宛如不可名状的泥淖，暂时掩盖了背后的真相。

曾晨辉《玻璃种》称得上是2019年中短篇小说中的异数。主人公过着平淡安稳的日子，既未爱恨纠缠，更无灵肉煎熬，小市民生活从开篇一路过到结尾。一般来说，波澜不惊的故事往往会造成读者阅读上的费解与观感上的低迷，而《玻璃种》的所谓平淡处却恰是其亮点所在。它以玉石收藏作为切入点，继而将主人公一生命运与玉石绑定，通过几处生活片段娓娓道出数十年的时代变迁，写活了梅山人的梅山生活。较之曾晨辉其他情节更为紧凑激烈的“梅山”短篇来说，《玻璃种》的表达显得更为举重若轻、挥洒自如，这与其始终扎根梅山这片土地展开叙事、描写乃至语言设计是密不可分的。“玻璃种”这一意象贯穿全文，见证一段人性转变，象征一种理想境界。苏么几为一块玻璃种翡翠辗转反侧，直到最后证明其为假才放下执念，带回陪了自己几十年的老翡翠。这是梅山本土人民接受现代文明浪潮冲击之种种情态的一个缩影，更是对理想境界之向往、对外在物质之欲念、对精神家园之坚守等种种人性困境的一份思索。这一意象的存在，让小说视野自一时一地的时代风貌中脱离、拔高，体现出作者在小说人性问题方面的积淀与尝试。在深层挖掘的过程中并未脱离自身的民族性特色，将二者有机统一，是相当亮眼的做法。

万宁曾在《失去灵魂的村庄》中谈及《乡村书屋》的创作动机和起意，即“乡村扶贫，不再是一般意义上的扶贫，精神层面的已迫在眉睫”。《乡村书屋》这篇不到两万字的小说，既讲述了一个扶贫队的故事，又镶嵌着一位老公安的人生遭遇。小说以主人公陆树洲为串联，呈现一明一暗两条线索。明线清晰地讲述老陆、老萧、小唐三人组成的帮扶工作队精准扶贫的经历，其中穿插着对乡村自然环境的描摹，将帮扶工作队一行人心情的起伏与景物的变换融为一体，语言真实、自然；暗线则忽隐忽现地交代老陆曾经卧底工作的过往，透过他的回忆，抽丝剥茧般地剥开了多年仍悬而未决的命案真相。寥寥数语间，便将沉稳负责的警官形象与可靠寡言的父亲形象展现出来。这样一部多重构建的作品，意在深化小说的主题。躲在“乡村书屋”的罗大全原来是老陆他们苦苦追寻多年的真凶，老实人的身份实则是对他罪恶本质的掩盖。《乡村书屋》企图以多重建构展示当下精准扶贫大背景下农村的精神贫困面貌，追问“贫穷”的更深层含义。

向本贵《上坡好个秋》与《乡村书屋》一样是以扶贫干部深入农村，进行精准扶贫为题材，追问农村精神扶贫的必要性与迫切性，探寻精神扶贫的价值意义。在这两部小说中，皆有对炊烟缭绕、诗意生机的乡村景象的描绘，呈现自然曼妙的乡村景色与艰难推进的扶贫工作形成鲜明对比的共同特征。但《上坡好个秋》在结构上比《乡村书屋》简单许多。后者因为增添了一些卧底与命案元素，使小说不可避免地呈现一丝情节的激荡感，带有传奇性。而《上坡好个秋》则以单线叙事的手法讲述了市纪检委副书记张兴祥深入上坡村后，那些具体又繁杂的扶贫工作场面。小说从扶贫干部张兴祥的视角，再现了目前农村扶贫工作的艰难，也表现了国家致力于带领贫困人民携手摆脱贫困、摘掉贫困帽的决心。向本贵以他开合有度的笔力，塑造了多个形象鲜明的典型人物，扎根农村、服务农村，老态尽显的中年村支书王成旺；撒泼耍赖，浑然不讲道理，四处打秋风的懒汉刘生原；曾经意气风发，劳改释放后意志消沉的老治保主任赵成启；考上大学因交不起学费只得放弃学业，却始终坚持善良本性和自立人格的农村女性邹桂花……小说从具体而微的农村现实情况出发，借扶贫干部张兴祥在上坡村的工作经历，表达了对农村荒芜、生机凋敝现状的隐忧，对农村“懒汉”频出的无奈，也道出了如今农村男性青年面临的婚姻困境，具有深刻的现实意义。

沈念《天总会亮》讲述了石喊坪村的村民们在扶贫干部昌队长的带领与帮助下，积极克服各种困难，成功走上致富之路的经历。表面上看，小说描述的只是常态又普通的扶贫工作日常，其间却充斥着畸形美学的叙写。在这个严丝合缝、环环相扣的故事中，作者通过对百态世情的透彻观摩，再现了自然人性的纯粹之美。小说中塑造了一个世俗意义里残缺不完满的家庭：驼背父亲、神经病母亲和姐姐、弱智哥哥、小儿麻痹症弟弟等。但这种肉体缺陷般的存在并没有损害人性之美，父亲虽极度驼背却不失一家之主的责任感，失常的姐姐在阳光下也会呈现独特的娴静姿态，疯子恩妈在水潭中的悲鸣彰显母性的光辉。而小说中的“我”虽身患小儿麻痹症，也缺乏清晰的语言表达能力，却担任了一个观察者的角色。“我”眼中的昌队长，是千千万万一线扶贫干部的缩影，他拿“法宝”引领当地百姓艰苦奋斗，保守落后的村庄在他的带领下渐渐走向富裕，这也与小说的主题“天总会亮”两相契合。小说以温情的叙事策略，再现了小人物的血肉人生，颇具阅读快感。

（三）生命情感的现实刻度

2019 年，中短篇小说聚焦小人物的平凡人生，通过多重叙述视角来描写不同时代里个体生命的生存现状。对生命情感的现实雕刻主要有两个叙述维度，一是少年视角，二是成年人视角。小说或直接传递对少年生存困境的思考；或以少年的视角去追忆，致敬与怀旧意识贯穿始终。除此之外，也有小说通过对成年人生活现状的表现，撕开被忽略的时代隐痛。

阿满《满楚古德吉的鹰》突破以现代社会为背景聚焦现代人欲望书写的艺术模式，将满族熬鹰的风俗放入抗日战争的背景之下，在高扬民族情怀的同时，也传递出作家对人生孤岛般生存状态的思考。故事采用双重空间的叙述结构：工地上的科里是一个在东北跟进日军战地工程的比利时工程师，偶然发现鹰的脚上绑有无线电设备，便筹划谋杀鹰；另一叙述空间里，满族少年满楚古德吉正在屯子里熬鹰。作品虽以战争为背景，但并未正面书写激烈的战斗场面，而是通过塑造两个相对封闭的内部空间——被铁丝网所禁锢的工地、与外界相隔绝的屯子，隐喻性地书写战争。小说用两个封闭空间映现了两位主人公的生存状态：一个困惑于来处，另一个不知归路。科里曾因野花和天空而愉悦，会因在鹰的眼中找到“生”的认同而兴奋，却在发现鹰被驯服时满怀失落；满楚古德吉不看重神鸟的金钱价值，而是注重一种本真情感所涌动的生机。在小说中，作者淡化了时代的特征，保持人物形象的封闭性，将思考的深度进一步推进到具有历史共鸣性的存在困境之上，进而提出从自然野性中去探寻生命本真力量的可能性。小说用带有民族原始淳朴力量的语言，通过灵动而富有生命力的叙述，借历史的笔触表达对存在的深层思考。虽然故事本身带有一定的非真实性与传奇色彩，但我们可以看到作家以朴素的手法反映个体生命存在及时代之殇的努力和尝试。

刘起伦《白石铺的一九七八》讲述了少年文鹏程青春期的经历，絮语似地展现了成年人与少年世界里亲情、爱情、友情的明亮，自然平淡的叙述中蕴含着青春的美好，以及这抹亮色消散之后的忧郁哀伤。小说中对亲情的刻画是耐人寻味的，和离异父亲一起生活的文鹏程对父亲文而斌虽直呼其名，实际上是又敬又怕又爱。这一方面是折服于父亲身上北大学子、中学校长的光环，另一方面则是“父亲”这个头衔与身份所赋予的，此时的父亲对文鹏程而言是一种精神信仰似的存在。作品中还展示了两种爱

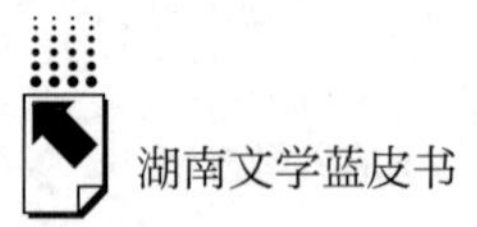

情，一种是少年的，一种是成年人的。前者张扬热血，闪现着少年的激情与胆量，真实、真诚又真挚；后者引而不发，直至小说结尾处才露出端倪，表现了成人世界的虚实莫测。文鹏程对父亲的感情是复杂的，与同桌张子祥的友谊，却纯粹又美好。张子祥虽出生在农村，脸色黝黑，身上却闪烁着人性的光芒，淳朴善良，文鹏程与他结下了十分美好的友谊，两个少年还曾互换秘密。张子祥的突然离世使这份友谊落入毁灭的结局，这无疑增添了文鹏程内心的孤独与忧郁。因此，当后来"我"无意中窥见了父亲的秘密，便成了"整个白石铺最孤独、最忧伤的少年!"小说以张子祥的离世和父亲形象的颠覆为切入口，来表现少年微妙的内心世界，是十分巧妙的。

姜贻斌《黑欠》以一封来自远方山区的书信为起源，拉扯出知青与流浪义犬之间的动人故事。姜贻斌、刘小胖、周结巴、张国防四位知青曾在湘西南部插队，偶然认识了流浪狗黑欠，小说揭示了他们从相遇、相知、相伴到最后逐渐相离的深情过往，饱含真情。湘西历来被称为蛮荒之地，山区环境艰苦，工作繁重，而流浪狗黑欠则忠诚勇敢、聪明灵动、善通人性，因此，黑欠的出现便为年少离家又缺少关怀的知青们带去了无限的情感慰藉。作品所描述的时代，携带着特有的苦难气息，而人性的冷漠却在黑欠的到来之后渐渐消融，黑欠也因此成为知青们下乡岁月中无可忘怀的白月光。小说着重叙述了黑欠是如何与知青们相遇、如何前往大队部取信，又如何与野猪、蟒蛇勇敢搏斗的，多场面的刻画不断加深了黑欠在知青们心中的地位，也为多年之后作者多次回忆起黑欠，都心怀愧疚、满含热泪、深感遗憾的情绪埋下了伏笔。黑欠曾与四位知青结下了深厚的情谊，然而，忠诚陪伴知青们度过苦难岁月的黑欠，并没有得到一个完美的结局，而是经历了一次又一次痛苦的分离。像卫士般的黑欠最后一直守着和知青们居住过的茅草屋，在等待中孤独死去。作者借黑欠的悲惨结局，道出了道德理想与客观现实的两难困境，小说明目张胆地表达了以"我"为代表的知青，在面对黑欠时的苦痛心境，唏嘘感丛生。

聂鑫森《书鱼馆主》将回忆的倒叙与现实的顺叙相结合，通过几件不同时段发生的典型事例，讲述了一位平凡市民舒庆生以敬畏之心爱书、惜书、读书的故事，歌咏了书鱼馆主在物欲的浪潮下坚守本心的可贵品质。舒庆生与其他的现代人一样，在庞大的世界中渺小如书鱼，没有安逸富裕的人生，为了生活四处奔走，轴承厂倒闭之后他从生活宽裕的小工人变成拮据的水果商贩。特别的是，经商成功之后舒庆生并没有被利欲熏心，而是自掏腰包，广传书香。小说的回忆部分花了很大的笔墨来描绘“书鱼馆主”舒庆生对书的痴情与爱惜，在现实这部分情节的叙述中，则通过“我”与舒庆生学生宫诚的对话，侧面深化了舒庆生为了书而倾尽一生的经历。表面上看，这段情节毫无新意，实际上是想要传递强烈的现实批判意味与警醒色彩。作者借宫诚之口简略地交代了读书会停办的原因，目的在于用轻描淡写的叙述与简明扼要的回答，悄无声息地给予读者精准有力的一击，让读者在宫诚的哀叹中深刻反省：谁在吞噬现代人的爱书心？

（四）“新实验”文学的深度开掘

在中国当代文坛中，残雪是一个极为特殊的作家。一方面，她的小说以诡谲多变的情节、阴暗晦涩的意象、丰富而多层次的内涵在美学上进行了暴力式的突围，其毫不妥协的“革命”特征贯彻创作的始终；另一方面，她的创作量极大，自 1985 年以来发表了大量的文学作品，在海内外拥有一批忠实的读者。1990 年代以后，残雪小说中的丑陋意象渐渐减少，对于人类生存环境的极端渲染和故意营造诡异惊悚的空间氛围也都消失不见。综观残雪三十年来的文学创作，她在继承以往“纯文学”的创作实践特征之上，早已有了新的发展。

首先，在题材内容上，残雪不再单纯地构建那些变形诡异的意象景观，而是有了日常生活场景的进入。残雪对生活的展示是碎片化的，是人类异化生存的荒诞途径，是小说中人物以内心处境取代并逃避真实世界的另一种“现实”。在近年的创作中，残雪小说意象的能指与所指之间不再是模式化的严格对应关系，而是具有了复杂化的隐射内涵，陌生化的程度加深。如在小说《秘史》中的意象性象征为“金孔雀”，所指意义却并不明朗，似乎是作为自我潜意识的象征而存在。但脱离故事“金孔雀”意象又无法成立，无形中达到一种意象与写作主题水乳交融、不可分割的结果。

在故事内涵上，残雪近几年的短篇小说既保留了早期作品中对“文革”创伤的披露，具有强烈的现实批判性，又在“与日常化的融合”（王蒙语）中开拓了更广泛的表现领域。小说集中表现了中国式荒诞化的现世图景，并在近期作品中得到延续与升华。《捞鱼河村的母亲河》在开篇通过平实的叙述交代捞鱼河村的背景之后，便迫不及待地展示出一幅人与人之间相互窥视的欲望图景：“我”在孟哈扳鱼时观察到他的分裂，一半同黑暗合为一体，另一半仍在扳鱼。在此，个体作为窥视者和被窥视者而同时存在，捕鱼人同时也是被捕之鱼。在“我”回家后，看不见的黑暗却对“我”产生了极大的影响。每个个体无目的性发散的窥视形成场域，所有人都被笼罩其中，变成一个个颠扑不破的怪圈。因此，君叔所制作的捞鱼河村地图是球形的。而在“我”意识到黑影的存在后，便陷入自我灵魂的搏斗中：黑影也许早就出现了，只是现在才被发现。小说以残雪一贯令人惊奇的想象力，叙述了独立于世外的捞鱼河村那神秘又传奇的历史，韵味深长。

三 小小说：强化主题学叙事智慧

2019 年，小小说创作通过细小的入口或全方位的叙事视角展现错综复杂的人物命运，语言经济，却有绵长的深意。聂鑫森《昨夜无故事》用通俗直白的语言，详尽叙述知青时代一个普通夜晚的经过。作品容量丰富，三言两语之间，便将 20 世纪六七十年代五个青年男女下乡插队生活的艰辛与陪伴勾勒完毕。小说中没有曲折跌宕的情节，只是横截面式地具现了时代洪流中，普通青年的尘世生活面貌。作品开篇第一句话中的“盛夏”不仅是在交代故事发生的环境，为之后踩蛇、杀蛇等情节的铺展埋下伏笔，也喻指青年男女主人公内心涌现的躁动。还是在这句话中，作者连用了两个“尴尬”，一锤定音了整个故事的主题基调——内心的涟漪并未泛起波澜，也回扣了小说的标题——昨夜无故事。小说结构看似寻常，其实处处尽显别致。

戴希《新孝顺时代》讲述摄影师小齐打着给母亲瘦身的名义，辞退保姆，将母亲接到自己的小家庭中，帮忙照顾小孩、操持家务的故事。小说将小齐和妻子在享受照顾时的怡然自得，与母亲的操劳苦熬两相对照，自然铺展的行文中显现出对小齐这样顺理成章、心安理得地享受长辈照顾的行径的鞭笞。母亲在极度劳累状态下依旧“为了儿子”着想的心理描写，既是直接渲染了老人的艰辛，也是对新时代新孝顺行为的恳切发问。小说标题用“新孝顺”区别传统的“旧孝顺”，好似是在夸赞主人公孝顺母亲、善待母亲的美好品质，实则是以简洁有力的语言反讽“新瓶装旧酒”的虚假孝顺行为。

《穿袜还是戴帽》旨在通过给孩子穿袜子还是戴帽子这件小事来折射中西文化冲突，小说运用以小见大的手法，复盘代表东方文化的母亲与坚守西方文化的父亲共同构筑的生活具象。两人热恋时的互相欣赏实则是对中西文化交流初期互相吸引、借鉴状态的隐喻。婚后两人关于穿袜还是戴帽时的互不相让、据理力争则指向了中西方深层次价值观的冲突，最终离婚的结局给人警示：互相理解和尊重，是文化交流中化解冲突的不变法则。这个故事完美地再现了两种差异显著的文化背景里，新型婚姻关系从起始到结束的历程。小说以诙谐轻松的笔法揭示了两种文化冲突下的日常生活图景，细部描写中足见思考深度。

伍中正《1984 年夏天的门板》首先讲述 20 世纪 80 年代乡村拆门作担架急救病人的老旧故事，行至结尾处则陡然回归现实，以“故事套故事”的手法，展现出同情、关怀、善良等纯良品性的深远影响。“门板”作为小说的叙述线索，少年时期的“我”慷慨出借门板，不仅拯救了昔日乡邻的生命，也挽回了今天自己的婚姻。借救命的“门板”，小说昭显了昔日乡村的温情与人情，弘扬了人性的真善美，说明人之初心的弥足珍贵。篇幅虽然短小，但小说要素俱全，叙述视角转换自如，语言凝练朴实，情节曲折生动，在紧张的叙述中还不忘添加余裕笔墨，营造更为浑厚深远的氛围。如父亲到卫生院讨要门板时，病人得救了，见到搁在浓荫小院的门板，一只小鸟在其上欢快跳跃，是一种自然和谐的场景，与小说所要倡扬的自然纯朴品性构成互喻。

王锐《一九八四年夏天的秘密》以第一人称的叙述口吻讲述了“我”因害怕母亲责骂，擅自更改考试分数后与母亲发生的故事。作品以简短的篇幅和平淡的叙述，再现了宽容、诚实与理解的力量，既表达了亲情的可贵，也折射出“文革”结束后不久，整个社会对知识的过分渴求，以及由此导致的“分数决定论”的畸形影响。小说于细部处凸显了那个时代，从社会到个人对知识文化的“崇拜”情绪。母亲这个形象身上浓缩了无数普通家庭祈盼通过知识改变命运、摆脱愚昧的诉求。诗意的标题与平实朴素的语言风格中，裹挟着时代的隐痛，作品的整体基调却是富有温情的，于浅淡的叙事中动人心魄。

唐波清《糖醋张》将“糖醋张”小餐馆老板张爱国精准揣摩顾客用餐口味，与不知道母亲身患糖尿病作对比叙述。一方面，他聪明又善于观察，无论是副县长、机关工作的年轻人还是泥瓦匠的用餐喜好都能掌握其中；另一方面，他却全然不知母亲患病的事实。这部小说像一面镜子，作者并没有站在道德的制高点去指责，而是借结尾“糖醋张扑通一声跪倒在娘的脚跟前”这个反转情节，发人深省般地映照出亲情的迷失，同时表达了人性温情的复归。

欧阳丽华《爱情红烧肉》以敦实厚重的红烧肉为切入点，追溯婚姻质变的根源，揭示婚姻由激情逐渐转为平淡的本质。小说中的女主人公在结婚第三年时，因缘巧合地遇见了让她再次感受到激情的男人，不断沉沦，毅然决定放弃自己的婚姻。在结尾处，作者通过女主人公重新品尝到丈夫静静熬煮的那份红烧肉这一情节，传递出平淡生活中爱情的真谛。小说精准地把握住了浮华城市中，都市男女躁动不安的心理状态，用烧红烧肉这件极为生活化的日常事件，再现了婚姻的美好。

伍月凤《快递到了》通过一对青年男女闹矛盾的场景，书写了朋友圈、快递等新事物影响下的现代生活图景。在小说中，作者简单地截取中国人日常生活中的一个细微场景来进行描摹，既未对此类行为进行批评，也不曾反驳，只是用纯粹日常化的口吻展开叙述。小说在结尾处男主人公借“快递到了”这个由头得以进门便戛然而止，留下了巨大的想象空间。

金可峰《谍报》讲述的是汪伪政权时期，谍报员阿香因意外无法传送情报之时，巧妙利用面粉、鞭炮和气球来制造混乱场面，最后成功解救他人性命的故事。故事的背景虽设置在各方势力鱼龙混杂的混乱年代，整体的叙事口吻却是活泼可爱的，一个机灵勇敢的谍报员形象就这样跃然纸上。小说将谍报员工作中的血雨腥风潜藏起来，于欢欣的结局中窥见平静之下涌动的暗流。

总的看来，2019 年湖南小说创作依然是以现实主义创作为圆心向外辐射，展现了题材的多样性和主题开掘的深层次。湖湘作家们依照生长经验，书写历史、人生、现实、地域文化等多种文学主题，构建了多个丰满的故事，实现了时代与人、地与子的全方位浑融化叙事。不可否认，这是一次深刻精准的总结与回顾。但综观 2019 年湖南小说创作，也仍然存在两种小说文体的悖论性问题。对于湖南长篇小说作家而言，因红色文化传统和周立波等前辈的现实主义创作传统，史诗性追求依然是他们挥之不去的情结，普遍执着于全景式地讲述大历史，胶着于对现实材料的写真式描摹，实诚有余灵活不够，影响对历史的远景式观瞻和对人类性寓意的深度发掘。对于部分中短篇小说作家而言，其试图在有限的篇幅内，寻求最大的表现张力，一展腾挪转跳之叙事功夫，最后反而导致作品主题的模糊。如何在新时代文学语境下探索新史诗写作，如何把握具体细节与意义张力之间的平衡？这是近年来湖南小说创作必须面对的问题，长篇小说与中短篇小说创作也许需互相取长补短。

B.3

诗歌：面向生命本体与这个时代

黄雨陶*

摘　要： 2019年，湖南省诗歌创作整体发展平稳，但报刊发表较往年而言显得有些沉寂。从题材类型看，大致可分为乡土与地理的写作、日常与观照社会现实的写作、情感与个人领受的写作。从实际文本来看，整体写作质量有一定的提升，可以看作阶段性提高的一年，许多诗人已脱离了单纯化的抒情方式，而转向了更为深沉、复杂、广阔的面向生命本体与这个时代的诗歌创作，可以揣测，如果湖南诗歌继续保持当下的创作态势，或能迎来一轮汹涌的涨潮时期。

关键词： 湖南诗歌　乡土地理　日常现实　个人情感

2019年，湖南省诗歌创作整体发展平稳，诗集出版和获奖情况都相当不错，但报刊发表较往年而言显得有些沉寂——这或许是诗歌的微信时代"中心的转移"所带来的，不少诗人开始以微信公众号或者电子化报刊为其主要发表窗口，与传统的纸媒模式呈三分鼎峙的态势。据不完全统计，全省诗人在《诗刊》《人民文学》《十月》等国家级报刊发表诗歌总数达1000多首，出版诗集40余部，并且不少湖南诗人还斩获了一些颇具影响力的全国性奖项，如康雪获第二届草堂青年诗人奖、第四届扬子江年度青年诗人奖，梅苔儿获《诗探索》中国诗歌发现奖，欧阳白与陈辉获PENTASLB 2019世

---

* 黄雨陶，中南大学文学与新闻传播学院中文系2016级本科生。

界诗歌奖桂冠诗人奖，这称得上繁荣依旧。但值得注意的是，部分湖南实力诗人在2019年似乎有些沉默，诗歌发表很少，甚至完全空白，或许于他们而言，这一年是“写作的沉潜时段”，是为他们新的重磅作品所蓄力的过渡期。

2017年之后，“新诗百年”仿佛已成为一个结束的议题——它仅仅作为历史性的时刻而被提出，学者与诗人们借此兜售着他们的诗歌记忆、忙着做诗歌谱系的梳理和总结，更像是一场庆祝、狂欢与消费的盛宴。但这一浪潮落后，许多积年已久的或者新出现的诗学问题并未由此退去，反而愈来愈显得尖锐，譬如“汉诗如何现代化”“如何在这个时代写作”，种种问题高悬在所有写作者的头顶，成为大家都必须去解答、去推动的巨石。必须承认，在当下，写诗是困难且危险的，很容易就走向了失效的写作。我们所身处的场域，是一个空前混乱的场域，前现代、现代与后现代三种时态高度地杂糅，并且政治、经济等外部因素也如无形之手般影响着我们，正如汪剑钊所说，这是一个“诗歌的乌鸦时代”，我们正“处在一个非常态的转型期，人的自然性和精神性正遭受着严重的剥夺，以诗性为代表的人性化生存方式面临着崩溃的危险”，诗人需要在“浪漫主义时代永不再”的历史语境下完成他们的诗学构建。

而最为首要的一点在于，诗人必须找到“自我的声音”，这是他的写作获得合法性的必要前提，但这又是极难的一点，尤其是在这个声音混杂、大数据共享的时代，霍俊明就曾警示“个人经验正在被集约化的整体经验所取消”，如何在庞大的声音装置中发现并且回归自我，如何在迷雾中走出一条有效的路径，是这个时代的写作者必须回答的问题。尽管困难重重，但可以惊喜地看到：湖南诗人2019年的写作质量似乎有了整体性的提高，不论老中青三代，都在不断地更新、调整他们的诗歌观念，寻找着他们自己的言说方式，以往那些高音喇叭式的语调逐渐退去，而扎根于生命深处的声音开始在诗中显露。虽然相较于各大诗歌强省，湖南省依旧有很长的一段路要走，不过深耕过后，这片土地或许将会涌现出一批优秀作品与诗歌新人，值得期待。

2019 年湖南省的诗歌创作可大致分为三种，一是乡土与地理的写作，二是日常与观照社会现实的写作，三是情感与个人领受的写作。同往年一样，乡土与地理的写作依旧是一大主流，但已然与过去的“现代乡土抒情”模式不同，湖南诗人不再满足于简单化的单向度的写作方式，开始尝试拓宽他们的诗歌叙事空间，并填入生命体验、文化经验和地理经验，从而在诗歌中完成乡土与地理的重建。不过必须提到的是，由于数据统计并不完全，不免遗漏明珠，同时，诗歌文本自身的复杂性与多义指向往往难被其类型所总括，故而综述所采用的类型化梳理仅可作为一种概况参考。

一　乡土与地理的写作

湖南历来是乡土文学的重镇，20 世纪 90 年代甚至有学者认为“湖南作家群基本上是一个乡土文学的作家群”，这一方面来自湖南地理环境上的半封闭性，使乡土的现代化进程缓慢了许多，湖南的乡土仍有着“前现代”的属性，另一方面则是湖南楚巫文化在乡土空间的强大内聚力，原始、质朴、健康的古老精神依旧根植、内化于他们的人格结构中。但当下乡土的形态仍不可避免地发生了极大的变化，或者说，我们正步入一个“城市包围农村”的时代，城市文化汹涌而来，乡土浪漫不断地遭受着现代性的冲击，并且一大批生活在乡土的人为了获取更多、更优质的生存资源而涌向城市，被迫成为游离于城市与农村之间的“候鸟人”，于他们而言，事实的乡土正在逐步崩溃，只能悲哀地凝视而再不能回归。

因此，一些湖南诗人选择深耕乡土世界，用诗歌的方式重建他们的精神原乡，并以其作为异质性力量来审视和对抗外部世界的臃肿与消费主义时代的浮华。比如刘炳琪发表在《星星·诗歌原创》第 4 期的《晒谷坪》便以其童年记忆重建了作为乡村公共空间的晒谷坪，“我们惦念着晒谷坪/可以用来操练，捉迷藏，或者/在草垛上唱歌/乡村的夜晚总是月亮，星星/和孩子们的天堂”，抒写了乡土生活的纯净与甜蜜。张战发表在《诗刊》第 4 期上半月刊的组诗《沅江》巧妙地使用叠音词模拟出沅江的流逝，“白鹭惊起时慌慌的/女人喊你时声音碎碎的/……/沉水流得笨笨的/它的声音是低低的”，有种马雁的“反复以至于无穷”的回环感，语调清冷而舒缓。陈政昌发表在《诗刊》第1期下半月刊的《薄暮》书写了山村的黄昏时刻——平静而近乎永恒的时刻：“暮色渐浓。田塘深处的马路上/有三三两两的人影，在不紧不慢晃动/那是乡里人学城里人，在散步”，仿佛时间已然中止，却也抵达了诗意的乡土浪漫，与此较为相似的是湖南锈才发表在《诗刊》第1期下半月刊的《雨后》，他将时间定格在了山村的雨后，并在某种“物我合一”的情感状态中，萌发出了自我的再生性力量，“一颗快要霉掉，六零年代的种子闹腾着要破土”。黄鹤发表在《星星·诗歌原创》第7期的《萤火虫》围绕返乡探亲这一事件书写内心的即感，“春雨，加深山道的泥泞/深夜赶火车的男子摔了一跤/他的手电筒依然发出萤火虫的光/那是一家人的路灯”，呈现乡土世界的宁静与时间的速度。

雄黄发表在《民族文学》第10期的组诗《良辰吉日》将湘西世界的生活与场景审美化，笔触自然而清新，在自我感发与移情万象之中书写乡土的生命力量。田人发表在《诗刊》第8期上半月刊的《小镇》则抒发了南方特有的忧郁，赋情于作为客观对应物的小镇，书写了“万物都很澄澈”的诗意状态。李春龙发表在《诗刊》第6期下半月刊的组诗《老虎坪》中老虎坪的老虎一直处于父辈的言说中而并未出现，甚至这一话题延宕至更年幼的一辈，“父亲以前经常向我解释/你爷爷说他小时候/老虎坪真有老虎所以才叫老虎坪/……/十一岁的李尤其对我说/只要想象力再丰富一些/几百年后这里树高林深不见人/自然就会有老虎”，乡土间的父继子承从未停歇，呈现古典式的循环时间感。郑德宏发表在《星星·诗歌原创》第5期的组诗《上高村记忆》以马尔克斯（García Márquez）式的书写家族传奇的方式，对自己的童年时代以及生活在上高村的祖父、祖母作了精神的回溯，语调冷静、克制，并不急于抒情，有电影的叙事质感。李定新发表在《诗刊》第3期上半月刊的《风总是往村口的方向吹》有着一种流动的乡愁，对记忆中的村庄作了书写：“夕阳抱紧了整个村庄/乡愁薄如蝉翼/风一吹如月光的瓷片/碎了一地”。

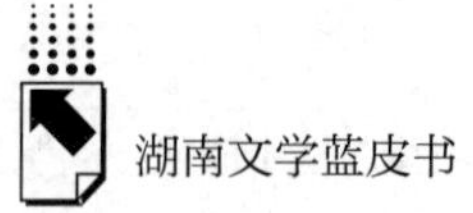

一些湖南诗人则不只是把乡土当作可供深情守望的精神原乡，而是采取了祛魅的方式，揭橥乡土生活的原始面貌与苦难，比如范朝阳发表在《诗刊》第9期下半月刊的组诗《插秧的女人》以其冷静而老练的叙事，对插秧女人的苦难作了温情的凝视，“云在水里。日头在水里/菩萨在水里”，这一女性形象也实则成了菩萨。彭伟平发表在《诗刊》第2期上半月刊的《草垛》以留守乡土的女性为叙事视点，带有淡淡的感伤气息。也有一些湖南诗人选择以重归地方语言的方式贴近乡土，比如杨仲原发表在《星星·诗歌原创》第2期的《我深爱的是一些精准的事物》，“日子渐久，嗓子也偏离了正轨/无法说出一些长在土地上的音/它们正被标准、纠正。而另一些口语字/柴米油盐酱醋茶，或是吃喝拉撒睡/也只是，会说不会写”，正如海德格尔（Martin Heidegger）所认为的，语言作为气息来自大地，具有命名、敞亮、生成万物的力量，它提供了人诗意地居住的场域，而方言则正是每一个使用者的“语言的原乡”，它包含一整套认识体系与文化建构，只有贴近它才能真正地回归乡土世界与自我的本真。

除乡土题材外，湖南诗人还有其他的诗歌地理的书写，譬如城市、自然景观以及某一文化空间，比如蒋志武发表在《星星·诗歌原创》第2期的组诗《受命的铁钉》就对城市化浪潮中乡土的中间形态——城中村——展开了书写，他以“铁钉”这一城市建设中的必要之物为中心意象，构建“铁钉”与“生活在城中村的城市劳工”之间的隐喻关系，揭橥了这些“铁钉”的生活本相：“城中村的出租屋/门框上的铁钉，想拼命抽出自己尖锐的身子/布满铁钉的大厦在高高拔起/铁锈将留在高处，以为自己还活着”。熊芳发表在《星星·诗歌原创》第2期的组诗《桐子坡西路》对“桐子坡西路”这一地名做了诗意的阐释，“为什么叫桐子坡，有点不明白/没见到一棵桐树/也许它们已背井离乡/……/每天经过这里，我就浮想联翩/在一个古老的名词里安家/有叶落归根的慈祥”，呈现生活日常中的主体沉浸与安适。熊育群发表在《诗刊》第7期上半月刊的《谒杜墓》以杜墓为空间的中间点，衔接当下与古代诗人所在的千年前这两个时间，抒发自我的怀古幽情与生命之思。谈雅丽发表在《新华文摘》第8期的组诗《青野之乡》书写故乡的纯真情意与远逝感，发表在《诗刊》第 1 期下半月刊的《黄泥小道，及我的乡村叙事》用简淡的叙事书写乡村生活的细节：“一个安静的、适合叙事的傍晚/一条黄泥小道通向莲塘和稻田/从山之巅倾斜下来——/将影子倒映于黄昏的湖水”，呈现乡村傍晚的清寂与时间的恒常。

梁尔源发表在《诗刊》第 6 期上半月刊的组诗《登岳麓山》在空间的挪移与视觉的穿透中抵达自我的明悟，并将岳麓山这一自然景观转换为其文化记忆的载体，具有生命与历史的双重维度，气质超脱而又有着思辨的澄澈感。罗鹿鸣发表在《中国作家》第 12 期的组诗《藏地之光》在诗中构建了一个神性的大地，存在者的存在便在这一大地上得以敞开，从而完成对超验世界的召唤与触摸，时间与空间的尺度在他领悟的瞬间被虚化，“我正在虹化与神迹里沉沦/暮色铺满车轮，我仍不忍起身/一个电话仿佛从昨天打来/一列高铁穿过前世今生”，因而生命本体的厚重与苍茫便得以凸显。李不嫁发表在《星星·诗歌原创》第 11 期的组诗《山中答诸友》具有王维式的古典气质，叙事精准，书写了山中暮色与农家生活的素朴，“深涧里的水流忽然收住了响声/那只狗夺门而出，朝山顶连连吠叫/那里，一轮明月正在升起/群星隐没之际，山峦如猛虎，拱了拱脊背”。刘璇发表在《中国作家》第 12 期的组诗《寻古抒怀》对长沙望城区的历史之物做了书写，呈现时间的厚重感与人世的沧桑，与此相似的还有陈可发表在《中国作家》第 12 期的组诗《铜官陶影——泥美人》、陈志辉发表在《中国作家》第 12 期的组诗《版图》与杨顺发表在《中国作家》第 12 期的《故乡的家》。邹岳汉发表在《星星·散文诗》第 1 期的组诗《野渡》语言清朗、洒脱，在对自然风物的感悟中呈现内心的静思。

廖志理发表在《诗刊》第 7 期上半月刊的组诗《阿尔卑斯少女峰》有着神启的意味，“黎明降落　大地生成/而少女明亮”，呈现自然与内心交融的澄明状态。雨田发表在《诗刊》第 3 期下半月刊的《海之门：在日月湾所思》则对日月湾的地理风貌做了细致描摹，语言轻盈而优美，抒发了个人的深沉感悟与爱的幽思，“凭借海浪的疯狂　孤独无声的撞击着我/此时　谁在海岸上分享多情的海风/在日月湾　海的热情把我拥抱　而所有的意义/也在

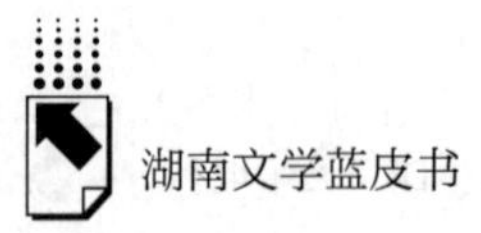

这里迟迟回升 包括我内心无光的火焰”。曾跃红发表在《星星·诗歌理论》第7期的《朝圣》短小而精粹，书写朝圣者翻越冈仁波齐峰时的虔诚与肃穆。蒋三立发表在《诗刊》第2期上半月刊的组诗《夏天的波罗的海岸》围绕波罗的海的风物展开抒写，“六月，德国中部的波罗的海湾/自然的活动自然恬淡/甲壳虫、朱雀和我还有那些已很少能/见到的花草，我们都是同一时代的生命/我们在同一个时间、地点相遇/在漫长的时空里有过瞬间的交织”，呈现对自然、命运的观照与对生命本体的思考。

二 日常与观照社会现实的写作

2019年湖南诗人的诗歌文本中不乏回到日常、关注生命的质地与当下感受的作品。作为生存与生活的领域，生活日常是人类内心世界与社会世界的聚集地、纽带与共同基础，它也是人类本能欲望的所在地，正如列斐伏尔（Henri Lefebvre）所言，“分析日常生活可以在平凡中挖掘出非凡。人们通常并不懂得自己应该怎样生活……日常生活是欲望与需求、严肃与浮夸、自然与文化、公共与私人之间的汇集点和冲突点”，琐屑的，甚至是重复性的生活日常是所有诗歌写作者都必将经历，并且必将直面的部分，但如何从中抽取出诗性的一面，化普通而原始的生铁为黄金，则是他们必须回答的问题。

康雪发表在《人民文学》第6期的组诗《谁没有疲倦的时候》就选择了以“傍晚坐11路公交回家”的日常经验为切入口，将椅子中央的蚂蚁与疲倦的自己做了情境并置的处理，“那么小的蚂蚁，占了/那么大一个位置/有一刻我真的想要流泪/奔波一天/我的两条腿需要休息/而它有更多条腿需要休息”，展现生命关怀与女性的伟大共情能力。王江平发表在《诗刊》第3期下半月刊的组诗《园中的池子》语言绵密，带有莱蒙托夫式的忧郁：“很多次，我坐在窗前/忍不住幻想，如何将屋里的寂静/化作一场小小的雨水/降落池中//让它闪闪发光。可是/我多么愧疚，我不能做到/我们都是一群不被命运眷顾的人啊/自身受损，还要互慰以希望”，抒写了内心的孤独感受。湘小妃发表在《诗刊》第1期下半月刊的《镜中人》以照镜这一日常动作为出发点，冷峻而有着流动的语感："每次我都想从镜子里/找出不同的/光线或情绪/我的一部分，寄生在镜子里边"，呈现对自我的细腻观照与生活之思。

熊芳发表在《诗刊》第3期下半月刊的组诗《随想》以口语化叙事构建日常场景，勾勒内心的幽寂与澄澈，"你永远不知道，为何/石头缝里能不断地长出新草，就像你/永远不知道，井水为何能凉透骨心"。远人发表在《诗刊》第1期上半月刊的《火烧云》书写黄昏时刻的瞬时体验，"我每天总是到黄昏才安静下来/仿佛只有这时，一切才离开我/只留下一些滋味，让我在舌尖品尝/我的确说不出我品尝的是什么滋味//我迸出的无数念头，只是空中的群鸟/它们扑动着翅膀啼叫，然后在深红里消失"，语言老练而富有深味，呈现哲学的静思与生命的厚重质感。邹艳华发表在《诗刊》第5期上半月刊《井口旁边的井》将象征父亲的矿井与喻指母亲的水井结合起来，描绘父母生活场景的温暖与彼此爱情的静水流深，"两口井，离得这样近/爱得有声有色"。吴昕孺发表在《星星·诗歌原创》第4期的《黄皮信封》笔调轻缓，具有时间的深沉况味，"我的书穿上了一件/朴素的衣服。如果我也被/类似黄皮信封这样的爱，牢靠地包住/就不怕在邮路上颠簸，甚至永远不到达另一个人手中"，书写了寄书场景与自我内心的动态。

除了生活日常的诗歌外，还有相当一部分湖南诗人把眼光投射到更为宏大的时代主题上，就像阿甘本（Giorgio Agamben）所说的，"诗人——同时代人——必须紧紧保持对自己时代的凝视"，他们关注时事以及某些公众所不曾注意的社会空间，试图以诗歌来报道、揭露或是介入时代的现场。比如刘起伦发表在《诗刊》第4期上半月刊的组诗《和平村纪事》关注当下进行得如火如荼的扶贫工作，"我听到一种事物拔节的声音/理解一个专用名词：精准扶贫/就是必须有一些人俯身，诚意感天/动地，等一方山水站起来/最重要的/是扶稳一颗被贫穷压弯太久的心"，以素朴而真诚的诗歌语言对其做了颂扬，与此较为相似的是周明发表在《民族文学》第4期的组诗《走访贫困户记》，采用仿真性的新闻化写作方式，书写了贫困户的生活场景与他们强大的生命张力，龙红年发表在《诗刊》第 4 期上半月刊的组诗《使命》也同样聚焦于扶贫，“我必须在天黑前到达。我怀揣的/这些光亮和温暖，我要用双手递上去/我要紧紧握住他的手，告诉他：/兄弟，春天来了”，呈现人道关怀与社会使命感。陈遗志发表在《星星·诗歌原创》第 5 期的组诗《删去故乡的田埂》叙事简练，书写了乡村世界的困苦者的生活，比如患有恶性肿瘤的挖地青年、水电站女工、老木匠，具有人文的温情与生命的厚重感。

聂茂发表在《诗刊》第 5 期上半月刊的《蛟龙号之畅游海底》则对蛟龙号作了讴歌，语言苍劲，并且一咏多叹，“我就这么静静地看着你/看着大海的咆哮是如何环绕着堤岸和堤岸两厢的灯光……//我就这么静静地看着你/看着潜水的惬意与沙滩隐藏的风光……//我就这么静静地看着你/远离一切又逼近一切……”似乎重拾了史诗时代的抒情声音。谈雅丽发表在《诗刊》第 3 期上半月刊的《重温“深圳速度”》以深圳的建设速度为时代发展的侧面，“当我重温‘深圳速度’/重温一代人的力量、决心、梦想/从大地深处奔涌出钢的火焰、铁的水流”，赞颂了中国力量与建设者的贡献。雷晓宇发表在《人民文学》第 8 期的组诗《列兵日记》实录了一个列兵的生活与精神动态，叙事紧凑绵密，并不把列兵形象“传奇化”，而是将其还原回了普通人，“夜深了，列兵写下众多的漩涡与帆船/他的笔迹渗入晚风的每一道裂缝/最后列兵在入睡之前写下/‘哨兵的步枪上明月高悬/豹子的足迹遍及大江南北’”。

康雪发表在《星星·诗歌原创》第 3 期的组诗《这时恰好幸福起来》语言轻盈而绵柔，以菲利普·拉金（Philip Larkin）式的“非英雄”叙事对普通工厂女工的幸福瞬间作了书写，“密集而平淡的小白花还是让人相信/这些小蓬草如果幸福起来/幸福比生命力还旺盛。/水泥厂在夏天来临之前倒闭是好的/如果幸福起来，幸福比以前干净/而洗碗厂后窗伸出的管子将永远/热气腾腾，女工们吃过午饭/一个个穿过小蓬草去洗自己的饭盒”，具有生命的内张力与山泉般的宁静。这样发表在《诗刊》第 1 期上半月刊的组诗《灰蓝色》悼念祖国革命先烈，“相对于活着走出去的人/我更缅怀那些死去的无名英雄/他们和我们一样年轻过，曾经是/学生、孝子，曾经被深深爱过”，呈现强烈的家国情怀与时代使命感。吴湘岩发表在《星星·散文诗》第4期的组诗《乡村组章》书写乡村小学的生活日常，“那个站在课堂外的人，与角落里的乒乓球台边那棵大/刺槐，卫兵一样伫立着。他们间的言语很轻，就像蝴蝶沐/浴在月光下的舞蹈”，语言绵密，具有超脱气质与生命的扩张感。

三　情感与个人领受的写作

同往年相似，情感与个人领受的写作在2019年湖南诗人的创作中占比相当大。正如菲利普·拉金所说，“诗歌在本质上是情感的，在操作上是戏剧性的，是熟练地在别人身上重新创造情感”，从发生学的视角来看，诗歌的起源必然来自某种不可抑制的情感冲动，而不仅仅作为语言游戏出现。但当下，人类的精神世界愈加地混乱与复杂，尤其是诗人群体，他们有着更为复杂的情感结构以及对事物知觉的敏感，因此，他们必须回应——如何用诗歌的形式表现自己内心复杂的、多向度的情感空间——这一诗学问题。

一江发表在《星星·诗歌原创》第1期的组诗《母亲的符咒》就构建了七月半时母亲烧符纸的情境，书写了对母亲衰老的感伤与女性的坚韧力量，“我站在旁边，看见母亲脸上的沟壑/看见她下垂的嘴角和白头发//我默默记住这一切/我知道，若干年后/我将写下故显妣张氏孺人//我将变成母亲”。与此相似的还有钦丽群发表在《星星·诗歌原创》第2期的《窗口上的母亲》，同样也描写了母亲，但更着重于勾勒母爱的深沉，语言清丽而略带忧伤，“下午阳光格外温柔，它把暖意织成一幅小披肩/披在我母亲的轮廓上/我正从遥远的地方赶来/像个黑点逐渐放大/急着在一道路口显现。安慰那个，被窗口轻轻含着的/母亲”。仲诗文发表在《诗刊》第1期下半月刊的组诗《糜粥》则描写了母亲为生病的自己喂粥的场景，呈现母爱的伟大与她一生的辛勤：“妈妈，您坐在我对面，为什么不说话/我已看不清您的脸。为什么您的样子/在我脑海中出现的是驴的样子、牛的样子/和羊的样

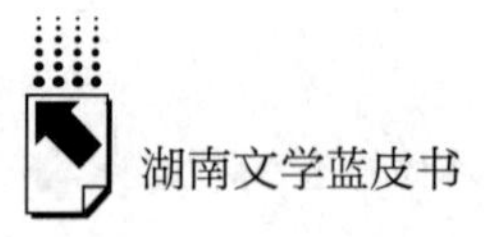

子。妈妈，对不起”。

玉珍发表在《新华文摘》第 4 期的《蝴蝶消失》将停在手中的蝴蝶飞走与外公的溘然离世联系起来，“在寒冷的千重山之下/我的外公像蝴蝶消失那样被埋葬”，有着一种克制的蕴藉感，书写了亲人离去的内心钝痛。梁尔源发表在《中国作家》2019 年第 1 期的组诗《离天空最近的时刻——致父亲》语言偏近于口语，抒发对父亲的深切情意，“父亲，我真想再骑在你坚硬的肩膀上/让你再一次将童年举过头顶/因为，只有那一刻/我的小手才离天空最近”，在一种虚构的对话结构中缓缓表露出自己的殷殷之情。王琛发表在《中国作家》第 12 期的组诗《清明，看父亲点烟》以传统的祭祖仪式为叙述场景，“一些照片转瞬即逝/而另一些消失/在那划破空白的尾焰中/一场火灾正在我体内蔓延”，抒发了对已逝亲属的悼念与哀伤。李少君发表在《人民文学》第 1 期的组诗《雪的怀念》以雪为纯洁之物与故乡的象征，抒写了自己作为异乡人的乡愁感受，“雪国，对于我来说就是故国/灯笼、炉火和鞭炮构成的故乡/我竖起衣领，踩着吱咯作响的雪泥/一直走到冰凌闪烁的窗下//小提琴响起，天空飘来一点碎雪/再接着，溅起一大堆雪/再接着，是一场鹅毛大雪/最后，漫天飞雪，以及我浑身颤栗的激动”。与此相似的是邓星照发表在《诗刊》第 1 期下半月刊的《至亲》，把故乡的树作为自己血脉相连的亲人与记忆承载物，“有树守在故土/我就记住了乡愁/有树等在远方/我才不惧怕流浪//每一棵树和我息息相关/每一棵倒下了的树/都是我的记忆和生命/被斫伐的部分”，表现对故乡的深情守望与思念。

梦天岚发表在《星星·诗歌原创》第 11 期的组诗《猛虎集》以“虎”为勾连全篇的中心意象，书写了“猛虎”“幼虎”“园中的虎”“晚年的虎”，呈现生命的伟力与强大张力。聂沛发表在《作品》第 1 期的长诗《十一月的风》蕴蓄痛感，有着中年写作的沧桑底色与时间的流逝感，书写了自我的存在之思。刘起伦发表在《星星·诗歌原创》第 8 期的组诗《词与词之间》也同样书写了他的中年感受，“当中年写作开始打盹/一些词顺着浏阳河逶迤而来/譬如围炉夜话，譬如刚刚落下的一场雪/带来持续的低音”，展现生命厚度与超脱气质。陈旭明发表在《星星·散文诗》第 11 期的《来自灵魂，来自疼》语言大开大合，呈现自我生命张力与对命运的幽思。刘晓平发表在《诗刊》第 2 期上半月刊的《红树林》在对红树林的静观中阐发自我的内心，具有哲学意蕴。陈夏雨发表在《诗刊》第 1 期下半月刊的《向日葵》从个人情感经验入手，对自我生存状态作了审思。鲁橹发表在《星星·散文诗》第 8 期的组诗《请月儿移步》语言灵动，具有中国古典美学的丰润感。贺予飞发表在《诗刊》第 10 期下半月刊的组诗《空谷》以自我经验重建了“西西弗斯神话”，呈现情感的多向度空间。沈慧琳发表在《诗刊》第 1 期下半月刊的《废弃的渔船》对海边废弃的渔船作了主体的投射，“如果不逃离。它会用身上的裂口，破洞/撕碎我。把我拖进/无法编织的一地回忆中//夜，垂下来。它再也看不到我/当我们不再互望/海水，陷入更深的沉默中”，抒写了内心的忧郁与对自我精神世界的探察。

还有一些湖南诗人则更加关注诗歌语言的尝试，就像吉尔·德勒兹（Gilles Louis Réné Deleuze）所说的“在语言中创造了一种新的语言，从某种意义上说类似一门外语的语言，令新的语法或句法力量得以诞生，将语言拽出惯常的路径，书写存在的瞬间感觉”，他们的作品大多呈现互文性、多义性与对话性的特点。比如严彬发表在《诗刊》第 9 期下半月刊的组诗《光芒》具有叙事与抒情的双重强度，以其生命体验与阅读经验为缝合线，如诗体故事般迷人而丰盈，“朋友们光脚在草地上散步/闻着中国沙棘、三叶草和蜜蜂的香味/那些心中有爱的人分到了嘴唇/我的邻居王娟忧伤地走向青草更青处/消失在白色茫茫的灰烬中”，将虚构与现实的空间接合为一体。茉棉发表在《星星·诗歌原创》第 6 期的组诗《秘密》具有元诗的性质，“我学习这门语言/分享这个秘密/带入与万物的对话”，呈现万物共通的诗意状态。叶菊如发表在《诗刊》第 8 期下半月刊的《独处》语言自然而松散，抒写自我的孤独感受与生命之思，“黄昏，就是我说的这个样子/唯有寂静/唯有鸟群//我的宿命：看山看水/看远处的星光和灯火/看一个人在低处把现实分成了两个”。沈慧琳发表在《星星·诗歌原创》第 1 期的组诗《身披露珠的人，个个胸怀闪电》透视生命的内部细节，“诗在纸上生锈。抱着越来越脆的骨头/想到故乡就流泪。想到/离一条河流越来越远/锈蚀如

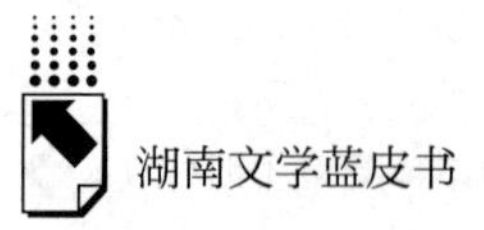

荻花，片片飞落”，具有古典的语言风度，书写此在的存在即感与忧郁。

玉珍发表在《人民文学》第4期的组诗《古老的梦》展现了她寂静、自足并且天然的诗学追求，“不需要走向古老的梦境了/我酸涩的疲劳找到了床/它是一片音乐/棉一样朝我展开”，对她的语言状态与生命存在作了书写。慕容楚客发表在《诗刊》第1期下半月刊的《致博尔赫斯》语言繁丽，如德里达（Jacques Derrida）所说的“在他收到的礼物的身体上留下印记”般，以其智性想象与博尔赫斯形成了对话关系，并完成了自我的创化。胡平发表在《诗刊》第1期下半月刊的《到达》有着对事物的敏感与洞察力，“我开始大口大口地吞食黑暗我就这样与孤独耗上了/用半个夜晚来思考存在的价值我就这样与自己耗上了/我就这样痴迷地坐在夜空下/直到漫天星光像水一样开始泼洒/直到内心深处回响起连绵不绝的歌声”，书写了自我的孤独体验与哲学的深思。刘忠华发表在《星星·诗歌理论》第5期的《身体里隐藏着一颗石头》通过对自我的静观构建了一个对话结构，呈现精神向度的矛盾与冲突。菊女发表在《星星·诗歌原创》第4期的组诗《落花下的小和尚》叙事紧凑，描写小和尚在落花下的动作，“他一动不动/为何落花撑伞，落雨却不撑？/面对一个四岁的出家人/我问不出口”，具有禅学意蕴与古典美感。

息为发表在《诗刊》第7期下半月刊的组诗《时间二重奏》呈现自我精神图景的复杂性与对时间“无限延伸”的细腻感受，“这一切碾过时他没有哪怕/抽搐一下。睡有限的觉穿一双短靴/看春生鸟亡看水天，听无数废话忍耐/每一个人。回环的骑手在阴影里瘫痪数年/可他仍计算着不知疲倦，永远都想不通为何/万物在延缓中疾驰般死去。他不敢停下来/发问”，并以其直觉与智性为词语赋形，将生命瞬间从晦暗中捞出。空格键发表在《诗刊》第7期下半月刊的组诗《掉在地上的松塔》在与景物的互见中阐发自我的心境，有着和自然世界的亲密与古典哲学的通达感。张翔武发表在《诗刊》第3期下半月刊的《词语》颇有辛波斯卡（Wislawa Szymborska）的《种种可能》的味道，“你迷恋词语，胜过其他的事，/搬来或移走它们，塑造出各种风景”，在诗中重建了“写诗”的动作场景，具有元诗的性质。庄庄发表在《星星·诗歌原创》第3期的组诗《面朝花园》是一首关于狄金森（Emily Dickinson）的献诗，有着近乎超验的诗性直觉：“她起身，面朝花园/紫罗兰和天竺葵，在晚风中/跳荡起伏，如同她对自身的摸索//这相互的簇拥，也只是寂静碰触寂静/她在源头，俯身幽暗/一切：默然，全无”，在勾勒狄金森这一诗人形象的同时，也完成了对自我内心的呈现与投射。

总体来看，尽管2019年湖南诗人的报刊发表数量不如往年，但这并不意味着群体性的哑火，与此相反，整体写作质量已然呈上升趋势，甚至这一年可以看作阶段性提高的一年，很有一些闪光的作品。从他们的写作中可以看到，许多诗人已脱离了单纯化的抒情方式，而转向了更为深沉、复杂、广阔的面向生命本体与这个时代的诗歌创作。在“浪漫主义时代永不再”的历史语境下，单纯化的抒情方式是失效的，于所有写作者而言，他们要么在紊乱、失衡的前提下重建诗意“浪漫”，要么在巨冰倾斜的大地上驶出新的路径，道路艰难，充满困阻，但又是他们必须接受的任务——或许1916年8月23日刚刚写下《两只蝴蝶》的胡适不会想到，他笔下“黄蝴蝶”的翅翼在当下竟旋出了如此迷人而又复杂的风暴。

必须提到，湖南青年诗人在2019年的写作实绩不容忽视，诗歌技艺日趋纯熟、诗学观念更新很快、作品完成度较高，同时知识结构的复杂性与宽广度赋予了他们的写作更进一步的可能。同时，湖南省各大高校也在不断输送、“生产”出新的校园诗人，尽管他们的作品稍显稚嫩，但这已渐渐形成了一个良性机制，或许在不久的将来，这些作为“未来的一代”的年轻诗人将会看到诗歌的再度回暖，从边缘性地位爬升回社会公共空间中。并且湖南的中年一代也正在持续发力，在时间的催化下迈步走向成熟，不断地向诗学的荒野地带探索、进发，屡有新尝与新创获。可以揣测，如果湖南诗歌继续保持当下的创作态势，或能迎来一轮极为汹涌的涨潮时期。

B.4
散文：重构乡土与时间之流

刘知英*

摘　要： 2019 年湖南散文创作在题材上未发生根本性改变，行文立意与价值探求却表现出迥然相异的审美倾向。写作者们从故乡出发，以个体经验记忆为轴，整合历史素材与日常哲思，开拓出一个新的话语场域，重构乡土与时间之流。本文从心灵史、乡土文化、历史叙事、日常书写四个角度观测 2019 年湖南散文创作的整体发展概况，探析作家们的创作根脉与文化自觉。

关键词： 童年回忆　心灵史　乡土文化　城乡中国　历史叙事

乡土记忆与行进中的现代社会始终相伴而行，乡土经验的开掘和重构不仅担负起表达写作者内心的重要使命，更承载着从一个世代向另一个世代过渡时的文化传承与文明复兴。2019 年湖南散文立足乡土亦超乎乡土，写作者们从故土出发，在脚步的丈量和文字的游走中感受大地的深沉与广博，他们没有一味地批判城市对乡村的吞噬、沉湎于对传统乡村社会的留恋和追怀，而是以个体经验为中轴线，整合历史素材与日常哲思，开拓出一个新的话语场域，重构乡土与时间之流。他们经历着命运的起伏，不断勘破生活的迷雾，以真诚的文笔重塑着乡村，重铸着心灵的自留地，在观照个体命运、抒发个人情感的同时，思考当下与历

* 刘知英，湖南教育出版社编辑，主要研究方向为中国现当代文学。

史、乡村与城市的关系，找寻二者之间的边界和对接点，完成了一次深情的大地书写。

一 故乡、童年与心灵史

散文是一个人的心灵史，对故乡的迷恋是许多散文作家的宿命，从呱呱落地时起，我们的来路就已经注定要伴随这一生，在这片土地上所见的风景，所遇的人事，耳濡目染的风俗民情，无形之中浸入我们的血肉和灵魂，不论将来去到哪里，都如影随形。2019 年湖南散文一个突出的特点，就是以多重视角审视故乡，由远及近、由近及远，身在其中、置身其外，人们在反复的场景切换中，以各自的方式踏上了一次精神返乡之旅，完成了对自我生命历程的回顾与检视。

故乡的存在与大地相关，在大地上生长的万事万物为我们提供了身体和心灵的养分，构成了我们对故乡的最初印象。谭谈的《故乡那座山，老家那个园》从故乡的道路起笔，娓娓道来故乡过去的样子，在今昔对比中，凸显出新时代背景下故乡欣欣向荣的美好变化。曾经遍山石头的故乡“花山岭”，如今在人力物力的协同发展下旧貌换新颜，开出了“现代科技之花，文明生活之花”。孕育了一代又一代子孙的老屋是作者家族精神的象征，也是中华民族精神的一个缩影，在老屋废墟之上建立的老农活动中心正是传统美德在现代社会的延续。蔡英的《故乡，故香》以花香写故乡，香气弥漫的四季也弥漫着作者对故乡的深深爱恋。一枝李花，满城春色；一树柚花，夏日空宁；一片法梧，醉了清秋；一瓶江梅，半山冰雪。七十年山乡巨变的故乡大美，在作者笔下集中体现在花香四季之美，那些细微的动人之处以小见大地诠释了故乡的岁月静好。文中穿插作者的回忆和对生活的感悟，在赞叹草木之美的同时为读者勾画了望城人民的生活图景。彭湘的《未知的远》一文善用比拟，如“长长的牵挂已经成了一条河流，蜿蜒在父亲脸上越来越深的皱纹里”“古城紧挨着一条河，像一个寂寞枯瘦的老祖母紧挨着一盏古灯”，抽象的联想超越了直观的视觉印象，

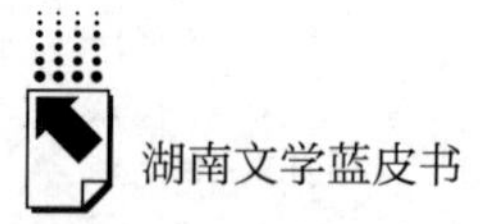

奇崛且耐人寻味。“远方”具有多义性，显层面上是写父亲与姑母手足分离数十年，父亲不顾一切远行相聚的故事；隐层面是写包括作者自身在内的人的生命之根与人生不可避免的离散和死亡。甘建华的《祖山植柏记》以清明时节上祖山种植柏树一事为叙述对象，在详细交代祖山植树起因经过的同时漫谈柏树的科属和寓意、茅洞桥的地形地势、少时在山野间放牛等话题，行文发散，仿佛一片宽广无垠的自由之地，令人心驰。文章始终根植于乡土大地，从作者对祖山先人们的虔诚、敬畏，可以看出其所代表的一种传统价值观——厚土重迁，以德行荫庇后人。在李兴的《清明记忆》一文中，“一声犬吠”就像一个引子，联结起了过去与现在，打开了作者和清明相关的回忆，也引起了读者的好奇心。父母的离世让“我”传承了清明时节为故人烧纸的习俗，也使“我”真切地感受到生的这头与死的那头有着代代循环的告别与怀念。文章追思往事，在对过去的缅怀中留下一丝无奈和怅惘。

故乡之所以深刻，更在于我们与之发生的血肉联系。潜藏在骨子里的对亲人的牵念、不舍，亲人留在我们心灵深处的震撼和感动，永远是故乡对游子最大的诱惑。粟远和的《阿萨的月亮》勾勒了一个“对月亮很介意”的阿萨（祖母）形象。“介意”二字显得有些笨拙、粗鲁、不分青红皂白，但恰恰也充满了乡野的原始气息和鲜活感。有着月辉一样美好品质的阿萨，奉月亮为神明，常常在晒楼上与月亮进行情感交流。在作者笔下，月亮像阿萨心头的一盏灯，而阿萨也是儿孙心中的一盏灯，阿萨形象与拟人化的月亮形象相融在一起，激扬出山谷清幽的纯美二重奏，让读者感受到精神和审美的双重洗礼。在于晓的《外婆的声音》一文中，外婆是“属于黑暗的”，外婆身上带着腐朽的气息，作者厌恶却又因为血缘关系无法逃离，就如作者对故乡的情感那般复杂——既深爱又深恶痛绝。老态、僵化的外婆是抽象故乡的具象化存在，作者借外婆的形象表达出了对故乡爱而不能、恨亦不能的纠结情感。文章结尾，作者终于挣脱了贫瘠的母地逃往城市的原野，外婆也静静地离开了，作者对生命之来路与归处的叩问却没有终结，文章也跳脱出个体的局限，直面群体性存在之谬论，引发读者共情心理。秦羽墨的《歧路上的魂灵》以父亲的离世为中心，串联起既独立又相互关联的三个板块，寄托了作者对父亲的不舍和悼念，也表达了对生命和死亡的思考。“来者何人”一节生动地描述传统农村波诡云谲之奇事，被认为是先人化身的蛇三次光顾，跌宕起伏、惊心动魄的情节推进形成了一个逻辑闭环，在现代科学语境下，颇令读者震撼和恍惚。祖坟橘园与家之间两两相望，橘园的那扇门成了一个隐喻，维系着一个世界和另一个世界的情感交流。鲁丹的《暖流无声》从母亲的无端摔倒起笔，写到父母的相继离世，回忆母亲的隐忍辛劳和父亲的坚强仁慈，童年的点滴记忆浸润着父母的慈爱之心，也泣诉着作者对双亲的深切怀念。生动的细节描写使文章血肉丰满，让父母形象变得立体，在无声的暖流中慰藉着作者与读者的心。文章也映射出农村地区的世俗生活，对人们深入认识农村有重要的参考意义。杨传向的《父亲的身影》语言直露，直抒胸臆地表达对父亲的追怀。文章通过回忆父亲生命的不同剪影，立体建构了一个平凡又伟岸的父亲形象。父亲是黄土地上劳作的农民，用朴实勤劳的双手撑起了作者儿时的天空。与父亲相伴的童年时光在作者笔下幻化成一帧帧动画，纯真美好得令人感动。范诚的《母亲的手》以局部写整体，通过母亲的一双手，塑造了立体丰富的母亲形象。母亲原是城里的小姐，嫁到农村后学会了农活，一双勤劳的巧手变得粗糙、伤痕累累，创造了许多生活的奇迹也刻满了岁月的痕迹。作者褒扬母亲的勤劳善良、勤勤恳恳、踏实的品行，从母亲身上学到了做人的道理。

童年记忆是作家写作的源头，从广袤的乡村大地生长起来的作家们对乡村的自由和苦难有着独特的体会。肖念涛的《炖年关》以铺排的手法层层抒发对炖年关这一旧俗的回忆和感慨，表现炖年关的仪式感和世俗幸福。文章今昔对比，追忆过去又放眼当下，流露出对旧日时光的不舍。在作者笔下，炖年关既是一种传之久远的风俗，更是烙在游子心灵永不磨灭的风景，是乡愁的另一种写照。文章语言充满诗性思辨的色彩，在描述之外多思悟性的哲理表达，体现出作者深刻的见解。彭赞的《泛着白光的日子》是一篇小巧的回忆性散文，文章叙述幼时与哥哥一起跟随父亲“双抢”的经历，

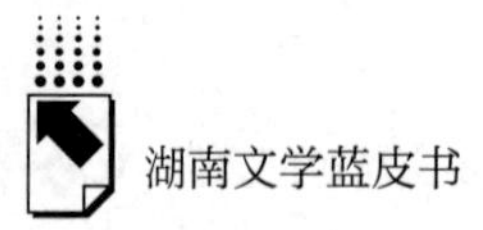

父亲形象与儿子形象形成对照：父亲的脸硬邦邦、冷冰冰，“像一块干涸的土地”，而作者的哥哥像一只小豹子想要冲破父亲的束缚，父与子却重复着同样的无法摆脱的苦难和悲伤。文章很短，像引子一般尚未完全展开就戛然而止，泛着白光受到烈日炙烤的日子烙印在作者灵魂深处，这有限的文字也引起读者无限的遐思。杨汉立的《我的儿时伙伴是一群鹅》有两个时空场域，一个是儿时的孤独，一个是如今的孤独，文章以回忆性画面为主详细讲述成长故事，对鹅的动作神态描写很细致，在乡间放鹅的欢快情景散发着青草般的气息，在文字间飘荡、升腾，沁入读者的心田。与鹅一起长大的记忆，也是作者对乡村、对土地的记忆。文章结尾写到进城之后鹅羽留在了官舟寨，轻描淡写地点到在城市中的孤独，流露出不可名状的忧伤。王芳的《初雪飘落》以逼真的场景还原开头，迅速抓住读者的注意力，随着叙述的展开，在进城卖瓜的过程中，父亲的形象逐渐站立起来，过早体会生活艰辛的“我”的形象也得以勾勒。在作者 13 岁的视角中，父亲西西弗斯式的与命运的纠缠都印在了她的脑海里，并且在往后数十年不断以记忆重现和梦境的方式与她相伴。父亲唱的《北风吹雪花飘》，成了他为自己唱的英雄赞歌。文章笔调低沉冷静，没有渲染和铺叙，直面生活本身，体现出柔韧的力量感。刘诚龙的《四角恋》文风非常独特，以一种轻松纨绔的口吻写出了少年时代的快乐和怅惘。文章从滚铁环和四角板两种不同的游戏展开，语言轻巧俏皮，时而打趣时而牢骚时而豪情万丈，宛若当初那个叛逆的桀骜的孩子，一方面羡慕着教师子弟滚铁环，另一方面又高昂着头，倔强得那么真实。文中夹杂了口语、书面语和文言文，场景描写虎虎生风，形成“四不像”又回味无穷的鬼才风格。黎孝民的《母亲的春愁》以儿童视角回忆母亲带着“我”挑着 100 多斤的重担翻山越岭去卖米糠的往事。卖米糠的过程翔实且一波三折，一个顽强不屈、孱弱却硬气的农村妇女形象跃然纸上，代入感非常强。罗瑞花的《他从城里来》人物描写非常生动，通过丰富的语言对话和神态动作描写，勾勒出老师与孩子们的亲密关系。文章是对儿时的美好回忆，也是对作者自己所从事的教师职业的一种期许，情感真挚。

二　从乡土文化到城乡中国

离开乡土，无以为中国。中华数千年农耕文明在乡土大地上衍生出瑰奇斑斓的民间文化，但工业时代逐渐取代农业时代，计算机网络对传统社交网络造成挤压，从原先封闭的、自成规约的未开化之乡土，到如今城乡接合下的新农村建设，一个庞大的、完整的新式文明正在建立。在这个过程中，个体生命如一粒沙、一滴水，被迫卷入时代的浪潮，亟待精神层面的观照。2019 年，湖南散文试图为消逝中的乡土文化留下剪影，探索一条新与旧和谐相生的精神自由之路。作家们关注乡人的生命样态和精神品质，在城乡结合、新旧更迭的夹缝中，高扬起人的主体价值。

乡土文化以其内部的强大生命力浸入人们的生活，成为乡村大地上开出的一朵奇葩，作家们在领略其风采、感叹其精妙独特的同时，为读者呈现独具东方特色的文化盛宴。李新文的《穿越生命的符码》以八仙桌为物象，以乡村文化的集大成者表叔公为中心人物，一物一人两相对照，深度挖掘乡土文化内涵，描绘了一幅壮阔的乡村生命图景。八仙桌承载着乡人的生老病死、长幼尊卑，也融入了乡人复杂的情绪。文章从去给表叔公祭祀写起，路遇一个崩坏的八仙桌，寓意着跟八仙桌一样承载一代人的文化和气节的表叔公也已西去，“我”跟爹还有儿子，则代表了三代人的文化样态。杨旭昉的《画笔村》不仅关注画笔村良好的生态气场，体现出生态写作的特点，还关注生长其上的独特乡土文化，为读者认识侗族风光提供了新参考。文章介绍画笔村的地理位置，从房屋建造、交通道路等方面凸显画笔村人的劳动智慧和优良传统，通过家祠文化引出画笔村豪杰志士的故事，掀开一个有着厚重人文历史背景的古老村落的神秘面纱，激活乡土大地上的文化基因。陶永喜的《情醉皇都》详细描摹皇都的自然风光和人文景致，让人在山清水秀之中感悟历史，山花披霞，草木生香，皇都的古韵和自然之美颐养着作者的失意和惆怅。鼓楼、普修桥、吊脚楼、铜鼓石巷，还有行走其间的侗族老人和少女，飘荡在山谷里的侗家敬酒歌，在作者笔下徜徉，令人流连忘返。吴昌仲的《半坡涌莲》从半坡侗寨的岩饭节盛大的活动现场写起，热闹、庄严的天赦日祭祀活动如一份独特的文化大餐，令读者回味无穷。作者以文字引领读者观览半坡侗寨的风土人情，引出女药神婄欧的传奇故事，并通过文学想象还原婄欧的传说，为文章蒙上了一层瑰奇色彩。半坡涌莲是美好的节日信仰，也是人们对生活的期许，更是人性之光的真情流露。张建辉的《杀年猪》用精彩的文笔记叙了土家族杀年猪的传统仪式，文章声色俱全，嫁出去的女儿和在外工作的年轻人都回到山寨，烫猪开水冒热气的“咕嘟咕嘟”声、杀猪铁器碰击出的“叮叮当当”响、猪的嘶叫、孩子们的欢呼，热闹的场面烘托出一幅独具土家族特色的文化景观。周美蓉的《糊仓》介绍了沅古坪地区糊仓的习俗。文章追溯了古代农耕社会糊仓的起源，并以1978年砖溪洲生产队的社员们的糊仓活动为着力点，从神态、动作、语言多方面记录了热闹非凡的糊仓现场，将劳动人民的辛勤和喜悦表现得淋漓尽致。姚雅琼的《亦歌亦哭新姑娘儿》写土家族哭嫁的风俗，并以此解读女性的心理和命运，为读者了解哭嫁提供了感性资料。文章情感细腻，不仅关注哭嫁的形式、场面，介绍哭嫁的来龙去脉，更关注参与人物的不同心理感受，贯注深切的人文关怀。邓宏顺的《古树之舞》写花瑶人盛大的节日讨僚皈活动，展现花瑶人以古树为安、以古树为伴、以古树为亲的精神传统，既有整体的狂欢也有以失明的奉哑妹为代表的个人的欣喜。龙宁英的《追着古歌走松桃》以苗族古歌为线索，连缀起苗族的祭司文化、土司、土地庙等令人叹为观止的民间传统，为读者解开了苗族的生命密码。

认识乡人精神，是探析乡村本质的重要切口。当城市不断向乡村逼近，乡村社会式微之时，体现在个体生命中的正面价值取向和精神追求建构起了乡土叙事的美学空间，为读者展示了一个乡村精神乌托邦。刘克邦的《涟水谣》用第三人称“他”和“她”的视角写了湘乡一个耕读之家几代人的故事，塑造了三个相互纠缠又充盈着人性之美的普通人形象。“他”与两个“她”在时代的洪流中命运纠缠，形成了“三角恋”关系，但因为本性的良善、纯朴、与世无争，人物身上的慈悲和宽容品格像涟水一样缄默无言，演绎出一场凄美悲壮、令读者动容的人间活剧。因为所写人物与自己血脉相连，作者笔墨间饱含深情。蔡勋建的《一针一线皆关情》通过对父亲几十年传统手艺人经历的回顾，写出了一个行走乡间的裁缝的足迹。从缝扣眼、绞襻子、钉扣子到缝制衣服、学习裁剪，文章用简洁有力的文字勾勒出父亲这个乡间手艺人的一生。文章动作描写非常精彩，在瞬间的捕捉和刻画中毫不拖沓地塑造出栩栩如生的人物形象，也凸显出其精湛的手艺和宽厚的为人。丘脊梁的《锋利的预言》开头悬念重重，引人入胜，弥漫着一股神秘莫测的力量，赊刀人对牛角冲来说意味着什么，似乎只有一步步跟着作者的节奏往深里走，才能得到答案。正如作者不断地给读者设置悬念一样，忽然到来又悄然离开赊刀人的预言给牛角冲人的生活设置了悬念。一些被生活压迫得走投无路的牛角冲人，就是在这些悬念和画面的鼓舞下，挺过了难关，迎来生命的春天。作者借赊刀人这一传统农耕社会的“报春花”表达了对生活的思考。高尚平的《船人三吴》写吴阎王、吴虱婆、吴抹布三个性格各异的驾船人，展现洞庭水域的地理特征和长时间在这样的环境中熏陶出来的当地人的性格。文章行文老练，语言劲道，如果将秀气的美文比作西点，精致得丝丝入扣，那么《船人三吴》则是典型的中式包点，汤汁四溢、热气腾腾，令人大快朵颐，感到大汗淋漓的痛快。袁姣素的《识得人间烟火》一文节奏明快，文风舒朗，寥寥数语即从不同侧面勾勒出“胡子哥”的外形特征和性情追求，塑造了一个有智慧、有干劲、有见识且褪却俗世烦恼、投身家乡怀抱的“美髯公”形象。文章散发着打马归来的英雄气概，也难掩青山绿水中的宁静祥和。

乡土经验写作关注乡民们世代相因的生活方式，更观测个体的情感、情绪，注重从细枝末节的日常生活，深入人物的内心，把握其在现代化进程中的心理脉络和生活寄望。谢永华的《我和卓玛》一文向读者介绍了一个性格开朗、健美乐观的藏族姑娘。在与藏族姑娘卓玛的交往中，作者不断深入了解藏民族的习性、风俗习惯、生活特征、建筑、饮食等，一次又一次被卓玛的爽朗真诚、不怨天尤人的简单所感动。周伟的《他们，或薄凉的尘埃》没有铺叙扶贫的政策和政绩，而是用细腻的笔触描绘出系列性格各异、命运各异的农村贫困人物形象，通过深入观测贫困个体的生活、心理，突出其生存困境和精神困境。文章语言贴着人物走，动作、神情描写细致，像两棵枣树一般相互依靠的兄弟俩、古板又硬气的赖显增、好强但命途多舛的唐云花等人物真实生动，不再是一个简单的贫困符号，引领读者体会农村的切肤之痛，试图在文字中找到医治贫困的良策和治本的药方。刘晓平的《高山上的花园》截取高寒山区贫困区花园村扶贫工作的一个片段展开描写，在调查走访花园村的过程中，引领读者认识了这个村子的地势形态、历史背景和渊源，更通过队员之间的对话，向读者展示了花园村已经取得的扶贫成果及未来的美好规划。文章积极昂扬，奏响了时代的凯歌。胡小平的《结缘在路上》从自身跨时20多年的几次扶贫经历出发，为读者提供火热的扶贫一线“快讯”。文章通过大量细节、语言对话描写再现扶贫工作日常，既彰显出帮扶者救困济难、友善互助的优良品德，也在不同时空的对比中，对扶贫工作有了辩证的看待和思考。范精华的《尾闾人家》反映了改革开放前一段时期洞庭湖区人民的生活，以清新的笔调勾勒出洞庭湖平原的风俗画。文章古朴雅致，简洁又不失生动，以平常的劳动场景反映出当地人的勤劳、健硕、丰收的喜悦和劳动的荣光，充满乡野情趣。杜华的《舅母住在大山下》以与新中国同岁的舅母为典型，展现出人物在时代变幻中不变的真善美。文章通过语言、动作和神态描写来塑造人物，很多方言俚语以人物的口吻说出来，反映出原汁原味的农村生活场景。尹振亮的《大姨》回忆少年时代大姨对作者一家人的救济、帮助，展现普通劳动妇女纯朴善良、同情隐忍的品质，朴实无华的场景和对话，写出了农村生活的本色。文章贯注着作者对大姨的感恩之心，朴素但真挚。

三　历史题材的现代性观照

“以人为镜，可以正衣冠，以古为镜，可以知兴替”，历史的演进对当下有重要的参考意义。如何看待历史，能否明辨历史是非、保存历史古迹原貌、传承历史人物的精神风骨，一定程度上也决定着人类的未来。但文学创作对历史素材的塑造，与史学考据是大不相同的。通过充分调动感官、技能来重构历史记忆，用有血有肉的细节赋予历史生命，文学创作承担着史学所不能及的重要意义。2019 年湖南散文在历史题材的开掘上更多地与当下结合，让历史具有了时代的温度。以古鉴今，那些从历史烟尘中走来的古人、古物、古城、古老之精神，在现代性观照下绽放出新的光辉。

一方水土养一方人，每一个地方都有其独特的历史渊源和沉淀，而作家的使命是去感知，以文字为触角，拉开真真假假、虚虚实实的时光大幕，用文学想象还原一地之魂灵。吴昌仲的《千秋一碗兵书阁》以“碗”为中心物象，综览兵书阁村的历史源流和人情风貌，将过去和现在、大义和小情有条不紊地编排在一起，形成了一篇内容广博、意境深远的长文。文章立意深刻而落笔微小，在苗寨潘家吃饭的碗与自己家吃饭的碗首尾呼应，收束架构起历史这一只大碗，并通过讲述文天祥的就义故事，在“千秋一饭”的场景还原中，完成了主旨升华。姚建刚的《我在古窑遇见你》一文深情款款，从初识古窑到追溯古窑的历史渊源，作者绘声绘色地为读者还原了杜甫与李龟年在铜官窑结下的情谊，更以“黑石号”为触发点，引出了大食国女孩与铜官窑制窑师傅的千古绝恋。作者的想象力非常丰富，对人物内心世界的感知细腻深刻，曲折缠绵的情感线与清新秀丽的水乡风光交相辉映，使原本被岁月风干的历史躯壳具有了血肉的弹性。余海燕的《古岸陶为器》从自家的生活出发，通过生活细节表现陶器的实用性，如碗柜中闪着亮光的陶碗、奶奶腌制盐菜的陶坛、藏零食的石灰缸等常见的陶器承载着人们的儿时记忆。同时，文章还从陶器的审美性和文化性切入，关注形而上的意义，为读者了解铜官窑及其文化内涵提供了线索。张雄文的《通道的红与绿》一文从“红”字起笔，用文学想象还原通道会议，还原历史脉络，在走访之中捡拾起散落在通道这片热土上的无名烈士，以此彰显红军精神。“红”是通道革命热土的象征，火红的霞光与火热的革命相互映衬，映照出革命先烈们的赤诚忠心；“绿”是通道山山水水的写照，是和谐是和平、青山苍翠人们生机盎然。红是为了绿，绿源于红，文章构思巧妙。谈雅丽的《兰州城的黄河记忆（外一篇）》通过走访兰州大地，发散性地写兰州的地理地貌，激活黄河记忆，进而发掘出黄河所包孕的中华民族精神。纵横南北的兰州由黄河穿城而过，自成一种滔天气势，在作者笔下一如血性的勇士，散发出破坏和再生的力量。徐辉的《黄土刀锋的血性抵达》文风如题，将宝塔山比拟成英勇杀敌的大将军，在激昂饱满、气壮山河的情感抒发中，凸显延安的红色记忆，还原延安的峥嵘岁月，使读者在跟随作者的“镜头”鸟瞰磅礴起伏的黄土地后感受到一个国家的力量、一个民族的传奇。叶梅玉的《遇见寨英》以细腻深情的笔触写寨英古镇的岁月沧桑，城门、古墙、庭院、小巷，作者不急不缓地描摹着日光之下静谧安详的古镇生活，传达出悠悠古意。文章更将寨英古镇比作高瞻远瞩、胸怀韬略的智者，以其闲舒、豁达带给读者启发。

湖湘文化源远流长，经世致用、敢为人先的湖湘精神影响着一代又一代湖湘士子，感受湖湘名士的血性担当，传承发扬湖湘精神，对现代社会具有重要价值。张雄文的《紫云下的书香》漫步文定书院，怀想发生在此背后的历史故事，品悟胡安国、胡宏父子和张栻、曾国藩等几代湖湘学者的故事和精神。文章情感充沛，情景交融，多有长句描写，如“一个落霞织锦般铺满西边天上的春日，青衣长髯的胡安国因命途多舛而淡漠的眼神蓦然灵动起来，被眼前漫舞的霞光深深牵引，久久不肯旁骛它顾”“颠沛如风中憔悴的飘蓬”，用诸多修饰语烘托人物的心境，试图以文学的塑造力还原历史人物的内心。奉荣梅的《五夫镇，半亩方塘活水来》探寻武夷山中朱熹故里五夫镇，以自己的足迹串联起南宋时期儒者、文人荟萃之地的文化历史，以文字激活南宋特定历史阶段的文化标本遗存。文章篇幅浩大，洋洋洒洒近万字，将历史人物故事与当下相结合，事无巨细地还原朱熹故里的现状，并在碎片化的缝隙中，讲述朱熹生平及其与义父刘子羽、湖湘学派代表人物张栻等人之间的密切关系，用文字引领读者参观五夫镇，通过五夫镇的古街巷感受朱熹时代的文明气象。王丽君的《朱张渡》聚焦湘江文化古渡朱张渡，讲述朱张渡的前世今生，通过古迹弘扬以朱熹、张栻为代表的湖湘名士的美德和精神，激活湖湘文化昌盛的历史、湘江载道的荣耀。文章语言平实，节奏和缓，以事实陈述为主。

在历史的宏大主题中，承载历史本身的始终是一个个鲜活的人，以文学想象还原人性的复杂多面，解读人物内心的情感，以人之小见史之大，更能打动读者。刘诚龙的《绝交之典范》以山涛和嵇康的故事为出发点，解读古人古事，讽喻世道人心，阐明两种不同的处世之道及其碰撞出的绝美花火。文章语言嬉笑怒骂不拘一格，将山涛和嵇康戏称为“山兄”“嵇弟”，文中还夹杂着大量现代词汇，更有“嵇康在自媒体上发表《与山巨源绝交书》，转发，点赞，打赏，给‘好看’”等创造性解读令人忍俊不禁。山涛的胸襟与嵇康的风骨对照，绝交与深交对照，古代事物与现代事物对照，交错相融之中让读者感受到不同的视角切换，体味到不同的人生选择所蕴含的深远意义。凌鹰的《地狱边缘的花朵》通过作者 12 岁那年的一场脑病，在逼近地狱的死亡体验中，将自身的人生经历与表现主义代表画家爱德华·蒙克的人生联结起来。文章参与感非常强，尽管作者与爱德华·蒙克处在两个不同的时空，却能在对爱德华及其画作背后深刻的情感和情绪表达的真切感知中，实现创作主体与创作对象的精神共振。“地狱边缘的花朵”隐喻了爱德华·蒙克在极端绝望、阴郁、恐惧的境地中表现出来的生命韧劲与艺术爆发力。在地狱的边缘绽放生命的光华，凭借毅力和艺术表达自己的灵魂，也是作者所敬仰、讴歌的。文章对《呐喊》《生病的少女》等表现主义画作的品鉴深刻而有见地。彭晓玲的《李闰：前尘往事不可追》以谭嗣同、李闰夫妻二人生死诀别的情形开头，感人至深地追溯 25 年的夫妻时光，从谭嗣同妻子李闰的女性视角，串联起谭嗣同经世致用、救国救民的一生，还原一个从旧式社会走来、在新时代中继承丈夫遗志不断发光发热的“巾帼完人”形象。李闰一生坎坷，但个性柔韧坚强，为人治家、造福社会体现出丈夫担当，与谭嗣同抛头颅洒热血的壮怀激烈一样令人震撼、钦佩。

四　山水气韵与日常之思

写景寄情是散文的一大基本功能，对当下景色的体验式书写素来是散文创作的重要主题。但写景的要点依旧在于动情，景是表象，充盈个体主观情感色彩和价值观的思悟才是写景抒情散文的内里。从山水风物中领略自然之美，将俗世情感融入所见所闻，在观物的同时通心，以去宏大叙事的细琐窥见人生的哲理、还原生活的肌理，抵达以情动人的审美境地，是 2019 年湖南散文创作的一大特点。

对风物景色的描摹和解读不仅能体现作家的文字功底，给读者带来审美愉悦，更能直接表现创作主体的心灵世界，在山河大美的描绘中引起精神的共鸣。李炳华的《拾梦澧水河》是一篇短小精致的写景散文，作者在有限的篇幅中，以脚步的丈量和思绪的徜徉，写出了一幅如水墨丹青般秀美曼妙的澧水河夜景。文章并不以纷繁的各色景致取胜，而是对确定的事物作出了发散性的、不确定的叙写，通过作者的细细品咂，咀嚼出其中的意蕴和精髓，把澧水河这个“有一点点小资的气息，却没有一丝一毫的脂粉气”的浪漫而极富内涵的精致女子写深、写透，写进了读者心里。谢德才的散文精巧清新，不是大篇幅地描述一个地方的历史背景和来龙去脉，而是关注当下，记录此刻，写出一种鲜活的现场感：《行走张家界》散文组选取牧笛溪的碾房、桑植的“摇钱树”、刘家寺的水井三个微镜头，用纯挚热烈的笔调写出张家界农村地区原生态的生活方式和原汁原味的乡情乡意，以贴近生活、贴近人物的自然描述给读者展现出一幅农村风俗画；《一个人的凤凰》从沱江的灵动、虹桥的雅致、沈从文墓的朴素清幽切入，写出作者对凤凰独有的感受，充溢着对人、对事、对生活的热爱。杨庆生的《归璞，心之所属》是一篇抒情小文，文章着眼目所能及的事物，任思绪翩飞而引发无尽遐思，融情于景，抒发对大自然的眷恋、对静谧家园的向往。夏夜苍穹是作者放飞心灵的疆场，临风摇曳的树、湿润的空气和田地，构成了作者的梦乡。文章优美精致，给读者带来审美愉悦。

往昔岁月中的人和事仿佛一坛历久弥香的时光之酿，散发出耐人寻味的甘醇，在追忆和找寻之中，总能带给人们触动。奉荣梅的《念楼小记——与钟叔河一家二十年的文字之谊》回忆与钟叔河夫妇及其女儿一家的文字之谊。文章以朴素隽永的文字细述 20 年来的点点滴滴，在书稿的往来中传递出丰厚家学和真挚情谊，钟叔河先生及其家人谦和、认真、与世无争、悲喜不言的为人，在平实之中带给读者感动。文章还述及钟叔河先生与杨绛先生之间的交往，体现出两人共同的悲凉与豁达。王跃文的《难忘当年AA制》回忆与《当代》杂志社结下的不解之缘，既讲述了作者写《国画》这部作品的曲折往事，也用轻松打趣的大白话串起时间线和故事线，从“AA制”这个细节让人认识了周昌义、洪清波等《当代》杂志编辑。文章通俗易懂，节奏明快，生活化的语言真诚直白。马笑泉的《渐行渐远终同在》一文追溯少时如痴如醉读金庸的青春往事，讲述金庸武侠小说对自己心理成长和写作技法的深远影响。从《飞狐外传》的湖湘情结到《笑傲江湖》的巅峰写作，从《射雕英雄传》的儒家叙事到《天龙八部》的以佛眼观照人物，作者在品悟金庸作品的过程中收获了宝贵的文学启蒙，更在点评金庸作品的过程中为广大读者尤其是“金迷”提供了一个金庸大观，既能激起人们的情感共鸣，也致敬大师、传承其精神。

生活是一个多面镜，不同的角度照出不同的真实。从庸常出发，看到生活的另一种真相，通过深刻的记录、鞭辟入里的思考，触及生活的根本，追问生命的意义，是作家努力的方向。玉珍的《天生》一文文笔老练、洞见深刻。文章开篇亮题，从儿时的印象记忆谈到人类的精神归宿，从人造的艺术谈到野生的力量，纵横阔论天然天生之美。文章语言简洁有力，充满了玄学般形而上的阐释，由一点而不断向四周发散，一层又一层的涟漪围绕“天生”二字不断荡漾开来，以此揣摩宇宙人生。作者倡导一种缓慢的、粗糙的、无拘无束的、立足于大地的生活，思考远离自然走向工业文明之后人的心灵寓所之所在。方欣来的《巷语》从猫的视角出发，见证巷子的日常生活，还原岳阳水乡的生活场景。文章语言纯熟，对事物的观察和描绘自然且巧妙，既有写实也有比拟、象征和主题思想的升华，表现出圆融的艺术境界。人、猫、鱼、“我”多个“机位”全方位展示，在场者既是旁观者又是亲历者，“我”旁观着猫，猫旁观着巷子里的人和事、人和鱼，鱼旁观着人与猫，多重视角随时切换，多种口吻交叠发声，在复调中书写时光之境，揭示生命的样态。张灵均的《十二生肖里没有鱼》围绕“鱼”这个凝结点，聚焦日常生活的家长里短，记录一个小家庭的喜怒哀乐，通过许多平常又具有深意的小故事，表现出生活真实的负重与轻盈。文章结尾，给一尾鱼的秘密葬礼成了女儿写在日记里的小心事，相比于以往岁月中的俗世烦恼，这样一种单纯天真的愿望打开了一孔光亮，让希望透进来。袁道一的《低伏》一文从身边的小人小事切入，以蒸菜馆的老板一家和用餐的农民工、大药房里收银的胖姑娘、按摩店里的盲人师傅为观察和描写对象，揭示到城市里讨生活的农人后裔朴素的人生理想和沉重的生活现实。作者关注普通人，并在检省自己人生历程和体察普通人生活史的过程中，书写着底层真实的生命篇章。文章细节描写生动，对所写的人物怀着深切的同情，从低微之处高扬起积极乐观的理想主义精神，带给读者以感动和温暖。申瑞瑾的《茶与故人》一文由茶串联起故人往事，题为写茶实则写茶中人情，以茶为桥梁传递人与人之间的真情谊。文章通过碣滩一号、水蓝印、老挝生普三种茶，缓缓托出老舅、桃花诗人、同学三个人物及其生命故事，人物身上的仗义、宽厚让人敬重，他们遭遇变故而逼近死亡的人生则令人怅惘。作者以茶寄托哀思，表达对故人的追思、对生命的珍视。

在快速变化的现代社会中，人们越来越重视日常生活的审美化，向往一种节奏舒缓、诗意闲适的生活方式。邓跃东的《人息屋檐下》一文语言朴实无华，像是土地里长出来的庄稼，没有什么花样，但亲切自然，还有一种原始的美感弥漫其间。因为立足农村，与农耕相关，与农人相关，文章也有一股泥土的气息。从乡人做事累了在土屋里歇脚喝茶，写到现代人对茶的理解，作者在悠闲散漫的文字中传达出一种观念——茶是慢慢喝，不拘泥于形式才有内容，生活也是随性、自然、慢慢的才好。在葛取兵的《一树花开，一树叶落》一文中，草木如人亦有真情。香樟、桂花、杜英都承载着一个城市的记忆，也寄托了作者对旧时光的缅怀。根、茎、叶、花、果，作者详细揣摩花木之美，也在其间穿插着诸多跟花木相关的故事，细细品味着人生的苦与乐、城市的兴衰荣辱。赵燕飞的《花奴》从去花卉市场选购花木写起，到将花木搬回家之后的侍弄，在对话和动作的细致描写中，将爱花之人的心理表现得完全、贴切，塑造出一个活脱脱的“花奴”形象。文章以记叙为主，其间穿插数次购花、养花的经历，内容平常但写得精彩迂回，饶有趣味。王亚的《茶隐者》一文从茶说开去，列举茶圣陆羽、诗人白居易等历史人物的茶隐故事，李商隐、谢安、王羲之等诸多人物点缀其间。文章语言古朴雅致，写出茶隐之人的淡泊疏空之感，如“那夜有月未满，山石卓然，树影憧憧”一句寥寥数语勾画出一幅清幽画境，令人流连；“晚来风清月白，便于花香树影间畅然纵酒，待得月移中天，披了一身花影颓然睡去”，清幽恬静的月色下“披”一身花影，则意境绝妙。黄孝纪的《食有鱼》描写鳙鱼、草鱼、鲢鱼等乡间常食的几种鱼，在对不同的鱼的解读中，传递出不同的野趣和记忆。文章以鱼为中心，凝聚了往昔诸多生活场景，还原了一段清贫但丰富的乡野记忆。安敏的《夜来香》通过一抹夜来香，牵扯出楼下种花的姜家老两口的故事，以夜来香的安静无声象征姜家老夫妇打点时光的安然、满足，赞誉其朴素、真诚、简单、与世无争的美好品质。文章语言通俗流畅，话家常一般向读者娓娓讲述身边的琐碎故事，如夜来香的淡淡香味，似有若无，清淡悠远。

2019 年，湖南散文创作在广度和深度上较之以往取得了重大突破。尽管写作主题和素材未发生根本性改变，行文立意和价值探求却表现出迥然相异的审美倾向，写作者们在有限的园地中往深里开掘而不是浅尝辄止，整体呈现精深多彩的纯熟状态。这一年，湖南散文创作可谓丰收，从生命的来处出发，着眼于三湘四水乃至苍莽大地，始终是湖南散文作家的创作根脉之所在；从当下起笔，不断将笔触伸向更遥远的过去，追问意义和价值，探寻生命的未来和去处，则是湖南散文作家集体的文化自觉。

B.5 报告文学：大道至简　衍化至繁

黄菲蒂*

摘　要： 2019 年是有历史里程碑意义的一年。献礼新中国成立 70 周年的作品是主色调，纪念建党百年的作品也大量铺开，记录脱贫攻坚的作品仍有延续，红色题材、人物传记、科技民生的主题均都有涉及，报告文学评论写作也有声有色，湖南报告文学整体态势蔚为壮观。

关键词： 脱贫攻坚　人物传记　红色题材　科技民生

湖南报告文学自成立学会以来，作家们勤勉耕耘，以群体身影现身文坛，以有目共睹的创作实绩稳步走在全国报告文学创作前列。2019 年，在长沙举办的“庆祝中华人民共和国成立 70 周年·湖南报告文学作家创作研讨会”上，中国作家协会副主席、中国报告文学学会会长何建明不失时机地提出“报告文学湖南现象”这一说法，“随着湖南报告文学的蓬勃发展，优秀作家和优秀作品的频频出现，老中青作家梯队的科学搭建，‘报告文学湖南现象’已蔚为壮观，湖南报告文学在全国范围内走在前列”，这是对近年来湖南报告文学整体成绩的总结与肯定。2019 年，献礼新中国成立 70 周年的作品是主色调，纪念建党百年的作品也大量铺开，记录脱贫攻坚的作品仍有延续，红色题材、人物传记、科技民生的主题均都有涉及，报告文学评论写作也有声有色，湖南报告文学整体态势蔚为壮观。

---

* 黄菲蒂，文学博士，湖南涉外经济学院副教授，主要研究方向为中国现当代小说和报告文学。

一　数风流人物还看今朝：英雄的土地与可爱的人们

时代主题某种程度上就是报告文学的创作主题，报告文学作品的价值一定程度体现在对重大主题的把握上。“精准扶贫”是近年来国家层面的重大民生工程，扶贫主题的报告文学写作持续至今。纪红建获中宣部第十五届“五个一工程”特别奖、第七届鲁迅文学奖的长篇报告文学《乡村国是》即为这一主题的标高之作。2019 年是脱贫攻坚的关键年，湖南乡村百姓走出贫困的渴望与努力也一直是作家们的心中守望。

纪红建在《乡村国是》之后，并未远离那些远方的土地，2019 年他再次回访中国乡村，试图在时间和空间的变化中，寻找变化的乡村经济，也寻找那些不变的乡村人情；记录贫困乡村在精准脱贫大潮中发生的巨大变化，见证精准扶贫理论和思想的产生、发展和形成，擘画人类命运共同体的中国担当。这部正在创作中的《中国足迹》值得期待。

同时，由湖南省报告文学学会和湘潭大学出版社联合策划的长篇报告文学“脱贫攻坚在湖南”系列丛书从 2018 年 10 月开始启动，由来自省报告文学学会的 5 位作家主笔，围绕湖南脱贫攻坚的主题，各有创作侧重。其内容涵盖湖南省扶贫全局（杨丰美主笔）、老区扶贫（王丽君主笔）、教育扶贫（张雪云主笔）、旅游扶贫（李伟主笔）、社会扶贫（刘慧主笔）共五个方面的写作，以丛书形式聚力推出，着力展示湖南脱贫攻坚风貌。作家们行走在三湘大地脱贫攻坚一线，实地采写，用心创作，一番耕耘，终有收获。在 2019 年 8 月召开的审稿会上，专家们就如何增强作品的思想性、感染力，调整框架结构等方面提出了许多具体的修改建议。目前，这套丛书已基本成型，2020 年初出版发行，我们期待作家们呈现湖湘大地脱贫攻坚的风貌。

谢慧的《古丈守艺人》以湘西古丈茶人为书写对象，是一种贴近大地、接活现实的写作。该作是省作协“梦圆 2020”签约作品之一，作品由 28 位古丈茶人的人生故事组成，其中有着他们对家乡和茶艺的挚爱，创业中的艰辛与收获，生活中的进取与困惑。古丈是一个国家级深度贫困县，以茶致富，是这里精准脱贫的重要举措，这首先是一部关于扶贫脱困与乡村振兴的主旋律作品，但作者并不以常见的简单对事实的报告、对英模人物的赞颂组织叙事。学者丁晓原认为："这是一部拾小取微的作品，作者以对题材的有效获取和内在意义的表达，给出了报告文学走向生活全景写作的种种可能性。谢慧所写的古丈，'藏在大山深处，全县人口目前不到 15 万'。所述茶人其事，大多寻常，没有多少新闻性和故事的传奇性。但正是这样的寻常，恰是更重要的日常，它关联着生活中的大多数人。谢慧的写作致力于在寻常中发现意义，并赋予寻常以意义，这样它能够唤起我们对寻常中所藏价值的留意和尊重。"将自我情感投入对象的书写体现着主体性的存在，正如作者所说，"为了寻访沉潜于民间的湘西古老技艺，我回归到一个最为普通的'古丈看见者'，我愿意是一个传播手艺美的'守艺人'，不惧辛劳、不畏时光。"作者前后用了五年时间来采写采访近一百位茶人，这种心力和脚力的执着是对报告文学文体的虔诚。

此外，尹红芳的《苗乡"保尔·柯察金"的逐梦之路》、胡小平的《为了共同的事业》都记述作者亲临一线的扶贫体验。众多报告文学作家默默行走在湖湘大地的深处，真诚记录全面小康的时代变迁。

关于近年来扶贫题材的创作，学者李朝全认为："脱贫攻坚题材的创作数量已经不少，目前面临的最主要的问题是亟须特别注重克服在创作上存在着的同质化、概念化、模式化和抽象化、说教化的缺憾，努力挖掘刻画出新鲜的、鲜活的'这一个'，塑造出有情有义有个性的人物，开掘出具有特殊地域性、民族性色彩的生动感人的故事情节，提炼出更加精辟独到的主题立意和思想，为历史留存几部堪当史志史记的大书。"这段话对中国扶贫题材作品存在问题的评价是中肯、确实的，同样值得我们湖南作家重视和思考。

大的时代变迁，时代建设中做出奉献的人们都值得我们赞美。英模人物写作也是湖南报告文学的一个传统领域。欧阳伟的《我们发现了新中国第一个铀矿》在《光明日报》以大版面推出，并登上"学习强国"平台。这个作品用生动的语言和故事，阐释了新中国第一个铀矿的发现始末，以及过程中的艰难曲折和重大意义。不久，与此相关的长篇《中国核奇迹》在

《中国报告文学》杂志以头条发表，对新中国的核事业发展做了更详细的挖掘和呈现。这两部作品是作者长篇报告文学《中国铀》的节选，该作已经完成初稿，即将付诸出版。另外，他与纪红建合著的长篇《山村中国——闽南乡村发展纪实》也付梓在即。该书讲述的是习近平在福建工作期间，先后两次来到厦门市同安山区调研，指导脱贫致富的故事。长篇之外，欧阳伟《为梦折腾的人》《“方程刑警”的轨迹》等作都展现了一位老作家的笔耕不辍。

纪红建的《在行走中感受力量》讲述了自己在行走中发生的故事以及对行走的理解，他坦言：“我愿一如既往地走进人民之中，做一名忠实的行走者、记录者、思考者和报告者。”行走，从而获得真实可贵的体验，这是报告文学创作的基础，在这里，行走其实更是一名纪实作家的创作态度。躬身于乡野民间，在生活中吸取创作养分，对今天的作家而言尤其可贵。2019年，纪红建的创作视野有所转变，从时代题材走向文化纵深。他将目光投向长沙铜官窑，这里精美的瓷器曾经随着海上丝绸之路走向世界，他试图重走这条文明之路，构思《彩瓷帆影》一作，追溯长沙彩瓷从中国走向世界的恢宏历程。纪红建前期创作以长篇为主，2019 年，他更多尝试短篇的写作。《奔腾吧，霞湾港》一文以霞湾港为视点，讲述了株洲清水塘老工业区 70 年峥嵘发展历程，以小见大，展现 70 年来的工业变化。在文章最后，他说：“那是无数条霞湾港，共同奏响的迎接新中国 70 华诞交响曲。”《秋天的喜讯》在《人民日报》以将近整版的版面推出，这是一篇致敬“共和国勋章”获得者袁隆平院士的作品，“水稻之父”袁隆平心忧天下的形象塑造得生动鲜活。

一批书写时代楷模的作品相继涌现。余艳的《老兵战舰》追忆中船重工牺牲的专家，《大国引擎》报告国防科大超算团队的自主创新。在她的笔下，人民英雄、大国重器等形象鲜活了起来，他们活在中国发展的伟大历程里，活在我们深厚的土地上，活在人民群众内心深处。此外，报告文学《板仓绝唱》入选新中国成立 70 周年优秀文学作品“报告文学卷”。杨丰美、纪红建合著的长篇报告文学《世界屋脊的光芒》是中国科学院、中国作家协会、中国科学技术协会联合组织创作的“‘创新报国70年’大型报告文学丛书”之一，该书讲述了中华人民共和国成立以后，中国科学家对青藏高原所进行的一系列全面、系统的科学考察，以及取得的举世瞩目的成就。几十年筚路蓝缕，青藏科考这项涉及地理、地质、土壤、冰川、动物、植物、大气、冻土、地球物理、古生物、湖泊、地热等多个学科，牵动着我国上千位科学研究人才队伍的伟大事业，在世界科学史上写就了一部波澜壮阔的史诗。《世界屋脊的光芒》一书以宏大的结构、生动的故事，力求全面地、真实地再现这段峥嵘历史，为国为民、艰苦奋斗、团结合作、无私奉献、不怕牺牲等科学精神印刻字里行间。让读者在阅读时俨然也跟着科学家们行走在无人禁区、原始森林、巍峨冰川、壁立峡谷等艰险之地。

王丽君的《一生承诺》书写了央视“2017年度感动中国人物”谢海华和谢芳夫妇相守一生的故事。在一次见义勇为中，谢芳成为家喻户晓的女英雄，但也因此而瘫痪。谢海华从部队转业，却偏偏中意了这个勇敢的女英雄，两人一生相守，艰难，却幸福。作者在叙事上以大故事套小故事的方法，不断地在插叙、闪回、倒叙中重现历史情境，让当事人自己讲述时间原委，现场感很强。我们从这个故事中看到了一份能在对方身上实现自我、超越自我的大爱。这是生活的力量，也是纪实的力量，如果你在虚构的故事里迷了路，那就来报告文学明朗真诚的文字里寻找真实的人生吧，你会在王丽君的笔下看到一个正在实现的爱情承诺。此外，王丽君还出版了区域文化读本《洣湾古韵》一书，作品以“洣湾镇”为切入点，记录着千百年，特别是新中国成立以来岳麓大地发生的巨大变化。这本全面展示古洣湾镇风貌的作品，既是记录洣湾镇发展的百科全书，也是整个长沙发展的缩影，具有一定的文献价值。

此外，张雄文的《雪峰山的黎明》描写了雪峰山的文化旅游扶贫状况；《云龙的脚步》中株洲云龙示范区的今昔变化在文中被淋漓尽致地表达；《清水塘访清》描写了株洲石峰区清水塘的今昔变化，赞颂了70年的光辉历程。尹红芳的人物传记《公安英模官同生》也是新时代人物楷模的书写，被评为2019年湘版好书。另外，陈冠雄的《湖南解放第一案》，杨华方的

《山腰上有条河》《我的第一所大学》，段华的《逐梦海天》，胡小平的《为了共同的事业》，唐湘岳、徐虹雨的《你从田野来，本色从未改》，王良庆的《退休时节尽“芒种”》，黎成钢的《警魂千秋》等也是2019年发表和出版的优良之作。唐朝晖的《百炼成钢》真实记录了首钢职工在改革开放40年中的巨大变化和贡献，作者历时两年十个月，自驾两万公里、辗转十五座厂矿城市、深入160位工人家庭、访问工人320余人，通过每一个个体，写出工人的真善美，以小见大，反映企业的创新精神。

二　雄关漫道真如铁：百年风雨历程，七十载载峥嵘伟业

2019年，是新中国成立70周年，也是五四运动100周年、留法勤工俭学运动100周年的重要历史节点。文学书写历史，历史中的故事和人因此以审美的方式永远留存，那些人性的光辉、岁月的苦难与华美，都在书页中存活下来。报告文学写历史有自身更为客观、真实的角度，除了文学的价值，还有史志的意义。

龚盛辉长期耕耘于军事题材领域，2019年创作出版《战火催征》和《神机妙算》两个作品。《战火催征》一书，讲述了我国第一军事工程技术学府——国防科技大学与新中国近70年深情互动的故事。在书中，我们了解到，在近70年办学历程中，国防科技大学先后为国家培养数十万高水平、高素质人才，创造了中国第一台每秒亿次巨型计算机、中国第一台每秒千万亿次超级计算机、中国第一个雷达目标自动识别系统、中国第一台全内腔激光陀螺、中国第一台高速信息示范网核心路由器、中国第一条自主磁浮列车试验线、中国最高纳米超精加工精度、世界最高时速无人车等一系列科学奇迹，一次刷新中国速度、中国精度、中国高度、中国锐度、中国韧度，值得大书特书。《神机妙算》一书则记叙了“银河”“天河”系列超级计算机的传奇故事，讲述中国超级计算机从无到有、从落后到领跑世界的艰辛历程。书中披露大量生动形象的细节，展现中国现代超级计算机科学家、科研人员的人格魅力、爱国情怀和深厚学识。作者还发表了短篇《突击、突击》，写

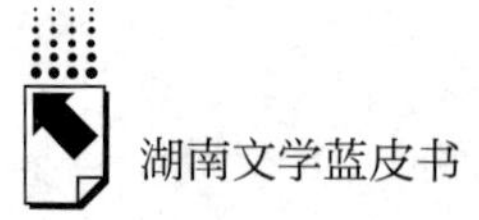

北斗导航研究过程的艰难和欣喜。此外，《沧桑大爱》和《北斗星辰》已经完成初稿；《中国北斗》已完成审查。龚盛辉以一名军人的严谨、一名文学家的热情书写着宏伟自信的中国国防力量。

彭晓玲以散文闻名，近年来又在报告文学上多有开拓。2016 年的《空巢》是国内最早关注空巢老人问题的报告文学，与韩生学的人口系列成为湖南写问题报告文学的重要代表。转而，她又注目历史，以谭嗣同为研究对象，2019 年推出的《浏阳会馆：城南明明　千里恻怆》即为创作的一个重要部分。湖南作家在历史人物的书写上还有极大的空间，除了革命领袖人物外，作家可放眼更远的历史长河，将湖湘重要的历史文化名人都纳入创作视野，我们相信这里必定是报告文学题材的富矿。

青年作家杨丰美的长篇报告文学《先声》记述了 100 年前，以毛泽东、蔡和森为代表的爱国青年成立新民学会，并投身五四运动、留法勤工俭学运动等探索救亡图存新道路的伟大历程。作者走进百年前这群以青春怀抱指点江山的优秀中国青年，以当下迷惘问道于先贤之智，以崇敬之心体悟于伟人之怀，由此写下这部青春蓬勃的《先声》，这是最好的纪念，这是最好的出发。作者试图双线叙事，历史与当下独立于百年时光的两岸，又贯穿于精神脉络之中。作者深怀敬意和热爱书写历史，充分收集相关历史资料并做到融会贯通地运用，史实在行文中自然流出，人物和事件栩栩如在眼前。在饱含青春真挚与热情的文字里我们看得到作者对人物的爱与诚。从这一点上来说，作者创作的青春朝气与作品的青春主题天然契合。我们很欣喜地看到作者对重大历史题材有一定的把握能力，将新民学会成立和发展放在整个五四时代的宏观背景下来考察，所有的外部世界和内部世界共同呈现，文本也因此全面而深刻。该作品以真实而生动的书写获得众多好评，获长沙市“五个一工程”奖。除此以外，作者的《撒满金种子的黄土地》《岁月的光影》也带给我们对革命历史的回忆。这位青年作家的迅速成长值得我们投以更多关注的目光。

青年作家曾散的《第一军规》和《半条被子》也受到广泛关注。《第一军规》讲述了“三大纪律八项注意”的发展历程，用纪实手法记录了一支军队的成长史，阐述了“军规”对一支军队的意义，彰显了人民军队的本色。《半条被子》则讲述了发生在湖南汝城的革命故事，在红军长征时期，三位女红军借宿在沙洲村村民徐解秀家中，临走时，女红军拿剪刀将自己仅有的一床被子剪成两半，将半条被子留给了徐解秀，故事流传至今。《半条被子》一书用纪实的手法再现了这个故事，将共产党人与人民群众荣辱与共的鱼水深情展露无遗。共产党人就是自己只有一床被子也要留半床被子给老百姓的人。该作品篇幅简短，适合作为文化读本推广，是一次有新意的创作。曾散正在创作的还有《时代青年》，他行走在遥远的边地，深入体验和采访西部志愿者，我们期待着这些有故事的土地与人们在他笔下的呈现。

何石是近年来湖南报告文学界一位比较活跃的作家，他 2019 年发表了《故里坪，钟扬无尽的牵挂》《大塘村扶贫纪事》《那一抹特别的风景》《君自横刀虎啸》等系列作品。聂茂认为，《君自横刀虎啸》这本书以丰富的文献资料和多样的艺术手法为基础，紧扣主线，讲述“另类”英雄徐君虎的传奇一生，揭示了其深明大义、爱民如子、嫉恶如仇的美好品质；又再现众多历史事件和历史人物，真实地为我们展现了官官相护、官匪勾结的危害，在腐朽污浊的社会下人民生活的惨状。在语言风格上，这本书语言客观、真实地还原了当时的社会情况。此外，张雄文的长篇纪实《陈赓与粟裕的莫逆之交》描写了陈赓与粟裕两位大将交往的诸多细节。陶永喜的《硝烟散去忠魂在——“三大战役”主题采访纪实》对解放战争时期三大战役的一些历史细节做了采访和记录，有文献价值。尹德立的《风云林伯渠》书写了林伯渠从出生到主持开国大典期间 63 年的人生经历，这是第一部关于林伯渠的长篇纪实作品，作品在基本史实的基础上有所虚构，文体上可算纪实小说，我们一并记录在此。

2021 年即将迎来建党 100 周年，回望百年征程，苦难与辉煌，历史与当下。作家们怀抱创作热情，作品尚未发表，我们先行期待。胡启明的长篇报告文学《百年韶山》（暂定），讲述的是毛泽东在他的故乡亲手创建中共韶山特别支部，多角度全方位讲述中共韶山特别支部 97 年的沧桑岁月，目前该书正在采写中，我们期待它的完美呈现。胡启明是一位资深报告文学作家，他不追热点，独立写作，在清冷处守望生命，从人类的器官捐献、临终关怀到 2019 年发表的《谁用生命捍卫你》，拓展到野生动物保护考察，心怀大爱，怜悯众生。如果说报告文学在面向外部世界的写作上多有优势，他的写作无疑是直面生命隐秘的内部体察。阮梅的长篇纪实《文秀传》，讲述的是青年时代楷模黄文秀的故事，为创作好这部作品，作者已于 2019 年 8 月赴广西壮族自治区百色市委宣传部、田阳县、新化县、那满镇百坭村等相关地域进行采访，作者想着力展现一位生长在红色革命老区的青春女孩的成长史、一名青年共产党员的青春奋斗史。与此相关的《文秀，你是青春最美的吟唱》已于 2019 年在《中国作家》发表。何石的长篇报告文学《一粒种子的初心》，意在讲述时代楷模、艮山汉子钟扬为了种子，为了钟爱的事业，把正当壮年的宝贵生命奉献给西部发展的故事。我们期待他笔下的“种子”发出美丽的新芽。

三　有益的思考和探索

在综述以上重要创作之外，我们还关注到湖南报告文学的一些其他现象。这涉及内容和文体形式的问题。

湖南报告文学以主旋律书写为重点，作家们在红色题材和时代主题的写作上多有斩获。而问题报告文学作为报告文学的重要流派之一，在 20 世纪 80 年代曾经引起过重大社会关注，湖南作家中，韩生学是这方面写作的一个代表。他因其职业的原因，更多关注中国人口问题，之前写作过失独人群、剩男剩女群体，而今又关注养老问题。养老，是一个国家最基本的民生。中国这样一个人口大国，老龄化情况复杂。“高龄”“空巢”“失能”等与老龄化相伴相生，养老问题影响国计民生。韩生学以强烈的责任、真挚的情怀、扎实的调研和饱蘸深情的笔触，直面中国人口问题的沉重现实。《大国养老》一书，高度总结并赞扬了作为世界第一老年人口的中国在积极应对人口老龄化方面所做的努力，深刻揭示了现实社会中存在的由人口老龄化所带来的系列问题，并提出了解决这些问题的意见和建议。作品在《啄木鸟》杂志2019年第二、三、四期连载，产生较大影响，并在2019年10月举行的《啄木鸟》杂志1984～2019年“我最喜爱的精品佳作”评选活动中斩获纪实文学组第1名。报告文学创始者基希将这一文体命名为“危险的文学样式”，即指明文体有与生俱来的批判性。文学一方面要赞颂光明，另一方面要直面问题，韩生学带着思考和忧虑真诚书写，体现着报告文学作家的社会担当。

报告文学与时代和历史紧密联系是其文体本性决定的，对现实重大事件做即时书写是其文体职责，这一特点让报告文学更多以严肃深沉的面目出现，接受者以中年以上读者为主。文体在全媒体时代获得更多青年群体关注是非常必要的，因而作品的传播形式能否拓宽也就成为一个需要思考的问题。余艳由小说而至报告文学，跨文体的创作背景让她的作品多了一份虚实相生的阅读空间，也让她更为注重多维度、多形式呈现作品价值。她多部作品被改编为影视剧、舞台剧。《守望初心》被改编为电影《守望》，被改编为舞台剧《红星兜兜》，于新中国成立70周年大庆期间，在湖南省委礼堂隆重演出。40集电视连续剧《遍地映山红》（暂定名）已签约。报告文学《缪伯英》改编成舞台剧《三粒纽扣》，将在缪伯英诞辰120周年纪念大会上公演。以影像和舞台的形式将接受者从单一的读者扩展为普通观众，这一现象值得关注，也应视为报告文学拓展传播路径的有益尝试。在报告文学受到非虚构等名词概念的挤压处境中，从文本传播的路径上找出路是必要且正确的。

湖南报告文学题材过度集中的一个重要原因是作家们对湖湘历史和人文的了解与积累不够，湖湘文化源远流长，古有楚地巫文化、屈原楚辞、汉代马王堆；宋有程朱理学，道南正脉岳麓书院；船山先生王夫之的经世致用；近代有魏源开眼看世界，曾国藩、左宗棠湘军辉煌；谭嗣同、黄兴等湘人血性；毛泽东等无产阶级领袖的伟大功勋；再有周立波、丁玲、杨沫、谢冰莹等著名作家……历史文化遗迹、思想遗产太值得也在等待着作家们去书写。在这方面的写作上，袁杰伟、甘建华多有探索。袁杰伟的《梅山毛板船》，甘建华的《毛远耀的愧与无愧》《祖先的山水清明》《齐白石与黎丹的交谊》《王夫之的乱世知音蒙正发》等作品有一定文化角度上的审视，试图从湖湘底蕴中寻找写作资源，这是报告文学写作的一个空间拓展。作者穿行在现实与历史之间，在古人与现实之间寻找契合，在纪实书写上蕴含散文意味，在文体上也多有交融变化。

四　报告文学理论、评论与学会的重要活动

湖南大学的章罗生教授一直是新时期中国报告文学理论的中坚力量，他致力于报告文学理论体系的建构，在花甲之年仍以饱满的热情关注创作现场。2019 年，他的国家社科基金课题“中国纪实文学四十年”结题，课题对新时期以来中国纪实文学的发展和具体作家品进行了理论概括和细致解读，是重要的理论成果。对湖南作家，他也倾注更多深情。青年评论家刘长华、晏杰雄、黄菲蒂等人越来越多关注到湖南报告文学创作，对湖南报告文学现象多有见解。

省报告文学学会自成立以来，一直致力于现实题材的挖掘创作，致力于湖南报告文学作家平台的搭建，致力于青年人才的培养，营造了良好的写作环境和温暖和谐的氛围。

2019 年3 月31 日，纪红建关于精准扶贫并献礼新中国成立70 周年的现实题材儿童纪实小说《家住武陵源》在张家界市首发。4 月 30 日，杨丰美以纪念五四运动 100 周年的长篇报告文学《先声》作品研讨会在长沙举行，与会专家学者认为该作立足当下，以年轻人的视角对五四精神做出了有益的思考与阐释。6 月 12 日，在第十八届全省民政工作会议上，省报告文学学会作为省级先进社会组织之一，受到省委、省政府表彰。在 7 月 2 日召开的省级先进社会组织表彰授牌暨负责人座谈会上，学会常务副会长兼秘书长纪红建代表学会接受了省社会组织管理局授予的“全省先进社会组织”奖牌。7 月 5 日，王丽君长篇报告文学《渫湾古韵》首发式暨《一生承诺》研讨会举行。8 月 2 日，长篇报告文学“脱贫攻坚在湖南”系列丛书审稿会在长沙召开。“脱贫攻坚在湖南”系列丛书由 5 位作家主笔，围绕湖南脱贫攻坚

的主题，各有创作侧重。与会专家提出了许多宝贵建议。9月18日上午，“庆祝中华人民共和国成立70周年·湖南报告文学作家创作研讨会”在长沙举行。研讨会以“勇立湘水潮头，争当时代歌者”为主题，何建明主席在会议上提出“报告文学湖南现象”，引发社会各界热议。专家认为，近些年，随着湖南报告文学的蓬勃发展、优秀作家和优秀作品的频频出现、老中青作家梯队的科学搭建，“报告文学湖南现象”已蔚为壮观，湖南报告文学在全国范围内走在前列。9月18日下午，曾散报告文学《第一军规》《半条被子》研讨会在毛泽东文学院举行。专家们认为，青年作家书写这样弘扬主旋律、传递正能量的报告文学作品，具有特殊意义。10月14日，在中共湖南省报告文学学会党支部书记纪红建的带领下，学会的骨干党员前往“毛泽东与文艺”展馆参加了“不忘初心、牢记使命”党建活动。举办了“不忘初心、牢记使命”主题教育及交流活动。党课以“感党恩、听党话、跟党走”为主题，纪红建向参加主题教育的学会部分党员和骨干会员全面、生动传达了《习近平关于“不忘初心、牢记使命”论述摘编》。党支部班子成员就“坚定理想信念、对党忠诚”展开了深入的体会交流。10月27日，省报告文学学会组织10余位作家走进暄美齿科，与主创团队进行了一场别开生面的座谈交流，并深入一线开展采风创作，挖掘当代青年创业故事，聆听时代声音。12月21日，谢慧的长篇报告文学《古丈守艺人》作品研讨会在长沙举行。与会专家认为，这是一部拾小取微的作品，作者以对题材的有效获取和内在意义的表达，给出了报告文学走向生活全景写作的种种可能性。

最后，我们也要指出湖南创作存在的不足。一是题材过度集中，写作资源倾斜，主旋律写作本身是能产生高质量作品的，但很多时候恰恰是因为写作者虚浮、敷衍甚至是偏移的写作造成了读者的不满。带着任务写作的要求，势必导致写作周期短，书写模式化、浅表化、同质化的问题，重复书写既难以形成作家自身风格，对题材本身也是一种伤害，作为有社会责任感的报告文学作家应该充分认识到这一点，纯粹而严肃对待笔下的千钧文字。以扶贫题材为例，纪红建的《乡村国是》能脱颖而出，首先是作者对待创作

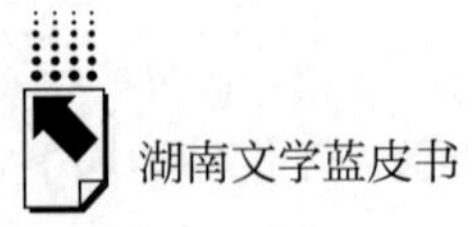

的虔诚，用几年时间采访和写作，其次是能够从全局视野上考察贫困问题，找到写作的高点。二是对社会问题发现不够，甚或有回避问题的倾向。韩生学的人口系列作品来源于他真实而深切的生活本身，是从土壤里结结实实长出来的作品。作者敢于直面严峻的人口问题，不畏艰辛和名利真正走进这些苦难，感同身受，真诚表达。这种书写是我们所需要的，也是国家和百姓所需要的。他多次受邀参加国家高层人口论坛和会议，并做重要发言，他的谏言甚至影响到国家人口问题的决策，这就是对他写作价值的最大肯定。同为湖南的现代著名作家周立波先生说，报告文学的写作间在整个社会。是的，报告文学是一种特殊的写作，它与时代、政治的紧密关系决定了社会价值某种程度上就是作品的价值。湖湘精神最可贵的就是敢为人先、先忧后乐的传统，我们真诚希望看到这种精神在湖南报告文学作家身上的继承。三是湖南作家还需要在作品的深度和厚度上用力，我们在阅读中能感受到大家的创作是真诚的，但作品还较多停留在对人事的简单呈现上，如果阅读止于文字本身，意义不能走向纸背，这种平面化的写作必然造成阅读空间的狭窄、作品容量的有限。

湖南报告文学继承着经世致用的传统文学精神，怀抱深沉真挚的家国情怀，以红色历史和时代主题为优势书写领域，体现着强烈鲜明的地域特征，既有优秀的个体，也有创作合力的群体，终于形成“报告文学湖南现象”，这是一个历史的总结，也是一个出发的起点。我们真诚期待这一创作现象真正成为有文学史意义的闪光的存在。

B.6
儿童文学：襟怀童心，朝向经典的原创生机

罗小培*

摘　要： 2019年的湖南原创儿童文学，星星点点的奖项、确凿的作品背后是为儿童书写、向经典迈进的稳健步伐。总的来说，现实主义儿童文学创作和童话创作仍然是湖南省儿童文学的主流，新的社会热点和现实语境又催生了这两大类儿童文学创作的新芽，使其在题材表现和艺术呈现层面焕发新意。儿童散文创作继往开来，童年生态蓬勃其间。动物小说创作持续活跃，生命之美、生态之思空谷传响。儿童文学评论与研究或致力于具体文本的探索，或致力于时代趋势的探究，为湖南原创儿童文学的繁荣持续助力。

关键词： 时代主题　童年记忆　经典朝向　人文情怀

在2015年浙江新生代儿童文学作家群研讨会上，学者、童书出版家海飞先生对中国童书出版做了三个预判，其中之一便是中国童书出版正在从数量、规模增长型向质量、效益增长型方向发展。数年之后再回顾海飞先生当时的预判，可谓切中肯綮。

从客观的角度看文学奖项，不夸大也不贬低，文学奖项是对市场的回

---

* 罗小培，湖南省作家协会干部，主要研究方向为中国现当代文学。

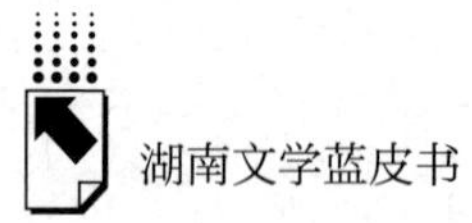

应，也是对作品艺术的肯定。它有如灯塔，以导航与指引之姿，激发经典创作的向心力。不久后的 2016 年 4 月，中国儿童文学作家曹文轩荣获国际安徒生奖。中国儿童文学作家与世界儿童文学作家比肩而立，这正是中国原创儿童文学在情怀和艺术层面更上层楼的标志。反其道而思之，中国原创儿童文学在艺术发展和实现的层面上，也必定会将见贤思齐的视点投向世界范围内最经典、最高级的那些儿童文学作品，这也是中国儿童文学寻求更高自我实现的必经之路。

21 世纪以来，中国原创儿童文学依然“井喷”，且刚刚走过又一个“黄金十年”。但世界格局、国家推动和理念革新已经让中国原创儿童文学越来越回归理性，描摹现实社会、反映时代精神、挖掘人性内涵的创作得到更广泛提倡、更多关注。在此背景下反观 2019 年的湖南原创儿童文学，星星点点的奖项、确凿的作品背后是为儿童书写、向经典迈进的稳健步伐。总的来说，现实主义儿童文学创作和童话创作仍然是湖南省儿童文学的主流，新的社会热点和现实语境又催生了这两大类儿童文学创作的新芽，使其在题材表现和艺术呈现层面焕发新意。儿童散文创作继往开来，童年生态蓬勃其间。动物小说创作持续活跃，生命之美、生态之思空谷传响。儿童文学评论与研究或致力于具体文本的探索，或致力于时代趋势的探究，为湖南原创儿童文学的繁荣持续助力。

一　现实主义创作视域下的时代轨迹

2019 年湖南儿童小说创作势头依然强劲，作家们在题材的甄选上紧跟时代的步伐，创作出一批记录当下中国发展现实的作品，在艺术表现求新的助推下，作品乡土特色、民族风情、时代气息、人文关怀相互洇染、渗透。

邓湘子的《像蝉一样歌唱》是作者新乡土儿童小说写作的创作成果。作者以写实的笔法对儿童视域下湘西南大地追梦进行了集中展示，他将少年的心灵觉醒和山乡的巨变融于湘西南侗族聚居地区独特的自然风貌和民俗风情之中，是一首少年与时代共成长的热情赞歌。

从同为怀通高速建成献礼的这一角度来看，《像蝉一样歌唱》像是报告文学《大道如虹过五溪》的另一个美好成果，是在儿童文学领域的一次意义延伸，但就作者表现侗乡小孩眼中的高速路修建的创作初衷、思考现代文明与乡土文明共生关系的问题意识而言，《像蝉一样歌唱》独树一帜。在作者的笔下，传统与现代、乡村与城市不再是简单粗暴的对立关系，它们之间难免龃龉，但历经磨合，也可相拥。就像路桥的修建，解决好本身的技术问题和周边的衍生问题，最终也可合龙。作品开篇，高速公路以“入侵者”的姿态出现。侗族村庄原本是桃花源般的存在，高速公路要修进村里，挖掘机成了“前哨兵”。而挖掘机遽然发声，打破村庄原本的宁静，村人与动物从未听过的声音引发的对未知的恐惧，使鸡飞狗跳，而后万物噤声，主人公易定柱家的两只大白鹅甚至惊飞而起，不见踪迹。但在随后易定柱展开的寻鹅之旅里，我们却借着一支乡村足球队由来自省城的足球教练看到了城乡交汇处萌生的幸福与活力；在城里来的女生苏伊伦与乡村学生的融洽相处、互相启智中看见了城乡文明的和谐与温情；更借由苏伊伦父亲——在建高速公路施工技术工程师的身份切身体会到城乡文明碰撞出来的奇迹与希望。

小说以古老的侗族大歌类别来表达内容、营造结构，分为嘎腊温、嘎听篇、嘎吉篇、嘎嘛篇、嘎想篇、多嘎多耶，令人耳目一新。除序曲嘎腊温和尾声多嘎多耶外，主题部分分别以侗族大歌的声音大歌、叙事大歌、柔声大歌、伦理大歌四大类乐章来奠定文章感情基调，辅助故事演进。作者的创作建立在对生活细致而深入的体察以及真实而丰富的个人生命体验之上。侗族大歌作为侗族人精神的传承，对侗族人而言是种深入肌理的存在，作者细心捕捉并在作品中一一展现：在槐牯失去白鹅时奶奶吟起《老鼠歌》予以安抚，在代表修路队登门道歉的时候歌师唱响侗歌化解矛盾，在摆合拢宴欢迎贵宾的时候侗乡人高歌欢迎曲表达喜悦。小说在校园女生为高速通车典礼练唱侗歌中拉开帷幕，在同年爷爷和大婶合唱侗歌歌颂高速路的修建中落下帷幕，而传统大歌《蝉之歌》作为主旋律贯穿全文，在不同情境之下以不同版本形式反复吟唱，形成了首尾呼应、立体圆融的空间结构，整部小说笼罩在古朴雅致又清雅脱俗的侗族文化氛围之中，俨然一部大型的侗乡风情

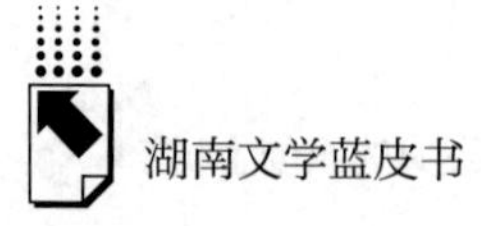

歌剧。

草蛇灰线、伏脉千里亦是文章在构思行文上的一大特点。作者意在写侗寨孩子眼中高速公路的修建，却在作品的前五章都没有直接置笔高速公路的修建，而是深入侗族文化现场，一方面经由易定柱的寻鹅之旅描画山水相依、草木丰茂的侗乡旖旎风光，展现朴实纯良、高尚坚韧的侗族淳朴民心；另一方面经由易春蝉的校园女生合唱团展现侗族大歌的平和含蓄、优美抒情。在这两条线索的开端，高速公路的修建虽都为起因，在具体行文时却如水面金波，只零星闪现。直到最后一章，在侗乡男女老少齐观高速公路落梁仪式的现场，镜头才直接对准高速公路的修建。作者精心铺陈，高速公路的修建也就有了乡土根脉的深厚底蕴，综观全文，作者意在画山却画云，巧借“四两拨千斤”的叙事策略颇具“犹抱琵琶半遮面”的审美意韵。

非儿童文学作家的跨界创作是21世纪儿童文学的一大瞩目趋势。2019年的湖南儿童文学创作中，纪红建的《家住武陵源》和天下尘埃的《星星亮晶晶》都是两栖创作的成功尝试。

纪红建的《家住武陵源》聚焦当代中国精准扶贫这一重大民生工程。纪红建本是报告文学作家，这次跨领域写作，承载着他鼓呼儿童密切关注社会变革与时代发展的素履之往。自2013年11月3日习近平总书记在湘西十八洞村提出精准扶贫这一理念之后，全国各地全情投入，积极务实，精准扶贫工作开展得如火如荼，而反映这一为民造福谋利壮举的报告文学创作也紧随其后，遍地开花。时光流转，距离全面建成小康社会目标的既定实现之年，也是全面打赢脱贫攻坚战的既定收官之年2020年已是咫尺。在这一过程中，纪红建以脚步丈量大地，独自深入中国脱贫攻坚重点乡村，绵延千里，驻访14省（自治区、直辖市）39县（区、县级市）下辖的202个村，最终以《乡村国是》忠实诚恳的写作为时代画像。湖南的儿童文学素有现实主义的文学创作传统，循着这一方向，纪红建将扶贫攻坚和美丽乡村建设的创作根苗移栽进了儿童文学的园圃。

小说故事简洁明了，杨家坪历来是贫困的小山村，花儿的爸爸李军旗在和妈妈姚发银结婚后成了上门女婿。生活的贫困不得不迫使花儿的爸妈离乡背井、外出打工。但十几年下来，贫困依然如影随形。随着老人的老迈、生病、离世，花儿爸妈将寻求出路的目光投向了国家的精准扶贫政策，选择了举家回迁杨家坪。在国家政策和扶贫干部的帮助下，花儿一家办起了农家乐和民宿，奔向了幸福美满的生活。

小说紧贴大地，立足当下，折射时代，是对国家精准扶贫进程的微观表达，是对美丽乡村建设的现实呈现，也是对新时代最美奋斗者的热情讴歌。武陵源不仅是闻名世界的旅游区、“美丽中国”的重要组成部分，也是湖南省首批整区脱贫摘帽的区县之一。小说精准定位武陵源杨家坪，以少女花儿的小家变迁反映武陵源地区乡村风貌的焕然一新，展现了以前捆绑当地人发家致富的穷山恶水摇身变成助推当地人脱贫奔小康的青山绿水的生动历程。作者以一个记录者的谦逊姿态充分肯定了人民群众历史创造者、社会变革者的绝对地位，不仅在新书发布之际就坦言《家住武陵源》是武陵源人、协合乡人、杨家坪人共同写就，更在书中以血肉饱满的人物形象凸显了中华民族百折不屈、孜孜不辍的奋斗精神。如书中的主人公花儿，历经了留守乡村、亲人去世、考学失利等一系列成长挫折，依然怀抱希望、乐观进取，并自觉将个人理想与家国发展紧密融合在一起，立志乡村旅游开发，并在家乡的中秋晚会上以主持人的身份崭露头角。

小说以文学性勘测现实深度，可读性强。要将主题宏大、导向鲜明的作品落到实处绝非易事，一旦处理不当便落入了主题先行、空泛虚浮的窠臼，这在儿童文学上更是大忌。作者深谙此道，在小说中安排了大量平凡生活中的具体场景，以浓郁的生活气息、独特的乡风民俗、细致的画面实感充盈故事脉络，让读者在身边人身边事的感染中收获生命的感动、昂扬的力量，沉入奋斗脱贫的思考。

天下尘埃的《星星亮晶晶》则将对世界的审视沉入纷繁的日常生活之中，以少年小说的方式击中自闭症儿童这一生活痛点，从而牵引社会大众对特殊儿童的广泛关注。

小说以一个家庭的负重前行辐射到万千特殊家庭的精神高压，以点带面，具有窥一斑而知全豹的现世价值。小说中的郑芸一家在儿子牛牛确诊为

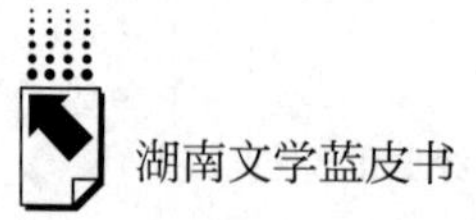

自闭症患者后，途经了悲观绝望到积极直面的心路历程。在牛牛悲情坎坷的成长、求学之路上，郑芸深受触动，最终实现了“幼吾幼，以及人之幼”的心灵超越。作品以非虚构的写实方式还原了星星一般孤独但仍闪现自身光热的自闭症儿童形象，生动刻画了一个自闭症患儿家庭的生活艰辛，实景般呈现了纷然杂陈的人生世相、众生百态。小说撷取典型细节精心打磨，在悲悯的人性共情基础上，张扬着强烈的代入感：如全家得知牛牛是自闭症患者这一诊断结果时的行为举止；如母亲郑芸沦入艰辛现实、情感捆缚及道德要求的旋涡中的精神挣扎，数度淋漓的情感宣泄。

小说流淌的生活之痛下，洋溢的是温暖的人情关怀，这便是小说积极的现实意义所在。对自闭症患者家庭而言，作品注入了一股支持的力量，于普通大众而言，作品提供了一扇致知的窗口，于正在成长的青少年儿童而言，作品捎来了一场无声的时雨春风。

没有生而伟大，唯有奋斗可以铸就伟大。牧铃《闪电行动》讲述了休学疗养期间的九儿不忍虚掷光阴，以加工火柴盒实现了从自卑的“病号”到自豪的“奋斗者”的转变。主人公身体羸弱心性刚强的反差令人印象深刻，他制作火柴盒的速度从最开始的落人其后，到达标平均，再到行业领先，从与人竞争到与己竞赛，这样的提升皆源于他自力更生的热望、不甘其后的韧性，以及精益求精的追求。小说情节紧凑，整个过程都上演着“速度与激情”的紧迫与急切。作者以精彩鲜活的故事诠释了劳动的幸福与奋斗的荣光，以小小奋斗者的成长实现了万千追梦人的集结。

新锐作家谢淼焱近几年逐渐崭露头角，势头良好。他的作品常常从月塘村出发，倾心于乡村人物命运的讲述，也沉于乡村图景的映现，打量乡村生活的当下，也回溯乡村生活的历史。精致巧妙的构思，朴素真切的情感，让笔下作品生发出扣人心弦的力量。

《消失的长歌》是一首浓烈的乡土挽歌。小说以月塘村护灵人冬供司的身前身后事讲述了消费时代乡村风俗的消解、乡村伦理的陷落。作者集中写了三次丧礼的过程，展现了冬供司从受人尊敬到被人遗忘，丧葬公司式的服务模式渐受追捧的动态过程。小说反讽意味浓烈，一生虔诚为村人护灵的冬供司一家门庭冷落，娱乐化商业化的丧事服务公司却在村中靡然成风，死者的尊严让位于生者的虚荣，原有的乡村伦理秩序服从于现代消费主义。冬供司为五保户刘大喜操办的丧礼将故事推向高潮，也将讽刺酝酿到极致。五保户无儿无女、无钱无势，请冬供司出山操持丧礼成了一种最终的无奈的选择。冬供司在这场丧礼上将自己的一生和刘大喜的一生融为一体，完成了自我生命的绝唱，也是乡村伦理的绝唱。小说以冬婆对冬供司安葬地狮子山的守望作为开头、结尾，令小说在首尾呼应中得到了主题的升华和情感的凝合，显现了强大的抒情张力。

《怪老头》采用欲扬先抑的写法，为月塘村的怪老头隗老倌立传。作者先主要从道听途说的角度写村人眼中（尤其小孩眼中）的隗老倌。隗老倌是村里大人用来吓唬小孩的，隗老倌长相吓人，铁脚板，玻璃眼，说话像预言一样被后续事实应验。一系列的铺叙，让隗老倌的形象像水中月、雾中花，扑朔迷离，也让读者充满了迫不及待揭晓答案的阅读兴致。百闻不如一见。在好奇心驱使下，“我”伙同大牛、阿桂斗胆钻进隗老倌的院子偷桃子。由于做贼心虚，隗老倌的一声咳嗽吓得望风的阿桂慌不择路，撞翻了篱笆，压塌了鸡窝。鸡群的混乱惊动了隗老倌也惊动了全村人。“我”和小伙伴望风而逃，但不料装桃的书包遗落在了“案发现场”。“我”忐忑地捱了一夜，以为书包会成为隗老倌告发“我”偷窃的“呈堂证供”，不想隗老倌竟然悄悄将装满了桃子的书包放在了“我”家门前。身历其境，隗老倌丑陋外表下的完美心灵展露无遗。小说以第一人称展开叙事，基于儿童的天性对人物心理进行细致深入的描画，充分展现了童趣的魅力。也因这一视角的设置，隗老倌的人物形象立体可感，如在眼前。美好人性与烂漫童真共融，凝成了一首乡土赞歌。

《小猎户》作者深谙儿童文学创作四两拨千斤的奥妙所在，巧设机关，让乡村的抗日颂歌在不同代际空谷传响。“大虫”便是机关所在，成人与孩童的视角差异、思维差异及各自持有的话语方式的差异便是触发机关的特殊机制。在成人眼中，尤其是切身经历过抗战的吴阿婆眼中，“大虫”的残忍嗜杀与日本侵略者的杀人如麻在意义层面建立起了一种关涉，她因此专以

“大虫”指代进村抢掠的日军。而从阿满和二豆这样单纯天真、尚不知事的孩童视角出发，他们的理解便是单向度的、显性层面的，“大虫”就是大虫。编码与解码之间产生的错位，也让故事顺而分流，两条不同时代的“狩猎”故事脉络由此展开。阿满的太爷爷，老猎户，在吴阿婆回忆的抗战年代中以猎枪与日本侵略者展开周旋和斗争；阿满，小猎户，为了从吴阿婆口中获知太爷爷打的“大虫”究竟是什么而进山猎松鸡。小说呈现着明亮的童真质素，也寄予了自然真切的关怀。作为吴阿婆告知阿满“大虫”真相的交换条件，阿满要为吴阿婆猎一只松鸡。阿满信心满满地出猎，但在看到松鸡夫妇尽心守护小鸡的温情场景时，毅然放弃狩猎行动，转而将自己养的最珍爱的斑鸠送给了吴阿婆。太爷爷的猎枪寓意丰富，猎枪上的“正”字，不仅刻记着老猎枪打倒的侵略者数量，更代表着对正义的捍卫；猎枪的代代相传和勤于擦拭，意味着后世对历史的铭记，对先烈的缅怀。

《白山岭的天空》中，作者刘山霞关注童年的内宇宙，将自己的童年记忆与期盼灌注到秀珍这一人物身上，从秀珍的视角巧妙地勾连起白山岭五个小孩的成长故事。自幼丧母而不知、与父亲相依为命的阿来如何接纳后妈这一闯入者；本就与母亲关系紧张的秀珍在得知自己户口落在大伯家之后如何解开与母亲的误会；母亲改嫁瘸腿葛叔，跟进门来的俊宝如何融入新的环境，如何作出去留选择；母亲不在家的暑假，与麦婶频起摩擦的秀珍、秀华姐弟如何化解恩怨，左右为难的麦婶之女穗穗如何弥合亲情友情的裂缝。

语文教师与国家二级心理咨询师的双重身份，让作者刘山霞更加贴近儿童的心理情状，不论是捕捉儿童情绪还是感知他们的心理，她都具有更加天然的敏锐度和精确度。刘山霞在书中尽显所长，对本书意义的蠡测也因此不在童年记忆的复刻上，更重在对儿童内心世界的深挖，对儿童与成人世界复杂关系的探微，对儿童和成人内心的疗愈之上。不论是阿来对后妈的仇视，还是秀珍对母亲的愤怒，俊宝与全班同学的抗衡，抑或是秀珍姐弟对麦婶母女的冲突，都是儿童在特殊童年际遇下的自我保护，都是情感疙瘩的内结。作者以善良与爱、耐心与坚持为渡船，顺着生活洪流将他们送达了释然的彼岸。在普度众生的同时，作者也疗愈了自己。正如作者在后记中自述的那样，八岁那年母亲的辞世导致作者童年的缺失和伤痛。而小说中的秀珍在结尾与母亲半山重逢，作者的幻想与奢望有了可依之枝，情感的空洞得以复健。

刘山霞《黑妹》专注于进城务工人员随迁子女的个体情感观测，以黑妹的城市校园生活展现了这一特殊人群在城市中自我形塑、认同构建的过程。“黑妹”这一叫法本就是城里人基于肤色深浅对农村和农村人的一种主观恶意揣测，黑妹最开始进行了直接反抗，对于叫这一绰号挑衅之人，她不答应，一边哭，还一边举着扫把在后面追打。反抗无效的黑妹陷入了迷茫和孤独。爱美的黑妹被妈妈强行剪短头发这一遭遇更让她陷入了被嘲笑与自卑的恶性循环当中。黑妹进城上学后积压的负面情绪终于在被妈妈耽误的午饭时间里爆发。迟到后的黑妹负气在记录本上签上了代表城市女孩的程燕燕的名字。木子老师的适时介入疏解了黑妹的心理问题。黑妹在随后的校运会上以长跑的优势为自己正名。黑妹的形象具备了感人至深的力量。黑妹最初以昂扬积极的人生姿态走向城市，饱含了对城市的美好想象。融入受挫后的她自卑却仍然坚强，仍然葆有着向美向善的力量，学着最美女孩程燕燕那样披头发这一细节呈现便是最有力的说明。虽历经波折，但她依旧进取，以实力成功完成了另一种形式的反抗，完成了心理的扎根。黑妹这一人物形象的丰满很大程度上源于小说大篇幅的心理描写，尤其是内心独白。它为我们洞开一扇心灵的窗户，走近黑妹的内心曲折，让人在明晰黑妹怪异举止背后的深层原因之后生发出情感的共振，也更加怜爱她身上呈现的美好品质。温暖的故事、朝气蓬勃的人物形象、阳光向上的基调，让读者在愉悦的阅读体验中受到美善的熏陶。

刘柠柠的《伞》以细腻而诗意的笔触洞见青春期少女丰饶却隐秘的心灵世界。对比手法的运用既是作者的行文骨架，又是作品文学表现力和感染力的所在。作者先以荷花蕊、荷叶与黑伞作比较。作品中黑伞一登场便备受“我”的嫌弃，它老旧、斑驳，沉甸甸、黑乎乎，若不是母亲强行塞进手里，“我”宁愿淋雨出门。和小伙伴外出摘莲，嫩黄的荷花蕊在旋转的线圈带动下四散张开，像漂亮的黄色小伞。荷叶与黑伞放一起，美丑立现，“我”以荷叶避雨，黑伞被扔在一旁。接着，作者以新花伞与黑伞相对比，截然相反的情感态度跃然纸上。委婉的表达背后是作者对青春期、对父母的深情回顾。黑伞如同父母，以己之力为儿女提供最大限度的庇护，自己却在岁月的打磨中日渐苍老。黑伞是父亲被评为种粮先进个人的奖品，是对父亲勤恳务实的褒扬。黑伞深沉，与父母一样隐忍、温柔、无怨无悔。但青春期难免叛逆，当青春开始在少年身上飞扬的时候，敏感多思、独立要强、自尊虚荣的情思也一一显现。因此“我”在文中不直言换新伞的想法，更愿意淋雨，更愿意默默坚持争取换新伞的机会。文章语言优美，叙述从容，彰显出纤巧温婉的审美风格。

二　以童话烛照中国故事

2019 年是新中国成立 70 周年，也是儿童文学破壁图强的 70 年。经过长期的儿童观改革与儿童文学的创作实践，关于童话主题意蕴和艺术表达的探讨已经不再停留在粗浅的层面。当下，童话与现实的互动关系也不再是简单的辩证。作为一种社会意识，童话之于儿童，不仅是保卫想象力、寓教于乐，更像是一束追光，透过想象，拥有了探照现实的力量。

汤素兰近年的童话创作一直在试验作家个人体验与故事魔法相碰撞后可以产出的化学反应，这也是她近年来的作品时刻令人眼前一亮的原因。《阿莲》《南村传奇》《犇向绿心》便是“新实验”诞生的硕果，稍一回顾，便能说出它们各自的特色所在，这三部作品也因此被评论界视作“姊妹篇”，更有评论者称其为“变法之作”。

《犇向绿心》与前两部作品一样，深深扎根中国传统文化的沃土，博采民间文学之长，直面当下的社会热点与时代语境，体现了对现实的深切关注。但经过作者的匠心巧运，将童话的幻想、诗意，将儿童文学特有的儿童情趣、儿童想象、儿童愿景与现实生活立体共筑，作品呈现打通现实题材和童话幻想的通透质感。故事从惊蛰那个雨夜过后男孩田犇家出现的种种神秘现象开始，一串动物的脚印、阳台上葱郁的青草、卧室里芦笙变成的竹林、客厅里的红豆杉木桩和紫藤椅抽出新芽……情节的流转将造成这一系列超自然现象的主角骨雕黄牛推向了台前，而这个复活的黄牛比那些神奇事件本身更令人惊讶，因为它的复活是为了云岭那片乡土的复兴。借着清明节，田犇和妈妈带着黄牛回云岭，黄牛得以完成自己的使命，田犇也在黄牛的帮助下学会了思考问题和解决问题。这篇童话基于现实世界，实则借着童年和童话叙事指向了更为高远的精神世界。由于特殊的历史地理条件，中国人民与土地形成了天然的连接，几千年来中国社会形成的传统文化中，农耕文化始终占据着举足轻重的关键地位。

《犇向绿心》可以说是对灿烂的农耕文化的一次深情顾盼，作者安排一头已逝黄牛的精魂担负复垦荒田的使命于惊蛰之日复苏，由此拉开了田园书写的序曲。缅怀过去是为了更好地创造未来，而千里之行始于足下，每一个未来都来自当下。城市文明高歌猛进的当下，农耕文明深受排挤，怅然式微。在日益模糊的城乡边界，二者尖锐对峙。身在城市、心怀乡土的主角设置便显得水到渠成。主人公田犇居住在繁华星城的一幢公寓高层，就读于城中最好的星城实验小学，但他的外婆长居乡村云岭。作者由此架设起了连接城乡的桥梁，为呈现城乡变革进程中涌现的问题提供了思路。生态农业、乡村振兴、城乡统筹、城市可持续化发展等主题串起了故事的主线，而作者对生活的留心并不止步于此。儿童文学是为了儿童的文学，作品以主人公田犇的视角展开，其间如蜻蜓点水般着墨于素质教育和应试教育的分歧、单亲家庭的儿童心理情状。不仅如此，城市人群焦虑淡漠的精神症候在作者浅淡描画下也可推知一二。

汤素兰的作品往往于细微处见精妙，《犇向绿心》亦是如此。故事采用了双线并进、异曲同歌的叙述策略，主人公田犇的所见所思与黄牛的内心独白交替行进，互为补充，彼此呼应，共同呼唤城乡的绿色明天。以情入幻、虚幻相生，亦是这部作品一大突出特色。黄牛之魂因怀乡之情幻化成形，由此见识了田犇的城市生活，同样出于对故乡的深切忧虑和浓厚眷恋，黄牛回到云岭，促成了云岭的现代农业发展之路。在赋予幻想以生活实感的塑造上，细节描写和语言艺术无疑是最高妙的雕刻大师。公共汽车上低头看手机的乘客、车位紧张的校园、云岭特产的贡米、外婆特制的剁辣椒，这些真实

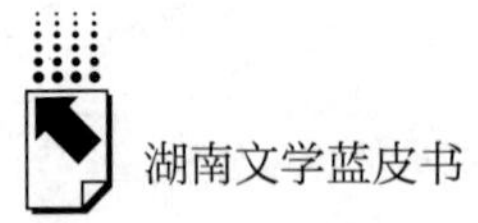

的生活细节充盈想象空间，以生活的具象增强了幻想世界的真实性，而浅白的生活语言，特色的地方语言，以及不事雕琢痕迹的幽默表达，亦拥有强大的代入感。巧设伏笔，也是作品引人入胜的一大法宝。主人公名叫田犇，小名三牛，父母在牛年出生，自己也是牛年出生，这仿佛冥冥之中注定与田地、与黄牛结下了不解之缘。云岭人种的蚕豆今年意外地不发芽，也为黄牛回乡解救被野草捆缚设定了情理之中的铺垫。

历经多年的探索和沉淀，周静的童话创作日臻成熟，艺术特色鲜明，极具辨识度。周静的童话一直都是从中华历史文化这片深厚黄土地中生长出来的繁花，浸润着泥土芬芳，但它们又不止于此，它们还蓬勃向上，以仰望的笑靥凝眸皓月，以灵动的舞姿追逐彩霞，唯美高远，具有神游天地、思接千载的美学意义。

《天女》是周静 2019 年倾情推出的“大幻想”力作。童话从中国上古神话中汲取养料，通过游历寻找这一儿童文学常见的叙述模式，以神话展现成长之姿，映现生活之真，笔力开合，彰显出强大的文本张力。魃原本被泛黄的书页挤压在《山海经·大荒北经》里，静止、沉默。一个偶然的机会，与作者不期而遇。在作者的牵挂和念想中、乍现的灵感中，她从历史的阴影中款款走来，在时代的阳光下，将自己的故事，娓娓道来，依然带着沉静的气质。据《山海经》记载，魃为黄帝力战蚩尤，最终却以“魃不得复上，所居不雨”唏嘘收场，于是作者以现代性的思考想象了魃的后续故事。她将魃的人间居所安置在了干旱荒凉的茫茫戈壁，魃修炼的火攻旱气则蓄满了毁灭的力量，她所到之处草木焦枯，土地干裂，魃也因此备受人类排挤。但沉寂孤独的魃对人间烟火的向往让她出走戈壁，一路向南的际遇让她重拾了自我的价值定位，做出了回归戈壁这一源于真心的人生选择。

作品采用了多角度叙事的讲述方式，童话主体部分以魃的元视角展开叙事，作者以大量的笔墨展现了魃迷茫的内心世界，每一章节后又以魃一路所遇之角色的多重视角丰富魃的故事。这样的多声部叙事不仅为故事情节本身架设起一个更加立体多元的完整结构，让魃的人物形象个性鲜明、灵动传神，从文本意义的解读来看，也让故事的意义得到了更广阔的延展和更多层次的透视。

现代人文关怀是这本书传递给读者最温暖的心灵慰藉。作者以天女路遇的每一份善良消融了误解强加的孤独之殇，以天女的出走和回归、被动接受选择与主动做出判断实现了对人生价值的诠释。作者为天女魃精心安排了另一个名字“花朵”，与天帝为她安排的“魃”的名字相对，“花朵”代表的是本真的自我，是自己期盼成为的自我，“魃”代表的是他人视域中她应该扮演的角色，是天帝的光之武士。作品不时浮现天外之音对“花朵”的柔声呼唤，实为魃内心深处的呐喊，实现了魃精神领域的自我救赎。

作品想象宏大，意象绵密，令人目不暇接。织女为魃织的天衣蕴含着包容与新生的力量。天衣与天地形成了某种呼应，深邃辽阔、博纳万物。天女南下所遇的每一件代表着万物生机、世界奇妙的事物都被天衣自动地纹绣其上，刚出土带泥的小萝卜、三根牛毛变成的大黑牛、粉粉的苹果花、水草、游鱼、稻田、荷花……故事最后，天女回到戈壁，将天衣铺向戈壁，戈壁顿时变成润泽丰茂的美丽世界。魃所到之处过后都开出了太阳花，这个太阳花的意象从某种程度上象征着魃自身，魃是真善美的花朵，为人捎去温暖才是她的初衷。太阳花的盛开意味着魃自我找寻过程的完结，也意味着世界对魃敌意的冰释。荷花与天之树的出现则是对魃意志的一种考验，它们让魃在抵御完美天庭的诱惑下做出了自我价值的终极选择。作品语言与故事珠联璧合，于畅然灵动、参差错落之中变幻着意境之美，闪现着现代气质的哲性反思与人性之光。

龙向梅显然是驾驭“追寻”母题的高手，继《寻找蓝色风》之后，龙向梅再以《线小姐，面老爷，角太太》《皱皱巴巴的城市》两个追寻的故事揭示人生的真谛，探知社会的底蕴。《线小姐，面老爷，角太太》在物性与人性之间寻到了一处处巧妙的契合点，由此量身打造人物形象，以人物本身自然而然地演绎出趣味与哲思交相辉映的童话故事。线条是灵活多变的，是无限延展的，但线与线之间也是不可重叠的，它们不是平行就是交于一点后越走越远。作者敏捷地捕捉到了这一特性，预设了线小姐的多姿与优雅，同时也预设了她宿命式的孤独。线小姐四处游历，反复寻找，最终以陪伴的长

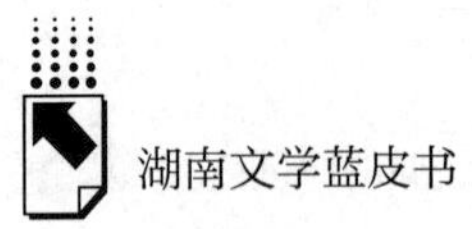

情突围。面是无所不包的，但由于面与里天然的矛盾，面又永远显得流于表面，虚有其表。于是作者以此为契机塑造了一个看起来四平八稳的面老爷形象，并以他的困惑深入人的精神内陆，寻找精神的栖息之地。面老爷最终在书的形式与统一里实现了人生意义的求索，也为人寻到了安放灵魂的诗意居所。角的犀利呼应着角太太的孤高自傲与尖锐刻薄，角度的多变对应着角太太的喜怒无常，也表现了角太太以己度人的狭隘自我。流逝的时光慢慢打开角太太视野的广度、思维的角度，她终于在一座老寺庙的檐角寻得了内在的平和，在出土的三角酒器上领略了时空的浩渺。孤独也好，困惑也好，尖锐也罢，这些人性中晦暗沉重的部分，在作者高远的立意、联翩的幻想和空灵舒缓的叙述中变得轻盈柔和，其举重若轻的笔力令人叹服。

《皱皱巴巴的城市》中作者用童话的方式探秘一座城市的灵魂符码。老城顿老爹丢失了一只叫作蓝烟的猫。他时刻在寻找她，在呼唤她的回归。而这只叫蓝烟的猫，是一位以生命捍卫城市的女英雄的转世，是城市涅槃重生的创造者，是城市沧桑巨变的见证者。蓝烟的缺失，顿老爹离心脏最近的地方就空了。故事的最后，蓝烟回来了，她再次转世，遗失了记忆，却带回了一万只猫。故事结构简洁精巧，在波澜微起的涟漪之下，澎湃着壮阔的情感暗流，丰沛而克制，意味深长。显然，蓝烟在作者的笔下是带着使命出现的，她是一种象征。作者将一座城市关于过往的记忆交付这只叫蓝烟的猫，蓝烟便成了一座城市的核心，一张城市的名片，一个城市的代言。她可以是城市历史长河中俯拾皆是的英雄人物，也可以是城市文明本身，往更大的地方看，她也可以被解读成城市的历史。不论是英雄、文明，还是历史，都是城市生命中不可忘却的精神家园，不可遗漏的文化传承。从这个维度来看，文本与我们当下的现实生活产生了强烈的呼应，意在召唤物欲横流的商品经济中的精神皈依。顿老爹的形象也让人印象深刻，他皱皱巴巴，一如耄耋老者，皱纹密布，形象地展现了老城历经的风雨，也隐喻着老城处处皆风景，皆故事；他呵护着蓝烟，在蓝烟走失之后执着的寻找，又可见他的慈爱与温润。

与前两部作品的宏观视角和深刻主题不同，《有一百万件事等着我》专注于个人的思维转变。作品开篇以寥寥数语便刻画了一个总以忙为借口搪塞求助者的利己主义形象：尼克怕麻烦，每当有邻里上门寻求帮助，他便以“有一百万件事等着我”委婉回绝。但新搬来的狐狸阿七用巧妙的办法促成了尼克的深刻自省与惊喜改变。狐狸阿七第一次以请求帮忙的口吻邀请尼克分享美食，尼克一听请求便直接拒绝了；第二次阿七真的请求尼克帮忙修补屋顶，尼克怕像上次那样错过美食，便一口应下；第三次尼克吸取了上次的经验，一开口便拒绝了，得知阿七是请他喝奶茶后，尼克恼羞成怒，但为了粉饰自己忙的谎言，他不得不找事做。就在此时，阿七为尼克带来了奶茶，还带来了帮忙的朋友。尼克在与大家的相处中渐渐感受到了分享的快乐，在自己的黄豆丰收后亲自做了各种豆制品邀请大家来做客。作者以儿童的逻辑和趣味行文，新奇的故事在简单的情节中畅然流出，洋溢着真假难辨的狡黠，让人不禁会心一笑。

近年来科幻小说日渐升温，在儿童文学界也掀起了一场又一场的科幻热。依托了解儿童、深谙科幻创作之道的两大自身优势，湖南省儿童文学作家牧铃持续深耕着儿童科幻小说创作这片热土。

牧铃 2019 年呈现的儿童科幻小说“智能少年”系列紧跟当下提倡的“科幻现实主义”小说热潮，将背景设置在当下，聚焦当下社会的同时追求人工智能“人性化”与人类思维“电脑化”的悖谬。故事上演了人工智能与生产者人类之间的终极较量，情节跌宕起伏、引人入胜，传递出作者对人工智能飞速发展引发的文明发展路径改变的担忧。第一部《人脑联机》讲述了华裔探长的儿子马达在一只被人为激发出智慧的实验鼠吉吉的启发下寻找失踪的科技界旷世奇才罗杰的故事，第二部《心灵大盗》则讲述了联机人脑获得自我意识的理性超人 0001 在杀害罗杰后扮作其替身，企图主宰人类世界，以马达、探长、科技领军人物巴比特、智能吉吉为代表的正义使者对理性超人阴谋的扑灭。

小说力争幻想性与真实性相统一，以现实生活作为生长点，寻求文学性与科学性的有机融合。小说人物形象突破了英雄人物的刻板印象，没有一味拔高英雄形象，而是将其作为真实的处于成长过程中的少年加以摹画。作品主角勇敢但难免孩子气的鲁莽，机警但难免缺乏经验。对配角吉吉这一无意中被提升了智力、可突破多种维度活动的实验鼠的刻画，也可见作者无边想象与事实逻辑建构的高妙能力。出于故事情节和人物刻画的目标，作者需要实验鼠开口说话，但又为了避免与童话混淆，作者为吉吉营造了一个提供语言能力的另维空间——梦幻农庄。

在儿童文学领域外星人题材屡见不鲜，向民胜的“猫法师系列”却敢于挖掘旧题材的新元素，挑战旧题材的新表达。“猫法师系列”共四部，作者力求在每一部中都植入一种人文理念，奠定了作品的温暖质地。《菜鸟猫法师》以猫法师意外流浪地球、克服重重困难的故事激发小读者自信与正义的勇气。《神秘的宠物学校》以猫法师以智慧破解宠物学校中的阴谋勉励小读者通过思考解决问题。《寻找猫法师》以猫法师为解救好友踏上险象环生的魔法师寻找之路启发小读者珍视友情。《猫法师保姆》以猫法师对自出生就哭个不停的小女孩芝芯儿的精心照料引导小读者向美向善的追求。作者将科学与幻想有机融合，点燃小读者的求知与探索热情，具体行文时运用独创的向民胜写作曲线，令小说悬念迭起，想象奇特，充满童真童趣。

三　童年记忆的跨代相拥

童年是作家创作的不竭源泉，在儿童文学领域，以作者个人童年为书写对象的文本也俯拾皆是。2019 年于湖南儿童文学的散文篇章而言是收获颇丰的一年，而这些风格各异的散文都不约而同地将笔触指向作家个体的童年体察和感悟，期冀以自己的那一代人的成长故事和时代影像为当下的儿童寻得一处青春的来处和精神的滋养。

相当一部分作家以个体童年的小世界，关照生命的大情怀。“大作家小时候”系列，是一批包括湘籍作家韩少功、谢宗玉、叶梦、王开林等在内的著名中国作家。

韩少功文学造诣深厚，但在《湘水谣》这本书中读者感受不到文学大家的精深与疏离，而是相向而坐、闲话家常的平易与慰藉。作者随心而从，信笔而至，时而以倔强对抗生活的冷酷，时而以敏锐捕捉生活的灵感，时而以专注流连书籍的世界。语言质朴畅达，童年真趣和人生百味陈然其中。

谢宗玉的《独自远行》给人最深的印象是“日光”与“流年”。日光是作品中醇厚亲情、同窗情谊散发的温暖质地，流年，则是时光飞逝之下作者细数的那些人和事。文章语言灵动润泽，细腻柔软，给人以向美向善的熏陶。

叶梦的《逆风飞翔》以作者出生到求学成材的童年经历为线索，将祖父、父母、老师等童年生命中常驻的群像连缀起来，展示了一代人真实而生动的生活图景。作品女性体验与女性意识极致展现，文笔清新自然、率性随意。

王开林的《洞庭湖上的刀子》将作者湘北童年往事娓娓道来，以写实的手法和质朴的笔调为当代读者还原了一代人于大自然中自由生长的成长状态，妙趣横生，如在目前。

阮梅的《像芦花一样奔跑》是“童年中国书系”中的一本散文集。该书系力邀当代百位荣获冰心奖的中国优秀儿童文学作家，以冰心先生典雅、清丽、真情、凝练的美文风格为导向，创作了一批致敬冰心、致敬童年的散文篇章。这是中国优秀儿童文学作家对童年的一次集体回眸，更是个性化童年的一次多彩盛放。在这个书系里，阮梅以童年的湖南作为创作版图，重温了童年的生命记忆，以此折射出当代社会的历史变迁，给予当代儿童中国式童年的心灵浸润。这部作品细数了作者从呱呱坠地面团般的小人儿成长为心怀梦想和希望的小女生的整个童年时代。文中活泼可爱的小梅子便是作者自己。每篇文章里作者都以小梅子的视角串起了记忆的沧海遗珠，为每一幅童年风景着色，为每一个闪现的面容画像——初降人世所体验的脉脉关怀，童年游戏时捏出的泥人儿，独自出走险被路人带走时萍水相逢但果断伸出援手的神仙婆婆，痛失爱子的五伯娘，亲自设计制作砖瓦的瘸腿爸爸，栀子花般纯洁美好的梅子姐姐……作者历经岁月洗礼之后再回望童年，对于人生的透彻、对于亲情的感悟愈添力透纸背之感。文章情景交融，深情的缅怀静静地流淌在每一方笔墨之中。芦花是作者童年不可忽视的存在。作为童年乡土上的常驻风景，它聚集了作者和伙伴嬉戏其间的欢乐点滴；作为童年经历的一部分，它寄寓了一个迷路女孩对人性真善美充满童趣的理解和想象；作为对逝去童年的跂而望之，它则勾连着作者漫天的乡愁。

一部分作者寻路童年，以个人化的回忆性童年书写展现时代的变迁。游军的《橘园》以小见大，以橘园的变迁展现了几十年来农村的发展进程。作者对三大典型的时间节点下橘园的自然景观与人文风貌进行分别审视，展现了深沉的今夕之叹。集体所有制时代，橘园展现的也是一派集体的繁华与热闹，小孩子们成群结队与守园人的斡旋，大人们协同采摘，橘园采摘之后复归儿童乐园。市场经济大潮汹涌而来，橘园呈现的是个体欲望的争先恐后与野蛮生长，种橘率先在村中盖起三层楼的弄潮儿，成为全村效仿的对象，种橘热潮席卷下橘园星罗棋布，黄澄澄的橘子与金灿灿的财富形成呼应。城市化迅猛发展后，橘园的萧条和人烟的稀少一呼一应，标识出当下乡村的留守境地。行文工整，表达诚恳，自然流露出对失落的田园牧歌的追缅。袁道一的《火塘往事》围绕火塘这一旧年岁里常见的事物展开叙述，截取具有代表意义的几件小事缓缓讲述火塘的历史退出，以此展现乡村变迁。火塘炒菜、火塘夜话、火塘炒种、火塘消逝等事件映现乡村衰败寂寥的现状。清雅、精致的语句中流转着对故乡的眷恋。文中梅山特有的乡风民俗、梅山人朴素而泛灵的思维方式等人文景致令人神往。

部分作家专注于自然生命带来的丰盈与感动。葛取兵《草木清香》从藜蒿在初春湖区的生长落笔，接着以藜蒿入菜、藜蒿与人际交往等方面的描写牵引出洞庭湖湖乡特有的民俗民风，也牵引出在外游子的如烟乡愁。藜蒿的清香兼具了洞庭诗意与家乡情结的双重指代。白描直叙的文笔与真挚浓烈的情感相得益彰。

《与红薯有关》以结伴偷红薯解馋、种红薯、挖红薯、做红薯制品、换取红薯丝酒等童年记忆片段连缀而成。花样繁多的红薯制品展现了在食物并不丰盛的年代质朴而简单的红薯给生活带来的丰润，红薯的喜获丰收则给人希望和温暖，在跨越凌厉严冬时许生活一份踏实从容。文章情感丰沛但克制，文末视角从红薯移至父母，对父母竭力为一家人营造的持久安定生活的感恩之情隐约可见，感人至深。

晓寒的《回到一棵树的时光》以辝屋匠讲传、猫头鹰傍屋夜鸣、老牛的衰老和死亡等童年往事传递出生命平等的美学价值。雪梨树已经苍老，只开花不挂果，对普通人家而言失去了最大的实用价值，但在辝屋匠以影响房屋雨水疏导为由建议砍去旁枝时，祖父和父亲都拒绝了。农村封建观念在猫头鹰瘆人的叫声和人的死亡之间建立起某种必然。在猫头鹰傍屋叫的夜晚，年轻的“我”也不禁生出了赶走它的想法，与祖父交流过后到雪梨树上一探究竟，一窝猫头鹰幼崽令人恻隐。衰老的水牛不再适宜耕田，祖父执意以上好的粮食饲喂，水牛摔断一只腿后，祖父依然拒绝贱卖和屠杀，直至水牛老死。文章中的祖父形象超脱伟岸，在他身上众生平等的博爱取代了以人为中心的狭隘自私，尽力善待守护每一个生灵。祖父的侧影与始终默默伫立屋旁的老梨树形成了某种交叠呼应。文章含蓄蕴藉、清新隽永。

张冬娇的散文《菊花菜》以物喻人，初见菊花菜时，以其名联想到乡里与花同名的农妇，淳朴勤劳、眼神纯澈；而后作者又信笔描绘了自己于冬季田间散步看到的千姿百态又生机勃勃的白菜们与淳朴谦卑、平和专注的庄稼人时的那份安然惬意。文章以一蔬一饭体悟生活滋味，文思开阔，语言恬美。《冬天的鸟》描写迁徙的大雁、集体躲在积雪的山坡上过冬的乌鸦、为了食物铤而走险的麻雀、五彩斑斓的翠鸟。语言优美纯净。描写的切入点别具一格。如作者将翠鸟和下雪之间设置连接，翠鸟倏忽飞走，紧接着，雪便纷纷扬扬地飘落到大地上。忽然飞走的翠鸟就像是开启这场雪的按钮，偶然事件因联想而产生了美妙组合，带来新奇的体验。《林中小兽》作者以优美的文字缓缓述说山林生灵之美：神秘机警但仍和凡人一样在遇到困难时以哭泣的方式排遣内心憋屈与烦闷的狐狸，贪吃胆怯但又与人为善的小野猪，敏感机灵的白面儿。铺陈之后笔触又自然转折到滥杀动物的刽子手身上：直接捕杀动物的猎人以及间接伤害动物的使用者。文末将中药和小兽联系起来，拒绝喝中药，因为担心自己无意的举动客观上伤害了小兽的性命，从中可见作者的悲悯之心。

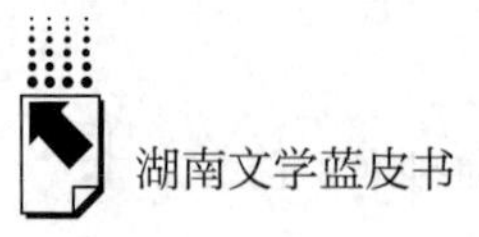

四 人与动物的良性互动

动物小说以其特殊的描写对象、澎湃的情节脉络等元素，在动物文学中一枝独秀。湖南的动物小说创作已成传统，在国内的动物小说创作中占据一席。作为湖南儿童文学动物小说创作的主力，牧铃、毛云尔、谢长华在2019年依然运笔有力，在各自的一方山水间游目骋怀。他们的创作风格特异，但从其间人与动物关系的透视上看，作者们纷纷摒弃人与动物简单对立的一面，作品多了些冲淡柔和的温情色彩。

雪峰山是谢长华动物小说的主要书写地域，他笔下的动物往往奔腾在时代风云之下的雪峰山腹地。2019年谢长华推出了《驯鹿苔原》第三部《苔原牧歌》、《雪牛寨》及“谢长华动物传奇系列”。《雪牛寨》以抗日战争为背景，讲述了身处雪峰山腹地，与世隔绝的雪牛寨的人世沉浮、动物传奇。小说采用双线并行的行文结构，一条线索聚焦一丈绸与野公牛的爱情故事，以及其子黄飞马的出生成长，另一条线索延展开肖五娃、肖景山、龙老爷、罗郎中等雪牛寨普通百姓的日常生活。小说以醇厚的情感底色挥就了一幕幕传奇，描画出一幅世外桃源的美好画卷。小说丰沛的情感一方面来源于人与动物和谐共生关系的表现。小说把人与动物间的心有灵犀、亲密无间刻画得活灵活现。一丈绸生黄飞马时，肖五娃悉心照料，甚至拿家人都难得几回尝的甜酒鸡蛋给它补充营养。黄飞马成长过程中，肖五娃处处呵护，有如兄长。而一丈绸、黄飞马，以及深藏背后的野公牛与雪牛寨人患难与共。在雪牛寨遭遇土匪“抢秋”之时，一丈绸与黄飞马挺身而出，忠心护主，野公牛半途设伏，奔袭匪帮。在肖五娃出山放牧突遭斑斓虎袭击时，黄飞马为护主人和牛羊周全，浴血而战，野公牛更是不惜以命相搏。另一方面则是源于人与人之间坦诚相待、无私奉献的情感传递。小说通过全寨人倾巢出动营救采菌坠落山崖的肖景山，驰援被猛虎围困的肖五娃、黄飞马及牧群等详细描述展现了雪牛寨人心的纯澈与热忱。野公牛披着大梅山“仙牛”的色彩出现，以勇斗匪患、力战猛虎的伟岸姿态走向生命终点，其阳刚与血性、真诚与柔情，正是雪峰山生命的灵魂所在、尊严所在。

“谢长华动物传奇系列”分为《灵獒漠雪》《雄鹰雷鹏》《猎狗金虎》三部。《灵獒漠雪》以西北边陲的沙家寨为地理坐标，讲述了因岳父村庄惨遭狼群偷袭而与狼结下不共戴天之仇的沙成虎父子在沙雄老人指导下驯养灵獒、守卫家园的故事。《雄鹰雷鹏》《猎狗金虎》的写作，作者仍然置笔雪峰山中，以《雄鹰雷鹏》讲述驯养雄鹰历经曲折最终复归山林的命运故事，以《猎狗金虎》讲述两只重情重义的猎狗与人的相伴相守。谢长华为动物立传，更是在为它们的高贵品质放歌。他笔下的动物，向往自由、寻求快乐、灵动活泼，是天地间生命力的象征；同时，它们又机敏聪慧、知恩图报、捍卫正义，散发着勃勃尊严。作者往往通过动物选择透视人与动物关系，不论是回归山野，还是与人相偎，都突出了对人性的深刻思考。《驯鹿苔原》的主要写作版图在美国的阿拉斯加，故事以第二次世界大战为背景，第三部接过前两部作品的故事脉络，继续演绎着特殊年代少年伯特的苔原成长故事。失去爷爷的小伯特为了生计驯养前一年在军队帮助下捕获的大量驯鹿，并和吉星再次率领驯鹿北上苔原地区。与此同时，第二次世界大战余火未烬，为了支援中国的雪峰山会战，伯特叔叔所驾运输机在一次任务中被日军击落，坠机后的他被云南农民营救。以为伯特叔叔牺牲的军方根据“单独存活者政策”，下令服役于海军陆战队的伯特爸爸提前回家。伯特终于得以与阔别的亲人团聚。小说的可贵之处在于，不仅将苔原地带的自然景观、动物生存情态、因纽特人的风俗民情编织进特殊时期的少年成长故事中，更以博大的家国情怀与国际视野，将人与自然、个体与家国、个体与永恒等价值追寻融为一体。

毛云尔从事动物小说书写已十三载，其温情动物小说系列从 2018 年延续到了 2019 年，《火狐》《麦冬和他们的斗牛》继续温情上架。《麦冬和他们的斗牛》以大蘑菇头山中一个寨子里的斗牛传统审视牛王的荣耀与悲哀。《火狐》以城市女孩罗雯雯在幕阜山与火狐“琥珀”的邂逅牵引出两代人的火狐奇缘。毛云尔在写动物小说的时候总是习惯性地与笔下动物进行身份置换，这种将心比心的写作使真挚而悲悯的人性光辉熠然其间。他笔下的动物从生于斯长于斯的故乡幕阜山走出，从他的童年经历中走出，带着些许孤独、无奈与忧伤，也让他的动物小说笼罩上了一层悲伤的山野迷雾。短篇小说《我家的小羊羔》讲述了初次离开羊妈妈来到“我”家的小羊羔艰难曲折的适应过程。重点写了小羊羔离开母亲第一晚的无所适从、孤单恐惧，小主人公细心体察、温柔呵护小羊羔的形象令人动容。细节描写处处凸显生活质感，以小羊撞墙表现夜幕降临后小羊无人可依的惊慌失措，以小羊对带有羊妈妈气味的网兜的依恋表现小羊对羊妈妈的思念。情感细腻，令人动容。

牧铃的《牧童手记》是“中国当代儿童文学动物小说十家”书系中的一本，这本书精选七篇经典的短篇动物小说，在山林、草原、水乡等多种自然地带为动物描画群像，内容涉及牧犬、野猪、猎雕、红狐、野狼、水族等，以动物的生存与成长、动物与人的恩怨情仇思索人与自然的相处之道，参悟生命与意志、挫折与磨砺等人生意义。

五　理论研究的质性进展

2019 年湖南儿童文学在理论研究方面既有对单部作品的深入探究，也有对时代课题的潜心勘探，还有对业界短板的理论认识，可谓突破的一年。

作为国家社科基金课题之一，汤素兰的《新媒体时代中国儿童文学发展趋势研究》的出版是对中国儿童文学版图质性的丰富。该书以媒体与儿童文学、新媒体的特征及其影响、新媒体对童年及儿童的影响生发出对以网络文学为代表的新媒体影响下中国儿童文学的发展变化和生态图景的审视，通过对新媒体时代的儿童与童年、新媒体时代的儿童文学出版、新媒体时代的儿童文学作家与创作、新媒体时代的儿童文学阅读及新媒体时代中国儿童文学的新景观进行全面的梳理和剖析，预见新媒体时代中国儿童文学未来的无限可能。该研究视野辽阔，纵横捭阖，将整个儿童文学产业纳入考究范畴，既囊括了产业链的上游与下游，也包容了儿童文学的来路与归途。文章以当下中国儿童文学呈现的纷繁复杂的现象为对象，以大量准确可靠的数据和逻辑缜密的演绎理出脉络，总结规律，彰显出质地坚实又深入浅出的特质，于中国儿童文学的理论探索而言建构起独特的学术价值，于中国儿童文学的创作、出版、阅读而言则具有现实指导意义。

湖南师范大学文学院的李红叶教授长期从事当代儿童文学的研究，也致力于推动湖南儿童文学的发展，以其思想锐气被学界列入“第五代儿童文学批评家”。2019 年，她在《文艺报》《中华读书报》《中国出版传媒商报》等重量级报刊上发表《中国儿童文学的“厚度”——评王泉根〈百年中国儿童文学编年史〉》《〈像蝉一样歌唱〉：山乡巨变与新乡土写作用》《多维度生活关联展现孩童活跃天性》等一系列展现当下儿童文学风采的文章，颇具历史感、时代性和世界眼光。李红叶负责的“湖南儿童文学年度作品选”已成为省儿童文学界的一大标杆，其序言创作从文本出发，评点恰到好处。

2019 年方先义在儿童文学理论与作品评论上发力。以第一主编的身份出版了儿童文学相关理论教材《儿童文学》。《儿童戏剧创编与表演》作为国内发轫之作，在 2019 年推出了第二版。作者在湖南岳阳创立了安徒生童话剧团、甜橙儿童剧团，积累了丰富的儿童剧创编和表演实践的经验。可以说《儿童戏剧创编与表演》的出版以及 2019 年第二版的推出是其多年艺术跋涉的成果。本书系国内首部全面研究儿童戏剧创编与表演的理论专著，主要从编剧、导演、表演、舞台美术及儿童戏剧教学方法等多个角度阐释了作者对儿童戏剧的思考。教学案例分析、佳作赏析可操作性强，具有现实指导意义。其在《儿童文学》等重要刊物上发表儿童文学相关书评，从所评对象的主题、叙事艺术等方面入手，逻辑清晰，说理透彻。吴振尘从童诗的意境理论入手，探讨童诗评判标准；也从李少白的童诗中具体探讨童诗的取材智慧和表达智慧。

六　童诗童谣振翅待时

在当下的中国儿童文学世界，童诗童谣往往由成人模拟儿童心理情态而作，客观存在的心理隔阂往往令创作不得要领，不能真正为儿童发声，作品容易在幼稚和超纲两个极端摇摆。童诗童谣的创作着实不易，优秀的童诗童

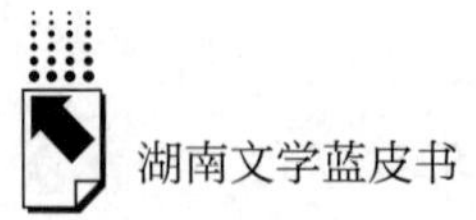

谣简洁而不简单、清浅而不肤浅，既要童真童趣，也要向美向善，还要朗朗上口。湖南省的童诗童谣创作在2017年出现过以李少白老先生为代表的一个高峰，此后流于沉寂。这也不是湖南省独一处的现状，而是带有普遍性的现象。2019年由中国诗歌学会、北京大学中国诗歌研究院、北京大学外国语学院主办的首届“童诗现状与发展”研讨会是对童诗童谣的一种理论推动。童诗童谣的振翅待飞，值得期待。

毛云尔的组诗《山岗之上》是童诗的亮眼之作。组诗共分为三章，《风不停地吹呀》里的“风”不仅是风景的一部分，还起到了连接“大风景”与“小风景”的纽带。该诗从小处着眼，先写了风过时枣花的飘落之景，接着写了看枣花飘落的人在风中身体摇晃的情形，而后，风吹过山岗，直上云霄，带出了注视人间美景的漫天繁星。意趣上的相似点使该诗与卞之琳的《断章》形成互文性解读，以具体物象构成的图景的主客互换，寓意着“相对”的哲学永恒，意境悠远，意蕴丰长。《风里有那么多的糖》里的“风”则化身为人格化的意象，被作者赋予了播撒甜蜜、抚慰心灵的力量。风的怀抱里装着糖，口里热情地召唤着大家前来吃糖，由此，果实由生涩变得甘甜，妈妈的微笑取代了忧愁。《山岗之上》里的“风”则可视为一种生活的磨砺。石头的巨大、坚硬，在风的磨砺下被消解了，而被生活磨砺得疲惫而沉重的母亲，也需要到山岗上静静心。诗歌最后以山岗上星的微光和风的呼号构成的阔大雄浑之景作结，留下无限遐思。全诗在含蓄的表达中实现了情与景的相融、自然与哲理的相交。

对湖南儿童文学2019年创作情况的梳理和盘点很大程度上是一份挂一漏万的个人阅读体验单。但将这一份年度作品记录嵌套进国内整个儿童文学概况进行体察，我们确实可看出湖南儿童文学原创的优势与不足。就体裁而言，儿童文学理论建设、幼儿文学、童诗童谣的发展相对滞后是全国儿童文学的困境，湖南也未能幸免。就题材而言，乡土文学的写作是湖南儿童文学的原创之根，也是优势所在。近几年蓬勃兴盛的少儿科幻类创作是短板所在，顺时而动未为不可，但新意之外，特色才是立足点。也可在自己所擅长的领域深耕细作，锤炼精品，但也要警惕重复自我。

B.7

网络文学：在时代沃土中的深耕与拓新*

贺予飞**

摘　要： 2019 年，湖南网络文学步入“提质进阶”快车道。网络作家们在时代的沃土中深耕与拓新，现实题材小说成为创作主流，幻想类题材多面开花，许多作品展现出大局气象与精英风范。生态型作家体系渐成，镀亮“网络文学湘军”品牌。政府与社会各界凝心聚力，网络文学活动精彩纷呈。

关键词： 现实题材　幻想题材　“网络文学湘军”　网络文学活动

2019 年，湖南网络文学步入“提质进阶”快车道。网络作家们聚焦时代，秉持以人民为中心的创作线路，深入生活、扎根生活，创作了一批现实题材精品力作。幻想类题材创作推陈出新，既注重对题材的深度挖掘，又以正能量书写展现家国情怀，格局开阔大气。许多湖南网络作家在国内网文圈中崭露头角，提高了“网络文学湘军”影响力。湖南省作协、湖南省网络作协等官方组织联合社会各界举办了精彩纷呈的网络文学活动，促进湖南网络文学健康繁荣发展。

---

* 本文系湖南省教育厅优秀青年项目“网络文学湘军”研究的阶段性成果，项目批准号：19B305。

** 贺予飞，博士，湖南工商大学讲师，长沙市网络作协副主席，研究方向为网络文学、文艺理论与批评。

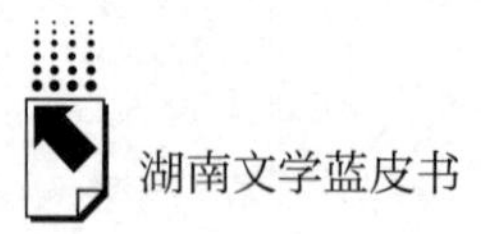

一　聚焦时代，现实题材创作迈入主流

湖南的网络现实题材小说在历经前几年的“蓄能期”后，终于在 2019 年迎来了创作高峰。一大批聚焦时代的精品力作涌现，彰显出网络文学的社会担当、作家情怀和人间温情。

网络作家们深入生活、扎根生活，以青春、创业、奋斗为主题诉说时代主旋律。譬如，安如好的《致我们勇敢的年华》以社会主义新农村为背景，讲述了大学生许晓霜回乡创业的励志故事。大学毕业后，许晓霜留在上海工作。在这期间，他逐渐意识到家乡的贫困落后与发达地区新农村建设之间存在的巨大差距。经过深思熟虑后，许晓霜不顾亲友的反对，辞职回到家乡创业。他通过知识与劳动带领村民们一路发家致富，同时也收获了一份美好的爱情。小说通过两个新时代青年脚踏实地、互相鼓励与扶持的故事，为“空心化”越来越严重的农村描绘了一幅美好蓝图。如画般的新农村风景与湖湘地方小吃文化交融并织，乡土文化的传承和时尚元素的紧密结合，既传递了浓郁的地域民俗风情，又体现了新时代新农村建设的发展成就。小说情节取材富有生活气息，文字清新活泼，符合主流价值观和审美导向，社会反响较好。王敏的《荣耀之路》紧扣“一带一路”的时代背景，讲述了以路远为代表的当代青年企业家的海外成长奋斗史。小说格局开阔，构思立意高远，将慷慨激昂的家国情怀、变幻莫测的商战竞争、波诡云谲的国际外交和细腻深沉的儿女情长熔于一炉，树立了具有开拓精神与创新气质的商界人物形象，谱写了一曲致敬中国标杆建设者的恢宏赞歌。

悬疑创作之风持续高涨，许多作品显示出主流风范与精英气象。丁墨的《待我有罪时》围绕刑警队的“高岭之花”尤明许与犯罪心理小说家殷逢展开了一段惊心动魄的探案经历。故事的女主角尤明许在休假去西藏旅游途中遭遇了一系列案件。与此同时，男主角殷逢也卷入案件中，且成为失忆的“傻子”。尤明许极力寻找案件证据，最终爱情和正义的力量战胜了阴谋，两位有情人终成眷属。作品涉及校园贷、青少年犯罪等社会热点事件。故事情节扑朔迷离，跌宕起伏，人物形象立体饱满，细节描写生动，处处有温情。素有“女频天后”之称的丁墨以《他来了，请闭眼》《如果蜗牛有爱情》《美人为馅》等作品开辟了独具一格的悬爱路线，她的小说既有令人血脉喷薄的惊险刺激之感，又有高糖 CP 组合的爱恋进行调和，获得广大读者追捧。相较前几部作品，《待我有罪时》的主角形象塑造有所突破。男主角殷逢摆脱了以往“帅哥” + “天才” + “霸总”的形象塑造模式，“傻子”形象设定为其增加“奶狗”特质。女主角尤明许带有“御姐范”，与男主角形象构成张力。这部小说是丁墨回归“悬疑甜宠”文的又一创新力作。在“男频”悬疑小说中，不信天上掉馅饼的《刑警荣耀》同样聚焦刑侦题材，讲述了年轻刑警王为与犯罪分子斗智斗勇、屡破大案的故事。王为与各种犯罪分子周旋中表现出的机智、英勇和热血满足了年轻一代读者对英雄的诸多期待。由于王为屡破奇案，他的晋升之路也由此开启。但在现实生活中，他也有许多年轻人共有的缺点。作者打破了以往“高大全”式的主角形象塑造模式，通过“接地气”的生活细节深化人物的真实感，以“升级体系”强化小说爽感，同时又彰显了基层民警的热血青春与无私奉献精神。

《永不解密》《血火流殇》等谍战小说同样体现了鲜明的悬疑风格。风卷红旗的《永不解密》展现了国家与人民群众联手破获间谍案的传奇经历。故事背景设定于 20 世纪 80 年代，主人公林千军是解放军总参第二军（军情局）的参谋，他的日常工作是拆阅没有收件人的信件和无法寄投的可疑信件。一封代号为“蝴蝶”的信件打破了林千军平淡的生活，他由此卷入一场间谍与反间谍之战。尽管“蝴蝶”是一名从现代而来的重生者，但他带来的大量信息均来源于现实生活，例如朝核事件、马航事件、飞行员王伟撞机事件等。我国军情机构通过“蝴蝶”的信件，与人民群众联手智斗敌特，主人公林千军几经生死、与敌人性命相搏的场面展现了中国军人深厚的爱国情怀与牺牲精神。风卷红旗善于在宏大的故事架构中设置悬念，小说情节设计巧妙，破茧寻蝶、助蝶重生、得蝶相助、诱敌入瓮等情节使整个故事高潮迭起、扣人心弦。小说将宏大场面布局与视、听、触等多重效果叠加，语言朴实简约，细节饱满，谍战群像跃然纸上，字里行间洋溢着积极向上的爱国

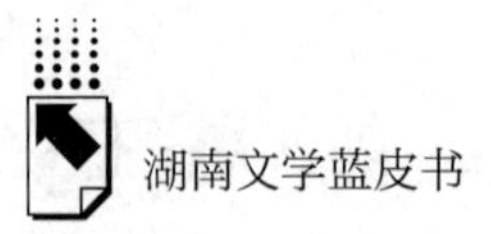

强国情怀。在谈到小说的创作意义时，风卷红旗希望通过《永不解密》传达社会主流价值观，弘扬中国各个阶层各个行业人士的爱国主义情怀。流浪的军刀的《血火流殇》记录了抗日战争时期武汉地区一群勇敢的谍报工作者为拯救国家危亡，与日寇、国民党、汪伪政权斗智斗勇的故事。主人公尚稚和燕景宗是两位身处不同阵营的多重间谍，为了获取日寇机密情报，他们由对抗到联手，在敌人内部层层深进的过程中二人互相掩护、奇谋百出，用生命与牺牲谱写了一曲忠诚史诗。小说文风硬朗，具有很强的逻辑性、代入感和真实感。

现代言情创作出现了婚恋、校园、总裁等类型分蘖，涌现出《婚牢》《往后余生喜欢你》《霸道帝少惹不得》《强势婚爱：豪门老公轻点宠》《浅婚深爱：女人，别想逃》等多部力作。其中，虎口夺阳的《婚牢》聚焦婚恋题材，讲述了职场女强人曾晚遭遇婚姻失败，在历经人生低谷后又重新开启新生活的故事。女主角曾晚被婆婆逼迫去医院检查身体，却不料收到了自己不孕不育的检查结果。为此，婆婆以死要挟她和丈夫周樊离婚。谁知道离婚后的第二天，身为曾晚闺蜜的秦雅竟然挺着六个月大的肚子，堂而皇之地入住了周樊家。接连遭遇婚姻和友情背叛而跌入谷底的曾晚，在离婚后才得知前夫周樊背着自己欠下了大批债务。十几个债权人上门不由分说将曾晚暴打一顿，并迅速把她当成老赖告上了法庭。法院一审判决曾晚理应承担婚姻存续期间周樊所欠下的几百万元债务。备受打击的曾晚绝望轻生，却被邻居家从海外归来的律师陆扶安所救。为了寻找重获自由的证据，曾晚和陆扶安联手拆穿了一系列陷阱和阴谋，最终得以拨云见日。小说既揭露了婚姻中残酷阴暗的一面，也彰显了女性在婚姻牢笼中努力向上、打破困境的独立精神，堪称一部现实版的婚姻教科书。

小北的校园言情小说《往后余生喜欢你》通过航空学院的魔鬼女教官肖楷楷与"男神级"心理辅导师徐默然再次相逢的经历展现了一段青春爱恋故事。高中时代的野丫头肖楷楷答应了补课老师徐默然考进年级前十就报考航空学院，不想徐父在退休前夕执行最后一单任务时在H国失踪。徐默然为了寻找父亲，来不及和肖楷楷道别，成为一名雇佣兵。六年后肖楷楷毕业后留任V大当新生的教官。肖楷楷再次和徐默然重逢。而消失了六后的徐默然也摇身一变成了V大的心理辅导老师。徐默然对肖楷楷展开了追求，肖楷楷却记恨他之前的不告而别，冷漠拒绝。徐默然隐藏实力，不放弃地死缠烂打，一步步套路肖楷楷，终于抱得美人归。小说集青春、热血、言情等元素于一炉，既彰显了积极向上的正能量，又带有二次元风格，市场反响较好。

总裁文集结众多“甜文”与“虐文”，人气热度持续上涨。其中，半弯弯的《霸道帝少惹不得》通过言安希与慕迟曜的情感遭际展露了一段颇为纠葛的豪门爱恨情仇。言安希的家庭遭遇巨变，从富家女沦落为负债累累的普通人，弟弟也不幸成为植物人。她遭人设计与慕迟曜闪婚，卷入了豪门生活。婚后言安希才知道，慕迟曜与她结婚的原因是她长得很像慕迟曜死去的前女友秦苏。实际上，秦苏并没有死，她回来寻找慕迟曜，并多次陷害言安希。慕迟曜和言安希在历经种种误会波折后终于心意相通，幸福地生活在一起。小说情节跌宕起伏，戏剧性矛盾与故事反转显示了作者纯熟的布局谋篇架构能力。她的另一部作品《强势婚爱：豪门老公轻点宠》讲述了时乐颜与傅君临的甜蜜爱情故事。时乐颜原本是京城名门时家的独女，出生时在产房被人调换。多年后，傅君临找到她结为夫妻，并且帮助她回到时家，恢复真千金身份。在这个过程中，两个人历经坎坷，最终携手到老。小说主线先甜后虐，情节峰回路转，女主角摆脱了“白莲花”式人设，人物形象刻画饱满。顾白白的《浅婚深爱：女人，别想逃》讲述了叶家千金叶歌与顾氏集团继承人顾成爵的爱情故事。四年前，叶歌刺伤顾成爵后落荒而逃。四年后，顾成爵为复仇归来，却不料自己依旧深爱叶歌，再度陷入与她的爱恋之中。颇具创意的是，小说没有走一贯的虐文路线，“复仇”只是爱的借口，叶顾CP的“高甜”恋爱获得了读者们的青睐。

二　推陈出新，幻想题材创作多面开花

2019年，湖南网络文学幻想类题材创作火热，玄幻、奇幻创作以正能量和创新精神更新气象，异能、直播、电竞、匠术、重生等紧跟时代潮流的

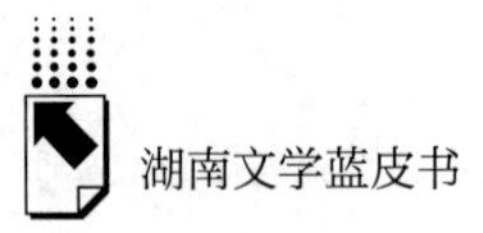

类型文大放异彩，凸显多样化审美风格。

玄幻、奇幻小说在继续发挥以往创作优势的同时加大了创新力度，用奇谲想象力书写异世界传奇。妖夜的玄幻小说《不灭龙帝》以史诗般的气阔讲述了中州十大最强血脉之一的陆家少族长陆人皇被仇家追杀后发生的爱恨纠葛与修炼成长经历。小说主人公陆离的父母在他出生后便远赴寒冰深渊，15 年来杳无音信。陆离被姐姐陆羚抚养长大，姐弟二人从狄龙部落辗转到武陵城，颠沛流离中，姐姐又被青州强者劫走。为了救出父母和姐姐，陆离一路奔走于千岛湖、狄龙部落、中州、青州等各地。他得罪了世家大族，不断遭遇仇敌追杀，但也获得了许多机缘，成为北漠之王。恰逢南巫大地、东瀛大帝、西羽大地、北蛮大帝联合入侵人族，陆离为了捍卫家园，与四方强敌展开了一场持久的浴血之战。在宏大的玄幻故事架构下，小说历史脉络清晰，人物和故事饱满，显示了作家娴熟的题材驾驭能力与扎实的创作功力。妖夜曾说："每个男人都有一个英雄梦，都想快意恩仇。"他正是将这种执着追梦的热血激情与英雄的责任担当内化为创作硬核，吸引了大批读者的持续追更。三千道的玄幻小说《洪荒神帝》讲述"地球"转世青年凌峰激发异能，走上修炼之路，穿越天地的五个时代发生的神奇故事。小说从天地分开神族统一世界，到人类出现与科技崛起，再到进化人毁灭地球，架构了一套气势恢宏而又不失严谨的神话体系。作者采用"地图式"空间叙事策略，从主角凌峰的出生地到东、西、南、北四域星空，再辗转紫微垣、太微垣、天市垣等三垣，地图空间设置极为开阔。"刷地图"本为电子游戏的惯用设定，作者将这一设定恰到好处地运用于小说创作中，让网民读者阅读时获得游戏升级爽感。此外，作者还收集了"仙人桥"等大量民间传说融入故事中，显露出传统文化底蕴。整部小说看似天马行空，实则故事架构严谨，体现了作者较好的故事叙写能力。二目的《放开那个女巫》讲述了现代机械工程师程岩穿越到女巫大陆，带领女巫和民众发展工业、抵御魔鬼的探险之旅。小说将"女巫是第一生产力"的主题贯穿全文，将现代知识和女巫能力设定进行了创造性结合，巧妙运用科技与魔法元素生产出各种超时代的产品和技术，并由此追寻到诞生的秘密与神意之战的真相，形成了网文圈内独具一格的女巫种田文。二目从事建筑工程师工作，同时他又是一位资深奇幻迷，这一双重身份让他的作品发生了化学反应。他熟知建筑理论和操作实践，使《放开那个女巫》具有“内行人”的专业品性。奇幻世界的魔法设定又为要求严谨而精确的工业建筑与机械工程插上了想象的翅膀，为读者带来现实与虚拟结合的审美张力。

都市小说创作推陈出新，异能、直播、电竞、匠术等新兴的类型文崭露头角，《亲爱的床先生》《最强保镖俏总裁》《直播之全能天王》《国民校草是女生》《三尸语》等作品显示了不俗实力。其中，苏耐的《亲爱的床先生》通过往生服务公司女老板夏洛与金融集团 CEO 席远航的相遇引出一个关于床变成人的奇幻经历。从事往生服务行业入殓工作的夏洛对自己的相亲对象金融集团 CEO 席远航一见倾心。随着二人感情逐渐发展，夏洛的生活中出现了一件匪夷所思的事。她家的床塌了，变成了一个帅气的男人。夏洛给这个神秘的“床先生”取名许明朗。许明朗的到来给夏洛与席远航带来了一系列诡异的灾祸和意外。二人联手调查后发现，夏洛的生活原来是许明朗由于怀念自己早已死去的爱妻而构筑的镜像世界。小说“床先生”的设定颇有新意，在跌宕起伏的情节中注入了生活的脉脉温情，同时也使人思考“生”与“死”这一对亘古的哲学命题。西楼月的《最强保镖俏总裁》讲述了故事男主角秦穆为了寻找强大的古武家族没落的原因及其秦氏心法下落，回归都市成为服装企业女总裁贴身保镖的故事。小说将都市言情与功法修炼两种类型创作路线巧妙融合，由故事中牵出故事，在不断地探秘追寻中发现新的线索。作品行文流畅，语言简练，人物刻画真实、细腻、感人，故事情节环环相扣，牢牢地吸引了读者的阅读兴趣。

随着国内直播、短视频行业的火热，直播文成为近年来网文圈颇为流行的一种类型文体。轧基的《直播之全能天王》讲述了程序员林飞开启游戏直播之路，最终带领战队斩获全国冠军的故事。林飞是一个初次进入大城市的程序员，他偶然间得到了一个直播系统，便开始直播自己玩“吃鸡”游戏“绝地求生”。在直播的同时，他也完成了系统的任务。随着任务的不断完成，林飞的“吃鸡”水平越发高超。直到在一次公司举办的“吃鸡”比赛中，林飞的小组获得冠军，于是美女总裁叶海灵看中了林飞的能力，将林飞聘用为自己的战队经理。接着，林飞带着自己的海蓝战队，在“吃鸡”大赛中一路披荆斩棘，最终获得全国锦标赛的冠军，并踏上了游戏竞技的国际征途。作为一部典型的热血竞技爽文，小说将游戏文与直播文巧妙结合，以当前最火爆的“吃鸡”游戏为主打元素，满足了年轻读者的审美期待，具有鲜明的时代特色。

电竞文在 2019 年涌现了不少爆款之作。随着《全职高手》《亲爱的，热爱的》的热播，电竞文在湖南网络文学中也掀起一股阅读潮。战七少的《国民校草是女生》讲述了女黑客重生成为一名高中生，以硬核技能称霸电竞圈并收获爱情的故事。风靡网络的黑客女王 Z 重生后穿越到了高中废柴男生傅九身上。于是她女扮男装，凭借自己的电脑技术横扫游戏圈，惩治网络罪犯，被众人追捧成为电竞圈的国民校草。当她是女生的真相被揭穿时，全民陷入沸腾状态，殊不知她与电竞大神秦漠的爱情早已悄然降临。小说将电竞与言情巧妙融合，女扮男装和重生设定颠覆了以往电竞热血文的套路，主角互撩日常带来了别样的审美体验。

重生文也是近年来较受广大网民读者追捧的一类文体。暴富的宠儿的《偏偏世子要娶我》讲述了郡主轩辕琼华遭遇未婚夫和公主表姐连手背叛而惨死后重生复仇的传奇经历。轩辕琼华作为大长公主之女，一出生就定下了与护国公世子的婚事。不料她被早已暗中勾结的表姐和未婚夫陷害，自己连带全家一百余口人因此而亡。南王世子南墨宸为了救她，用自己几十年寿命换她重生。轩辕琼华重生归来后报复仇人、保护家人，与南墨宸一起携手改写悲剧命运。作者谙熟大众阅读心理与爽感机制，将复仇、爱情两条主路线融入“重生文”中，以戏剧化情节和巧智计谋环环相扣，使读者通过快意恩仇获得官能快感，小说深获读者好评。

三　爆款频出，“网络文学湘军”影响壮大

湖南历来是网络文学创作大省，也是网络文学创作强省。2019 年，湖

南网络作家队伍持续发展壮大，大神作家与新生代作家接续有力。目前，湖南省网络作协拥有在册会员 1026 人，是国内会员人数最多的省级网络作家协会。其中，大神作家吹响集结号，斩获诸多创作战绩。中青年作家渐露锋芒，高质量与高人气之作数量激增。丁墨、吉祥夜、降美人、战七少入选“2019 中国网络文学女作家影响力 TOP50”，愤怒的香蕉和二目入选“2019 中国网络文学男作家影响力 TOP50”，同时入选的还有蝴蝶兰、血红、丛林狼等湘籍网络作家。在国家文艺方针政策的有力指导下，网络作家们创作了一大批精品力作，并在线下出版、有声阅读、影视、动漫、游戏改编等渠道多头并进，打造“网络文学湘军”金字招牌。

在“大神级”作家方面，妖夜、丁墨、愤怒的香蕉、流浪的军刀、不信天上掉馅饼、风卷红旗、蔡晋、贼眉鼠眼、罗霸道、叶天南、开荒、半弯弯、二目、极品妖孽、独孤逝水等人的创作实力在全国有目共睹。其中，以玄幻创作著称的妖夜近年来多次跻身中国网络作家富豪榜，并连续两届在网文之王评选中位列十二主神。他的《降龙觉醒》2019 年改编成网络大电影，进入腾讯播放量前 10，取得口碑、收视双丰收。丁墨的《待我有罪时》网络连载以来，网络收藏量 37 万 +，读者留言 3 万 +，赞赏人数多达 275 万，评分高达 9.6 分；超话活跃，阅读量 2471.6 万。该作被读者誉为“口碑收割机”，入选中国作协“2019 年网络文学重点作品扶持选题”。愤怒的香蕉是第一届茅盾文学新人奖暨网络文学新人奖得主，他的作品《赘婿》获第二届网络文学双年奖银奖。流浪的军刀的《血火流觞》进入 2018 中国作协小说排行榜前 10 名（未完结榜）。不信天上掉馅饼自 2009 年开始发表网络小说，共计创作长篇网络小说 7 部，近 3000 万字。网络正版点击近十亿。他的《刑警荣耀》入选中国作协“2019 年网络文学重点作品扶持选题”。风卷红旗的《永不解密》全书订阅数据为 12000 +，网页与手机阅读网络总点击已超过 2000 万人次，长期居铁血读书网点击榜、收藏榜、鲜花榜、打赏榜、催更榜前 10 名，目前正在剧本改编创作中。蔡晋的《医门宗师》在起点中文网连载以来获得 800 万点击率，在港澳台实体销售中取得了繁体销售排行前 5 名的好成绩，其 2019 年新作《重生九九当大佬》读者好评度高。贼眉鼠眼的《明朝伪君子》《贞观大闲人》排名长居历史类小说前列。罗霸道10年未完结的科幻经典之作《星际屠夫》深获读者好评。叶天南的《超级医生》曾荣获起点中文网新书榜第1名，目前各站总点击过亿，中国移动手机阅读基地总点击过10亿。开荒自2008年开始从事网络文学的创作，其作品取得过均定上万、千万点击、百万推荐、月票榜前10名的好成绩。半弯弯的《霸道帝少惹不得》在掌阅平台的粉丝量已经高达120多万，点赞破200万，人气近5亿，读者评分9.0，20多万条书评，创下日销6位数的惊人成绩，单日收入更是打破了掌阅书架订阅纪录。该作已改编有声在读，漫画正在改编中，成绩和销量都非常火爆。在新生代作家中，二目是近年来网文圈“新人王”之一，2016年凭借《放开那个女巫》一书封神并登顶“十二天王”。该作品首创“女巫种田流”之风，为西方奇幻创作打开了新局面，入选国家新闻出版署和中国作协“庆祝新中国成立70周年”主题网络文学作品暨2019年优秀网络文学原创作品。极品妖孽是“90后”网络作家，他多次入选网络文学百强大神榜，其作品《绝世战魂》全网总销量破3000万，掌阅正版粉丝120万，高定破70万，繁体、有声、漫画均已改编，网络大电影正式上线，手游也即将上线。

网络青年作家群创作迎来丰收季，逐渐成为湖南网络文学的中坚力量。安如好的《致我们勇敢的年华》获得“2019年中国作协重点扶持项目”立项，点击近6000万，目前正在进行影视改编。沸丽也讨好的《同在金水湾》入选中国作协“2019年网络文学重点作品扶持选题”。一梦黄粱的创作曾获起点中文网2018年仙侠征文争霸赛“仙王”称号，并多次进入起点热销榜、QQ阅读销售榜、多看阅读网销售榜前三。他的《不合格的大魔王》2019年入选QQ阅读季度销售榜。乙己是国内猛犬竞技流小说开创者，代表作有《凶狗》《斗狗赌宝》等，多部作品有声、动漫已开发，其他改编正在洽谈中。洛小阳2019年凭借连载小说《极品仙尊在都市》成为今日头条首批签约的3位大神之一，并长期霸占今日头条销售榜第一，荣获9.8亿推荐，均订破万。他2019年的完本小说《三尸语》连续四个月稳居销售榜、点击榜、推荐榜、打赏榜、追书榜、勋章榜、评论榜第一，全平台点击破亿；有声改编播放量2700万，进入企鹅FM原创风云榜前三。“90后”网文作家小北的《往后余生喜欢你》入围第四届橙瓜网络文学奖暨见证·网络文学20年最具潜力十大影视IP的作品，并已售出影视版权，授权的同名漫画全网平台连载。虎口夺阳的《婚牢》今日头条首发，荣获2.9亿推荐，1986万阅读，目前影视版权洽谈中。西楼月的《最强保镖俏总裁》获得2.3亿人气，126万点赞，31.8万粉丝，在番茄小说大热榜排名第一，2000多万热度。三千道的《洪荒神帝》在阿里文学点击榜获月榜第5名、总榜第6名、收藏榜月榜第8名，在书旗包月榜夺得总榜第7名、原创点击榜总榜第9名，获读者好评率高。

四　凝心聚力，网络文学活动精彩纷呈

2019年，湖南网络文学举办的活动可谓五花八门，精彩不断。湖南省作家协会网络文学中心和湖南省网络作家协会开展了一系列主题活动和服务会员的工作。官方组织与社会各界一起凝聚力量，进一步促推网络文学的繁荣和发展。

从作家培养方面来说，一是推荐了一批网络作家加入中国作协、湖南省作协以及各地市作协。二是举办了网络文学专题研讨班和论坛峰会，选派网络作家参加培训研修活动。各地市作协也积极行动，纷纷组织举办各类网络文学活动，如第二届网络作家益阳行暨益阳青年网络作家公益培训和株洲市第一届网络文学论坛等。

从网络文学赛事活动来说，举办了网络作家作品大型推优与评选活动。例如，与红网文化传播公司联合举办了“2018年度湖南省十大网络作家评选活动”。二目、丁墨、不信天上掉馅饼、极品妖孽、妖夜、罗霸道、贼眉鼠眼、流浪的军刀、愤怒的香蕉、蔡晋被评为湖南省十大网络文学作家。一梦黄粱、乙己、风卷红旗、可大可小、叶天南、只是小虾米、半弯弯、浅茶浅绿、乘风御剑、酒中酒霸被评为湖南省十大网络文学新锐作家。各地市也举办了系列推优活动。例如，在第一届长沙市优秀网络文艺作品颁奖典礼暨

作品研讨会中，《贞观大闲人》《放开那个女巫》《极限拯救》《降龙觉醒》《荣耀之路》获优秀网络文学作品奖。《三尸语》《少女心永不毕业》获优秀网络文学新人新作奖。

从文艺活动方面来说，举办了一系列网络文艺汇演盛会。例如，湖南省网络作协与团省委联合组织举办了“新时代、新阅读”红色经典诵读分享会和湖南省第三期新兴青年团体活动，与省网信办联合主办《红星兜兜》故事演播剧演出活动。发挥好省网络作协网站、公众号的宣传主阵地作用，依托红网等媒体提升网络文学的影响力。继续做好网络作家的维权工作。

与此同时，中国网络文学小镇落户湖南，小镇正在吸引更多的网络文学产业优秀人才，开发网络文学 IP、打通网络文学产业立体环节、形成网络文学产业生态圈，打造出富有湖南网络文学特色的完整产业链，并积极推动和筹备“中国湖南·网络文学周”和“芒果杯·网络文学奖”，打造湖南网络文学的影响力。

综观 2019 年湖南网络文学的发展，现实主义题材成为创作主流，各品类创作均有新的开拓，作品质量精进，逐渐显现出从“高原”向“高峰”进阶的趋势。网络作家在各项赛事推优以及文学网站排行榜单中崭露头角，“网络文学湘军”作家队伍构成科学合理，生态型作家体系渐成。政府与社会各界对湖南网络文学投注了许多精力，为其提供了良好氛围与支持助力。尽管湖南网络文学现阶段取得了较为瞩目的成绩，但前行之路并不全是坦途。未来，湖南网络文学的发展仍将以“折戟沉沙”与“乘风破浪”之势驶向更广阔的文学蓝海。

B.8
电影文学：联合出品成趋势

陈 爽*

摘 要： 2019年湖南出品（含联合出品）影片从题材上可以分为主旋律、公益、动画、科幻等，从出品方式上看，相对于上一年度影片联合出品情况显得更为突出，此外2019年湖南影人在电影领域有着不俗的表现。

关键词： 湖南特色 多类型电影 古装题材 IP改编

一 主要出品：彰显湖南特色

2019年由湖南主要出品的影片有以《国礼》为代表的重大革命历史题材影片、以《公主裙》《放学后联盟》为代表的儿童题材影片，这些影片均很好地展现了湖南的特色与风貌。与往年相似，2019年湖南主要出品的影片倾向于选择主旋律、历史题材、儿童题材等，侧重展现湖南特色与风情，而彰显湖南特色正是此类影片的一个突出特点。

《国礼》由周琦导演，改编自曾应明小说《芙蓉坊密码》，湖南潇湘第二影业有限公司、八月潮影业股份有限公司、中影河山（北京）有限公司、潇湘电影集团有限公司、湖南湘绣城集团出品，唐国强、王晖、杜娟、袁志顺、黄精一出演，于2019年9月20日上映。该片是一部重大革命历史题材影片，在新中国成立70周年之际上映，献礼新中国七十华诞。1949年4月

* 陈爽，长沙学院影视艺术与文化传播学院讲师，主要研究方向为影视理论与批评。

人民解放军占领南京，新中国成立指日可待，毛泽东计划出访苏联，并决定选用湘绣作为斯大林70周年寿辰的礼物。中共地下特派党专员老周（周乐安）冒险潜入尚被国民党控制、戒备森严的长沙城，他不仅要冲破阻隔获得湘绣，还要促进湖南的和平解放。

该片在重大革命历史题材故事中，巧妙地选择了湘绣作为切入点，将革命历史与文化结合起来，一方面讲述了重要的历史事件，另一方面展现了湘绣风采，体现了独特的湖南地域特色。片中老周在获得湘绣与和平解放湖南的双重目标推动下，与国民党军统特派员易平川斗智斗勇，使影片颇具悬念，电影视听手法的恰当使用更是加深了本片紧张、刺激的悬疑感。该片具有通常谍战题材影视作品的特点，但《国礼》最大亮点在于湘绣的展示，使人有耳目一新之感，同时为如何讲述重大革命历史题材故事提供了值得借鉴的思路。总之，影片《国礼》显示了潇湘电影集团一如既往讲述湖南故事、讲好中国故事的决心。

《公主裙》由赵淑彬导演，湖南影人窝窝影视发展有限公司出品，赵晟魁、宋雨等主演，于2019年11月19日上映。影片围绕着小女孩茉茉展开，外婆的突然离世使从小与外婆一起生活的茉茉十分难过。出于对外婆的思念，茉茉希望能够再次见到外婆，与外婆好好道别。当她听说穿上公主裙能够实现这一愿望时，便希望拥有一条公主裙。茉茉的父母承包养鸭场，受禽流感影响而面临资金周转的困难，如果产品不能及时出售，将会造成更大的损失。为养鸭场焦头烂额的妈妈根本没有耐心倾听女儿的想法，在她的眼中，茉茉不合时宜的要求让她感到不解，她不明白一向懂事的女儿为何执意想要公主裙。茉茉的爸爸虽然想要满足女儿的愿望，但在现实条件下也无能为力。片中以茉茉的公主裙愿望与养鸭场生存困难作为两个主要矛盾。一方面，茉茉与妹妹莉莉、朋友喜虎为鸭场割草、抓鱼，计划用劳动换取报酬，在暑假结束前攒足购买公主裙的钱，她们甚至为此将鸭场的鸭蛋偷偷拿出去卖掉，引发了一些误会使攒钱买公主裙的计划失败。另一方面，茉茉的父亲为了获得资金的支持去申请贷款，信用社田主任却因为私人恩怨迟迟不批准贷款。正当父女二人都遇到阻碍时，信用社田主任被他的儿子举报，茉茉父亲的贷款正式获批，而茉茉卖鸭蛋结识的爷爷是赵老板的父亲，因为这一段缘分，赵老板送来了采购合同，养鸭场的危机得以渡过。爷爷的到来为茉茉带来了公主裙，茉茉穿着公主裙在睡梦中见到外婆完成了心愿。

《公主裙》是一部农村题材的儿童影片，影片的拍摄地在湖南怀化芷江，展现了湖南的地域风貌，所讲述的故事朴实完整，叙事清晰，选择用一条公主裙连接儿童世界与成年世界较为巧妙，同时展现了孩子无法完成心愿的苦恼与大人为生计发愁的困苦。影片从细微的生活小事入手，没有特别夸张的戏剧化处理，而是注重呈现生活的真实性，不论是养鸭场众人在简陋棚子中的晚餐场景，还是茉茉母亲对孩子的不理解与粗暴打断，均是现实中很可能发生的事。该片镜头语言较为克制，湖南的优美风光也在其中得到了展现，不过影片中个别航拍空镜似与影片整体风格不协调，若说其他镜头能够加强影片的真实感，个别航拍镜头在拍摄手法与画面上使人产生观看宣传片的错觉，割裂影片试图呈现的真实感，或许在这样的镜头使用上应更加克制。此外，该片在声音处理上依旧能够遵循真实性的原则，尤其是环境音的处理较好，在声音方面值得商榷的是，影片中茉茉与莉莉说话时的稚童声音与表达方式显得孩子们格外天真，正是这样天真善良的孩子才会相信公主裙能使愿望成真，不过茉茉与莉莉的说话方式似不符合现实中同龄人的说话方式，虽然小演员的演技较为出色，但表达上稍显做作，在一定程度上影响了影片效果。

2019 年另外一部儿童题材电影《放学后联盟》关注了二胎时代儿童的心理问题。《放学后联盟》由张帆导演，贵州不一班传媒有限公司、湖南楚人影业、湖南凤凰紫荆文化传媒有限公司、长沙市汤霞文化传媒有限公司、上海瑞领权投资金管理有限公司、湖南华人时代文化传播有限公司、廊坊市坤豪文化传媒有限公司，湖南楚人传媒有限公司、湖南维摩影业有限公司、广东古墨康传媒有限公司、湖南齐舞文化发展有限公司出品，班嘉佳、张子健等主演，于 2019 年 8 月 21 日上映。该片的主创团队均来自湖南，拍摄取景地为长沙，影片主要讲述热爱街舞的男孩小叮当因妹妹的出生感到自己备受冷落，通过绑架自己的恶作剧、离家出走等方式试图唤起父母的关注，在

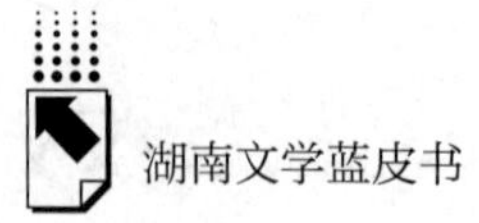

小叮当与朋友们的行动中，小叮当老师的弟弟、曾经的混混少年小武机缘巧合参与其中，引发了一系列啼笑皆非的事件。最后小叮当终于明白父母对自己的爱并没有减少，他也真正地接纳了妹妹，并获得了全国少年街舞大赛的冠军。影片对当下社会中父母与子女关系的变化反应敏锐，通过这样一部关于“小小少年”式烦恼的影片，试图唤起社会对亲子关系问题的关注。影片中小叮当对家庭新成员的到来感到焦虑，这种相当真实的情感在影视剧作品中长期缺乏足够的重视。此外，影片通过小叮当老师与弟弟小武展现了姐弟之间互相牵挂的感情，小叮当等人在感受到老师与小武之间的姐弟情谊，不再害怕妹妹的存在，这些情感刻画也很出色。从人物塑造的角度看，片中的人物不够丰满，尤其是符号化的大人形象，如小叮当的父母、老师，同时对儿童的心理表达也不够细腻。《放学后联盟》引入了街舞元素，主人公小叮当具有街舞表演天赋，母亲为了妹妹想要让他放弃街舞，成为小叮当离家出走的动因。不过遗憾的是，街舞在这部影片中仅仅充当了情节推动的作用，小叮当对街舞的热爱及街舞表演并未有更多的表现。

二　联合出品：多类型电影合作

近年来越来越多影片选择以多方联合的方式出品，这种方式能够规避影片巨大投资所带来的风险，同时在多渠道资源协助下实现宣传、发行等收益的最大化。投资电影在带来可观的收益的同时也承担投资失败的风险，在此种情况下，多个公司联合出品就能分摊投资风险。这种电影联合出品方的激增是值得注意的影视行业现象，联合出品虽然分摊了投资风险，但同时也意味着任何一个公司对影片的参与程度都有所下降，不似单独出品或出品方较少时所具备的影片把控力。2019 年湖南影视行业参与多项影片的出品，这些影片很难说是真正的湖南电影文学，却也部分反映了湖南电影行业的发展趋势，以下选择一些重要的湖南联合出品影片进行评述。

2019 年最值得关注的湖南联合出品的影片是《流浪地球》。《流浪地球》由郭帆导演，改编自刘慈欣同名小说，由中国电影股份有限公司、北京京西文化旅游股份有限公司、北京登峰国际文化传播有限公司、郭帆文化传媒（北京）有限公司出品，湖南芒果娱乐有限公司等联合出品，吴京、屈楚萧、李光洁、吴孟达、赵今麦领衔主演，于 2019 年 2 月 5 日上映。该片是一部关于拯救地球的科幻影片，因此有人称 2019 年为“中国科幻元年”。故事背景是太阳极速衰老，人类面临由此带来的各种灾难即将毁灭，于是人类团结起来启动“流浪地球”计划，在全球建造 1 万个发动机及地下城，试图将地球带到遥远的新星系，人们将通过抽签决定是否能够进入地下城，也就是获得生存的希望。主人公刘启因为父亲刘培强是宇航员的原因，与监护人姥爷韩子昂拥有进入地下城的资格。17 年后，刘培强即将从太空返回地球，而刘启因父亲曾放弃救治母亲而心怀怨恨，决定带着收养的妹妹韩朵朵回到地面。在零下 70 摄氏度的极寒温度下，刘启与韩朵朵遭遇了 17 年来地球发动机失去动力的最大危机，在众人的共同努力下这场危机终于得到化解。

《流浪地球》上映时间恰值 2019 年春节期间，可以说是一部与以往大不相同的贺岁影片，令观众有焕然一新之感，加之改编自著名科幻作家刘慈欣的作品，其票房大获成功。影片在视觉效果上也获得了一定的赞誉，冰封的地球、末日时代人类的渺小等令人震撼。影片叙事以地球与太空双线展开：地球叙事主要集中在众人运送火球所遇到的困难与阻碍，以及最后关头引爆木星；太空叙事主要是关于刘培强与人工智能系统莫斯的对抗及其说服政府完成木星引爆，展现了人类在危机中的团结、情谊、牺牲。片中的戏剧矛盾除了地球的拯救之外，便是刘培强、刘启父子之间的矛盾，刘启因为母亲的事情怨恨父亲，最终在与父亲一同拯救地球的行动中原谅了父亲。或许是因为有刘慈欣小说原作的影响，在这样一部末日灾难的科幻影片中，人们希望看到更多对人性的深入刻画与揭示，亲情固然动人，但在末日时代人对自身的认识、人与人之间的关系是否依然如那些平常时日一般？在这方面《流浪地球》显然还有提升的空间。

2019 年另外一部湖南参与联合出品的影片，因为演员本身及其他一些引人关注的话题，在上映之前便获得了一定热度与关注度。《小小的愿望》

由田羽生导演，改编自2016年韩国电影《伟大的愿望》，由彭昱畅、王大陆、魏大勋等主演。该片主要讲述重症肌无力患者高远在即将离世之际，家人与朋友帮其实现心愿的故事。影片中高远的父亲认为长期卧床的儿子渴望运动，于是带着儿子参加马拉松比赛，结果他因体力不支晕倒，引发令人啼笑皆非的一幕。母亲了解儿子对篮球的喜爱，邀请球星巴特尔鼓励高远，死党徐浩、张正阳带着高远去海边郊游，却差点导致高远溺亡。实际上高远真正的愿望是让家人和朋友能够不再为了即将逝去的他悲伤度日，于是他告诉徐浩、张正阳自己的愿望是想要体会初恋的感觉，最后徐浩与张正阳帮助高远实现了愿望，高远则永远地离开了。该片用喜剧的方式讲述了一个悲伤的故事，既有笑点也有泪点，这个剧作的创意来自原版韩国电影《伟大的愿望》，与韩国版电影最大的不同在于，《小小的愿望》改变了主人公最后的愿望，由青春萌动的少年在性方面“破处”的愿望变成了体会初恋的感觉。《小小的愿望》虽然在影片创意与剧情方面整体上借鉴《伟大的愿望》，但从整体质量上似不如原版。影片一方面想要表达少年高远对生活的热爱以及对其生命将逝的惋惜，表达珍惜生命的主题，另一方面想要展现亲情、友情的力量与动人之处。从前者来看，影片中高远的戏份并不多，似乎无法通过更多的戏份展现高远对生活的感受、态度以及个人心理。从后者来看，影片以事件作为推动，但我们无法在众人为高远所做的事情中感受到情感方面的触动，注重事件的戏剧性而忽视心理刻画，如此人物的个性与情感便丧失于编剧所安排的一个个事件中，人物只有行动完成事件，却没有机会抒发细腻深挚的情感。毫无疑问，影片所设置的笑点与泪点一定程度上能够达成预想的设计效果，在有笑点的地方观众会想笑，这种笑却是流于表面的笑，有泪点的地方观众会动容，高远的处境与逝去会使人流泪，但这种流泪似乎仅源于人们对美好被破坏、生命消逝的常情之泪，很难说这些情感波动源自影片的故事、镜头语言与演员的表演。对于电影来说，尽管不存在满足所有观众预期的影片，不论多优秀的影片都会有挑剔的观众，但电影人仍旧应该以精益求精的精神进行制作，将关注点放在电影本身，以挑剔的眼光打磨剧本，选择合适的演员。在上述这些方面《小小的愿望》也还有进步的空间。

除了《流浪地球》和《小小的愿望》两部引起热议的影片外，2019 年湖南参与联合出品的电影还有《小巷管家》《赛尔号大电影 7：疯狂机器城》《最佳男友进化论》《灵魂的救赎》《我为你牺牲》等影片。这些影片分属于不同题材、类型，展现了湖南联合出品电影的广度。如湖南先导影业有限公司参与联合出品的影片《小巷管家》是一部主旋律影片，讲述了由巩汉林扮演的小巷管家的故事；湖南芒果凤凰海电影放映有限公司参与联合出品的电影《赛尔号大电影 7：疯狂机器城》是一部动画电影，讲述了赛尔号机器人与人工智能中的邪恶力量战斗的故事；湖南飞英传媒有限责任公司参与联合出品的影片《最佳男友进化论》是爱情喜剧片，讲述由郑恺扮演的放荡不羁的情场高手范凡转变与成长的故事；湖南纵海影视文化有限公司参与联合出品的电影《灵魂的救赎》是一部纪念汶川地震的公益影片，讲述了失独家庭的痛苦，拍摄地为湖南株洲，获得了当地的支持；《我为你牺牲》是一部军事题材影片，改编自真实事件，分别讲述了缉毒武警、军属及援疆战士的故事。

三　网络电影：古装题材与 IP 改编

2019 年的湖南网络电影从已在平台播出的情况来看，似没有 2018 年网络电影的活力，湖南主要出品的影片从数量上来看要少于 2018 年，不过年度播出数量并不能够说明网络电影的真正情况，除了平台已经播出的之外，有部分网络电影已完成拍摄备案或待播。从目前情况来看，2019 年湖南网络电影以古装题材为主，主要包括《新包青天之血酬蛊》《小戏骨之黄飞鸿》《大汉十三将 2 烽火边城》《花魁之明朝攻略》等，此外亦有与多方联合出品的科幻片、玄幻片、警匪片等。

由芒果超媒股份有限公司、湖南芒果娱乐有限公司出品的《新包青天之血酬蛊》是 2019 年网络电影中较为引人关注的一部。芒果娱乐计划通过《新包青天之血酬蛊》《新包青天之南侠谜案》《新包青天之金锏王爷》系列网络电影，打造全新的包青天系列，利用包青天这样经典的IP角色，获得更多的关注度。《新包青天之血酬蛊》由曾庆杰导演，黄维德、张天其、陈信喆主演，于2019年12月1日在爱奇艺独家播出。该片主要讲述包拯赴深陷寮军围困的白云镇探查“血酬蛊”迷案真相的故事。前白云镇县令石策在白云镇被胡人围困之时无故失踪，生死成迷，包拯前往白云镇唐龙将军部任参军，暂代白云镇县令，同时负责调查石策的下落。包拯白云镇上任之初便受到唐龙将军副将李杀虏的重重阻挠，他在探查石策失踪案时，发现与李杀虏、唐龙有关的惊天秘密。原来为了应对寮军的围攻，唐龙将军借用“血酬蛊”的方式成为血士，凭借妖术获得强大的杀敌能力，但血士需要依靠活人之血才得以养之，于是不断有囚犯、镇民无故失踪，前任县令石策的失踪也与此有关。包拯探求了真相，但寮军再次来犯，唐龙化身为血士拯救白云镇，也因此而失去生命。作为网络电影，想要在众多网络电影中脱颖而出，获得较高的关注与播放率，就必须引起观众的兴趣与好奇心。影片在悬疑探案之外加入了神怪玄幻的元素，不论是公孙策的法术，还是血酬蛊的设定，都容易抓住观众的兴趣点。总体而言这是一部较好的网络电影，其中尤以画面效果和演员表演出众，影片的镜头运用成熟，画面流畅，整体画面效果颇具质感。该片包拯的扮演者是黄维德，他曾在《琅琊榜》中出色诠释了誉王的角色，在电视剧《开封府》也曾饰演包拯，演技出众，因此能够很好地把握包拯这个角色，其他角色扮演者的演技也多有可圈可点之处。《新包青天之血酬蛊》在叙事节奏上把握较好，从开头部分血士杀人紧张感，到包拯公孙策下棋部分，在节奏方面张弛有度，而适当加入神怪玄幻的元素，很好地刺激了观众的观影兴趣。

2019年湖南出品的网络电影《小戏骨黄飞鸿》再次引发关注。“小戏骨”系列经过前几年积攒的良好口碑，已经产生良好的品牌效应，因此获得了更高的关注度，2019年的《小戏骨黄飞鸿》保持了“小戏骨”系列一如既往的特色。《小戏骨黄飞鸿》由李洁、邱刚导演，改编自1993年电影《黄飞鸿之三：狮王争霸》，湖南芒果小戏骨文化传媒有限公司、佛山千色星源影视有限公司出品，由释小松、周漾玥、赵晨翔、孙凯闻、赵天翼、崔傲菲儿、丁志轩、陈浩南等主演，于2019年11月20日在爱奇艺独家播出。毫无疑问在这样一部由小演员出演的经典电影的翻拍中，最引人注意的便是小演员的表演。与以往“小戏骨”系列作品一样，小演员们精湛细腻的演技，用心的服化道等延续了一贯的高品质，影片一如既往地获得了良好的口碑。影片在原版剧情的基础上修改为更适合小演员出演的版本，同样也是由于小演员的出演删减了影片中的感情戏份。《小戏骨黄飞鸿》中虽然没有感情戏，却不影响影片的品质，由此所引发的思考是，随着影视作品中不断填充、强行加入感情戏份，很多作品滥用感情叙事，质量堪忧。如果是用心讲述的故事，精心拍摄的影片，未必一定要有感情戏份的加持。

与《新包青天之血酬蛊》中经典人物包拯类似，网络电影中另一热门的IP人物是陈真，仅在2019年便有同名为《精武陈真》但故事不同的网络电影，分别在爱奇艺与优酷上线播放。其中中广天择传媒股份有限公司参与联合出品的影片《精武陈真》在爱奇艺播出。2019年中广天择传媒股份有限公司参与联合出品的网络电影还有古装片《大汉十三将2烽火边城》、科幻冒险片《大雪怪》、警匪枪战片《四平风云》等。

2019年湖南网络电影多以古装为主，从题材、类型上看较为单一，不似2018年网络电影类型丰富，但出品了像《新包青天之血酬蛊》《小戏骨黄飞鸿》这样具有一定特色，且质量尚佳的网络电影，影片良好的质量与口碑，能够为之后的系列网络电影做好铺垫。网络电影数量众多，如何在网络电影中争得一席之地是出品方需要认真对待的问题，不论是依靠IP的热度，还是迎合观众的喜好，影片的品质毫无疑问是最为重要的。实际上，网络电影同样可以“精品化”，或者说网络电影的出品方、导演等应该抱有做出精品网络电影的想法。2018年湖南芒果娱乐有限公司出品的网络电影《出走人生电台》结构完整、细节动人，或可起到“精品化”网络电影的示范作用。2019年“湖南省重点网络影视剧拍摄规划登记备案情况”显示了未来湖南网络电影的拍摄计划，期待之后会有更多“精品化”的网络电影出现。

四　湖南影人：大银幕的不俗表现

湖南影人是湖南电影的重要组成部分，也是我们了解湖南电影发展整体状况的切入点之一。电影行业的发展离不开电影人的努力，而演员承担着通过演技将角色外化的职责，演技高低与好坏能够决定影片的整体质量。湖南籍演员活跃在中国电影行业，并取得了一定成绩，而 2019 年湖南籍演员在电影领域也有着不俗的表现。

2019 年最引人关注是湖南籍演员参演的影片《少年的你》。《少年的你》由曾国祥执导，改编自玖月晞小说，周冬雨、易烊千玺领衔主演，尹昉、黄觉、吴越、周也、张耀、张艺凡、赵润南、郜玄铭主演，于 2019 年 10 月 25 日上映。该片主要演员易烊千玺、尹昉为湖南籍演员，其中易烊千玺扮演少年刘北山，尹昉扮演警官郑易，他们均在影片中有着出色的发挥与表现。《少年的你》主要讲述受到校园霸凌的少女陈念与混混少年刘北山之间互相守护的故事。高考前夕陈念遭遇严重的校园霸凌，起因在于陈念因为不忍与难过，为饱受欺凌而跳楼自杀的同学胡晓蝶披上衣服，从此成为魏莱等人欺凌的对象。尽管警方在调查胡晓蝶死因时，警官郑易知晓了胡晓蝶死亡的背后原因，但他无法从法律层面将真凶绳之以法。陈念受到校园欺凌，不论是老师、同学，还是警察都无法从实际上改善她的状况。一次，她为了帮助受到混混围攻的少年刘北山解围，与其相识，此后刘北山每天放学后都会远远跟随陈念，在他的保护下，陈念的处境得以改善。然而，趁着有一次刘北山没能陪伴陈念放学，魏莱等人对陈念进行了更严重的欺凌与侮辱。与胡晓蝶事件相同，魏莱等人还是无法受到真正的惩罚。后来魏莱在请求陈念原谅时，依旧出言不逊，被陈念失手推下楼梯死亡。一直守护陈念的刘北山为了让陈念有更好的未来，选择替陈念顶罪进入监狱，最后郑警官虽然同情两位少年，但在探究真相后，两位少年受到了相应的法律惩罚。多年后，陈念出狱成为一名英语老师，她会保护班级上可能受到欺凌的同学，刘北山则仍如当年一样默默守护着陈念。

影片《少年的你》是一部痛感十足的青春影片，与通常的校园青春影视作品不同，该片将成长中的痛苦与绝望不加掩饰地呈现出来，沉重而写实。该片上映后颇受关注，在收获较好票房的同时，也引发一些争议。在各方面的评论中，除了对直面校园霸凌这一鲜有电影关注的严肃问题大加赞赏之外，受到最大褒扬的便是演员的表演，正是因为有了演员的出色诠释，才使整部电影的质量提高了一个层次。尤其是陈念的扮演者周冬雨、刘北山的扮演者易烊千玺，在他们的演绎下，两位少年在成长中的无助、绝望与痛苦直击观众。从镜头语言来看，该片希望能够将人物的情感传递给观众，因此多采用人物近景与特写镜头，这样的景别使用对演员的表演提出更高的要求，无论是陈念受到欺辱后的眼泪、绝望后麻木的表情，还是刘北山看起来的玩世不恭、接受审讯时的无所谓，以及两位少年之间的柔情，周冬雨与易烊千玺都将种种复杂的人物情绪与情感的爆发表现得十分出色。周冬雨在其之前的影视作品《山楂树之恋》《七月与安生》等都有着不俗的表现，是一位受到认可的优秀年轻演员，《少年的你》是易烊千玺首次大银幕出演，表演功力让人惊喜，两位演员的表演获得了各界的认可，均获得香港金像奖最佳表演奖的提名，其中易烊千玺还获得了最佳新演员提名。除了两位主演之外，影片中另外一位重要角色警察郑易的扮演者是湖南籍演员尹昉，尹昉曾出演《蓝色骨头》《红海行动》《路过未来》《飞驰人生》等影片，并且凭借李睿珺导演的《路过未来》获得第21届上海国际电影节最受传媒关注新人男演员奖。影片中郑易对陈念的遭遇一直抱有深深的同情，但在有些事情上也无能为力，他无法真正保护受到欺凌的少女，只能试着用“长大就像跳水，闭上眼睛什么都别想，往河里跳，河里头有砂子石头还会有蚌壳，我们都是这么长大”这样的话来安慰陈念。在魏莱死亡后，他一直在追寻真相，即使在刘北山替陈念顶罪成功后，还是用欺骗的方式获得了真相，使陈念避免一生背上沉重的枷锁以及刘北山几十年的监狱生活，使两个人生即将被毁掉的少年获得另一种生活的可能。尹昉表演可圈可点，他将一位年轻警官的正义与无奈，对真相的坚守，以及情感的复杂都很好地展现出来。总体来说，虽然《少年的你》在题材、电影语言等方面均值得评述，但演员的表演毫无疑问是该片中最引人注意的地方，如果没有他们的杰出表现，本片必然会逊色不少。

除了《少年的你》中湖南电影人的出色表现，2019 年另一部值得一提的湖南电影人参演的影片是《南方车站的聚会》。《南方车站的聚会》由刁亦男执导，胡歌、桂纶镁领衔主演，廖凡、万茜特别出演。该片于 2019 年 5 月 18 日在戛纳电影节首映，2019 年 12 月 6 日上映。湖南籍演员廖凡与万茜分别饰演重案组刘队和通缉犯的妻子杨淑俊。2014 年廖凡凭借刁亦男导演的影片《白日焰火》获得第 64 届柏林国际电影节最佳男演员奖，成为首位获得该奖项的华人男演员。万茜则在 2014 年凭借电影《军中乐园》获得第 51 届台湾电影金马奖“最佳女配角”、2017 年凭借电影《你好，疯子!》获得第 24 届北京大学生电影节最佳女演员奖。廖凡与万茜是两位非常优秀的湖南籍演员，此次参与《南方车站的聚会》亦贡献了精彩的表演。

五　结语

总体而言，2019 年湖南电影在影片类型上囊括了主旋律、公益、儿童、动画、古装等方面，2019 年最引人关注的三个方面是电影联合出品增多、网络电影的进一步发展，以及湖南影人在电影银幕上的不俗表现。

电影联合出品是常见的电影出品方式，但电影的联合出品方逐渐增多是近年来才出现的行业趋势，2019 年湖南电影调查中发现湖南影视公司多以联合出品的方式参与到电影行业中，联合出品有利于规避影片巨大投资所带来的风险，但同时应当注意到的是，这种方式也意味着对影片的参与有限，以资本的参与为主，通常不具备对影片各方面的把控力。尽管如此，联合出品的电影也能够在一定程度上反映湖南电影行业的发展趋势。2019 年湖南参与联合出品的影片呈现多类型化的特征，在这些影片中最有代表性的是《流浪地球》与《小小的愿望》两部影片。相比于联合出品，由湖南主要出品的电影大多注重彰显湖南本土特色，2019 年讲述湘绣与历史进程中长沙故事的《国礼》，以及在湖南拍摄取景的两部儿童题材影片《公主裙》和

《放学者联盟》都显示了这一特点。继2018年湖南芒果TV正式启动“超芒计划”以来，湖南网络电影有了进一步发展。2019年网络电影与2018年的多类型化相比，呈现古装题材独大的情况，并且注重借用著名IP的影响力带动电影的关注度，《新包青天之血酬蛊》《小戏骨黄飞鸿》这两部年度较好的网络电影均采用了上述做法。从电影从业人员方面来看，湖南籍演员活跃于中国电影行业，2019年湖南籍演员在电影领域有着不俗表现，其中青年演员易烊千玺、尹昉在影片《少年的你》中有着出色的表演，廖凡、万茜则一如既往地展现了实力派演员过硬的演技。

我们期盼会有越来越多的优秀影片出现，对于目前的电影行业来说，能够严肃而认真地对待电影就是值得敬佩的态度。我们的电影是为了完成任务而拍摄？为了刻意突出关怀而拍摄？为了快速获得资本的收益而拍摄？电影不应该如此，真正的电影至少应做到用心去讲述故事，或许这需要更多电影人的坚持与情怀才能实现。

B.9
电视文学：青春偶像正当道

陈　爽*

摘　要： 2019年是五四运动100周年、新中国成立70周年，出现了一大批献礼主题的影视剧作品，这些剧作聚焦革命、战争、改革等宏大主题，却主动吸纳时代新元素，迎合年轻受众的口味，展现出比较鲜明的湖南特色。此外2019年湖南出品的都市青春剧数量较多，显示了湖南影视剧行业重视年轻观众喜好的发展策略，依托芒果TV播放平台的助力，可谓青春偶像正当道。

关键词： 电视文学　献礼主题　青春恋情

一　献礼主题剧集：新意与保守并存

湖南作为影视传媒领域的重镇，在2019年有不少主旋律剧集播出。总的来看，这些剧作聚焦革命、战争、改革等宏大主题，却主动吸纳时代新元素，迎合年轻受众的口味，展现出比较鲜明的湖南特色。大体可分为革命题材、军旅题材、行业题材三种类型，以下分别予以介绍。

第一类革命题材剧集有《伟大的转折》与《共产党人刘少奇》。

《伟大的转折》是由贵州向黔进影视传媒有限公司、湖南和光影视传媒有限公司联合出品，李伟执导，侯京健、许敏、王韦智、马晓伟等主演的革

* 陈爽，长沙学院影视艺术与文化传播学院讲师，主要研究方向为影视理论与批评。

命历史剧。该剧于2019年8月26日在中央电视台综合频道首播，并在爱奇艺、优酷和腾讯视频同步播出，入选国家广播电视总局2019中国电视剧选集目录。

《伟大的转折》围绕“遵义会议”这一历史大事件展开，讲述中央红军第五次反“围剿”失败后，经过通道转兵、强渡乌江、血战娄山关、四渡赤水，粉碎了国民党几十万军队的围追堵截的历史经过。着重刻画了通道会议、黎平会议、猴场会议、遵义会议、扎西会议、苟坝会议、会理会议等决定中国共产党生死存亡与未来走向的历史进程。这部正剧尽力还原了历史进程中的各种人物及关系，使长期停留于历史教科书中的众多人物生动地出现在中央电视台的屏幕上，具有较强的历史现场感。《伟大的转折》在完成宏大叙事的同时，还对于一些“小人物”进行了生动刻画，特别是红军在云贵地区吸收发展的红军骨干，如黔北游击队的李晓霞、贵州省工委书记林青等。这些有血有肉的革命英雄事迹长期以来仅流传于当地，通过这部剧，他们的形象得以与那些伟大人物一起出现于荧屏，关于他们的历史记忆也得以重新激活。此外《伟大的转折》具有明显的地域特色，特别在描写红军进入云南、贵州、四川地区时，包含了一些少数民族地区生活的内容，如红军在苗寨建立工作组、军阀与少数民族政权之间斗争与合作的复杂关系等，这在以往类似题材的作品中并不多见。这部剧另一鲜明特色在于通过大量对话塑造人物形象与开展故事情节。众多人物角色——无论是正派还是反派——从第一集到最后一集始终处于讨论、宣布、争辩、解释、劝告中，这些台词对于观众理解剧中人物角色的心理活动和行为动机固然很重要，但过多的台词也使人物形象缺乏蕴藉。我们很难想象，在一些极其重要的时刻，人们依然要喋喋不休地表达，而不是以一种寡言甚至沉默的方式完成历史或时代赋予的使命。在面临艰难选择时，人们不是深谋远虑、慎言其余，而是长篇大论地发表见解——似乎根本不存在任何犹豫、痛苦、隐忍的心理。也许增加对人物的神态和动作的关注、加强对周遭环境的烘托等，对于塑造更加立体丰满的人物形象会更有帮助。总的来说，在反映中国共产党历史上的一系列重要事件、呈现事件背后的历史政治意义方面，《伟大的转折》是一部表现

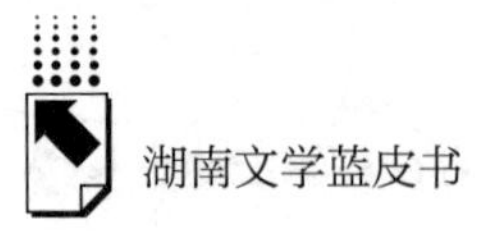

合格的历史正剧。

2019年另一部重量级正剧《共产党人刘少奇》，由中央电视台、中国中共文献研究会、湖南省委宣传部、湖南和光传媒有限责任公司等单位联合出品，由海波担任编剧，嘉娜·沙哈提执导。该剧于2019年3月19日在中央电视台综合频道播出，荣获第十五届精神文明建设“五个一工程”奖，入选国家广播电视总局2019中国电视剧选集目录。

《共产党人刘少奇》历史性地回顾了中国共产党领袖刘少奇的一生，展现了不断追寻救国救民真理的艰难探索过程。与一般领袖传记性质的影视作品不同，这部剧中最为精彩处在于刘少奇的童年时代，刘少奇童年由一个个富有传奇色彩的故事组成。古板严厉的父亲因孩子复述“鹬蚌相争”的故事而大为光火；开明的乡下塾师赐名“刘渭璜”，却被充满反叛精神的少年自作主张改为“刘卫黄”；尚武的中学教师、讲武堂的校长都曾以尽量开放、自由的态度引导少年的自我教育；三番五次冒名顶替上学，却被人以告发而胁迫；在前往莫斯科的冰天雪地中几乎绝望，却终于赶上红军的火车而绝处逢生……这个湖南宁乡少年“恰得苦、霸得蛮、不怕死、耐得烦”的鲜明个性是同类型作品中鲜见的。可以说，少年刘少奇活泼泼的精神和沉稳忍耐的性格，是这部剧中最大的特色与成功之处。如果不是这部剧，我们几乎难以想象一位慈爱的母亲和一位开明的兄长，竟然能以如此深刻的方式影响一个革命领袖的性格长成。然而，在成年刘少奇的叙事中，“少年”部分采用的“双线叙述”没有很好地坚持，取而代之的是将主人公的成长与历史大事件紧密结合的方式，主角的政治身份被过于强调，形象也开始平面化而缺乏吸引力。同时，面面俱到的叙事虽然有助于理解刘少奇作为中共革命领袖的成长历程，但也容易使观众产生一种误解：刘少奇全程参与了中共历史上几乎所有重要事件，并且在每一个中共历史事件中都起到了重要作用，甚至在江西反“围剿”、遵义会议中，刘少奇依然是一位“主导者”，这显然是巨大的误会。

这部剧的问题在于部分细节的真实程度不高。比如本剧起初将桑伯良预设为刘少奇的一生之敌，但后来放弃了这条思路，桑伯良只是一个虎头蛇尾的国民党特科官员，显然不能与刘少奇的中共副主席身份相颉颃，之前对于桑伯良的大量铺垫也都丧失了在整个故事结构中的意义。桑伯良是一个虚构人物，在风云际会的年代英雄辈出，不论党内外，许多真实人物都可以作为刘少奇的“劲敌”，而虚构出一位“劲敌”无疑会削弱整个故事的可信度，这种思路是非常费解的。又如剧中对于支线人物徐复观的刻画严重失实。根据徐复观1980年所作的《末光碎影》，徐持有一种相对超脱的政治立场，既不亲共也不亲国，虽然是国民党的少将教官，但其实已经打算隐退乡下，因军令部联络参谋可发半年出差旅费，收入不菲，于是经友人介绍进驻延安，打算执行最后一次任务。徐之前与蒋介石素无交情，根本不可能见面，本剧中毛泽东建议徐复观将自己的意见回禀蒋，这是无论如何不可能发生的事。徐是新儒家代表人物，学养深厚，性格素来高傲，本剧为了突出刘少奇的形象，塑造出徐复观手抄《论共产党员的修养》，在延安期间打算登门向刘少奇请教，及徐刘相见时，徐甚至以师礼事之的荒唐情节。稍有常识的观众定会觉得不妥，徐复观1966年曾作《哀刘少奇》回忆徐刘延安相见时情景：“第二天，刘少奇果然到招待所来看我了，瘦瘦的个子，态度很沉默。大概彼此敷衍一顿后，没有谈什么，所以再记不起一点谈天的印象。”这大约更近当时事实。本剧的支线情节虽然意在补充主线剧情，但如果过于失实，反而会引起人们对于整个主线叙事的怀疑。总之，本剧在细节真实性方面似尚有提升的余地。

第二类是军旅题材剧集，代表作有《空降利刃》《陆战之王》《河山》。

《空降利刃》是由中国人民解放军空军政治工作部宣传文化中心、万达影视传媒有限公司、幸福蓝海影视文化集团有限公司、芒果影视文化有限公司等联合出品，张鑫执导，贾乃亮、邢佳栋、李纯、张赫领衔主演的军旅空战剧。该剧于2019年9月15日在江苏卫视首播，并在爱奇艺、腾讯视频同步播出，入选国家广播电视总局2019中国电视剧选集目录。

这部特战题材的军事剧集讲述了一个名为“锅盖头”的空军特战大队的成立始末。主角张启是一名天才飞行员，因在执行飞行任务时挑战高难度动作晕厥而被停飞，于是改为在空降兵部队中任职。在一次带队执行对外作

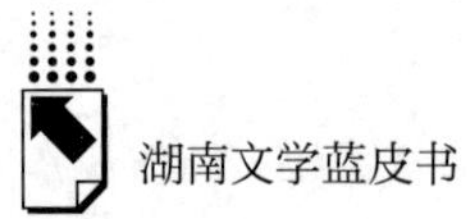

战任务时，一人在实战中牺牲，张启深受刺激，将战斗失败原因总结为作训方式的落后。结合个人的飞行经验以及对特种作战的了解，张启立志在新环境中开拓局面，成立了名为“锅盖头”的特战大队，模拟外军力量编成与作训方式，成为磨砺我军战力的磨刀石。这部剧是双主角线索，除了张启建立“锅盖头”的主线剧情之外，还有新兵齐小天的成长历程。剧终时张启负伤退出一线，成为一名军事理论研究员，而齐小天已成为“锅盖头”的一名军官，完成了形式上的薪火传承。

本剧内容十分丰富，军事部分包括对外实战、红蓝对抗、特种兵集训、非洲维和等任务，情感部分着力刻画张启、潘野、齐小天三位军人的婚恋困境。然而如此丰富的内容却并未带来令人耳目一新的观看体验——红蓝对抗中移动指挥所的构想令人想起《突出重围》，特种兵集训几乎照搬《冲出亚马逊》，非洲维和取材自《战狼》和《红海行动》，齐小天从列兵成长为特种大队军官的背后有《我是特种兵》系列的影子，战友负伤洒泪离别军营的桥段正是《士兵突击》等剧催泪的拿手好戏……这样说也许并不过分：《空降利刃》是国内军旅题材影视剧经典情节的一次集中展映。大量雷同的情节设计很难唤起观众任何对剧情的期待，其背后无疑是同类型作品创新能力的枯竭和创作态度的松懈。本剧同样令人失望的还有情感部分。剧中齐小天作为一位义务兵，与驻地小卖部的一个姑娘互生情愫，却被政治主官以违背军规为由强行破坏，愤怒的齐小天发出质问：“为什么同年龄的军官具有恋爱的权利，而士兵没有？对于军人而言，难道爱情的自由取决于身份吗？”这是剧中难得一见的直击现实的好问题。根据笔者的有限了解，目前军队中的义务兵恋爱问题屡禁不止，只要不影响部队的正常工作，大多采取默认态度，但是这的确与军队条令条例相违背，现实中的义务兵恋情必须采取隐秘或半公开的方式，这是孕育“齐小天之问”的现实土壤。但令人遗憾的是，尽管齐小天的发问道出了大量义务兵的心声，本剧最终还是回避了问题的实质——齐小天意识到自己的错误，接受了指导员对自己不够“成熟”的评价，考取军校；女孩黯然离去，同样发愤考取军校，剧集最后夸张地暗示二人在获得军官身份后成为情侣。本剧在点出这种军队中普遍存在的现象后选择回避，意味着对于义务兵恋爱现象的否定，但这种否定是含蓄的，齐小天的困惑被“事业优先于婚恋”的答案“完美”解决了：如果军人在事业方面取得进步，那么就获得了恋爱的权利。这显然不是一种可以在现实中直接借鉴的答案，甚至不算是一种想象的解决之道，这种答案显然不可能令观众满意。

随着中国军事力量越来越多参与国家非军事行动，军旅题材逐渐走高成为国内影视剧领域的明显趋势。但是创造力的匮乏、主要情节的雷同、对于军旅现实生活的轻描淡写、人物形象的刻板单一等，日益成为严重影响军旅题材影视剧进一步发展的痼疾，主要原因可能是这类作品负载了过重的价值导向任务：呼应军改新形势、体现军民融合新特征、展示我军在国际维和行动中的良好形象、展现基层官兵工作生活实际状况、反映当代年轻军人的心理情感问题等……面面俱到的要求使编剧背负了沉重的压力，反而会干扰真正的表达意图。此外，对于婚恋情节的过度迷恋也是军旅题材影视剧中的积习，在以往的同类型作品中，我们经常见到军嫂抱怨不顾家的丈夫但最终还是选择理解，年轻貌美的女子爱上英俊的军官却被军官无情地拒绝，本打算离婚的军属在了解丈夫的工作后改变了主意，本打算结婚的恋人却等来爱人殉职的噩耗……通过强调军属的奉献来凸显军人的牺牲精神，营造悲情的婚恋故事已成为军旅题材的套路，本剧也未能免俗。这种手法的滥用既可能使观众产生审美疲劳，同时也使制作方产生惰性，丧失了反映当代军人情感生活现实处境，并对此展开更深追问与反思的动机。总的来说，《空降利刃》是一部背负沉重价值引导任务的剧集，缺乏直面当代军人生活现状的勇气。不仅没有超越之前国产军旅题材影视剧常用的叙事套路，而且有大量明显的挪用其他剧集的痕迹，呈现制作方创造力严重不足的状况。这部剧为同类题材作品敲响了警钟，值得深思。

另一部军旅题材剧集《陆战之王》由霍尔果斯挚友影业有限公司、湖南芒果娱乐有限公司等联合出品，康洪雷、张寒冰执导，于 2019 年 8 月 26 日在东方卫视、浙江卫视首播，并在腾讯视频、优酷视频同步播出，入选国家广播电视总局 2019 中国电视剧选集目录。

《陆战之王》讲述了新兵张能量在部队中久经淬炼，最终成长为优秀坦克兵的故事。本剧融合了军旅题材与成长主题，以新兵张能量的成长与老兵牛努力的退役为主线，表达新老传承、军魂不灭的精神。本剧为了迎合年轻观众的口味而设置了一些较有新意的情节，如新兵通过篮球场斗牛来解决彼此冲突，手机游戏成为深受年轻士兵喜爱的消遣方式等，也选用相貌俊朗甜美的年轻演员担纲主演。但是剧情方面的严重缺陷导致本剧风评不佳，最主要的缺陷有二。一是对女性刻板形象的延续。除了女性主题的作品，多数军旅题材中的女性通常只具有一种衬托作用，她们的存在仅为了凸显男性角色的美德，多与婚恋情节有关，这形成了军旅题材中对于女性的刻板印象。常见的女性形象要么是软弱、敏感、多疑的军嫂，要么是恋上兵哥哥的痴情、幼稚、犹豫不决的少女。常见的故事要么是长期分居最终离婚，要么是理解丈夫甘愿奉献，要么是一往情深而彻底改变自己，要么是爱人牺牲作为烈属悲伤到底。独立、冷静、智慧、勇敢等品质与女性几乎无缘，女性作为独立个体的工作、生活、情感、心理状况往往付之阙如。在如今现实生活和大量文艺作品中，这些关于女性的刻板印象越来越多地受到挑战，而本剧却几乎毫无进步。两位女性角色都与男主角开展军营恋情，她们的情感完全作为男性军人的附属，甚至为了凸显男性军人的魅力，本剧还设置了女主角为了爱情而加入军队文职人员的情节。可以说是以青春偶像演员的表象，掩盖了古老男权意识沉渣泛起的实质。二是剧情的巧合多到不可思议，如主角驾驶坦克剐蹭民用私家车辆，身着军服外出却被绑匪劫持。在剧尾的坦克大赛上，国外间谍假冒参赛队员身份劫持中国坦克与人员越境，而比赛竟然正常举行，仅由中国队负责追凶，这些近乎荒唐的剧情不仅与我军作训、与他国军事交流的实际状况严重不符，而且超出了一般观众理解与接受的范围，极大降低了本剧的品质。

《河山》是由北京完美影视传媒有限公司、北京电视台、芒果超媒股份有限公司、湖南芒果娱乐有限公司等联合出品，王新军执导，王新军、秦海璐、韩立、王文绮等领衔主演的历史战争剧，于2019年11月6日在北京卫视首播，并在爱奇艺、优酷视频和腾讯视频同步播出，入选国家广播电视总局 2019 中国电视剧选集目录。

本剧主角卫大河是一位桀骜不驯的陕军军官，因为擅自行动而被革职，在种种因缘际会下，最终加入中国共产党，投入抗日战争的事业中。本剧有浓厚的地域风格，主要角色的口音都是地道的陕甘方言，增加了细节的真实程度。导演兼主演王新军是国内抗日剧的老手，因之前经常出演情节过于夸张的“抗日神剧”而知名。本剧中的一些战争场面，如主角堂而皇之地正面迎向敌人，却毫发无伤地在巷战中歼灭对手；已牺牲的战士突然从战壕中坐起引爆手榴弹，炸死了大量毫无防备的日军等，依然可见其此前同类剧作的一以贯之的风格。

第三类行业题材剧集有《激荡》《你是我的答案》。

《激荡》是由余丁执导，任重、郭晓东、李念、车晓等主演的都市情感剧，由万达影视、芒果超媒、芒果娱乐、东阳新媒诚品、上海新文化传媒联合出品。该剧于 2019 年 9 月 22 日在湖南卫视金鹰独播剧场首播，并在爱奇艺、优酷视频、腾讯视频同步播出。

这部剧讲述了 20 世纪 90 年代至今的中国商品经济的风云激荡中，上海陆氏家族的事业浮沉记。主角陆江涛是上海弄堂拾荒的青年，总幻想出人头地，闯出事业。适值商品经济浪潮席卷大陆，陆江涛通过倒卖股票认购证的经历，逐渐形成了热爱钻营与冒险的性格，此后前往深圳从事期货交易，回上海经营连锁超市，利用资金杠杆投资房地产市场等，逐渐成长为一个精明老到和雄心勃勃的商人。他的兄长陆海波是一个性格内敛的电器修理工，依靠微薄的工资收入支撑家庭，恪尽中国传统中兄长的伦理本分。看似木讷与保守的海波虽然对于江涛的各种投机行为不以为然，但每在经济冒险带来灾难性后果时，总是以兄长的身份挺身而出，由于始终关注最底层民众的命运与幸福，海波最终也成为一位受人尊重的企业家。在情感线方面，陆江涛的生身父亲顾亦雄为了知青返乡名额而缔结政治婚姻，陆江涛为了获得主管经济部门的批文而利用官员女儿的感情，陆思齐为了保全公司声誉甚至打算与品格卑劣的专题记者结婚，这些情节对商业利益与人类情感的矛盾进行了一定深度的探索，虽然这种探索浅尝辄止——以上三例中几乎以重感情的一方

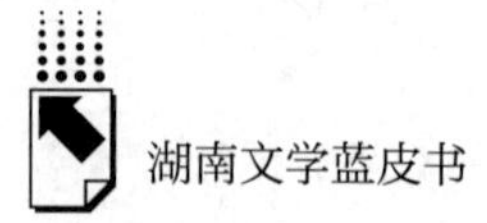

失败而告终，但至少直面商品经济社会的现实：在残酷的商业竞争中，维系情感的纽带（血缘、信念、共同的生活经验）远比传统时期脆弱得多，这种揭示无疑是需要勇气的。

在人物塑造方面，本剧塑造了两种典型的人物性格：固执与圆滑。第一类如恪守本分的老修理工温泽厚、始终以兄长身份保护弟弟的陆海波、为父报仇决不妥协的黄瑶。此类人在成长中受到传统习俗的深刻影响，性格成型较早，形成了比较稳定的价值观，相对而言更容易在稳定的时代环境中生存。第二类如狡诈多智的黄老仙、善于谲诈的陆江涛、委曲隐忍的顾亦雄。此类人的成长环境不断变化，性格不易定型，信奉随机应变，反感任何外在的束缚与规矩，往往更适宜生活于大变动的时代。尽管黄老仙父女的覆灭与顾亦雄家庭的破裂表明，本剧中组建家庭和选择事业合伙人的最优解是同时搭配两种性格，但是剧终时陆氏兄弟放弃公司上市，全力转向实体经济零售业，剧中曾经叱咤风云的人都不约而同回归家庭的结局强烈暗示，一种有限度的固执才是本剧最为推崇的最佳性格，这种突然趋于保守的结局可能与本剧为共和国成立70周年献礼的政治定位有关。

这部剧有两个方面令人印象深刻，并且这种设计的意义在同类型影片中较为少见。一是关于主角陆江涛的奇遇。从第一次倒卖股票交易证开始，陆江涛就凭借一种近于蒙昧的冒险精神横冲直撞，走私、盗窃、行贿、投机……他的经商之路几乎由这些犯罪行为铺就，而每当出现灾难性后果时，他的兄长陆海波就会应时出现收拾残局。更离奇的是，这个似乎永远长不大的孩子的愚昧自大的个性却成就一种特殊的男子魅力，并俘获了至少四位社会地位、受教育水平、性格心理各异的美貌女子的心。这不必被理解为一种“主角光环”的加持，将此解释为本剧对冒险精神的偏爱或许更加合理。虽然并不存在永恒的完美性格，但必须指出，由于特殊的原因，在一定时期内出现“完美性格”是可能的。比如20世纪80年代末的中国，随着商品经济时代的来临，双轨制逐步瓦解，保守地区的人们还信奉国有经济铁饭碗，但一些最先受到新思潮波及的地区已经开始出现钻制度空子、“官倒”等现象，个体经营、经济特区、证券交易等现象在短时期大量出现，义无反顾的“下海者”成为一种时代的狂热。但是在经济剧变的时期，思想观念并未产生同步变化，而是处于新旧交战的时代紧张中。人们普遍渴望变革，却又恐惧自由市场带来的种种不确定，频繁地谈论下海而踌躇再三。在彼时，冒险家气质很可能是一种时代造就的“完美性格”。如果大多数人们没有作出选择，那么勇敢者甚至是招致灾难后果的鲁莽者至少在以下这点是令人敬佩的——他能够毫不犹豫地将自己的思想付诸行动。回到剧中，由于无论如何总有人提供最低程度的后果担保（本剧中这种担保是由陆海波的善良、保守、固执的性格无条件提供的），几乎零风险的冒险会愈发凸显陆江涛的勇敢、果断、独立个性，从而在习惯了犹豫不决和深谋远虑的人们眼中形成一种新奇的男性形象，于是陆江涛的种种奇遇就可以得到一种具体的理解。

二是关于“复仇”主题。本剧由于牵涉复杂的情感纠葛，出现了多个复仇叙事：黄瑶因父亲自杀而针对顾亦雄的复仇，林霞因家破人亡而针对陆江涛的复仇，顾思思因姥爷被举报而针对陆江涛的复仇，以及陆江涛与顾亦雄不断升级的互相报复。从结果看复仇者都达成了复仇目标，并且复仇者始终具有独立意志和清醒头脑，这在重视忠恕传统的国产剧集中是比较少见的。特别是以上援引的三个女性复仇案例，如黄瑶恪守父仇不共戴天的古训，坚决否定对她个人更有利的妥协提议；林霞必须要陆江涛品尝到她失去一切的滋味，不惜利用陆海波的信任；顾思思利用陆家人对她的信任，将彻底摧毁江海集团作为复仇手段。三位女性角色并非贤良淑德或者温柔甜美的类型，她们人格独立、个性鲜明，仿佛在告诉观众：女性不必通过回归家庭展现价值，不必沦为丈夫意见的附庸。她们以自己的方式回应不公，勇敢地生活，展现出一种令人敬重的英雄气质。这些设计都是非常难能可贵的。

《激荡》也存在一些剧情与角色的瑕疵，如剧集原有五十多集，但实际播出时仅有 49 集，一些重要情节的缺失使整体故事连贯性与逻辑性受损；如主角陆海波植物人苏醒的情节缺乏新意；如大半剧集着力刻画的冒险精神，却在最后几集中被更为保守的、充满道德说教意味的“回归家庭”取代，且这种转变过于突然等。但总的来说瑕不掩瑜，《激荡》是 2019 年堪称优秀的商业职场剧。

《你是我的答案》是由芒果影视文化有限公司、北京云端文化传媒股份有限公司等联合出品，由韩青执导的爱情刑侦剧，于2019年9月9日在湖南卫视青春进行时剧场首播，并在芒果TV、优酷同步播出。

这部剧虽然名义是一部刑侦剧，但主线是警察与报案人的爱情故事。刑侦队长周远是一位不解风情的粗鲁男子，在一次任务中意外遇到了单纯甜美的编剧白小鹿，因缘际会下二人的生命轨迹不断交错，终于确定为恋人关系，剧集的尾声白小鹿甚至利用自己的美貌担任卧底执行任务。无论是从情节、主题还是演技、布景方面，这部剧都呈现全方位的不足，最根本的缺陷在于警察与少女的爱情故事及刑事案件之间的关联性太低，大量恋爱叙事削弱了刑侦剧中悬疑本身的张力，为这部剧带来了大量糟糕的风评。

二　都市青春剧：时尚元素点缀的爱情叙事

由湖南出品的都市青春类型影视剧在2019年湖南影视剧中数量最多，并且主要由芒果出品，这些影视剧大多依靠芒果TV平台播放，有的剧作同时在卫视平台与网络平台播放，但大多数剧作更多依托网络平台独播。芒果TV播放平台凭借热门综艺吸纳了大量会员，这些会员大多为年轻观众，这也为该平台所播放的芒果自制剧预留了潜在观众群体。2019年都市青春类型电视剧，不仅具有青春偶像剧的内核，而且将青春恋爱与故事和不同行业、不同领域进行结合，共同讲述有关年轻人的故事，大体包括校园、神话、饮食、运动四种题材。以下择要评述。

2019年在卫视平台播放的都市青春剧中，热度较高的主要有《初恋那件小事》《鳄鱼与牙签鸟》等，相比于后者，《初恋那件小事》在情感表达与剧情设计上更为突出。《初恋那件小事》为綦晓卉导演，赖冠霖、赵今麦等主演，由芒果影视文化有限公司、湖南芒果娱乐有限公司出品，改编自泰国电影《初恋这件小事》，2019年10月23日在湖南卫视青春进行时剧场首播，并在芒果TV、爱奇艺同步播出。该剧是一部青涩而甜蜜的初恋剧，正上高二的夏森淼因为父亲工作的原因不断搬家，在这一次搬到新地方，邂逅了高三学长梁又年后，默默喜欢上梁又年。梁又年是少女心中的白马王子，不仅学习优异，更是性格温柔。夏森淼到梁又年父亲的画室学画、又请梁又年帮忙补习数学，二人的交集越来越多，情感逐渐升温。夏森淼以梁又年为榜样，后来与其考入了同一所大学。夏森淼与梁又年彼此喜欢对方，但又都没有表白，夏森淼在这段青春暗恋中，变得越来越优秀，最后在感情上也如愿以偿与梁又年在一起。

该剧保留了原版电影中的基本设置与情节，如女主人公的成长蜕变、话剧表演等部分，但该剧作为剧集、时长更长的剧作，更是加入了不少有新意的设置。或许由于受到原版电影的影响，剧作《初恋那件小事》重点表达的并非复杂的情感纠葛，而是爱与成长。剧中每个人物在单纯的感情中经历了各自的成长，夏森淼因为喜欢梁又年才努力让自己变得优秀、自信；梁又年虽然各方面十分优秀，但他在母亲因故去世、父亲重组家庭后，有着自己的脆弱和无法解开的心结，而正是夏森淼的爱情，治愈了梁又年；林开拓在母亲与梁又年父亲重组家庭后，性情更加执拗、易怒，在友情与爱情的影响下，林开拓逐渐打开心扉，真正成长起来。如果所谓的“成长”只是为了取悦他人而变得更好，那么这依旧是在外力作用下的成长，而非发自本心的真正成长，这样的成长有失去自我的危险。正是为了表现一种独立的自我成长，该剧为夏森淼与梁又年共同出国留学设置了阻碍，原本二人都顺利获得国外学习的机会，但梁又年因母亲当年设计的建筑项目重启而放弃机会，使二人分手。这看似是通常情感剧中惯用的套路，但我们认为这样的处理方式自有其意义，一方面是为了保留电影《初恋这件小事》的类似情节，另一方面则是让夏森淼真正能够独立成长，在内心上发现自己、接纳自我。总体而言，《初恋那件小事》能够将初恋的美好表达出来，尤其是暗恋的酸甜苦涩的感觉，演员也能够很好地完成相应的情感表达。当然，如果这部剧能够在节奏上略微加快一些，效果与口碑会更好。

2019 年关于校园情感的剧作还有《你好，对方辩友》《不可思议的晴朗》等，相比于《你好，对方辩友》围绕在更接近大学生生活的校园辩论展开人物情感，《不可思议的晴朗》显得更远离生活，基本上是属于“霸道总裁”的模式，关键情节的发展常常依靠事件偶然性推动，如开头部分女主人公何晓晴在救助了晕倒的老人后，同样在帮助老人的男主人公毕湛朗无论如何不让何晓晴离开，必须一起等待救护车的到来。何晓晴不断表达自己有急事，而毕湛朗认为事情比不上人命重要，所以固执地不让何晓晴离开。由此，何晓晴错过高考第一场的语文考试，也因此与毕湛朗进入同一所大学。通过错过考试而制造人物之间的联系本身没有问题，但让人无法理解的是，为什么何晓晴无法明说自己要参加高考，类似的剧情设计使角色缺乏起码的生活逻辑而无法令人信服。

《你好，对方辩友》由韩洋导演，潘宥诚、林昕宜等主演，湖南快乐阳光互动娱乐传媒有限公司、上海颖立文化传媒有限公司、上海五岸传播有限公司联合出品，2019 年 4 月 15 日在芒果 TV 播出。该剧是一部大学辩论题材的校园青春剧，讲述了一群志同道合的同学在共同努力下，拯救了濒临解散的文学院辩论社，最后获得了全校辩论赛冠军。毫不意外辩论社中产生了恋人。故事以毫无辩论经验的大一新生易小曦为主展开，刚入学第一天易小曦便与同为大一新生的白宇成为欢喜冤家。易小曦虽然从未接触过辩论，性格上也比较腼腆，面对学姐的邀请，易小曦最终还是凭借自身的过人之处加入辩论队，而白宇也加入了辩论队。文学院辩论队在招新之前只剩下学姐耿婷婷一人，而即便是凑齐了辩论队员，很多大一新生毫无辩论经验，此时这支队伍可以说是一盘散沙。大四学姐耿婷婷面对唐老师解散辩论队的压力，与学长赵清北一同带队，将这只辩论队打造成全校冠军。除了辩论之外，该剧也加入了感情线，但总的来说，感情部分并非这部剧最主要想展现的内容，相比于辩论来说，着墨不多，但对主要人物依旧交代了感情走向，如耿婷婷与赵清北、易小曦与白宇、孙晴与姚申等。该剧是全国首个以辩论为题材的影视剧，在题材方面呈现了较大的新意，经过《奇葩说》这样的辩论综艺为辩论话题所积累的前期热度，加之故事设置于大学校园辩论，《你好，对方辩友》这部片子更容易获得年轻观众的喜爱，新颖的题材领域使人眼前一亮。与其他某些“青春 + 行业”影视剧中，对相关行业领域展现不够，该剧在辩论方面做得较好，也较为专业。不过这部剧整体而言，让人稍感平淡，同时若能够将剧作对事件“偶然性”的依赖适当减少，或者使用于无形中就更好了，如剧中数学辩论队高风亮节地将决赛机会让给文学院辩论队这样的情节，虽然推动了故事的进一步发展，但这样的处理未免有些牵强，或者说即使这样安排，也应进行更好的铺垫与过渡。

2019 年较有新意的是与科技、神话有关的剧作《我的波塞冬》，该剧由邱皓洲导演，张云龙、李凯馨等主演，由芒果 TV、上海颖立文化传媒有限公司、紫年影视文化工作室出品，根据缪娟同名小说改编，2019 年 4 月 4 日在芒果 TV 播出。剧中借助古希腊神话海神波塞冬与安菲特里忒为故事原型，以海洋环境保护为主题，展开了瀚海集团二公子叶海与海洋地质学高才生安菲之间不可思议的缘分故事。安菲在一次拯救海豚行动中机缘巧合受到叶海的帮助脱险，毕业后追随暗恋对象的脚步参与海洋开发的“波塞冬计划”，恰好瀚海集团也参与了这个项目。但在安菲看来，叶海的每次出现总会带来莫名其妙的事情，安菲唯恐避之不及。原来叶海小时候经历过海难，大脑曾被植入芯片，但在跳海救安菲后海神波塞冬的身份被激活，叶海在生活中常常表现为两副面孔、两种人格。作为波塞冬的叶海希望能够找到妻子安菲特里忒，他认定安菲就是自己的妻子转世，因此总是不断找机会与安菲接触。瀚海集团所参与的“波塞冬计划”后来被证明是一场疯狂科学家为攫取海洋资源的破坏行动，安菲与叶海在阻止这个计划的同时也逐渐看清彼此的感情。

该剧较为吸引人的地方在于神话及科技感的加入，使这部剧在通常的青春、情感之外增加了新的看点。从剧作结构来看，剧中一方面从安菲与叶海参与“波塞冬计划”到发现真相并成功阻止项目展开；另一方面则从叶海寻找自己的波塞冬人格谜团答案而展开，波塞冬与安菲特里忒的故事为叶海与安菲的缘分加入神秘的色彩及紧密的联系，这也使安菲对莫凉多年的暗恋注定无疾而终。神话元素的加入是这部剧的优势看点，却未深入展开，流于表面，因此波塞冬与安菲特里忒这条线基本上是通过人格分裂的叶海以及叶海、安菲二人希腊同游解谜的形式进行。事实上，想要将观众带入故事语境中，除了演员表演之外，对剧作的制作与剪辑等都有着更高的要求。这里举出两个制作中的明显瑕疵。一是开头安菲遇险，叶海救人中，开篇的远景镜头交代了叶海乘坐的邮轮远离陆地，处在大海中央等信息，但在随后这一段有关叶海的镜头似乎又显示轮船处在港口岸边，这些镜头上的矛盾会使人感到空间混乱，进而产生时间混乱感，即无法理解为什么叶海会在寥寥数句话的短时间内，能够到达安菲遇险船只，并及时救下安菲。二是结尾部分，先是显示叶海已经阻止"波塞冬计划"，与项目人员一起离开，但后面又出现项目人员继续进行开采的内容，前后两段内容的叠加使人无法理解。一部较好的作品，虽然不能完全保证在各个方面做得完美，但无疑这些剧作在剧本、拍摄以及细节等方面都更为用心，这样才会创作出具有口碑和地位的好作品，《我的波塞冬》这样的青春偶像剧，若能够更加仔细打磨，或许作品呈现的效果会更上一层楼。

《食分喜欢你》由林清濬导演，陈博豪、屠芷莹主演，湖南快乐阳光互动传媒有限公司、湖州博娱影视有限公司出品，2019 年 8 月 15 日在芒果 TV 播出。该剧讲述了味觉敏锐的美食杂志记者苏小兮与初食记餐厅主厨季时的爱情故事，以及他们与伙伴们一起重振餐厅的故事。苏小兮面临工作转正的难题，主编要求她必须完成对初食记餐厅主厨季时的采访才可以转正。为了完成这个任务，苏小兮到初食记当免费服务员，并借住在季时的家里，她发现曾经颇有人气的初食记现在变得十分冷清。季时在哥哥不辞而别离开餐厅后才接管餐厅，可他无法做出跟哥哥一样的味道，好在有苏小兮敏锐味觉的帮助才解决了一些难题。苏小兮的到来使整个餐厅产生不一样的化学效应，而通过大家的共同努力，初食记又兴盛如初，在这一过程中她也收获了与季时的爱情。本剧剧集不长，同时故事也不复杂，是一部轻松的青春偶像剧。虽然应在部分剧情发展上进一步展现合理性，不应只拘泥在此类型剧作的套路上，但该剧有其自身的优势。优势之一在于该剧选择了容易吸引观众的美食题材，不论是动漫还是影视剧中美食题材都较为容易获得关注；优势之二在于剧集长短合适。其实很多青春偶像类型的剧作大多套路相似，若按照大多数的做法采用更多的剧集，或许会在雷同的剧情、缓慢的节奏、复杂的情感走向中让观众疲惫不堪。此外，剧集较短或可节省一定的资金，减少同类型题材作品雷同而造成的风险，因此《食分喜欢你》这部作品在此方面的做法值得推广。事实上，如果要向观众呈现简单、轻松、愉悦的青春剧作，使人在此得以放松，完全可以考虑采用缩短剧集的做法，当然如果与此同时能够更加合理化剧情会更好，或许会做出反响与口碑双丰收的作品。

除了《食分喜欢你》之外，2019 年由湖南出品与美食题材有关的剧作还有《身为一个胖子》，该剧由许珮珊执导，张轩睿、戚砚笛等主演，湖南快乐阳光互动娱乐传媒有限公司、霍尔果斯蓝港影业有限公司出品。剧中模特甄园园曾因过度减肥得了气球人病，每日饮食必须限制卡路里摄入，否则会变胖，后来遇到了曾经暗恋过的男神阮东升，发现阮东升做的食物不会使其变胖，因此找各种机会赖在他的身边，由此二人在感情上也有了进一步的发展。最终甄园园克服了对于外貌的依赖，与自己易胖的体质和解，在以开放的态度看待自己的同时也收获了真正的爱情。

运动领域的青春偶像剧是湖南出品的一个重要特色。继 2018 年的《甜蜜暴击》流量奇迹后，2019 年这一类型依然延续，有《陪你到世界之巅》《出线了，初恋》《极限 17》系列、《奋斗吧，少年》等剧集。

《陪你到世界之巅》由沙维琪执导，改编自南野琳儿的小说，王一博、王子璇主演，湖南快乐阳光互动娱乐传媒有限公司、上海青新文化传播有限公司、霍尔果斯观达影视文化传播有限公司、上海芒果互娱科技有限公司、杭州懿德文化创意有限公司出品，2019 年 6 月 9 日在芒果 TV 播出。该剧聚焦于年轻观众更为感兴趣的电竞行业，讲述职业电竞选手季向空与电竞解说邱樱携手追求梦想、收获爱情的故事。邱樱在 2018 年巅峰全球总决赛的直播工作中，认识了代表中国出战的传奇队电竞选手季向空，但他们相遇并不美好，充满了误会。季向空认为邱樱是为了工作可以无限利用他人的自私之人，后来甚至因为误会而起诉邱樱。邱樱则因为没有完成公司交给的任务，加之受人排挤而失去工作。对于失去工作的邱樱而言，季向空的起诉更使其生活雪上加霜。季向空在了解邱樱的为人和困境后，主动选择了撤诉，他却因此得罪领导，后来又因为一次比赛失利被迫离开传奇队。随着剧情发展，一方面邱樱与季向空逐渐有了好感，另一方面失去工作的二人互相支持彼此的梦想。邱樱向着专业电竞解说的梦想努力，季向空则为了带领中国战队拿到巅峰全球冠军的梦想而奋斗。在二人的感情线方面，尽管剧中设置了其他重要角色，如裴熙、洛天对邱樱的感情，季向空曾深爱的前女友弥雅要求复合等情感阻碍，但季向空与邱樱二人在情感上认定彼此，没有出现反复纠葛的情感虐恋。

该剧虽然着重展现了季向空与邱樱二人对梦想的追求，但其内核仍是一部青春偶像剧。在节奏把控方面处理相对较好，加之涉足颇有新意的电竞领域，足以引起观众继续观看的好奇心，尤其是在男女感情处理上不拖沓，使梦想与情感两条线得以更好地交替展开。值得注意的是，该剧与其他青春偶像类型的剧作类似，在人物情感上侧重表现情感之甜，虽说青春偶像剧本身就是为了呈现浪漫的爱情与甜蜜的情感，但当下的发展趋势已呈现尽可能避免人物感情复杂纠葛的虐恋做法，如《陪你到世界之巅》中，裴熙最初以季向空对手的身份对邱樱产生好感，洛天以严厉冷酷的解说老师身份爱上邱樱，但二者在男女主人公情感明确后，便不再与邱樱纠葛，也未采取实际行动“干扰”邱樱与季向空的情感。与此类似的是，剧中尽管设置了季向空前女友弥雅这样的角色，但弥雅的出现并未使季向空产生任何动摇，在这部片子中类似这样的情感阻碍部分均没有做进一步展开。除了爱情之外，这部剧还刻画了友情，尤其是电竞人之间重情重义的情感，与志同道合之人在一起才有可能实现梦想。总体而言，这部剧可以为我们提供浪漫的爱情、兄弟情，以及热血的电竞比赛，若说本剧中有所不足，或许在于虽涉足电竞题材，但电竞场面展现比较有限。

《出线了，初恋》由沈文帅执导，陈子由、郑合惠子等主演，湖南快乐阳光互动娱乐传媒有限公司、湖南芒果娱乐有限公司出品，2019 年 4 月 30 日在芒果 TV 播出。该剧讲述希望成为漫画家的少女华西兮与西班牙归国足球运动员霍子昂追寻梦想与爱情的故事。大学刚毕业的华西兮进入漫画公司工作，却苦于自己的漫画稿件总是被主编否定，找不到合适的创作方向与灵感。在寻找漫画题材过程中，华西兮去观看哥哥华明轩所在的惊雷队的比赛，在此偶遇同样来观看比赛的霍子昂，二人因为一桶爆米花产生了小误会，由此建立了人物之间的联系。霍子昂受伤回国，职业生涯基本结束，但他希望带领曾经辉煌的极光队重振雄风。霍子昂少年时的足球伙伴孙修杰是一名优秀的前锋，因失去西班牙训练的机会对霍子昂所有怨恨。孙修杰与华明轩打架被惊雷队开除后，霍子昂邀请他们参加极光队。华西兮为了创作出与足球有关的漫画作品，参与了霍子昂重振极光队的计划，在劝说孙修杰加入极光队的过程中，华西兮发现自己对孙修杰有些心动，但同时她也发现自己与霍子昂相处感觉更加自然，她终于明白自己对霍子昂的感情。最终，霍子昂与华西兮都实现了各自的梦想，并收获了爱情。

这部芒果自制的青春偶像剧符合时下此类作品的套路——追求梦想、收获爱情。剧中男女主人公分别有着不同的职业，足球与漫画这两个不同的领域能够吸引一部分观众的观看兴趣，以女主人公华西兮被迫在体育领域寻找漫画选材，将足球与漫画结合起来，并且建立男女主人公之间的联系，这样的方式较为巧妙自然，而在二人一步一步共同克服困难、解决问题、实现梦想的过程中，感情得以修成正果。不过，比起霍子昂与华西兮的感情线，这部剧中华西兮与孙修杰的暧昧更让人印象深刻些，而华西兮为何会喜欢霍子昂则缺少一些更合理的铺陈与过渡，使人产生一种因为霍子昂与华西兮是主人公才会在一起的牵强感。此外，尽管青春偶像剧的受众多是年轻观众，浪漫的情感是这类剧作的重点，夸张的行为与不可思议的可能是能够被接受的，但在一些剧情设计上要尽可能符合常理，如本剧中霍子昂的梦想是带领完全业余的球队战胜职业球队获得足球超联杯的冠军，虽然实现不可企及的梦想会让人更加振奋，但霍子昂这样的梦想会使人产生与生活相悖的感觉，进而使我们无法更好地融入之后的故事。

《极限 17》系列由上海腾讯企鹅影视文化传播有限公司、哇唧唧哇娱乐（天津）有限公司出品，芒果 TV 联合出品，自 2019 年 8 月在芒果 TV、腾讯视频播出。《极限 17》系列改编自泰国《极限 S》系列，分为《极限 17：

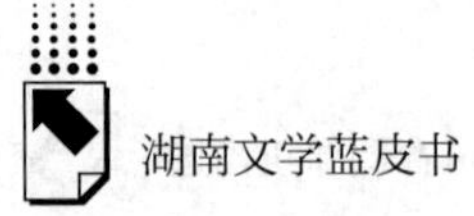

羽你同行》《极限 17：滑魂》《极限 17：扣杀》三个系列，分别在羽毛球、滑板、排球三个运动领域讲述各自的故事。如《极限 17：羽你同行》讲述了自闭症少年王平安与羽毛球的故事；《极限 17：滑魂》讲述了患有自闭症的高中少年阿布在通过滑板运动收获友谊与走出阴霾的故事；《极限 17：扣杀》则展现了第二高中排球少年重振球队的热血青春。这三部剧均采用 12 集的短剧集形式播出，剧集少但故事完整，在不拖沓的叙述中较好地完成了故事讲述，其中以《极限 17：羽你同行》最为出色。相对于其他两部作品，《极限 17：羽你同行》优势主要体现在剧本创意上，与通常青春、运动题材剧作中着重表达友情、团队合作、拼搏精神等不同，《极限 17：羽你同行》侧重表达家人之间的温情。王平安与陈子豪是同父异母的兄弟，在父亲去世后，面对生活的艰难，他们的母亲选择带着孩子一同生活。陈子豪的到来给自闭症少年王平安的生活带来了新的色彩，陈子豪不仅在日常生活中照顾他，而且与他一同组队成为羽毛球双打搭档。羽毛球让王平安获得了不一样的人生，但由于自闭症他无法在比赛中更好地控制情绪，不仅被之前的俱乐部除名，并且被禁赛一年。两位曾经形影不离的兄弟被迫分开，也各自成长。该剧除了直接展现自闭症少年在生活中的处境与遭遇，也围绕人物的家庭关系塑造了两对彼此隔阂的母子形象。王平安妈妈无法控制情绪，会因为王平安“闯祸”而崩溃，使王平安对其有抵触情绪；陈子豪妈妈因曾破坏了王平安家庭而愧疚不已，因此加倍照顾王平安，反而使敏感的陈子豪受到伤害。虽然看似该片的人物情感纠葛过于戏剧化，其实不然，本片中父母一代的关系只是做前情背景交代，而两位母亲能够选择共同生活与抚养孩子，在剧中的情景具备一定的合理性，能够说服观众接受这样的设定。除了剧本具备优秀的创意之外，演员的表演为本片增色不少，这是本片质量的重要保证。

2019 年的都市青春剧中还有芒果传媒有限公司参与出品的《嘀！男友卡》《拜托，请你爱我》《马卡龙少女》等剧作，以及将关注点集中于都市家庭的剧作《逆流而上的你》、有关医疗行业的都市剧《极速救援》等，在此不一一评述。

三　古装剧：青春恋情唱主角

2019 年的古装剧数量较少，仅有《大宋少年志》《锦衣之下》《一夜新娘》三部。《一夜新娘》由芒果 TV 出品、华晨美创承制、银河酷娱联合承制，高林豹执导，袁昊、易柏辰、赵昭仪、高基才、王珮寒、余凯宁、黄千硕、马超等出演。改编自同名网络小说，以女主角花溶为主线讲述了一个甜美的爱情故事，剧情较为简单。以下主要介绍前两部剧作。

《大宋少年志》是由芒果影视、华联映画、东阳上象星作、爱奇艺联合出品，伊峥、王飞、彭学军、罗志刚、刘崇杰执导的古装悬疑励志剧。该剧于 2019 年 6 月 3 日在湖南卫视青春进行时剧场首播。

本剧虚构了一个名为“秘阁”的宋朝情报组织。为了使宋朝在与辽、西夏等国的争霸中取得优势，秘阁广泛延揽青年才俊加盟，赵简、元仲辛、王宽、韦衙内、薛映、裴景六人成为新成立的“七斋”成员，在与辽、西夏谍报人员斗智斗勇的过程中，六人建立了亲密而坚定的关系。剧终时六人中形成两对情侣，七斋也成为宋朝实力强劲的谍报机构。本剧选择了六位形象气质出众的青年演员饰演七斋成员，因此本剧也具备一定青春偶像剧的特征，目标受众应以年轻人为主。但本剧实质上是一部古装谍战剧，善于使用令人猝不及防的剧情反转，在悬念设置方面很见功力。以架空历史的方式讲述悬疑故事非常需要勇气，由于几乎无法得到任何历史记载的支持，剧作细节部分往往成为热衷历史的观众的关注点，而《大宋少年志》的服装、布景、道具都尽量还原宋朝原貌，甚至重建了东京汴梁的“勾栏”，十分可贵。

但正如当下通常的悬疑剧一样，《大宋少年志》在不断强调出人意料的结尾反转时，也形成了一种“解谜”的规律，这种规律在令人击节赞叹时，反而可能损害整个故事的悬念感。“解谜”规律是：每个任务都有两个“谜底”，第一个是误解，第二个才是正解；给予大量镜头的人物，一般会在某任务的结尾出现反转，如忠变奸、愚变智、怯变勇等。本剧共有四个任务，每个任务的“解谜”过程都如此，这几乎已形成一种固定的模式。这种模式其实是一种“后见之明”，即预设了每个任务的结局都由主角“解谜”，主角所见到的大量细节都会成为解谜的必要条件，只不过由于编剧偏爱剧情的反转，显而易见的谜底一定不是最终的答案。这种过于程式化的解谜模式导致一些极其不可思议的解释，比如第二个案件中，为了诱使西夏相信一份错误的武器图纸，宋朝的太尉将自己伪装成一个出卖军事机密的“内奸”，甚至为了进一步麻痹敌人，这位太尉由于私自出售武器图纸而遭到真正的贬谪。姑且不论培养一位高级官僚的政治成本与一份假武器图纸带来的军事利益是否可以相提并论，只需考虑一下这个最基本的假设：敌人在得到来自敌对国高级将领出售的“先进武器图纸”后，既没有请其他有经验的工匠验证图纸的真伪，也没有造出武器样品进行测试，而是毫不犹豫地直接大批量装备一线军队，我们就会意识到这个反转的剧情是多么牵强了。至于最终的大反派，为了在漫长的宋辽拉锯战中获得和谈的机会，他决定采用主动失败的方式迫使国内主战派屈服，甚至不惜向敌人出卖己方情报，以促成一次损失惨重的失利。这种过分离奇的解释建立在敌人不会乘胜追击、己方主战派不会愈挫愈勇全力一搏、敌我双方和谈的可能性不会因战略相持局面的变化而相应变化的假设上，而这些假设显然是违背常识的。

《大宋少年志》在反转剧情方面的缺陷源自一种僵化的“解谜”模式，或许一些经典的推理作品有助于改善这种“解谜”模式。在日本社会派推理大师松本清张的作品中，他往往以侦探的视角来梳理各种令人目不暇接的材料——有些是有用的，有些指向更多的材料而需要甄别，有些则是毫无用处，甚至会起到误导作用。当面对证据不足或过多而无法厘清头绪时，主角的推理便走入死局，踌躇、苦恼、焦虑、绝望就成为解谜过程中的常见心态。有时要靠神奇的顿悟或冒险的猜测才能解谜；有时甚至直到最终也无法解谜，充其量得出一个概率稍大的结论。松本清张的推理小说逼真地模拟现实中的推理，不承诺推理一定会得到答案，他总是将大量材料摆在读者面前，迫使读者以侦探的方式思考与选择，迫使读者面对种种随着选择和判断而变化的情况。这种强烈的带入感和高度的开放性使作品保持从头至尾的悬念和刺激，不到最后永无结论。《大宋少年志》的结尾暗示会拍续集，或许松本清张的小说可以成为情节构思方面的一种借鉴。总的来看，《大宋少年志》是一部具有引人入胜的观看体验的上佳之作。

《锦衣之下》由浙江艺能传媒股份有限公司、欢瑞世纪（东阳）影视传媒有限公司、芒果超媒、霍尔果斯快乐阳光传媒有限公司出品，根据蓝色狮同名小说改编，于2019年12月28日在芒果TV、爱奇艺上线播出。近年来古装题材电视剧屡出爆款，在收视率、播放率以及话题度上都极具优势，仅从2019年来看，不论是年初的《知否知否应是红肥绿瘦》、暑期档的《陈情令》还是年底的《庆余年》均取得了成功，这部跨越2019年与2020年的《锦衣之下》同样成绩不俗。

《锦衣之下》将故事背景设置在明朝嘉靖年间，讲述了锦衣卫陆绎与女扮男装的六扇门捕快袁今夏由冤家路窄到日久生情的故事。陆绎是锦衣卫指挥使陆廷之子，性情狠辣，袁今夏与养母共同生活，拜六扇门头目杨程万为师，性格开朗且颇有查案天赋。陆绎与袁今夏二人在查办“曹坤案”中初次相遇，面对行事强硬、威权十足的陆绎，袁今夏唯恐避之不及，二人却在此后的案件调查中渐生情愫。姻缘即成之时，袁今夏得知其身世为前内阁首辅夏然的孙女，而陆绎父亲陆廷则是夏然灭门案中的凶手之一。面对伦理道德困境，二人忍痛分开。陆绎上书请求皇上重审夏然案，被投入监牢，秋后问斩，他希望用这种方式偿还父亲欠下的血债，给袁今夏交代。但对于袁今夏来说，虽然夏家与陆家有着血仇，但她从未想过父债子偿，或者是让陆绎以死偿还。面对皇上的震怒，袁今夏央求内阁首辅出面求情，免除了陆绎的死罪，而后在天下大赦中，陆绎获得释放并官复原职。陆绎与袁今夏的感情在经受住考验的同时，本剧也迎来完满的感情结局。

《锦衣之下》尽管包括陆绎、严世蕃等真实存在的历史人物，对以严嵩父子为中心的明朝权斗也有所涉及，但明显不是一部历史题材的正剧，不应用是否符合历史真实来评价此剧。这种虚构历史、衍生人物故事的做法在古装题材作品中极为常见，也许在有的人看来，这种对历史的改编、戏说、虚构会影响人们对真实历史的理解，但对于以爱情叙事为主的《锦衣之下》，

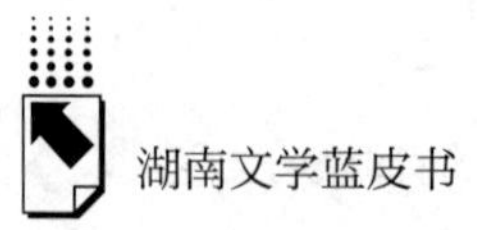

这种指责显然过于严苛。在评价剧作《锦衣之下》时常有两种不同的声音：一种认为这部剧在重要的探案等剧情上缺乏逻辑，在布景等方面做工粗糙；另一种则认为本剧是一部比较优秀的古装爱情剧。事实上尽管《锦衣之下》中同时存在着古装、悬疑、爱情三个看点，但古装与悬疑只是点缀，本剧真正想展现的是男女之间的爱情，就爱情叙事的完整度以及与主要情节的相关性而言，《锦衣之下》是成功的。尽管存在部分令人出戏的布景、缺乏探案逻辑的严谨性，《锦衣之下》依然在众多古装剧中获得好评，其背后的原因值得探讨。

首先，剧作《锦衣之下》是根据 IP 作品改编而成，既有一定的剧作基础，又有 IP 热度。原著书粉在本剧开播前就使剧作具有了一定的关注度。不过 IP 热度是一把双刃剑，若改编作与原著差别较大，或者不注重打磨剧情与演技，那么反而可能激怒原著粉，从而招致更多的否定。尽管《锦衣之下》在一些情节上的改变让部分书粉意难平，但总体上是成功利用了 IP 作品所带来的优势，而很好地规避了改编的风险。

其次，《锦衣之下》的演员选择及演技是本剧获得好评的重要原因。男主角陆绎由任嘉伦扮演、女主角袁今夏由谭松韵扮演。两位主要角色虽然具有一定的知名度，却并非大流量演员，二位演员的形象与演技符合原著角色，成功塑造了一对甜蜜的荧幕情侣。不论是陆绎最初的狠辣，后来的柔情，还是袁今夏的活泼灵动，均得到很好的诠释。其中令人印象深刻的部分如袁今夏被安排与易家公子相亲，在一段滑稽的相亲场面后，易家公子被吓跑。此时陆绎突然出现，问袁今夏是不是很想嫁人，袁今夏答要看嫁的人是谁，陆绎反问你想嫁给谁，袁今夏没有回答而是望着陆绎嫣然一笑，此时无声胜有声，浓情蜜意尽在不言中。在如今明星流量效应的影响下，大量影视作品倾向于选择流量明星饰演主角，却忽视演技的打磨，这可能导致流量剧作变成平庸之作。事实上，现在影视行业开始逐渐意识到“流量为王”的恶果，金杯银杯不如观众的口碑，流量虽然能吸引一时的热度，若作品整体质量不佳，反而会损失品牌效应。综观 2018 年成功的国内影视剧作品，饰演主角的演员大多是演技较好而流量一般的明星，如《庆余年》的张若昀、

《陈情令》的肖战和王一博、《亲爱的，热爱的》的李现等。这些作品在播出后大热，投资方与演员获得双赢，不仅作品受到观众的认可，主要演员也迅速跻身为大热流量。

最后，剧作《锦衣之下》的成功在于目标与定位明确。换句话说，本剧想要的不多，它的目标似乎不在于做成值得推敲的探案悬疑剧，而是重点在于表现从冤家路窄到甜蜜情侣的感情变化过程，可以说是披着古装探案外衣的甜宠剧。从这个角度来看，探案、古装均是本剧吸引观众兴趣的手段与元素，在这一过程中一旦观众开始关注到男女主人公的感情线，便会吸引一批观众的持续关注，甚至有可能会忽略部分探案剧情逻辑牵强、情节老套的问题。《锦衣之下》这种做法并非真的值得提倡，但与有的剧作各方面都差强人意相比，本剧至少在情感刻画方面做得不错，这也使它足以从众多作品中突围，在观众心中占有一席之地。

四 结语

2019 年的湖南电视剧呈现以下两个主要特点。

（一）青春偶像题材向其他题材剧作渗透

青春偶像题材素来是湖南出品电视剧的主体，爱情叙事更是百用不厌的创作思路。不夸张地说，在芒果传媒有限公司出品的剧集中只要见到一个俊朗的年轻男子，那么一定会条件反射地出现一个美貌的年轻女子，紧接着彼此爱慕或误会或无感，但随着剧集的进展，阻碍双方的一切隔阂都烟消云散，最终一对爱情美满的情侣就此出炉。如果说这种甜宠剧至少能满足人们对于美好爱情的思慕与幻想，那么 2019 年在革命题材、军旅题材、行业题材、古装题材中都不约而同出现这种典型的爱情叙事，就是一种值得警惕的现象了。士兵爱上营区售货员、军官爱上军医、警察爱上受保护对象、画家爱上足球运动员，俊男靓女的爱情普遍存在于间谍之间、厨师之间、捕快之间、电竞选手之间、辩论队员之间。似乎主角们在剧中的所有努力就是为了尽快遇到心爱的人并义无反顾地爱上他（她），一切都以爱为名。这样泛滥的爱情叙事至少会产生三个糟糕的导向，一是使各类剧情的同质化越来越严重，二是会极大削弱观众对其他叙事的期待，三是会形成对于性别的刻板印象。流量明星当道的现实意味着剧集必须充分考虑年轻受众的口味，不分类型的甜宠剧情却可能是一种成功经验的错误推广。

（二）剧作原创性的缺乏

剧作原创性的缺乏是中国影视剧行业的痼疾，2019 年是特殊的政治献礼年份，应运而生的大量献礼剧作中，原创性的匮乏体现得更加明显，特别是如《空降利刃》《陆战之王》等军旅题材剧作，几乎是将此前同类型剧作的经典片段拼凑在一起，具体分析参前文。同样地，青春偶像剧中的爱情叙事滥用于各类型剧作中，也在一定程度上说明剧作缺乏真正需要表达的内容。笔者认为，剧作原创性匮乏的根源是背后过于强烈的政治或经济动机。以芒果自制剧为例，芒果 TV 播放平台用户是芒果自制剧观众的主要来源，而芒果 TV 的主业在于大量优质的综艺节目，正是这些综艺节目吸引了顶级流量，之后芒果传媒有限公司出品由综艺明星出演的剧集，很容易获得极高播放量，也正因此而削弱了在剧情、布景、剪辑等方面精益求精的动机，这导致剧作的原创性缺乏一种正向激励。

针对 2019 年湖南电视剧作品的整体状况，以下的工作还有待于进一步加强。一是提升对剧本的打磨。好的剧作必然有一个优秀的剧本，至少包括有吸引力的故事、环环相扣的情节、真实严谨的细节。出品方对于剧本的选择应该更加谨慎，应该尽量避免雷同情节、陈旧桥段的剧本。二是增加对于原创剧作的支持力度。比如是否可以考虑由政府文化部门牵头，对湖南出品的具有原创性的剧作进行鼓励。三是要尽量摆脱对于青春偶像模式的依赖。这种模式在流量时代的成功需要很多条件的配合，不适合作为一种制作剧集的根本思路，进而推广至各类型剧作中。若能在以上几点持续改进，湖南电视剧将走出一条独特之路，未来可期。

B.10
湘籍作家：在行走中坚守与追问的群体

佘　晔*

摘　要：“湘籍作家”是一群在时间的长河里坚持行走并不断追问的文学殉道者。“湘籍作家”群体2019年在小说、报告文学、诗歌、散文写作上都有不俗的成绩。他们用作品说话，用脚步丈量，且歌且吟，努力决绝地找寻文学散发给这个世界的光与热、力与美。

关键词：湘籍作家　小说　诗歌　报告文学

当笔者第五次面对“湘籍作家”群体研究的时候，古希腊哲学家赫拉克利特“人不能两次踏进同一条河流”的思辨哲学观突然闯入脑海，在“湘籍作家”创造的这一条文学之河里探索、畅游，用尽全力，仍不能穷尽对漫长时空隧道里文情世情的认识。如果把“湘籍作家”看成一条河，此时回想，确实每次踏入的都是不同的河段，它是永远流动的，不断变换口味和色彩的，按照赫拉克利特的说法，就是不同的河。2019年的这条河，跟随四季，在春红柳绿、鸟语蝉鸣、橙黄橘绿、岁暮天寒的自然景观中生发出令人惊叹的人文景观，在这一辽阔、奔腾不息的大河上下，我们庆幸自己得以窥见滚滚河浪和清波荡漾中那一群坚持行走的人们，他们走得坚定、艰

* 佘晔，湖南省文联文艺创作与研究中心《文艺论坛》编辑部副主任，主要研究方向为文艺理论及当代文艺批评。

险，却从不止步，且歌且吟，努力决绝地找寻文学散发给这个世界的光与热、力与美。

一　小说：曲径通幽处的光与暗

每当一个新的小说文本诞生、进入读者视野，作家们在这之前就已经进行了自我思索与内心追溯，读者通过欣赏、阅读、研究文本去找寻作者意欲表达的复杂内涵，那些敏感、有责任感、有反省意识的作家们莫不如此。为什么要强调这一点，因为我们追求小说呈现的故事或经验必须在更广泛的意义上给读者带来诸如愉悦、震撼、悔恨、感叹、自省等种种人生体验，以此穿透个体间彼此伫立且高耸的心墙，这就是优秀文学的魅力，也是作家们才华与力量的体现，当然，它必须是异质性的，新鲜的。“湘籍作家”2019 年的小说创作以中短篇为主，“50 后”女作家蒋子丹时隔数年之后带来全新的女性故事讲述，通过《女人与狗》《往事重现》《闺蜜》三个作品揭示当下不同代际女性的生存境遇和情感困惑；“70 后”“湘籍作家”田耳通过《吊马桩》《开屏术》两个中篇虚构一地一事，体现了作家对当下复杂的地域生存环境、复杂人际关系和人物心理的思考。《开屏术》入选多个年度小说排行榜，更是写出了作家心里无法忘却的“那一段不体面的人生”阶段，足见其写作的真诚与勇气。2019 年对于“80 后”作家郑小驴来说，是丰收的一年，也是值得抒写的一年。除了贡献《雨赌》《一屋子敌人》两个短篇小说以外，还出版了长篇小说《去洞庭》，在当时引起不少关注。除黄永玉先生《无愁河的浪荡汉子》之外，《去洞庭》不仅是郑小驴十年磨一剑的心血之作，也是“湘籍作家”长篇创作最重要的年度收获了。

“湘籍作家”黄永玉在《收获》连载《无愁河的浪荡汉子》数年，“无愁河”的节奏与气质越来越给笔者一种唐代诗人常建在《题破山寺后禅院》一诗中所传递的感觉与意境——清澈纯净、安然自在、身处俗世终不被扰的高洁的人生旨趣和顺其自然的处事心态。序子是“无愁”的“浪荡汉子”，序子的人生不可以用一个完整故事的开头、结尾来概括总结，序子的世界是无序的、流动的、随意的，就像他所擅长的木刻艺术一样，随心而刻，随美与真情自由流露，一一轻柔地掠过每一个有缘人的心坎。最初，笔者企图在序子的世界里找到完整的故事和情节，找到矛盾与高潮，一年年阅读，一页页翻转，竟恍恍惚惚、朦朦胧胧。九十高龄的黄永玉老先生这一次遥远的回望与凝视，必定是不着急的，也是不需要着急的。他一边细致从容地记录、回忆着序子每一个人生阶段所走过的路、遇见的景、经历的人和事，一边用近乎虔诚的深情与无双的才华将序子流水般日子里沉淀的生活经验、人生感悟与艺术智慧进行精准打捞，通过一段段《无愁河的浪荡汉子》语录将美好、思考、彻悟、执着、留恋、伤痛等种种情感交织着传递给读者，牢牢印刻在人们记忆的深处。但是，在黄永玉先生冗长的絮叨中，序子及其世界所有的细节与经历都是不重要的，重要的是在对序子流水账式的生活轨迹与成长的回忆中，读者看到了一个艺术家眼中世界的光怪陆离、艺术家身上饱满的经验和情感，以及成长成才的全过程。经典语录造就难忘记忆，就是这份记忆的生成，人们会无比怀念、关心和期待序子的过去、现在与未来。序子会永远行走下去，而且走得极慢，慢得看不到尽头，也绝不刻意寻找人生的曲径通幽处。从 2019 年《无愁河的浪荡汉子》最新连载的内容来看，二十出头的序子，他的朋友圈就是民国时期最顶尖的文人才子的大集合，它不仅是小说，还是一部精彩的民国风流才子传奇剧。只不过，序子不是时代的主角，却贯穿 20 世纪二三十年代文艺名流圈生活的全部。从集美到上海，从泉州到北平，李桦、林景煌、巴金、陆蠡、加缪，第一届全国木刻展的代表……这一长串名字，就是中国新文艺的“光”，火炬一样。

如果说《无愁河的浪荡汉子》所呈现的小说调性是散漫从容的，那么“80 后”郑小驴最新 11 万字的小长篇《去洞庭》的调性则是极其缜密紧凑的。这不同的小说基调完全取决于写作者不同的写作心态与表达欲望，黄永玉老先生历经近百年的人生风雨，漫漫回首，自是轻盈。而对于刚过而立之年的“80 后”年轻作家来说，一切都还在路上，在寻找、在思考、在质疑，不免紧张、迷茫与困惑。《去洞庭》以一则日常的交通事故开篇，通过不断设置悬念和第三人称的非限制叙述，建构起一个以“洞庭”为支点的现实世界。整个故事横跨北京、东北、湛江、西藏、湖南等大半个中国，将史谦、顾烨、张舸、小耿、岳廉等年轻人的命运精心构筑在一张巨大的关系网中，他们彼此之间构成了一个密不透风且伤痕累累的有机整体，谁也无法逃离，却又无时无刻不在寻求改变和突破；或者说，谁都想现世安稳，却不得不注定漂泊，漂泊在“去洞庭的路上”。这里，笔者不想还原《去洞庭》故事的精彩与完整，也不想强调其叙事的独特与节制，只想追寻《去洞庭》作者内心的思索与诉求，正如这一节开头提到的，它能够在多广泛的意义上给读者带来某种人生感悟，直抵内心，释放优质小说的能量。在《制造云雾的人》一文的自述中，郑小驴曾说：“穷尽一生，追求黑暗的光。它却只能击倒自己，并不能感动别人。”这种沮丧、无奈感伴随着他在北京求学的大部分时光，作为一个职业作家，唯有写作才救赎，心灵的救赎！新作《去洞庭》是郑小驴对过去三年人大生活的回望与梳理，容纳了心中诸多困扰和感想。他坦言：“这几个命运交织的故事，不过是这些年我对人生、爱情、未知命运、和解的艰难寻求和思考罢了。生活在这样复杂多变、暗流涌动的年代，我们比任何时候都渴望认清自己，看透世间本质，然而也避免不了被云雾遮眼，最终成为‘制造云雾的人’”。笔者相信笔下的这些故事和遭遇，正是我们日常生活中常见的漩涡，或被礁石拍碎的瞬间，它们与我们的现实处境血脉相连，心灵共鸣，从而具有普遍的意义。这些云雾制造者，在通往洞庭途中各自人生轨迹悄然改变之时，此时的洞庭，已不仅是现实所指，也暗含了人生丰富的隐喻。《去洞庭》“途中之境”的丰富意蕴直戳当下青年一代的成长难题，无数的个体命运在时代的裹挟中不堪一击，但认识自我、直面生活仍是生活不变的主题，我们一生穷尽的，也许都在期待成为像黄永玉先生一样从容、清透、能够“拨云见日的人”。

说完长篇，道道中短篇。蒋子丹的中篇新作《女人与狗》和短篇《往事重现》《闺蜜》都聚焦现代女性的生存状态和情感空间，用迥异的故事和叙述角度直接呈现女性生活的各个切面，丰富了人们对女性精神生活及其复杂命运的新的认识和思考。中篇《女人与狗》讲述了一个患有继发性不孕症的女人郁虹在陡然失去丈夫后与家里养的巨型大丹犬嘘嘘彼此依偎、相互取暖的温情故事。嘘嘘是丈夫胡胖在郁虹的反对下顶着巨大压力领养的，即使胡胖再怎么淡化嘘嘘在家生活调皮留下的痕迹，郁虹也有一万种不想养嘘嘘的理由。为了尽量不影响郁虹，在建筑工地从事安全监理工作的丈夫每天准时下班，提前收拾好被嘘嘘捣乱的家什，没承想，长期处于下班紧张状态中的胡胖在脚手架上一脚踏空，丢了性命。在失去丈夫以泪洗面的两年间，是嘘嘘陪伴郁虹度过了那些黑暗、无助、孤独的时光。嘘嘘是一只非常懂事、通人性的狗，郁虹也习惯了嘘嘘无声的安慰与温暖，更重要的是，她越来越感觉到嘘嘘是丈夫的附体，是丈夫心底埋葬多年的嘱托。在蒋子丹的笔下，胡胖对郁虹和嘘嘘的爱、嘘嘘的懂事与乖巧、郁虹对嘘嘘情感的渐变过程都在大量的生活细节与人物倒叙中得到充分的体现，但这一切都还只是开始，只是《女人与狗》故事一个完满的铺垫，因为这层铺垫，郁虹与嘘嘘之间的一切才有了人与动物得以心性联结的强大的情感支撑，故事才如此真实与感动。不禁要问，郁虹与嘘嘘之间发生了什么呢？在丈夫胡胖死后，嘘嘘渐渐地成了郁虹生活与心灵的双重伴侣。为了给“无证黑狗”嘘嘘提供一个安全持久的相处环境，郁虹把每天遛狗的时间改到早上六点以前、晚上十点半以后，遛狗时上下楼都不使用电梯。但无法办理“户口”的嘘嘘再怎么谨小慎微，也有失误的时候——嘘嘘碰倒了邻居老太太，一位将郁虹当成了“狗质”敲诈勒索的老太太。郁虹一边安慰自责的嘘嘘，一边保质保量完成老太太的无理要求，直至发现欺骗真相忍无可忍。最后，郁虹艰难地把嘘嘘送到了远郊的动物救助基地，开始了另一段奇缘。与其他的主人不一样，郁虹送走嘘嘘，把每个周末铁定的探望当作补偿，成为嘘嘘与郁虹每周最快乐的时光。郁虹对嘘嘘独有的爱和关心引起了救助基地其他动物的不满，还得罪了自尊心极强的藏獒。在不小心遭到藏獒的攻击时，郁虹和嘘嘘都冒死保卫着对方，至此，郁虹和嘘嘘的情感上升到了生死的高度。嘘嘘会在动物救助基地安全地度过一生，而郁虹也会在所有的双休日如期赶来，直至一方的生命结束。这就是大部分生命意义用狗来填充的女人郁虹！短篇《往事重现》中，作家聚焦一位“告老还乡”之际回忆在老丁家服务四十多年的保姆杨姥姥，借杨姥姥的口吻展现普通人家近半个世纪的生活变迁与命

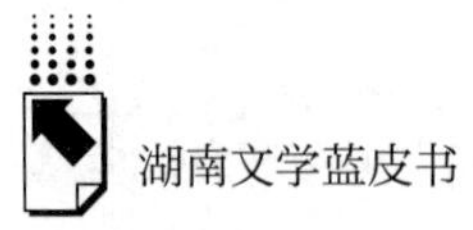

运流转，杨姥姥资深、坚强、博爱的保姆形象由此凸显。《闺蜜》深刻关切当下普遍存在的“闺蜜”现实，通过一对闺蜜从曾经的无话不谈到最终的形同陌路，同样带给人诸多关于女性境遇与情感关系的思考。

值得关注的是，笔者提到的“小说曲径通幽处的光和暗”都不同程度地投射在这些作品不同的女性身上，不管是蒋子丹专注的女性题材，还是田耳《吊马桩》里关注乡村旅游的地域叙事，甚至是郑小驴《雨赌》里作为背景出现的“贵州女人”，是这些女人们，给我们留下了深刻的印象，她们以奉献、隐忍、坚强、破碎、孤独等特质成为现代性的复杂镜像，让我们不得不追问女性存在的生命意蕴和价值空间。《吊马桩》的故事还是发生在田耳获取所有乡村经验的想象之地——鹭寨，围绕鹭寨发展乡村旅游从兴盛到衰落的点滴经过，“我”作为乡土文明变迁的见证者，也是传统鹭寨在现代文明面前失守的记录者，淡定从容地记下了这一幕。而这一幕，俨然跟吊马桩的一个女人——杨红露密切相关，我们也许会忘记吊马桩曾经是乡村旅游胜地，但不会忘记吊马桩旅游开发时涌现的第一个“女轿夫”——杨红露，她一度成为鹭寨旅游的优质资源。犀利的是，作家田耳给杨红露铺设的这一条人生轨迹，从最初的鹭寨导游—“女轿夫”—网红—富家太太，几经跌宕，却独辟蹊径，在平实不露声色的讲述中为我们塑造了一位异常陌生却念念不忘的女性形象。弋舟通过《吊马桩》佐证田耳是“开了天眼最会讲故事的小说家”。笔者认为，杨红露形象塑造的成功，表明田耳是会讲故事的男性里面最能拓展对女性世界想象的小说家。杨红露在《吊马桩》里走过的风雨人生路，为丰富当代文学的女性写作提供了新的视角。郑小驴《雨赌》严格意义上来说都不算是女性写作，倒更像是一个传统的乡土题材。农家孩子“我”、二墩子和范范秋收放牛时无聊斗地主赌喝水，没想到二墩子在范范带有报复情绪的灌水中遗憾丧命，更遗憾的是，所有的人都把二墩子的死归结于二墩子的妈——一个花两万块钱买来的偶尔发病的“贵州女人”。“贵州女人”被绑在床架上，在里三层外三层的人群声讨中干吼哭泣，“我”和范范作为孩子站在人群的背后，沉默着，故事的结尾也就定格在这一幕，无声而惨烈。“湘籍作家”都在不同程度地讲述女性，涉及了女性生存、女性关系、女性命运、女性精神等各个方面，女性文学发展到今天，女性主体意识的觉醒、女性主体地位的确认、女性关于自身命运的抗争或存在论意义上的价值探寻已经成为女性写作自觉或不自觉的追求。但是，郁虹、杨姥姥、杨红露、黎安、“贵州女人”们身上印刻的女性之殇，提醒我们，带有人类原始伤痛记忆模式的女性文明崛起之路仍然任重道远。毕竟，千百年来，在这条路上，女性付出的代价太大了！

二　诗歌：时光隧道里的行与吟

“湘籍作家”群体里有两位重要的“60后”诗人，他们几乎同年，一个倡导“自然诗学”，一个主张“简语写作”，都在自我营造的诗的王国激扬文字，且行且吟，给当代中国新诗写作提供了各自独特的经验和视角，同时在国内外都产生了比较大的影响。他们一个是湖南湘乡的李少君，一个是湖南湘阴的周瑟瑟。

“自然诗人”李少君出版了新诗集《应该对春天有所表示》和《李少君诗选》，在《人民文学》2019年第一期发表组诗《雪的怀念》，还先后在《中国文艺评论》《光明日报》《诗歌月刊》发表诗歌评论《百年新诗中的北岛与昌耀》《诗歌要有开新时代风气之先的气魄》和长篇诗歌理论《二十一世纪与新时代诗歌》。这些新作和新论集中体现了其诗歌创作理念的日臻成熟，大量的创作实践更将其倡导的自然诗学理念、情境化诗学观念推向了一个新的认识高度，同时看到了作为诗人的李少君对新时代诗歌特质及其未来发展等问题思考的深刻与敏感。北岳文艺出版社的《应该对春天有所表示》分“春祭”“凉州月”“旅行者”三辑，意象丰富，主题多样，诗歌的古典气质与现代的先锋旨意有机融合，很好地践行了新时代诗歌应该有新的气象、应该树立以人民为中心的主体意识、应该肩负起塑造新的形象与新的美学原则的李少君诗学主张。第一首《应该对春天有所表示》中“我暗下决心，不再沉迷于暖气催眠的昏睡里”，通过“向大地发射一只只燕子的令箭”“向天空吹奏起高亢嘹亮的笛音”，来对象征生命与希望的春天有所表示，而且满怀激情，拥有冲破一切阻碍的力量与勇气，让灿烂的春光早日普照新时代的茫茫大地。其实，诗人李少君不仅仅想对春天有所表示，诗人的野心在于要对世界上的一切美好之物有所表示，用“令箭”刺破黑暗，用“笛音”吹散阴霾，云彩最终是要“铺展到整个世界”的。它表面上看是一首“春之赞歌”“春之盼歌”，实际上是一首内蕴丰厚的“新时代序曲”，为新时代的诗歌创作开拓了一种新的“感受方式和美学追求”，即在春的具体可感中大胆地追求，勇敢地斗争，尽情地享有，这个世界与美有关的一切。《雪的怀念》一首“以雪喻愁”，雪是这个时代的稀有物，也成为这个时代人们心里最浓烈的乡愁。这份对“雪”的怀念与期盼，成为现代人对逝去岁月进行追忆与纪念的一种情感表达方式，在诗人浑身的战栗中也带给读者灵魂上的洗礼与祭奠。《春光》一首直抒胸臆，不管是物质上的落魄穷人，还是精神上的孤独文人，只要让自己置身春的气息与色彩里，就是物质和精神世界的双重享有者，富裕而芬芳。太白文艺出版社出版的《李少君诗选》也分“海天之间”“江湖之中”“北方以远”三辑，108 首短诗新旧作交叉成辑。这本集子创作上有新的视角与内容，但在诗学观念上没有新的元素与补充，只是诗人为自己认同的创作观念与价值追索的又一次坚守和实践。两本集子包括几百首新旧诗作，赏析无法一一穷尽，但我们可以总结的是：在李少君的诗里，自然、寻根、乡愁、旅行、日常生活、人性、理想等是其永恒不变的表现主题，诗意、情感、古典、想象、浪漫主义、理性主义等仍是其创作不可抹灭的诗学底色。

最后，值得一提的是，在诗论研究方面，我们看到了李少君思想上的突进。在《二十一世纪与新时代诗歌》一文中，李少君为我们梳理了新诗演进与变革的四个阶段，概括为朦胧诗时期、文学寻根时期、草根文学时期和新时代诗歌时期，随即提出新时代诗歌时代性、人民性、主体性与境界的四大关键词。将这两者结合起来看，我们会发现，21 世纪之初兴起的“草根诗人”现象发展至今，李少君敏锐地捕捉到了“草根文学”之后新诗在 21 世纪前 20 年间的必然变革，这一变革既源于新诗发展的内在艺术规律，又源于外在的新时代历史契机，更与广大诗人自身寻求突破与创新息息相关。

所以，李少君提出了“境界”一说，诗歌的高远境界，就必然要求新时代的诗歌创作，必须坚持以人民为中心的创作导向，坚持为人民抒写，为时代放歌，从个人的狭窄情感天地里走出来，走向“人民性”，走向越来越丰富博大的诗歌人生。这为当下众生喧哗的诗歌界拨开了迷雾，指明了方向。从草根文学时期的“主体性”，到新时代的“人民性”，李少君诗歌理论研究思想又向前迈了一步，这一步对新诗未来的发展至关重要，因为“这将是一个新的美学开疆拓土的时代，可以既葆有中国特色本土根底，又具有全球开阔视野和胸怀，这是一个将创造出全新美学方式与生活意义的新时代。”①

与诗人李少君将诗论研究与诗歌创作集于一身相类似，“湘籍诗人”周瑟瑟也用自我丰富的诗歌创作实践为自己的诗学主张服务，大力倡导“简语写作”，出版新诗集《世界尽头》《犀牛》两部，评论集《中国诗歌田野调查》的出版，将田野调查与诗歌人类学的知识谱系建构得更加完整，走了一条与传统诗学研究、当代诗歌评论迥然不同的诗探索之路。最新诗集《世界尽头》收录了诗人 2017 年 5 月至 2018 年 6 月的数百首新作，目录页之后插有诗人参加拉丁美洲国际诗歌节相关活动的黑白摄影作品，后附周瑟瑟诗歌评论与书法，用智利聂鲁达黑岛故居的鱼形旗与古老的风铃摄影做封面，古朴典雅，扎实厚重。《世界尽头》是周瑟瑟提倡诗歌“简语写作”与“走向户外的写作”的进一步实践，诗人在零距离触摸诗歌发生的第一现场，并无时无刻不处于创作状态之中，走到哪写到哪，“世界尽头”更像是周瑟瑟诗歌追求现场感、追求本质主义极简写作的宣言式的隐喻，暗含了诗人一种随时在场、随时发声，且简约、朴素、日常的诗学理念，更像是用一己之力勇敢坚决地向伟大的传统、伟大的主题、伟大的思想挑战，而走向一条琐碎的、解构的、渺小的、日常的、经验式的个人化写作之路。

这种个性与创造性同样在《犀牛——周瑟瑟诗选 1985 ~ 2017》新诗集中一以贯之。《犀牛——周瑟瑟诗选 1985 ~ 2017》为周瑟瑟的诗歌精选集，分为犀牛（1985 ~ 1989 年）、一天（1990 ~ 1999 年）、薄荷薄荷（2000 ~

---

① 李少君：《二十一世纪与新时代诗歌》，《诗歌月刊》2019 年第 12 期。

2008 年）、咕咕（2009 年）、梦中鹤（2010～2015 年）、最后的体温（2016 年）、桃青李白（2017 年）七辑，后附书法、绘画作品和短评若干，是周瑟瑟 30 余年诗坛竭力摸索的历史结晶。在《犀牛自序》的坦言中，我们可以看到作为诗人周瑟瑟的独特与孤绝，同时也为他的勇敢与坚持而油生敬意。周瑟瑟说："《犀牛》的路线，就是我不断走向人群之外的路线。在近年，我终于走出了人群，我终于孤独地写作。我希望自己像一头犀牛，喷着浓重的鼻息，我是粗野的，我踩扁了野花，溅起了稀里哗啦的泥水，遇到大河我直接冲下去，我让自己更加直接、粗野，也不要小心翼翼，我打破常规，也不要规规矩矩，我当然拒绝任何的规劝，哪怕是善意的规劝。孤独求败，也是我自找的，我所渴望的，这就是我说的'犀牛写作'。"这种"独孤求败"的霸气不是与生俱来的，它是由诗人几十年生活与创作历练沉淀的坚韧而来，是由当下现实世界田野般粗粝磨炼而来，更是由诗人才思喷涌时吐露的自信而来。这份自信与霸气还体现在周瑟瑟独特的诗歌评论集《中国诗歌田野调查》一书中。阳光出版社的《中国诗歌田野调查》是国内出版的第一部论述"中国诗人田野调查"的观念、行动与写作的诗学随笔集，既是一部个人体验式的诗学批评文本，也是一部诗歌田野调查现场手记。在周瑟瑟看来，他所实践的"诗人（诗歌）田野调查"并非通行的"采风"，而是以口述实录、民谣采集、户外读诗、方言整理、问卷调查、影像拍摄、户外行走等"诗歌人类学"的方式进行"田野调查"与"有现场感的写作"。"诗歌人类学"是一种写作方法论，更是一种古老的诗歌精神的恢复。当代诗歌更多依赖于个体的感性，当然感性是最天然的经验，获得经验的方式有一条重要的途径就是走向户外，进入"诗歌人类学"的原生地带。"洞中写作""非洲行纪""手机写作"等都是"采诗官"周瑟瑟的实践方式，《肩胛骨》《榴莲》《石黑一雄》《死海》等无数诗作都呈现了这种极富现场感、原生态的个人语言、思想、形式上的诗歌实验。就像有评论家论及的，在当下纷繁芜杂的诗歌界，周瑟瑟是孤独的，也是拒绝的，他一个人就是一整个世界。只不过，他在自己的世界里内在地默默地探索自我心灵所能穷极的写作边界，而"田野调查"是他发现的探索边界的必经之路，独一无二。

刚刚过去的2019年，在百年新诗的发展历程中，有两大标志性具有历史意义的“大事件”：一是6卷本近500万字的《中国新诗总论》出版，它是新诗诞生以来重要诗歌理论批评文献的集大成者；二是第四届“全国诗歌座谈会”的召开，这次座谈会以“新时代诗歌”为主题，立足当下，面向未来，在全面总结百年新诗经验的基础上思考“新时代诗歌”该往何处去，以及未来可能的样子。之所以特别提到这一点，是因为如果将这两件大事具体投射到诗人李少君和周瑟瑟身上，我们会有趣地发现，李少君和周瑟瑟对“新时代诗歌”的思考和主张似乎是完全不同的两个面向。“自然诗人”李少君特别指出了新时代诗歌追求的“境界”，具有人民性和公共性；而周瑟瑟越来越从高大全的宏观世界中突围，走向自我，走向民间，追求现实性和个人性。一个力求“向上”，期待建立一种新的向上向善的诗歌美学；一个追求“向下”，在田野与内心的广阔天地追求一种极致、简约、排他的写作姿态，无论哪种，都可视为诗人们与时代同行、在新时代的时空行吟中主动承担起优秀诗人创造“伟大诗歌”的社会责任与历史担当。

三　报告文学或散文：虚实耦合间的力与美

窥探完小说与诗歌，“湘籍作家”群体的报告文学与散文写作同样是其中重要的一维。陈启文的报告文学与散文、彭学明和熊育群的散文与诗歌，甚至小说家盛可以的随笔等总是能在关于作家潜质与能量的讨论中带给人们新的认识和新的视角。在报告文学和散文虚实相生、亦庄亦谐的真情讲述中，可以发现作家们意欲给我们展现的报告文学、散文文体虚实耦合间无法阻挡的力与美。

翻开陈启文2019年的成果清单，虚实之间力与美的较量及融合随处可见。在发表方面，长篇报告文学《中华水塔》在《中国作家》第6期纪实版头条首发，并入选多个报告文学选本，《中华水塔》系列作品《穿越共和盆地》《宇宙中的庄严幻象》《被围困的高原》《低于尘埃的生命》等在《北京文学》《芙蓉》《雨花》《湘江文艺》等全国重要文学期刊发表；中篇报告文学《西藏之路》在《西藏文学》首发，报告文学《未来从现在开始》在《华夏》第4～6期连载；散文《大湾区的澳门》在《人民日报（海外版）》首发，被中共中央宣传部“学习强国”学习平台和《散文海外版》同时转载，并入选《我心中的澳门——全球华人看澳门》等多种散文选本，中篇散文《进退一身关社稷》《醉翁》分别在《十月》《红岩》杂志头条首发。在出版方面，陈启文同样传递给我们满满的能量与收获。长篇纪实文学《海祭》在花城出版社出版；“共和国国情报告”系列涉及的《南方冰雪报告》《共和国粮食报告》《命脉——中国水利调查》《大河上下——黄河的命运》《袁隆平的世界》五部作品同时由安徽文艺出版社重磅推出；另外，《袁隆平的世界》（英文版）由五洲传播出版社出版，并入选新中国70年百种译介图书推荐书目，《追逐太阳——袁隆平的杂交水稻传奇》（中文繁体版）由香港开明书店出版；中篇报告文学《西藏之路》单行本由青海人民出版社发行。在获奖方面，《海祭》先后入选2019中国作协重点作品创作扶持项目、中国好书2019年5月榜单、中国出版协会2019年5月文学好书榜和中国图书评论协会2019年“中国好书”年末书单，荣获广东省第十一届精神文明建设“五个一工程”奖；《西藏之路》获第十届中国作家鄂尔多斯文学奖；《袁隆平的世界》获第五届中国优秀传记文学奖等。不难看出，《海祭》的出版和《中华水塔》系列作品发表是陈启文这一年留下的最重要的文学印记。《海祭——从虎门销烟到鸦片战争》是陈启文用报告文学方式打开中国近现代史第一页的成功尝试，作家采用历史事件中历史人物“国运与命运”结合的复调叙事，客观真实地还原历史现场，艺术辩证地表现历史人物，为中华民族从最初的探索到新时期的改革再到新时代的崛起之路找到历史的回声与见证，大到历史时空的兴亡沧桑，小到人物命运的跌宕传奇，都在一部《海祭》中得到唯美般地呈现。《中华水塔》系列报告是对三江源自然生态地理环境的一次文学考察和现实拷问，更是作家陈启文对三江源作为“地球上最后的秘境和净土”当下处境深厚的忧与爱。正如李炳银在推荐语中所强调的：《中华水塔》是一部从多重视角追溯三江源的历史和现状、追问和反思三江源命运的现场调查文本。陈启文不顾自身安危，在高寒缺氧又极其凶险的极地深入调查，揭示了雪线上升、冰川萎缩、江河湖泊干涸、草原荒漠化的水危机和生态危机，并由此展开人与自然关系的辩证思考，对三江源的生态问题也发出了理性的追问，进而追寻彼岸的“良知净土”。由此观之，无论是叩问历史的《海祭》，还是反思人与自然关系的《中华水塔》系列报告，还是其他创作，陈启文始终把关注的焦点放在事关国家甚至人类前途命运的重要事件、关键人物、重点地区上，在主题的表现和人物刻画上，都力求客观、全面、鲜活，作为时代书记员的报告文学作家陈启文，用脚丈量大地，用笔直抒胸臆，用脑追忆思索，为新时代文学送上一份份厚礼与惊喜，令人感佩。

当此番轻松、自由的窥探渐进尾声的时候，笔者心口处的暖流瞬间涌遍全身，绵绵的，柔柔的，小小的，还夹杂一点生涩与罅隙，就像“湘籍作家”彭学明、熊育群、盛可以的散文和随笔蕴含的独特气质，它们能带给你如此丰富、多元、富有历史和情感穿透力的文学体验——一份来自多情亦老的时光深处的绝妙体验。彭学明的“轻”散文《流年》从湘西老家的屋檐、吊脚楼说开去，深情回忆起童年往事的点点滴滴，而这每一点每一滴都少不了质朴、善良、聪明母亲的辛勤耕耘，日子真的就像流年，母亲在流年里变老变瘦，孩子们在流年里变好变富，从不停歇。彭学明说：我历经艰辛而终获幸福的家，像小小的一滴水，反射着时代的光辉；我看似奇崛却快乐的平民生活，像淡淡的一点绿，映衬着这个时代的底色。是的，《流年》告诉我们，每一位母亲和孩子都在时代、家与国编织的坐标系中承受着变化和命运，以此延续着华夏民族的血脉与乡愁。此时，如果说到根脉，得说说熊育群。熊育群刊于《收获》杂志 2019 年第 3 期的“重”散文《血之源》作为《风过草原》的续篇，就是一篇追溯鲜卑族祖先起源与血脉的可考证的文字，从南端的广东霄南村，到北端大兴安岭的嘎仙洞，熊育群用真诚的行走与抒写为我们记录了这一条漫长的寻根之路，也是拓跋鲜卑源氏后人的归根、反哺之路。这一路，也恰似作家熊育群在自我文学天地里的寻找、追问、探索与创造之路，历久弥坚，愈加长远。过去一年，熊育群还在《诗刊》发表诗歌《谒杜墓》《旅途》组诗，部分诗歌在埃及《文学报》、约旦

《约旦作家》以专辑发表；散文《双族之城》获得第十八届百花奖；北京十月文艺出版社出版散文集《一寄河山——大地上的迁徙》。此外，长篇小说《连尔居》由北岳文艺出版社再版；诗集《我的一生在我之外》（阿拉伯文）已由埃及翻译家 Mira Ahmed 翻译，与埃及古拉卜出版社签订了在埃及出版发行的合同；长篇小说《己卯年雨雪》俄文版在俄罗斯翻译出版发行；《己卯年雨雪》日文版在日本签订了翻译出版合同，将由日本富士山出版社翻译出版。此刻，如果说到"流年"，还得说说盛可以的散文《老在路上》。在路上，就是流年。盛可以通过这篇心灵游记散文，让我们看到那个曾经向往远方的野丫头终究以文字潇洒走向世界的生命轨迹，走过莽撞与野蛮的青春，走向复杂而成熟的中年，只不过，盛可以眼里的光始终聚集在像拜伦、毕加索、达利等文学、绘画大师上，从而完成一个作家对人生的文艺想象和审美建构。

黄永玉的心灵旅行，陈启文的高原行走，熊育群的族谱溯源，盛可以的世界之旅，郑小驴的"洞庭之路"……"湘籍作家"坚实地行走，在中国、在世界、在心灵、在肉身。

B.11

文学评论：勤勉中的坚守与掘进

龙昌黄*

摘　要： 2019年，湖南文学评论活动颇为活跃，湖南省评论家依旧勤勉地默默耕耘于湖南文学评论领域。在省内同仁的共同努力下，文艺理论研究进一步深入，作家作品研究异彩纷呈，跨介质与新兴文学研究锐意开新，推动湖湘文学理论与批评事业的笃力前行。相比之下，2019年诗歌、戏剧等文类的研究较为薄弱，尤希有所发力和建树。

关键词： 湖南文学　评论　理论　批评

2019年，湖南文学评论活动颇为活跃，先后有“众语杂生与未竟的转型”新诗研究学术研讨会、“周立波与中国现当代文学”学术研讨会、“湖南文学七十年”暨湖南省文学评论学会第二次年会等一系列在全省乃至全国具有较大影响的学术活动得到开展。与此同时，湖南省评论家依旧勤勉地默默耕耘于湖南文学评论领域，或深耕理论腹地，或开拓学术前沿，或细读文学文本，或精研文献史料……为湖南文学研究的不断深入黾勉不辍。

* 龙昌黄，文学博士，湖南省社会科学院文学研究所助理研究员，主要研究方向为文艺理论、中国现当代文学批评。

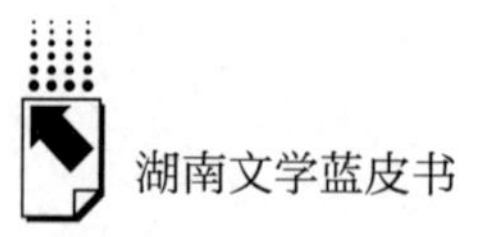

一　文艺理论研究进一步深入

2019 年，湖南文学研究者在文艺理论研究方面较有建树，特别是在马克思主义文艺思想研究和文学阐释学研究方面。

（一）马克思主义文艺思想研究

在马克思主义文论话语中国化和本土化的生成与构建方面，赵炎秋依旧是一位有心的研究者。他在《中国特色文学理论建构的历史经验》（《学术研究》第 5 期）一文中指出，迄今尚未建构成功的中国特色文学理论，是以马克思主义文艺思想为指导，吸纳中西文论精华，在本土产生，符合中国文学现实和中华文化精神内核与审美习惯的文学理论。其发展的关键，一是“马克思主义文艺思想与中国文学现实的结合”。二是“中国马克思主义文艺思想与本土文学理论的有机结合”。并认为，这“两结合”的好坏，决定了中国特色文学理论的成败。他的《中国特色文学理论建构的历史经验》（《江淮论坛》第 6 期）着重探讨中国马克思主义文艺思想的分期问题，认为第一阶段代表人物是李大钊、陈独秀（1915～1935 年）；第二阶段的代表人物是毛泽东（1935～1976 年）；第三阶段的代表人物是邓小平（1976～2012 年）；第四阶段的代表人物是习近平（2012 年至今）。另一篇与之关联的文章《“人民”内涵的变化及其对文学的影响》（《中国文学研究》第 2 期），则着重探讨了中国马克思主义文艺思想不同发展阶段，“人民”概念历史内涵的变迁对特定历史时期的文学艺术发展所产生的历史影响，并着重探讨了从陈独秀、李大钊到毛泽东、邓小平再到习近平等中共最高领导人对不同历史时期“人民”内涵的理解与诠释，以及因此对文学艺术发展产生的历史影响。

季水河也是 2019 年专注马克思主义文论话语研究的重要阐述者。他在《论新中国 70 年马克思主义文艺理论研究话语模式的转换》（《中国人民大学学报》第 6 期）中提出，新中国 70 年马克思主义文论研究当中主要存在三种模式：一是以政治维度为准绳的“政治主导型”话语模式；二是秉持学术品格立场，力求全面呈现马克思主义文论全貌的“学术强化型”话语模式；三是古今、中西、跨学科之间的“交往对话型”话语模式。此外，他在合著文章《论中国马克思主义文学批评的人民性》（《湖南师范大学社会科学学报》第2期，合作者季念）里，还谈到了对中国马克思主义文学批评的人民性的理解，认为这种人民观念源自对俄国批评资源的接受，受惠于马克思主义经典作家的滋养，得益于五四运动前后所倡导的平民文学观念和中国古典民本思想的助力，并对其人民性的主要内容及所遭遇的挑战予以详细的阐述。

刘超的《中国特色文学理论的三种表述形式》（《江淮论坛》第6期），则对20世纪50年代以降的中国文论话语体系予以了考察，认为此间经历了民族特色马克思主义文艺理论（20世纪50～80年代）、中国特色社会主义文艺理论（20世纪80年代至21世纪初），以及新时代中国文论话语体系（21世纪以后）三个阶段。

相比于以上阐述的历史维度，卓今的《中国马克思主义文论的“内部研究”》（《中国社会科学院报研究生院学报》第3期），更有意从现实需要出发，来探索中国马克思主义文艺理论的内部结构问题，以期为马克思主义文论如何解决现实难题提供新的可能。她认为，建构新时代马克思主义文艺批评理论，一是“要回到文艺现实和文艺现场”；二是“要加强批评家自身的意识形态建设”；三是“要接通马克思主义文艺批评的理论构建与当前文艺现实的联系，形成与社会现实密切相关的理论体系和批评方法”。

（二）文学阐释学研究

在文学阐释学研究方面，卓今依旧是不懈的坚持者。其论文《公共阐释对文学精神的推动和塑造》（《山东师范大学学报（人文社会科学版）》第5期）指出，以公共理性为基础的“公共阐释”，可以通过思想探索、知识创新和情感表现等三种方式，对文学内部的精神向度予以调适，把控局面。为此，她从“公共阐释与文学经典的相互作用”“阐释实践对文学经典

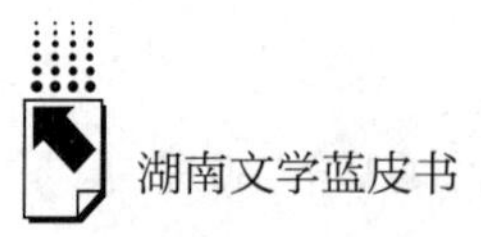

化的效应”“公共阐述对文学精神的意义建构”等三方面予以展开，深度揭示公共阐释对文学精神的推动和塑造的关键意义。

廖述务的《本体阐释视域中的理论与实践关系新诠》（《文艺争鸣》第10期），则围绕“本体阐释”问题展开了探讨。在他看来，张江针对场外理论强制阐释现象所提出的“本体阐释”，虽则“以重塑理论/实践关系为中心，建构了一套具有自反性与未来性的理论认知范式”，却同时也流行“不少语义疑点与空缺”。他认为，并不存在严格意义上的“本体”阐释，“文学实践形构的是一种互文性环形循环系统”，而常被视为“本体”的“文本”也只是这种“互文系统的产物”。因此，“本体阐释论通过核心阐释、本源阐释、效应阐释三重进路区分的内部（本体）与外部（非本体）研究只是一种人为设定”，在具体批评实践当中都是文学形式/意识形态深度交织的不同维度而已。

（三）西方文论研究

李三达依旧是该领域的积极开拓者。其论文《文化平等的歧路：威廉斯、朗西埃与审美现代性》（《文艺研究》第3期），着重分析了威廉斯和朗西埃各自从文学艺术当中所发现的近似的平等化倾向，以及就此建立的近似的概念术语和平等主义革命的话语体系，认为这种相似性指向的都是深层次里的审美现代性。二人因为截取了审美现代性的不同位面，故而最终也各自走向了不同的文化平等道路。另一篇论文《言语与书写的战争：通往书写平等权利的第三条道路》（《文学评论》第3期），着重考察了20世纪西方讨论书写政治的三种路径：第一，“德里达的反对语音中心主义的哲学道路”；第二，“朗西埃的从文学性出发的文学政治理论道路”；第三，“年鉴学派及相关书籍史、阅读史学者的历史学道路”。认为前二者基于主张主体消失的后结构主义浪潮，后者则坚定地捍卫经验主体，但“这三种思路都是在为普通人的书写权利呐喊”，随着网络时代的到来，书写的政治也“迎来了全新的平等主义时代”。

罗如春与董琳钰的《殖民主体的后殖民解构》（《湘潭大学学报（哲学

社会科学版)》第5期）重点探讨了霍米·巴巴的后殖民理论，认为“后殖民理论对殖民主体的解构主要由霍米·巴巴完成”。作者指出，在巴巴那里，并不存在殖民主义原初的本真身份，殖民话语及其所表征的殖民主体身份的内部本就混杂、矛盾和分裂，其殖民主体的后殖民解构思路，“开拓了后殖民微观抵抗的文化政治”，同时也“不可避免地带上了文本主义的弊端”。

（四）其他研究

赵炎秋的《对林纾保守主义文言观的辨析与反思》（《文艺争鸣》第5期，合作者童业富）重点探讨了林纾的保守主义文言观，认为林纾要求保留文言，主张文白并行的观点有其复杂性和合理性，不能概以保守而论。

周仁政的《中国新文学的学术化及其影响》（《长江学术》第2期）认为，自五四文学革命开始，中国新文学的学术化即已起步，此后“以科学认识论和写实主义文学精神”为内核，构建起了中国新文学的观念体系和学术品格。其中思想性表达和知识论建构成了中国新文学学术化的重要特征。这种学术化建构对新文学的产生和发展各有其利弊。

另有刘泰然的《看的方式：历史化、技术化与中国艺术经验》（《文艺理论研究》第4期）借助中国艺术经验对马克思所提出的“感官的历史化”问题等，许永宁的论文《“事件”：中国现代文学研究的一种路径》（《新疆大学学报（哲学·人文社会科学版)》）对事件而非作家、作品作为中国现代文学研究的对象的可能性等，郝二涛的论文《新时代中国文论话语建构的新路径——白璧德新人文主义的启示》（《文学评论》第4期）围绕白璧德新人文主义重视文学与审美的紧密关联对新时代中国文论话语建构的启示等，均展开了深入的探讨。

二　作家作品研究异彩纷呈

2019年，湖南文学研究界依旧保持着上一年度的研究激情，在具体的作家作品研究方面，多有开掘。

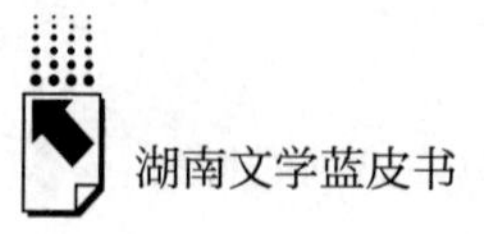

（一）现代经典作家研究

鲁迅研究是2019年湖南文学研究界重点关注的内容。龙永干、刘长华、丰杰、陈伟华、陈圆圆与胡辉杰等，对此均有不同程度的着力。

龙永干的《报纸约稿、题旨取向与〈阿Q正传〉的叙事骨架及肌理》（《中国现代文学丛刊》第4期）与《抗战语境中墨家文化的亲和与“故事新编”的微调：也论〈非攻〉》（《中国文学研究》第4期，合作者郑国友）是两篇鲁迅小说研究专论。前者对小说《阿Q正传》的“生产”过程以演化，投注了特别的兴趣，揭示了“临时性的约稿，报纸分期的刊载，再加上生活的紧张劳碌”，是导致小说前一部分有些“滞涩不畅”的成因，并细致析理了鲁迅在使这篇小说成为民族寓言过程当中所做的种种调适和努力。后者则探究了鲁迅《故事新编》中小说《非攻》与抗战时局的内在关联，以及鲁迅本人为文的现实诉求。

刘长华的论文《现代体验，传统想象——鲁迅小说中的北京叙述》（《鲁迅研究月刊》第10期），聚焦于鲁迅小说文本当中所描述的北京体验、北京想象，切近其中寄寓和思想，认为鲁迅的小说当中不仅包含相当丰富的现代体验，而且这种现代性体验还整体性地囊括于其传统想象当中。

陈圆圆与胡辉杰的论文《“异者”之死：〈阿Q正传〉的隐喻》（《现代中文学刊》第5期），探讨了小说中可能存在的“异化异者”的多重隐喻问题，认为其间阿Q与未庄的关系，存在着个体被秩序“异化”“异化”的普遍性，以及个体寻求共同体等三重隐喻，故而鲁迅的这篇小说也是世界文学格局当中书写秩序异化主题的文学现象当中“不可或缺的一笔”。

丰杰的论文《论鲁迅文本中的辛亥人物和民元精神》（《鲁迅研究月刊》第4期），着重讨论了鲁迅文学文本当中辛亥人物，以及由此折射的鲁迅身上潜在的“民元情结”，认为梳理和解读这些人物，将有助于还原鲁迅心中的辛亥革命历史现场，窥见辛亥经验对其文学思想和创作的深刻影响。“狂人”“猛士”“孤独者”“过客”等形象身上所寄寓的精神，正是鲁迅及其所感怀的辛亥革命同人共在的生命写照。他的另两篇论文《1978年以来文学史与传记对鲁迅形象的重构》（《江西社会科学》第9期）、《论21世纪传记文学中鲁迅形象的多维建构》（《山东社会科学》第7期），则分别探讨了不同历史阶段鲁迅在文学史及传记写作当中的形象呈现问题。

另有梁海军的论文《论弗朗索瓦·朱利安的鲁迅研究》（《鲁迅研究月刊》第6期），对法国学者弗朗索瓦·朱利安的鲁迅研究作了有益的考察。

胡适研究。杨经建的论文《从语言工具论到语言目的论——胡适对现代母语文学的想象性构设》（《河北学刊》第5期）指出，在胡适那里，胡适的文学语言观经历了一个从最初的语言工具论，到后来的语言目的论的调整和演进过程。其关于新文学语言的话语建构，涉及的虽仅是对中国现代母语文学的想象性建构，但最终为“五四”以降的中国新文学开启了崭新的发展道路。王小林的论文《五四时期胡适的文学观与杜威实验主义的关联》（《湖南师范大学社会科学学报》第1期），重点揭示了五四时期湖南的文学观同杜威的实验主义存在的四个方面的关联：第一，胡适白话诗的“尝试论”与杜威的实验主义真理观有关；第二，胡适“以白话取代文言的工具革命”的文学革命总体思路，与杜威实验主义的工具理性有关；第三，胡适“把经验作为文学描写的内容”的写实主义创作方法与杜威的经验艺术论有关；第四，胡适“研究与解决社会问题”的文学使命观与杜威的实验主义认识论有关。

周作人研究。杨经建的论文《“汉文学的前途”与周作人的现代母语文学观》（《社会科学》第9期）认为，周作人所倡导的由诸语言资源熔炼“雅致的俗文学”，并以之为“理想的国语文学”的主张，是对“语言艺术的回归”，指明了汉语母语与文学现代性同构的必要途径，以及此过程中母语文学现代性重构的必然性。另一论文《文章写作与文学创作的互文性融汇：周作人与母语写作》（《学术界》第12期），则探讨了文章写作与文学创作的内在逻辑关系，以及二者如何在“文”的基础上实现融合，从而实现对母语文学的现代重构。另有汤志辉的论文《周作人佚序〈中国与日本的文化关系〉考述》一文，专门对周作人给于式玉女士写的序文《中国与日本的文化关系》做了一番考释，认为该文对了解周作人的交游及其对中日文化关系的态度有重要价值。

沈从文研究。杨经建的《论沈从文对母语文学精神的传承与创化》（《中国文化研究》第1期，合作者辛捷璐），着重从母语写作层面探究沈从文对母语文学精神的传承与转化，认为沈从文的这种传承与转化体现在两方面：第一，以“乡土”叙事为其母语写作的起点和归宿；第二，以“散文化”为其为文之“道”。马新亚的《“文学革命”·“爱与美”·“生命”——论沈从文国民性改造思想的独特性》（《南方文坛》第4期）认为，沈从文在文学的国民性改造方面，既同“五四”新文学一脉相承，又有自己独特的关注点：生命力的匮乏。这种对“阉寺性”人格的关注，必然使他将“国民内在的生理、心理本体的重建”，视作国民品德重建的核心。她的另一篇论文《试论沈从文对启蒙主义女性观的反思与突破》（《中国文学研究》第1期），着重探讨沈从文对启蒙主义女性观的反思和创见，认为沈从文更从感性层面关注到“女性日常生活的具体性和历史性”，体察到其间“女性的生理与心理本体”。另有罗维的《“边城”之“边”——论边地文化意识对沈从文创作的影响》（《民族文学研究》第1期）、张森的《论沈从文1940年代“抽象”写作之传统根脉》（《中国文学研究》第2期），分别从湘西边地意识和传统文化着眼，探讨它们对沈从文文学创作的影响。

穆旦研究。易彬是国内穆旦研究的勤勉者。其论文《穆旦的“爱情”与爱情诗的写作——从新见穆旦与曾淑昭的材料说起》（《现代中文学刊》第3期）、《“自己的历史问题在重新审查中”——坊间新见穆旦交待材料评述》（《南方文坛》第4期），均注重史、证结合。前者以新发现史料揭示穆旦的个人爱情及其在诗歌写作当中的反映，后者以新见穆旦的交代材料来寻绎穆旦社会交往状况，以及接受审查的相关史实等。另有论文《中国现代文学馆所藏穆旦手稿两种辑录》（《现代中国文化与文学》第2期），对中国现代文学馆所藏的穆旦手稿两种辑录状况及意义予以了阐述。

赵树理研究。常琳的论文《空间流动下的现代性：论〈三里湾〉的创作》（《晋阳学刊》第6期），应用空间叙事学相关理论，对赵树理小说《三里湾》里空间的流动与相融现象予以揭示，认为这彰显了赵树理对小说人物“个体意识的尊重”，同时“也体现了个体意识与集体意识的融合”。

丁玲研究。王攸欣的论文《〈蒋介石日记〉所见丁玲软禁之文化政治语境与相关人物》（《中国文学研究》第4期），主要围绕希见史料《蒋介石日记》，对丁玲上海时期被捕始末重新予以考察，对丁玲《魍魉世界》中所展露的凄恻、惊惧之感表达出自己的质疑，认为其时国民党文化政策执行者对待丁玲虽“践踏了人权，却还算是较为宽容的”。

胡风研究。吴宝林是这方面的有心聚焦者。其论文《“理想主义者时代”的新剪影：青年胡风若干史实考辨》（《中国现代文学丛刊》第1期），着重对青年胡风的诸多史实予以重新考辨，认为现有研究“正因对‘日期’的忽视与漠视，才会导致‘历史的真实’总是难以真正地被认识与理解。”另一篇论文《作为“雄辩员”“总编辑”与“委员长”的胡风——以新见〈东南大学附中周刊〉为中心》，以新见史料《东南大学附中周刊》为中心，揭示胡风早年作为辩论会上的“雄辩员”、校刊的“总编辑”，以及“五卅”时作为“反抗上海外人惨杀华人东大附中后援会”的“委员长”身份，揭示胡风由政治而文学的志趣转变。还有论文《历史感的缺失与“伪佚文”的辑佚：以刘涛〈现代作家佚文考信录〉为例》（《文艺研究》第9期），着重探讨了《现代作家佚文考信录》一书对四篇胡风“伪佚文”的误收现象，并由此表达自己对目下现代文学研究当中的辑佚工作的看法：“‘具有发动学术的意义’的文献辑佚整理才真正具有更大的学术价值”。

（二）湖南本土当代作家作品研究

韩少功研究。杨经建的论文《“语言”的批判与“批判”的语言——韩少功创作的新批判现实主义倾向》（《小说评论》第5期）及《重识韩少功：以“新批判现实主义”的视域》（《当代作家评论》第6期，合作者王蕾），均着重探讨了韩少功小说创作当中的批评现实主义问题。前者认为，韩少功小说当中的文体实验，是其“批判理性对于小说形式的一种开垦”。后者则强调韩少功接续了鲁迅“‘在’而‘无所属’的存在状态”，转化成了韩少功新批判现实主义创作的精神支撑，外显出“清醒而明智、自信而通达”的艺术个性。廖述务的论文《互文与自反：〈修改过程〉的认知诗学》（《南方文坛》

第4期）认为，韩少功近作《修改过程》通过声音互文、视角互文、结构互文的交叠式互文关系，构建起了一种对话性的认知诗学，从而对文本、主体、群体、时代等展开了深度的自反性追问。梁小娟的论文《“归去来”：回望与凝眸——论韩少功的知青经验及其创作流变》（《江汉论坛》第12期），着重探讨了韩少功的知青经验对其小说创作流变的影响，认为：一方面韩少功各个历史时期的文学创作离不开知青经验的反哺，另一方面也影响到他的写作思维和文学话语谱系的建构，使之陷入一定的艺术困境。

王跃文研究。龙永干的论文《时代蜕变中的诗意瞩望——论王跃文的〈漫水〉》（《文学评论》第1期），对湖南本土作家王跃文的小说《漫水》予以了高度的评价，认为该小说是“王跃文桃源念想与诗性瞩望在低抑后的发明与敞亮”。为了建构心目中的诗性世界，作家始终让小说中描绘的世界在时代潮头面前保持“单纯而高远的风致”，书写其间的美与善。罗如春的书评《存在之痛、爱的回归及其叙事伦理——评王跃文长篇小说〈爱历元年〉》（《当代作家评论》第6期），认为该小说是王跃文长篇小说创作的一个重大转折。小说讲述了一个关于世俗爱情拯救的故事，同时也展现了一幅社会风情的宏大画卷。

田耳研究。吴正锋的《“佴城”艺术世界建构与现代转型下湘西市民生活写真》（《求索》第1期），着重探讨了田耳笔下“佴城”的艺术世界建构，同现代社会转型下湘西市民生活的密切关联，认为田耳“真实勾画了现代转型下湘西社会的历史变迁，真切表现了普通市民凡庸琐碎的原生态生活图景及其精神面貌”，小说叙事背后不乏深切的人文关怀和精英意识，使之“显示出多维的艺术趋向和深远的艺术境界”。

（三）省外当代作家作品研究

杨经建的论文《意象化叙事：母语写作的一种诗性言说方式——苏童小说与母语写作之二》（《中国文学研究》第3期，合作者周爱华），着重围绕意象化叙事来探讨苏童小说母语写作的艺术风格。作者认为，意象化叙事是苏童对文学世界的审美话语方式，苏童则充分领悟到了母语汉语语言的

“意象化”要义，并将其转化和提升为其小说写作当中的叙事范式，从而凸显了母语文学独具的审美形态和艺术张力，而这也将苏童与其他当代作家区分开来，使之构成一种写作风格。

卓今的论文《〈咏而归〉的阐释与重建》（《当代文坛》第2期）对李敬泽的拟古体散文集《咏而归》进行了解读，认为该散文集“像一把佩饰华美的利剑，挑开沉淀在漫长历史中黑暗的、错误的一面，直指当下的道德伦理问题、人性问题”，作家“双重还原法”和“才子书”的书写方式，构成了目下散文写作方式的一种突破，在重新审视和释读经典文本的过程中，对前者进行再一次现代性的重建。

李群的论文《论郭雪波的“沙漠小说”与民族生态文学的建构》（《民族文学研究》第5期），着重探讨了蒙古族作家郭雪波的“沙漠小说”当中所呈现的人与自然的对立与维护生态平衡等主题，认为这些创作是他对西方生态整体主义等思想的本土化诠释。同时，他还通过回归萨满教信仰，重新挖掘民族文化中的生态资源，增强人们对自然的敬畏和崇拜，克制现代化进程中不断膨胀的个人欲望，从而在此基础上实现民族生态文学的建构。

章罗生的论文《风景这边独好：从张雅文看新时期四十年的女性纪实文学创作》（《南方文坛》第5期），通过对新时期四十年中国女性纪实文学创作的整体性回顾，凸显张雅文的纪实文学写作的重要意义，认为张雅文具有“境外题材与传奇故事”、“主体虔敬”与“生命写作”、“情理融通”等方面的特色，使之独树一帜。

另有赵飞的论文《臧棣：唤起生命的高贵觉醒》（《南方文坛》第1期）对臧棣诗歌当中的语言意识予以了诗性的揭示，认为这些意识都归结于一种意在唤起生命的高贵觉醒的意识。程一身的论文《顾城诗歌的远与近》（《扬子江评论》第4期），则对顾城诗歌的重要性予以强调。并对其创作分期、诗歌主题等予以阐述。李灿的论文《“生前”与“死后”——读余华长篇小说〈第七天〉》（《当代文坛》第4期），对余华小说《第七天》所受批评予以回应，认为小说依旧展示了余华一贯的叙述才华，唤起人们对其间呈现的人生荒诞悲剧予以哲性反思。

三 跨介质与新兴文学研究锐意开新

2019年，湖南跨介质与新兴文学研究依旧保持着上一年度的热忱，在影视文学研究、网络文学研究和科幻文学研究领域均有所建树。

（一）影视文学研究

岳凯华的论文《20世纪中国影视文学改编研究文献的学术史梳理》（《长江学术》第4期），是一篇系统梳理20世纪中国影视文学改编研究史料的有分量的论文。作者将其划分为以下几个历史阶段：1949年以前，尝试与摸索阶段；1949～1979年，自觉与开创阶段；20世纪80年代，主动与勃兴阶段；20世纪90年代，沉寂与突破阶级。并对各阶段相关文献与改编理论状况及其时代特点等，予以了充分的揭示。

陈伟华是文学经典影视化改编的有心观察者。其论文《内地范与香港风的融合——张华勋导演、徐克等监制电影〈铸剑〉对鲁迅原著的改编》（《鲁迅研究月刊》第9期）认为，鲁迅小说原著体现了中华民族的气韵与精神，大陆导演张华勋和编剧张扬的改编，即突出了其中的文化性和教育性；但来自香港、受香港娱乐文化深厚影响的徐克等港方工作人员，则有意强化其“动作性”和“娱乐性”，从而使二者有机地融合于电影拍摄之中，由此形成了电影《铸剑》独特的艺术风格，并为此后内地与香港电影的融合发展提供了较好的电影制作范式。他的另一篇论文《张恨水〈啼笑因缘〉与20世纪30年代武侠电影叙事模式的嬗变》（《上海师范大学学报（哲学社会科学版）》第4期），重点考察了张恨水长篇小说《啼笑因缘》的电影改编，认为该小说的历次改编，创建了“中国现代言情武侠电影的典型模式”，一定程度上“引发和促进了中国现代武侠电影模式的嬗变”。

（二）网络文学研究

欧阳友权依旧是这一领域不可忽视的重要研究者。其论文《中国网络文学批评20年》（《中国文学批评》第1期，合作者张伟硕），综合考察了这二十年中国网络文学批评界的三股批评力量：学院派批评、传媒批评、网民的在线批评，认为前者在于推动网络文学精品化和主流化，中者旨在突出热点话题，后者则以即时互动的形式展现出鲜活和敏锐的批评力度。文章并对这二十年间网络文学批评界重点关注的主要问题，如基本理论问题研究、评价体系和批评标准等问题以及可能存在的困境等，展开了较为全面、深入的探讨。论文《建立网络文学评价标准的必要与可能》（《学术研究》第4期）重点探讨了网络文学批评标准的必要性及可能性，认为现在不再是必不必要而是势在必行的问题，其评价标准应该由思想性、艺术性、可读性、网络性和影响力等要素构成。论文《我国网络文学的热点、局限和趋势》（《湖南科技大学学报（社会科学版）》第2期，合作者邓桢）、《网络文学研究的几个学术特点》（《文艺理论研究》第3期，合作者贺予飞），分别从网络文学创作和研究着眼，对当下中国网络文学及其研究的发展态势进行把脉。论文《网络文学崛起对文学研究的影响》（《湖北大学学报（哲学社会科学版）》第4期）认为，网络文学的快速发展，为文学研究提供了新的研究对象，增设了新的理论命题，开启了临场互动式的文学研究方法及大数据分析方式。论文《提质换挡期网络文学的进阶之路》（《社会科学辑刊》第4期）主要思考的是对当下网络文学逐渐主流化之后，应当如何发展问题。

禹建湘是另一位网络文学研究的深耕者。论文《网络文学作品全版权运营探究》（《中国文学批评》第1期）认为，20年来的网络文学发展，促生了以优质内容资源为核心的全版权运营，后者也逐渐成为网络文学新的盈利突破点，并着重探讨了目前全版权运营的基本特点，以及如何匡济目下的不足。论文《从玄幻想象到现实观照：网络文学的审美转向》（《中州学刊》第7期）着重探讨了网络文学的审美转向问题——由玄幻想象转向现实观照，以及这种转向所呈现的几个特点：第一，“从追求个人主义到建构集体经验”；第二，“从审美单向度到审美多元化”；第三，“从片面历史观到辩证历史观”。并对这一转向赖以发生的成因及意义等做了较为深入的思考。

另有陈维超的论文《情感消费视域下网络文学IP热现象研究》（《中国

编辑》第1期)、邓桢的论文《网络文学的海外传播与中国文化形象构建》(《中国编辑》第3期),分别探讨了情感消费视角下的网络文学IP热现象,以及网络文学域外传播和由此生发的中国文化形象建构问题。

(三)科幻文学研究

王瑞瑞依旧是省内少有执着于科幻文学的研究者。论文《后人类图景中的生命与死亡:对尼古拉斯·罗斯生命政治理论的解读》(《福建论坛》(人文社会科学版)第12期),有意从后人类图景的叙述框架之下,对尼古拉斯·罗斯的生命政治理论进行解读,认为罗斯的"'生命本身'的政治",主张从分子层面理解人类生命,体现了"当代生命政治空间的新向度"。另一篇论文《科幻文学、外星他者与后人类伦理——评莱姆〈索拉里斯星〉》(《中国文学研究》第4期)认为,莱姆的外星遭遇主题科幻作品《索拉里斯星》,揭示了人类在科幻或未来世界里可能会遭遇的认知挫折和伦理困境,并就此建构了索拉里斯海洋这一"完全他者"。

四 余论

总体来看,2019年湖南文学研究成绩斐然。研究者均躬耕于各自领域,勤勉克难,在文艺理论与中国现当代文学、影视文学、新兴文学等领域发力不少。这些努力共同推动着湖湘文学理论与评论事业的笃力前行。并且,像赵炎秋与季水河的马克思主义文艺思想研究、杨经建的母语写作研究、卓今的阐释学研究、易彬的现代文学文献学研究、李三达的朗西埃研究等,均显现出湖南文学研究之于中国文艺理论与文艺批评事业的较为突出的贡献。自然,其中也存在诸多不足,譬如诗歌、戏剧等文类的理论与批评建设,相比于其他,无疑显得相当薄弱,这尤希望省内学界同仁对此薄弱处有所发力和建树。

力作评说篇

Reports on Masterpieces Review

B.12
2019年小说之力作评说

摘　要： 2019年湖南小说力作重点向两个维度展开生动而深刻的书写，一是对于历史的回望与反思：或是执着于20世纪50年代至70年代湘西地方民族历史变迁与独特文化的史志性的展示（如蔡测海的《地方》），或是历经20世纪40年代乱离时代的老者的人生忆往（如黄永玉的《无愁河的浪荡汉子》第三部），或是用中国东北一个男孩和一只鹰的故事巧妙地呈现宏大的抗战主题（如阿满的《满楚古德吉的鹰》）。二是对现实丑恶的批评与对当下人生百态的呈现：或是叙写市场经济大潮下商海浮沉与钩心斗角（如熊棕的《声声入耳》），或是表现颓丧的老境生活却依然保持对生命美好的永恒记忆（如少鸿的《三滴水雕花床》），或是书写了女性敞开心扉、真诚沟通而重新获得内心的踏实与安稳（如简媛的《美好的夜晚》）。这些小说，或是坚持严格的现实主义，或是采用魔幻现实主义手法；或是坚守传统的小说文体，或是对小说文体进行跨界与突破；或是采用切近而真实的叙述手法，或是使用暗示而隐晦的象征主义，展示出五彩斑斓的艺术画卷，显示了可喜的创作实绩。

关键词： 湖南　小说　力作　评说

一　湘西民族地方史志的现实书写与魔幻展示——评蔡测海长篇小说《地方》

吴正锋*

在中国当代文坛上，一直以饱满的热情抒写湘西民族的地方生活，蔡测海便是其中著名的一位作家。近年来，蔡测海着力建构他的“三川半”艺术世界。2013 年，蔡测海曾在《十月》杂志发表其长篇小说《家园万岁》。2019 年，《芙蓉》杂志第 6 期再次隆重推出他的长篇小说《地方》。这两部长篇小说都是蔡测海潜心建构其“三川半”艺术世界的代表作，取得了较为丰硕的艺术成就。作者笔下的“三川半”是以湘西为影子的，这在小说中多次得到明示。譬如小说中明确地写道：“有位三川半人叫沈从文，一辈子平和语气，能用他那种语气说话的人不多，然后他就成了大师。”现代杰出作家沈从文就出生于湘西，蔡测海也是湘西人。小说还描写了三川半地理位置与湘西的地理位置相符，三川半的地名，譬如洛塔、岩冲、勺哈都是湘西实有的地名。从这个意义来说，蔡测海是以三川半来喻指他的家乡湘西，小说中的三川半就是以现实生活中的湘西为影子而构筑的艺术世界。

《地方》通过对“三川半”在共和国前 30 年所受的灾难的书写及其独

* 吴正锋，文学博士，湖南城市学院人文学院研究员，中国作协少数民族文学签约理论评论家，主要研究方向为中国现当代文学。

特文化的展示，表达了作者对那个扭曲人性的时代的批判以及对湘西民族命运的真挚情怀与深入思考。可以说，它是一部深沉的湘西人民受到“极左”路线摧残与伤害的地方史与灾难史，与此同时，它还为我们认识与了解湘西在那个时代的社会生活及其独特的文化打开了一扇有益的窗口。如果说《家园万岁》是通过建构“三川半”艺术世界，展示湘西地方从“改土归流”到20世纪80年代初改革开放这一近300年历史的发展变迁，它“是一部湘西民族的百年史诗”，[①] 那么《地方》则重点通过描写在20世纪50年代至70年代末“三川半”的各项社会生活，从而展示湘西地方这一差不多近30年的社会生活及其变迁，它是湘西地方30年社会生活的真实写照，它为我们留下了弥足珍贵的“极左”路线下湘西人民苦难生活及其痛苦挣扎的艺术剪影，从而引起人们对“极左”路线造成的人间悲剧进行深入的反思，它是一部湘西民族的30年史诗。由此，我们可以说长篇小说《地方》是对《家园万岁》已经构建的“三川半”艺术世界的进一步丰富和发展。

《地方》对“极左”路线对人们生活造成的苦难做了极为真切的描述，达到了较高的现实主义深度。譬如小说描写了不愿走合作化道路而宁愿过着野人式的洞穴生活的使劲父子；小孩因为穿了新衣服而被当作阶级敌人；成绩年级第一，本来可以考上北京大学，却因为当时全国取消高考，最后只能在三川半当民办老师的艾中华；能逃过房子坍塌而未能逃过民兵营长魔掌的女知青铁梅，等等，这些人物的遭遇都控诉了那个黑白颠倒的时代。特别是小说深入地展示了由于“极左”路线在农村的推行，三川半人挣扎在死亡线上。“三川半”合作化之后，大办食堂、大炼钢铁、大跃进、成立人民公社，各家各户连自家的锅碗瓢盆都不要了，一起在村里吃食堂，吃饭不要钱。大家开始敞开肚子吃，后来不够吃，加上严重的自然灾害，不少老百姓身体浮肿，甚至女人在这段时间也很少生育。“灾年，禾不结籽，人不生

---

① 吴正锋：《土家族历史文化的展示与深切的民族情怀——评蔡测海长篇小说〈家园万岁〉》，《创作与评论》2016年第4期。

崽。三川半的灾年，人愁，愁庄稼，愁日子，忘记愁自己的身体。人的生理变化被忽略。大姑娘不发育，干柴火一样。后来做人口普查，五九年，六〇年，六一年，这三年出生的人极少。女人在这三年不生育。三年有灾，三年无性。村长得了水肿病。饿的时候，食物即药。饱的时候，药即食物。食物和药，是命中的两样东西。村长得了水肿病，很多人都得了水肿病。水肿病不是传染病。先是脚肿，然后是脸肿，最后整个人都肿了。饥饿年月，人人成了大胖子。"雨与村长的结合，是因为粮食的缘故。雨带了自己的女儿逃荒，因饥饿而倒在路边，被村长收留，后来两人结合在一起。同样因为粮食，雨为了省出一份口粮而离开村长与自己的女儿露，她毅然跟随朱明朝赶往云南过日子。杨二哥也像村长那样，因为给了从四川逃荒而来的白翠花饭吃，两人便成了夫妻。小说写道："在常年，包谷籽是粮食，荒年是药，救命。"人们没有吃的就吃山上的小红果救命粮。雨的前夫是管人民公社食堂的一个干部，他却发现堂堂一名公社书记为了救他那快要饿死的娘的性命而偷盗公社的粮食，"书记经手电筒一照，一下失去威风，跪下来说，我想搞点粮食，我娘吃了几个月糠，拉不出屎，快要死了。"当雨的前夫代替书记将粮食送到书记的娘那里时，她已经饿死了。多么触目惊心的人间惨剧！这悲剧的发生，既是天灾更是人祸，"人民公社大食堂，为的是有组织地吃饭"，最后导致的结果是"有组织地挨饿"，乃至于死亡！在"极左"路线下，人们不从实际出发，盲目追求高指标，浮夸风的盛行，又进一步加重了灾难。粮食产量向上面报得越高，饿死的人也就越多。"亩产高，粮食多，人人有饭吃，上边也就不发救济粮了，数字不能饱肚子，人就饿死了。羊书记给再多的数字也救不了命。"灾难的发生，除了"极左"路线外，同时还与一些领导自私自利的思想有关，这在羊书记与劳模的对话中可以得到表现，羊书记说："你是劳模，是粮食英雄，产量不能低，为了上面发救济粮降低产量，就是投降，就会摘掉劳模的帽子，我也会摘掉书记的帽子。"羊书记为了书记的官帽，宁可置人民的死活于不顾！

"极左"路线造成的灾难不仅体现在物质的匮乏上，还体现在人们的精神道德的沦落与人伦价值的扭曲，以及赤裸裸的精神虐杀而导致无辜民众生命的摧残与践踏。小说中向茂林的父亲是地主，过苦日子时，向茂林的母亲饿死了，是他的父亲救了向茂林姐弟两人的命，而被“极左”思想洗脑的向茂林却责怪自己的父亲，“怎么不去当红军？要当地主！”姐姐说“爹要是参加了红军，也可能被反动派打死了”，向茂林竟然冷酷地说：“我宁愿爹被反动派杀了！”小小年纪的他为的是“我要好好进步”，他冷酷无情，他已经完全异化了。向茂林将宣传政策的高音喇叭当作自己的干爹。“他在铁喇叭下跪着，叩了几个头，听铁喇叭说话。铁喇叭，你就是我干爹，我会做那个有出息的孩子。”向茂林甚至有了弑父情结，“地主分子是人民的敌人。做人民的儿子，还是做人民的敌人的儿子？他天天在想，天天听铁嘴巴的话。他有精神上的弑父情节。”向茂林宁肯受饿也不吃父亲在深山里开荒种植得来的南瓜，因为他认为这些南瓜不是他家自留地种植出来的，它们应该属于集体。可见，在“极左”思潮影响下，向茂林基本的人伦价值已经变质，留下的只是扭曲的道德观。然而，尽管向茂林努力表现，他还是因为其地主出身而在高考政审时过不了关，最终只能成为三川半一名代课老师，他在年纪很大时依然单身。在高压的政治环境下，人们生活在恐怖中，精神极度压抑。譬如一位叫宋江的老师只因为听到高音喇叭骂宋江，其实这是那个时代批判《水浒传》中的宋江，与他根本毫无关系，但是他承受不起精神上的恐惧而上吊自杀，“人死了说是思想反动，开了个全校师生批判会，把人埋了”。那些所谓的四类分子，更是没有人格尊严。右派有小丁，但是没有人叫他姓名而是直接用右派来称呼他。他在生活物质上受到歧视，别人的布票可以买布，他的布票却只能买袜子，他对这种不公平的待遇只能默默地忍受。而且更重要的是，在那个年代他不能有自己正常的欲求，就因为他说梦到自己曾经相恋的姑娘像某女知青，他便被认定为“反革命梦奸罪，要拉去坐牢”。幸亏村长出来讲好话，在村里对他进行改造，有小丁这才幸免于在外劳教。有小丁便留在村里受到村民们的各种“骂刑”，夹着尾巴做人，甚至连说话也不敢大声说。然而，在得知自己右派摘帽后，有小丁竟然一下子站着死去了。在“极左”路线下，人的基本的权利没法保障，精神受到严重的戕害。财舅舅等四类分子，被随意指派各种分外的任务。由于受

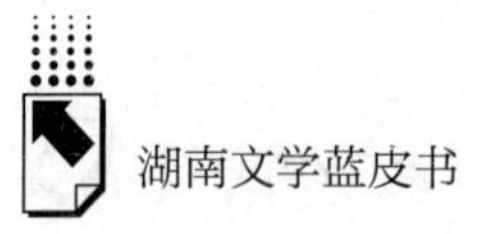

到“极左”思潮影响，一些“极左”分子甚至达到疯狂的程度。小说描写稻州人为了表忠诚而互相残杀，“一开始只是一个动员大会，大会只讲了榜样和忠诚，没讲杀人。那天正好是赶集市，人多……集市上人脸，都像装出来的忠诚，看脸，又不像那个样子，又生怕不是那个样子。脸照脸，赶快转过脸，又照上另一张脸。想逃避又遇另一张脸，逃无可逃。”因为生怕别人认为自己不忠诚，整个集市充满了恐怖与焦虑。后来有一位拿鸟枪的人终于承受不了这种压抑的气氛而朝天放了一枪，由此整个集市大乱，脸生脸熟，只要感觉是坏脸的就被杀。“坏人的脸，不忠诚的脸，什么都不像的脸，脸多了眼花了，刀刀见血。能杀就杀，不能杀就逃。”为此，被追杀的母亲带了两个儿子逃到了三川半。

小说在表现三川半在“极左”路线下苦难的同时，也为我们留下了那个时代一些充满情趣的乡村生活画面，表现了作者坚实的农村生活基础。如对于三川半的山田以及溪水中跳岩的描写，具有湘西独有的生活气息。譬如，小说关于山坡田土的描写：“农民犁田，收工时发现少了丘田，怎么少了丘田？原来是让斗笠盖住了。”又如，关于溪水中跳岩的描写：“跳岩，不是桥，是水上安放脚印的石头。”再如，小说对百福司打糖的描写十分动人：“粮食熬成的乳白色带黄的膏子，一毛纸币，敲一小块，在手里慢慢变软，像咬糍粑那样撕扯，一头粘着牙齿，一头粘着指头，中间是无止境的甜。那甜，是吃野果吃蜜的感觉。”这些描写，让人仿佛回到童年，充满了十分温馨的感觉。此外，作者写三川半的棋牌游戏，“能如地方志的，有打三棋……还有五子飞……有书《非常良民陈次包》写了赌人陈次包，打上大人高手，很多人入局，连老婆都输掉。”又如小说对于农村的耕牛、水中的螃蟹、野外的野物等的描写，都显示了作者对乡村动物的熟悉与了解。譬如作者描写一头领头的野牛如果奔跑掉下山崖，后面的一群野牛也会跟着掉下去，这需要作者有扎实深厚的乡间生活经验才能知道这种事情的发生。又如作者描写农村夏夜捉螃蟹：“夏夜下河，很凉爽。燃起杉树皮的火把照螃蟹，光亮一照，在石头上凉快的螃蟹一动不动，伸手可拿。”这种描写，仿佛将读者带到农村夏夜的溪水边，充满了生活的情趣。再如，通过野物的脚迹判断野物的情况，“雪地的兽迹，要能分辨出冷的和热的。冷的兽迹结冰，猎物已经过了几道山几道河，热的兽迹还没有结冰，猎物在不远处。兽迹可辨公母。公兽前脚迹重，母兽后脚迹重。脚迹沉稳的是壮兽，脚迹飘忽的是稚兽。兽迹还可辨物的情况，它们行走的速度。足迹拖沓，必是病兽”，等等。这些描述表现了作者深厚的农村生活经验，为读者提供了一种全新的生活感受。

小说还表现了三川半独有的文化，向世人展示其神话传说、民间故事、历史遗迹等多方面内容，这些内容都是湘西文化传统的表现，具有鲜明的民族特色和魔幻色彩，这种艺术手法，在湘西作家孙健忠的小说集《魔幻湘西》里也有精彩的体现，凌宇先生认为这种魔幻艺术具有湘西民族的“类神话或现代神话的特征”。[①] 譬如湘西土家族比汉族要提前两天过年，这是因为土家族人要去抗倭，小说对此写道，“大概是在明朝的某一年”，村民“赶在大年三十前两天，也就是腊月二十八，由武状元带领，到东海去打倭寇，一去不回，全部战死”。小说还写了三川半地方的夫妻和气草，夫妇双方如果有了隔阂，只要一吃彭家婆的和气草，两人便和好如初，药方是颇为神秘的：“天和地相连，是蜻蜓和蚯蚓交配，无风自动草是月光草，隔江柳相连是万年树。”小说还提到三川半地方独有的藤茶，“这茶叫倒钩茶，野生的藤本植物，味道比家种的毛尖还好”。村长治嗓子的秘方，“若嗓子不畅，用一种叫地口袋的蜘蛛网烧成灰冲水饮用……若嗓子有火，用草药开喉剑，此药难吃，一用就灵。”三川半文化的一个突出的特点在于其魔幻色彩，对此小说作了多方面的展示。首先，作者对于三川半几个地名传说的描写，充满了神秘魔幻的色彩。其一为仙人洞的传说。百福司有个卯洞，卯洞的崖壁上，有个仙人洞，洞里的老神仙守着金碗银筷和皇帝畅饮的青铜。仙人洞本来有座桥，红白喜事可向老神仙借金碗银筷。一个财主借了金碗银筷，还了铜的铁的，雷公就把那座桥炸断了。安静的夜晚，还能听到老神仙说话和叹息声。其二为拇指洞的传说。拇指洞为七穴，穴穴相通。“洞口高

① 凌宇：《重建楚文学的神话系统》，湖南文艺出版社，1995，第128页。

大处，有奇字数行，经千年无人通读。若念通篇，会有仙人骑母猪出来。曾有人念出半篇，已闻洞内猪声。此后再无人识怪字，只作一景色挂岩壁上经年。”写得充满神奇梦幻色彩。其三为火岩与张口岩的描写。火岩则为溪流中一块叫作宝塔的石头。“传说此石为妖，又下河逆流而上，至终处堵水源头，三川半成汪洋。人凿石臼，注桐油十桶，焚石，妖死成宝塔石，有大小宝塔石两尊。因石得名，此地火烧岩，也就是后来的火岩，火岩公社火岩乡，火岩村。”从火岩河上坡，快到坡顶有一块张口岩，一张大嘴，常年未合拢。“说是甲申年，久旱无雨，这岩石突然张口，吐万丈闪电，得降大雨，救苍生赤地，又吐彩虹，引千树万树花开。”这种描写充满了雄奇浪漫的色彩。其次，小说关于一些事件的描写也充满了魔幻怪异的特点。小说描写雨埋在菜园子的手帕可以多年不腐烂，甚至发出女人的脂粉味道，“雨把洗脸帕埋在菜园子里。雨对村长说，清明节的时候，你去看看，洗脸帕没有烂，我就还活着，我还会回来。村长在清明节的时候，去看洗脸帕，它还好好的，还有女人的香气，脂粉的味道”。而且，雨留下的那只绣花鞋竟然可以说话走路，“声音是从那只楠木柜子的抽屉里传出来的。是抽屉里那只绣花鞋在说话。绣花鞋怎么就成了金口银口，成了会说话的女精怪。绣花鞋掀开抽屉，走出来，忽左忽右地往前走去，好像两只鞋在走路。”此外，使劲的儿子出生后便一直大笑不已；全村人的姓名竟然被一个带青丝帕的路人所盗走，甚至连地名、树名、河流的名字也偷走了；向后生的脑袋掉进水瓢里，还能够与他的姐姐说话并连血带水咕嘟咕嘟地喝；等等，这些描写都让人感到十分讶异。最后，小说打破了人的阴阳界限、人与物之间的界限，充满了神奇魔幻的色彩。小说描写吴家公公死后复活，从棺材里坐起。田聋子则是死了又活，活了又死去。小说描写田聋子死了，埋了。后来棺木盖被牛用角掀开，“田聋子坐起来，把牛骂了一句找死！又躺在棺材里，不说话了。”这种打破阴阳两界界限的描写十分怪诞与诡异。不仅阴阳两界的界限被打开，而且人与物的界限也被打开。使劲的母亲怀孕是因为月光照射在她赤裸的身体而怀上的。彭家婆婆治百病，能懂草语，“人来看病，能治不能治，先听草语。听草语把药凑齐。不能治的病，百草无声。”以上这些神奇魔幻艺术的展示，表现了湘西瑰丽多彩的文化，具有重要的民俗价值和艺术价值。山河花草木石等事物具有内在的生命、心灵和情感，人心与天地万物本质相通，表现了湘西人的原始而神秘的文化哲学思想，正如法国文艺理论家列维—布留尔在其著作《原始思维》中指出的：“作为神秘的思维的原始人的思维也必然是原逻辑的思维，亦即首先对人和物的神秘力量和属性感兴趣的原始人的思维，是以互渗律的形式来想象它们之间的关系的，它对逻辑思维所不能容忍的矛盾毫不关心。”①

人民文学出版集团原总裁聂震宁说蔡测海写的小说基本上是中国乡土政治文化小说。此话有一定的道理。不过小说反映并反思的是极“左”时代的社会生活，它也可以称为文革小说或者反思小说。如果从小说的艺术手法来看，《地方》还可以称为魔幻现实主义小说。但是《地方》又与一般的小说有重要的区别，就是它在文体上的独特性。《地方》没有贯穿始终的故事，它分别叙述三川半各个不同的人物和各种不同的事件，人物与人物、事件与事件之间往往没有连贯性，具有跳跃性，故事整体虽然是按照时间顺序进行叙述，但是并没有明显的时间线索。小说的各个部分仿佛都是并列平行的，只是对一个人物与一个人物、一件事物与一件事物的平行叙述，仿佛只是新中国成立之后三十年三川半人物与事件的罗列与总汇，然而也正是这一个个人物与一件件事物的汇集，从不同角度与不同视野展示了三川半的人事，综合起来就比较立全面而立体地展示了三川半三十年的社会生活风貌。在结构上，《地方》以村长的老婆雨的离家出走到她的重新归来为线索构筑故事的全篇。雨在离开时留下自己的一只绣花鞋，告诉家人当另一只绣花鞋重新合在一起时，她就会回来。最后，两只绣花鞋重新合在一起，雨也回到“三川半”，重新与村长在一起。小说通过绣花鞋的离散与重新聚合组织全篇，用这一框架组织一个整体的结构形态。然而，从小说的内部结构来看，小说的故事情节并不是不很强，没有大起大落，没有突出的矛盾冲突，难得见到故事的发生、发展、高潮与结束贯穿全篇，人物之间的关系也比较单

① 列维—布留尔：《原始思维》，商务印书馆，2007，第98页。

纯，没有复杂的纠葛，人物内在的心理也比较单一，不见其复杂的人物性格与尖锐的内心冲突。作者只是平平淡淡地叙述，通过一个个平凡的小人物、一件件平凡小事构筑全篇。这种写作方式使人想起沈从文对于自己散文化小说创作的评论，他在《石子船》后记里有这么一句话："从这一小本集子上看，可以得一结论，就是文章更近于小品散文，于描写虽同样尽力，于结构更疏忽了。照一般说法，短篇小说的必需条件，所谓'事物的中心'，'人物的中心'，'提高'或'拉紧'，我全没有顾全到。也像是有意这样作，我只平平的写去，到要完了就止。事情完全是平常的事情，故既不夸张也不剪裁的把它写下来了。一个读者若一定要照什么规则说来，这是失败，我是并不图在这失败事业上加以一言辩解的。在我其他任何一本著作上，我想都不免有这种毛病。"[①] 但是，《地方》在叙述的过程中进行大幅度的时空转移，以及对人物和事件进行自由的剪辑切换，这也必然会使读者有时会感到结构的某些涣散、琐碎与零乱，作者却依靠小说本身的内在张力、人物与故事本身的魅力、怪诞魔幻的艺术想象以及行云流水的语言，让读者爱不释手地阅读下去。《地方》对小说文体的创新与探索，打破了艺术常规，具有一定的启示意义，但是也具有某些值得关注的缺失。

这部小说在语言艺术方面也取得了重要收获，作家广泛吸收具有那个时代特征的语言艺术，吸收湘西地方方言、民歌民谣、民间谚语、歇后语等语言艺术资源，又加以提炼与创造，从而形成了既具有作家突出的个人特点，又具有鲜明的时代特征和地方民族特征的语言艺术风格，表现了通俗明快、幽默风趣、简洁生动而又具有"湘西味"乃至"诗味"的语言艺术特征。其主要体现在以下五个方面。

第一，小说语言具有鲜明的时代语言特征。作者使用极"左"时期的语言来表现极"左"时期的社会生活，让读者仿佛进入那个时代的社会生活。譬如，小说充满了极"左"时期的歌谣与话语："单干好比独木桥，走一步来摇三摇。合作社是石板桥，风吹雨打不坚牢。人民公社是金桥……"

① 沈从文：《沈从文全集》（第5卷），北岳文艺出版社，2002，第318页。

“书记炉，真要得，又出政治又出铁。”“什么藤结什么瓜什么阶级说什么话。”又如，使劲说：“当了州长，我还要当共产主义，共产主义是大大的干部。”再如，在描写稻州事件，一个刽子手杀死无辜小孩的母亲时，刽子手对小孩说是“她碰了我的刀”。这些语言都具有极“左”时期的语言特点，具有时代特征，与那个时代生活与特殊氛围相符合。

第二，小说语言非常风趣幽默，读者在阅读的过程中，常常会忍俊不禁地哑然失笑，为其幽默的语言艺术所感染。譬如村长要毛老五、向三妹夫妇去做结扎手术。毛老五说：“村长，骗牛骟马还骟人？我不吃那个亏。我老婆也不开刀，我只要她一条口子，不要再开一条口子。鱼只有一张嘴，母猪母牛也只有一条口子，为什么要我老婆开两条口子。村长，给我老婆做两条口子，我顾不过来。”这种对话充满了生活的幽默，具有生活气息。又如，李克时对成绩差的向茂林说：“你那练习作业本上，老师都打了那么多红叉叉，你都被杀死过多少回了？”这些幽默风趣的语言在小说中俯拾即是，使小说充满了一种轻松的气息。

第三，小说语言句式多短句，简洁生动，而且常常使用对偶形式，其中不乏格言警句式的话语，具有哲理性。譬如，小说写因为灾荒出现浮肿病：“心宽体胖，心宽出少年，灾荒出胖子。”又如，小说描写三川半人把自然之物当作自己的器物：“三川半人养出了一种能力，他们把大自然的所有物当成自己的器物。摘石为桥，展地为路，取木为屋，搭火为伴。”再如，小说写自留地与生产队的地：“自留地越种越肥，生产队的地越种越瘦。”这些句式都较为短俏，中间常常夹着对偶词汇或句式。一些句子还充满哲理性。譬如小说写道：“太阳照过的地方是历史。太阳照着的地方是地理。”“树无心可活，人无心要死。”“躲脱不是祸，是祸躲不过。”“有些地方看不见，活着才有意思。”等等，这些都是格言警句式的话语，充满着睿智。

第四，小说语言植根于湘西地方白话俗语基础之上，呈现通俗、简朴而又具有鲜明的“湘西味”特征。譬如小说描写逃荒的白翠花：“一个人像一颗干了的蒿草，只有眼睛是活的，脱了衣服像一只竹篓子。在杨二哥家里吃了一个月，白翠花才变成了一个人，很漂亮，该大的地方都大了。”特别是小说出现大量的湘西地方的民歌民谣、民间谚语、歇后语、顺口溜，大大丰富了小说的语言艺术。譬如，小说中湘西歌谣：“胀死你个水井淹死你个河，一碗饭填不满天坑，一根竹杆捅不破天。日子是过不完的桥，太阳是燃不尽的灯。风是穿不上的衣服，雨是挂起来的洗脸水。石头是赶不走的牛，火是抱不起来的伴。”又如，哄小孩的歌谣：“天惶惶，地惶惶，我家有个夜哭郎，过路君念一遍，一觉睡到大天亮。”湘西民间谚语：“虱多不痒，债多不愁”“草烂根不烂，人死魂不死”“天现鲤鱼斑，必有旱情。石头出汗，必有雨。蚂蚁搬家，群鸟迁徙，必有大事”，湘西顺口溜：“新姑娘，你莫哭，转个弯弯是你屋，吃的大米饭，吃的小猪肉”“樱桃刀刀，打落弯刀，公公打了，婆婆骂了，一索子吊了”，湘西歇后语：“斑鸠吃豆子，不和屁眼打商量，吃得进，屙不出。”这些语言非常鲜活、生动，不乏幽默，增添了小说语言的艺术价值。

第五，小说也特别注意对语言进行加工提炼，显得十分精炼、生动、形象。譬如，小说写道：“晒场里晒谷也是这样，翻过来翻过去，在粮食里搅拌阳光，在泥土里搅拌阳光。过日子就是使劲搅拌阳光，不停地搅拌阳光。”“搅拌”二字用得极妙。又如，小说写道：“过日子就像编草鞋，开了头就能编下去。日子就是一只草鞋，自己编，自己穿，穿烂了再去编。”“编”字也用得极为妥帖。再如，小说写半夜声音：“声音从树上淌下来，有人半夜三更吹树叶。”这个“淌”字非常生动形象，将声音的无形化为流水一样有形。小说描写蝉声：“蝉正在一棵枫香树上鸣唱，它用声音把日子拉长。这东西不大，声音不小，几只蝉的和声能把一座山抬起来。”这里的“抬”用得非常好，将蝉鸣叫的宏大盛况渲染得非常生动形象。小说有时也会反常规地使用动词，给人一种新奇而又十分深刻的意涵。譬如，小说写道：“羊被草吃了。狼被羊吃了。男人被女人吃了。女人被孩子吃了。人被日子吃了。”“镰刀被草吃了，锄头被庄稼吃了，牛被犁吃了，太阳被昨天吃了。”此外，作者往往在寥寥数语中就能创造出诗的意境。譬如，小说描写下雪：“这个时候最好的天下事是下雪，茅屋和瓦屋，一样的色调。炊烟和路，恍若梦境。河上的风雨桥，在雪的边缘，半干半湿。水中倒影，像鱼的街市，静得听不见钱币的声音。柴扉门口有鸡狗，大宅门口有石狮，任雪将群类温柔。雪落在石狮的顶上，比平时更安详。人迹兽迹，落叶牛粪，一色明亮。”又如，小说描写萤火虫：“萤火虫怕这有星月的夜不够亮，把自己打扮成流星，把尾巴点亮。这个夜晚，有很多萤火虫的夜晚，是萤火虫大规模的爱情行动。它们放出一闪一闪的爱情语言。这些小虫不说话，把闪亮当成甜言蜜语，它们的爱情变得真实。”这两处描写都给人一种恬静的婉约诗的感觉，而关于三川半山水的描写却十分壮观，表现出豪放诗的气概：“河床宽窄，两岸肥硕。有微风，水波似鱼鳞，大河成鱼，头朝东海，尾扫群山。冬雪至，群山若白马，饮大河，驰骋三川半，不见狼烟。”

总之，《地方》通过展示新中国成立之后三十年三川半人民所受的灾难及其社会历史变迁，表现的是湘西社会三十年的灾难史与地方史，它批判了“极左”路线带给人民的深重灾难，表达了作者对其命运的深切同情及其历史反思。与此同时，小说多方面地展示了湘西民族地方神秘魔幻多彩的文化。《地方》文体形式具有独特性和创新性，其成败得失都将为后人提供有益的艺术借鉴与启示。小说对湘西民族语言艺术进行了很好的继承与发展，取得了重要的成果。《地方》成为蔡测海先生又一部描写“三川半”的扛鼎之作，是一部湘西民族史诗性作品，具有重要的价值和意义。

二　小说文体的界限与老年写作的气力
——评黄永玉《无愁河的浪荡汉子》

陈浩文*

2019 年，黄永玉在《收获》上连载的自传体小说《无愁河的浪荡汉子》经过《朱雀城》和《八年》之后，已经进入 20 世纪 40 年代的历史生活之中。一路读下来，多少是有些令人失望的。《朱雀城》的流光溢彩和《八年》的人生浮沉，到了抗战胜利之后几乎消失，似乎只剩下了一位老者

* 陈浩文，北京语言大学博士后，主要研究方向为中国现当代文学。

为了完成人生回忆的急就章。

《无愁河的浪荡汉子》第三部越来越明显的松散和粗糙，主要源自黄永玉自己都十分明了的问题，即非小说家写作的“百无禁忌”。在《朱雀城》与《八年》发表之时，黄永玉非常规的小说作法曾得到了相当一部分评论者称赞。他们认为黄永玉的作文方式打破了以往小说写作的窠臼，获得了“每个小说作者都渴盼的言说的自由”。[①] 创作的自由之于每一个写作者来说的确是一个不小的诱惑，但需要注意的是，不论何种程度上的自由，都不是没有边界的。

在中国现当代文学的发展史上，并不乏打破文体界限的形式实验，但是小说之所以是小说而非其他，是因为小说本质上是叙事的艺术，需要有人物与故事作为支撑。《朱雀城》不拘一格的写法不仅没有降低小说的可读性，反而增添了小说光彩的原因，从根本上讲不是由于黄永玉对文学规律的不屑一顾，而恰恰是看起来天马行空的叙述中有着使故事不至于失去焦点的内核。如黄永玉自身所言：“我喜欢讲究的文学，喜欢有许多层次的音乐背景的交响乐式的文学，所以有时候我故意找所谓的背景和层次来欣赏，我也如此这般地看待现实生活与人物”，[②]《朱雀城》的讲究，在于以一座城的空间作为叙事焦点，现代中国的大历史、一个家族的兴衰史与个体生命的成长史，在同一空间内，形成了错落有致的背景与中心，宛如黄永玉所喜欢的富有层次的交响乐。

《八年》以时间为线索，虽然更加不追求故事的整一性，但是主角的精神成长，同样能作为支撑整部小说的主题。与前两部小说相比，2019 年连载的《无愁河的浪荡汉子》第三部，延续了前作人物繁多、信息量大的特点，同时，前两部小说中隐现的问题，在第三部中变得极为突出。

最主要的便是小说结构的问题。如果说单纯作为一部回忆录或口述史，那么真实就应该成为《无愁河的浪荡汉子》的第一原则；但作者既然承认

① 张定浩：《黄永玉长篇小说〈无愁河的浪荡汉子·八年（上）〉：重新做梦》，《文艺报》2016 年 3 月 14 日。

② 黄永玉：《黄永玉全集》，湖南美术出版社，2016，第 302 页。

是将《无愁河的浪荡汉子》作为一部小说来写，那么解构故事、塑造人物才是重中之重。《儒林外史》“卧评”曾言，“凡一部大书，如匠石之营宫室，必先具结构于胸中”，[①] 相对于《八年》与《无愁河的浪荡汉子》第三部而言，《朱雀城》由于空间的限制，小说的叙事再如何自由，也很难成为脱缰野马。但是，从《八年》开始，小说的空间不再局限于一座边城，而是随时间的变化而变化，主角张序子的人生中出现了更多的人物和更为复杂的历史事件，所要表现的内容也更为广阔，所以小说也需要相应的结构形式来保证叙事的贯通和丰满。整体与局部的安排、主次的协调等，就不能不成为长篇连载小说应当注意的问题。

此外，作为一部长篇连载小说，谋篇布局的目的最终是要建构一个完整而有机的艺术境界，使整部小说自成一个有血有肉的世界，而非仅仅达到叙事逻辑上的毫无漏洞。李渔谈及“结构”时曾将戏曲的结构比作“造物之赋形”：“当其精血初凝，胞胎未就，先为制定全角，使点血而具五官百骸之势。倘无成局而由顶及踵，逐段滋生，则人之一身，当有无数断续之痕，而血气为之中阻矣！”[②] 相比于“匠石之营宫室”的说法，李渔的“造物赋形”说认为戏曲结构的形成，好比人的成长，由最初一点精血而扩展为完整的、气血流通的生命体。戏曲结构如此，小说结构同样如此。但《无愁河的浪荡汉子》第三部显然是没有做到这一点的。

在2019年《收获》上连载的部分，与《八年》一样，随着序子工作、生活的变动来敷衍故事。但与《八年》不同的是，第三部中片段式的叙事彻底成为主调。如果说，在《八年》中，序子随父亲在船上的生活、集美中学的读书经历、江西信丰的工作都被统摄在八年民族抗战史的壮烈与悲切之下，那么到了20世纪40年代，个体命运与历史风云之间，是一种断裂的状态。尽管小说描绘了战后物价飞涨、学生游行等历史背景下序子的工作与生活，但是与《八年》之中，序子一家在战争中的生离死别、国家危亡，

---

① 吴敬梓：《儒林外史》（卧闲草堂评本），岳麓书社，2008，第239页。

② 李渔：《李渔全集·闲情偶寄》（第三卷），浙江古籍出版社，1992，第4页。

同胞遭难的切肤之痛相比，第三部中的张序子仿佛成为一个历史的旁观者，他的木刻工作、婚姻生活与战后的风云变幻只剩下表层的因果联系，而缺乏内在的情感联结。究其原因，这种叙事上的气脉阻滞，正是由自《八年》以来取消焦点的叙事方式造成的。

譬如序子与梅溪的婚姻。《八年》中序子与梅溪相知相爱的恋情，与因战争而颠沛流离的苦难交织在一起，爱情的主题因为生命之重而格外厚重。第三部中，序子与梅溪从恋爱走向婚姻，双方的人生状态都因此发生了巨大的改变。这种改变，因为序子与梅溪外在条件的门不当户不对，来自家庭及战乱的巨大阻力以及婚姻生活所要面对战后混乱时局的沉重，本应成为《八年》之后最值得书写的部分之一。然而，序子与梅溪的婚姻生活被湮没在许许多多旁逸斜出的风俗物画之中。爱情与俗世生活之间的矛盾、门第差异带来的成见，常常被一笔带过，就连夫妻二人面对友人爱情挫折的对话，也因缺乏焦点的叙述方式而显得突兀。小说中，序子与梅溪新婚后入上犹看望老友石城，穿插了一段夫妻二人对石城恋爱故事的讨论。

> 序子忽然跳起来：
>
> “所以，所以，所以我说世界上动物这类东西最可笑，不只是因为饿、因为地盘而打架而仇杀。一种不见影子、不发音响、不出气味叫做‘爱’的东西能够弄得人死去活来。不单引得去动刀动枪，还会运用心机弄得肝肠寸断，家破人亡。甚至扩大题目意义变成爱国战争，杀得尸横遍野。”
>
> “爱情一旦有了意义，非出事不可！”
>
> “哈！爱情不出事，三十五部莎士比亚起码一半没有意义了。”梅溪说。①

这一段序子与梅溪关于石城对爱情的“残忍”的讨论，乍一看，序子

① 黄永玉：《无愁河的浪荡汉子》，《收获》2019 年第 1 期，第 217 页。

的义愤填膺符合朱雀人古道热肠的脾性。然而，作为曾与爱人一同勇敢反抗包办婚姻的男子，张序子因为友人在恋爱中的失当行为而否定“爱”，甚至借题发挥指责人类利用“爱”肆意发动战争，并不十分符合一个处于新婚蜜月中的人物心境。另外，二人对“爱情”问题的争论，以梅溪“三十五部莎士比亚起码一半没有意义”的反驳为终结，序子对此是如何反应，二人因这段争论有何心理上的变化，作者都没有后续交代。穿插在看望友人石城的故事之中，既没有任何勾连、推动情节的作用，也没有使人物性格因此变得更加完整，似乎只是为了交代关于“爱”的争论，点出序子之于人类利用“爱”而可能变得可怕而已。

片段式的叙事，使序子与梅溪的婚姻仿佛五四时期自由恋爱小说的一个理想结局。自由恋爱的青年，在冲破家庭阻力后获得了幸福，这种幸福尽管偶尔有来自女方家庭的偏见，但总体上就像一个弥漫着广州水果街香气的幻梦。它与序子养家糊口的压力无关、与上海四十年代浮动的人心无关，它就像一个戛然而止的句号，终结在序子登上前往九龙的火车上，也使小说失去了统摄全局的主题。

《无愁河的浪荡汉子》第三部在结构上的问题，不仅缺乏贯通事物与事物之间的那种内在逻辑的有机性，还因为情节上的重复，导致人物性格单一。第三部中，序子到达上海之后，在闵行中学得到了一份美术课的教学工作。作者将序子上美术课这一情节事无巨细地进行了叙述，试图让读者看到主角张序子作为一位在绘画上有天赋和灵性的艺术从业者，是如何激发学生最本真的艺术感悟力的。然而，小说中序子在闵行中学上课的情景，与《八年》中序子在福建学校为学生上美术课的情节，尽管表现的课堂内容不同，但福建课堂上序子为学生讲述的王冕画画的故事与上海课堂上序子为学生示范的人物画作法，其中传达的观念基本一致，而学生被序子调动起的艺术兴趣也并无不同。

一部匠心独运的鸿篇巨制，即使在形式上看起来再如何突破常理，至少在谋篇布局上也会让读者看见其用心。正如金圣叹批点《水浒传》中鲁达两次醉酒：“鲁达两番使酒，要两样身分，又要句句不相像，虽难矣，然犹

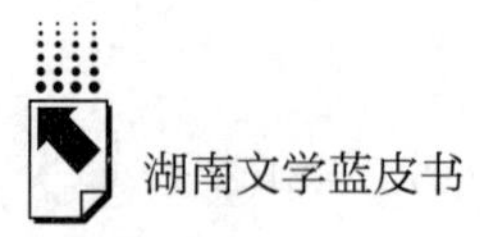

人力所及耳。最难最难者，于两番使酒接连处，如何做个间架。若不做一间架，则鲁达日日将惟使酒是务耶？”① 鲁智深的性格之所以立体复杂，而不是简单平面地只让人记住他嗜酒的特点，正是在于这细节处的揣摩。

然而《水浒传》这部深受黄永玉喜爱的经典，在塑造人物方面的经验，并没有被他完美地吸收借鉴。《无愁河的浪荡汉子》第三部中重复的情节，既没有让人看到人物性格的变化，对小说的发展也没有任何起承转合的作用。作者似乎只是随着时间的流逝，将所发生的事情老老实实按照记忆中的顺序记载下来而已，而非如《水浒传》中武松打虎与李逵打虎一般，虽然叙事仿佛，但是人物、立意色色不同。因而通篇读下来，令人有重复累赘之感。

除此之外，作者自《朱雀城》中养成的罗列事物名称的习惯，在第三部中造成了大量的笔墨浪费，成为小说中一个显著的语言问题。在《朱雀城》中，作者对诸多事物如同账单一样地罗列，并不引起读者的反感，究其原因，因为《朱雀城》中的事物罗列是一种儿童语调。小说是在幼年序子的视野下展开叙事的，孩童对世界的认知，最初就是从对事物的命名开始。作者将序子所见一切事物罗列出来，一方面符合小说主人公的特性，另一方面，儿童的天真也天然地使这种罗列成为诗而不是账单。

但自《八年》之后，序子不再是儿童，所见所想也与《朱雀城》中那种生命初始、万物勃兴的氛围不同，此时一路上再以罗列的方式去记录，难免让人产生一种没有轻重、没有意义的阅读感受。

以序子在上海参加木刻协会与一帮友人画宣传漫画的情节为例，这本可以像《红楼梦》中群芳组诗社的情节一般，将不同人物的性格，通过他们的画作、绘画观念细细描绘；或者像《朱雀城》中，众友人送别幼麟一样，以氛围代替群像，意蕴深远。然而这一值得仔细打磨的场景，在作者笔下，却只剩下了几段对时事干瘪的议论，以及对众人工作成果的交代。

---

① 施耐庵：《水浒传》（注评本），上海古籍出版社，2015，第54页。

天亮了，木刻刻完了，各自出钱买了豆浆油条回来，吃完再见。合计：

李桦一张，赵延年一张，汪刃锋一张，麦杆两张，张序子两张，西厓一张，一共八张，到中午阿杨又送来一张，一共是九张。[①]

具体各位友人画了什么，内容展现的是什么，作者都没有交代，甚至作为主角的序子，小说中也只是交代了序子漫画的题目而已。没有人物，没有氛围，对每个人所画漫画数目的罗列，便只能成为账单，而成不了诗。

小说中类似的笔墨浪费可以说随处可见，无论是对饭馆中食物的种类、价格的记录，还是对钟园游会郭沫若、黄炎培、熊佛西、周璇等历史人物活动的交代，作者都以一种记账式的迷恋在回忆历史。人不再是小说的中心，事件被简化到极致，于是叙事在小说中失去了基本功能，只剩下一堆干枯的材料。

事实上，《无愁河的浪荡汉子》第三部结构和语言上的诸多问题并非不可避免，但为什么这些问题自《八年》开始没有被逐一解决，反而在第三部中进一步被放大，很难说这与黄永玉的老年写作问题没有关系。

老年作家的写作，相比于年轻作家而言，往往因多年的写作积累、丰富的人生阅历，在写作上具有青年作家所没有的厚重和圆熟。然而，人生行至暮年，对一位老年作家而言，既是优势，也是危机。早已固定的风格，会造成作家写作的思维定式；意识到生命所剩时间不多的紧迫，会令一位老年作家失却写作的从容心态；历经沧桑的心态，则会使作家容易滥用身为老者的智慧。

小说对序子上课等情节的重复，以及账单式记录的笔墨浪费，在一定程度上可以说是黄永玉在《朱雀城》中的写作惯性造成的。《朱雀城》中，父亲幼麟及一干作为老师的叔伯长辈，他们在课堂上给予朱雀孩童们的精神哺育，既是塑造朱雀精神的基石，也是序子一生的成长起点。在《八年》之

---

① 黄永玉：《无愁河的浪荡汉子》，《收获》2019 年第 5 期。

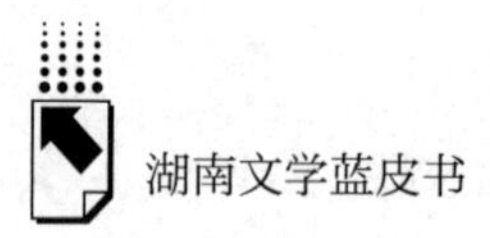

后，序子走上了与长辈一样教书育人的道路，这可以说是一种历史的呼应。然而，正是这种从未走出朱雀的心态，是作者不自觉地反复刻画与儿时课堂类似的教育方式，使读者看不到序子在福建教书育人与在上海教书育人的区别。

罗列事物的兴趣同样如此。《朱雀城》中，作者借幼年序子回到生命原点，重新认识世界的那种兴致盎然，似乎被黄永玉当作了一种妙手偶得的写作灵感。他自信地将这种语言表达方式延续到《八年》与第三部之中，然而得到的只是与小说的历史氛围、人物的精神气质越来越违和的铺陈。这种缺乏细节刻画的铺陈，甚至令人不得不怀疑，由于一生之中的经历过于丰富，面对将近一个世纪的信息容量，96 岁高龄的作者不得不舍弃对小说的雕琢，而选择尽量将自己尚算清晰的记忆完整记录。于是，《收获》上的连载完完全全地成为一种随时间逐流的被动写作，逐渐失去了一位作家面对自身作品应有的积极与自律。

过度的自信和行色匆匆的表达，对一部以小说的名义发表出来的作品而言，无疑是伤害极大的。这不仅放大了小说结构和语言上的问题，还无意识地造成了小说中主角人物的膨胀与配角人物的模糊。

在《朱雀城》和《八年》之中，序子的语言尚且是克制的，尤其是幼年序子，尽管经常有惊人之论，但序子的话语并没有成为小说的重心压倒其他人物的话语，导致其他人物的失声。但在第三部中，作者过度的自信投射到主角序子的身上，使序子与其他人物的对话常常形成一种失调的局面。例如小说中序子与汪曾祺会面时的对话。二人在小说中，一个是说话者的身份，一个是倾听者的身份。序子的话语成为这一场会面的重心并没有问题。但是，作为倾听者的汪曾祺形象，完完全全地被序子的长篇大论压制，以至于读者并不能通过二人的这一场对话，获得关于汪曾祺性格一丝半点的认知。他的出场，似乎只是为了引出序子有关二叔与朱雀城的回忆，除此之外，别无他用。

在不以序子为中心的人物对话中，缺乏耐心的处理，则常常导致人物语调的单一，使人物的面目不清。小说中序子在上海从事文艺工作时有许许多多知识分子人物的出场。同样是写知识分子，在《朱雀城》中，各式各样的知识分子主要表现他们的个性而非知识。无论是序子父亲，还是序子碰见过的不同的老师，他们对书本典籍的阐发常常是点到即止的，人物的个性更多是从友人之间的交往、师生之间的日常以及诸先生的人生起落中展现的。

自《八年》以来，似乎是为了突出一种与知识分子相匹配的环境因素，序子与其交往的知识分子对经典书籍、音乐、绘画等知识的讨论经常长篇大论地出现在小说之中。一部以回忆纪实为主的自传体小说虽然需要从作家对历史的谦卑和真诚为底色，但谦卑和真诚不等于没有任何艺术渲染地将历史材料直接摆在读者面前。

描绘知识分子的生活当然必不可少地要表现其文化素养，但文化素养的表现未必就是无时无刻地通过演讲式的对话给他人造成一种博学多才的印象。如《围城》之类的知识分子小说，尽管从来不缺乏古今中外的掌故和知识的炫耀，但钱锺书凭借其自身的博学与幽默，以及对小说修辞高超的驾驭能力，使《围城》的炫技充满了引人注目的才子气。黄永玉自《八年》以来对知识的调度则不同，很多时候，人物与人物之间关于书籍、音乐、绘画等方面的对话，由于缺少了如《朱雀城》中每个人物独有的语调，经常会变成枯燥的说理。

譬如小说中写序子在上海时与唐弢、黄裳的会面，儿人的对话是围绕木刻的话题展开的。读者从这一场对话中，可以获得丰富的关于木刻的历史知识，但唐弢的性格和黄裳的性格，甚至和序子的性格，很难从各个人物对于木刻这一行当的看法中区别开来。因为关于木刻的看法，三人的意见基本统一，并未出现有张力的对话，而在语调上，三人之间也并无明显的不同。在这一场会面中，只有木刻知识成为重心，完完全全地压倒了对人物性格的细节刻画，小说写作变成了赤裸裸的真理阐发。

仅仅将《无愁河的浪荡汉子》当作一位充满智慧和人生阅历的老人的回忆录来看，读者的确可以从这部作品的阅读中获得许多乐趣。《无愁河的浪荡汉子》中的各种掌故、风俗物像、历史事件，都足以令读者目不暇接。然而，既然《无愁河的浪荡汉子》已经以小说的写法连载了下来，那么也应当让读者看到作为小说应有的面貌。毕竟信马由缰，再如何听之任之，到底也是人在掌控马，而非马在掌控人。倘若作者能在好玩之外，能更沉着些，将那根名为“小说”的缰绳牢牢把握在自己的手中，也许关于《无愁河的浪荡汉子》的这个梦，还能做得更美好，也更从容。

三　当代市场经济大潮中的一朵浮沤
——读熊棕《声声入耳》

龙永干*

熊棕迄今已出版了《逆光中的六月》《明朗》《陪读帅小子》《我的隔壁住着学霸》等数百万字的作品，而笔者却是第一次读他的作品。因为工作和人世许多难以避免却又不得不承担的事务，自己难有安静和完整的时间去关心文学，更遑论关注湖南文坛当下新生代、实力派创作的发荣滋长。但当打开《声声入耳》后，就被作品中那切近而真实的生活所吸引，也为作品那自然素朴文字所形成的绵密结构和内在复杂的张力所吸引。可以说，《声声入耳》（《江南》2019 年第 6 期）的情节并不复杂，人物形象也不特异，所叙写的人事只是当下市场大潮中的一朵浮沤，作者却借此折射出了种种人生世相的斑斓，也对浮沤下经济大潮中的暗涌和漩涡寄寓着独特的观察和思考。

（一）

1990 年代，是市场经济极度发展的时代，也是一个文化风起云涌的年代。多样的文化思潮纷至沓来，各种文化企业更如雨后春笋般涌现。在这一大潮汹涌中，邓秋阳、林远、陈先杰等人的墨盛文化公司便是此种大潮中兴起的一个小而又小的公司，但就在这个公司的盛衰蜕变中，既能见到人心人

---

* 龙永干，文学博士，湖南第一师范学院文与新闻传播学院教授，主要研究方向为中国现当代文学。

性的复杂丰富，也能见到市场发展的潜在规律；既能见到人心人性的复杂微妙，也能见到社会世相的错杂斑斓。

邓秋阳、林远、陈先杰三人有着共同的兴趣爱好，喜欢文学，爱好运动，同在一家期刊社工作。在这一大潮中，怀着有所作为的心理走到了一块，合力创办了墨盛文化发展有限公司。他们抓住机遇，有效地利用现有资源，积极拓展市场，将奄奄一息的产业办脱胎换骨。短短的一年时间内，公司就取得了可观的效益。不但给期刊社带去了“福利”，也让自己分到了一杯“浓稠”的创业之羹。但随着公司的进一步发展，许多矛盾和问题也随之而来。而其中最大也最为紧张的则是公司创始人“铁三角”之间的矛盾和冲突。

金钱是人性的最佳试剂。墨盛文化发展有限公司的由小到大、由弱而强，凝聚着邓秋阳的心血和精力，也有着林远、陈先杰等人的努力和付出。但随着墨盛公司效益的提升和业务的进一步扩大，创业者们不是进一步精诚合作和积极筹划，而是彼此之间日益离散，内部博弈渐入紧张。作为业务骨干的陈先杰对公司大权归属并无太多心思，在另两位主创人物之间，却开始了各种争夺。首先是林远希图管理公司的财务，以进一步增进自己的力量和利益。不成之后，不仅离间出版社和公司的合作，而且和李航唱了一曲“双簧”，先后离开公司。非但如此，还邀约“我”——陈先杰离开与他联手，给邓秋阳的公司来个釜底抽薪。就在林远打算离散“墨盛”之时，邓秋阳也是早有图谋。设法斟换“我”和林远的岗位，让主管编辑业务的“我”去主持林远的经营发行业务。安插亲戚，逼迫林远离开，而“我”也在他看似无意实则有意的安排下回到了先前的杂志社。于是，创业“铁三角”中唯一剩下的他“独大”。于是，在杂志社社长杨文邦的“帮助”和纵容下，他成功地实现了公司的“私有化”，他也摇身一变成为公司的老板，攫取了自己在市场经济大潮中的第一桶金。就在邓秋阳取得成功之时，他同样也失去了许多真实的属人的本质，那就是朋友之间的真诚和自然，人心和人性的朴素和单纯。

市场，看似给每个人以均等的机会，但只有懂得市场隐秘规律的人才会取得成功。邓秋阳掘得的第一桶金，是源自他的手段和算计、他的精明和功

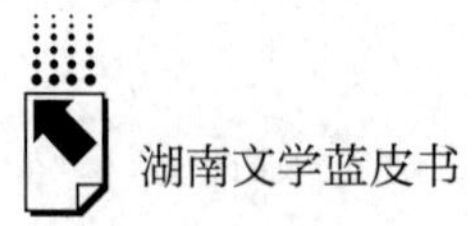

利。但作者并未将批判的矛头仅仅定格在人性和道德的恶化和朽败上，而是意在揭示邓秋阳成功背后的“秘密”，那就是他和权力的相互假借与彼此媾和。“墨盛”文化公司转为“创世”文化公司之后，邓秋阳的世界更为宽阔，从文化传播公司到餐饮、休闲、商业，再到房地产业，他的“商业帝国”呈现方兴未艾的态势。就在他取得上述种种成功的背后，读者可以看到他的成功和得意，是源自他对商机把握的准确，更源自对他予以“支持”的各种权力。在邓秋阳商业帝国的版图下，有着一张与利益紧密纠结的权力之网。“墨盛”从期刊社剥离，自然是得益于期刊社前任社长杨文邦的帮助；将破产毛纺厂闲置土地拿下，搞房地产开发，也是邓秋阳与毛纺厂领导的“合谋”；期刊社想将购买的土地开发成“养老社区”，是现任期刊社社长朱兵强赋予邓秋阳以指挥调度的大权；为让项目顺利动工，甚至还有副省级领导出面为其保驾护航。可以说，在邓秋阳的商业帝国风生水起的背后，处处都有着“权力”的支持和帮助，时时都有着“权力”给予的方便和保护。当然，邓秋阳也是一位“知恩图报”者，成功时也给了帮助者们以丰厚的回报。由此可以见到，在市场经济大潮涌动中真正影响着个体兴衰穷达的，有个体的努力和付出，但更要看个体是否懂得对权力的假借和利用。与林远、陈先杰相比，邓秋阳懂得市场运行规律，更懂得致富发展的关键性力量的结穴——权力的帮助和支持。对于先前只是期刊社的一个小小编辑的邓秋阳来说，之所以能在市场——经济大潮中呼风唤雨、劈波斩浪地前进，是源自他的精明能干，稳健务实，更是因为他对“政治”—“经济”潜在规律的谙熟于心和拿捏的准确。

市场经济大潮的涌动，给时代和社会注入了新的活力和生机，也伴生了一些污浊和暗涌，世风的浮华奢靡、不实孟浪，可以说是其典型表现之一。《声声入耳》虽然体量不大，在对上述种种进行集中关注之时，也折射出了世相的种种。邓秋阳对发妻的无情抛弃，林远的躁动不安，“富二代”杨文邦的吃喝玩乐，朱兵强的私房藏娇，邓秋阳侄儿的奢侈浮华，底层小领导的索拿卡要，以及功利自私带来的人与人之间的紧张和不安……它们和人性的滑落、权力的朽化一道，编织出了当下生活的“浮世绘”，在一定程度上让作品具有更为丰富的生活气息和更为充实的内容。但拨开这些经济大潮上缭乱的浮沤，潜入作品的骨架和肌质，可以感受到作品最为深刻之处，不是对人心人性的批判，也不是对权力的警示，而是对权力和市场结盟联手造成的财富集聚的合法性和合理性的某种质疑……市场的开放，给各个成员以自由发展和公平竞争的场域，节约资本、改进技术、优化配置、提高质量、规范管理等，应当是企业在市场中获胜的根本；市场经济在对社会形象和人格精神的塑造上，也应是积极进取、勤俭自律、公正向上的，但邓秋阳的发展，并不是源自上述原因，而是来自对权力的假借和利用，来自投机和钻营，这就在很大程度上扰乱了市场的运行，给市场经济以一定的侵蚀……它的发达滋荣，不会给经济带来持续健康发展的效用，也不会给社会形象和公众道德带来良好正向的影响，更多的时候只会给社会发展和财富的集聚带来质疑和“怨恨”……

（二）

小说作为叙事性文体，需要编织故事、构造情节，更需要塑造人物、打造个性。熊棕《声声入耳》的故事并不复杂，所涉题材也不甚重大，形式也谈不上新锐先锋，但它极为成功地创造了邓秋阳、林远和陈先杰等多个人物形象，其中邓秋阳这一形象更是给人留下了深刻的印象。

邓秋阳原本是一名教师，有着文学的追求和青春的梦想，受聘到期刊杂志社后开始了自己别样的人生。与林远的躐等急进、躁动不安不同，也与“我”——陈先杰的恬淡知足、安于现状不同，他显得稳健成熟、内敛务实，表现出良好的企业家素质。他有着对事业的追求，也有着精明的头脑和过人的协调能力。他和林远接手举步维艰的期刊社产业办后，积极思变，广泛征集意见，有序扎实地推进产业转向。他带领公司购买一家闲置不用的图书市场二级批发证，与一家出版社合作，协办长期处于亏损状态的中学生杂志。内抓质量，外抓市场，不到一年，公司就取得了可观的效益。非但如此，在处理各种事务上，他更表现出现代管理者良好的素养和能力。在求发展时又不冒进，在图稳妥时又不保守，总能全盘观照，整体思考。这一点最为突出地表现在他和林远在工作的矛盾之中。当林远以高价聘请北京专家为杂志发展做规划时，他觉得是林远擅自做主承诺他人高额报酬；当林远要高价聘请发行业务员时，他觉得此一岗位过高的底薪并不利于提高员工的工作积极性。他待人接物很有分寸，虽然和林远有许多争执，最终每次都同意了林远的意见，但他并未就此而止，而是认为应当建立现代企业必不可少的管理制度来推进公司的发展，而不只是遇事时率性地论争吵闹。他有着过人的市场运作能力，但他并不张扬，而是内敛稳健。公司获利后，他反对林远买新车的建议，力争低调行事，和光同尘。公司红火，引起了杂志社同行的嫉妒，杂志社财务中心主任更是带来了会计要查账。面对这种情形，他敢于斗争，且善于斗争，义正词严，不卑不亢。当林远向他发难时，他风轻云淡、不骄不躁。当林远等人离开后，他不慌乱不紧张，沉着应对、有条不紊。就是转型到房地产开发时，他也有着自己独到的眼光和先进的发展理念，提出的“文化养老”概念，都让地产大鳄刮目相看。

他并不是一个只知在市场中摸爬滚打的商人，也不是一个唯利是图的市侩，他待人温文尔雅，出处有度；处事不惊不乍，有张有弛。他热爱文学，即使到了困窘低落时，还想着出本诗集，给文学以应有的空间。他常常到大云山深处，听风声雨声，亲近自然；登高舒啸，释放块垒，感悟人生。独处自省中，不仅得出了“水低成海，人低成王；圣者无名，大者无形”的人生道理，更能在现实生活中将其运用到游刃自如的境地。可以说，邓秋阳稳健务实、内敛成熟中，有着儒家那种“不过亦无不及”的中庸之道的意味；其亲近自然，喜好独处，“以低为进”的人生哲学，又有了尚柔贵弱的道家精神。但他的温文尔雅、贵柔善弱的处世之道，并不是与世无争以求自保，也并不是“仁义为本”“兼济世人”的仁者情怀，而是以自我利益为中心的；其亲近自然，并不是其性情闲散超逸，而是在安静中思考胜人之道。他的言行举止中少了阳光和阳刚的一面，而多了几分城府和虚伪、势利与自私。为了与林远争夺公司的控制权，他会在无人知晓的情形下与社长杨文邦达成秘而不宣的“契约”。在与林远的角力中，他更是步步为营、稳打稳扎。与林远或借酒发疯，或戏演双簧，或策反鼓动的做法不同，他总是不露声色，绵里藏针，沉着应对……会给“我”一些不显山也不露水的暗示，会名正言顺地要求林远和“我”斠换岗位，会借助杂志社重用“我”的名义将我遣返回原单位，不动声色中完成公司重组和资产属性的变换……当“墨盛”公司摇身一变而为“创世”公司后，邓秋阳所言所行的私利和阴柔的一面可以说不言自明。

当然，他的虚伪和阴柔的一面在再度聘任我担当“创世”公司总经理后显得更为突出。他表面上让“我”承担公司的人事、财务、运营的大权，实则是从办公室事务到发行工作，从人事处置到财务管理，不但全为他的亲戚朋友所把持，就是每天的日常事务，办公室主任程李都会事无巨细地向他汇报。“我”只是名义上的总经理，不仅所有的事情都毫无决断的权力，而且他对“我”原本就缺少应有的信任。有一次，因办公室主任程李提议，“我”同意给来办公室工作两年的女孩小高每月调高200元工资。令人意想不到的是，第二天他竟然煞有介事地打来了电话，以公司的制度为由，对“我”做出的决定予以否决。当林远向他借贷之时，他没有直接拒绝，而是将包袱甩给了毫无权力的“我”，要他向“我”借取，可以说待人不仅虚伪之至，而且还有些阴险。当他在华松公司的职位被取消而返回时，却说“我”如果看中他的公司依然可以留下来，但“我”必须辞去杂志社的工作。依照他对“我”守成求稳性格的熟知，这显然是不可能的选择。可以说，他对我的邀约并非出自对“我”的尊重和看重，实则只是出自对“我”的利用而已。他在开发养老社区和华松公司时，无暇顾及他的创世公司，是“我”的能干和本分，既能让他放心，又能让他保持效益的最大化。其虚伪圆滑、专断私利的本来面目显露无遗。当他接手杂志社养老社区后，因“公家的钱好赚”，他不停地从创世公司调派亲戚过去以各种名义注册建筑公司、装修公司、园林绿化公司、医疗器械公司、水电安装公司、物业管理公司等，从中攫取可以攫取的一切利益；从华松公司中退出时，他要求公司以三倍价格购回他的股份。则显露了他那巧取豪夺、贪婪成性的一面。而他在养老社区开工时，纵容保安和施工方对安置小区那些闹事的居民动手的做法、面对侄儿在债务面前的垂死求助却无动于衷的表现，则又让他的阴柔虚伪露出了凶暴残忍的一面。

如果说林远身上有着如邓秋阳所说的争强好胜、急躁冲动、江湖气息太重而无法成为“帅才”的一面的话，那么“我”——陈先杰则是太过佛系平和、求稳守成、知足常乐，也不是现代市场经济大潮中角逐者的最佳人选。但透过邓秋阳的思想行状和所作所为，可以感受到，他同样不是最佳人选。他处世的阴柔和虚伪，与现代企业的契约原则的光明和公开是不相适应的；他的专权独断，也与科学规范的企业精神是不相符合的；他利用权力去获取资源、占有市场的做法，更不是现代的企业竞争所应走的正途。除了这些，他的家族式的企业管理也是其难以获得发展的症结。现代企业具有功能性和工具性，其管理从本质上说是属于技术专业性的，而其整个运作则是开放性和社会性的。但因邓秋阳意识深处的专断性、对他人的排斥、对利益不外流的狭隘天性，他不得不采取个人化的私营作坊管理，将自己的亲戚和妻子程梅的亲戚作为公司管理的主体。无论是程李还是程梅，无论是创世公司发行部的易叶明还是经营餐厅的侄儿，都缺少应有的文化水平，更缺少专业的素养。这种任人唯亲的做法，只会让他的企业无法从广阔的社会吸取应有的活力。缺少更新的可能，就会失去竞争的力量，其最终结局只会陷入近亲繁殖的悲剧。在邓秋阳思想精神的深处，他还是一个地道的中国人，一个深受封建专制意识影响的中国人。这与现代企业精神不符合，也偏离现代社会发展机制。从这一层面来看，他无法与茅盾《子夜》中的吴荪甫相比，他缺少吴荪甫那种企业家的魄力和精神，也缺少那种与时代抗争的悲剧精神，他关心的是自我的利益得失，见到的是切身的利益，而不是发展现代经济和现代企业。他侄儿运营餐厅折本自杀的悲剧，可以说是邓秋阳“商业帝国”的最终归路。

（三）

文学走到今天，特别是在现代网络技术发达和盛行的当下，其形式日益丰富多样、芜杂纷繁，从传统到现代，从象征主义到超现实主义，从意识流到魔幻现实主义，从瓦解情节到文体越界，从口语写作到拼盘实验，可以说文学创作者有太多的经验和资源可供资鉴，其具体表现更是足以令人眼花缭乱。但熊棕的创作并不前卫也不先锋，所遵循的是毫不令人惊异的现实主义的创作方法，注重从言行表现人物性情，注重结构的绵密细致，注重生活细节的仔细刻画。这种朴实自然的创作，虽然未曾给人惊艳和新奇之感，却能给人一种“豪华落尽见真淳”的大气和醇厚之美。

《声声入耳》的叙事很是平实，整个作品从开篇到结尾，没有突兀的事件，也没有曲折的情节，更没有复杂的线索。从办公楼电梯口和邓秋阳的偶然见面开始，到邓秋阳承建的养老社区中华松医院的开工结束，故事如行船于波平如镜的水面，可说波澜不惊。但就在这种平实的叙事中，人物的生活和命运在有条不紊地展开。公司的起因，创业筹划的过程，邓秋阳、林远、陈先杰的恩怨情仇与个性人格就一一展现在读者面前。这种叙述貌不惊人，却体现了作者沉稳老练、调度自如的题材处理能力。整个作品以“我”两次与邓秋阳合作为主体来展开。一次是邓秋阳创业之初的“墨盛”文化发展有限公司，一次是邓秋阳宏图大展的“创世”文化有限公司。在这两者中，前者将叙述的重点放在“墨盛”公司之上，写出了创业之初的“筚路蓝缕”、“兄弟怡怡”和“分道扬镳”；而后者却不再将重点放置在“创世”公司之上，而是以“我”——陈先杰的视点，将邓秋阳在外的交际打拼作为表现的中心。前者通过“我”——陈先杰的回忆展现，而后者则通过“我”——陈先杰当下的耳闻目睹展现。一虚一实，既形成对照，又生成变化；既让作品有着生活的“点”，又让作品有着世相的“面”，从而拓展了表现的界面，也丰富和充实了生活开掘的体量。

小说是叙事的艺术，虽说淡化情节甚至消解情节之声时有兴起，但情节的构设依然是其最为关键也是最为重要的内容。《声声入耳》的题材并不重大，情节也不曲折，其事件之间的因果链，却是前后相连、环环相扣；叙述的具体推进，也是绵密紧凑，毫不旁逸斜出。而这种紧凑和绵密，主要来自两个方面：一是人物的来龙去脉交代得有始有终；二是事件的前因后果处理得清清楚楚。林远，是作品中的重要人物之一，作品中前半部对其行状和性情进行了具体的刻画，但因其后来主动离开，从而小说后半部着墨较少。但叙述者并没有简单地将其予以“抛弃”，而是在后面他向“我”借钱一事中对其命运和现状进行了应有的交代。非但如此，作品对一些次要人物的来龙去脉也是交代得清清楚楚。作品刚开始出现的邓秋阳的侄儿，曾经出现在邓秋阳和“我”见面的餐馆，虽说在小说的主体部分再也未曾出现，但小说在结尾处不仅写到了他的自杀，而且将他的行状和命运也进行了完整的介绍。“墨盛”公司的发行部副主任唐雅丽，同样在小说前部有过出现，但在后续的情节推进中似乎销声匿迹。很是巧妙的是，她却在邓秋阳、朱兵强等人私下聚餐时出现，不仅成了私房菜馆的老板，而且与朱兵强有了一层暧昧的关系。

与人物的来龙去脉清楚相对应，事件的前因后果明晰也是《声声入耳》叙事的亮点。林远与发行业务员李航没来由的大声吵闹，到后来才知道是他们两人演的一出出走的“双簧”。邓秋阳之所以出乎意料地要将“我”和林远的岗位进行斠换，原来也是一箭双雕的计谋。这样做一来是排挤林远，二来是授命于社长朱兵强，以断林远的非分之想。邓秋阳之所以能拿到毛纺厂废弃的场地，是因为邓秋阳与毛纺厂领导暗中勾结，贱卖国家土地。邓秋阳之所以能够成功将墨盛文化有限公司转移至自己名下，那是因为大肆向杨文邦进行利益输送。他之所以能够主管杂志社养老社区的建设，同样是因为与朱兵强之间的利益捆绑……即使是一些细枝末节的事件，小说在处理时也是前后照应、互现因果的。如林远说邓秋阳的球技不如他，后来在大云山上邓秋阳就对此事进行了解说；易叶明无意中说及唐雅丽和朱兵强关系暧昧，也在后面聚会时以旁人说及朱社长怜香惜玉而唐雅丽面红耳赤予以应对；邓秋阳生日之时独自前往大云山，“浮生偷得半日闲”也在文中一虚一实出现了两次……可以说，正是这种绵密细致的叙事、因果明晰的结构，让整个小说具有了吸引读者的魅力，也让小说在当下炫技而逊于圆熟、任性而不知节制的文坛中显得很是难得。

与朴实成熟的叙述相对应，作品在人物形象塑造时，也是极为自然。与当下小说重在表现人物疯狂举动、阴暗心理、偏执言行乃至病态性情不同，无论是邓秋阳还是林远、陈先杰，他们的言行性情虽然个性互异，但无不是熟悉得如同现实中所见所感之人。在对他们性情进行刻画之时，叙述者也没有采取当下作家喜好的全知视角，潜入人物心理和盘端出的做法，而是运用了限制视角，或直接或间接，通过许多典型细节和细微的言行对人物的性情心理进行精心的刻画和表现，其中最为典型的则是对于邓秋阳的塑造。邓秋阳是小说中的主要人物，自然也是着墨最多的人物。但从整个小说情节来看，文中有许多看似无意却意味深长的细节，如“我”们要跟他庆祝生日时，他以“父母在，不过生”巧妙地予以阻扰，保持与他人的距离；他要“我”离开“墨盛”时，说是杂志社社长要重用于“我”的暗示；要“我”离开“创世”时，拍拍“我”的肩膀的无言处理；“墨盛”事业红火时，林远此时并不顾忌杂志社同事的妒火中烧，依然是高调行事，要购买新车，邓秋阳却对其进行劝阻，并承诺优先保证他的用车。上述种种细节，无不对邓秋阳的成熟圆滑、内敛绵密、稳重老练进行了极好的表现。与这些细节相比，尤为值得注意的是小说中有几处写到邓秋阳生气。一次是对其经营餐厅的侄儿，一次是对报销业务费用的易叶明，一次是对“调整”小雷工资的“我”……表面看来是自然之事，但仔细将其放置到情节推进过程中进行思量，其实无不是邓秋阳颇有用心的安排。他邀约“我”去主管创世文化有限公司，却骂侄儿管理饭店不当，让其亏损数十万元，其潜在话语则是给“我”提醒，不能管理不善。对想超额报销发票的易叶明发火，难道不是在暗示“我”应当遵照规矩行事？而到对“我”为小雷增加200元月薪而大发雷霆，则是直接向“我”宣告，他才是这个公司的老板……其圆滑老到、城府深沉、虚伪阴柔的性格心理，可以说是得到了极为成功的表现。

当然，小说在艺术表现上值得称道的还有着标题“声声入耳”的巧妙，语言的自然明了、朴素平实，环境描写的情景交融，意味深长。限于篇幅，此处不再一一赘述。

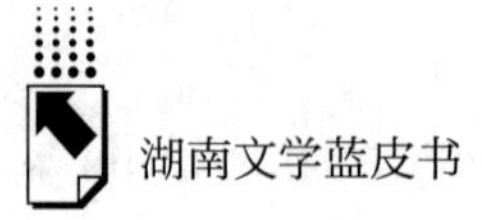

四　无物常驻、记忆永恒——评少鸿中篇小说《三滴水雕花床》

张弛*

《三滴水雕花床》是湖南安化籍作家少鸿 2019 年的中篇小说新作，发表在《北京文学》2019 年第 11 期上。小说中，作者以世俗生活视野下普通人的命运为线索，聚焦于一张象征着传统民间工艺的三滴水雕花床，透过对于物品的凝视，来追寻岁月的足迹、人性的闪光，并在时间的流逝、生活的蹉跎中，重新思索生命的价值。如果说作者在 2016 年出版的长篇《百年不孤》中，尝试以宏大史诗手笔书写 20 世纪的湖南乡村图景、表现地方乡绅的命运浮沉，那么这次的中篇创作，虽是以更为普通具体的物与人为中心，却在小说的叙事、形象、主题等方面有了新的突破。

（一）当下与过往：双线的叙事结构

小说的故事情节围绕着一张咸丰年间的三滴水雕花床展开，采用了精妙的双线叙事结构，一条叙事主线的时间线索铺展开来在当下，莲城市一位工作和生活都不如意、提前办理了退休的方志办副调研员陈道予，突然受到组织领导的青睐和委托，负责调查关山镇吴家遗落在当地的一张雕花床，以争取吴家后人、现台湾商人吴铭宗对市里的投资，由此展开了对三滴水雕花床的调查和追寻之旅；另一条叙事主线的时间线索则绵延浮现于过往，40 年前，16 岁的下乡知青陈道予被公社安排到关山镇兴修水库，借住在农民秋宝哥家里，在迷茫的青春岁月里，他无意中发现了吴家人去往台湾后留下的雕花床，并与秋宝嫂发生了一段懵懂暧昧的情感。除此之外，小说还有一个隐藏的时间线，即吴家人以及曾经睡在这张床上最后难产而死的吴家小媳妇的命运，小说两条主线横跨 40 年，如果加上吴家媳

* 张弛，文学博士，湖南师范大学文学院副教授，主要研究方向为中国现当代文学。

妇的故事，则包括了半个世纪里各个时代、各类人物的悲欢情感和世俗生活。

在创作的初期，少鸿曾经一度以中短篇见长，自20世纪90年代创作长篇小说《梦土》开始，包括此后的《少年故乡》《大地芬芳》《花枝乱颤》《抱月行》等作品，他开始努力以更宏大的篇幅和历史视野，来观察表现更多元的人物和更宏大的时代主题，特别是在近作《百年不孤》中，作者以线性的叙事，贯穿起大革命、抗日战争、土地革命等重大历史事件，描绘了百年乡绅社会的历史图景，以及个人在历史滚滚向前浪潮中的辛酸悲喜。这样的现实主义创作倾向无疑是20世纪以茅盾为代表的五四作家所开启的，直到当代长篇历史题材小说的繁盛，史诗化的风格一直是中国作家努力追寻的风格。在这种宏大的、单线的叙事中，20世纪中国历史进程中的激荡与沉重，往往能得以集中呈现，而个体生命在这种不可逆的时间洪流中，唯有被裹挟向前的运命，更是人类悲剧宿命的缩影。然而，此次《三滴水雕花床》的尝试，却可谓一次创作回归，小说触及了宏大的时代背景，却没有陷入其中，作者选择将笔触集中在人与物之间微小玄妙的关系上，反而让小说故事的讲述变得轻盈起来。从物质贫乏的知青时代，到精神荒芜的商品世界，从谨小慎微的下属、利欲熏心的官员，到懵懂迷茫的少年、自然随性的女性，作者让不同的时间、不同的人物命运交织在一起，构成了小说复调式的、犹如三滴水雕花床般浮雕镂刻、层叠有致的丰富与精致，而这雕花床亦如万花筒，照出这大千世界、芸芸众生，于时间的流逝、社会的变迁中，展现出对于一种永久恒定、美好人性的寻求。

希腊哲人赫拉克利特曾经以最简短的一句“无物常驻”，表达过对于世间万物不断变化发展、不能永恒存留的思索，在中国古代，面对岁月时间的流逝，孔子有“逝者如斯夫，不舍昼夜”之叹，东晋政治家桓温，见到年轻时所种之柳皆已十围，亦有“树犹如此，人何以堪”的感慨。星云流转、时光飘零，人不能两次踏入同一条河流，但是以文字追寻时间的可逆性，追寻永恒人性的温暖，正是文学最为重要的价值和追求，少鸿曾经在小说《服丧的树》中，写过一个颇为常见的恋爱场景，女主人素云用小刀将恋人与自己的名字刻在树上，“她并没有觉得这有什么特殊的意义，只想，树一长大，她和他的名字也会长大的，或许等他白发苍苍的时候，还能在这颗树上找到这两个名字”。[①] 在岁月无情中，这是人类最朴素，也是最美好情感的体现，《三滴水雕花床》的开头，写到主人公回到阔别 40 年之久的木屋，以当下的生命足迹，踏上布满尘埃的过往，让破败废弃的空间有了人情味。

> 堂屋里乱七八糟地放着一些杂物，牵着蜘蛛网。暗绿的苔痕爬上了壁脚。屋内弥漫着凉沁沁的生腥气，明显废弃已久。他沿着阶基西端的板楼梯上了楼，脚印像印章一样盖在蒙尘的梯板上。[②]

这一段描写，象征着人物当下与过去生命的交汇，如果说《服丧的树》中的女主人公，是在年少时向未来许下的希冀，想努力保留眼下的温存，那么在《三滴水雕花床》中，主人公陈道予，则是从年老的当下出发，向青春过往回溯，寻找遗失在时间中的记忆。作者少鸿在创作谈中亦曾表示，“小说是人物的心灵史”，此次他新创作的这篇小说，就是期望通过主人公陈道予在追寻三滴水雕花床的过程中，表现人物内心的“所遇、所想和所悟”，故而读者看到的这篇小说，打破了宏大叙事、浩浩向前的线性时间，不再遵循历史重要事件的线索，而以人物心灵的记忆活动为凭借，在当下与过往的时间交替复现中，追忆似水年华。

（二）老境与青春：交织的生命形态

在小说当下的这条时间线索中，主人公陈道予已经是一位年逾半百、看透世事、无欲无求的小公务员，原本就在莲城方志办这样没有什么实际权力的部门工作，靠着混资历，得到了一个副处级的非领导职务，加上他自身性

---

① 《文艺湘军百家文库：小说方阵・少鸿卷》，湖南文艺出版社，2002，第 143 页。

② 少鸿：《三滴水雕花床》，《北京文学》2019 年第 11 期。

格并不善于官场委曲小心、阿谀逢迎的那一套游戏规则，提前退休对于他而言，意味着的不是失落，而是一种解脱，卸下沉重的人际负担和世俗欲望，进入一种与世无争的状态。少鸿在他的长篇小说《花枝乱颤》中，曾努力穷尽着官场权、钱、性交易的丑态，里面的主人公吴晓露，也是一个小人物，作为一个普通的打字员，拼命地要往上爬，这也是官场、职场小说中通常可见的人生状态；而到了陈道予这里，更像是一种后官场、后职场的人生隐喻，衣食无忧但同时升迁无望，失去了对于权势的希求，在庸碌浑噩中调整着人生的航道，“他的人生已经到了做减法的时候，他不想再管家门之外的任何事”。

陈道予的人生状态，属于生命中的老境。在中国传统文学的语境中，“老境”难免要和“颓唐”联系起来，相比于《花枝乱颤》中的吴晓露，陈道予是许多普通人到中年、老年的人生写照，在时间的流逝中，消磨了生命的朝气和元气，逐渐失去了对于工作、生活的热情，这一类人不会参与社会中的作恶和腐败，但亦早早地放弃了抗争的想法和努力，老老实实、谨小慎微地过活。甚至于在小说中，陈道予不仅家门之外的事不想再管，连自己家中之事，也不愿再去掺和，他的儿子陈默报考公务员，复试阶段因为陈道予不肯打招呼而落榜，甚至当陈默为其孙辈上机关幼儿园的事来求爷爷帮忙，央求他不要让自己的孙子“输在人生的起跑线”上时，陈道予依然坚持着自己的“迂腐”不肯应允，这一系列对于家门内之事都不愿再多过问的举动，与其说是无力，不如说是无心——在儿子的眼中，包括陈道予自己也在默认，他在机关混了一辈子，却始终没有学会其中的处世规则，屡战屡败，终于不愿再去蹚生活的浑水。小说中父与子的对峙，正是不同人生阶段、不同生命形态不能相互沟通、亦不能彼此和解的真实写照。

> 陈道予就语塞了。他辩不过儿子。可他也不肯松口帮儿子。父子俩就这样气呼呼地坐在一起生闷气。[①]

---

① 少鸿：《三滴水雕花床》，《北京文学》2019 年第 11 期。

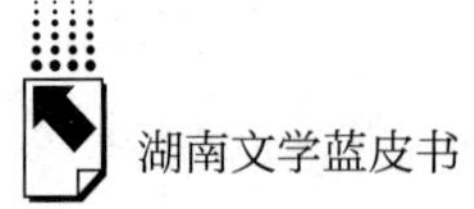

用今天世俗的眼光和成功学的角度来看，主人公是一个彻彻底底的失败者，这种“失败”深入他的骨髓神经，成为一种生活惯性，以至于当他作为民间文物的研究专家，参观市里筹备成立的百床馆，他一眼辨认出展览的三滴水雕花床，并非吴家的那张，但在市里领导的自信满满面前，他把刚到嘴边的话又吞了回去，因为“数十年的机关经验告诉他，和上级争辩是有害无益的。他一直是个听话的点头族，再点一次又何妨?”而与陈道予的一直“失败”形成鲜明对比的，是一类人的永远“胜利”：40 年前，在陈道予下乡时，知青队长曾志鸿是他的领导，曾经打过雕花床的主意，想借此讨好负责水库建设的廖指挥，并最终在廖指挥的推荐下，成为工农兵大学的学员；40 年后，曾志鸿平步青云，已经是市里的副书记，依然是陈道予的领导，又动起对雕花床的念头，以此吸引台湾商人的开发项目投资。在时间的流逝、岁月的变迁中，这些人精明的世俗智慧和生存哲学，可以帮助他们从容地对付不同的时代，左右逢源，无往而不利，他们的人生得意，正映衬出陈道予的落寞。

当然，作者在《三滴水雕花床》中并无意拘泥这样的善恶针砭，他着重表现的，是对于青春过往的记忆和回想，对于自我生命力的追溯和寻找。但即使在知青时代，陈道予的身上也缺少坚实笃定的理想主义色彩，而处处袒露着自我肉体和精神遭遇的创伤，劳动过程中铁锤的撞击、震荡损耗着他年轻的身体，更重要的是他目睹着生活的荒诞剧，秋宝哥的父亲因为上山开荒被抓住，被以资本主义复辟的名义批斗，最后死在雕花床的横梁上；而负责整个水库建设、满嘴政治道义革命伦理的指挥长，则通过职权摆弄着他人的命运，甚至让秋宝嫂成为自己的猎物。少鸿没有刻意把青春描述成洁净的乌托邦，而是在另外一条时间线索内，展现着青春的迷惘和失落，也就是说，他让自己笔下的主人公陈道予，从少年到老年，都经历着自己生命的荒芜状态。正是在这一系列苦难和虚无的体味中，特别是年少离家、亲情缺位，又要独自面对外部世界逐渐展现出的现实残酷，主人公开始寻求自我精神的慰藉和生命的价值，这是从 18 世纪歌德《威廉·迈斯特的漫游时代》开始，世界“成长小说”中惯常出现的时刻，少年在精神危机中寻找获得拯救的“能指”符号，在20世纪中国革命成长题材的小说中，这一“能指”往往指向改造外部世界的乌托邦理想和革命冲动。但是在《三滴水雕花床》中，主人公找到的只是一件民俗工艺的物品——三滴水雕花床。小说中有一段描写颇值得玩味，当年轻的陈道予经过一天的劳动，疲惫地躺在秋宝家的楼上，在夜里窥见指挥长偷偷摸进秋宝嫂的房间，目睹这荒诞残酷的一幕，看见那张熟悉的、能决定许多人命运的脸，陈道予竟然对着雕花床，唱起了语录歌，“唱着唱着，泪水从他脸上滑了下来，好像他受了莫大的委屈”。外面的世界翻天覆地，人物的内心灵府也是死水微澜，唱完歌、流完泪，世界安静下来，黑暗空虚无边，青春年少的陈道予也只能在雕花床上发呆，和老年面对社会游戏唯有语塞的自己一样，老境和青春所处的时代不同，交织在一起的却是相似的生命困惑。

（三）大地与床：代偿的文化慰藉

陈道予在雕花床上找到精神慰藉的背后，实质是乡土文明式微后的文化代偿。虽然少鸿此前在小说《抱月行》中，也曾尝试通过作为物件的乐器来关注民间艺人的命运，但在《三滴水雕花床》这里，才真正超越了作为客体的物件，以物的刻画，来映射原本作为主体的人之命运，并通过具有灵性的物件及其所蕴含的文化精神与生命记忆，给予人恒定的倚靠。少鸿曾在文章中谈到关于文学创作的契机，认为写作亦如人生一样，往往是变幻莫测的，“作为一个写作者，对世事又有着天生的敏感，常常会有所触动，有所启发。所以得到触发点并不难，你不找它，它也会来找你”。[①] 而此次触发作家灵感、承载人物内心、勾连过去与当下时空的，正是一个物件，在生活中失意落寞的陈道予寻找着雕花床，而躺在历史尘埃中的雕花床也静候着这位有心人，在静态的物件和流动的世事、静止的文物和变迁的时代之间，形成了一种特殊的关系隐喻：流逝易变的现代文明社会中，物本身成为人物生命价值、心灵探寻的承载寄托。

① 少鸿：《脚找到了路，还是路遇到了脚？（创作谈）》，《创作与评论》2013年第11期。

大地曾被视为少鸿小说的重要主题和品格，其小说有着“由区域历史及山水自然所彰显的文化根性与生命本性”以及“那种立足大地，源自大地的理性思考”的特点。[①] 在《大地芬芳》《百年不孤》等作品中，无论是农民还是乡绅，都倚靠着湘西北、资江、沅水这些区域历史地理的环境而生长，这些人物的身上，带有着鲜明的乡土文明的习气和特征。但是，在《三滴水雕花床》里，主人公失去了可以倚靠的大地，或者说过早地失去了他能倚靠的文化根基，他在少年时是作为“城里伢”被迫从城市来到农村，过早地离开了父母和家庭，而他所来到的乡土，也同样在斗私批修的浪潮中，经历着断裂和重组：原本吴家大院和雕花床的主人，在“土改”的过程中被迫离开故土，去了台湾。一切皆流、无物常驻，马克思在现代资本社会来临之际，就已宣称“一切坚固的东西都烟消云散了”，当人类离开故乡和土地、离开最原始的农业耕作和熟悉的劳动生活，独自面对荒诞的生命和瞬息万变的世界，难免要寻找自身新的情感依托，来作为土地的替换。这也就可以解释为什么在小说中，已经远离故土的台湾商人吴铭宗，执着地要找寻那张三滴水雕花床；而在懵懂的少年时分，睡在这张床上的陈道予，意外发现这张床背后隐藏着的吴家小媳妇的爱情故事，竟陪伴他度过了无数孤独的夜晚，赋予了迷茫岁月以意义。小说中，人与物相隔多年之后的重逢，也是整篇作品的高潮部分。

> 随着他的走近，那股吸引力越来越大。他仿佛是一粒遇到磁场的铁屑，身不由己地奔了过去。他激动得脸都发烫了。他看到床头的木狮子，它还是那么憨态可掬，愣愣的小小的像一只举起的拳头。他握住它，轻轻地摩挲了一下——四十年的岁月，似乎就藏在这轻轻的摩挲之中……[②]

此段描写正如老友重逢，无论是狂热的知青年代，还是颓丧的老境生

① 夏子：《少鸿小说的大地品格》，《创作与评论》2013 年第 11 期。

② 少鸿：《三滴水雕花床》，《北京文学》2019 年第 11 期。

活，在时间漫长的旋涡里，没有什么能在主人公心中泛起多少涟漪，他的生活已经了无生气，但始终保持着对于民间文物的兴趣。那张雕花床和账本里记录的爱情故事，给予他对于生命美好和永恒的向往，即使只是存在了极为短暂的一段时光，在变化无常、人情叵测的岁月时空中，记忆的隽永，依然给了他一种安稳感，正如长久以来土地对于中国农民在物质和精神层面的馈赠那样。和吴家小媳妇、台湾返乡商人一样，这张床对陈道予而言，也承载着特殊的记忆，超越了无情的时光流逝，成为生命中的永恒定格。

三滴水雕花床有关于秋宝嫂的记忆，而秋宝嫂也是小说中最具张力的人物形象，是乡土文明健康人性、淳朴人情的表征。她打着赤脚、身上散发着狐臭和奶香，举手投足间还带着些风骚的味道，她和调皮后生们打情骂俏、毫无顾忌地掏出乳房为孩子哺乳，她与水库指挥长私下交往，却是为了帮助主人公从繁重的体力劳动中脱身出来，毕竟“人这一世，少不得人帮”，也正是秋宝嫂将雕花床的过往讲述给陈道予，让他有机会接触到隐藏在床背后的爱情故事。作者没有停留在世俗的道德评判上，而是努力塑造着一个立体、生动、带有生命元气的女性形象，和小说中某些如样板戏里英雄人物一样英俊、大义凛然的人物形成鲜明的对照。对于青春期的主人公而言，这位手上长老茧、带有狐臭和奶香的女性，却给处在迷茫、孤独乃至病痛中的自己提供了一个温暖怀抱，很显然他在若干年后对于雕花床的情感，也源自这段特殊经历背后的情感投射，特别是在逐渐领会成人世界的游戏规则后，秋宝嫂在幽暗岁月里对自己的关怀、雕花床在孤独时光中对于他梦境的慰藉，才显得尤为真实可贵。小说中，作者将处于暧昧时刻的陈道予比作一个回到母亲怀抱的婴儿，陈道予日后对于三滴水雕花床的寻找，包括他对于吴家人、秋宝家命运的关注，也是时间线性向前流逝中，生命向本源回溯、追寻意义的过程，而在找回雕花床之后，这位已逾半百的老人，又梦见自己扑倒在那个巨大而又温暖的怀抱里，触摸到无边的温柔，“一切都是那么美好，他脸上露出了婴儿般的微笑”——恰如回到大地深处的人。

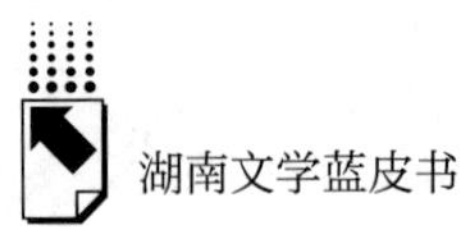

五　雄鹰之赞歌与抗战英雄之赞歌 ——论阿满《满楚古德吉的鹰》*

唐慧芳**

辽宁籍女作家阿满原名满慧文，曾获得丁玲文学奖，是近年来湖南文学界涌现的一位令人关注的女作家。女性作家与退役女兵的双重身份让她的作品充满了浓浓的女性意识与家国情怀，从其出版的短篇小说集《雪韵》与《双花祭》可见一斑。阿满2019年发表于《民族文学》第2期的小说《满楚古德吉的鹰》，不同于之前以女性的生存困境为主题的作品，而是以抗日战争为宏大的叙事背景，通过中国东北一角一个男孩和一只鹰的故事，用女性特有的敏感而雅致、细腻而丰满的笔触，展现了一幅战争的图景，传达了作者对英勇战士们的讴歌与抗战必胜的坚定信念和崇高理想。无论是在主题呈现、形象塑造、结构形式还是在语言艺术上，这部小说都不失为一部重要的抗战小说，独树一帜，别具匠心，其在中国取得抗战胜利75周年之际发表，凸显了深远的意义，达到了较高的艺术成就。

（一）以巧妙的视角展示宏大的抗战主题

整个故事发生于1944年的深秋季节，是中国取得抗日战争胜利的前夕。这样一个特殊的时节，在故事中出现了两次，不管是“萧瑟苍茫”“风有点凉”，还是浓雾重到“灰蒙蒙十步以外看不清”的景象，秋天都是一个收获的季节，暗示着中国人民终将收获拨开云雾见天日的胜利果实，这也与欧洲中立国代表科里所期待的“预兆”不谋而合。当他的烟斗连续五六次在同一个时间段里熄灭的时候，“这是什么预兆？科里想想，一条惶惶的虫子爬

---

* 本文系2016年南华大学哲学社会科学一般项目（2016XYB08）及2017年湖南省教育厅哲学社会科学研究项目（17C1406）的阶段性研究成果。

** 唐慧芳，南华大学语言文学学院讲师，主要研究方向为英美文学。

上了头顶”，他似乎就已经预知到了战争的最后结局。因此，全篇小说中没有中日双方战争交锋之惨烈现场的直接描写，却用一个时间点交代清楚了叙事背景；整个故事也没有对抗日战争血雨腥风场面及最终取得胜利的正面描述，但作者对于法西斯战争的鞭挞与反法西斯战争的胜利在望跃然纸上，前后呼应，明暗相间，不可不谓之精巧。

小说离不开虚构，但虚构同样离不开真实的历史。真实与想象交织，历史与虚构穿插，小说读起来才耐人寻味，回味无穷。故事发生的地点在中国东北，是日军入侵中华民族开始的地方，九一八事变后，日军完全侵占了中国东北，并成立了伪满洲国，为日后全面侵华战争拉开了序幕。同时，东北也是作者阿满的故乡，无论是从个人情感还是从国家情怀上来讲，东北地区都是中国非常具有代表性的一个地理标志。东北人民的坚贞不屈、英勇牺牲与无畏，表现了整个中华民族的英魂与脊梁；在这片土地上所发生的事，是整个中国反法西斯战争的一个缩影。在民族危亡之际，人民群众自发组织起来进行武装抗日。东北各阶层群众和东北军、警察部队的部分官兵纷纷组成义勇军、救国军、自卫军、大刀会、红枪会等抗日武装，统称为东北抗日义勇军。他们无军费却可以依靠自筹或全国人民捐助；无重武器却用轻武器乃至大刀长矛游击作战勇退敌军。破铁路、炸桥梁，义勇军在极端艰苦的条件下，同日本侵略军展开英勇的武装斗争。小说中科里承包的日方用来抵御中国盟军苏联的DY4号工程被频频炸毁，便是这段历史的一个隐射，有机地把抗日义勇军纳入小说之中。“科里把白天施工改为了晚上。不错，工程顺利进展了一个多月，但好不容易把底座筑好，炮弹又来了。这一次最厉害，摧毁了最主要的衔接部位，还炸死了几个人。血，溅了科里一头一脸，他差一点就要疯掉了。”

历史应该被铭记，历史应当被书写，而这段历史，虽没有在小说中被浓墨重彩地大肆渲染，却安安静静地隐含在字里行间，静静地流淌在小说人物的血液之中。故事中有两个没有露面的隐形人物——满楚古德吉的爸妈，就是这千万英勇义勇军的代表之一。从小受到爷爷保护没有离开过屯子的满楚古德吉“心里一直揣着一件事，他很想知道自己的父母是怎样的。有一次，满楚古德吉憋不住去问爷爷，爷爷一听火了，说，你没有父母，问个毛逑”。也许在爷爷看来，出于保护孙子的目的，他希望保护住家里的根。包括有一次赵小根叔叔跟爷爷吵架了。他们避开满楚古德吉到屋子外边说事，为去与不去，为了是否把无线电黑匣子绑在鹰腿上让鹰去执行任务“争得面红耳赤”，爷爷也是像舍不得孙子一样舍不得那只鹰。满楚古德吉父母是义勇军战士，他们是“神灵，一直在替屯子里的人做好事”，赵小根叔叔为了完成满楚古德吉父母交办的事情，如果把无线电绑在鹰的腿上，他们就会知道科里他们为日本人修的工程，然后进行攻击。寥寥数笔有关男孩父母的描述，把一对高大神秘、英勇无畏、无私奉献的抗战英雄形象体现得淋漓尽致。当然，英雄不止于此，牺牲的赵小根叔叔、深明大义的爷爷、满楚古德吉，甚至那只鹰，都是这当中的一员。在国家民族危难面前，每个人都责无旁贷。故事的最后，“土坯屋前，爷爷牵来了一匹大马，他对满楚古德吉说，你得去额尔古纳河了。你身上流着他们的血，你无可推卸了”。爷爷从保护孙子到鼓励孙子上战场，态度有了转变。而且爷孙俩都坚信，他们的鹰还会回来，鹰把式的吟唱穿林过岗唱进每个人的心田。正是有了这些前赴后继、不怕牺牲的抗战英雄，正是有了这样坚定的信仰，正是有了东北人民的万众一心，苦难的东三省才摆脱日本帝国主义的蹂躏与践踏，迎来了胜利的曙光。

该小说是一种从局部把握整体、以局部反映整体的艺术。从表面上看，小说从头到尾叙述的是科里为了所承包的日方的工程顺利进展下去与一只鹰斡旋的故事，实则是从一个别出心裁的角度，从一只鹰的视角展现了残酷血腥的抗日战争，从而对千千万万的抗战英雄唱了一首深情的赞歌。

（二）充满矛盾张力的人物形象塑造

小说的中心是一只鹰，从小说开篇科里耐心地等待那只鹰的出现，到小说结尾鹰把式的吟唱，这只鹰的故事始终贯穿全文。但围绕这只鹰，小说中有两个典型的人物形象值得被关注，一个是来自战争中立国比利时的战事工程承包方科里，一心想把破坏工程的鹰除掉好让自己完成任务回国；另一个就是陪伴这只鹰长大的满楚古德吉了。两个人物之间在身份上有矛盾冲突的地方，同时两个人物本身对待鹰的态度均有所转变，内心存在着矛盾的心理。这些相互矛盾因素组合与相互作用，在对立状态中互相抗衡、冲击、比较、衬映，恰恰构成了小说的艺术张力，更加立体丰满地凸显了人物形象，使读者的思维不断在各极中往返、游移，在多重观念的影响下产生不一样的阅读感受。

在这场战争中，科里是欧洲中立国的代表，小说中多次提及他的中立国身份。然而现实就是我们在很多时候都是无法置身事外保持中庸之道的，矛盾与冲突才是永恒的存在，人们往往会面临艰难选择。在来中国之前，科里是位养鸽专家，是一位爱鸽之人，天天与鸽子打交道，甚至每次做礼拜的日子不惜与妻子发生口角，科里都选择与鸽子待在一起。表面上看起来“用鸽子代替上帝，他明显是堕落了”。实际上，科里并不是像他妻子想的那样是一个失去信仰的人。鸽子是和平的象征，科里爱好鸽子其实就是爱好和平，在他的心里有自己的一杆秤，对于信仰对于现实生活他有自己的理解与选择。最初对于是否接手这项日本用来对抗中国的战争防御工程科里他们是犹豫的，“因为中国正在战火纷纷，接了，有人会指责他们发战争财。不接吧，科里他们公司很久都没像样的进账了”。但是在生存的压力之下，他们还是选择了接受。在科里刚进驻工地的时候，“一下飞机就被蒙上了眼睛，然后被押到了这条山沟里。尽管他是个无立场无观点的人，但日本人还是不放心他，暗地里派特工一直跟着他。说到立场，科里不想对战争给予太多的评判。他是个比利时人，比利时是中立国，中立国根据国际条约，在很多关系和事情上必须遵循模糊的原则”。所以在最开始科里的态度是不偏不倚的，正义的信仰与艰难时世的生存比起来，似乎还是生存占了上风。“世界没了自己，要意义又有何用。”这样的笔墨，无不刻画了一个精致的利己主义者形象。而这样的形象，与不怕牺牲、舍小我为大我、为民族大义积极抗战的中国人比起来，形成强烈的反差，更加突出了小说中以满楚古德吉父母、赵小根、爷孙俩为代表的抗战人民的英雄形象。然而就是这样的一个中立身份的第三方，也渐渐地有了偏向。“日本法西斯要毁灭中国，他看不下去了”，他一直受着良心的谴责，说明科里的正义之心还未曾泯灭。当科里爬到山顶侦查工程被炸的原因，第一眼发现那只鹰的时候，科里满眼看到的是美丽的景象，“鹰像个 W 的形状，书写于湛蓝的天空”，“鹰爪像两朵菊花在蓝天里开放，科里的心像嫩芽儿起伏有致”。他内心的愉悦和感动闪耀着人性的光辉与温暖。然而战争改变了一切。“诶，也是进入战争氛围后，科里的眼睛变挑剔了。”当他意识到这是一只驯养的鹰，当他发现鹰的脚上绑有无线电的时候，这只鹰的存在触及科里是否能按期完成工程任务、是否能够生存下去的时候，科里心里的天平倾斜了，“中立其实很难保证”，他决定用毁灭这只鹰来做这事的判官。判官是明辨是非、区分对错、伸张正义的代名词，然而科里还是做出了对自己有利的选择，从欣赏这只大自然的灵物到毁灭它，只是一念之间的距离。他牺牲了自己最喜爱的鸽子，让自己的鸽子做诱饵去猎杀那只鹰，把人的战争变成动物间的博弈，以为这样就可以捍卫自己的中立性了。鹰被炮击之后，一切归于尘土。“科里站在尘土里祈祷，这是一个人终于臣服于上帝的表现，也是一个人向生灵忏悔的姿态。”科里矛盾冲突的内心活动跃然纸上，信仰与生存，大义与小我，始终在科里的身上穿插交织，让人物形象充满张力，鲜活而又真实。

与这只鹰密切相关的另一个人物是满楚古德吉，在一个夏天意外地捉到这只鹰后，这只鹰便成了它朝夕相伴的主人。这只鹰不是普通的鹰，它是海东青，是鹰把式可能一生都在寻找的神鸟，勇猛、性烈，连熬鹰都熬得比一般的鹰要更久更辛苦。当然熬熟了之后它所带回来的猎物也更丰盛，以致招来同村人的嫉妒。满楚古德吉对这只鹰的喜爱溢于言表，把它奉为上宾，细心地为它编鹰脚绊绳，总想为它多做一点事。这样一个天真无邪、淳朴善良、富有爱心的少年形象深入人心。所以在赵叔叔刚开始要他把无线电黑匣子绑在鹰腿上的时候，他是非常舍不得的，是矛盾和犹豫的。一方面这只鹰是自己和爷爷整个冬天可以陪伴的活物，另一方面在鹰腿上绑上无线电是来自自己喜爱的赵叔叔，尤其是朝思暮想的未曾见面的父母的嘱托，他动摇不定。作为一个在与外界接触几乎为零的封闭环境下长大的，还处于青春成长期的懵懂男孩，他无疑也是选择了生存至上，似乎这世界上没有任何其他事比满足口腹之欲维持生命更重要。“前一天晚上，赵小根叔叔教会了他如何摆弄，但是他一走，满楚古德吉就忘记了。”他最初并没有把这件事放在心上。然而，当爷爷和赵叔叔出去办事回来，爷爷满身是血，赵叔叔为了掩护爷爷脱身牺牲了自己，虽然依然不是太明白到底发生了什么，这件事却加速了这个男孩的成长，让他重新思考了生命的意义，做出了新的选择，在鹰腿上绑上了无线电，让它去执行侦察任务。“所以，即使内心不愿意，满楚古德吉也必须得做，这是对赵小根叔叔的最后报答。”甚至跨上了爷爷牵来的马奔向远方，奔向战场，肩负起该有的责任，真正成为一名为正义为信仰舍小我保大家的男子汉。

科里与满楚古德吉本来是平行无交集的两个人物，但是因为一只鹰有了交集，并且变成了矛盾的双方，无法保持中立的中立方与抗战方两者之间构成了张力，形成了明显的对比。这两个人物有相似之处，两者都曾有过个人私利的考虑；但这两个人物也有着巨大的不同，为了各自不同的信仰、立场，在经历矛盾之后，各自走向不同的人生选择，科里始终将个人利益当作自己的人生追求，满楚古德吉则最终以国家和民族利益为重，投入抗日的斗争中去。正如中国当代诗论家李元洛所指出的：一览无余的直陈与散文化的松散，都不能构成张力，而是要在矛盾的对立统一基础上，由不和谐的元素组成和谐的新秩序，在相反的力量动向中寻求和而不同。

（三）双线叙事的结构形式

美国著名短篇小说家艾萨克·辛格曾经指出，短篇小说比任何创作更需要才能和技巧，一个平庸的作家有时能创作出一部不坏的长篇小说，却不能写出一篇优秀的短篇小说。在这篇优秀短篇小说里，双线叙事是它的一大特色，避免平铺直叙、平淡无奇的线性直陈，在时间线上倒叙插叙不断交织，空间线上工地上、屯子里不断转换，交代故事与人物的背景。叙述过程中设置了科里和满楚古德吉两条线索，分述两件事，彼此对比、交叉、重合，不断推进故事来龙去脉的发展。这种碎片化的时空交错的叙事艺术充分调动了读者思维的积极性，给读者带来愉悦的阅读体验。

小说一开始就展现了故事的一个小高潮，生动地描绘了科里怎样用鸽子做诱饵炮击捕杀那只鹰，扣人心弦，直抓人心。当再次回到这个诱捕杀戮的场景的时候，已经是小说的结尾了。小说的第二部分，故事并没有顺从开头的这条时间线继续讲下去，而是戛然而止，通过转到“工地上”这个空间叙述，交代了故事发生的背景及科里杀鹰的原因。科里是线索之一，作为中立方，他也是看不惯日本法西斯的作风的，但作为自然人，他必须接下这项关乎生存的工程，无法置身事外。作为工地负责人的他必须弄清楚工程多次被炸毁的原因，于是他发现了这只鹰，原来是鹰代替了人执行了侦查任务，把自己工地的情况摸得一清二楚，所以他决定下次带把枪来，枪杀这只鹰，以免延误他早日完成工程回国的计划。故事至此再次戛然而止，“屯子里”篇章的叙事又开启了另外一条故事线索，就是满楚古德吉与鹰之间的故事，他捡到了这只鹰，喂养它，训练它，两者之间产生了深深的情感的连接。赵小根叔叔希望把无线电绑在鹰腿上去执行任务，满楚古德吉从最开始的不情愿到最终的心甘情愿，是受到了赵叔叔牺牲的触动。至此读者明白了鹰腿上无线电的由来。然后篇章“枪”又接续了篇章“工地上”的情节发展，科里用枪去射击鹰，未能成功，于是他想出一个办法，让自家的鸽子做诱饵，用炮轰击那只鹰，定能将它毁灭。于是小说开头的场景及最后结局科里与满楚古德吉两条线索终于交汇，科里忏悔，满楚古德吉则奔赴战场，那只鹰死了，大家却相信无数的鹰还会回来。

在这双线叙事结构中，小说并没有强调客观事件的自然流逝过程，而是打破了事件的连续性与逻辑性，将主角与人物放在其历史进程中进行空间化的叙述，利用空间化的间隔效果，不断交叉推进，丰富与拓展了故事的时空。

（四）生动精美的语言艺术

这是一篇表现战争主题的短篇小说，在语言的运用上摒弃了传统战争小说中血雨腥风、硝烟四起、尸横遍野的描写，全文反倒是充满着温情、生动与精妙之处，秉承了作者一贯的文风，这也许与作者女作家的身份不无关系。

首先，在对鹰的描述上用词非常精准到位，仅用几个动词，就把鹰的矫健威风体现得淋漓尽致。“那鹰，倒是大气度，一眼看中了个大肉多的莎莎，翅膀一拎，两腿一夹，然后像箭一样直射过去。”这句话特别有动态的画面感，连用三个动词“拎”“夹”“射”把鹰的灵活自如与风驰电掣描写得活灵活现，仿佛那只鹰就在眼前。“它时而俯冲，时而腾空跃起，翅膀碾碎了空气，像旋风扫过地平线。”“碾碎”与“扫过”更从侧面反映了鹰的动静与威力。“鹰，划过头顶了，翅膀下空气嘶嘶作响。地面上阴影飞掠，科里感到了瞬间的凉意。”这只鹰哪怕处在安静的滑翔状态，也是威风凛凛，雄浑的身躯投下的阴影也能让人不寒而栗。在鹰与男孩之间有一种隐喻，“鹰长得快，很快羽翼丰满……这两年，满楚古德吉嘴巴上冒出了绒毛，胳膊上长出了肉腱子。没吃过奶的孩子居然长得这么好，肯定是神灵早早地来了，那鹰其实就是一个证明。”鹰与人之间有着千丝万缕的联系，鹰代替人，看似写鹰实则写人。鹰的矫健隐射到满楚古德吉身上，隐射到千万个东北抗日战士的身上，也是一样地勇猛善战。

其次，多种修辞手法的运用也让小说语言生动活泼，更加凸显形象。“配合行动的鸽儿们以诱饵的姿态在山坡上走来走去，有一种命定的优雅。罗比是最漂亮的公鸽，它不停地向母鸽莎莎示爱”“那鹰，倒是大气度，一眼看中了个大肉多的莎莎”“等科里再睁开眼睛时，那鹰正以胜利者的姿态在空中盘旋”“鹰忽然飞到了一棵树上。它定定神，摆一个询问的姿势。科里饶有兴味地挑逗它，暗示它，之后，他们之间有很多问题扔过来扔过去”“科里有些不耐烦了，忽然，一转头，那鹰已经傲然地蹲在树上了。它瞪着科里，有些生气的样子”。把动物拟人化，作者是有深刻用意的，正像作者在小说中描述的那样，“为了捍卫自己的中立性，他想了个办法，即让鸽子替代自己，把人的战争变成动物间的博弈，一命抵一命，这就说得过去了”。文中还能看到诸多的比喻，尤其是在对鹰的描绘上不吝笔墨：“距离近了，科里看到了它的喙，巨大像匕首。还像一枚破土而出的笋尖……钩尖是墨黑的，像一滴凝固的血”“鹰像个 W 的形状，书写于湛蓝的天空”“鹰爪像两朵菊花在蓝天里开放”“真是华丽啊，羽毛上的斑点像一枚枚切开的鸽蛋。阳光在上面跳舞，简直就是一场盛大的芭蕾舞剧”。作者将鹰的喙比喻为“匕首”，鹰的形态比喻为“W”，鹰的利爪比喻为“菊花”，都非常形象生动，如在目前，完美地展示了鹰的雄姿。

最后，一些充满人生哲理的语言及民谣的引入，既丰富了文本的内在含义，又有东北地域民族文化特色，读来回味无穷。如下语句的书写，饱含丰富的人生的况味：“现时的生命仅存于一片羽毛之上，科里连自己能活多久都不知道”“世界没了自己，要意义又有何用”“怕，真实具体。死，虚幻缥缈”“用鸽子代替上帝，他明显是堕落了”“上帝来了，轻轻说，忠诚的生命先行”。科里感觉到自己命如草芥，轻如鸿毛，但是对自己的生命又具有真实的敬畏与珍惜。生命与信仰之间的矛盾在科里身上一览无余，他选择生命，而那些抗日战士们却选择信仰。小说中还穿插着鹰把式传诵的民谣：“好心的人们/谁知道我的猎鹰飞向何方了/我甘愿送给他一匹骏马/珠喂——/好心的人们/谁知道我的猎鹰飞向何方了/我甘愿把一件貂皮袄送给他/珠喂——”这不仅融入了独特的传统地域文化及民族特色，而且也深化了小说的主旨。

总之，《满楚古德吉的鹰》用一只鹰的故事展示了东北地区义勇军英勇抗日的历史，讴歌了一大批深明大义、无畏牺牲的抗战英雄，它既是雄鹰之赞歌，也是抗日英雄之赞歌。小说塑造了充满矛盾张力的人物形象，构筑双线的叙事结构，语言生动精美，简洁有力，富有画面感且深刻隽永，不失为一篇佳作。

六　一簇芳香沁心的金桂花
——评简嫒短篇小说《美好的夜晚》

傅异星*

作为一位新进作家，简嫒的小说创作已体现了自己的特色。她善于描写

* 傅异星，文学博士，湖南师范大学文学院讲师，主要研究方向为中国现当代文学。

人间的暖情，捕捉普通人身上并不通过言语所表达出来的心灵的淳朴敦厚，写出人与人之间相濡以沫的深情，如《去洪坝村那天》中那对留守古村的夫妻，《傻叔》中那对相互守护的叔侄，《两个人的城堡》中不忍心逝妻的寂寞而留守石屋的李秋佳。同时，作为一位女性，她关注女性生存状态，体写身体被侵害的女性心灵的伤痛和扭曲。《沉默的铁轨》中的宋禾，曾在铁路上被一个断指男人强奸，受伤的宋禾成为徘徊在铁路上、沉默又微笑的复仇女神，她以情爱为诱饵将各种断指的男人骗到铁路上杀害。在她的笔下，女性都有一个倔强而顽强的灵魂，《那夏以后》《去洪坝村那天》中的“我”，《枯秋》中的“我娘”，她们不顾影自怜，不自怨自艾，以孤胆英雄的心态，用女性的顽力和行动塑造自己的命运。虽然简媛的小说还不多，但从已有的篇什来看，当她以细腻、真挚的笔触书写人间的温情时，她还有一个倔强而有爆发力的心灵。假以时日，她将这两种素质融合时，她的小说将呈现一种真挚而又峭拔的美学张力。

正如我们在她塑造的女性形象上感受到一种力量，在小说语言上也能感受到她的力道。她似乎把语言当成一个魔方，在扭转、拼接、摔打中试炼语言的表现力。我们看小说《枯秋》中的一段文字：“我娘的双手如铁钳般掐着我的双臂，她的身体像个膨胀的气球，我不敢去碰撞，我的身上堆满了刺——不知什么时候，我变成了沙漠里的一棵仙人掌——我怕我碰触我娘的身子，她就没了形迹。神坛上我爷爷我奶奶的样子比我爹我娘还要年轻，他们的目光中也含有刺，我躲闪着它们，将目光移到我娘身上时，发现她的鼻尖下又有亮闪闪的液体在晃动。汗水将我脸上的尘土冲刷成纵横的沟渠，而我的嘴角却溢出粘稠的白沫，不知从哪里伸出的一双手在掐紧我的脖颈，喉咙深处有烟火在灼烧我。”在这一段描写人物的文字中，作家明显将人物的感觉力度化、明晰化，使之产生感官冲击力。在简媛的小说中，我们能较为普遍地感受到她把人物情绪弥漫在整个叙事中的追求。这种叙事与莫言的小说感官化叙事有些相似，它能有力地抓住读者的感官，形成一种如在巉岩上行走的阅读感受。当然，她创作初期的小说也呈现探索者的模糊性，一些小说在主题的挖掘上缺乏深拓性，主要是一种伤感、迷离的情绪的表达，如

《去洪坝村那天》。但是作为一名新进作家，从以上艺术个性分析中，我们能体会到她的努力和追求。

对简媛的小说创作有一些了解后，我们再去看她2019年发表在《天津文学》第7期上《美好的夜晚》时，会发现她所有的努力都有收获，这篇小说在人物的塑造、情感的表达、语言的运用等方面达到了她自己的一个新高度，显示了清新自然、情深旨远的品格。

《美好的夜晚》延续了简媛书写人间暖情的一贯主题。杏子是离婚25年、丧失独女两年、刚刚退休的中年女性，出于对女儿的怀念和生活的寂寞，她把自家居住的别墅免费出租一间给一位女中学生。女学生父亲过世，母亲因此患上抑郁症。母亲生日头一天，女学生把母亲带到杏子的别墅，希望用一个美好舒适的夜晚来缓解母亲的精神压力，并与母亲一起憧憬未来的生活。杏子悄悄聆听了这对相依为命的母女的对话，深深被女中学生的孝心所感动。在这对相互守护的母女身上，杏子看到了自己与女儿曾经的生活，一股暖意驱散了杏子经久的丧女之痛，她决定要将这别墅长期出租给需要它们的人。“风吹动桂花，香气将她包裹，好久没有闻见这么好的气味了，仿佛久违的幸福包裹在里面。她想好了，等女学生高三毕业不住这了，继续把那块牌子挂出去。二楼那间房永远不会空着”。在这个情节简单的小故事中，小说以细腻、朴实的笔触书写了两代女性坚韧达观的情感世界。女学生在家庭的变故中，勇敢地挑起了家庭的责任，她以勤劳、能干、担当获得了杏子的认可和帮助。杏子在与女学生相处时，获得情感慰藉。在帮助他人获得生活的希望和动力之时，杏子也走出了一已之悲欢，感受到了多年未曾有过的幸福感。从一开描写杏子心事沉沉，到结尾杏子心中笃定踏实的幸福感，小说揭示了人与人之间敞开心灵、真挚面对、相互的帮助之于人生幸福的意义。

相比之前表现人间真情的小说，《美好的夜晚》具备了更开阔的视野和更丰富的内涵，它关注了当今社会失独老人生存状态的问题。这一点体现在杏子这个人物的刻画上。曾经的杏子独立、果敢、好强，是一位社区的计生工作者。她的工作是将那些偷偷怀孕、准备超生的妇女送到医院引产，她全身心地扑到工作上。特别是与想生子而出轨的丈夫离婚后，杏子更是对那些超生的孕妇铁面无情，看着孕妇变得扁平的肚子，杏子有一种工作的成就感。而命运讽刺的是，临近老年，杏子失去了她呵护一生的独女。此时的杏子才醒悟了自己当年的残酷，明白孩子对于人生和家庭的意义，理解那些超生女性的内心需求。在这里，小说通过杏子这个人物，对多年以来的计划生育政策进行反思。杏子怀着内心的痛苦做了志愿者，投入帮助失独群体的公益事业中去。然而杏子并不能从这中间得到安慰，她怀疑她的工作对于那些已经失去儿女的家庭来说究竟有多少意义。此时的杏子有着失独老人的孤独和无望。直到女中学生的到来，她一方面看到自己的帮助对于女学生母女的意义，另一方面在帮助他人的举动中，她排解了自己的寂寞、伤心和消沉。当杏子从这个角度重新思考她的志愿者活动时，她获得了新的看法，小说对晚年的杏子重新鼓起生活的风帆充满期待。在短短的篇幅内，小说以回忆和现实交织的手法赋予了杏子这个人物以心灵和情感的厚度，使之真正生动鲜活起来。作家在杏子普普通通的大半生涯中，写出了一个现代女性的独立和自强，她就像秋天开放、芳香四溢的金桂花，散发着灵魂的芳香，“静夜下的金桂，看不见它的灿烂，却散发出较之白天更加纯粹的香甜，仿佛芳香四溢的精灵在舞动”。通过杏子这个血肉可感的人物，小说要传达的人情美、心灵美也如桂花香一样沁入我们的心灵。

小说的凝练、气韵生动不仅表现在主旨表达和人物塑造上，还体现在叙事上。在接待女中学生上门住宿之前，小说描写了杏子与前夫一鸣的会面。一鸣的妻子患子宫癌，估计将不久于人世。一鸣来访时表达出的关怀和劝慰，让杏子觉得一鸣的来访有破镜重圆之意。但小说没有在杏子与一鸣之间的感情上节外生枝，没有过多铺写杏子情感的波澜和独身的寂寞，主要将一鸣的警告作为杏子接待女学生时犹豫心情的铺垫。相对之前《去洪坝村那天》《两个人的城堡》等小说将人物“我”的情感经历当作小说表现的副线，模糊了小说的表达主旨。《美好的夜晚》主动避开了杏子的情感纠葛，着力于叙写杏子情感境界的升华，这样作家将惯常描写的亲人间的温情推广到了社会之上。小说因此体现出了一种明净的情感，它对于我们直接进入人物内心，体会到人物的美丽心灵是大有裨益的。这正是作家走向成熟的表现，她不以多角或暧昧的恋情来吸引读者，体现了作家对叙事的一种自信。

叙事上的另一个优点是语言不事雕琢，清新自然。这是作家把握语言能力的提高，更是作家体写生活能力的提高。对于一个小说家来说，叙事才能体现在他能将寸寸生活挫于笔端，并将生活的意绪和滋味弥漫到字里行间。《美好的夜晚》中，除了插入杏子对过去生活的追忆体现出作家对叙事的控制外，整个叙事仿佛生活之流漫于纸上，舒展自如。在这样叙事节奏中，小说以优美的语言营造了一种月华如水、暗香浮动的诗意氛围。“楼下的小花园里，一切都沐浴在皎洁的月光里，新栽的月月桂排列成行，俨然守护的战士；伸出枝头往上攀爬的三角梅，将它的坚定与忠贞赋予这房子格外的神圣……不知为什么，杏子感到从来没有过的轻松，她甚至觉得有些兴奋，平时淤积在心里的空虚完全消失。她只想坐下来，待在那里，从眼前月光所笼罩的这一片景物中去感受。她在心里连连赞叹，眼前的一切是她从来没有见过的美好。”小说以意境之美衬托人物的心灵之美，将语言美、意境美与人物心灵之美水乳交融地糅合在一起。那小说世界的桂花芳香仿佛溢出纸面，沁人心脾，入人肺腑。

《美好的夜晚》称得上是一件玲珑剔透的艺术精品。这也难怪《小说选刊》将之选录，成为2019年中国短篇小说创作成就的代表之一。

B.13
2019年诗歌、散文之力作评说

摘　要： 2019 年，湖南诗歌两篇力作都表现出鲜明的湖南地方文化特色，将诗歌写在湘楚大地上，诗艺上取得了较高的成就。梁尔源的《登岳麓山》表达了岳麓山的登临是“未竟”的、“人文”的、“践行”的，这摆脱了传统登临诗学的“征服”与“臣服”的书写模式，在新登临诗学建构上极具自觉性和富有启示性。张战的《沅江》组诗大部分和“吃”相关，体现了将味觉、嗅觉、触觉等感官化、超验性写作纳入诗歌创作的意图，以期唤醒现代人日益麻痹与退化的感官审美能力，打破了过去诗歌写作仅仅强调视觉与听觉的审美体验的传统。散文两篇力作都清新自然，具有人生哲理。谢宗玉的散文以其对日常生活的独特反思，介入历史与现实的纠葛。邓跃东的《人息屋檐下》以“茶”悟道，“茶话生活”，品人生如“茶”，视角独特，立意高远。

关键词： 诗歌　散文　地方文化　诗学建构　感官化

一　一座山，我们征服过谁——论新登临诗学与梁尔源的《登岳麓山》

刘长华*

“仁者乐山，智者乐水。”登临既是中国诗歌中的一大主题存在，也是

* 刘长华，文学博士，湖南大学文学院教授，博士生导师，主要研究方向为中国现当代文学及诗歌研究。

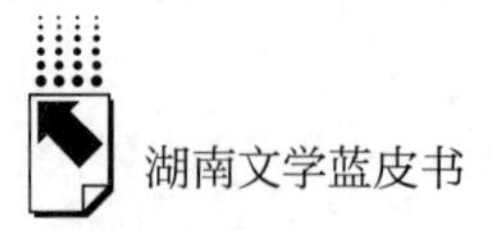

一种诗学机制，古人在“江山之助”中逸兴遄飞、诗才喷薄。“登山则情满于山，观海则意溢于海”。不过，古人登临时的感兴、感慨始终离不开现实生存中个人得失、天下忧乐的纠缠。要么是在“小鲁”和“小天下”中获得征服感、补偿感，要么是在“高山景行”“仰之弥高”中宣泄了一通无奈和惆怅，而这种无奈和惆怅又迂回地让诗人赢取了某种自我申辩、自我证明。新登临诗学要破除过去诗歌最重要的孽障便是——永远在“征服”和“屈服”上的游弋。诗人不应是情绪和意见上的“武夫”，需要的是“主体间性”人格在“游山玩水”。岳麓山是湖湘文化的渊薮，是一部事关湖湘人精神命脉的立体史诗，登临岳麓山在某种意义上就是对湖湘文化的“巡礼”，梁尔源的《登岳麓山》正是按照这样的事理逻辑来铺展自己的写作路向。与之同时，更令人值得称许的是，诗歌在新登临诗学这一“林中路”上的践行也是极其自觉和富有启示的。

岳麓山的登临是“未竟”的。岳麓山声名远播，无意之中应和了刘禹锡的诗句“山不在高，有仙则名”，它的海拔的确不过300余米，虽然山上亦并无神仙。但在《登岳麓山》的结尾中：“见到云麓宫/别误以为登上了山顶/飞来钟的声音里/隐蔽了一条更远的古道/那些直耸云端的墓碑下/垫着更高的峰峦”，意即岳麓山似乎没有峰巅，它又是被更远的古道牵引通向更高峰，更高峰究竟何在？诗歌戛然而止，留有空白，平添出了几分艺术的张力。从地理学上来讲，从更宏阔的视野来看，岳麓山是八百里南岳山系的余脉和山脚，是南岳72峰的最后一峰，完全有理由认为即使攀登上岳麓山上的最高峰，这依然难以让你有“脚踏祥云、笑傲江湖”般地立足于山顶，然后高呼“我来了，我看见了，我征服了”的感觉。岳麓书院有对联：“吾道南来，原是濂溪一脉；大江东去，无非湘水余波。”但它也只是在山脚下说说而已，只是王闿运反击鄙视湘人的手段而已。荆楚大地需要彻底摆脱“破天荒”的历史尴尬，走出“夜郎自大”的阴影，在心襟上要谦卑而有自知，在心态上要开放而不自守。诗人梁尔源在此所着意的是近现代的湖湘在中国革命文化中所做出的贡献。在他看来，岳麓山的精神海拔很大一部分是革命文化所加持的。这也是一个基本史实。确乎，在精神面前，所有有形的东西都是相形见绌的。有道是，“山高人为峰”，“这山望见那山高”，古人就明白有种东西叫作永无止境。

在新登临诗学的视域下，岳麓山没有顶峰，登临是一个永远“未竟”的事业，从根本上就是对人、对自我的平视。中国新诗与主体的建构关系，在中国新文学史上一直是一个饶有意识的话题。在“五四”和“80年代初”，新诗担待的是激活主体的浪漫力量。的确，人需要从被禁锢、被压抑的状态中解放出来，人需要在诗歌中有些“膨胀”，历史需要在壮怀激烈的呐喊中甦生。而“左翼”和“27年”时期，诗歌承担的是集体的代言，个体价值是被放缩的。到了当下，技术开始君临天下，诗歌本身在技术的道路愈走愈远，人被技术所宰制。当然，亦可以认为这也是人“膨胀”的结果，因为技术都是由人所制造出来的。所以，应该回到真正的“道”中去，在吻贴具体的历史语境中，让“人”与“诗”位处一种合理的关系，“人”“诗”才会共舞和“双赢”。自不待言，“道”究竟在哪里？究竟如何合理？这又是一个吊诡。在创作面前，总不能让既定理念和逻辑预设先行吧？所以，美好的诗歌大概一直“在路上”。而“路”呢，鲁迅就说过：“世界上本来没有路，走的人多了，也就变成了路。”在“言”和“道”、“人”与“诗”的博弈与互动中，人类或将会永远疑窦众生、无地彷徨。约略这才是诗歌的真正魅力之所在……不管如何，平视自我、平视人生应是当下的一种历史选择、一种诗学策略。“山究竟有多高”，“路究竟有多远”，可以先搁置不闻不问，但需明白人自身是有限的。能懂得自身的有限性，这本身就是觉醒的表现。《登岳麓山》所给出这样的“结论”毫不突兀，诗歌的总体框架就是建筑在“到了……前面还有……”思维结构之上。它们作为垫脚石，层层递进、环环相“送”。人类许是没有终极的。

岳麓山的登临是“人文”的。消费经济时代的莅临，是与工作强度和竞争压力的陡增相伴而行的。与之同时，那种繁重的体力劳动又在作别人们的日常生活。在亚健康遍地开花面前，人们开始懂得了休闲与健身是人生的必修课。在“烦恼人生”抛掷身后，只想“有”心“有”肺，“没”头“没”脑在登临山水中痛快地释放一把，以体力的消耗与疲劳庖代精神和心力上的厌倦和高压。从生理学和医学来讲，这样的想法与行为不无道理。问题在于，这是不是有对灵山秀水的辜负呢？造物主苦心孤诣，难道只给当下众生营造了一个天然的健身场所？从本质上，这亦只是“征服”与“屈服”的另一种表现形式。事实上，环顾当代诗坛，虽然不少诗歌也写到登临主题，但它们往往也只是停留在所谓的“身体写作”之中，所涉的登临诗学只是停留在身体机能和生理冲动的自发流露之中。问题是，这样的写作只是类似于身体锻炼的“打卡”或者心情日记。“反文化”的诗歌创造在当代诗坛既有其口号的煽情性，也实实在在是有一支不大不小的队伍。但我们始终认为，文学是从感性通向理性的，有着穿透力的文学必须“自带”思想和文化，尽管你可能不认同世俗对文化的某些理解。文化是自然的人化。登临正是以山水自然为路径，在“人化”的过程，诗人的创造应该有一种文化上的自觉。“文化”与“武化”相对，文化的自觉就意味着从“征服”与“屈服”的模式中走出了第一步。

《登岳麓山》在这一点上极其契合新登临诗学的。首先，它没有将笔触“集攒”在自然风光中。登临诗学并不是要割舍对自然风光的抒写。恰恰是要鼓励将眼前山水其自然个性的精魂恰当地呈现，这才是对它们的尊重和平视，美丑妍媸一方面固然出于“见仁见智”，另一方面还要合乎事理的本然和生活的判断，过度的“浪漫主义”和“自然主义”都不是“间性”思维。事实上，相形而言，岳麓山在天然条件上并不见得会令人拍案叫绝。但诗人还是提到了“满山的枫树”、湘江的“倒影”意象，这是妥帖到位的。其次，作品是力图在“微言大义”中将对湖湘文化的历史融于岳麓上登临之途中。“饮马池”“太极”“木鱼”“长袍马褂”“八卦阴阳”等，都在点滴之间复活人们对朱熹、张栻、谭嗣同、蔡锷、毛泽东、蔡和森等历史人物的记忆，展现出他们在灵魂求索道路上的动人篇章。岳麓山是留有先贤们登临过的足迹。踏着他们的足迹就是对“湖湘精神”的一一检视和凝望。通过对文化的拾级而上，攀登者应会忘怀登山是一场体力的自我对抗和意志力的自我衡估，而将在纳新吐故中获得精神层次和思想境界的提升，躯背在淌汗，内心在洗礼，“人”“山”交融、“人”“文”合一。真正的精神东西又是反功利的。新登临诗学就是要诗歌在文化创造上有用心、有修为。最后，基于上述两个前提，诗歌的语调总体是平和公允的。“登岳麓山/最好提着月光抵达/闻着书香启程”，《登岳麓山》在写作基调上大体是唯美的，但诗作并没有因在礼赞的口吻中，特别是在这种“登临”过程所表现出的“呼吸”失衡，而导致写作语态上的极致化。《登岳麓山》总体上是一路娓娓道来，不急不躁，在事实与抒情之间拿捏得有尺度。新登临诗学应最为忌讳诗人在写作心气上的极端化。不然，又将误入“征服”和“屈服”的怪圈之中。

岳麓山的登临是“践行”的。“你登过岳麓山吗/湘江边上那道涌动的脊梁/别老在山的影子里跋涉/从一首世俗的词赋中走出/取景框中才不会是平淡的风景”，诗人下笔就像是在广告代言般地呼唤大家去爬山，并略显煽情地声称爬岳麓山就是将自己融入风景之中。不难看出，诗歌是在匠心独运地传达一种实践精神。这种实践精神就是人们经常所归纳的湖湘文化的一个特点——“经世致用”或者“实干”。岳麓山下有一座自卑亭，通常被视为登爬岳麓山的起点。西汉时期的戴圣在《礼记·中庸》中说过：“君子之道，辟如行远必自迩，辟如登高必自卑。”清人在康熙年间始建，惊人的是它果然成为近现代历史中湖湘人的一座思想碑亭。从曾国藩作为文人带兵打仗开始，到谭嗣同义无反顾地履行“各国变法，无不从流血而成，今中国未闻有因变法而流血者，此国之所以不昌。有之，请自嗣同始!”，再到革命文化的风起云涌……无不都与深入骨髓的实践精神有着或隐或显的联系。这种实践精神其中有一个突出的表现就是实用主义。放眼寰宇内，很少有像岳麓山这样能将儒、释、道三教兼济起来的。这样的融汇，或许在表明湖南人有志于心胸的开放，但更表达了以长沙为代表的湖南人在精神追求和信仰上希冀可资之以需，以就近就地为前提。

新登临诗学倡导文质彬彬，而且是把“质”、把实践和体验置于第一位。一个不争的事实是，没有生活内容的诗歌沉湎于玄想和思辨，在一开始，在世相的“喧哗与骚动”中鹤立出一份不俗和风骨，圈出一片净土，这些毋庸置疑是值得肯定的。但于今而言是越来越显得苍白无力，令人觉得面目可憎，所谓的精神与思想最终也是陷入失血的状态。诗歌最终是要靠不落窠臼的思想和别具一格的审美意蕴取胜，但它必须立足于生活的地面之上。

海德格尔讲诗意地栖居，讲神性的回归，从不抛掷感性生活，而是要天、地、人、神四边共处。“纸上得来终觉浅，绝知此事要躬行”，《登岳麓山》中有写道：“从一首世俗的词赋中走出。”诗歌的整体结构与爬山的拾级而上、移步换景的节奏感是和谐同一、有机同构的。而登临本身作为一种意境，从中已经给人不胜曲径通幽、引人入胜之感。多年前，朱光潜在深情款款地劝说世人，“慢慢走，欣赏啊！”这就是诗意的生活，生活的诗意。是的，带着一颗诗心，哪怕你从不写也不会写纸面上的诗，你也会不亚于一个诗人。那么，这颗诗心是离不开生活的滋养和大自然的拥抱的。不过，在滋养和拥抱中你还要与生活、与自然保持恰当的距离，而不至于沦入庸俗和机械。登临就是践行，就是体验生活，而又与人间烟火有所“隔离”——与自然亲近。在诗歌与生活的关系处理上，梁尔源一以贯之地认为，诗歌是来源于生活，又高于生活的。《登岳麓山》再次给了他“表白”的机会。

二　诗歌的感官化存在——兼论张战的诗歌审美特征

卢絮*

说到感官化或感官主义（Sensuality），很多人容易误解甚至贬低，并和肉欲主义、享乐主义联系在一起，以“快感为唯一目的”“快乐至上”等道德与伦理批判相关联。实际上这是非常片面的看法。人类对感官的认识是人自我认识的第一步，人的一切知识首先来源于感觉和感受，在实践过程中通过感官与世界沟通获得。人离开母体的第一声啼哭就来自他自身对外部世界的感官体验以及人体自然产生的反应。同样，诗歌也产生于人类的感官体验。出于人类对外部世界的理解、交流和共处的目的，诗人充当了人类与世界、宇宙联系的中介，成为法国象征主义天才诗人——兰波眼中的“通灵者”。“诗人需要经历各种感觉的长期、广泛的、有意识的错轨，各种形式

* 卢絮，文学博士，华南师范大学讲师，主要研究方向为文艺理论。

的情爱、痛苦和疯狂，诗人才能成为一个通灵者，他寻找自我，并为保存自己的精华而饮尽毒药……因为他达到了未知！他培育了比别人更加丰富的灵魂！他达到未知；当他陷入迷狂，终于失去了视觉时，却看见了视觉本身！”[①] 兰波不仅是这样思考，也这样身体力行，他用短暂的生命积极实践人的感觉所能获得的诗歌理想。

（一）人与世界万物的感应

兰波的诗歌观念实际上来源于波德莱尔。在波德莱尔看来，诗人似乎并不需要具备理性和思辨的能力，而直觉、感应世间万物的能力更为重要。他在《应和》一诗表达了自己的这种诗学主张：“自然是座庙宇，那里活的柱子/有时说出了模模糊糊的话音：/人从那里过，穿越象征的森林/森林用熟识的目光将他注视……如同悠长的回声遥遥地汇合/在一个混沌深邃的统一体中/广大浩漫好像黑夜连着光明——芳香、颜色和声音在互相应和。”[②] 这里涉及诗人如何与外部世界沟通的问题。他提到的“活的柱子”，“模模糊糊的话音”，涉及视觉和听觉两种感官能力，在一个混沌的世界中，诗人与自然界万物之间在声音、颜色、气味等感官方面相互呼应。各种感觉器官的阻碍被逐一打通，人与自然进入一种混沌而深邃的统一状态。此刻，万物合而为一，没有人与世界的区别，没有物质与精神的区别。优秀的诗人似乎都有这样超常的感官体验能力，或者我们可以将其称为一种超验的感官化写作。

张战发表在《诗刊》上的《沅江》一组诗就体现了这样一种特色。在《和谁一起看拂晓时的月亮》中，诗人以“我一定要说的话，/是关于那只撞上玻璃的鸟”开头，用第一人称的手法将一只鸟因失误撞上玻璃而死的遭遇描述出来，人与鸟仿佛合二为一，不分你我，让人产生感同身受的悲哀。一只鸟为了“树枝一样的灯”撞上了玻璃，而人在爱情中的遭遇又何

① 兰波：《兰波作品全集》，王以培译，作家出版社，2011，第305页。

② 波德莱尔：《恶之花》全译插图本，郭宏安译，中国戏剧出版社，2005，第15页。

尝不是如此。飞蛾扑火一般爱过后“要学会慢慢慢慢地告别”，“不要让眼泪只为自己而流”，世间万物在诗人眼中都是情感的载体，都能体会到人的感受。在《剥板栗的时候你在想什么》一诗中，毫不起眼的板栗成了诗人情感体验的代言者，人有善恶、悲喜、爱恨，自然界的一切也是如此。“风停下来/晃一晃头/就变成雾白的芒草//蒲公英种子心肠变硬/翅膀就会变成针”而有人即便“鲜血淋漓”，也会勇敢去追求，去爱他们之所爱。被爱的人就一定会开心、幸福吗？“抱紧着自己的板栗子/皮肤炸裂了也紧抱/刺尖只对着外面”，诗人显然对此持有质疑的态度，她用细腻而犀利的眼光剥离板栗的层层自我保护，何尝不是在剥离自我，披露人心的深不可测。“人老，是骨头越来越硬/心肠越来越软吗/板栗刺球老了更扎人/可是老板栗，当剥开刺壳/烤出了桂花香/粉甜的/粉甜的啊”人与板栗在这一点上真的如此相似吗？随着年龄、阅历的增长，人变得理性、成熟、勇敢、坚定，似乎能扛过人生任何风雨，但人的内心是否还存有当初的善良和纯真呢？就如板栗的成熟的“心”有着桂花香的粉甜味道？诗人并没有给出确定的答案，而细心的读者却从中体会到了善良的美好与可贵。同样在《没有比秋刀鱼更好听的名字了》，诗人写到“愿世上的刀/像秋刀鱼肚那样软/如你纤手//秋刀鱼骨那样细/如你穿针时的棉线//秋刀鱼脊那样/淹一痕不褪的海水/如你的眼含泪”。善良与美好应该成为诗歌的永恒主题，这也是张战在这一组诗歌中展现出来的普遍主题。

《喝了一碗鹅汤》中的诗句让人印象深刻：“想尝尝鹅菜的味道呀/白米粥里放点鹅菜多么清香/用粗陶的锅子慢煮着/田埂上挨着鹅菜长的是莎草和马绊筋//我抱过一头吃鹅菜长大的大白鹅/它结实、沉重、雪白/带着暖扑扑的尘土气//……喝了鹅汤身上就暖和了/深秋的雨凉转寒了/抱大白鹅时我像抱一个男子/我赞颂它美壮有力//然而喝鹅汤的时候还是喝着鹅汤了/同样虔诚地赞美鹅汤清甜的啊/一只碗就这样满了又空了。”读完不觉哑然失笑，有过农村生活经验的人，亲密接触过大自然里这些和人类一样尊贵的生命的人一定会有同感。这也是人类最初的、最朴实无华的情感体验，粗壮“结实”的大白鹅，带着温暖的尘世的味道，抱着这样的大白鹅让人感觉踏实和安全，就像抱着自己深爱的情人。在这里，我们不会感到人类对其他物种的无情冷漠或与生俱来的优越感，“我赞颂”，“虔诚地赞美”。“一只碗就这样满了又空了”，充满失去所爱之后的空虚与遗憾的情绪。

《五月十日夜空》描写月亮与“我”的互动，充满奇妙的想象力。“月亮侧过脸/像卷起的一张书页/于是书页上的字符纷纷跑散……月亮用四角缀着银钉的网/把他们沉沉地打捞上来/把我从天河里捞上时/我是银网中漏下的一个水字符……”诗人笔锋一转，把第三人称的侧面描写变成了第一人称的正面抒情，原来我也是那逃逸的“字符”之一，这里的“字符”可以理解为诗人的诗思，或诗歌的情绪。说到诗歌的情绪，瓦雷里有过很好的表述：“这种感受总是力图激起我们的某种幻觉或者对某种世界的幻想……我们所熟悉的有生命的或无生命的东西，如果可以这样说的话，好像都配上了音乐；它们相互协调形成了一种好像完全适应我们的感觉的共鸣关系。从这点上来说，诗情的世界显得同梦境或者至少同有时候的梦境极其相似。”[①] 诗境与梦境在诗人的笔下何其相似。诗人在美丽的月色中诗情弥漫，诗思缥缈，早已分不清物与我、现实与梦境。“我滑溜溜吗/我凉吗/我笔画清晰吗/最后那一笔，像尾巴一样翘吗/我就像一条鱼那样不安稳吗……我的读音是一件青色纸衣/浸在水里消融了/但我闪闪发亮，你可以读我作钻石/我水汽淋漓，你可以读我作雨滴/我变幻不定，你读我为烟云/我转眼即逝，你读我为光影”。多么美妙的诗行，短短几句充满触觉、视觉、听觉、味觉的感官盛宴，“我”是现实的、主观的、实体的，“我”同时是想象的、客观的、虚构的，“我”的存在就是自然的存在，是万物相应和的存在。这样，我们就可以理解戴望舒所说的“诗不是某一个官感的享乐，而是全官感或超官感的东西”[②] 这句话的意思了。

（二）诗歌之美与音乐性的表达

美，是一切艺术的终极追求，当然对美的定义有很多种，但最核心的一

---

① 瓦雷里：《纯诗》，载杨匡汉、刘福春编《西方现代诗论》，花城出版社，1988，第218页。

② 戴望舒：《流浪人的夜歌：戴望舒作品集》，中国华侨出版社，2012，第202页。

点是它能给人以一种愉悦的感官体验。实际上，美学（Aesthetic）这个词来源于希腊文，它本意就是指感觉、感官的体验和享受。而诗（poetry）一词在希腊文中是“创造”的含义，所以我们可以这样理解：诗歌写作的过程实际上是一种创造美的过程，诗人就是创造美的匠人，是美的缪斯。美国诗人爱伦·坡认为真实、真理不再是艺术的目的，“美”“愉悦”“效果”才是诗人应该追求的目标。“文字的诗可以简单界说为美的有韵律的创造”，“我把美作为诗的领域”。波德莱尔则是爱伦·坡关于美的观念的忠实继承者，他说，“诗的本质不过是，也仅仅是人类对一种最高的美的向往”“艺术家之为艺术家，全在于他对美的精微感觉，这种感觉给他带来醉人的快乐，但同时也意味着、包含着对一切畸形和不相称的同样精微的感觉”。[①] 美是艺术的最高级形态，追求美自然成为诗人的最高目标。这里我们需要清楚的是，美与丑不是决然对立的，波德莱尔穷其一生就是要“从丑中挖掘出美来”，他的思想给我们极大的启示，虽然美是诗歌的终极追求，但创造美的过程是曲折、偶然和极具个性化的。如果没有一双诗人的慧眼，我们自然没有办法从日常的庸俗事物中分辨出美来。“板栗”“秋刀鱼”“火锅”“鹅汤”本身并没有一般意义上的美感，而优秀的诗人能从中看到美，感受到美，优秀的读者能读出其中的美。

诗人对诗歌音乐性的要求其实来自他们对美的追求。而这种要求有时候是下意识的，不自觉的，是诗人内在生命的音乐性的需求。这不仅是诗歌的形式问题，也涉及诗歌的主题、美学和哲学问题。传统意义上的诗歌音乐性不同于现代诗中的音乐性，前者是语言本身呈现的听觉和视觉意义上的韵律、节奏，而后者范畴更为广泛，它不要求统一的格律形式，但讲究个人化的、内在的，涉及人的全部感官体验的音乐美学表达。诗的音乐性指向“形式，姿态与运动，光和色，声音与和谐”，是“诗句的音乐性与自然深刻的和谐相适应”，[②] 在现代诗歌的先驱诗人魏尔伦那里“音乐高于一切”，

① 波德莱尔：《波德莱尔美学论文选》，郭宏安译，人民文学出版社，1987，第207页。

② 波德莱尔：《波德莱尔美学论文选》，郭宏安译，人民文学出版社，1987，第96页。

而“追寻音乐高于一切，并不意味着仅仅注重节奏与音调，而是在反对话语分析模式时，孕育另外一种话语逻辑，一种框架，目的是让词汇演奏，恰如音符之于音乐，色彩之于印象派画家。从此，词语失去了严格意义上的词义和准确表述，成为暗示艺术的素材。”① 诗人通过语言的排列、停顿、延续获得音乐性，词语之间相互流动、进行节奏的变化，如同音乐家对于音乐符号的运用。诗歌形式本身包含丰富的诗意、思想和深刻的美学价值，所以把音乐性看成诗歌最重要和最根本的特征，是从诗歌的思想性和哲学性来考虑的。

初读张战的诗歌，会被其中清晰而灵动的音乐性所吸引，甚至让人想起《诗经》里面那些千百年来被一代代中国人吟诵、传唱的诗，其中大部分作品是民歌、民谣或祭祀歌曲，一句两个或三个节拍，具有很强的节奏感，有许多重章叠句、双声叠韵，造成回环往复、余音绕梁的音乐效果。非常可贵的是，张战的诗里也具备这样一些特点，更带有孩童般的天真与无邪。例如《如果甜不能吃还有什么可吃》里的诗句：“好吃的东西都甜/红薯悬在屋檐下被风吹甜/收割后稻田里稻茬杆好甜/巴茅草的白根那女孩子嚼/她做了母亲后乳汁甜//人和影子分开睡后做的梦甜/75%的黑夜加25%的月亮做成巧克力好甜/苦舌头上的毒药甜/空衣袋里还藏着一点点羞耻/那一撮碎星星的尘屑甜//挨过你衣角的那只手甜/全心全意爱不了解的人/用尽全力抱紧不存在的人/一触即燃的水啊/好甜。”整首诗的每一句几乎都是以“甜”字结尾，显然不是为了押韵的效果，如果这样就真成了一首歌词。从“红薯”“稻杆”“巴茅草”到“母亲的乳汁”，从“睡梦”“夜色”“星星的尘屑”到难以言说的“爱”，以实入虚，名在实写，情为虚写，层层递进，读完之后甚至觉得嘴里也甜甜的。这种文字传递出来的感官享受真是神奇，而这种感受是由诗歌内在的韵律实现的，这种韵律没有表现为诗句的抑扬顿挫或整齐划一的字句，而是在诗歌的内在生命的抑扬顿挫之上。所以说，诗歌的音乐性不单是一个押韵与否的问题，也不单是一个节奏、停顿的问题，它是一

① Bertrand Marchal，*Lire le symbolism*（Paris：Dunod，1998），p. 87.

个整体性诗歌境界的问题。音乐和诗歌语言不是分离的关系，而是交融为一体的关系，它们之间互为表里，互为表征，共同完成诗歌的象征功能。就如别雷所说："当世界来到我们心灵时，音乐就鸣响起来。当心灵已成为世界时，音乐就将在世界之外。"①

另一首诗《沅江》在音乐性的形式上则表现更为突出。"白鹭惊起时慌慌的/女人喊你时声音碎碎的//他唱着野山歌痛痛的/你要去的渡口/那里的青石板空空的//野鸭子生蛋青青的/风吹着野苇火/野苇的灰烬白白的//沅水流得笨笨的/它的声音是低低的。"全诗不长，共四个诗节，第一节和第四节两行，其余每一节三行，每一行的节奏基本相似，三到四处停顿，形式上构成比较完整的旋律感。而譬如"慌慌的""碎碎的""痛痛的""空空的"……这些叠词的使用让诗歌在听觉和视觉上更具备音乐的特质。这是一首爱而不得的情诗，读这样的诗时我们有一种天然的亲切感，似乎早已形成在脑海中的一种审美图景会被激发、还原，非常顺利地能够获得诗歌无论是在形式、内容还是情感上的熟悉感与共鸣。究其原因，我们发现这样的诗歌其实具备中国古典诗歌的独特韵味，特别是与《诗经》里的爱情诗存在很多审美上的共性。例如《野有蔓草》："野有蔓草，零露漙兮。/有美一人，清扬婉兮。/邂逅相遇，适我愿兮……"又如《关雎》："关关雎鸠，在河之洲。/窈窕淑女，君子好逑。/参差荇菜，左右流之。/窈窕淑女，寤寐求之。/求之不得，寤寐思服。/悠哉悠哉，辗转反侧……"同样是爱情诗，同样是爱而不得、求之不得的忧思，"白鹭""渡口""青石板""野苇""沅水"，是古典诗歌里常见的自然图景，青山绿水、白云悠悠，男女邂逅、相恋、分离，古今不变的深情款款，这种淳朴的、直率的情感原来仍然存留在我们的内心深处。孔子说，"诗三百，一言以蔽之，思无邪"，那是人类纯真的时代最纯真的爱情诗篇，而张战的这首诗体现的也正是这样一种"无邪"的情愫。

---

① 别雷：《象征主义是世界观》，载翟厚隆编选《十月革命前后苏联文学流派》（上编），上海译文出版社，1998，第24～25页。

（三）唤醒麻木的感官

英国哲学家乔治·贝克莱曾有句著名的论断：存在即被感知（To be is to be perceived）。对此可能有人会有不同的理解，但有一点是肯定，即人类对世界和自我的认识从感觉开始，而这种感觉是可以被认知的，感觉与想象又总是息息相关的。亚里士多德认为视觉和听觉是较为高级的感觉，而触觉与味觉是低级的感觉，康德说嗅觉是“最得不偿失并且显得多余的感官”，[①]黑格尔更为武断：“艺术的感性事物只涉及视听两个认识性的感觉，至于嗅觉、味觉和触觉则完全与艺术欣赏无关。”[②] 这些传统而又权威的观点无疑影响了艺术、文学的发展，于是视觉与听觉总是以绝对的优势将其他三者排除在审美范畴之外，或使之以讽刺、诙谐的方式存在。诗歌创作也受限于这样的文化规则，例如声音就是诗歌的最初和最外在的表现，诗歌给予听觉以本体论的意义，诗歌的音乐性之所以如此重要就在于此。对此，《毛诗序》里也有类似的描述：诗者，志之所之也，在心为志，发言为诗，情动于中而形于言，言之不足，故嗟叹之，嗟叹之不足，故咏歌之，咏歌之不足，不知手之舞之足之蹈之也。所谓“嗟叹之”“咏歌之”“手之舞之”“足之蹈之”皆与听觉、视觉相关，而味觉、触觉与嗅觉就未曾被提及。我国著名诗论家梁宗岱说过：“所谓纯诗，便是摈除一切客观的写景，叙事，说理以至感伤情调，而纯粹凭借那构成它底形体的元素——音乐和色彩——产生一种符咒似的暗示力，以唤起我们感官与想像底感应。”[③] 穆木天认为：“在人们神经上振动的，可见而不可见，可感而不可感的旋律之波，浓雾中若听见若听不见的远远的声音，夕暮里若飘动若不动的淡淡光线，若讲出若讲不出的情肠，才是诗的世界。”[④] 无独有偶，他们共同想要强调的仍然是诗歌中听觉与视觉因素的重要性，其他感官似乎被传统诗人与诗论家们整体遗忘了。值

---

① 康德：《实用人类学》，邓小芒译，上海人民出版社，2005，第159页。

② 黑格尔：《美学》第1卷，朱光潜译，商务印书馆，1979，第4页。

③ 梁宗岱：《梁宗岱文集Ⅱ评论卷》，中央编译出版社，2003，第26页。

④ 骆寒超：《新诗主潮论》，上海文艺出版社，1999，第56页。

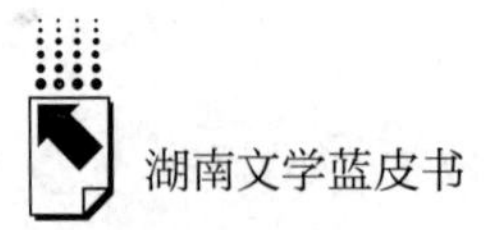

得庆幸的是，越来越多的现代诗摒弃了这样传统落后的观念，人的感官并没有上下、优劣的等级差别，它们都是人感觉系统的一部分，是组成人身体与精神平衡、融洽的一部分。

在张战的这一组诗中，有大部分诗和“吃”相关，有非常明确的味觉、嗅觉、触觉体验。仅仅看这些诗歌的题目——《喝了一碗鹅汤》《吃火锅的人来了吗》《如果甜不能吃还有什么可吃》《剥板栗的时候你在想什么》《没有比秋刀鱼更好听的名字了》，就会让人顿时胃口大开，心生欢喜。在传统的诗歌观念里，这些关于“吃”的话题可没任何诗意和美感可言，也不太可能成为诗人关注的对象。实际上，“吃”是生命最基本的需求，是人存在之根，是最直接的快乐来源，实在不需要难为情。对食物的热爱就是对生命的热爱，对人的自然天性的尊重，更何况在诗人的笔下，它还能调动我们所有的感觉器官对世界进行探索，对生活、生命进行哲学的思考。譬如诗中这样一些描述——“多么清香”“清甜”“粉甜”“香脆”“桂花香”“那样软”“那样细”“我滑溜溜吗”“我凉吗”“薄脆的梦”。阅读过程中，我们可以体会到声、色、香、味相互交流与转换，各种感官相互交错与通达，肉体与精神、形而下与形而上的世界高度融合。

随着社会与思想的不断进步，我们逐渐认识到其实所有感官功能之间没有绝对的界限，每种特定的感觉都用于不同的目的。[①] 人的所有感觉是一个自然、自发的过程，如果在其中加入道德、伦理、政治等因素，只会增加人与感觉的疏远，降低人审美的能力与自由。实际上，随着科学技术的发展，人的感觉的确处于退化的危险境地。这种退化由来已久，其中一个根本的原因是人类与自然的亲密关系受到破坏，我们早已不再拥有古老祖先们与自然、宇宙直接对话的能力。机器、电子产品、虚拟的网络横亘在人与自然之间，代替了自然在人心目中的神圣位置，这些冰冷的物质只会钝化我们的感官、麻痹我们感知世界的能力。因此，诗人作为有相当敏感性和直觉能力的人，

① 苏珊·斯图尔特：《诗与感觉的命运》，史惠风等译，上海外语教育出版社，2013，第28页。

应该调动自身一切感官能力，将独特的自我感受与心灵体验在诗歌中呈现出来，自觉承担起重新唤醒人们对自然世界、对美的欣赏能力与判断力，那样的诗才是不断接近神秘、神圣和完美的。所以，读完张战的诗后最大感受就是：中国现代诗要进一步向前、向更深更广处发展，那么诗人就有必要成为感官更为发达、细腻而深刻的，兰波眼中的所谓“通灵者”。

三　庸常生活里的文化漫步

许永宁*

在日新月异的社会大潮中，文化、文学的功能逐渐边缘，一方面被作为生活的点缀，时时游走于经济与政治的樊笼，另一方面作为主体意识功能很强的精神载体，却有逐渐沦丧、成为附庸的嫌疑，而最为关键的则在于如何正确处理文化问题。

从2018年到2019年，谢宗玉的散文都将笔触延伸到庸常生活中文化分析以及文化反思的领域。从原始部落的历史沉淀到当下生活的艺术想象，从现实生活之一瞥到思想理论之讨论，留下了众多值得引人瞩目的闪光点，尤为可贵的是，在喧嚣社会庸常生活的今天，他一直没有停止通过自己的思考，为这个社会注入一种稳健的、理性的力量。看似不经意的随想，却往往蕴含了作者饱经沧桑之后的独特体验，这注定成为其文学风格独有的样式。

在现实社会中，历史究竟应该以何面目出现？大多数人对其认识往往是借助影视剧或教材，专业一些的读者则是通过较为复杂的历史研究所获得，而更为复杂的历史多呈现为一种观念或一种技术，由专家掌握。那么作为普通人的历史认识是不是历史则有待考究。谢宗玉以文学的笔触，从日常生活回溯历史，带来的既有普通读者作为兴趣阅读的通俗易懂，更有反思背后所体现出的历史观念。至此，可以看出其庸常生活中文化的意味，大概有四。

---

* 许永宁，文学博士，湖南师范大学文学院讲师，研究方向为中国现代学术思潮。

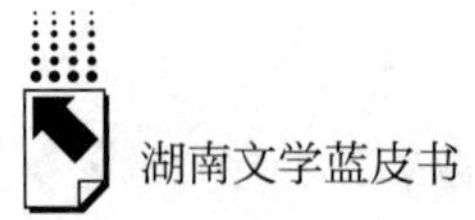

首先，历史的文学表现形式。古人云，文史哲不分家。但在现代学科体制下，随着专业精细化程度的提高，越来越多的精耕细作导致专业间壁垒森严，大有鸡犬之声相闻、老死不相往来的境界。对于谢宗玉的文化散文而言，其并没有完全拘囿于文学内部的字斟句酌，相反，将阅读的视野以及反思的力道从文学延伸至历史，甚或是哲学。如其《生活的艺术》一文，从日常生活中一个小小的事情出发，勾连起从阅读史到经验史的开掘，当将两者完全融合在一起之后，呈现的并不简单是个人的日常生活的一面，而更多的是作为个体之一的体验与历史观念之间形成的张力。正如他对"生活的艺术"的理解，"什么是生活的艺术，如何艺术地去生活，不应以事件论，得以人以心而论。人感觉充实了，心感觉详和了，每一个日子都春光灿烂，什么样的工作生活，都是艺术的"。[①] 从一件小事出发，最终回归到一件小事，这种回心模式的写作，与其说是作者可以创作的一种思考方式，不如说是文如其人、风格即人的一种真实写照。进而言之，亚里士多德在评价文学与历史关系时所言"诗比历史更真实"，其所谓的真实并不是文学如工笔画一般真实地描摹社会历史现状，而是从精神的体验层面追寻那些与历史相关联的日常生活，试图从中寻绎出那穿越古今、亘古不变的规律，也就是在这一点上，谢宗玉的散文有了在历史、文学、社会之间自由穿梭的轨迹与力量。

其次，日常生活与历史逻辑的对冲。大众并非"人数众多的、没有定型的、易受操纵的、头脑简单的、品位低下的乌合之众"，[②] 大众对于日常生活的理解与体验并不是低等的生存感受，而日常最为常见的体验则是重复，年复一年，日复一日，进而对于社会历史的理解，形成了多依赖于经验、传统的惯性思维。在谢宗玉的《铜官窑、时光以及历史》中，作者反其道而行之，以一种逆历史潮流而动的姿态发问，"谁能想到，一千多年后，《全唐诗》还能有补缺拾遗的机会?"同时他借用人类学家叶舒宪先生的观点："文字中的历史，只是小历史。在文字之外，还存在一个更大更真

① 谢宗玉：《生活的艺术》，《湖南文学》2019 年第 1 期。

② 成伯清：《大众：成因与中介机制——重访大众社会论题》，《江海学刊》2016 年第 5 期。

实的历史。”[1] 表达出对于日常生活之外的人类历史的探索与反思，而这种反思有了与传统历史逻辑相抗衡的味道。一个是日常生活可不可以入史，在梁启超提倡新史学之后的一百年，这种问题看似早已不成问题的问题，却有了“请返其本”的意思。虽然我们在理论上畅言，日常生活的入史不仅是一个历史问题，也是一个社会学的问题，而且成为越来越多人关注的重点与热点，但是在实际的操作中，被忽略与被遮蔽的情况屡屡被发生，而且愈演愈烈，所以谢宗玉在《青史留名的标准》里追问，追问那些“润物细无声”的力量，为弱者发声，为贫者发力。另一个则是弱肉强食的历史书写之于当下的现实意义。历史常常为强者、胜者所写，从远古以来的帝王将相才子佳人，到现如今的富豪商贾、新兴人才，无疑他们都是在各行业中做出了自己的贡献，并且为人类带来变化的人物。但是，不可忽略的是，这种写作的思维模式并没有因为21世纪的到来而发生改变，甚至可以说是封建时代的铁犁依然耕耘在21世纪的土壤中，借用鲁迅的话来说，“从来如此，便对么?”[2] 所以，作者畅言，不仅要把历史的笔尖从远古拉回到现在，更重要的是，在历史书写中，那些被侮辱与被损害的灵魂是否能够因为历史逻辑的改变而改变。此刻，这种日常的经验惯性与历史逻辑，在某种程度上形成共谋，但无可置疑的是，因为共谋背后更多的并非历史的合理性，而是暂时的妥协，甚至可以预言，在不久的将来，随着时代的迁移，分歧会大于共识，甚至会走向对立。这不仅是历史与现实的对冲，更是日常经验与历史逻辑的对冲。

再次，从日常走向哲学。随着西方理论的传播，福柯一度被奉为经典，尤其是关于话语权力的揭示深入人心。作者从《疯癫与文明》的阅读体验入手，从日常所不经意的关注点介入，将疯癫与文明的关系梳理得如此透彻。其实，对于疯癫与文明现象的观察，中国人并不晚于西方，龚自珍的《病梅馆记》对此早有论述，不同的是，两种论述的方式不一，后者是以社会现状所产生的担忧入手，关注清一代人才的流逝与病态生成机制。但是前

① 谢宗玉：《铜官窑、时光以及历史》，《湖南文学》2019年第1期。

② 鲁迅：《鲁迅全集》（第1卷），人民文学出版社，2005，第451页。

者所探讨的并不仅仅停留于对一种社会现象的反思，更重要的是由此而展开的哲学讨论。过去所谓的“疯癫”大多是以人类认知视野的受限以及艺术生产的巅峰作为对照，谢宗玉通过阅读发现，“凡是有艺术作品的地方，就不会有疯癫。一切哲学神学艺术都是理性的产物，一直站在非理性的对立面”。[①] 作者鞭辟入里的分析，得出与常人所不同的观念，甚至是将日常生活上升到一种哲学的层面，探讨人类世界的本源，这是对于日常状态深入人心的一种阐释。同样，在谈到对疯癫的理解时，他说，“我也一直认为，人类的哲学、神学、美学、艺术等什么，都与疯癫有着某种神秘的联系”。[②] 而对于疯癫的思考，虽然作者对于怪圈的观点笔者并不敢苟同，但是对于他不断从日常向历史领域延伸，进而向哲学领域探索，并借助文学形式表达的努力，值得钦佩。

最后，从理论向实践的转向。如果说上述的分析与反思仍然停留于理论层面，那么传承古人“读万卷书，行万里路”的观念在谢宗玉的散文中不时出现，从铜官窑古镇所发现的“黑石号”沉船，到《生活的艺术》中的广场舞实验，都体现出其从理论到实践，再反过来重新审视理论的特点。如他所述，“你行万里路，读万卷书，上下求索，立志要为生民立命，为天地立心，为往圣继绝学，为万世开太平，是艺术的生活。我甘于平庸，耽于玩乐，上班做好工作，下班打好麻将，今朝有酒今朝醉，明日愁来明日忧，同样也是生活的艺术”。所以，“我发誓，下回再碰到广场舞了，我定会像游鱼一般滑进去，轻盈旋转。才不管你们鄙夷的眼神和口吻呢”。[③] 可以看出，谢宗玉对这一传统观念的强调，并非人云亦云式的旧事重提，而是身体力行的实践，并赋予其新的时代新的特点。退一步说，即使是重复强调，那么内在的韵味恐怕更加令人担忧。在一个常识都缺乏的年代，对于常识的强调，不仅是文学之于社会的一种简单的反映论与表现论，更重要的是一种情愫，一种以关心社会、家国、历史命运为核心的情怀，这是难能可贵的。

---

① 谢宗玉：《疯癫与文明》，《湖南文学》2019 年第 1 期。
② 谢宗玉：《疯癫与文明》，《湖南文学》2019 年第 1 期。
③ 谢宗玉：《生活的艺术》，《湖南文学》2019 年第 1 期。

总体而言，谢宗玉在文化漫步的同时，不断地寻找日常生活中简约而不简单、庸常而不平常的思索之处，有着其独特的观察力和思考力，为散文向纵深层次的拓展提供了可资借鉴的途径。与此同时，需要指出的是，作者在庸常生活的漫步中，借助反思之力，寄希望于通过思索达到对于历史、社会甚至人生的洞察，在表现出深度的同时，却丧失了力度。在表现一己之思的同时也体现出局限性，并不具有普遍阐释力，甚或并不具有说服力。因为我们对于问题的思考，并不停留于现象的表现，更多的是对这一现象产生原因的追问，也只有如此，才可以获得最基本的逻辑演进轨迹。当然，我们也知道，对于问题的反思是一件吃力不讨好的事情，也不可能在短短的几篇文字中就能解决。同样我们也并无意去做盖棺定论式的结论，而是留一个开放包容的空间，供后来者，凭借此“好风”，青云直上。

四　吾心归处茶意长——从邓跃东《人息屋檐下》谈开去

袁姣素*

邓跃东的《人息屋檐下》（《散文》2019 年第 8 期，《散文海外版》2019 年第 12 期转载）有着从经验延伸至观念的审美转化，从人们的日常入手，描摹风物，捕捉情感，书写了茶在民间、人生如茶的生命观照。文笔随性，语言干净、简约、有力，蕴含丰富，不乏深刻。不失为一篇具有不俗力道的个性之作。

众所周知，写关于“茶”道人生的散文在大千世界可谓层出不穷，百花争艳，但有力度和深度的独特之作并不多见。记得周晓枫有一篇《人在草木间》，以草木为载体，解析人离不开草木，以及生命与“茶”的血肉情缘……其独特的发现与文思让人欲罢不能，沉湎迷醉。而邓跃东的《人息

* 袁姣素，湖南省文联文艺创作与研究中心《湘江文艺》编辑部编辑，主要研究方向为中国现当代文学。

屋檐下》也是别开生面，稳中求新，短小精悍，别有一番令人耳目一新的意味。作者善于抓取细节，懂得立意之新，用其细微入味的生命体验、简单的茶话生活，阐释茶与人生的高妙玄机，得出芸芸众生中的喜乐见闻，更追崇一种把“茶”临风、随遇而安、心有归处的洒脱境界。同样是写茶悟道，却能不落俗套，秉持传统，创新立意，舒展独特的个体经验，给人豁然开朗之感。要说其中的奥秘，还要还原至茶之本身与本色。

自然，说到“茶”，还得从这个“茶”字说起。《茶经》有言“茶者，南方之嘉木也”。从字面上理解，上面的草字头代表着屋檐，屋檐也可理解为屋子或家。屋檐下当然要有人了，下面的木可理解为自然嘉木吧，那么“茶”字就好理解了。屋，人，嘉木，组合成了一幅人间烟火图。其实也可理解为一种生命常态，就如茶的味道，或淡或浓，或涩苦或醇香，捧在手心，冷暖自知。如此，一杯茶便是一种生活，一种茶就是一种人生，现实中的人们都活在自己的那杯茶中罢了。而邓跃东的《人息屋檐下》正是品出了这个冷暖自知的“茶”字。

其实，茶这东西从古至今都贯穿在人们的生活中，不论富贵、不论贫贱，都与生活息息相关。当然了，茶在人们的生活品质中，又有雅趣与日常之分。所谓的“雅”，自然是属于追求生活品质的儒雅名门之流，或是有一定经济实力的热衷于品茗煮酒的群体。这些人喝茶都是有一定的讲究的，与普通老百姓不同，他们讲喝茶为品茗。一个“品”字，突出了其中的情趣与意味的不同，与人们日常的喝茶、牛饮归类出了档次的界定。其要求的环境和器具也不能同日而语。茶是茶中极品，居室有亭台楼阁式的风雅，邀三五好友，吟风对月，岂不快哉？当然，也有另一种意境，琴瑟和鸣，茶伴书香，古人从来都是真理践行的先知者，一句“竹雨松风琴韵，茶烟梧月书声”，道尽了茶韵风流，人间胜景。清风妙语自然是云蒸霞蔚，天上人间，真是茶不醉人人自醉呀。而在邓跃东的《人息屋檐下》看到的却是另一番景象了。在大自然的怀抱中，在稻田边，在庄稼地里，有那么一间小小的稻草屋，人们干活累了，卷起裤管，三五成群，吧旱烟的吧旱烟、喝茶的喝茶、扯淡的扯淡，开些荤素相间的玩笑，那情景、那味道，也是自得其乐，洒脱惬意。这种诞生于大自然的欢愉一隅是何其珍贵！那一坛清幽的碧水，盛茶的瓦罐，沾满泥土的双腿，大口喝茶的畅快，在炎炎烈日下，都是那么地粗犷、豪放、憨厚、满足。这是劳动人民在天地间留给大自然的本真图画，区别于纵情山水，区别于茶韵书香，区别于琴声雅趣，却有着细致生活之外的别样之美。它不是人们刻意所为，也不必故作高雅地曲意逢迎，完全是发自内心的自然流露，对天、对地、对人，一切都是那么地顺心随意，来去如风。从中我们可以看到人们劳动中的悲愁欢喜、人情冷暖。而这样的日常式的喝茶场景也随着稻草屋的坍塌，在人们的生活中湮灭了。只留下那久远的茶香，淡淡地在风中飘散，成为梦里的回忆，或是装入时间的画框中去了。不得不说，邓跃东所描摹的那乡间一幕，触动着人们紧绷的神经，唤醒了人们久远的记忆。在20世纪80年代，随着经济大潮的冲击，价值观的改变，大量的劳动力流向熙熙攘攘的都市，田地开始荒芜，留守老人和孩子成为乡村的风景线。随着乡村城镇化的深入，城乡二元对立的加剧，让日渐凋敝的乡土，陷入了梦幻中的虚无。相对于精神贵族的品茗，乡间的粗茶淡香更是显得浓郁与珍贵了，尤其是田间小屋带来的清欢小憩，不是用物质条件就能达到那种天然的旷达与悠远，那样闲趣与纯真并存的画面已然消逝不见，这真是让人心痛又无奈的。文中劳动人民的淳朴本色跃然纸上，田间风物沉静自然，泥土稻香随风入鼻，让人在一瓦罐清茶中安然沉醉。不经意中，无论是人们在田间劳作，还是随身带着既可充饥又能解渴的油茶，都是如此地亲切自然，仿佛一切就在身边，那已然消逝不见的一幕真实地在脑海中再现出昔日的乡村风景。可见《人息屋檐下》的淡然之气、笔力之功。其笔墨拿捏恰如其分，语言的素朴之美相得益彰，其中的人物情感简约敦厚，于情景交融之中自然抵达，余味绕梁。那朴实而入画入梦的情景在时间之门驻足，不动声色地诠释了生命的真义、生活的真谛。

如斯，茶香淡远之际，正是慢煮生活。是时候慢下来了，在这个物欲横行的时代，在精神状态高度运转、快节奏的时代，在价值观严重错位的时代，人们清醒地认识到了生活的真实，与迫切需要反思的现实状态，开始从纷繁世事中挣脱出来，厘清思维，调整心态，思考自己真正需要的生活品

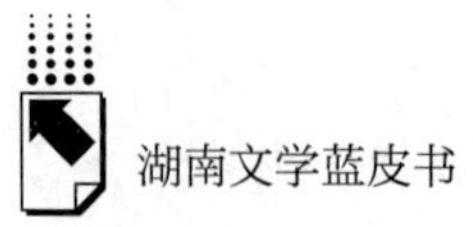

质。经验的积累，观念的更迭，让越来越多的人懂得生命的意识常态。慢出节奏，慢出心态，慢出品质，慢出境界。市井平民闲庭信步，怡然自得，这才应该是人间常态。譬如文中所言，“我经常追忆过去的饮茶清欢，是觉得现在离茶越来越远了，虽然每天都在喝茶。如今日子好过了，不像过去粗茶淡饭，随便抓点泡到杯里，现在叫过茶生活，人们看重形式。我发现，什么东西一形式起来，离内容就远了。”确实如此，如今的茶生活形式只注重一种外在形式罢了，虽也有慢的意境，却实在失去了那种优哉游哉的切实内里了。那种原始而天然的带有稻香的屋檐已经不复存在，那么屋檐下的众生自然也就无所归依了。当人们的记忆只剩下一幅画挂在墙上，一切的情境意味也就随风而逝。此种追忆往昔的淡淡忧伤在“人息屋檐下”变得魂牵梦萦，刻骨之深。于此，文本在情理相生的启承转合之中达到了意念之中的情感交融。这种自然生发的情感与作者的审美个性达成了某种默契，正如刘勰所言“感物吟志，莫非自然”。

“茶”道生活，应当是归于“慢”的。人无论是在家中，还是放任四野，只有慢慢地过滤时光，才能品出多味的人生。也方能领略自然之美，感悟生命之真。正如文中提到的青钱柳茶，得坐下来慢慢地喝，不能边走边喝，不然那细柔气味飘散了，就失去了那种本真之味。所谓生活如茶，茶如生活，便是指的这种慢下来的安宁之气罢。唯有静心，方得慢煮，生活的味道才能色香味美。就如文中说到的油茶，得安心坐下来，晃几下，喝一口，才能有味。在边晃边喝中，方能喝得干净碗里的内容。“油茶本不是茶，是一种应急食物，山民们每天在山上干活，做饭不方便，就带着油茶，饿了倒出来喝一碗，坐着歇息一会，一摇一晃中，光阴就拉长了，充了饥又解了乏。”这段话中既显示了“慢”的张力，又有了生活的意味，在一弛一张中，就有了“人应随遇而安，就地饮茶”的生命奥义。而那种慢下来的情景交融则留给人们深刻的思考。这在散文的叙述中，看似漫不经心，却内涵丰富，直抵人心。这样徐缓有致的叙述节奏，深入内里，再配上特写的画质感，引发的情感，一切似乎未经雕琢，却悄无声息，水到渠成。散文之美大抵如此吧。罗根泽先生认为，“这种感兴是由内及外的心灵感兴，而不是由外及内的景物感兴”。[①] 情感的兴起，古来有之，由内及外，叹兴自然，发乎心灵。这喝茶喝出味来，喝出“饮者留其名”的气魄来，那也真的是得到了茶道，喝到最高境界了。由景及物，由物触心，可谓相辅相成，取之天然。就如陆机所言“情瞳昽而弥鲜，物昭晰而互进”。文中周作人的谈茶之说也正是应了这种境界与茶道——“喝茶当于瓦屋纸窗之下，清泉绿茶，用素雅的陶瓷茶具，同二三人共饮，得半日之闲，可抵十年尘世之梦。”

自20世纪80年代以来，中国散文的抒情与理性审美有了历史性的转变，人们从感官的外在发生着感性的认知，再深入内里，这种从外在的美感走上追崇“真”“善”“美”的道路，给散文的价值重新定义，无疑多多少少受到了康德的审美价值论的影响。当然了，一种观念就会产生一个流派，且不论派性，最终会被人们所接受和理解的才是最受用的经验。从某种意义上说，以一种观念的渗透，产生发酵的过程便是审美和审智的过程。这个过程就是康德认为的“观念本来就意味着一个理性概念，而理想本来就意味着符合观念的个体的表象”。[②]《人在屋檐下》表现出来的茶道与人生，似乎也蕴含着从真向美的过程。人们在生活里积累的经验慢慢地转换成了一种深潜于心的观念，比如文中多次提到的喝茶方法，都是要先把心安下来，慢慢地喝下去，仿佛在咀嚼属于自己的时光。就如文中所言“接近一种茶就这么简单，只是我们老坐不住，常埋怨茶叶不好”。是的，一种茶就是一种人生，道理也极为简单，人生中不论遇到什么，心态最为重要。心态好了，自然一切如常，一切也就顺畅了。并不是我们的人生不好，茶叶不好，而是心态没有调节到位，自然也就体会不到这简单而又深刻的人生内里了。殊不知，这里得出的人生经验却是我们在现实生活中常常遇到的困扰，只是我们常常自己在喧嚣中迷失，总是挑剔着茶叶的档次优劣，却不愿意面对，不懂得遇事的拿起和放下。

诚然，岁月如流，往昔不再。乡间的稻草屋已成为我们梦里的记忆。然

---

① 罗根泽：《中国文学批评史》，上海书店出版社，2003，第316页。

② 康德：《判断力批判》上卷，宗白华译，商务印书馆，1995，第70页。

茶还在，喝茶的氛围也在。在这个喧嚣的世界，重金属的声音搅浑了物事尘埃，钢筋水泥的进军绑架了人们的视野与追寻。快节奏的现代生活太需要人们慢下来去细细品缀人生，回归心灵的家园了。就如文中所言“我以为是我独到的发现，但有次在茶店的灯笼上看到一个毛笔隶体的‘茶’字，突然间就醒悟了——老祖先早叫我们坐到草屋下的木凳上呢!”这里的草屋不是高楼华堂，也不是亭台楼阁，而是我们飘忽不定的灵魂所需要的那个简陋而温馨的心灵之家。那么这样一个能安放灵魂的地方，自然是需要一张木板凳了。因为只有经受过烟火熏烤的嘉木才能栖居我们真实的灵魂。

如斯，我们接近一种茶，品味一种人生，道理其实很简单，心安之处是吾乡，吾心归处茶意长。

B.14
2019年网络文学、报告文学及儿童文学之力作评说

摘　要： 2018年，湖南网络文学两部力作都具有传奇色彩，故事情节惊险动人。二目的《放开那个女巫》是一部网络奇幻佳作，穿越重生至异世界的地球青年工程师在那里重建了工业文明，小说创造性地将女巫的魔力视作另一种未知的科技力量，与地球科技合作共进，发展了人类、抵御了入侵，并撩开了宇宙哲学的一角。流浪的军刀《血火流殇》书写谍报工作者为拯救国家危亡不怕牺牲的忠诚史诗。小说通过极具代入感的写作方式、双男主的人物设置和影视化的语言风格，凝练“硬核”创作技能，文风硬朗，在同类作品中独树一帜。报告文学力作《先声》写在“五四”百年的历史节点，讲述了以毛泽东、蔡和森等爱国青年共同创立新民学会以报国图强的历史故事。叙事在历史与今天穿行，人物在故事细节里凸显，环境和氛围烘托出激情澎湃的历史语境，是一部新颖可读的报告文学。儿童文学力作蔡皋的散文集《一蔸雨水一蔸禾》诗意悲悯、玄远高简、归真返璞、美在境界，并与儿童、童心结合，成为儿童散文的一个典范。

关键词： 湖南　网络文学　报告文学　儿童文学

一　两种文明以及奇幻历史代入法
——谈二目《放开那个女巫》

夏烈*

1959年，英国物理学家和小说家查尔斯·斯诺（Charles Percy Snow）在剑桥大学做过一场甚具影响力的演讲，提出了“两种文化”的问题。他指的是当时在英国社会中“科学文化”和“人文文化”相看两厌，形同水火。那些文学家和人文学者认为科学家是一群肤浅的乐观主义者，对深邃的人文知之甚少；而科学家们作为回击，认为文学家不过是一群病态的愤世嫉俗者，连初中水平的物理知识都搞不清楚却妄议世界。固然，斯诺说的“两种文化”的割裂和人群上的撕裂感都应落实到具体的背景、成因即其历史阶段性中，不必生搬硬套到其他时空一概而论，但科学和人文的差异甚至观点对峙也确乎是常态——不如把它们放到人类文明的不同性格经验与解决方案这样的范畴里去思考，这样就会豁然开朗以致从容得多，并且能够感觉到人类发展的富有张力的结构性。

关于二目的奇幻种田文《放开那个女巫》，笔者开始以为也是这样一个意义上的网络小说，将文学想象层面的奇幻叙事传统和工业文明所代表的科技文化联结在一起，做一场美妙的建功立业的构想——这已经是一种不错的结果，既冲刺了奇幻门类下女巫文的新高，也充满了男频科技主义的专业度、爽感，可以说是一个阴阳调和、科技与人文兼济的代表文本。然而，直到读完这部340万文字的长篇，笔者才意识到评论的主题兴许可以更上层楼，不论作者创作上达致的效果如何，他原来的立意构画是这样的！

（一）两种文明的故事编织及宇宙哲学设想

《放开那个女巫》是作者二目的第一部网络长篇，连载于起点中文网。

* 夏烈，杭州师范大学文化创意学院教授，一级作家，兼任中国作协网络文学研究院副院长，中国文艺评论家协会网络文艺委员会副秘书长，主要研究方向为网络文学。

2016 年 3 月 29 日始，2019 年 6 月 4 日毕，总字数近 340 万。小说至今已在起点中文网获得 708.53 万人次的推荐票，评分高达 9.1。类型标签为“史诗奇幻”，作者自定义标签为“种田文”。这部小说在 2016 年甫一推出就被读者热议，使作者二目当年就登顶起点中文网的“十二天王”，实现了“一书封神”的奇观。

小说写的是地球青年、机械工程师程岩因加班过劳猝死而穿越至中世纪欧洲风格的异世大陆，以四大王国之一的灰堡四王子罗兰·温布顿的身份展开功业的故事。当这位地球心智的罗兰·温布顿在圆形广场的高台铁椅上清醒过来快速确定着自己究竟是谁、为什么这般打扮、正在何处的同时，那个审判的现场也逼迫他迅速地读解到被替代掉的四王子的记忆区——他的面前那位羸弱肮脏的犯人正是一名“女巫”（女巫安娜最终成了他的妻子）。也就是说，小说开篇要言不烦，以情节环境催动背景交代，迅速地和盘托出，不仅奠定了穿越即其男主的人设，还有则是全篇的核心要素“女巫”在第一时间就出了场，告知读者这不但是中世纪文明水准的异世大陆，也是真正有女巫存在的异次元世界。这样，作为小说类型的西方奇幻在此拥有了不折不扣的正宗血统，引领着读者入场，也调动着读者所有“前阅读”中的有关西方奇幻和女巫文的经验记忆。读者在开读之时，就仿佛知道了小说大抵是怎样一种特点的叙事，这就是类型小说文脉的优长特色之处，即读者是在悠久的类型模式和类型期待中加以（或者重加）体验的。我们研究网络类型小说，就得领受这种接受学上的常态、常识并在很大程度上视之为“一种杰出的传统”。

二目在小说的第一部分即三分之一篇幅几乎就这样稳当地递进着人们对于女巫文的基本心理期待，并且由于他的文笔优异、结构舒徐，大多数读者都会赞叹作者此文的“良心”。比如有读者评价，“这本书的优点就在于一个稳字。一个水准远在网文写手平均水准之上的作者铁了心的一门心思地很认真地在写爽文，就问你怕不怕?”又或者说，“前 1000 章整体来看基本是种田文巅峰水平，构思谈不上新颖但整个构架很好，伏笔收放、多视角叙事、爽点布置也都做得不错，开挂程度恰到好处……此外人设塑造和日常描写非常能戳到网文读者的点，无怪乎国外好评如潮”。如果说，作者不仅仅按套路加文笔的办法在应对读者的期待，而是有什么匠心独运的话，那么定然是作者虽写奇幻、写女巫，却在小说落笔之前就精心想好了女巫之“魔力”在小说世界里的控制，即一种有限性。这和一般写奇幻、写魔力的网文拉开了距离，我们很容易看到的是这类网文随波逐流大用特用巫术魔力的“金手指”拼命开挂以获取爽感，或以扮猪吃老虎的手法炫耀扮酷。然而作者从一开始就限制了这种“大路货”的做法，仿佛对他来说，“有限”的爽才是更有意味的爽，而关键的是，魔力与科技究竟可以怎样合作？乃至于伏脉千里最终一齐指出作者对于二者关系的“哲学性”理解，这些成了小说颇具苦心孤诣的设计，显示了作者自我立意的高度和写文的追求，值得我们读罢赞佩其境界、其用心。

所以说，光看小说的前三分之一，依旧可以用“两种文化”——奇幻叙事的文学传统和工业文明的科技知识相融兼济来肯定《放开那个女巫》的一些特点。由四王子罗兰所代表的地球工业文明知识体系及其从中世纪开始奋勇开拓的实践，以及由女巫们所代表的超现实的各自不同的魔力技能，小说通过巧妙的设计，比如女巫们起初被人类王国视为“堕落”与“邪恶”不得不依靠罗兰来庇护拯救，比如罗兰的工业造物必须由女巫相应种类的魔力帮助才能完成，比如每一位女巫的魔力不但各不相同且要通过数学、物理、化学等的学习才可以获得进化，比如女巫以近似科研工作者的角色与人类中的知识精英合作方得以不断发明机械、枪炮、航船、火车、高楼、飞机、汽车、电影、核武器，于是，天马行空的奇幻想象被理工男的科技思维不断消化控制着，求得了文学和科学在小说里的内在平衡。

然而，当小说的第二部分突然出现了罗兰的梦境世界后，新的悬念打破了之前工业与魔力共同开疆拓土、统一大陆王国的“种田文”惯性，似乎酝酿着小说中现实世界和梦境世界的崭新关系。读者一方面极其关注这种剧情的转捩变化意味着什么，它将提供何种新鲜的答案，另一方面则担心作者无法自圆其说，甚至有的开始埋怨作者多此一举。作者在这一部分着意于写小说里现实世界内几大文明（四大文明尚余其三）的竞争关系，这种关系在小说中被命名为“神意之战”，而人所面对的正是魔鬼族群的强势侵入，胜者覆灭对方的文明还可获取“传承碎片”以提升整个族群的文明等级。这一部分，罗兰的梦境世界揭开了现实空间的力量紧迫较量之外的玄妙的“意识界”，换言之，罗兰的意识所形成的梦境世界在神明的意识界中形成了自己的结界（犹如浓汤中的一粒气泡），将探究现实世界种族征伐的隐秘，也预示着罗兰对于神明拥有终极挑战的可能。

小说第三部分不得不触及终极（哲学）的领域，作为现实世界的人类领袖和梦境世界的缔造者之一，罗兰理应选择一条跳出神意安排的族群文明间优胜劣汰之零和博弈的路径，作者为此花费了不少心血构画着现实世界、意识界、梦境世界间如何联系并存的解释系统。拔升至此的小说不可能用戏剧化庸俗化的套路来收尾了，却也因为触及哲学、宇宙、文明这样的大命题而有些捉襟见肘。但二目的企图心还是了不起的，当他用宇宙的高度看待小说中的文明体系时，他形成的不再是“两种文化”的和衷共济了，而是关于“两种文明”的科哲学解释及其宇宙观设想。

小说在第一部分讲，“对众多穿越者而言，科技是第一生产力。而在这里，女巫才是第一生产力”。这个时候，重点还在于工业化的魔力、魔力的工业化这样一种开疆拓土、构建工业文明体系的思维。但小说也隐隐约约地表达，魔力可能来源于另一种文明，一种罗兰所谓的地球科技尚不了解、尚未掌握的另类科技。到了第三部分末尾，小说把努力铺垫构架的文明来源做了最终的介绍，原来这个世界的文明——包括魔力、四大文明的“神意之战”等，皆是曾经存在于此世界中的“十七万六千四百二十五个文明达成了一致协定”，“迁移上千亿个星系，把宇宙万分之一的物质聚集在一起，来制造一个人为的引力裂隙。一旦成功，世界的走向将彻底被改变——而这个工程，便是门计划！”当此间世界被引力拉裂撕出一个细小裂隙之后，魔力就被引入世界，代价与意外却是缔造者们被抹去了，世界的运行依靠一套智能系统及其规则在不断地作新文明的优选。“活着，就是在逆天而行！”异次元世界的人类所坚持的探索创新价值和地球人类的我们何其相似，即便走向部分的毁灭。所以说，貌似偶然的一切都来自过往文明意志的选择，异次元世界的魔力文明和罗兰从地球带来的科技文明，在这里都被科学化和哲学化了。

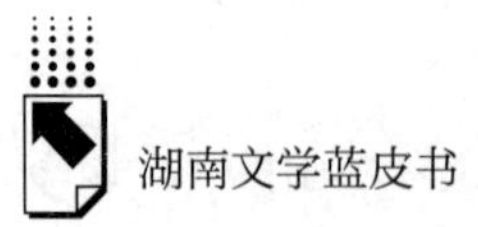

（二）奇幻历史代入法的功能和奇趣

被拔到宇宙流的结尾，是《放开那个女巫》争议最大的所在。一个原因是读者从西方奇幻和种田文的期待入手，却没有料到作者收尾“玩”得那么大、那么高深，以至于不少属于故事和人物层面的可感、好看与细腻之处受到了损失，不少人觉得惋惜。所以，该小说的最大认同公约数，还是前半部分。在那里，人物的塑造、情节的推进、工业文明一桩一件的出炉，都在作者的把控中，亦在读者的舒适区。

《放开那个女巫》的一个鲜明的阅读快感就来自重新演绎人类历史中工业文明到来的诸多细节以及由此形成的蒸蒸日上的科技乐观主义。“在热兵器时代，口径就是正义，射速就是自由，威力越大越光荣，炮塔越多越平等”，类似这样的科技至上、科技崇拜和强国理想，通过小说人物的口吻及其精神、行动表达得淋漓尽致。这貌似源自作者的理工男、工业党的思维认知，但其实也是人们观察分析历史尤其是200多年人类工业文明快速递进的历程后坚信的一些事实与价值。换言之，如果说现实题材式样的网络小说如《材料帝国》《大国重工》等渗透着中国民间知识者对于叙写工业史、彰扬新中国成立以来工业文明和时代精神的一种表达类型，那么，到了《放开那个女巫》以及同类的如《临高启明》《奥术神座》等，则可以认为这种工业与科技思维认知已浸入了玄幻、奇幻类型之中，形成了不同程度的“科玄合流”，这也是很多男频技术性小说的硬核标识。

在通俗的大众类型小说中，“述史”其实是一种渊源有自的传统，而“代入”则是与读者构建读写关系的一种共鸣共情的基本能力。于是，当述史（包含知识谱系）与强烈的代入感叙事合二为一时，它们承担着、也构成着一种独特的小说与历史关系（方法），我们称之为“历史代入法”，像《放开那个女巫》这样的奇幻类型下的知识与历史谱系，则是“奇幻历史代入法”。具体来讲，就是作者以某个专业知识谱系的传播普及为目的，通过网络小说、类型小说、通俗小说，构建了一个拟真的“小说—历史（知识）”还原场域，导引着新的读者走入一段过往的相对陌生化的历史

（知识）长廊。小说的高度虚构真实，加强了人们对于陌生历史（知识）的接受可能，关键的是增强了体验，使人更富感性经验地领略到了历史（知识）本身在生活、生产中的过程、价值与美感。这是很重要的一种文艺功能。

对于《放开那个女巫》来说，18 世纪 60 年代开始的工业革命历程，在整部小说中一一得以重现，只是它的出现方式、整合方式是奇幻化的，一项严肃的机械技术在小说中有所交代，然而被包裹在好看的故事情节以及女巫的魔力特点共建之下，让人忽略了工业科技本身的枯燥和晦涩，乐于了解和理解了一些工业技术的来龙去脉，并被书中造物者、使用者、旁观者的文学化叙写带动了情感情绪，体味到类似人类历史上时代人物可能产生的快感、成就感与时代精神。

从这个角度说，《放开那个女巫》的思想基调是简单而乐观的。可资对照的另一极的作品令笔者想起了卡夫卡的《变形记》——“格里高尔·萨姆沙从不安的睡梦中醒来，发现自己躺在床上变成了一只巨大的甲虫”，怪诞失意一层层地到来，展示着作者对于资本主义工业文明下人的异化的真切感受与批判；而同样是开篇，《放开那个女巫》中的程岩被政务官巴罗夫唤醒，却迎来了他四王子的身份和工业党建功立业的新生。这就是看待历史（知识）的“两种文化”了，也在一定程度折射了《变形记》代表的严肃文学和《放开那个女巫》代表的网络文学所呈现的“两种文化”关系。

二　网络军事文学的“硬核”创作
——评流浪的军刀《血火流觞》

贺予飞　范　瑶*

在网络文学的类型分蘖中，军事文学一直处于“硬核”地带。而流浪

* 贺予飞，博士，湖南工商大学讲师，长沙市网络作协副主席，研究方向为网络文学、文艺理论与批评；范瑶，湖南工商大学本科生。

的军刀无疑是个中高手，素有军事文学扛鼎斗士之称。他于 2003 年开始创作网络军事文学，其作品《终身制职业》《愤怒的子弹》《使命召唤》《请让我牺牲》《斗兽》《抗命》《不存在的部队》《熵次元》《极限拯救》等吸引了大批铁杆粉丝，在国内掀起了一股军旅题材热潮。流浪的军刀在谈及自身创作时，曾坦言："有句话叫慷慨从容易、忍辱负重难。我希望能写出前辈们所经历的那种刀尖上的舞蹈、绝境中求生的感觉。"目前，他正在连载的新作《血火流殇》讲述了抗日战争时期在武汉地区一群勇敢的谍报工作者为拯救国家危亡，与日寇、国民党、汪伪政权斗智斗勇的故事。主人公尚稚和燕景宗是两位身处不同阵营的多重间谍，为了获取日寇机密情报，他们由对抗到联手，在敌人内部层层深进的过程中二人互相掩护、奇谋百出，用生命与牺牲谱写了一曲忠诚史诗。这部小说通过极具代入感的写作方式、双男主的人物设置和影视化的语言风格，凝练"硬核"创作技能，在同类作品中独树一帜，读者好评颇高，入选中国作协 2018 年中国网络小说排行榜（未完结榜）。

（一）极具代入感的创作

作为网络军事文学中的热门领域，谍战题材创作历来以跌宕起伏的故事脉络和扣人心弦的情节设置吸引读者。《血火流觞》秉要执本，以极强的代入感融于小说创设中，读罢让人大呼过瘾。具体来说，小说的这一代入感主要由真实感、认同感、爽感等组成。

真实感，是作品代入感形成的根基。《血火流殇》描述的场景虽不是当下生活场景，却让读者感受很真实。一方面，这种真实感来源于流浪的军刀构建创作框架的逻辑自洽能力。所有的情节必须为创作逻辑框架而服务，只有逻辑自洽，才能建立作品的可信度。否则，不论情节再如何惊险刺激、热血激昂，逻辑上出现漏洞便如无源之水、无本之木。《血火流觞》这部作品就如日寇与间谍之间的"猫鼠游戏"，小说围绕燕景宗与尚稚联手抗日的主线展开，通过汞谋杀案、徐国器之"死"、无头尸案、尚稚遇刺等一系列事件让间谍"夜莺"的真实身份扑朔迷离。流浪的军刀谋篇布局思路缜密，小说人物间的斗智情节环环相扣，心理活动的勾勒细致入微，心理陷阱设置巧妙，给人营造身临其境的感受。另一方面，这种真实感来源于细节构筑之真实。如果说逻辑框架是一部作品的骨骼，那么细节便是这骨骼上的血肉。一个精妙的细节可以省去烦冗的铺叙，达到画龙点睛的效果。在小说开篇之时，当所有证据指向燕景宗就是间谍“夜莺”时，饭岛龙马却因燕景宗的一个细节打消了对他的怀疑。即燕景宗在面对日文情报时仅仅只有眼神的停留，视线并没有移动。这是辨别燕景宗是否识得日文的关键。给饭岛龙马增添一个观察燕景宗视线是否移动的细节，不仅使燕景宗从间谍的身份质疑中合情合理地排除，而且让饭岛龙马纤毫必察的心理侧写师形象瞬间鲜活起来。也正因如此，尚稚和燕景宗才能够利用饭岛这一细心谨慎的个性，让其落得一个“聪明反被聪明误”的下场。利用合理的细节编排，可以塑造真实可感的人物。譬如，在第一卷结尾处，尚稚被殷绣娘误认为汉奸，并遭到殷绣娘的袭击时，他停下了抬在半空中的手，生生止住了自己防御和反抗的本能。单从对尚稚动作细节的处理来看，他扼住了御敌的本能反应，不仅为尚稚形象增添了几分多情的色彩，也巧妙地为后文燕景宗怀疑他会以情用事埋下了伏笔。流浪的军刀对人物细节的雕刻始终秉持真实原则，增强了作品的可信度。

认同感，是作品代入感的强化剂。“对于每一个中国人来说，爱国是本分，也是职责，是心之所系、情之所归。”《血火流殇》高扬了爱国主义情怀，这使读者对流浪的军刀在小说中所构筑的世界观、人生观、价值观产生一种天然的认同感。小说塑造了尚稚、燕景宗两位间谍爱国、正直、勇敢的形象，并赋予他们以随机应变、细致沉稳的智谋，让他们相互配合完成抵抗外敌、复兴中国的共同目标。间谍作为多面人也有陷入“是”与“非”、“对”与“错”判断的两难境地，但最终这二位间谍主角都服从了自己内心报效祖国的信念，做出了最为正确的抉择。正如流浪的军刀在采访时谈道：“真正的作品内核在每一个中国人的心里。真诚、善良、勤劳、勇敢、坚强、忍耐、谦逊、奋进，每个中国人心里都有这些。而我所做的，就是尽量把这些东西在书里写出来。”这些让读者增强认同感的品质不仅出现在主角

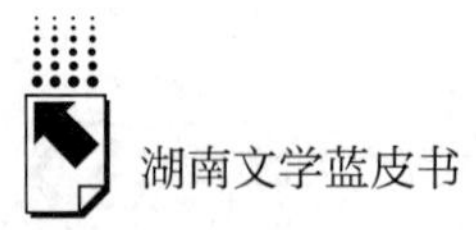

身上，还体现在面对枪口说出最后一句“中国不会亡”的战士身上；在面对威逼利诱仍坚定回答“我是中国人，我不投降”的孩子身上；在不得不离开前线时告别说“今此一别，恐怕永无相见之日”的战友身上。流浪的军刀在作品中构筑了报效国家来实现自我的人生观，这不只是对抗战时期战士的致敬，更是对中国人民美好品质的高歌。这些英勇无畏的战士形象，使作品有了血性和豪情，让读者为之动容。

爽感，是作品代入感的加速器。《血火流殇》的创作是不折不扣的“爽文”模式。一方面，作为一部谍战小说，主角人物的特殊职业极大地满足了大众的猎奇心理，实现了读者们的“英雄梦”；另一方面，整个小说的谋篇布局依靠在刀锋上舔血的、隐秘的冒险经历和悬疑烧脑的剧情展开，紧紧抓住了读者的阅读心理，使读者获得刺激、满足与成就感。爽感能够让读者在作品中实现自己在日常生活中无法达成的愿望，排解现实中的压力和郁闷。在如今这个高压社会之下，富有爽感的作品为人们提供了一个“造梦”之地。弗洛伊德曾说：“作家使我们从作品中享受到我们自己的白日梦，而不必自我责备或感到羞愧。”① 作品带领读者进入另一个世界，幻想着自己便是那个勇往直前实现梦想的主角。《血火流觞》中的燕景宗与尚稚两位间谍的塑造满足了广大读者心中的“英雄梦”。他们利用各种心理战术获取信任潜入敌人中心，帮助前线获取更多情报。无论是波谲云诡、斗智斗勇的情节，还是主角们承担历史使命、执行高危任务的经历，都将小说一次次推向爽点高峰。小说中，尚稚和燕景宗多次面临饭岛的信任危机，却又巧妙地消解敌人的怀疑，使小说“山重水复疑无路，柳暗花明又一村”。作者赋予主角超乎常人的素质和能力来化解各种困难，也在主角面临道德危机时设置合理的情节来维护主人公的形象。例如，受到饭岛指示的服部八藏邀请尚稚向抗日战士开枪以表对日军的忠诚，实则是饭岛龙马设计用来测试尚稚的圈套。尚稚内心抗拒却又害怕日军对待俘虏手段残忍，内心的矛盾给读者带来了惊险和刺激感。在间谍与日军的斗智斗勇中，悬疑烧脑的情节也必不可

---

① 弗洛伊德：《弗洛伊德论美文选》，张唤民、陈伟奇译，知识出版社，1987，第37页。

少。例如，燕景宗设计了三条路线押解囚犯徐国器前往刑场，但徐国器还是在押解途中遭遇危险，被霰弹枪击碎了头部。于是，韩畏与尚稚怀疑燕景宗是否在途中做了手脚。由于燕景宗提前布置好了与徐国器体征一致的尸体，韩畏的质疑不攻自破。而尚稚的“怀疑”则是有意为之，既帮助燕景宗洗脱“夜莺”身份的嫌疑，又加强了徐国器“死亡”事件的可信度。计中计的设置在彰显作者巧思的同时，加速了小说爽感的生成。诸如此类的爽点在《血火流殇》中俯拾即是，不仅能激发读者的阅读兴趣，而且能为读者实现“造梦”功能和“治愈”效果，这无疑是小说代入感的又一助推动力。

为什么《血火流觞》在同类军事题材文学中能获得如此高的代入感？这源于流浪的军刀有过与其他作家不同的人生经历。他曾在生死场上横刀跃马，绝地里笑饮藏獒血，是身经百战的中国军爷。军事小说的创作需要专业知识体系和知识背景。流浪的军刀的从军经历使他具备了创作的“硬核”技能。他的作品不会天马行空地开展剧情，不会犯比较普遍的知识性错误，更不会闹出“八百里一枪打死一个鬼子”的抗日“神剧”式的笑话。加之流浪的军刀是一个洞察生活的高手和极具天赋的段子手，他能迅速捕捉日常生活中的细微场景并找到逻辑链，以一种幽默风趣、绘声绘色的方式呈现。因此，他的创作不仅蕴含烟火气息，而且富有智慧提炼。

（二）双男主的人物设置

“双男主”人物设置是近年来网文创作的新趋向。《血火流觞》设置了尚稚和燕景宗两个男主角，一庄一谐的人物形象使小说极富张力。

其中，共产党员尚稚这种略带市井气、匪气和“神经质”式不按套路出牌的人物塑造方式打破了以往军事文学“高大全”式的人物形象定位，开拓了一种“新英雄”塑造范式。尚稚利用军统“乌鸦”和共产党情报员“龙王庙”双重间谍身份埋伏在日本政府之中。他外表处事带有市井小民的圆滑，行事看似荒诞，但实则心思缜密、老谋深算，是大智若愚式的形象塑造方式。小说中，尚稚的第一次出场便是对日本少佐服部八藏的调侃：“我没睡过日本娘们，那当然也就没睡过你老婆或是你妹子……”这种话语风格一改以往军人的正统严肃气派，为尚稚的形象增添了几分“吊儿郎当”的市井气息。又如，尚稚出人意料地分别在审讯室和办公室对徐国器与部下的大腿同一位置开了一枪，在日军政府一干人的心目中留下了一种不按套路出牌的“神经质”式“土匪”的印象。而实际上，尚稚的这些看似不合乎寻常军人的行为在他心中都早已有过精确的计算，他以独特的方式完成间谍身份的任务。由此可见，在尚稚带有诙谐色彩的外在形象之下，隐藏的是一颗充满热血激情的报国之心。主人公尚稚身上的市井气和匪气使人物独具辨识度，增添了人物的艺术魅力，也为军事文学的人物形象塑造提供了新的思路。

而作为军统间谍的燕景宗这种细致沉稳、庄重坚毅的人物个性，无疑又与尚稚形象进行了调和。如燕景宗个头“一米八”“浓眉薄唇”“五官刚毅”“气质硬朗”的这些外在形象描述与其沉稳睿智的性格，符合大部分女孩心中“阿尼姆斯”[①] 的特征。燕景宗在发现尚稚受重伤并产生失忆症状之后，第一时间想要撤除尚稚的“乌鸦”身份，以免对夜莺行动产生阻碍。由此可见，燕景宗行事之谨慎，报国信念之坚毅，容不得半点差错。燕景宗作为夜莺行动的队长，在日军政府的生活如同行走在刀刃之上，向着复兴中国的目标奋力前进。他在作品中表现出对内心信仰“之死矢靡慝”的态度，以及所展现的“精卫填海”“夸父逐日”般的大无畏精神，对于我们当下的时代具有启发和教育意义。

双男主的形象既有互补的一面，又有同质的精神内核，不仅使小说情节的展开与发展进度合情合理，而且也塑造了典型环境中的典型人物。其实，双男主的人物设置近年来已经取得了非常好的市场效果，例如 Priest《镇魂》中的赵云澜和沈巍、墨香铜臭《魔道祖师》中的魏无羡与蓝忘机等双男主作品均俘获了一大批粉丝的追捧。无女主角就意味着无爱情线，双男主的设置打破了传统一男一女的主角塑造模式，带来了别样的审美趣味。不同

① 阿尼姆斯：指女性人格中的男性原始意象，与“阿尼玛”相对，是荣格集体潜意识理论主要原型之一。

于《魔道祖师》中双男主之间的情感纠缠，这部作品更注重于双男主个性形象间的平衡与张力。正如文中服部八藏对两位男主的评价："燕景宗高傲而稳重，不动如山；尚稚轻浮而敏锐，侵略如火。"尚稚和燕景宗两人一动一静形成了巨大张力，如弓之开合，使小说的人物形象有了灵动感。尚稚作为军统间谍"乌鸦"这一身份，他的任务是对"夜莺"燕景宗行动的配合。因此，尚稚和燕景宗在夜莺计划的行动线上有着一致目标，能够一起开展合作。但是，尚稚作为共产党情报员"龙王庙"的另一身份，又在一定程度上与军统间谍燕景宗产生对抗。如此一来，两者互相扶持又相互钳制，在抵抗日寇的长途中上演了一出出好戏。《血火流殇》以"热血""羁绊"作为联结内核的双男主设置走出了"一甜到底"的爽文路线和"爱是折磨"的虐文路线，不但能收获男性读者的喜爱，在"腐女"文化和"颜控"风潮下还能收获更为广阔的女性市场。

（三）影视化特色的语言风格

从《麻雀》《伪装者》等一系列谍战题影视剧的大热可以证明，谍战类军事小说具有极高的影视改编优势。《血火流觞》全篇语言简练有力，文风硬朗，以人物对白推进剧情，蒙太奇手法切换，画面感强，场景设置清晰，场面宏大的军事场景不多，适合改编成影视作品。

《血火流觞》流畅地使用蒙太奇手法切换调动读者情绪，推动情节走向，增强了作品的表现力与感染力。在第一卷结尾处，作者通过三个不同镜头的连接，将人物间的矛盾感和情节的紧张感推向了极致。作者在燕景宗和妻子于谨剑参加日军政府举办的宴会中寻找投毒之人的时候，插入了殷绣娘陪同父亲进入宴会大厅的镜头，再将镜头上拉转向站在宴会大厅二楼的观察宴会参与人员的尚稚身上。交叉蒙太奇将三个镜头之间的人物关系瞬间联系起来，身为"夜莺"的燕景宗对汉奸女儿殷绣娘身份的怀疑，实为共产党间谍的殷绣娘对与日军共事的尚稚残害抗日战士的痛恨，多重身份的尚稚对殷绣娘的脉脉情意，由此达到了人物复杂身份与多重情感线路交织一体的效果。交叉蒙太奇将三条平行线同时展开，其中任意一方的行动都会影响到整体事态的发展，氛围变得愈发紧张。当尚稚在生命垂危之时，采用心理蒙太奇手法展现眼前闪现出的殷绣娘的面容。蒙太奇手法的切换使作品更具有画面感，增强了情节的紧凑感。

作品的人物对白设计鲜明地体现了影视化特色。与其他军事小说创作不同，《血火流殇》没有大幅渲染硝烟弥漫的战争场景，而是将枪声炮火都融入语言对白之中。尚稚的首次出场即以一名囚犯身份对日本少佐进行调侃。他说："我没睡过日本娘们，那当然也就没睡过你老婆或是你妹子……"然而得到的却是少佐愤怒的沉默。此处，小说出现了影视作品中常见的语空①现象。尚稚冒犯性的话语看似不合逻辑，实则是尚稚在对少佐心理底线的测试，可见尚稚的囚犯身份值得寻味。由于尚稚、燕景宗、饭岛龙马三者之间的互相猜测，三人的对白也常有着隐晦和跳跃的特点，强化了小说的影视化特色。此外，《血火流觞》在人物语言的设置上还善于使用诗歌语言以强化情感。面临信任危机甚至是生死危机时，燕景宗低吟起"八千关山，男儿不顾家。暂忘却故园亲恩，亲战阵，戎机杀"，悲壮之情油然而出；送别一起战斗的伙伴时，燕景宗唱起"长亭外，古道边，芳草碧连天。晚风拂柳笛声残，夕阳山外山……"自然流露出一股浓郁的离愁之情；对于尚稚负伤后仍坚持潜入日军政府，燕景宗吟咏出"铁衣未洗万里尘，壮士志在丰碑铭"，视死如归的军人豪情喷薄而出。小说将诗歌语言信手拈来，有如在读者耳边吟唱一般，以声入情的方法增强了人物与事件的立体感。此外，这部作品中的多处语言对白有着口语化、场景化倾向，使读者在人物语言中感受到扑面而来的生活气息。影视化的语言风格将作品中的一维空间产生出二维甚至三维的效果，使读者犹如身临其境，整部作品瞬时鲜活起来。

《血火流觞》中的场景设置也有着影视化趋向。色彩是在场景设置中极具表现力的元素，色彩寓意与场景的巧妙结合能够增强作品的冲击力。譬如，为了保护殷绣娘，尚稚身受重伤后想要伪装殷绣娘作案的痕迹，便拖着

① 语空：指人物在运用常规语言进行交流时所出现的话语停顿和沉默。

身体爬到古泽少佐的身边，在房间中留下了一条触目惊心的血道。尽管没有直接的图像，但读者也能将场景的整个画面放映在脑海之中。一切景语皆情语，红色本身有着热烈的表达效果，鲜红的血道不但表现了尚稚对复兴中国的坚定信念和不畏牺牲的态度，而且体现出尚稚对殷绣娘真切深情的爱恋。在作品中多处场景设置也有着深刻寓意。譬如，作品开篇的场景便是在审讯室之中，墙壁上有着“改过向善，回头做人”八个中文字的标语。审讯者是日本人，被审讯者是中国人。结合当时武汉被日军侵占的背景，这一标语极具讽刺之意，“回头”即背叛自己的祖国，将情报透露给日本人，那么“回头”是改过做人，还是做了叛国的“狗”？审讯室是作品中高频率出现的场景，不同于刑讯室，审讯室以“审”为主，被带入审讯室的人物大多具有较高利用价值。但纵览整部作品，没有一次事件能够从审讯结果上盖棺定论，可见作者对审讯室这一场景所设置的深意。影视化特色的场景设置，不仅不动声色地传递了情感，而且使读者脑补了更多不可言说的隐秘细节，增加了作品的感染力。

与玄幻、历史等类型小说的改编不同，军事小说一般主线明朗，没有庞大的体系设置与地图板块，因此改编难度小，还原度高，读者好评较高。其实，流浪的军刀的创作有过改编成影视作品的丰富经历，其中许多都是影视IP定制作品。这类现象并不是只发生在军刀大神的身上，越来越多的网络作家不仅在创作中有意加入影视化创作手法，甚至一些作家还有转行做编剧或者兼职编剧的情况。这是网络文学IP泛娱乐化大潮推进的结果，它昭示着读图时代和视觉转向对于文学创作产生的巨大影响。我们既要看到其积极的一面，文学的影视化创作手法极大地促进了文艺市场业态的繁荣，同时也要看到文学意蕴被图像挤压后带来的消极后果。

流浪的军刀的《血火流觞》以代入感吸引大众阅读，通过双男主设置营造小说的张力，以影视化特色的语言强化文学作品的立体效果，为今后军事题材的创作提供了可借鉴的思路与范式。我们期待，网络军事文学不仅能在市场浪潮中迎来全民阅读与消费的集体狂欢，还将以大浪淘沙之势向时代经典的塔尖进发，促进网络文学的纵深发展。

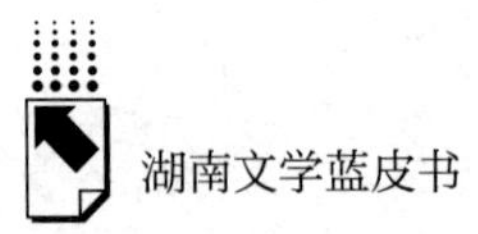

三 鲲鹏击浪从兹始——读长篇报告文学《先声》

黄菲蒂*

1918年4月14日新民学会在长沙成立，今日回望，已是百年。这是中国历史波澜壮阔的百年，是国家和民族从屈辱走向解放直至富强的伟大的一个世纪。青年作家杨丰美在这个历史节点上走进百年前这群以青春怀抱指点江山的优秀中国青年，以当下迷惘问道于先贤之智，以崇敬之心体悟于伟人之怀，由此写下这部青春蓬勃的《先声》。这是最好的纪念，这是最好的出发。

新民学会的青年们立鸿鹄之志，报效祖国，学会被誉为“沩痴寄庐流芳千载，新民学会建党先声”。但这样一个重要的组织，大家对它的了解却甚少。青年作家杨丰美决定把这段重要的历史介绍给青年人。作品围绕着新民学会的成立和发展展开写作脉络，百年前，以毛泽东、蔡和森为首的一批爱国青年深受五四启蒙，求学、探索、纵论天下大势，成立新民学会，立志于“研究个人和全人类生活如何向上的问题”，忧国忧民而至天下众生，这是何等壮阔的人生志向。李大钊先生在《青春》一文中颂赞的中国之希望正是他们，“吾族青年所当信誓旦旦，以昭示于世者，不在龈龈辩证白首中国之不死，在汲汲孕育青春中国之再生”“以青春之我，创建青春之家庭，青春之国家，青春之民族，青春之人类……”楚才蔚起，大道在前。意在写新民学会，作者却先将笔触伸到历史更远处，试图从千百年来湖湘地理和人文的变迁来梳理湘人性格，以此寻找这些湖湘青年们开拓进取又坚韧务实的精神之根。谭嗣同、杨昌济等先贤们为祖国殉道的义勇忠烈；“若道中华国果亡，除是湖南人尽死”的湘人血性；毛泽东、蔡和森野蛮其体魄、文明其精神的英豪之气；新民学会青年人昌明“大学之道在新民”的远见卓识……这一从原点出发的写作理路使历史的发生发展不只是一个事实存在，

* 黄菲蒂，文学博士，湖南涉外经济学院副教授，主要研究方向为中国现当代小说和报告文学。

而是有了更为深层的文化和人格基因。

作者试图双线叙事，历史与当下独立于百年时光的两岸，又贯穿于精神脉络之中。作者深怀敬意和热爱书写历史，充分收集相关历史资料并做到融会贯通地运用，史实在行文中自然流出，人物和事件栩栩如在眼前。但如果仅限于此，我们可以说这是一次不错的历史呈现，而真正的历史书写，既应回到历史现场，也应映照时代主题。不管是关于历史的叙事还是现实的表现，都是身处当下的人所意识到的问题，从这个意义上而言，所有的历史都是当代史。作者意识到今天的我们太需要从这些先辈们身上继承不朽的青春意志，为我们的时代奋发图强，她带着当下青年问道解惑的问题意识询问历史，要在这些伟大人物身上求得今天的答案。我们其实并不缺乏历史资源和精神榜样，但今天的我们多为现实的困境所惑，并更多寻找某种生活的成功学途径，有多少人还愿意主动静心去聆听历史伟人的声音，并借此获得为人生、为家国、为人类命运奋斗的超越自我的精神境界呢？若百年前这生动火热的青春果能照亮今天青年前行的道路，这一定能让先贤们欣慰，也是写作者的初衷。从这个角度来说，作者有较为通达宏阔的写作视野。作者的写作也是一次情感写作，在饱含青春真挚与热情的文字里我们看得到作者对人物的爱与诚。从这一点上来说，创作的青春朝气与作品的青春主题天然契合。

作者在事件的大脉络下，注意写出历史人物身上令人肃然起敬的细节：青年们坐火车至漯河，路遇大水冲毁了铁路，毛泽东号召大家直接去附近的许昌凭吊曹操的魏都遗址，绝无任何的失望和丧气；辛亥革命元老章士钊曾筹款资助毛泽东一行的赴法旅费，毛主席后来以稿费报答恩情，直至章士钊去世；赴法学生克服生活艰难，日夜为祖国而读书的劲头；五四青年在“国家利益面前写下一纸誓死捍卫的诺言”……作者尽量在人物塑造上着墨，以此走进伟人们的精神世界。这种段落化和细致描摹的手法，让作品更多为一种纪实散文的风格。我们很欣喜地看到作者对重大历史题材有一定把握能力，将新民学会成立和发展放在整个五四时代的宏观背景下来考察，所有的外部世界和内部世界共同呈现，文本也因此全面而深刻。“洞庭湖的闸门开了”这一小节，作者重点介绍并分析了毛泽东在《湘江评论》这份刊物上的重要文章和振聋发聩的观点，这就将《湘江评论》这一重要刊物的时代先锋性和影响力写了出来，毫无简单事实罗列的枯燥感，也达到了透过简单表象深入分析问题的层面。一个青年作者的笔力能及于此，令人赞赏。但作品对当代青年的一些问题分析还不够深入，尚有简单化倾向，这与作者年纪太小阅历不足有关。然而，一个青年作者愿意在喧嚣浮躁中做这样一次跨越百年的回望，做一次沉着的思考，已经令人欣慰。而报告文学题材的厚重性要求一个作家有更深的社会阅历与思想深度，我们期待着这些青年作家的成长和未来。毛主席那句著名的话语“世界是你们的，也是我们的，但是归根结底是你们的。你们青年人朝气蓬勃，正在兴旺时期，好像早晨八九点钟的太阳。希望寄托在你们身上”，依然适用于今天的中国青年，依然鼓舞着书生意气、挥斥方遒的火热青春。

百年前的青年为了国家和民族的独立踏上革命征途；今天，我们的征途是星辰大海，是中华民族的伟大复兴。“鲲鹏击浪从兹始”，青年们，出发吧！

四　美在境界——评蔡皋儿童散文《一蔸雨水一蔸禾》

吴振尘*

蔡皋的散文集《一蔸雨水一蔸禾》，2019 年初由中信出版集团出版。这是一本很美的散文，有着中国传统美学的承继和表达。在自然日常的观照体悟发见中，展示出悲悯栖居的自在自得，同时以平常话的形式，传达给包括儿童在内的读者，成为儿童散文的一个典范。

（一）自然日常诗意悲悯

1. 亲近自然

作者生活在长沙市中心，现代都市人一般与自然疏离。但作者是幸福

* 吴振尘，长沙师范学院学前教育学院副教授，主要研究方向为儿童文学。

的，有一个可种花草的楼顶，尽管是多家共用。幸福在于心境，很多人也有可种花草的地方，却不一定种。虽有花草，却不一定去体味。虽有体味，却不一定去艺术地传达。

在楼顶亲近自然，“楼顶看天，云卷云舒，鸟雀和鸣”。在楼顶一隅，虽无水穷处，仍有云起时。看天看日出，听鸟语，看花开自开花落自落。对自然的观看方式，如《冬瓜藤》：“在毛茸茸的藤上，毛茸茸的叶子下，结一个毛茸茸、粉绿粉黄的希望。”“草丛里有秋虫在唱”，“字丢在草丛里了，花和草立马围住它，向它打听外头的事”。近观俯瞰，有古人俯仰自得风度。

感受草木精神，“处处都写着草木精神，人读到的真是一小部分……花朵给人以明快、强悍有力的生命感。”“风行水上，很美。美在自然而然，无有造作。”“根器、根心、根苗，想想这些词儿的来历，不全都是大自然恩赐的吗？”以欢喜心感谢大自然。

“人做着所谓艺术的事时，其实全部都是模仿自然。”道法自然、人法地，即提倡模仿。“自然的无猜，词人的无猜更无猜。要做自然一点的艺术，要返回童年，返回大自然。”作者的众多图画书作品实践着这个思想，散文也如是。单纯、不做作、自然的无猜，以童年的赤子之心去模仿自然，体悟自然。

传统美学的元气论着眼于宇宙历史人生，显现气韵生动，表达出深沉感受，非独刻画单个人物或物体，这也可以解释作者兴之所至的写法了。

2. 兴在日常

作者在自序“笔记日常”中说：“我的兴趣在哪里呢？在不起眼的地方。”“我记着平实的、有趣的和来神的日常。”兴趣在日常，感受着日常生活，以及花草、人事、自然。《生活》中思考“生活是什么呢”，“生活就是这石头，这石头中流的水啊”。生活也是满山的树木等，而道也在生活日常。

作者是长沙人，日常离不开方言。《亲家》写人说是“有味”，有味是长沙方言，味也是道家美学中的词汇。附录是长沙方言25个词汇，显示了俗文化和雅文化结合。一些作品有着较明显的叙述对象存在："你可以想象那种日子""看戏在我是什么年月的事？哎呀，一问就问得一堆日子要过筛"。在日常对话的口吻中，显示家常。

日常中，还有民俗民情。"来了客，往山上一爬就看到女儿家的屋子，扯起喉咙一声喊，帮忙的就到了，何等气派!"

作者把经历也看成日常的一部分。回顾过往，一切顺其自然，没有了当时的悲喜。《莲蓬童子端坐莲花蕊》提及"文革"下放在开历寺里教书的岁月。"我在莲花一样的千年古寺改成的学堂里生活了六年……人在莲花中生活过后，喜莲、种莲真还有自己懵懂不知的因缘在……""文革"岁月诗意化、佛意化。《露重时分》也回忆了做村童教师的生活。自然地看历史，不嗔不痴，一茺雨水一茺禾，都是自然恩泽。

3. 悲悯栖居

现代都市人已经远离了传统的田园，生存方式变化，心态也变化，但诗意的田园栖居的审美可相续。传承美学传统、书写体味都市中的自然/田园中诗意，美在境界，是这本散文的突出特点。

"年代越久远，你就能看到干净的东西。"这是对传统美学的重视。书中所画的图、所配合的手写文字，都传达出了拙的味道。《无痕有味》所谈之味，是道家的美学。《只有澄明才能使人遇见真实》说："'见'要的是心头无遮蔽的状态，一心如镜的状态，才能鉴照事物。""只有澄明才能让人洞见真实。"此为涤除玄鉴（老子）、空故纳万境（苏轼），也体现出中国传统美学。《孤独是每个人的最好状态》说："我情愿把生活识为艺术，我们用审美的眼光去看待生活的时候，生活才更像是生活。"种花、看花，花下读书，这是诗意地栖居。"认识到了心灵的快乐和体验到纯粹的快乐之后，人才会变成另一个人"，这近似证悟心性。

艺术到了最后，往往会走向宗教。宗教是纯精神的，又关乎生命走向。模仿自然现实的艺术，只能是展现表达着现实。生命的未来与内在，需要我们在现实自然中参悟。

《屋顶上的杂记》说："退了休，就像和尚还了俗……手里还捧着个规矩，桶底还没有脱落。我的桶底是什么？它还在不在？”桶底和棒喝相同，是佛家形容顿悟的比喻，“如桶底子脱。”桶底脱落，桶里物刹那间掉出。“人在修禅的过程中，到一个时辰，心里的种种负担，会像是忽然没有了，各种问题都自行解决了。”[①] 接下来，作者写：“雨下起来，池子里的水面就生动起来，只要你不看那池子的边沿，它就与山塘的水一样起来，当然，你愿意这样看的话。”禅宗的惯用语，“山是山，水是水。”在迷悟时，山是山水是水，顿悟后，山还是山，水还是水。这里，体现出作者的思考，用眼前景、平常话道出，正是慈悲心表现。

佛家常用语书中还有，如正见和悲悯。“我们什么时候真正懂得人和自然的关系……什么时候才会有正见，才会有安宁平和的心境。”去除烦恼，内心平和。而去除烦恼，需要正知正见。佛家称为菩提心、证悟空性。《观看》说：“怪不得黄永玉说他老到如今，只剩悲悯。”悲悯，即慈悲或慈悲心，也是菩提心，是佛家提倡的和推崇的。悲悯栖居比诗意栖居更胜一层，不仅个人逍遥，而且心怀众生，一如小乘与大乘。

（二）记人记言玄远高简

该书记人遵循的美学传统是以形写神/传神写照（顾恺之），超越人的外表的形体，略形而重神，把握人的内在生活情调和个性。神在阿堵（眼睛）、在须发（三毛）、在皱纹（三纹），把握典型特征，就能达到传神的要求。记人追求妙，即道的无规定性和无限性的一面，通向宇宙的本体和生命的道，这就是有意思所在。

《世说新语》是作者蔡皋非常喜欢的书。鲁迅对该书的评价：“记言则玄远冷俊，记行则高简瑰奇。”[②] 在此有所体现。《雨缝子里走出来的人》记音乐老师对自己的一句评语“雨缝子里走出来的人”，可谓玄远。作者记老师：“至今很多乐章清晰如初，包括他上课时的场景，他本人不动声色但微

① 冯友兰：《中国哲学简史》，天津社会科学院出版社，2010，第449页。

② 鲁迅：《中国小说史略》，北新书局，1927，第59页。

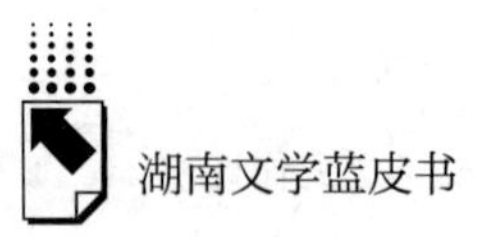

妙评说的表情。”之后，就没有了对老师的叙事，也做到了高简。文内没有解释这句话的意思，实际有游刃有余的意味，如有道者。得此道，与老师的传授有关联。把思念和记忆，化解在观雨和感悟中。

《我的外婆》通过外婆讲故事这个特点去写外婆，画了所讲皮匠故事中的手势，说明民间故事的讲的特色，鲜明生动。《雨水、针脚和故事》没有详写故事，而是写故事的感受况味，由雨到讲故事、做针线，故事对男人蠢的嘲笑、对权势的调侃，体现民间文化中女性的觉醒和民主的觉醒。女性教子，对儿童必有深远的影响。民间故事所代表的大众文化，对主导文化的反抗，传承着中国文化中的平等因子。

作者以对话记人。记亲家陈，用 10 个自然段引用对方的话。对方扯谈内容有夸大，对子也是随心写，解手时作对、帮厨作寿对、栽白菜作对、钓鱼作对、唱戏作对等，对联文化结合普通百姓生活，显示出诗意栖居的自在；也有“高简瑰奇”的味道。《一个老人》记风雨桥一个老人时的几段说话，说年轻玩枪、桥头挂死囚头、病了用拐棍、不花钱等，有惊人语、有现在、有历史，从内容上看，也有玄远冷俊的风度。

（三）生活艺术归真返简

1. 儿童归真

儿童是返璞归真的对境。儿童没有成人心思等的繁复、城府，拥有赤子之心也是道家修养的追求。“我们做重返的工作，就是做人回返童年的工作，是护理根本”“跟小孩相处，会让我看到我的童年”“如果借助孩子，我们看未来就容易看到生动，就会满心欢喜”。

《春分》写喜欢春分、自然、人/儿童，配文字画“一岁七个月的玖玖”立正敬礼的事。图文对照，传达出对自然的喜悦。“（玖玖）躲藏躲藏再闪出来嘛，脸依然红扑扑，还带羞涩，好玩极了。春分应当是这般光景。”《纳福》记小玖玖写福字，谈及自己的创作，“我爱小孩子……小孩子是最能领受福分的人群，我描绘他们，摹写他们纳福，自己的内心充满幸福。希望我的作品能传递我的这份情感，希望读到我作品的人们都得到自己那份福乐。”谈作品（含图画书）与小孩子关系，有自在真诚的审美追求。《汤木里和我》记述了5岁的忘年交汤木里。作者和幼儿有很多共同语言：不喜欢幼儿园、去平价商店买零食，记叙了一起午睡的温暖。“一刹那间，我又恢复了年轻时做妈妈的感觉，我幸福透了！”不仅有赤子之心，而且有赤子之爱。

配图是作者图画书创作思维的表达，也是儿童化阅读便利的途径。配图，适合儿童的特点，这由作者的图画书创作趣味可见。书的扉页前，画了三幅图，从半个楼梯，拾级而上，门开处走入楼顶花园。把读者带入场景，走入全书。《看懂树事》这篇散文的图画比例最大，文中有画、画中有文，语朴情真，所谓真佛家只说平常话。把毕生所达境界，用平常语说出，在容易矮化、幼稚化，或没话找话的儿童文学创作不良现状中，尤为可贵。

2. 艺术简朴

魏晋美学追求逸的人生，“嗤笑徇务之志，崇盛忘机之谈。”艺术中逸品的一个特点是“得之自然”，另一个特点是“笔简形具”，即崇简。①

作者认同简朴。“简朴是恩赐……简朴是自由。”“当我们真正处于内在的简朴时，我们整个外貌都变得更直率，更自然。”“人生就是在不断地出离，出离是生命的本相。”简朴是自然，生命是出离。佛家提倡出离心（厌离心），虽然与多数安享世俗的文艺精神有背离，但并不影响出离是生命的本相。“放下理性，禅宗主张如此，在我的理解中，是要我们去除遮蔽，恢复感觉，恢复淳朴。”

留白也是作者简朴的体现。作品中经常上下留白、图占一页等。留白是中国绘画艺术的传统，作者有意运用到了散文中。在留白中，除了图，还有作者手写文字。文字和正文相同，有时是补充。这些文字，可以看作文字画。在书写中，有自在的特点，也有拙的味道。

① 叶朗：《中国美学史大纲》，上海人民出版社，1985，第293页。

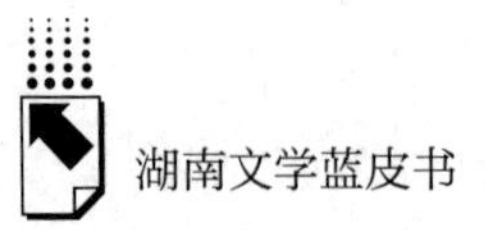

（四）体悟发见文采独到

发见是检验散文水平的重要标准。诗重在内心的感发，而散文重点之一在于内心的发见。近取诸身，远取诸物，道法自然，澄怀味道。自然比人更能体现那无限的道，更能体现宇宙无限的生气和生机。从花草自然的实用中，以审美眼光和胸怀关照，从感悟发见中，体味其中之道。日常无关乎工作、大事，只是着眼生活，以及联系生活中的思考发见。

《清明》说："清明的意思原来是既清且明，充满清亮的生命力。"《清早》解释了清和早的意思。"须得在六点左右起床的人才会拥有清晨。""愿天下苍生都拥有一扇东向的窗。"这与广厦千万间意思相同。居住之外，精神亦栖息，是谓升华。"都说植物生长是光合作用，夜晚它们也是睡眠状态吗？……但好像夜晚更活跃咧。""仔细观察植物，会发现它们被设计得非常精致，精致还要加上有趣、神秘、庄严等等。"植物"使亲近它们、爱护它们的人得福"。草木利益众生，让所有人得福，所谓天地有大美而不言。

《只记花开不记年》发见花开："花开的感觉是内心安静恬适的感觉，一种空气清新振动的感觉，是被微风佛吹的感觉，是泉水浸出的感觉，是女人初妊的感觉。"《绿雨》发见花雨。"听爬墙虎的藤蔓'下雨'是件很有新意的事，晚春天气，夏季来临之前，爬墙藤上的花籽大批爆裂掉""在花棚下读着书，初次听到这声音误以为雨"，这真是诗意的栖居。

《粉彩盘盛着的夏天》发见美。"盛夏的颜色全体去到石榴那里了，我将石榴摘来四颗放在粉彩盘里，只有它能盛得住这一团团火热的浆果，托得住盛夏的火辣。"《一日九，三日九》写"日子是有点像算盘上的珠子"，"只要音乐一来，简单的日常的节奏就变成了简洁明快的音乐节奏了。"发见，与欢喜心共生。

独到发见，也让作品更具文采化。"一片叶子是一种时光，一个人是一种时光，一幢建筑是一种时光，一块石头是一种时光，一句话是一种时光，一个标点也是一种时光。"这样文采化的语句在书中俯拾皆是。

风行水上，美在自然。这本散文集，有着作者对自然的观察，对精神皈依的实践，优秀传统审美不因时代环境而消退。能够成为现代城市中的诗意的栖居者、践行者，这是得道有福之人。蔡皋的散文集《一莼雨水一莼禾》，令人赞叹。黄永玉称蔡皋的画："湖南有福了。"[①] 对蔡皋的散文，也应如是观。这种诗意、悲悯、境界，与儿童、童心结合，更具有传承发扬等殊胜意义。

① 邓湘子：《书里的精灵》，湖南少年儿童出版社，2017，第13页。

附　　录

Appendices

B.15
2019年市州文情*

一　2019年长沙市文情

2019年，在长沙市委宣传部、市文联的指导下，市作协唐樱主席带领全体会员坚持以习近平新时代中国特色社会主义思想为指导，不忘初心、牢记使命，优秀作品层出不穷，形成了生机勃勃、昂扬向上的生动局面。据不完全统计：出版长篇小说28部，散文、诗歌集72部，在全国省市级报刊发表作品2000篇（首）。其中，唐樱的长篇小说《南方的神话》阿拉伯文版在埃及出版并首发，让长沙文学走向世界；纪红建的报告文学《乡村国是》继2018年获第七届鲁迅文学奖后，2019年再获中宣部"五个一工程"奖特别奖。杨丰美著《先声》获长沙市第十三届精神文明建设"五个一工程"奖。王丽君《深杉"候鸟"汪思龙》获湖南省第九届优秀社科读物。吴昕

* 本部分内容由湖南省各市州作家协会提供。

孺诗集《他从不模仿自己的孤独》被江苏凤凰美术出版社出版被列入“全民阅读经典文本”。陈彪2月荣获中国文艺评论新媒体2018年“年度达人”称号。曹志辉编剧《女书传奇》电影剧本报国家广电总局立项。丁纯蓝散文《海峡割不断的思念》获2019年国务院台办、人民日报社共同举办征文活动优秀征文。欧有才《邮路》在国家邮政局举办的“我与改革共成长”征文大赛中获一等奖。长沙市作协的日常工作也有序进行，为繁荣文学创作、培养文学人才、增进各地文学交流牵好头、服好务。

一是积极组织学习培训。组织学习党的创新理论特别是习近平总书记一系列重要讲话精神，举办深入学习贯彻习近平新时代中国特色社会主义专题培训班，对习近平在看望参加全国政协十三届二次会议的文化艺术界、社会科学界委员时的讲话等进行了系统学习；坚持聚焦文艺队伍思想建设，引领文艺工作者带头践行社会主义核心价值观，组织会员参加省作协文学大讲堂名家讲座，邀请知名作家、儿童文学家为作协会员和中小学生授课10场次，培训学员千余人次。望城区作协开展走进“灯文生态农庄”采风活动。岳麓区走进14家社区向广大社区居民免费赠送达10余万码洋的图书，并开展多场阅读讲座。市作协推荐加入中国作协7人，省作协7人，推荐了20名作家分别参加毛泽东文学院中青年作家研讨班学习和湖南省青年作家班创作会议。

二是认真组织开展文学创作实践。围绕新中国成立70周年等重大题材，开展“壮丽七十年，奋斗新时代·我和我的祖国”主题征文活动，征文活动贯穿全年，收到投稿近1000篇。举办了“长沙作家志愿者服务队——文学进校园暨少儿报刊阅读季”系列活动，6月11日在浏阳市大围山中学、大围山镇白沙完全小学，6月20日在浏阳市小河中学、张坊中学、张坊人溪完小，9月9日在浏阳市柏加中学、黄泥湾小学和太平桥完小，10月21日在宁乡市回龙镇中学乡村少年宫、横市镇界头乡村少年宫、回龙铺镇中心小学乡村少年宫、双凫铺中心小学乡村少年宫，市作协主席唐樱代表单位为学校捐赠了书籍杂志，邀请部分作家志愿者为孩子们做“阅读花园”的精彩讲座，深受好评。组织部分作家到南昌参加第七届“三江笔会”采风活

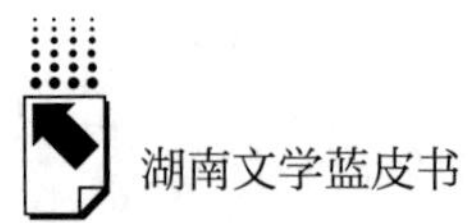

动，长沙、武汉、南昌三市代表作家用心用情用功讲好三江故事。长沙县作协成功举办“歌颂许光达大将诗词楹联大赛活动”，在黄兴镇许光达故居举办了“纪念许光达大将诞辰110周年诗词楹联大赛颁奖典礼暨《英名天下》发行座谈会”。宁乡市作协分别组织“最美建筑人”“潘氏文化”征文活动。市老年文学社以文学开展社会公益事业，组织走访戒毒工作的干警，实地考察戒毒所，给戒毒所赠书。

三是认真组织开展读书活动。组织60名作协会员参加刘亮程《一个人的村庄》读书讲座。湖南省读书会成功举办了共35期主题读书会活动，推广宣传作家达30余位，参与影响达数十万人次，其中与湖南省诗歌学会联合举办9场诗歌沙龙活动、邀请省作协主席王跃文为北大纵横EMBA长沙班开讲《大清相国》等取得较大反响。浏阳市作协组织举办了10期文学大讲堂，先后邀请沈阳市教育研究院历史教研员王磊，著名儿童文学作家、评论家、翻译家彭懿，四川大学中国史博士研究生、云南省作协会员阿越，作家冰心之女、北京外国语学院英语系教授吴青及中国作家协会会员、全国中小学作文教学研究会会员赵卷卷，与浏阳作家和中小学生面对面开展读书讲座活动。

四是组织建设进一步健全和完善。长沙市作家协会党支部加强“五化”建设，积极引导广大党员参加各项活动，开展“不忘初心、牢记使命”主题教育，在留芳宾馆组织主题教育分享会。文学评论专业委员会以广角对接文学创作现场，思考文学的价值与走向，进一步激励了长沙广大文艺评论工作者的积极性、主动性、创造性，发挥了文艺评论引导创作、推出新品、提高审美、引领风尚的重要作用；散文委员会广泛团结和服务散文家、散文理论家、散文编辑家、散文翻译家和文学教育工作者，为以长沙市为主体的广大散文爱好者提供平台和传播创作信息，进行学术研讨、交流，提高了散文创作质量和理论水平，培养了文学新人；报告文学专业委员会、小说委员会和诗歌委员会建立线上微信群，及时沟通委员会各项事务，委员会骨干力量关系融洽，氛围活跃，组织线下交流会，就相关选题、相关创作内容不定期组织作家交流沟通，效果颇佳，极大激发了创作热情。

新时代、新使命，2020 年，在习近平新时代中国特色社会主义思想指引下，将以更高的站位，了解生活、把握时代，坚持以人民为中心的创作导向，以更多优秀文学精品，铸就长沙文学事业的新辉煌。

二 2019年衡阳市文情

2019 年，衡阳市作家协会以习近平新时代中国特色社会主义思想为指针，深入学习宣传贯彻习近平总书记在全国文艺座谈会上的重要讲话和党的十九届四中全会精神，积极组织文学活动，不断加强作家队伍建设，推动衡阳文学事业繁荣发展。这一年，衡阳文学呈现以下特点。

（一）文学创作获得丰收

这一年，是衡阳作家勤奋创作的一年，也是大面积丰收的一年。一大批中青年作家继续保持了旺盛的创作势头，创作成果丰厚。不完全统计，全市有 80 多位作家在省以上报刊发表作品，出版文学专著 10 余部，在省以上文学征文中获各类奖项 50 余次，在省以上报刊发表各类文学作品 1200 多篇（首），40 多篇作品入选诗歌、散文、报告文学的各种优秀作品年度选本。

聂沛长诗《十一月的风》刊于《作品》，《山寺秋雨》刊于《诗刊》。年内他在省以上诗歌大赛中共获得了 14 个等级奖，其中：诗集《无法抵达的宁静》获得中国诗歌网“2018 年度十佳诗集”奖；组诗《希望的田野》获得由《诗刊》社和中国农村杂志社举办的“礼赞祖国・诗韵乡村”全国乡村诗歌征集一等奖；《我一直在给一个乡长写信》获得由中国诗歌万里行组委会举办的第二届诗经奖。

陈群洲在《飞天》《诗潮》《湖南文学》《诗选刊》等省以上文学刊物以及中国诗歌学会的“中国诗会”发表了十几组作品共计 110 多首诗歌，组诗《那些被秋风扫走的落叶都是终究放下的袈裟》被《贵州文学》第 3 期诗歌头条配发多篇评论同期刊出。

《诗刊》刊发了宾歌的组诗《惦记一坛窖藏的美酒》，中宣部学习强国平台、《星星》也发表了他的诗作。甘建华在地理诗歌创作方面获得空前丰收的同时，散文、报告文学方面也有不俗的作为，《冷湖那个地方》入选高中一年级的《中华活页文选》。年内加入中国作协的何中华的长篇报告文学《国家记忆——揭秘中国核武器》荣获第二届全国工业文学大赛第一名。张沐兴多组诗歌作品在《星星》《十月》等诗歌比赛中获奖，作品多次被中国诗歌网推为“每日好诗”。成新平的散文《梦想》在《人民日报》大地副刊头条刊出，《散文百家》《散文选刊》等刊物都发表了他的作品。《中国诗歌》以十几个版面一次性推出“90后”诗人独孤长沙的作品，上半年，他还获得了恩竹诗歌奖的荣誉奖。市作家协会驻会作家陶雄喜完成了20万字的重点扶贫题材长篇小说《点》；《诗刊》推出了李乔生和周建元的作品；《草堂》《散文诗世界》等诗歌刊物推出了法卡山的作品；刘帆的小小说《孝》被《小说选刊》转载；充原短诗入选中南大学文学院研究生当代诗歌赏读范文。

组建于2017年的蓝墨水上游诗群又有大好收成，吕宗林、冷燕虎、萧萧、李镇东、李雪芬、陈益群、杨震、边志高等人发表了大量作品，《辽宁诗界》年内推出了群内10余位诗人的组诗；第200期的中国台湾《创世纪》和第4期的《桃花源诗刊》分别推出了蓝墨水上游同仁专辑；《蓝墨水上游诗群诗歌年选2019卷》结集出版；在第三届张家界国际旅游诗歌节上，群内有3位诗人同时获得大奖。

蒋勋功第10部散文集《人间四月》由团结出版社出版，聂沛诗集《每个人都在自己的苍穹下》由百花洲文艺出版社出版，成新平第四部乡土散文专著《乡愁乡韵》由百花文艺出版社出版。抗癌明星、75岁的退休教师赵永华110多万字的长篇小说《衡阳旧事》由中国文联出版社出版。吕宗林出版了长诗《梦回唐朝》、天晴了出版了诗集《我一直在这里》。衡阳作家年内出版专著的还有：谢应龙小说集《白玉斑》、王若柏散文集《烟火人间》、殷君发中短篇小说集《这样的生活这样的爱》、王春风的散文集《像鱼一样散步》、谢冬梅的散文集《此时刚好》、谭民政的《南岳名峰与佛教》、萧培的《王船山画传》等。

（二）文学活动丰富多彩

这一年，市作协组织了一系列采风和笔会活动。在南岳举办了中国诗人田野调查暨第二届衡山诗会，在华航农庄和雨母山举办“隆重庆祝建国70周年衡阳作家走进雁峰区文学采风活动”，在衡东草市举办了永乐江采风创作笔会，与回雁峰酒业、衡阳市朗诵家协会在高新区联合举办了庆祝新中国成立70周年中秋诗歌朗诵会。

这一年，市作协举办了一系列作品研讨和品鉴活动。徐文伟反映改革的报告文学《三湘报春花》和李镇东的诗集《乡愁向南》研讨会分别在长沙举行，在市中心医院举办了殷君发作品研讨会，在衡山举办了吕宗林的《梦回唐朝》研讨会，此外，还举办了一系列蓝墨水上游诗群诗人作品研讨会。

这一年，市作协积极开展文学交流活动，衡阳作家与省内外作家的交流交往进一步加强。蓝墨水上游诗群与永州诗人3月初在永州举办交流笔会。11月，衡阳市作家协会连续第8次组团赴桂林参加第十届桂林诗会。

（三）文学队伍建设不断加强

为了进一步加强党对文学工作的领导，市作协组织作家深入学习党的十九届四中全会精神，及时传达省作协全委会、第八届青年作家创作会议、新时代湖南青年诗人培训班精神。在人才培养方面，注重培养和发现优秀中青年作家，周琴等7位作家参加省作协青创会，市作协选送5人参加毛泽东文学院第18期中青年作家培训班学习深造，推选李霞、罗贝尔等青年诗人参加湖南青年诗人培训班学习。推荐4人加入湖南省作协。年内发展28名有一定创作成果的文学爱好者加入市作协。年底，在华航农庄举办了新时代衡阳市第一期中青年作家培训班，40多人参加。

三　2019年株洲市文情

2019年，株洲市作家协会在省作家协会的关心指导下，在株洲市委、市

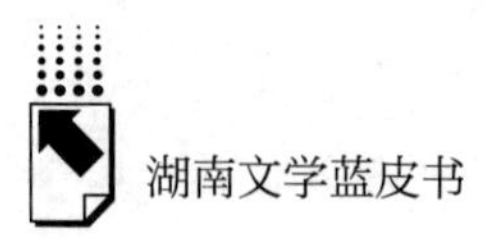

政府、市委宣传部和市文联的正确领导下，组织广大文学工作者高扬社会主义核心价值观的旗帜，坚持以人民为中心的创作导向，创作了许多有筋骨、有道德、有温度的文学作品；组织广大文学工作者投身于人民，投身于实践，积极开展各种文学采风，笔会等活动，取得了丰硕成果，现总结如下。

（一）创作成果斐然，株洲作家团频频在国内名刊大刊亮相

2019 年市作家协会创作成绩斐然，聂鑫森的小小说《昨夜无故事》被《小说选刊》第 8 期转载；短篇小说《鱼书馆主》发表在《小说月报》第 5 期。万宁中篇小说《乡村书屋》在《湖南文学》首发之后在《小说月报》及《北京文学（中篇小说月报）》转载。玉珍的诗歌《玉珍的诗》发表在《星星》第 1 期、《人民文学》第 4 期；散文《天生》发表在《十月》第 5 期并被《散文海外版》第 11 期转载；诗歌《蝴蝶消失》发表在《新华文摘》第 4 期；诗歌《可怕的美》发表在《诗刊》第 12 期。张雄文散文《茅洞桥年景》在《人民日报》副刊发表；《紫云下的书香》在《中国作家》第 4 期刊发；《通道的红与绿》在《民族文学》第 2 期刊登；《月挂眉山》发表在《美文》第 12 期。王亚散文《啜茶三疏》发表在《天涯》第 6 期；《日月淹忽》发表在《芙蓉》第 6 期。邓志强诗歌《掉在地上的松塔》在《诗刊》第 7 期发表。管弦散文《青梅与曹操》在《光明日报》副刊刊发；散文《鸳鸯湖秋枫》发在《人民日报（海外版）》。

（二）以活动促创作，各类采风、笔会活动异彩纷呈

为贯彻落实习近平总书记对广大文化艺术工作者的要求，深入生活，扎根人民，用心用情用功抒写伟大时代，2019 年，市作协主办及参与组织了形式多样的采风、笔会等，并将采风作品结集出版。

3 月 27 日，市作协组织 20 余名本土知名作家开展了“清水塘故事”主题征文采风创作活动。作家们深入株洲化工厂厂区，在办公楼顶鸟瞰清水塘全景，参观第三方重金属污染治理点、霞湾港、化四地块，实地了解钢厂、海利、株冶等地，随后，作家与清水塘老工业区搬迁改造指挥部相关人员进

行了座谈，采风活动结束后，作家们纷纷用独特的视角和表现手法聚焦清水塘老工业区，以散文，小说等形式反映清水塘老工业区激情创业的辉煌历史、关停搬迁波澜壮阔的历史壮举和转型升级取得的显著成效。这些作品记录了清水塘转型升级的新风貌，留住株洲市老工业区的历史印记。

3 月 14 日，株洲市作家协会在云龙召开了年会，也由此拉开了“今日云龙”征文活动的序幕。市作协组织了 30 多名省、市作家齐聚云龙实地采风创作。市政协副主席、市文联主席周煦惠出席会议并对广大文学爱好者给予了寄语，区党工委书记蔡周良到会并介绍了云龙的区情、历史文化及 2019 年的发展思路，希望作家们以此为契机，创作出一批反映云龙积极向上、蓬勃发展的精品力作。作家们一行前往云龙产业研究园、湖南中晟全肽生化有限公司、云田镇云田花木基地、湖南职业教育科技园、云龙产业新城、中国移动（湖南株洲）数据中心等地，深入了解示范区的风土人情、经济发展现状、产业结构等，并创作了体裁多样的美文，讴歌云龙的发展，畅想云龙的未来。

4 月 20 日，株洲市作家创作基地在株洲经开区、云龙示范区云顶栖谷酒店挂牌成立，市文联主席党组书记黄勇主持揭牌仪式，云龙示范区党工委书记蔡周良致欢迎辞，市委常委、宣传部部长聂方红，市政协副主席、市文联主席周煦惠等出席揭牌仪式。揭牌仪式前一天，省作家协会主席、党组副书记王跃文应邀为文学爱好者开讲《倾听文学与生活》。当日，“今日云龙”文学笔会启动，省作协副主席、市作协主席万宁全程陪同来自长、株、潭三市的 20 余名作家走进云龙采风。省作协副主席、毛泽东文学院管理处主任谢宗玉，省作协名誉主席水运宪、聂鑫森，省作协名誉主席、省散文学会会长梁瑞郴，长沙市作协副主席、省散文学会副会长奉荣梅，湘潭市作协主席徐秋良，与本土知名作家叶子蓁、张雄文、王亚等，一起在方特梦幻王国体验运用现代科技演绎的传统文化精品，在言子祠探寻孔门七十二贤人中唯一的“南人”言偃的遗存。目前，《今日云龙》采风、征文作品集也已结集，亟待出版。

11 月 9 日，市文联、市作家协会举行文学笔会，邀请《湖南文学》《湘江文艺》《芙蓉》等省内著名文学期刊主编和资深编辑来株与作者见面座

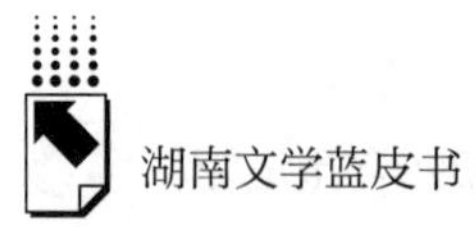

谈。当天上午，来自株洲四县（市）五区的60余位作家，带着近期创作的诗歌、散文、小说，齐聚市文联三楼会议室。《湖南文学》主编黄斌，湖南文艺出版社副社长、《芙蓉》主编陈新文，《湘江文艺》执行主编王涘海，《湖南文学》编辑部主任易清华，《芙蓉》编辑部主任杨晓澜依次点评作品指导投稿，和作家们畅谈文学创作的方向和理念。黄斌介绍了《湖南文学》的栏目设置和选稿标准，以及投稿渠道和注意事项，小说、散文、诗歌等不同文体的作品，投到相应的责任编辑邮箱。陈新文介绍了湖南文艺出版社的选稿标准和出版流程，建议作家既要埋头拉车，也要抬头看路，创作具有时代感的精品力作。王涘海认为，好的小说是对现实生活最精彩的揭示，对复杂人性最精准的把握，对社会人生最深度的思考。杨晓澜希望大家调整心态，正确处理文学和人生的关系。

笔会筹备期间，株洲市作协面向作家征集了180余篇作品，与会主编和资深编辑针对部分作品的语言和结构行点评，要求株洲的作家们多阅读，找差距，不断提升创作水平。

11月23日，市作协联合市新华书店神农城店举行“文脉株洲”揭牌仪式。今后，这里将成为推荐本土作家、弘扬本土文化的一个基地，也为广大文学爱好者提供了一个交流的平台。湖南省作家协会党组副书记、主席王跃文与市委常委、市委宣传部部长聂方红一起为“文脉株洲”揭牌。过去，株洲市新华书店一直设有本土作家作品专柜，不遗余力地推介本土名家名作。此次市作家协会与新华书店继续深入合作，将“株洲本土作家专柜”升级更名为“文脉株洲”，进一步弘扬了本土文化，推荐本土作家。目前，“文脉株洲”共推出了31名株洲本土作家的作品，这其中既有聂鑫森、万宁、王亚等资深作家，也有像“90后”作家玉珍这样的后起之秀。作品内容包含散文、诗歌、历史人物传记等。揭牌仪式后，王跃文还和株洲本土作家及100多名文学爱好者进行文学交流分享。

（三）获奖喜讯频传，各类文学奖项多有斩获

聂鑫森小小说《点与线》获“我和我的祖国”全国小小说大赛一等奖；

小小说《天鹅恋》获“天鹅杯·全国小小说大赛”三等奖。玉珍组诗《在我手中的鲜花》获《长江文艺》2017～2018双年奖。曾立力小小说《神医》入选由世界华文微型小说研究会、《微型小说选刊》、《微型小说月报》、作家网、中国微型小说（小小说）创作基地等联合举办，中国作家·《雨花》读者俱乐部、游读会、《作家报》等协办的2018年度世界华语微型小说排行榜；小小说《盼归》入选由中国言实出版社出版的新中国成立70周年“当代中国经典小小说丛书”第3卷；在第17届小小说颁奖会上，小小说《红军战士001》，获百花园2017年度优秀原创作品奖；小小说《将军还乡》，获“我和我的祖国”全国小小说大赛优秀奖，中国言实出版社结集成书。张雄文散文《北戴河的海日》获中国散文学会和浙江省作协主办的第九届“岱山杯”全国海洋文学大赛三等奖。段淑芳小小说《大王叫我来巡山》获“我和我的祖国”全国小小说大赛优秀奖。万宁的《现世安好》获2019年度中国作协重点扶持项目之“讴歌新时代，庆祝新中国成立70周年”主题的创作扶持。

在两年一届的炎帝文艺奖（第七届）获奖名单里，也出现越来越多的湖南作家们的身影。由人民文学出版社出版的聂鑫森小小说集《湘潭故事》、万宁首发于《当代》的中篇小说《朋友圈·同学群》获一等奖。玉珍发表在《长江文艺》上的《玉珍的诗》、邓志强发表于《诗刊》的诗歌《鸟自由欢叫的理由》、张雄文刊发在《人民文学》上的散文《白帝，白帝》、晏建怀历史随笔集《大宋美袍上的虱子》获二等奖。刘奇叶发表在《词刊》上的《枫树山》、肖邦祥童话《两面照妖镜》、王亚刊发在《天涯》的散文《则见风月》、聂耶小说作品集《手铐》、郭亮散文集《陪你食尽人间烟火》、张冬娇散文集《你若安好，吾便心安》、李巧文散文集《遇见》、刘正平发表在《民间文学故事》的小说《牛古寻亲》获三等奖。

（四）做好会员服务工作，当好会员的勤务兵

市作协积极支持和帮助会员，发现和扶持新生力量，作协队伍不断壮大，广泛吸纳优秀文学爱好者和创作者，在推荐新作、挖掘新人、培养新锐

等方面发挥了举足轻重的作用，为株洲文学事业的大发展大繁荣做出了积极贡献。

2019 年，市作协新增会员近 70 余人，是历年来发展人数最多的一年，2019 年新增了一名全国作协会员张冬娇，实现了株洲市全国作协会员零的突破。

2019 年，市作协选送了毕亚炜、倪锐、殷运良、易裕厚四位中青年作家进入毛泽东文学院中青年作家班学习深造，组织会员积极申报国家、省市重点文艺扶持项目，组织会员进行株洲市第七届炎帝文艺奖的申报以及 2019 年市作协发表、出版奖励的年度申报等。

一年来，全市广大作协会员团结互助，取得了较好的成绩。习近平总书记在中国文联十大、中国作协九大开幕式的讲话中指出，广大文艺工作者要坚持以人民为中心的创作导向，把艺术理想融入党和人民事业之中，做到胸中有大义，心里有人民，肩头有责任，笔下有乾坤。新的一年，株洲市作家会牢记自己的文化责任和社会担当，不忘初心，砥砺前行，争取创作出更多更好的无愧于时代无愧于人民的文学作品。

四　2019年湘潭市文情

2019 年，在省作协和市委宣传部、市文联的正确领导下，湘潭市作协认真学习贯彻党的十九大和十九届二中、三中、四中全会精神，以习近平新时代中国特色社会主义思想为指导，紧紧围绕“打造莲城文艺品牌”这个目标，紧扣“伟人故里、大美湘潭”这个主题，坚持“三贴近”的方针，秉持“深入生活、扎根人民”的理念，团结带领全市广大作家和文学爱好者，积极投身火热的社会实践，开创了全市文学工作和文学事业发展的新局面。主要体现在以下七个方面。

第一，强化政治引领。2019 年，是习近平总书记在文艺工作座谈会讲话五周年，也是总书记在中国文联十大、中国作协九大开幕式发表重要讲话三周年，市作协深入学习总书记的重要讲话精神，将总书记的讲话精神贯彻到作协工作的方方面面。2019 年 3 月 4 日至 4 月 26 日，市委第三巡察组对市文联党组开展政治巡察，并延伸对市作协进行了巡察。市作协提高政治站位，高度重视巡察组反馈的意见，两次召开主席会议，专题研究巡察整改工作，并举一反三，整章建制。党支部认真开展“不忘初心、牢记使命”主题教育，组织支部党员到雷锋、郭亮、杨开慧、任弼时的故居及陈列馆参观学习，接受洗礼。大家表示，作为新时代的作家和文学工作者，必须一心一意听党话，坚定不移跟党走。

第二，加强精品创作。2019 年，市作协团结带领全市广大作家坚持以人民为中心的创作导向，把提高质量作为文学作品的生命线，不断增强“脚力、眼力、脑力、笔力”，推出了一系列讴歌党、讴歌祖国、讴歌人民、讴歌英雄的精品力作。小说、散文、报告文学、诗歌、评论等全面发力，《人民日报》《光明日报》《中国作家》等名刊大刊、有影响力的刊物“多点开花”。比如，杨华方的报告文学《我的第一所大学——六年知青的故事》《山腰上有条河》发表于《中国作家》；沈慧琳的诗、彭伟平的《草垛》、陈爱民的《忆起一棵桂树》等在《诗刊》发表；谢枚琼的散文《灌区情》登上《人民日报》；欧阳伟的报告文学《我们发现了新中国第一个铀矿》发表于《光明日报》，《为梦折腾的人》发表于《时代报告·中国报告文学》；蒋鸣鸣的散文《指路人》《暗恋》《跟随城管巡察》发表于《新民晚报》；唐亦政的《乌龙》发表于《湘江文艺》；阿良的《年味》和唐亦政的《守夜》发表于《天津文学》；楚荷的《打雷了，下雨了》和潘年英的《正午的风暴》发表于《飞天》；陈浩群的《人性的诗意表达——读阿良短篇小说〈远方有诗〉》、阿良的《大雨洗礼诗碑》、唐亦政的《鳑鲏屎》发表于《湖南文学》。徐秋良的长篇小说《红土圣地彻天寻》入选省作协“庆祝建党 100 周年”创作专项选题，欧阳伟的长篇报告文学《中国铀》被省委宣传部、省作协评为湖南省现实题材长篇作品工程扶持作品，并被公安部刑侦局聘任为《中国刑警》特约作家；赵竹青的长篇小说《纸影》被省作协评为 2019 年度重点扶持作品选题；陈沸湃、曾丽娟的长篇小说《同在金水湾》和谭敏的长篇小说《致我们勇敢的年华》被中国作协网络文学中心

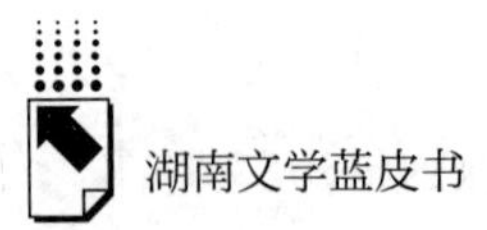

评为重点扶持作品；谭敏的作品《铜婚》正在改编电视剧；赵叶惠创作的古体诗作品集《平易行吟》由中南大学出版社出版发行。据不完全统计，一年来，全市在省级以上文艺报刊上发表作品达100余件。潘年英的长篇小说《解梦花》、赵竹青的长篇小说《漂》、谭进军（楚荷）的长篇小说《江城民谣》、王杏芬的传记文学集《青春·缪伯英》、赵叶惠的诗集《梦乡的通行证》等5位作家的5部作品获得湘潭市第七届文学艺术优秀成果作品奖；曹青的长篇小说《金纸鸢》、烟秾（罗霞）的网络长篇小说《贼娘子》获得湘潭市第七届文学艺术成果新人作品奖。

第三，巩固文学阵地。2019年，市作协用“四个始终坚持”，办好《湘潭文学》这个杂志。市作协始终坚持把《湘潭文学》作为团结广大会员和培育文学人才的一个重要桥梁和纽带，始终坚持以习近平新时代中国特色社会主义思想为指针，始终坚持围绕中心、服务大局，始终坚持面向本土作家，立足讲好湘潭故事，保质保量完成了全年4期编辑任务，推出了约70万字作品。这4期作品中，90%左右的作品均出自湘潭本土作家，有“梦圆2020”脱贫攻坚的系列作品，有“我与伟人故里——庆祝新中国成立70周年”主题征文，有湘潭县作协会员的专辑等。《湘潭文学》发现、挖掘、培养了一批文学新人。期待有更多的文学新人在《湘潭文学》上崭露头角，从这里展翅高飞。

第四，丰富文学活动。2019年是新中国成立70周年，又恰逢开展“不忘初心、牢记使命”主题教育，全市各级作协应时而动，组织开展了丰富多彩的文学活动。7月23日，中国文联主席、中国作家协会主席铁凝一行来湘潭调研，市作协作了书面汇报，受到铁凝的高度肯定。10月20～25日，中国作协“到人民中去”职业道德教育和文化服务实践活动第2期专题培训班在韶山干部学院开班，为了办好这个培训班，市作协积极协调，做了大量服务工作，统筹安排培训班60多名作家到湘潭县、湘乡等地开展采风活动。举办“玺宇·悦城国际”杯“我与伟人故里”庆祝新中国成立70周年主题征文，评出获奖征文26篇，谷静、杨荣两位老师荣获一等奖，省作协主席王跃文出席颁奖典礼，并向玺宇·悦城国际小区公共图书馆捐赠了自己的作品全集，为倡导读书风尚助力。邀请《中国作家》《天津文学》《湖南散文》等名家名编来潭交流指导，并推荐了一批优秀作品。举办大型文学讲座，或者组织作协会员到毛泽东文学院聆听讲座，纪红建《在行走中感受力量》、谢宗玉《这个时代的阅读与写作》、阎真《小说的语言艺术》、刘亮程《大地上的家乡》等，让湘潭近1000名作家深受启迪、深受鼓舞，受益匪浅。继续开展“梦圆2020”脱贫攻坚采风活动，作家们将真切感受注入笔端，用文学作品讴歌湘潭乡村振兴、精准脱贫工作，弘扬了真善美，传递了正能量。在市作协的带动下，各县（市、区）作协的活动也开展得有声有色，“湖南文学创作示范基地”在湘乡市茅浒水乡挂牌，湘潭县作协、雨湖区作协在“我与伟人故里”庆祝新中国成立70周年主题征文中荣获组织奖，雨湖区作协还开展“讲好雨湖故事”征文赛事，岳塘区作协和韶山市作协圆满完成换届。

第五，壮大文学队伍。市作协不断增强政治性、先进性、群众性，努力吸收各类文学创作者加入作协大家庭。2019年，经湘潭市作协主席会议研究，分3批吸收了32人加入市作协；推荐彭成仁、张耀星、周敏、邹莹等4人加入湖南省诗歌学会；推荐张新普、谭敏等2人加入省作协。市作协副主席赵竹青被评为湘潭市第三批文化艺术名人，获评文学创作一级职称（2019年全省仅有8位作家获得该殊荣）。市作协副主席宋德发带队，彭英、罗仆世、刘炜煊等4名青年作家参加了全省第七次青年作家创作代表大会。推荐袁艺、陈浩群、何洪蓉、罗军民等4人参加了毛泽东文学院第18期中青年作家培训班的学习。

第六，规范内部管理。主要是把好三关。一是把好文学作品奖励审核关。严格执行《湘潭市文学作品奖励办法》，出台《湘潭市文学作品奖励申报审核办法》，分别对申报流程、审核流程和奖金发放三个环节作出详细规定。二是把好财务审批管理关。市作协对财务管理、编辑工作、临时劳务人员聘请等方面制定并通过了一系列制度，严格按制度办事。三是把好作品导向和质量关。市作协多次对《湘潭文学》杂志编审校对人员强调，要始终绷紧意识形态这根弦，务必确保作品的导向正确，绝不能出现意识形态方面的错误和偏差。截至目前，《湘潭文学》刊发的作品没有发生过一起导向有偏差的事故。

第七，建设作协之家。在市委、宣传部和文联的关心下，市作协彻底解决了没有办公用房的问题，市作协在市文艺创作中心拥有了四间办公室和会议室，并且添置了必需的办公设备，如会议桌椅、空调、电脑、打印机等。

2020 年，市作协将继续深入学习贯彻习近平总书记在文艺工作座谈会和中国文联十大、中国作协九大开幕式上的重要讲话精神，认真学习党的十九大和十九届四中全会精神，不断提高政治站位，始终坚定文化自信，牢固树立“以人民为中心”的创作导向，坚持“两为”方向、“双百”方针，坚持“贴近生活、贴近基层、贴近群众”，不断增强“脚力、眼力、脑力、笔力”，积极投身“大美湘潭”的火热实践，努力讲好更多精彩的湘潭故事。

五　2019年邵阳市文情

2019 年，邵阳市作家协会在邵阳市委、邵阳市委宣传部和邵阳市文联的正确领导下，在省作协的关心支持和精心指导下，以习近平新时代中国特色社会主义思想为指导，坚持以人民为中心，坚持文艺工作的“两为方向”“双百方针”，按照“双创”要求，狠抓各项工作落实，积极开展各种活动，推进文学事业全面发展，取得了良好的成绩。

年内，市作协和各县（市）作协都开展了党的十九大精神和习近平新时代中国特色社会主义文艺思想专题学习。上半年，全市文学界重点学习了习近平总书记 2019 年 3 月 4 日与文艺界、社科界政协委员座谈时的重要讲话，党的十九届四中全会召开之后，全市文学界认真学习了相关文件精神，更加坚定了中国特色社会主义的制度自信。年内，市作协选送 4 位作家参加毛泽东文学院中青年作家研讨班学习、5 位作家参加湖南省作家协会全省作家高级研讨班学习、10 位作家参加在邵东举办的“新时代湖南省青年诗人培训班”学习，袁姣素被吸收为中国作家协会会员，7 位作家被吸收为湖南省作家协会会员。市作协指导了北塔区作家协会的成立工作和城步苗族自治县作家协会的换届工作。

年内，肖仁福的长篇小说《大汉辅国·霍光权》由团结出版社出版；舒中民长篇小说《网探》在《啄木鸟》2019年第8期发表，该刊第9期推发了晏杰雄的评论和作者的创作谈；李晓敏长篇小说《代号传奇》系列由新世界出版社出版；马卓的中篇小说《告密者》在《北京文学》2019年第4期发表。曾野短篇小说《起风了》获广东省第三届有为文学奖，二湘、曾野、袁姣素、周伟、何石、赵登科、谢林涛等人的小说先后在《上海文学》《芙蓉》《广西文学》《湘江文艺》《湖南文学》《海燕》《小说月报》《小小说选刊》等全国各地文学刊物发表。周伟散文集《乡村书》获首届湘江散文奖，刘诚龙、陶永喜、周伟、邓跃东、肖克寒、周晓波、谢永华等人的散文杂文作品分别在《人民日报》《民族文学》《解放军文艺》《散文》《天涯》《湘江文艺》《湖南文学》《散文百家》等省级以上文学报刊陆续推出，并有多篇作品被《作家文摘》《散文选刊》《散文海外版》《读者》《小品文选刊》《杂文选刊》等选刊转载。李春龙、雷晓宇、范朝阳、张泽欧、张雪珊、邓星照、石冬梅、迷子、林目清、素素等人的诗歌在《人民文学》《诗刊》《星星诗刊》《湖南文学》《湘江文艺》《诗潮》《扬之江》《诗选刊》等省级以上文学刊物发表，李春龙有作品入选《2020天天诗历》《2019〈诗刊〉年选》等，雷晓宇组诗《雪落营盘》在2019年《人民文学》第8期发表，有作品获“渤龙杯”第四届中国天津诗歌节三等奖。龙章辉儿童文学作品集《歌乡传奇》、陈静儿童文学作品《去看好外婆》荣获第四届张天翼儿童文学奖，谢长华《雪牛寨》《苔原劫》入选中国少儿出版社“金牌图书”系列，陈静散文《糍粑》、诗歌《炊烟》在《少年文艺》（江苏）、《儿童文学》等报刊发表。邵阳市网络文学势头强劲，2019年发表作品超过百余部，字数过亿，并有多部作品获得了广泛的社会认可和大量读者喜爱。其中武冈作者付仁杰（笔名：只是小虾米）作品《武逆》，累计收获全网点击突破20亿，作品《丹道宗师》获掌阅文学第一个千万级盟主支持，并亮相上海电影节。新宁作者文武（笔名：风卷红旗）连载超过四年的作品

《永不解密》也于2019年正式完本，并且影视版权已经出售。邵东作者贺久才（笔名：司徒北）作品《霉运阴阳眼》全网累计点击破亿，并且漫画改编已由北京兴义凯晨文化传媒有限公司签约制作。网络作家付仁杰、文武、喻倩如、王慧同时入选2019年湖南十大网络文学新锐作家。文学评论方面，袁姣素、袁龙、汤岚多篇文学评论见于《文艺报》《文学报》《湖南日报》等报刊。

年内，市作协支持在北京中国盲文图书馆举行了“曾令超作品研讨会”、在洞口县委党校召开“谢长华文学作品研讨会”、在隆回县举办隆回县扶贫文化暨长篇小说《故人庄》研讨会，邵东市文联、市作协、市诗歌学会承办“中国梦·邵东情”大型中秋音乐诗会和“新时代湖南青年诗人培训班”。

六　2019年岳阳市文情

2019年，在省作家协会的正确指导下，在市委宣传部、市文联的具体领导下，岳阳市作家协会全面贯彻党的十九大和十九届二中、三中全会精神，以贯彻习近平新时代中国特色社会主义思想为指导，深入学习贯彻习近平总书记重要讲话精神，切实增强文化自信，强化责任担当，努力提高文学工作的科学化水平和围绕中心、服务大局的能力，大力推动文学改革创新，开创了全市文学工作和文学事业发展的新局面。现将2019年岳阳市文情总结如下。

（一）主要文学活动

岳阳市第六期中青年文艺创作培训班。10月26日至11月5日，市作协第六期中青年文艺创作培训班举办，60余名中青年文学作者参加培训。特邀著名作家彭见明、《小说选刊》副主编王干、《散文选刊》主编葛一敏等著名作家讲课。

2018年度年会暨2019新春采风活动。3月29~31日，市作协2018年度年会暨2019年采风活动在平江县举行，50多名理事参加，其间赴平江县嘉义、长寿等乡镇采风。

“乡村振兴”文学采风活动。10月19～20日，市作协开展“乡村振兴”文学采风活动，60多名作家参观了屈原区营田镇三洲村、义南村，汨罗市西长村、武夷山村，平江坪上村、梅仙镇等新农村建设示范点。

夏季文学创作改稿班。5月24～26日，市作协文学创作改稿班举行，30名业余文学作者参加。邀请《红豆》《散文百家》等文学期刊编辑现场辅导。

《寒门之暖》专题文学讲座。6月21日，知名作家彭见明携新作《寒门之暖》做客新华书店国学讲堂。

“大美岳阳，洞庭精灵”岳州文坛主题讲座。6月30日，市作协副主席潘刚强的“大美岳阳，洞庭精灵”岳州文坛主题讲座开讲。

（二）主要文学成果

小说。彭东明中篇小说《豆苗青，稻子黄》发表于《当代》第6期，长篇小说《坪上村传》列为2019年中国作协重点作品；丘脊梁短篇小说《神猎·神医》发表于《短篇小说》第1期，《小小说选刊》第6、8期选载《神猎》，短篇小说《大伯的国家机密》发表于《湖南文学》第9期；孟大鸣短篇小说《刷单者》发表于《雨花》第3期；熊卫民短篇小说《夜里的猫》发表于《湖南文学》第3期；余旦钦中篇小说《树根的艺术生活》发表于《湘江文艺》第5期，短篇小说《神树》发表于《湖南文学》第7期，短篇小说《暗香》发表于《延河》第8期；潘绍东短篇小说《半夏》发表于《北京文学》第6期。

散文。葛取兵《隐忍在草木深处的悲情与苍茫》发表于《湖南文学》第11期，《一树花开，一树叶落》发表于《湘江文艺》第6期，转载于《散文海外版》第5期，《乡下俏荸荠》发表于《红豆》第8期，《又绿江南岸》发表于《人民日报（海外版）》8月10日，《桐花半亩》发表于《光明日报》9月1日；丘脊梁《骨髓深处的季节》发表于《湖南文学》第4

期，《锋利的预言》发表于《四川文学》第7期，《悬空》发表于《星火》第6期；冯六一《另一种旅行》发表于《湖南文学》第7期，《粮食，或者花朵》发表于《山东文学》第7期，《一场事》发表于《湘江文艺》第6期；方欣来《鹤叙述》发表于《湖南文学》第8期，《巷语》发表于《青年文学》第9期，《竹荫巷》转载于《散文选刊》第11期，《鸟语》转载于《散文海外版》第11期；孟大鸣《一张脸的两套生活》发表于《当代人》第6期，《休闲课》发表于《湖南文学》第12期；肖学文《烟波江上》发表于《人民日报》10月26日；蔡勋建《一针一线皆关情》发表于《人民日报》5月1日，转载于《散文海外版》第8期；黎孝民《戍守昆仑，我千百次仰望雪山》发表于《解放日报》2月3日；赵宇《去孤岛》发表于《湖南文学》第2期；李兴《清明记忆》发表于《湖南文学》第4期；杜华《舅母住在大山下》发表于《湖南文学》第9期；彭世民《扶贫路上虽“苦”犹“甜”》发表于《湘江文艺》第6期。

诗歌。朱开见《朱开见的诗》发表于《红豆》第7期，《岳州地理》发表于《诗选刊》第9期。叶菊如《仿佛一种美好的罪证》发表于《飞天》第1期，《凋谢的白玉兰》发表于《青年作家》第7期，《独处》发表于《诗刊》第8期；李婷《从冬眠醒来》发表于《延河》第1期，《花开如诗》发表于《北京文学》第1期，《甘愿坠入你的眼眸》发表于《文学港》第5期；胡晟《跛脚女人》发表于《诗刊》第11期，《一首诗老了》发表于《青年作家》第6期，《魏公庙巷》发表于《湘江文艺》第5期，《感受云梦方舟》发表于《都市》2019年7期，《伏在异乡的枝头》发表于《飞天》第11期；拾柴《我珍视的人间》发表于《星星》第12期，《看一场电影》发表于《中国诗歌》网络诗专号，《黄龙山之夜》发表于《青年作家》第4期。

文学评论。余三定《学术性·资料性·文物性》载于《中华读书报》2月13日，《全方位记录大搬迁壮举》载于《文艺报》3月1日，《别具创意的连续摄影》载于《工农文学》第2期，《评花鼓戏〈桃花烟雨〉》载于《文艺论坛》第5期；谢作文《朱茂松老先生诗联文化中的活力元素欣赏》

发表于《湘江文艺》第1期。方先义《苦难是勇敢刚健者的摇篮》发表于《儿童文学》第6期；朱开见《把粗茶淡饭过成日子》发表于《湖南文学》第9期。

报告文学。潘刚强《一条追赶太阳的河流》、刘子华《逐梦海天》被列为省作协2019年重点作品；阮梅《文秀，你是青春最美的吟唱》发表于《中国作家》第12期；官学荣《碧水东流》发表于《中国报告文学》第12期；彭世民《影镜中的平江》发表于《中国报告文学》第7期；王良庆《巨变严家河》发表于《中国报告文学》第8期，《退休时节尽“芒种”》发表于《中国报告文学》第12期。

出版。段华长篇报告文学《逐梦海天的强军先锋——张超》由湖南人民出版社出版；朱开见诗集《岳州辞》由百花洲文艺出版社出版发行，列为岳阳市“文艺岳家军”扶持计划；葛取兵散文集《城市的对岸是故乡》由三辰影库音像电子出版社出版；阮梅的《像芦花一样奔跑》由河北少年儿童出版社出版；盛勇报告文学集《洪水中的丰碑》由湖南人民出版社出版；闰玉兰《一路同行真好，那是爱的味道》由清华大学出版社出版。

七　2019年常德市文情

2019年，常德市作协团结广大文学爱好者，以人才培养、队伍建设为依托，主动作为，开拓创新，砥砺奋进，团结和引导全市广大文学作者走过了蓬勃发展的一年。

（一）加大人才培养，打造优秀文学人才和精品力作

推荐了徐虹雨、李万军等优秀青年作家申报中国作协、省作协课题，其中，徐虹雨的长篇报告文学《军歌嘹亮》、李万军中篇报告文学《万家渡口——破译“感动中国”人物万其珍家族“百年义渡”密码》，被省作协确定为2019年度定点深入生活项目。推荐了戴志刚、伍月凤等参加毛泽东文

学院第 18 期作家班学习。输送了龙向梅、戴希、向未、谈雅丽、陈文双等 5 名优秀青年作者参加湖南省作协第二期高研班学习。

（二）文学活动丰富多彩，激发创作动力

参与承办湖南省作家协会、中共常德市委宣传部湖南省作协、常德市委宣传部联合主办的“中国梦·文学梦·湖南篇章”之“作家看常德七十年巨变”文学采风活动。活动结束后，在《湖南日报》等多家刊物发表作品 50 余篇。参与承办“中国诗歌万里行”主题创作文学采风活动，创作出一大批高质量的诗歌作品，并在多家刊物媒体发表。

（三）文学氛围浓郁，创作再创新高

2019 年常德文学创作喜获丰收，创作再创新高，具体在省级、国家级报刊发表情况如下。

小说方面。阿满的中篇小说《满楚古德吉的鹰》发表于《民族文学》头条，并被《长江文艺》《小说月报》转载。刘少一的中篇小说《篮球滚下山坡》发表于《民族文学》，中篇小说《笔墨江湖》发表于《湖南文学》；出版中短篇小说集《绝招》（作家出版社），并在北京中国现代文学馆由中国少数民族作家学会、《民族文学》杂志社、湖南省作家协会主办了作品研讨会。唐波清的小小说《糖醋张》发表于《小说选刊》。戴希的小小说《新孝顺时代》发表于《小说选刊》。伍中正的小小说《1984 年的那块门板》发表于《小说选刊》。孙开国的中篇小说《一个人的道场》发表于河北作协《长城》，中篇小说《三个老人一台戏》发表于《湖南文学》。张黎华的中篇小说《假如那火车头还吐着烟》发表于《芙蓉》，短篇小说《巨蜥》发表于《湖南文学》。伍月凤的小小说《鼓掌》发表于《小说选刊》，《快递到了》发表于《小说月刊》，《鸟师傅》发表于《微型小说选刊》。

王月娥的小小说《刀客与剑客》发表于《小小说月刊》，《刀客与剑客》发表于《民间故事选刊》，《且以浅笑待早花》发表于《小小说月刊》。杨国权的小小说《大毛的心事》发表于《微型小说选刊》。王芷樱

的小小说《方块游戏》发表于《微型小说选刊》，《造梦旅馆》发表于《小说月刊》。

诗歌方面。熊芳的诗歌《随想》组诗 9 首 94（行）发表于《诗刊》；诗歌《桐子坡西路》组诗 4 首 48（行）发表于《星星·诗歌原创》。谈雅丽的《重温深圳速度》发表于《诗刊》，《黄泥小道及我的乡村叙事》发表于《诗刊》，《新华文摘》第 8 期发表诗歌《青野之乡》，《星星·散文诗》刊载散文诗《白龙河的流水》，《诗潮》刊载组诗《江河水》，《文学港》刊载散文《异乡人》三篇。邓朝晖的《秋叶》组诗发表于《诗潮》，《诗选刊》转载；《山顶午餐》发表于《江南诗》；《夜宿竹林》发表于《诗歌风赏》；《竹子开裂》组诗发表于《海燕》。胡平的诗歌《到达》发表于《诗刊》“E 首诗”头条，散文诗《一块石头》发表于《散文诗》，诗歌《目光》《虚无》发表于《诗潮》，诗集《空房子》英文版由美国芝加哥学术出版社出版，《和平》（组诗）获“湖南人防杯”全省诗歌大赛银奖，《胡平的诗》（组诗）获第28 届“东丽杯”鲁藜诗歌奖一等奖，《祖国，我想告诉你》（外二首）获《扬子江诗刊》庆祝新中国成立 70 周年诗歌大赛三等奖，《虚幻》（组诗）获第六届常德原创文艺奖诗歌奖，《我走在一座虚构的城市》（组诗）获 2019 年“高陵杯”麋鹿文学奖诗歌奖提名奖，《诗 20 首》入围第二届博鳌国际诗歌奖，诗歌《我始终无法修复大海纯净的蔚蓝》获第二届“大鹏生态文学奖”佳作奖。唐益红的《暮春辞》（外二首）发表于《词刊》，诗歌《在洪洞县》发表于《诗刊》，并刊于中国诗歌网“每日好诗”栏目，《唐益红的诗》4 首发表于《作品》，《唐益红的诗》发表于《诗歌世界》湖湘诗考栏目，《端午有雨》在《诗刊》社举办的首届汨罗端午诗会征稿大赛优胜奖，《明天》（10 首）获《诗潮》社举办的首届湘天华杯全球华人诗歌大赛优秀奖，《我也有过这样一条河流》获“湖南人防杯”全省诗歌大赛铜奖。王军杰的《以为能忘记》发表于《词刊》。石成林的诗词《读杜甫诗有感》发表于《诗刊》。向未的诗歌作品《清明近怯——致累到在义务扶贫路上的老兵王新法》获第六届潇湘杯网络微文学大赛诗歌类一等奖。程一身获第五届中国当代诗歌奖（2017 ~ 2018）翻译奖。杨亚杰的《夜晚，在诗墙边读友人诗》（外一首）发表于《诗选刊》，出版诗集《杨亚杰微诗选》。石成林的《读杜甫诗有感》发表于《诗刊》增刊《诗词》，《赠映晖君》《自嘲》诗两首发表于《中华诗词》，诗两首入选《2020诗词日历》，诗十八首发表于《中华辞赋》。黄劲松的散文诗《节气歌》（三章）发表于《散文诗世界》。熊福民的诗歌《沅水有鱼》发表于《星星·散文诗》。龚峰的组诗《万年通用新年贺辞》发表于《诗潮》。谭晓春的组诗《初生的黎明》发表于《岁月》，组诗《冬日辞》发表于《岁月》，诗歌《号子的回声》发表于《草堂》，组诗《城址散记》发表于《牡丹》，诗歌二首发表于《椰城》，《一种姿态》（外一首）发表于《散文诗世界》，诗歌两首入选《2018 中国诗歌年选》。

散文方面。秦羽墨的散文特辑发表于《散文选刊》（选刊版），《广州父与子》发表于《作品》，《僧人、作家和小偷》发表于《芙蓉》，《小镇、烟花以及蓝黑的夜》发表于《文学港》，《水上的脚印》发表于《散文百家》，《寒冷的火焰》发表于《鹿鸣》，《南方有嘉木》发表于《伊犁河》，创作谈《虚伪而真诚的道路》发表于《湖南工业大学学报》，《不死乡的人》发表于《南方文学》，《厨师、郎中和占卜师》发表于《滇池》，《蛤蟆、美人以及狐狸尾巴》发表于《当代人》，《雾失楼台》发表于《湖南文学》，《失忆传播器》获大益文学院“短经典”征文奖。刘绍英散文《母亲的往事》发表于《湖南文学》。徐虹雨出版了 50 多万字的报告文学集《春天的脚步深深浅浅》，团结出版社公开出版发行；调研报告获得全市三等奖；在《湖南日报》发表散文《没有天堂只有故乡》；在《城市地理》发表长篇文化散文《常德四大古井那些甘冽的历史传奇》。

儿童文学方面。宋庆莲的短篇童话《女儿风》发表于《艺术界·儿童文艺》，组诗《樱花晃动的春天》发表于《洛神》，短篇儿童小说《有个女孩名叫小板凳》收入《小溪流四十年佳作典藏》小说卷，短篇儿童小说《有个女孩名叫小板凳》入选《摆渡船》儿童文学选本，长篇儿童文学作品《天空开来一列火车》由湖南少年儿童出版社出版。龙向梅的《鞋尖朝外》获 2019 陈伯吹国际儿童文学奖（单篇作品奖），《第 57 页的秘密》（长篇）

由湖南少年儿童出版社出版，《卡努》获《东方少年》2019 年度重点作品扶持项目特等奖，《寻找蓝色风》获 2018 年度桂冠童书奖（儿童文学类共 10 本），《寻找蓝色风》获 2019 辽宁省“五个一工程”奖。此外，在《少年文艺》《儿童文学》等发表作品十余篇：《皱皱巴巴的城市》发表于上海《少年文艺》头版，转载于《青年文摘》，转载于《儿童文学选刊》；《什么都要管太太》发表于《小星星》；《线小姐，面老爷，角太太》发表于《儿童文学》故事版，转载于《儿童文学选刊》；《有一百万件事等着我》发表于《儿童文学》，转载于《儿童文学选刊》；《空空不空》发表于《儿童文学》故事版。

八　2019年郴州市文情

2019 年，郴州市作协在省作协的关心支持和市委宣传部、市文联的领导下，坚持以习近平新时代中国特色社会主义思想为指导，全面贯彻落实党的十九大和十九届二中、三中、四中全会精神，深入学习贯彻落实习近平总书记关于宣传思想工作和文艺工作的重要论述，坚持以人民为中心的创作导向，有效推动全市文学事业健康繁荣发展。

一是起草奖扶机制，贡献文学创作礼包。协助市文联起草的《郴州市文艺作品创作扶持和成果奖励办法》正式出台。明确由市财政每年设立 200 万元文艺作品创作扶持和成果奖励专项资金，对符合条件的重点文学作品创作项目进行扶持，对获国家、省、市表彰的优秀文学创作成果实行奖励。

二是出版作品年选，整理文学创作成果。协助市文联编辑出版 2018 年《郴州文艺作品年选》（文学卷）。该书由广西师范大学出版社出版，收录 80 余位郴州作家当年度在省级以上公开文学刊物发表的 150 余篇优秀文学作品。该书先后被中国国家图书馆、湖南省图书馆和北京大学、武汉大学等国家、省市及“985”“211”高校图书馆收藏。

三是讲好郴州故事，抓实文学创作主线。10 余次组织市作协骨干会员

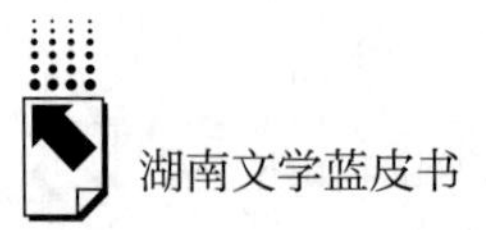

和文学爱好者到安仁县、桂东县等地开展“到人民中去·全市名家看基层”文学采风活动。通过深入基层一线，收集干部群众在新中国成立70周年、精准扶贫工作等方面涌现的先进事迹、典型人物。作家邓小华的长篇报告文学《人性的芬芳》，入选2019年中国作协定点深入生活项目和湖南省作协定点深入生活项目；永兴作家何永洲创作的反映精准扶贫、精准脱贫的长篇小说《拼布绣》，入选为“梦圆2020”征文活动签约作家选题项目。

四是打造主力队伍，培养文学创作人才。为提高全市作家和文学爱好者的创作水平，全年共举行各类文学讲座10余次。先后邀请《中国作家》杂志社原主编、著名作家、评论家王山和省文联文艺创作与研究中心主任王涘海来郴开展专题文学讲座。邀请舒婷、欧阳江河等40余名全国著名诗人、学者来郴举办第十五届中国“三月三诗会”，加强创作交流。建立老中青重点文学骨干队伍，利用各种途径对他们进行有针对性的培养关怀并将10余名文学骨干推荐到鲁迅文学院、毛泽东文学院等地学习深造。

五是推出精品佳作，繁荣文学创作生产。一年来，郴州本土作家共出版个人文学专著10余部，在《芙蓉》《湖南文学》《小说选刊》《小小说选刊》《小说月报》等全国公开发行的文学杂志发表作品280余篇。其中，具有代表性的作者如下。

王琼华的《最后一碗黄豆》入选《新中国七十年微小说精选》，该书作为向新中国七十年华诞献礼礼物，由《小说选刊》杂志社、中国微型小说（小小说）创作基地主编，收入新中国成立七十年来最有影响的中国微型小说139篇，代表着新中国微小说的创作成果，涵盖越树理、孙梨、汪曾祺、王荣、铁凝等作家作品。

欧阳华丽的作品《安检门》荣获由中国微型小说学会、《小说选刊》杂志社、中国微型小说（小小说）创作基地、中共常德市武陵区纪委监委、武陵区委宣传部，武陵区文联、常德市美韵文化传媒投资有限公司联合举办的2019“田工”杯廉洁微小说全国征文大奖赛一等奖。小说《爱情红烧肉》在《小说选刊》发表，《秘制小鱼干》在《微型小说选刊》发表。

黄孝纪的散文集《瓦檐下的旧器物》和《八公分的时光》分别由广西人民出版社和广东人民出版社出版。

曾散创作出版报告文学《第一军规》《半条被子》并在长沙召开创作研讨会。

唐诗的短篇小说《鱼生于水》发表于《海燕》，短篇小说《珍珠成长记》发表于《椰城》，纪实散文《单亲妈妈日记》发表于《天涯》，散文随笔《文学里的“真假”（外二篇）》发表于《文学自由谈》。

徐杨、周坚韧、彭路嘉、嫣然、周文娥、刘青鹏、谭莉（残疾人）等人的新作都达到一定的水平，受到读者好评。

九　2019年益阳市文情

（一）文学创作喜获丰收

2019 年，益阳市作家出版文学作品集 12 部，发表中短篇小说、散文、诗歌、儿童文学、传记文学、报告文学、文学理论等各类文学作品 800 多篇（首）。

诗歌创作。在省级以上文学刊物发表诗歌 500 余首。邹岳汉、郭辉、皇泯、陈旭明、游军在《星星·散文诗》发表散文诗。皇泯在《星星·散文诗》第 2 期头条发表散文诗《嗅觉》（组章），散文诗《速写西欧》组章发表在《绿风》第 5 期。李定新在《诗刊》上半月第 3 期发表《风总是朝村口的方向吹》（外一首），并在《湖南文学》第 3 期发表组诗《六步溪诗稿》，由吴明昕孺配发评论。庄庄在《星星·诗歌原创》第 3 期发表《面朝花园》（四首）。黄曙辉等在《诗潮》《绿风》《诗歌月刊》《中国诗歌》《散文诗》《北京文学》《湖南文学》等刊物发表大量作品。作品入选《中国年度优秀散文诗》《湖南诗歌年选》《中国年度最佳散文诗选》《中国新诗排行榜》等数十种选本。

小说创作。裴建平在《湖南文学》第 1 期发表短篇小说《儿子与小偷》。陈旭明短篇小说《干净》发表在《延河》下半月第 11 期。老作家杨友今创作省宣传部指定历史人物传记作品《陶澍》。杨文辉长篇小说《追梦》系 2018 年重点扶持作品，正由湖南文艺出版社出版，电影文学剧本《幸福计划》荣获中国金融文学奖。青年女作家熊梦红受新疆作协邀请与维吾尔族作家合创作民族大团结题材的长篇小说《碰撞》，同时创作湖南省作协重点扶持作品长篇小说《苇花飘处》。昌松桥小小说《猎神之死》由《民间故事选刊·下》3 月下转载，小小说《立胡子》入选《中国微型小说精选》。网络文学全体会员创作共计 62 部新作品，签约起点、创世、掌阅、飞卢等各大网络文学原创网站。唐以莫《盛少撩妻 100 式》改编有声剧，668 万播放量。改编漫画，名为《盛少的浪漫攻略》，人气已破 40 亿。邓能勇《盛世茶都》达 179 万字，为 17K 小说网签约小说；签约小说《婚戒》在《今日头条小说》每日更新。

散文创作。张吉安、舒放、高尚平屡有新作发表。王芳以笔名斤小米在《中国校园文学》第 1 期发表《暗礁》，《初雪飘落》发表于第 5 期《文学港》，后转载于《散文选刊》上月版第 9 期，《且壮行色》发表于第 6 期《雨花》，《潮汐去还，何所节度》发表于第 5 期《南方文学》，《洪水记》发表于第 11 期《湖南文学》；《另一条河》入选 2018 年《中国文学佳作选》，原发于《青年文学》2018 年第 2 期。游军散文《橘园》发表于《少年文艺》（江苏）第 6 期。

儿童文学创作。老作家卓列兵、青年作家游军新作发表于《儿童文学》、《少年文艺》（江苏）。

文学评论。黄曙辉、邵孝文有评论文章见诸报刊。向晓青《以最软的方式着陆——细读雷蒙德·卡佛〈黄昏〉》发表于《星星·诗歌理论》2019 年第 6 期中旬刊。

获奖情况。李定新诗歌《黑茶里的安化》获得广东散文诗协会举办的征文一等奖。舒放的散文《忌骂憎鄙传百年》获 2018 年“廉动全球·华人好家风”征文三等奖、组诗《鸽哨》获 2019 年“人防杯”中华人民共和国成立七十周年大赛优秀作品奖。

（二）制度建设与队伍建设

3月24日，召开市作协主席团会议，增设常务副主席一人，各县（市、区）作协、网络作协、女子作协、最益阳、公安文联负责人为主席团成员。4月，推荐邹岳汉、卓列兵、曹毅前为“三周文艺奖”终身奖候选人并获奖。7月，接待来益阳市进行“不忘初心、牢记使命”专题调研的省作协一行，易青群主席做了专项汇报。5月，启动“天意木国”征文，评出金奖1名、银奖1名、铜奖1名、提名奖20名。卜寸丹、裴建平、杨文辉加入中国作协。10月，选派青年作家一江、张洛嘉参加了毛泽东文学院第18期中青年作家研讨班。

沅江市作协与所属市民间文艺家协会、女作家协会、赤山阅读吧利用所属微信公众平台，开展了“元宵节畅想系列作品征稿”“春天在沅江征文”系列征文活动，组织近40名作家集体参与市纪委组织的“三湘风纪”“清风益阳”等官网的撰稿工作，发表文学作品、网评等100余件。桃江县作协指导桃花江小学主题阅读活动开展，举行《颂赞美丽的桃花江》阅读汇报活动，并向全县进行了展示。举办庆国庆、爱桃江征文活动，收到稿件200余件。南县作协举办“我和我的祖国共成长”诵读会暨颁奖典礼，诵读会全程直播，在不到一天的时间，浏览量就达到28万多人。3月24日，女作家协会云台山采风作品结集出版，6月，参加了“叶梦老师创作四十年首次回益阳家乡与读者见面座谈会”，7月，听取了谢国芳的“寻根说字”的方言讲座。赫山作协举办文学创作学习班3次、原创作品《木槿花》下乡演出一次、组织去常德采风二次，3月至9月30日，组织“弘扬创业者精神，献礼建国七十华诞——百商梦想说”作家采风活动，每周一次。网络作协在2019年新发展和吸收会员30人。其中，蔡晋、关云在2019年荣获湖南省十大网络作家荣誉称号。番薯、唐以莫等作者的作品相继进行有声小说、漫画等改编。协会会员的创作整体呈上升趋势。

十　2019年湘西州文情

2019 年，湘西自治州文联和作家协会在州委、州政府的关心支持下，在州委宣传部的领导下，坚持以习近平新时代中国特色社会主义思想为指导，全面贯彻落实党的十九大精神，认真学习习近平总书记致中国文联、中国作协成立 70 周年的贺信，坚持以人民为中心的创作导向，组织广大文学工作者深入生活，扎根人民，创作了一大批优秀的文学作品，促进了湘西文学事业的发展。

（一）文学创作硕果累累

发表作品。田耳在《钟山》发表中篇小说《开屏术》，在《广西文学》发表短篇小说《黑潭大峡谷》，在《思南文学选刊》发表中篇小说《鹭寨》。黄青松在《花城》发表短篇小说《会飞的人》。吴国恩在《湖南文学》发表中篇小说《父亲的荣誉》。于怀岸在《广州文艺》发表小说《春宵一刻》，在《湖南文学》发表小说《我对这个世界没什么好说的》，在《四川文学》发表短篇小说《证据》。王爱在《黄河文学》发表小说《贩卖好消息的人》，系列散文《梦境之上》《良夜寂静》在《雨花》等刊物发表。梁书正在《延安文学》发表诗歌《我听到入世的歌声》。仲彦在《中国诗人》发表诗歌《月光之下》，在《东方散文》发表散文《故乡，我甜蜜而忧伤地永远爱你》。吴国恩长篇小说《巴茈坡记事》、龙宁英长篇小说《南瓜船》选题入选“梦圆 2020”文学征文活动。向升的长篇小说《边土》、谢慧的报告文学集《古丈守艺人》获湖南省作协 2019 年度重点扶持作品。

出版作品。蔡测海长篇小说《地方》、刘年诗集《楚歌》、麻英挺小说《乌巢河传奇》、刘世树和欧阳文章专著《名家访谈》相继出版。何小平文学评论集《当代湘西少数民族历史题材的逸闻主义书写研究》成为中国作协 2019 年度少数民族文学重点作品扶持篇目。

获奖作品。田耳的中篇小说《一天》获第三届“紫金·江苏文学期刊”

优秀作品奖，《黑潭大峡谷》获广西文学优秀作品奖。田耳还获得了第三届中华文学基金会茅盾文学新人奖。田瑛小说《生还》获中国土家族文学奖、小说选刊中篇小说奖。苏明刚长篇纪实小说《血刃》获湖南省“五个一工程”奖。刘年《刘年的诗》获《扬子江》诗刊奖，组诗《最后的骑士》获“与共和国同行”——《长江文艺》创刊70周年优秀诗歌奖。梁书正诗歌《愿尘世被温柔相待》等荣获首届湘天华杯全球华语诗歌大赛优秀奖，获红高粱诗歌奖提名奖和中国张家界国际诗歌节二等奖。田振组诗《在人间》获第三届“芙蓉杯”全国文学大赛诗歌二等奖。陈文敏专著《复现中的迷思：电视节庆仪式化传播及其认同研究》在2019年度湖南文艺评论推优活动中被评为2019年度优秀文艺评论著作，在中国高校影视学会2018～2019年度学术推优活动暨第12届“学会奖”评审中获专著类三等奖。

（二）加强联络协调，服务文学工作者

一是加强联络协调，做好接待服务工作，充分发挥桥梁与纽带作用。2019年，先后接待了广州《花城》杂志原主编田瑛，台湾著名诗人郑愁予和绿蒂，湖南作家凌宇和蔡测海以及中山市作家协会、山东济南市作家协会等来湘西采风创作。组织部分作家参加全国武陵山区文艺扶贫经验交流会和文学作品展示。全年共接待省内外作家作者90余人次。

二是做好推荐学习培训工作。关心扶持文学新人，为他们创造条件，争取学习深造的机会。2019年推荐李海蓉、吴玉辉、吴兆娥等参加毛泽东文学院中青年作家班；罗文、谭有为参加湖南省第八期专题文学（网络文学）研讨班；宋春波参加鲁迅文学院第十五期网络文学作家培训班等学习。龙宁英、梁书正参加第六届全国少数民族文学创作会议。11月，在花垣县建立“湘西州作家协会花垣小作家培养基地”，这是湘西第一家由州作协挂牌的阅读写作学习班。

三是积极做好会员发展工作，不断壮大文学创作队伍。宋春波、石天元、赵彬馨等加入湖南省作家协会，向午平、吴国恩、黄光耀、梁书正等加入中国作家协会。

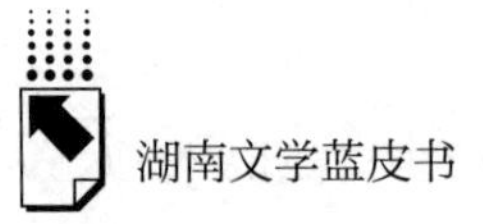

（三）文学采风活动

开展文学采风活动，增进作家们之间的相互交流。为宣传湘西、推介湘西服务，不断增强湘西文化软实力。

一是组织开展文学创作笔会。全年举行文学采风活动10多次。如“走进花垣古苗河”、“湘西作家写葫芦坪”、中山市作家协会《香山文学》湘西采风活动等。举办了“大地传奇”湘西地质公园全国征文大赛活动，出版了“大地传奇”征文获奖作品集。

二是举行文学作品读书分享会。先后举办了“田耳创作分享会”“刘年诗歌分享会”，李菁摄影文学集《向美而生》、张建永微信文集《行走的树》、谢慧报告文学《古丈守艺人》作品研讨会等，实现名家与读者面对面文学交流，进行精神碰撞。接待台湾著名诗人郑愁予和绿蒂先生，开展两地诗歌文化交流。特别是7月19日至22日，中国文联、中国作协主席铁凝一行来湘西调研少数民族文学发展情况，举办了全州文学创作交流座谈会和部分文学作品展，听了铁凝主席的重要讲话和对湘西文艺工作的肯定，大家很受鼓舞，精神振奋。彭图湘、龙宁英、黄青松、梁书正等作家代表发言，介绍了自己的创作经历和文学感悟，同时也提出了一些建议。

（四）加大文学评论力度，促进文学创作发展

2019年在《文艺报》《中国文学研究》《文艺理论研究》《湖南日报》《吉首大学学报》《神地》《团结报》等各类报纸杂志发表文艺评论10多篇。主要的有丁晓原《致敬柔和的美德——读谢慧〈古丈守艺人〉》，何小平《沈从文人类艺术本体论》，唐正鹏《深沉悲痛的忧思——读鲍勃·迪伦〈答案它在这风中飘荡〉》，欧阳文章《日子疯长，心灵回退——读龚曙光散文集〈日子疯长〉》，汪祖雅《美到经典是不老——读沈从文〈边城〉》，顾建平《临去秋波那一转——评黄标小小说集〈随心所欲〉》，周维强《用抒情的钥匙打开湘西密境的斑斓图画——读〈仲彦的诗〉》。

十一　2019年张家界市文情

2019 年，张家界市作家协会在搭建展示平台、组织文学研讨、开展文学征文、培养壮大队伍、促进文学创作等方面取得了一定成绩，并有部分作品获奖。

（一）积极搭建展示平台

《写给张家界的精美短诗》《行吟张家界——张家界市 2018 年度优秀文学作品选》《再去西线游——张家界西线旅游文学作品选》公开出版。

（二）大力组织研讨评奖

4 月，组织召开张家界市 2019 年中青年民族作家作品研讨会，对中青年民族作家黄真龙等 5 名少数民族作家作品进行研讨；8 月，召开国家、省派工作队驻村帮扶工作成效征文评审会，评选出 21 部高质量报告文学作品。

（三）认真开展文学活动

7 月，组织岳阳市平江县、浏阳市主题党日和采风活动；9 月，举办“文旅结合 · 牵手两岸”——著名作家、书画家浮石先生张家界读者见面会；11 月，组织会员到市新华书店参观学习，捐赠文学专著，新华书店接受捐赠，并设专柜陈列。

（四）努力培养壮大队伍

2019 年发展市作协会员 18 名，推荐发展 2 名省作协会员，李文丽参加湖南省第八届专题文学（网络文学）研讨班，向延波加入中国作协，罗春浓被聘请为《散文选刊 · 下半月》杂志签约作家，3 人从湖南省第十八届中青年作家研讨班毕业，3 人参加新时代湖南青年诗人培训班，黄菲从湖南省第二期作家高级研讨班结业。12 月，张家界市作家协会第五次代表大会召开，主席石绍河获连任。

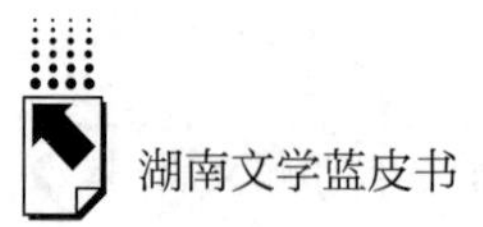

（五）促进文学作品创作

2019年公开发表作品有：胡丘陵《中国高铁》（组诗）（《诗刊》2019年10月）、《新时代诗歌要讲担当》（《人民日报》2019年2月26日）、《写出对艺术和社会负责的“大诗”》（《文艺报》2019年2月18日），刘晓平《红树林》（《诗刊》2019年2月·上）、《草树》（《诗选刊》2019年第4期）、《高山上的花园》（《民族文学》2019年第9期）、《关于故乡的诗草》（《国家诗歌地理》2019年第12期），石绍河《远山静水里的洪荒精灵》（《大地文学》2019年第5期），谢德才《一个人的凤凰》（《散文海外版》2019年第5期），蒋虹《桂花香》（《星星·诗歌原创》2019增刊），简德彬《湘西形象：西方形象学理论的中国化》（《文艺论坛》2019年第4期），朱岚武《马克思主义视域中的新中国乡土文学》（《文艺论坛》2019年第4期），高宏标《父亲的稻子》（《星星》2019增刊），吴化勇《夜兴》（《诗刊》古诗词版2019年第3期），欧阳清清《想听你叫我小雪》（《星星·诗歌原创》2019增刊），王馨梓《不能再好了（外一首）》（《芙蓉》2019年第6期），刘代福《澧水谣》（《诗刊》2019年第8期·上），田新民《秋歌》（《中华诗词》2019年第11期），喻灿锦《帐》（《星星》2019增刊），宋梅花《捏粪蛋》（《小小说月刊》2019年第11期），周明《走访贫困户记》（《民族文学》2019年第4期），罗舜《绣花针》（《星星诗刊》2019年第12期·上），谷晖《母亲与村庄》等7首（《诗潮》2019年第11期），向延波《向延波的诗》（《诗潮》2019年第11期），王生权《颁星所》（《小说林》2019年第6期），王明亚《摇曳的黑白光影》（《散文百家》2019第2期），钟锐《小田鼠和他的爸爸》（《意林儿童绘本》2019年第8期），宁雪初《雪赋》（《中华辞赋》2019年第5期），向国庆《水龙吟·谒贺帅故居》（《中华辞赋》2019年第4期），吴化勇《夜兴》等2首（《诗刊》古诗词版2019年第3期）、《菊畔庐拈花即就》等8首（《中华辞赋》2019年第4期）。钟锐《歪歪探长》在学习强国App上线。

另有《民族文学》2019年第6期发表李炳华《拾梦澧水河》、田润

《茅岩河，土家人的母亲河》、姚雅琼《亦歌亦哭新姑娘儿》、王成均《最后的排汉》、谢德才《牧笛溪的辗房》、张爱众《百年吟诵从未远》、张建辉《杀年猪》、覃儿健《槟榔谷》、周美蓉《糊仓》、胡家胜《苏木绰散记》、李文丽《老道湾，一起踏青去》、朱岚武《张家界西线》、罗建辉《高坪之约》、鲁絜《于苏木绰，结个缘法》、向延波《四都坪的幸福时光》、向笔群《苏木绰畅想》、刘绍踺《槟榔谷》、高宏标《沅古坪》、龚国倞《苏木绰的锁呐》、陈颉《茅岩河》、龚爱群《飞潭瀑布》、吕传友《矛岩河边的矛岩莓》、戴澧兰《马儿山龙灯》。

2019年出版文学作品有：刘晓平散文集《一路风景》由作家出版社出版，并由《民族文学》杂志社和中国少数民族作家学会共同在北京举行研讨会。另有印存校戏剧《印存校戏剧创作集》和民歌《民歌飞扬》、胡良秀诗集《天亮前，我必须醒来》、谭如茵诗集《叩问》、小北诗集《马桑树的故乡》、李炳华诗集《这个春天，我路过人间》、蒋虹诗集《阳光让眼睛变了色》、欧阳清清诗集《飞翔的鸽子花》、宋梅花小说集《苗堤乡逸事》、田润长篇小说《苍山作证》、龚海楚综合诗文《古稀情》、喻灿锦诗集《澧水踏歌》、高宏标诗集《潜伏在人间的密语》、张海峰历史小说《吾将吾身交吾党·贺锦斋》、熊夫木长篇小说《红尘黑焰》、陈辉诗集《从眼睛的味道中找到你的美》等公开出版发行。

（六）获奖入选硕果累累

刘晓平诗歌作品《苏木绰拾起的诗意》获第二届土家族文学奖单篇奖；谢德才《一个人的凤凰》获2019年全国徐霞客游记文学奖；宋梅花《归来吧》获“荣浩”杯第四届全国微信小说大赛优胜奖，《草帽面》获2018“武陵”杯·世界华语微型小说年度奖优秀奖；向国庆《秋游七年寨》获《中华诗词》杂志社“2019中华诗词——秦皇岛海港金秋笔会”优秀作品奖。

周明诗集《十八洞外的诗与远方——一位驻村第一书记的扶贫手记》入选湖南省作家协会2019年度重点扶持作品选题；喻灿锦散文集《湘西姑娘》入选中国作家协会重点作品扶持作品选题。

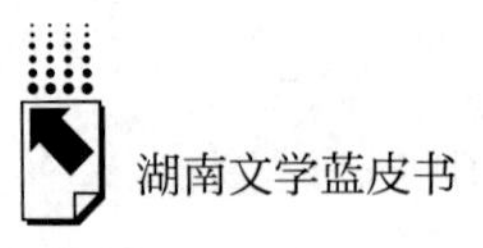

十二　2019年怀化市文情

2019 年，怀化市作家协会深入开展学习党的十九大精神，学习习总书记在中国文联第十次和中国作协第九次全国代表大会上的重要讲话，高举主旋律创作方向和弘扬正能量的旗帜，围绕增强“四个意识”、坚定“四个自信”和做到“两个维护”来开展工作，现将 2019 年市作协文情简要总结如下。

第一，在市委宣传部的领导下举办了新中国成立七十周年征文活动，作协各级会员积极响应，踊跃投稿，收到稿件 312 篇（首），经过评选 30 部作品入围优秀作品；与《怀化日报》联合举办“百姓手记”征文活动，记录百姓身边点滴平常事，反映社会日新月异的变革和进步，至今已经举办了四届，社会效果反响很好。

第二，助力精准扶贫，“圆梦 2020”。组织作协会员开展扶贫文学采风、征文、走进贫困乡村的“文化扶贫在路上”活动，采写的扶贫稿件相继在中央、省市级报刊公开发表，反响强烈。

第三，邀请名刊名家编辑来怀化讲学授课，提高怀化作家发稿量和知名度；2019 年以来，市作协先后邀请了《湘江文艺》杂志执行主编王涘海、《清明》杂志常务副主编赵宏兴、《湖南日报》副刊《湘江周刊》主编龚旭东来到怀化讲学授课，各级会员 300 多人次参加了听课学习。同时，为了提高作协会员的文学理论基础和创作水平，市作协举办了“筑梦天下，梦圆五溪”阅读课堂读书班，邀请知名教授学者授课指导，为作协会员提升文学理论水平和创作能力打造了一个学习平台。

第四，加强与兄弟协会的横向联系，增加文学交流和研讨，赴芷江受降坊与广东中山市作家协会联合开展了抗战文学采风活动，为会员文学创作提供必要的窗口和平台。

第五，建立和完善了协会的纵向建设，7 月 28 日，怀化市网络文学学会正式成立，网络文学学会是怀化市作家协会继诗歌学会、散文学会之后，成立的第三个专业文学学会。等待条件成熟以后，还将逐步成立小说学会、儿童文学学会、报告文学学会、文学评论学会等专业文学学会。

第六，按怀化市文联“十百千万”工程的要求，实施“送出去、请进来”的人才培养战略，推荐符合条件的优秀作者加入各级作家协会组织，参加各类文学创作培训学习。2019 年以来，有 1 人（江月卫）成为湖南省文艺三百工程人才、9 人成为湖南省作家协会会员、28 人成为怀化市作家协会会员，推荐 5 人参加了省作协毛泽东文学院中青年作家研讨班学习、3 人参加省作协高研班学习、1 人参加省作协诗歌班学习、1 人参加省作协组织的国内《十月》等名刊改稿会、1 人参加团省委组织的“新青年、新时代、新奋进”的培训学习。

第七，会员创作上台阶。据不完全统计，2019 年怀化市作家在国家、省、市各级文学报刊发表文学作品 100 多篇（首），出版公开发行文集 6 部：江月卫长篇小说《回不去的故乡》和散文集《风雅湘西》、申瑞瑾散文集《到哪里去寻找心中的海》、吴昭元散文集《湘西枫》、周廖玲诗歌集《周廖玲诗选》、范文胜诗歌集《沅水》。苗族女作家木兰连续两年成为《贵州日报》文学副刊“陌上清音”专栏作家，在贵黔大地引起了强烈的反响。

十三　2019年娄底市文情

2019 年，娄底市作家协会认真学习贯彻习近平新时代中国特色社会主义思想、文艺工作座谈会上和全国第十次文代会、第九次作代会上的重要讲话，牢牢把握“不忘初心、牢记使命”主题，健全组织，搭建平台，加强创作队伍建设，夯实文学创作土壤，全市文学事业呈现繁荣发展的良好局面。

（一）坚定正确政治方向

2019 年 6 月 6 日召开了市作协党支部成立大会，选举产生了作协第一届党支部领导班子，段汉中当选为党支部书记，加强与市作协党员会员的联系，并组织全体会员，开展了 2 次主题党日活动，提高了党组织在党员会员中的威信，会员们的创作主题，更多地向主旋律靠近。

（二）加强创作队伍建设

2019 年，在原有中国作协会员 17 人、省作协会员 248 人的基础上，推荐加入中国作协会员 2 人，省作协会员 7 人。推荐 5 名作者参加了毛泽东文学院第 18 期作家班学习，推荐 5 名作者参加了毛泽东文学院第七期专题（散文）高级研讨班学习，推荐 5 名青年作家参加毛泽东文学院的青年作家班学习。

（三）开展丰富多彩的文学活动

一是开展了“壮丽七十年，笔走新娄底”系列采风活动，重点是 12 月中旬组织的“渠江红·美丽乡村”重点作者笔会。系列活动共有 200 人次会员参加，创作出了 150 余篇（首）以基层生活为主题的文学作品；邀请了鲁迅文学奖获得者李元胜先生、《诗刊》社编辑部主任谢建平先生等名人名家面对面讲学，开拓了作家的视野，加深了对诗歌创作的认识，营造了更好的文学氛围。

二是娄底首个湖南文学创作示范基地落户新化。11 月 17 日，湖南文学创作示范基地签约挂牌仪式在新化县维山乡三联村举行，为作家们深入生活、贴近百姓提供了良好契机。为全省乃至全国著名作家深入娄底、深入新化创造条件，从而催生更多有筋骨、有道德、有温度的精品力作。

三是不断开展文学分享会。一年来，市作协举办了多次诗歌朗诵会等主题活动，娄星区作协举办了娄底诗人朗诵大赛，冷水江作协组织了参加毛泽东文学院学习归来学习收获分享会。

（四）营建更多发表平台

一是完成了《时代文学诗歌专号》的组稿、编辑和出版工作，共刊发了娄底籍或在娄底工作过的 110 多名诗人的 400 多首诗歌作品，佳作迭出。二是加强与本地纸媒体《娄底日报》《娄底晚报》等纸媒合作，在《娄底日报》开设了“笔走新娄底”专栏，在《娄底日报》《娄底晚报》各推出

“诗歌”专栏一期。三是打造了多个自媒体文学平台。精心打造“娄底作协”诗歌公众号，全年发出娄底诗人诗歌作品500多首，并推出“同一首诗”专栏10期。娄星区“娄星文艺”、冷水江“江水冷”、涟源“冬树丫”等文学公众号全年发出文学作品1000篇次以上，在读者中产生了较大的影响。四是网络文学得到较大发展。2019年，以起点中文网签约作家不信天上掉馅饼等作者为代表的网络文学作家创作势头不减，全年在网上推出网络文学作品200万字以上。

（五）文学作品精品迭出

作品出版情况。莫美的长篇小说《李续宾传》由作家出版社出版，6月全国发行。刘道云长篇扶贫小说《第一书记》由江西人民出版社出版。游宇明随笔集《不为繁华易素心：民国文人风骨》2019年出版第十一版，《梅花开了十七朵》2019年再版。袁杰伟的《随园流韵——袁枚传》，登上2018年12月中国文学好书榜。

作品发表情况。廖志理在《诗刊》2019年第7期发表《阿尔卑斯少女峰》组诗4首。张小牛在《楚风作家》头条发表中篇小说《斜塔》、《绿洲》头条发表中篇小说《初恋》、《湖南文学》发表散文1篇。袁杰伟在《中国报告文学》发表报告文学《梅山毛板船》。海叶在《星星·散文诗》《湖南文学》等发表诗歌、散文诗作品50余首。陈遗志在《湖南文学》第3期发组诗《在祖传的秘方里烹饪槐花》，在《星星诗刊》第五期发组诗《删去故乡的田埂》等30余首。湘小妃在《诗刊》2019第1期下半月刊发诗歌《镜中人》。李群芳在《扬子江诗刊》发组诗《啜饮》。小说《雪中的故事》获“和平崛起，改革开放四十年全国文学创作大赛”小说银奖，等等。

十四　2019年永州市文情

2019年，永州作家在小说、诗歌、散文、戏剧文学和文学批评等领域均取得了一定成绩，发表或出版了一定数量的作品。

（一）小说创作

陈茂智短篇小说《西风瘦马》发表于《作品》第12期，《米枕头》发表于《湖南文学》第9期，小小说《墩姐蒲来》发表于《小小说月刊》第8期并被《小小说选刊》第21期转载，小小说《军号声声》发表于《中国民族报》8月1日副刊版；凌鹰短篇小说《葬花吟》发表于《北方文学》第11期；刘欢喜中篇小说《你并购了谁》发表于《中华文学》第9期，短篇小说《流量飞起来了》发表于《湖南文学》第11期，《今夜就分手》发表于《青年文学家》第21期，《守龙船的人》发表于《当代小说》第11期，《弧线》发表于《参花（上）》第6期，《我是有父亲的人》发表于《牡丹》第27期；艾跃短篇小说《九爷》发表于《湘江文艺》第1期；何一飞小小说《绝鉴》入选《新中国七十年微小说精选》；艾莉小小说《丫头，你好呀》发表于《故事会》第7期、《博爱》第4期；远航小小说《五十块》发表于《华文小小说》第4期，《微小说四题》发表于《参花》第2期，另有《蛰伏》入选《2018“武陵杯”世界华语微型小说年度奖作品集》。

李长廷长篇小说《南行志异》由团结出版社出版；竹林（赵英）中篇小说集《清清冯河水》由四川民族出版社出版。

（二）散文与其他文体创作

凌鹰《河流三章》发表于《北方文学》第2期，《地狱边缘的花朵》发表于《散文》第4期，《遥远的火焰》发表于《岁月》第8期，《帛画二题》发表于《山东文学》第9期，《十八洞村的表情》《寻找一条河流》分别发表于《新湘评论》第14期、第19期；文紫湘《汲饮濂溪》发表于《湖南文学》第2期，《三条小溪浸染的潇湘文脉》发表于《中国三峡》第12期；李祥佐《塑胶鞋》发表于《湖南文学》第6期；杨中瑜（洋中鱼）《拙岩悟道》发表于《中国文化报》2月26日；杨邹雨薇《奶奶的谎言》发表于《散文选刊（原创版）》第8期，《屋檐水滴》《坡上山莓红》《秋来辣椒红》发表于《中国文化报》4月18日、6月18日、10月22日，《唯有南岳独如飞》发表于《民主》第1期；唐常春《树上的蔬菜》发表于《小品文选刊》第6期，《母爱》发表于《民主》第8期；李贵日《履职路上苦亦乐》发表于《文史博览》第12期；远航《老马》入选《大地上的灯盏：中国作家网精品文选》；何俊霖《老家的石板路》入编由江西高校出版社出版的高中一年级《语文读本》。

陈茂智大型话剧文学剧本《灵魂无价》发表于《民族文学》第4期戏剧文学专号。

杨金砖散文集《迷失的归途》由经济日报出版社出版；宋飞云诗文集《岁月有痕》由广西师范大学出版社出版；黎成钢的纪实文学作品《人民公安为人民·蒋学远》《献身强军目标的好士兵·李影超》由湖南人民出版社出版。

凌鹰长篇散文《我的十八洞村》荣获湖南省第十四届精神文明建设“五个一工程”奖；黎成钢散文《同志，我好想摸摸你的脸》获湖南省第六届网络文化节“潇湘杯”网络微散文大赛中荣获三等奖。

（三）诗歌创作

蒋三立《夏天的波罗的海岸（组诗）》发表于《诗刊》第2期（上），并有诗歌入选《2018湖南诗歌年选》；田人《小镇》发表于《诗刊》第8期（上），《蔷薇（组诗）》发表于《扬子江诗刊》第3期，《荣誉和爱（组诗）》发表于《湖南文学》第9期，并有诗歌入选《2018湖南诗歌年选》；青蓖《在时间的核中（组诗）》发表于《扬子江诗刊》第1期，并收入《诗收获》（春之卷）；《游鱼追逐的母亲（组诗）》及创作谈、访谈、评论发表于《诗歌世界》第3期，《探母记》收入《2019中国诗歌精选》等多种选本；乐家茂《一个女人斜躺在山坡上（外一首）》发表于《扬子江诗刊》第2期；刘忠华《远去的小时代（5首）》发表于《中国校园文学》第4期少年号，《蛙（外一首）》发表于《星星·诗歌原创》第5期，《身体里隐藏着一颗石头》发表于《星星·诗歌理论》第5期，并有诗歌入选

《2018 湖南诗歌年选》等多种选本；黄爱平《长鼓》发表于《湖南文学》第 12 期；何一飞《银子的光芒（组诗）》发表于《湖南文学》10 期；王一武《瞭望秋天（外二首）》发表于《诗选刊》第 5 期，《事物带有不同的方向（组诗）》发表于《天津诗人》第 1 期，并有诗歌入选《2018 湖南诗歌年选》《2019 年日历》；吴庚辛《凤凰山记（外一首）》发表于《扬子江诗刊》第 3 期，并被《诗选刊》第 9 期上半月刊转载；米祖儿（黄春旺）《岁月的河流在快而慢慢地流淌（组诗）》发表于《湖南文学》第 9 期，《城里的阳光（组诗）》发表于《名家名作》第 2 期；凌鹰散文诗《在水一方（三章）》发表于《星星・散文诗》第 10 期；邓小鹏《家乡的月亮》发表于《湖南日报》9 月 13 日副刊，《兵爷爷》入选《人防礼赞》作品集，《黄昏雨》入选《当代诗人诗选》，《武陵源》入选《写给张家界的精美短诗》；王敦权《古镇小记（组诗）》《雨中瑶都（三章）》分别发表于《南风・艺术》第 1 期、第 12 期。

蒋三立《岁月的尘埃》由广西师范大学出版社出版；邓建中《诗我所思》由百花洲文艺出版社出版；申雨霏《雨霏时间》由四川民族出版社出版。

刘忠华诗集《时间的光芒》荣获第 28 届鲁藜诗歌优秀诗集奖；乐家茂《祖国恋歌（组诗）》获《扬子江诗刊》举办的“祖国颂——庆祝中华人民共和国成立 70 周年”诗歌大赛秀奖。

（四）文学活动与文学评论

4 月 21 日，“民族作家：文化认同与生命寻根——文学湘军的江华现象”研讨会在江华瑶族自治县举办。中国瑶族文化传承研究中心、省市文学评论家、高等院校专家学者、江华作家共 120 余人参加研讨会。

杨金砖《潇水流域作家作品研究》由线装书局出版，收录评论潇湘作家文章 30 余篇；魏剑美主编的《金秋雁声——陈仲庚学术研究回眸》由沈阳出版社出版，收录有关陈仲庚文学研究的评论文章 22 篇；李花蕾主编的湖南科技学院读书节文集《愚溪悦读》由四川民族出版社出版，收录有关本土作家陈茂智作品评论文章 17 篇。

B.16

2019年成果汇总*

一 湖南小说主要作品汇总

长篇小说

马笑泉:《放养年代》,《十月》第3期

蔡测海:《地方》,《芙蓉》第6期

楚鱼:《荣辱》,天津人民出版社

杨文辉:《追梦》,湖南文艺出版社

李长廷:《南行志异》,团结出版社

高正伟:《红魂绿魄》,湖南文艺出版社

谢长华:《大雪峰》,人民日报出版社

李梦昭、李凌洁:《过故人庄》,人民日报出版社

余红:《我的青春有片海》,中国出版集团

刘道云:《第一书记》,江西人民出版社

蒋志飞:《半条被子》,花城出版社

舒中民:《网探》,《啄木鸟》第8期

中短篇小说

蔡测海:《三川半万念灵》,《小说选刊》第7期

姜贻斌:《黑欠》,《小说月报》第7期

---

* 本部分内容由晏杰雄、黄雨陶、刘知英、黄菲蒂、罗小培、贺予飞、佘晔、龙昌黄整理。

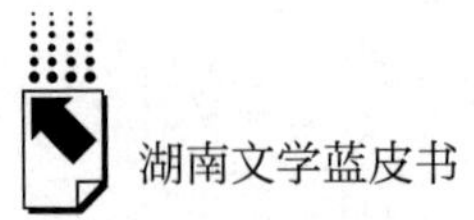

向本贵:《上坡好个秋》,《小说选刊》第 7 期
简媛:《美好的夜晚》,《小说选刊》第 10 期
刘起伦:《白石铺的一九七八》,《小说月报》第 7 期
马笑泉:《水师的秘密》,《当代》第 2 期
马笑泉:《灵银》,《民族文学》第 8 期
马笑泉:《回身掌》,《小说月报》第 8 期
阿满:《满楚古德吉的鹰》,《中国作家》第 2 期
万宁:《乡村书屋》,《北京文学(中篇小说月报)》第 9 期
邓建华:《双尾无头蛇》,《中国作家》第 12 期
刘少一:《篮球滚下了山坡》,《民族文学》第 9 期
许玲:《较量》,《小说月报》第 6 期
彭东明:《豆苗青 稻子黄》,《当代》第 6 期
沈念:《天总会亮》,《芙蓉》第 6 期
聂鑫森:《书鱼馆主》,《小说月报》第 5 期
残雪:《秘史》,《上海文学》第 2 期
残雪:《捞鱼河村的母亲河》,《花城》第 4 期

小小说

聂鑫森:《昨夜无故事》,《小说选刊》第 8 期
戴希:《穿袜还是戴帽》,《小说选刊》第 1 期
戴希:《新孝顺时代》,《小说选刊》第 3 期
伍中正:《1984 年夏天的门板》,《小说选刊》第 4 期
唐波清:《糖醋张》,《小说选刊》第 7 期
王锐:《一九八四年夏天的秘密》,《小说选刊》第 9 期
金可峰:《谍报》,《小说月报》第 10 期
欧阳华利:《爱情红烧肉》,《小说选刊》第 3 期
伍月凤:《快递到了》,《小说月报・大字版》第 4 期

二 2019年湖南诗歌主要作品汇总

刘起伦:《在和平村》,《诗刊》第4期

刘起伦:《词与词之间》(组诗),《星星》第8期

范朝阳:《藠头脸》,《星星》第2期

范朝阳:《插秧的女人》(组诗),《诗刊》第9期

邓星照:《至亲》,《诗刊》第1期

吴昕孺:《同心湖》,《诗刊》第1期

吴昕孺;《黄皮信封》,《星星》第4期

胡平:《到达》,《诗刊》第1期

龙红年:《使命》(组诗),《诗刊》第4期

玉珍:《古老的梦》(组诗),《人民文学》第4期

玉珍:《蝴蝶消失》,《新华文摘》第4期

玉珍:《致星辰》,《星星》第1期

聂沛:《山寺秋雨》,《诗刊》第6期下半月刊

刘霞:《秘密》(组诗),《星星》第6期

铎木:《道具》,《星星》第5期

空格键:《掉在地上的松塔》,《诗刊》第7期下半月刊

空格键:《告诫》,《星星》第3期

向晓青:《以最软的方式着陆》,《星星》第6期

钦丽群:《窗口上的母亲》(外一首),《星星》第2期

鲁絮:《于苏木绰,结个缘法》,《民族文学》第6期

田人:《小镇》,《诗刊》第8期

周明:《走访贫困户记》,《民族文学》第4期

聂茂:《蛟龙号之畅游海底》,《诗刊》第5期

刘炳琪:《晒谷坪》(外二首),《星星》第4期

李春龙:《老虎坪》,《诗刊》第6期

蒋志武:《受命的铁钉》(外二首),《星星》第 4 期

蒋志武:《你在我前面走着》,《诗刊》第 10 期

熊芳:《桐梓坡西路》,《星星》第 2 期

熊芳:《随想》,《诗刊》第 3 期

杨仲原:《群山志》(外一首),《星星》第 2 期

一江:《母亲的符咒》(三首),《星星》第 1 期

雄黄:《木论咏叹词》,《十月》第 6 期

雄黄:《良辰吉时》,《民族文学》第 10 期

康雪:《在博物馆》,《诗刊》第 9 期

康雪:《天才蔬菜》,《人民文学》第 6 期

康雪:《在龙子湖畔》,《诗刊》第 4 期

康雪:《这时恰好幸福起来》,《星星诗刊》第 3 期

贺予飞:《归途》,《诗刊》第 5 期

贺予飞:《空谷》,《诗刊》第 10 期

李定新:《风总是朝村口的方向吹》,《诗刊》第 3 期

王琛:《山上与山下》,《中国作家》第 12 期

刘璇:《寻古抒怀》,《中国作家》第 12 期

陈可:《铜官陶影——泥美人》,《中国作家》第 12 期

陈志辉:《版图》,《中国作家》第 12 期

杨顺:《故乡的家》,《中国作家》第 12 期

李虹辉:《银质器具》,《诗刊》第 8 期下半月刊

谢晓晖:《镜中人》,《诗刊》第 1 期下半月刊

谈雅丽:《黄泥小道,及我的乡村叙事》,《诗刊》第 1 期下半月刊

谈雅丽:《青野之乡》,《新华文摘》第 8 期

谈雅丽:《重温深圳速度》,《诗刊》第 3 期

叶菊如:《独处》,《诗刊》第 8 期下半月刊

蒋志武:《再翻一座山》,《诗刊》第 12 期下半月刊

刘晓平:《红树林》,《诗刊》第 2 期上半月刊

张战：《祖庙端肃月门神》，《诗刊》第 10 期下半月刊

张战：《沅江》，《诗刊》第 4 期上半月刊

刘忠华：《蛙》，《星星》第 5 期上旬刊

刘忠华：《身体里隐藏着一颗石头》，《星星》第 5 期中旬刊

罗玉珍：《静谧的交流》，《星星》第 1 期上旬刊

罗玉珍：《在阳高》，《十月》第 5 期

罗玉珍：《古老的梦》，《人民文学》第 4 期

罗玉珍：《蝴蝶消失》，《新华文摘》第 8 期

罗玉珍：《可怕的美》，《诗刊》第 12 期下半月刊

李春龙：《田垄中的品字》，《诗刊》第 12 期下半月刊

谭伟雄：《猛虎集》，《星星》第 11 期上旬刊

廖志理：《阿尔卑斯少女峰》，《诗刊》第 7 期上半月刊

黄鹤：《萤火虫》，《星星》第 7 期上旬刊

陈遗志：《删去故乡的田埂》，《星星》第 5 期上旬刊

周明：《走访贫困户记》，《民族文学》第 4 期

陈旭明：《来自灵魂，来自疼》《星星·散文诗》第 11 期下旬刊

唐益红：《在洪洞县》，《诗刊》第 11 期下半月刊

蒋三立：《夏天的波罗的海岸》，《诗刊》第 2 期上半月刊

曾跃红：《朝圣》，《星星》第 7 期

彭伟平：《草垛》，《诗刊》第 2 期上半月刊

这样：《灰蓝色》，《诗刊》第 1 期上半月刊

梁尔源：《给春风留出空白》（组诗），《诗刊》第 6 期

梁尔源：《天地间的悲喜》（组诗），《中国作家》第 1 期

罗鹿鸣：《仰望着雁阵的呼啸声》（组诗），《诗刊》第 6 期

罗鹿鸣：《藏地之光》（组诗），《中国作家》第 12 期

冯明德：《嗅觉》，《星星》第 6 期

游军：《等雪来》，《星星·散文诗》第 9 期

马卓：《高处，抑或低处》，《星星》第 5 期

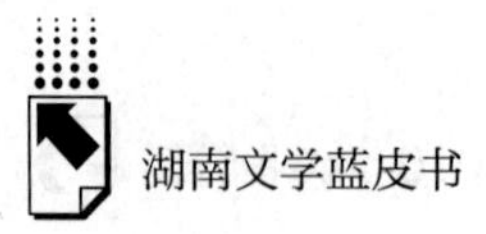

铎木：《在三亚，遇到时间的简史》，《星星》第 7 期
叶梦：《茧船》，《星星》第 1 期
黄成玉：《叙事》，《星星》第 9 期
谭伟雄：《年嘉湖随想（组章）》，《星星》第 4 期下旬刊

三　2019年湖南散文主要作品汇总

谭谈：《故乡那座山，老家那个园》，《十月》第 1 期
蔡英：《故乡，故香》，《中国作家》第 12 期
彭湘的：《未知的远》，《散文》第 12 期
粟远和：《阿萨的月亮》，《民族文学》第 2 期
于晓：《外婆的声音》，《散文》第 8 期
秦羽墨：《歧路上的魂灵》，《散文选刊》第 4 期
鲁丹：《暖流无声》，《中国作家》第 12 期
肖念涛：《炖年关》，《散文海外版》第 8 期
彭赞：《泛着白光的日子》，《中国作家》第 12 期
杨汉立：《我的儿时伙伴是一群鹅》，《民族文学》第 12 期
王芳：《初雪飘落》，《文学港》第 5 期
李新文：《穿越生命的符码》，《散文选刊》第 4 期上半月刊
杨旭昉：《画笔村》，《民族文学》第 2 期
陶永喜：《情醉皇都》，《民族文学》第 2 期
张建辉：《杀年猪》，《民族文学》第 6 期
周美蓉：《糊仓》，《民族文学》第 6 期
姚雅琼：《亦歌亦哭新姑娘儿》，《民族文学》第 6 期
刘克邦：《涟水谣》，《北京文学》第 4 期
蔡勋建：《一针一线皆关情》，《人民日报》5 月 1 日
谢永华：《我和卓玛》，《湖南文学》第 3 期
周伟：《他们，或薄凉的尘埃》，《天涯》第 5 期

刘晓平：《高山上的花园》，《民族文学》第 9 期

吴昌仲：《千秋一碗兵书阁》，《民族文学·汉文版》第 9 期

吴昌仲：《半坡涌莲》，《民族文学·汉文版》第 2 期

姚建刚：《我在古窑遇见你》，《中国作家》第 11 期

余海燕：《古岸陶为器》，《中国作家》第 12 期

张雄文：《通道的红与绿》，《民族文学》第 2 期

张雄文：《紫云下的书香》，《中国作家·文学版》第 4 期

奉荣梅：《五夫镇，半亩方塘活水来》，《中国作家》第 2 期

奉荣梅：《念楼小记——与钟叔河一家二十年的文字之谊》，《散文海外版》第 9 期

刘诚龙：《绝交之典范》，《散文》第 7 期

刘诚龙：《四角恋》，《散文》第 6 期

凌鹰：《地狱边缘的花朵》，《散文》第 4 期

李炳华：《拾梦澧水河》，《民族文学》第 6 期

谢德才：《行走张家界》，《散文海外版》第 11 期

谢德才：《一个人的凤凰》，《散文海外版》第 5 期

王跃文：《难忘当年 AA 制》，《当代》第 6 期

玉珍：《天生》，《十月》第 5 期

方欣来：《巷语》，《散文海外版》第 2 期

张灵均：《十二生肖里没有鱼》，《散文选刊》第 7 期

邓跃东：《人息屋檐下》，《散文》第 8 期

葛取兵：《一树花开，一树叶落》，《散文海外版》第 5 期

赵燕飞：《花奴》，《散文海外版》第 11 期

四　2019年湖南报告文学主要作品汇总

纪红建：《奔腾吧，霞湾港》，《光明日报》，9 月 6 日

纪红建：《秋天的喜讯》，《人民日报》，12 月 11 日

余艳:《老兵战舰》,《人民文学》第 8 期

余艳:《大国引擎——国防科技大学超级计算机研发团队》,《十月》第 6 期

欧阳伟:《我们发现了新中国第一个铀矿》,《光明日报》3 月 29 日

韩生学:《大国养老》,《啄木鸟》第 2 期

胡启明:《谁用生命捍卫你》,《中国作家》第 5 期

杨华方:《我的第一所大学》,《中国作家 · 纪实版》第 1 期

杨华方:《山腰上有条河》,《中国作家 · 纪实版》第 4 期

阮梅:《文秀,你是青春最美的名吟唱》,《中国作家 · 纪实版》第 12 期

陶永喜:《硝烟散去忠魂在——“三大战役”主题采访纪实》,《民族文学》第 9 期

杨丰美、纪红建:《世界屋脊的光芒》,浙江教育出版社

龚盛辉:《战火催征》,湖南科技出版社

龚盛辉:《神机妙算》,香港开明书店

杨丰美:《先声》,湘潭大学出版社

曾散:《第一军规》,湖南人民出版社

王丽君:《一生承诺》,湖南教育出版社

谢慧:《古丈守艺人》,湖南人民出版社

段华:《逐梦海天的强军先锋 · 张超》,湖南人民出版社

尹红芳:《公安英模官同生》,湖南人民出版社

唐朝晖:《百炼成钢》,北京十月文艺出版社

尹德立:《风云林伯渠》,线装书局

五　2019年湖南儿童文学主要作品汇总

汤素兰:《犇向绿心》(长篇童话),天天出版社

邓湘子:《像蝉一样歌唱》(长篇儿童小说),长江少年儿童出版社

邓湘子:《牛牛班来了新同学》(短篇儿童小说),《少年文艺》第 1、2

期合刊

周静:《天女》(长篇童话),湖南少年儿童出版社

周静:《三颗石子三枚币》(短篇童话),《少年文艺》第6期

周静:《鸭蛋湖原野的麻老太》(短篇童话),《少年文艺》第1、2期合刊

龙向梅:《线小姐,面老爷,角太太》(短篇童话),《儿童文学》第5期

龙向梅:《有一百万件事等着我》(短篇童话),《儿童文学》第9期

龙向梅:《皱皱巴巴的城市》(短篇童话),《少年文艺》第6期

谢乐军:《燕王》(童话集),北京少年儿童出版社

韩少功:《湘水谣》(散文集),湖南少年儿童出版社

谢宗玉:《独自远行》(散文集),湖南少年儿童出版社

叶梦:《逆风飞翔》(散文集),湖南少年儿童出版社

王开林:《洞庭湖上的风刀子》(散文集),湖南少年儿童出版社

阮梅:《像芦花一样奔跑》(散文集),河北少年儿童出版社

纪红建:《家住武陵源》(长篇儿童小说),希望出版社

向娟:《星星亮晶晶》(长篇儿童小说),新世界出版社

牧铃:《牧童手记》(短篇小说集),晨光出版社

牧铃:《闪电行动》(短篇儿童小说),《少年文艺》第6期

牧铃:"智能少年系列"(《人脑联机》《心灵大盗》),湖南少年儿童出版社

毛云尔:《火狐》(长篇儿童小说),湖南少年儿童出版社

毛云尔:《麦冬和他们的斗牛》(长篇儿童小说),湖南少年儿童出版社

毛云尔:《我家的小羊羔》(短篇儿童小说),《少年文艺》第6期

毛云尔:《冬天的鸟》(儿童散文),《儿童文学》第12期

毛云尔:《林中小兽》(儿童散文),《儿童文学》第12期

谢长华:《雪牛寨》(长篇儿童小说),中国少年儿童出版社

谢长华:《驯鹿苔原3 苔原牧歌》(长篇儿童小说),中国少年儿童出版社

谢长华:"谢长华动物传奇系列"《雄鹰雷鹏》《猎狗金虎》《灵獒漠

雪》，中国少年儿童出版社

刘山霞：《白山岭的天空》（长篇儿童小说），江苏凤凰少年儿童出版社

刘山霞：《黑妹》，短篇小说，《少年文艺》第 6 期

刘山霞：《童年里的年味》（儿童散文），《少年文艺》第 1、2 期合刊

袁道一：《火塘往事》（儿童散文），《少年文艺》第 1、2 期合刊

谢淼焱：《消失的长歌》（短篇儿童小说），《儿童文学》第 8 期

谢淼焱：《小猎户》（短篇儿童小说），《儿童文学》第 1 期

谢淼焱：《怪老头》（短篇儿童小说），《儿童文学》第 12 期

向民胜："猫法师系列"（《菜鸟猫法师》《神秘的宠物学校》《寻找魔法师》《猫法师保姆》），长篇童话，福建少年儿童出版社

张冬娇：《菊花菜》（儿童散文），《少年文艺》第 10 期

葛取兵：《与红薯有关》（儿童散文），《少年文艺》第 11 期

葛取兵：《草木清香》（儿童散文），《少年文艺》第 4 期

刘柠柠：《伞》（儿童散文），《少年文艺》第 6 期

张晓：《回到一棵树的时光》（儿童散文），《儿童文学》第 6 期

游军：《橘园》（儿童散文），《少年文艺》第 6 期

六　2019年湘籍作家主要作品汇总

黄永玉

《无愁河的浪荡汉子》，《收获》第 1 期至第 6 期

陈启文

《穿越共和盆地》，《北京文学》第 1 期、《光明日报》1 月 11 日、《文学报》3 月 14 日，入选中国报告文学选本《2019 中国报告文学年选》

《宙中的庄严幻象》，《芙蓉》第 1 期、《散文海外版》第 3 期，入选《月亮在叫 · 散文海外版精品集》，百花文艺出版社

长篇报告文学《西藏之路》，《西藏文学》第2期

散文《大湾区的澳门》，《人民日报（海外版）》4月25日、《散文海外版》第6期、中共中央宣传部“学习强国”学习平台转载，入选《我心中的澳门——全球华人看澳门》等多种散文选本

中篇散文《进退一身关社稷》，《十月》第3期

中篇散文《醉翁》，《红岩》第3期

长篇报告文学《中华水塔》，《中国作家》第6期，入选多种报告文学选本

《万山之宗》，《鸭绿江》第6期

《楚玛尔河谷的熊出没》，《作家》第7期

《被围困的高原》，《雨花》第7期，中共中央宣传部“学习强国”学习平台转载

报告文学《未来从现在开始》，《华夏》双月刊第4~6期

《低于尘埃的生命》，《湘江文艺》双月刊第5期

散文《谁能改写历史》，入选《观天下·新世纪散文精品文存》，人民日报出版社

《大河上下（节选）》，入选《四十不惑——中国改革开放40年优秀报告文学选》，广东人民出版社

长篇纪实文学《海祭》，花城出版社

《追逐太阳——袁隆平的杂交水稻传奇》（中文繁体版），香港开明书店

《袁隆平的世界》（英文版），五洲传播出版社

“共和国国情报告”（《南方冰雪报告》《共和国粮食报告》《命脉——中国水利调查》《大河上下——黄河的命运》《袁隆平的世界》），安徽文艺出版社

长篇报告文学《西藏之路》，青海人民出版社

田耳

《吊马桩》，《十月》第6期

《开屏术》，《钟山》第4期

彭学明

散文《流年》,《西部散文选刊》第 19 期

熊育群

长篇散文《血之源》,《收获》第 3 期
诗歌《谒杜墓》,《诗刊》第 7 期上半月刊
诗歌《旅途》,《诗刊》第 7 期上半月刊
散文集《一寄河山——大地上的迁徙》, 北京十月文艺出版社
长篇小说《连尔居》, 北岳文艺出版社

郑小驴

长篇小说《去洞庭》,《十月》第 1 期
短篇小说《雨赌》,《草原》第 5 期
短篇小说《一屋子敌人》, 《小说界》第 11 期, 入选《2019 中国年度小说选 · 短篇卷》
文论《对跖者: 帕斯捷尔纳克与曼德尔施塔姆》,《文艺争鸣》第 7 期
长篇小说《去洞庭》, 北京十月文艺出版社
小说集《消失的女儿》, 北京十月文艺出版社

盛可以

《老在路上》,《江南》第 2 期,《散文海外版》第 6 期

蒋子丹

中篇小说《女人与狗》,《天涯》第 3 期
短篇小说《往事重现》,《作家》第 7 期
短篇小说《闺蜜》,《钟山》第 5 期

李少君

组诗《雪的怀念》，《人民文学》第 1 期
诗集《应该对春天有所表示》，北岳文艺出版社
诗集《李少君诗选》，太白文艺出版社
诗论《二十一世纪与新时代诗歌》，《诗歌月刊》第 12 期
诗论《百年新诗中的北岛与昌耀》，《中国文艺评论》第 4 期
诗论《诗歌要有开新时代风气之先的气魄》，《光明日报》2 月 27 日

周瑟瑟

诗集《世界尽头》，百花洲文艺出版社
诗集《犀牛》，北岳文艺出版社
评论集《中国诗歌田野调查》，阳光出版社
多语种诗集《向杜甫致敬》（英、日、西、瑞、蒙、韩、越多语种）

七　2019年湖南网络文学主要作品汇总

安如好：《致我们勇敢的年华》，火星小说
王敏：《荣耀之路》，长沙市优秀网络文艺作品评选大赛
丁墨：《待我有罪时》，起点女生网
不信天上掉馅饼：《刑警荣耀》，掌阅小说网
风卷红旗：《永不解密》，铁血读书
流浪的军刀：《血火流殇》，咪咕阅读
小北：《往后余生喜欢你》，凤凰书城
半弯弯：《霸道帝少惹不得》，掌阅小说网
半弯弯：《强势婚爱：豪门老公轻点宠》，掌阅小说网
顾白白：《浅婚深爱：女人，别想逃》，奇迹文学
虎口夺阳：《婚牢》，今日头条

妖夜:《不灭龙帝》,起点中文网

三千道:《洪荒神帝》,阿里文学网

二目:《放开那个女巫》,起点中文网

苏耐:《亲爱的床先生》,掌阅小说网

西楼月:《最强保镖俏总裁》,掌阅小说网

轧基:《直播之全能天王》,书山中文网

战七少:《国民校草是女生》,起点女生网

暴富的宠儿:《偏偏世子要娶我》,今日头条

八　2019年湖南文学理论与批评主要作品汇总

常　琳:《空间流动下的现代性:论〈三里湾〉的创作》,《晋阳学刊》第6期

陈维超:《情感消费视域下网络文学IP热现象研究》,《中国编辑》第1期

陈伟华:《内地范与香港风的融合——张华勋导演、徐克等监制电影〈铸剑〉对鲁迅原著的改编》,《鲁迅研究月刊》第9期

陈伟华:《张恨水〈啼笑因缘〉与20世纪30年代武侠电影叙事模式的嬗变》,《上海师范大学学报》(哲学社会科学版)第4期

陈圆圆、胡辉杰:《“异者”之死:〈阿Q正传〉的隐喻》,《现代中文学刊》第5期

程一身:《顾城诗歌的远与近》,《扬子江评论》第4期

邓　桢:《网络文学的海外传播与中国文化形象构建》,《中国编辑》第3期

丰　杰:《论鲁迅文本中的辛亥人物和民元精神》,《鲁迅研究月刊》第4期

丰　杰:《1978年以来文学史与传记对鲁迅形象的重构》,《江西社会科学》第9期

丰　杰：《论21世纪传记文学中鲁迅形象的多维建构》，《山东社会科学》第7期

郝二涛：《新时代中国文论话语建构的新路径——白璧德新人文主义的启示》，《文学评论》第4期

季水河：《论新中国70年马克思主义文艺理论研究话语模式的转换》，《中国人民大学学报》第6期

季水河、季念：《论中国马克思主义文学批评的人民性》，《湖南师范大学社会科学学报》第2期

李　灿：《“生前”与“死后”——读余华长篇小说〈第七天〉》，《当代文坛》第4期

李　群：《论郭雪波的“沙漠小说”与民族生态文学的建构》。《民族文学研究》第5期

李三达：《文化平等的歧路：威廉斯、朗西埃与审美现代性》，《文艺研究》第3期

李三达：《言语与书写的战争：通往书写平等权利的第三条道路》，《文学评论》第3期

梁海军：《论弗朗索瓦·朱利安的鲁迅研究》，《鲁迅研究月刊》第6期

梁小娟：《“归去来”：回望与凝眸——论韩少功的知青经验及其创作流变》，《江汉论坛》第12期

廖述务：《互文与自反：〈修改过程〉的认知诗学》，《南方文坛》第4期

廖述务：《本体阐释视域中的理论与实践关系新诠》，《文艺争鸣》第10期

刘长华：《现代体验，传统想象——鲁迅小说中的北京叙述》，《鲁迅研究月刊》第10期

刘　超：《中国特色文学理论的三种表述形式》，《江淮论坛》第6期

刘泰然：《看的方式：历史化、技术化与中国艺术经验》，《文艺理论研究》第4期

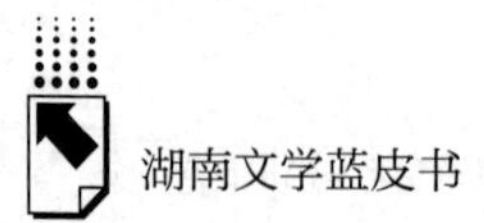

龙永干:《时代蜕变中的诗意瞩望——论王跃文的〈漫水〉》,《文学评论》第 1 期

龙永干:《报纸约稿、题旨取向与〈阿 Q 正传〉的叙事骨架及肌理》,《中国现代文学丛刊》第 4 期

龙永干、郑国友:《抗战语境中墨家文化的亲和与“故事新编”的微调:也论〈非攻〉》,《中国文学研究》第 4 期

罗如春:《存在之痛、爱的回归及其叙事伦理———评王跃文长篇小说〈爱历元年〉》,《当代作家评论》第 6 期

罗如春、董琳钰:《殖民主体的后殖民解构》,《湘潭大学学报》(哲学社会科学版)第 5 期

罗　维:《“边城”之“边”——论边地文化意识对沈从文创作的影响》,《民族文学研究》第 1 期

马新亚:《“文学革命”·“爱与美”·“生命”——论沈从文国民性改造思想的独特性》,《南方文坛》第 4 期

马新亚:《试论沈从文对启蒙主义女性观的反思与突破》,《中国文学研究》第 1 期

欧阳友权:《建立网络文学评价标准的必要与可能》,《学术研究》第 4 期

欧阳友权:《网络文学崛起对文学研究的影响》,《湖北大学学报》(哲学社会科学版)第 4 期

欧阳友权:《提质换挡期网络文学的进阶之路》,《社会科学辑刊》第 4 期

欧阳友权、邓桢:《我国网络文学的热点、局限和趋势》,《湖南科技大学学报》(社会科学版)第 2 期

欧阳友权、贺予飞:《网络文学研究的几个学术特点》,《文艺理论研究》第 3 期

欧阳友权、张伟硕:《中国网络文学批评 20 年》,《中国文学批评》第 1 期

王瑞瑞:《后人类图景中的生命与死亡:对尼古拉斯·罗斯生命政治理

论的解读》,《福建论坛》(人文社会科学版)第12期

王瑞瑞:《科幻文学、外星他者与后人类伦理——评莱姆〈索拉里斯星〉》,《中国文学研究》第4期

王小林:《五四时期胡适的文学观与杜威实验主义的关联》,《湖南师范大学社会科学学报》第1期

王攸欣:《〈蒋介石日记〉所见丁玲软禁之文化政治语境与相关人物》,《中国文学研究》第4期

吴宝林:《"理想主义者时代"的新剪影:青年胡风若干史实考辨》,《中国现代文学丛刊》第1期

吴宝林:《作为"雄辩员""总编辑"与"委员长"的胡风——以新见〈东南大学附中周刊〉为中心》,《文学评论》第3期

吴宝林:《历史感的缺失与"伪佚文"的辑佚:以刘涛〈现代作家佚文考信录〉为例》,《文艺研究》第9期

吴正锋:《"佴城"艺术世界建构与现代转型下湘西市民生活写真》,《求索》第1期

许永宁:《"事件":中国现代文学研究的一种路径》,《新疆大学学报》(哲学·人文社会科学版)第1期

杨经建:《从语言工具论到语言目的论——胡适对现代母语文学的想象性构设》,《河北学刊》第5期

杨经建:《文章写作与文学创作的互文性融汇:周作人与母语写作》,《学术界》第12期

杨经建:《"汉文学的前途"与周作人的现代母语文学观》,《社会科学》第9期

杨经建:《"语言"的批判与"批判"的语言——韩少功创作的新批判现实主义倾向》,《小说评论》第5期

杨经建、王蕾:《重识韩少功:以"新批判现实主义"的视域》(《当代作家评论》第6期

杨经建、辛捷璐:《论沈从文对母语文学精神的传承与创化》,《中国文

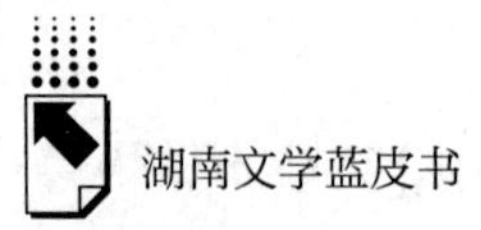

化研究》第 1 期

杨经建、周爱华:《意象化叙事:母语写作的一种诗性言说方式——苏童小说与母语写作之二》,《中国文学研究》第 3 期

易 彬:《穆旦的“爱情”与爱情诗的写作——从新见穆旦与曾淑昭的材料说起》,《现代中文学刊》第 3 期)

易 彬:《“自己的历史问题在重新审查中”——坊间新见穆旦交待材料评述》,《南方文坛》第 4 期

易 彬:《中国现代文学馆所藏穆旦手稿两种辑录》,《现代中国文化与文学》第 2 期

易 彬:《“跳进中国当代诗坛多维空间的漩涡”——柯雷教授访谈录》,《文艺研究》第 4 期

禹建湘:《网络文学作品全版权运营探究》,《中国文学批评》第 1 期

禹建湘:《从玄幻想象到现实观照:网络文学的审美转向》,《中州学刊》第 7 期

岳凯华:《20 世纪中国影视文学改编研究文献的学术史梳理》,《长江学术》第 4 期

张 森:《论沈从文 1940 年代“抽象”写作之传统根脉》,《中国文学研究》第 2 期

章罗生:《风景这边独好:从张雅文看新时期四十年的女性纪实文学创作》,《南方文坛》第 5 期

赵 飞:《臧棣:唤起生命的高贵觉醒》,《南方文坛》第 1 期

赵炎秋:《中国特色文学理论建构的历史经验》,《学术研究》第 5 期

赵炎秋:《中国特色文学理论建构的历史经验》,《江淮论坛》第 6 期

赵炎秋:《“人民”内涵的变化及其对文学的影响》,《中国文学研究》第 2 期

赵炎秋、童业富:《对林纾保守主义文言观的辨析与反思》,《文艺争鸣》第 5 期

周仁政:《中国新文学的学术化及其影响》,《长江学术》第 2 期

卓　今:《中国马克思主义文论的“内部研究”》,《中国社会科学院报研究生院学报》第3期

卓　今:《公共阐释对文学精神的推动和塑造》,《山东师范大学学报(人文社会科学版)》第5期

卓　今:《〈咏而归〉的阐释与重建》,《当代文坛》第2期

B.17

2019年文学大事记*

1月

首届湘江散文奖颁奖典礼在长沙举行 1月5日，由湖南省散文学会主办的首届湘江散文奖颁奖典礼在长沙举行。根据《湖南省散文学会关于"湘江散文奖"评奖办法》的规定，通过评委初评、复评和终评，首届"湘江散文奖"于2018年评出并表彰前三年出版和发表的优秀散文作品6部（篇），谢宗玉、周伟获首届"湘江散文奖"散文集奖，李颖、田瑛、申瑞瑾获单篇散文奖，张建安获散文评论奖。龚旭东、刘克邦、水运宪、王跃文、谭谈、谭仲池先后为获奖者颁奖。据悉，颁奖典礼前，湖南省散文学会举行了第一届主席团第六次会议，批准了首届湘江散文奖评奖结果，通过了发展新会员名单；举行了第一届理事会第四次会议，审议了年度工作报告和财务报告，通过了首届湘江散文奖颁奖决定，增补了新理事。

省作协深入学习贯彻全国、全省宣传思想工作会议精神专题研修班开班 1月15日，省作协深入学习贯彻全国、全省宣传思想工作会议精神专题研修班在毛泽东文学院举行。省委宣传部巡视员龚爱林出席开班仪式并做专题讲座。研修班由省作协主席王跃文主持。这期研修班是省作协党组学习宣传和贯彻落实全国、全省宣传思想工作会议的一项重要举措和重要安排。省作协、各市州、各文学学会的文学工作者90余人参加本次专题研修班。参加这次研修班的还有自2017年9月省委办公厅印发《湖南省作家协会深化改革方案》以来落实的各市州文联、作协的文学专干。

---

* 本部分由湖南省作家协会创研室主任容美霞整理。

湖南首届乡村新年诗会在双牌县廖家村举行 1月20日，湖南省诗歌学会永州分会与双牌县麻江镇政府联合主办、廖家村承办的“2019年/廖家村·新年诗会”在双牌县廖家村举行。廖家村的20多位村民与来自省会长沙的著名诗人、湖南省诗歌学会会长梁尔源一行，双牌县委领导及永州市部分县区的50余名诗人、文艺及社会代表聚集在美丽的廖家村，亲身体验乡村意趣，诵读诗歌，讨论乡村诗歌，以此迎接充满希望的新年。

《2018湖南报告文学年选》首发式在长沙举行 1月25日，由湖南省报告文学学会选编的《2018湖南报告文学年选》在长沙首发。《2018湖南报告文学年选》集中梳理和归纳了2018年湖南报告文学作家的优秀创作成果。该年选从全国数十种文学期刊和公开出版的湖南报告文学作家的作品中几经遴选，最终收录了纪红建、余艳、阿良、甘建华、欧阳伟、王杏芬、彭晓玲、刘子华、王丽君、何宇红、袁杰伟、徐文伟、曾散等人的13部（篇）作品，共计20多万字。这些作品涉及社会热点、恢宏历史、民生、科技、军事等众多题材领域。有大历史背景，也有小人物声音。于宏大叙事中彰显作家们心忧家国胸怀天下的大情怀，于生动描写中尽显作家们深入生活、扎根人民的大担当。

2月

欢乐元宵·致敬祖国诗歌朗诵会在长沙举行 2月17日，“鸿扬家装”欢乐元宵·致敬祖国诗歌朗诵会在长沙市图书馆隆重举行，来自全省各地的诗人、朗诵家、读者与听众300多人来到了活动现场，省政协原副主席谭仲池、省政府参事张志初、省作家协会主席王跃文、省诗歌学会会长梁尔源、省演讲与口才学会执行会长刘湘鄢等领导出席。本次诗歌朗诵会是第三届湖南元宵诗会，也是2019年第四届华语诗歌春晚长沙分会场。诗歌朗诵会分为上下两篇，上篇为欢乐元宵，下篇为致敬祖国，30位朗诵艺术家先后朗诵了湖南20位诗人的优秀作品，其中还穿插有歌曲独唱、二重唱。这些庆祝春节、欢度元宵的诗歌佳作，讴歌新时代、献给伟大祖国的壮美诗篇，经

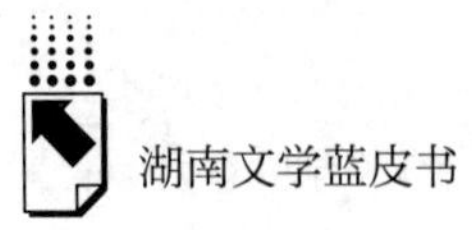

朗诵艺术家精彩动人的演绎，响彻浏阳河畔星城长沙，经现场网络直播和众多媒体报道，飞向三湘四水神州大地。

3月

何顿作品《幸福街》研讨会在京召开 3月1日，由中国当代文学研究会、湖南省作家协会、湖南文艺出版社、长沙市委宣传部、长沙市文联联合举办的“长篇小说《幸福街》研讨会”在北京召开，来自各地的近20位评论家围绕何顿写作及其新作《幸福街》展开讨论，并一致认为何顿的写作经验和悲悯情怀让《幸福街》呈现“一部优秀的现实主义经典作品”的气象。《幸福街》通过勾勒新中国成立后幸福街两代人的命运遭际，全景式展现了新中国成立70周年来普通人的生活、思想、命运境况与时代风云激荡的历程。评论界认为《幸福街》深刻地还原了时代的风貌，读者把《幸福街》看作中国版的《请回答1988》，认为共谱了几代人难忘的记忆。会议由湖南省作家协会主席王跃文主持，与会评论家、专家学者近20人，省委宣传部巡视员龚爱林、湖南文艺出版社社长曾赛丰、长沙市委宣传部常务副部长赵柏林等领导分别致辞。

省作协确定2019年度定点深入生活项目 3月4日，省作协2019年度定点深入生活项目公示。经个人申报、市州作协和各省直单位推荐、省作协定点深入生活项目专家审读和充分讨论，最终确定6部作品选题为湖南作协2019年度定点深入生活项目。管弦的长篇散文《毒草芬芳》、李万军的中篇报告文学《万家渡口——破译“感动中国”人物万其珍家族“百年义渡”密码》、徐虹雨的长篇报告文学《军歌嘹亮》、王旭的长篇报告文学《撬动地球的奶奶》、丁纯蓝的长篇小说《枫林湖》、邓小华的长篇报告文学《人性的芬芳》入选。

湖南省作家协会第八届主席团第七次会议召开 3月14日，湖南省作家协会第八届主席团第七次会议召开。会议由省作协主席王跃文主持，党组副书记、专职副主席游和平，党组成员、秘书长王艳，副主席万宁、马笑泉、刘清华、何顿、余艳、沈念、胡丘陵、龚旭东、阎真、彭东明、谢宗玉出席会议。会议表决同意龚爱林同志因工作岗位调整辞去省作协常务副主席职务，审议了八届四次全委会议程，审议了2019年省作协工作报告，并审议通过了省作协2019年新发展会员名单。会议还研究了其他有关事项。省作协相关部门负责人列席了会议。

省作协八届四次全委会在长沙召开 2019年3月14日，省作协第八届全委会第四次全体会议在长沙召开。省委宣传部巡视员龚爱林出席会议并讲话，省作协主席王跃文作工作报告。会议由省作协党组副书记、专职副主席游和平主持。会议深入学习贯彻习近平新时代中国特色社会主义思想和党的十九大精神，贯彻落实省第十一次党代会、全国全省宣传思想工作会议和宣传部长会议、中国作协九届四次全委会精神，总结工作，分析形势，对2019年工作任务做了研究部署。与会全委认为，认真贯彻落实党的十九大精神，坚持以习近平新时代中国特色社会主义思想为指导，全省文学界要在省委的坚强领导下，不忘初心、牢记使命，以饱满的精神状态、强烈的责任担当，锐意进取、真抓实干，以实际行动为湖南文学事业增光添彩，以优异成绩迎接新中国成立70周年，为湖南文学事业的繁荣兴盛不懈努力，为建设富饶美丽幸福新湖南做出新的更大贡献。会上，奖励了第七届鲁迅文学奖获奖作者。

省作协确定10部湖南现实题材长篇创作工程选题 3月15日，省作协举行湖南现实题材长篇创作工程选题评审会。经过评委的认真审读和充分讨论，最终确定10部作品为湖南现实题材长篇创作工程选题。具体如下（排序不分先后）：万宁的长篇小说《现世安好》、何顿的长篇小说《国术》、马笑泉的长篇小说《悍城》、赵燕飞的长篇小说《明月几时有》、余红的长篇小说《洞庭一家人》、简媛的长篇小说《棘花》、郑正辉的长篇小说《出美国记》、龚盛辉的长篇报告文学《大国之眼：悲壮崛起的中国北斗卫星导航》、曾散的长篇报告文学《时代青年：中国大学生西部志愿者纪实》、欧阳伟的长篇报告文学《中国铀》。

衡阳举行纪念诗人洛夫逝世一周年诗歌朗诵会 3月19日是洛夫先生

逝世一周年的日子。为了纪念这位杰出的诗人和乡贤，传承先生的诗歌精神，坚定中国文化的自信自强，李清白、赖尚平、余庭良、罗杨彪、徐爱国、阳和平、曾海啸、陶雄喜、李乔生等衡阳四五十名文艺界人士以及洛夫的亲友，集聚其家乡衡南县城云集镇漂木文艺吧举办诗歌朗诵会。迴雁诗社、蓝墨水上游诗群、荷风诗社、诗魔的乡愁·漂木文艺吧的诗人与朗诵者，相继朗诵了洛夫《边界望乡》《因为风的缘故》《寄鞋》《众荷喧哗》等诗歌名篇，还有他们自己创作的怀念洛夫的诗歌。洛夫的夫人陈琼芳从台湾发来音频表示感谢，儿子莫凡发来新创诗歌《怀念父亲》。

张雪云散文集《蓝渡》入选“21 世纪文学之星丛书”　3 月 20 日，《文艺报》发布“21 世纪文学之星丛书”投票表决结果，入选 2018 年度“21 世纪文学之星丛书”的 9 部作品最终揭晓。女作家张雪云的散文集《蓝渡》入选。张雪云系湖南省作协会员、省散文学会会员、省报告文学学会理事，目前供职于湖南省作协毛泽东文学院管理处。该散文集由中国作协主席团委员、中国少数民族作家学会常务副会长叶梅女士负责编定、写序，2019 年底由作家出版社出版。

省作协确定 2019 年度重点扶持作品选题　3 月 22 日，省作协举行 2019 年度重点扶持作品申报选题评审会。经过评委的认真审读和充分讨论，采取投票表决的方式，最终确定 20 部作品选题为省作协 2019 年度重点扶持作品。具体如下：熊忠的长篇小说《清白之年》、赵竹青的长篇小说《纸影》、熊梦红的长篇小说《苇花飘处》、谭博文的长篇小说《我们永远是战士》、向升的长篇小说《边土》、陶永喜的长篇小说《青坡里》、骆正军的长篇小说《吾道南来》、钟连城的长篇小说《梅山神功》、袁道一的散文集《入睡前还有几里路要赶》、文紫湘的散文集《一个人的山水盛宴》、何贵珍的儿童文学《莲花湖的女儿》、刘小莉的儿童文学《芬芳的悬崖》、谭群的儿童小说《雨打芭蕉》、周明的诗集《十八洞外的诗与远方——一位驻村第一书记的扶贫手记》、张光宇的报告文学《庄逢辰传》、潘刚强的报告文学《一条追赶太阳的河流》、王丽君的报告文学《中国老区扶贫路》、杨丰美的报告文学《湖南脱贫报告》、刘子华的报告文学《逐梦海天》、晏杰雄的文学评论《长篇小说与中国故事讲述路径研究》。

“中国经验与文学湘军”书系作品研讨会成功召开 3月31日，“中国经验与文学湘军研究”书系作品研讨会在中南大学文法楼召开。文艺评论界多位专家，中南大学文学与新闻传播学院党委书记罗军飞，院长白寅，副院长纪海龙，教授阎真、聂茂，副教授晏杰雄参加了本次研讨会。各位专家畅所欲言，各抒己见，就“中国经验与文学湘军”书系的创作内容、理论视域、评论格局等方面提出了意见与建议，并表达了对聂茂教授的祝贺与敬意。本次研讨会的召开为认识“中国经验与文学湘军”书系的价值与意义开拓了思路，各位专家的到来也为文新院的发展、文学研究的进步提出了宝贵的意见。

4月

何立伟文学作品研讨会在京举行 4月12日，“何立伟文学作品研讨会”在京举行。活动由中国作协小说委员会、湖南省文联、湖南省作协、文艺报社、中共长沙市委宣传部、长沙市文联等单位联合主办。中国作协副主席李敬泽，湖南省文联主席欧阳斌，中国作协书记处书记邱华栋，湖南省委宣传部巡视员龚爱林，湖南省文联党组书记夏义生，中国作协小说委员会副主任胡平，长沙市委常委、宣传部部长高山，长沙市文联党组书记王俏，以及40多位作家、艺术家、评论家参加活动。研讨会由《文艺报》总编辑梁鸿鹰主持。与会专家学者认为，何立伟是一个才华横溢的文人，他不愿意将自己拘束在一个领域之内，而是按照自己的天性，任意挥洒创作的才华。他在文学作品中所表达的，就是一种天真、自由的生命态度，认为生命不应该受到各种世俗力量的束缚。在早期的作品中，他大多写的是孩子的事，他们天真无邪，仿佛生活在一个远离尘嚣的世外桃源。作家着力展现人性的良善和美好，使用的是古典的、诗意的语言，延续了诗化小说的传统。后来随着时代语境的变化，何立伟的小说创作也发生了改变，关注复杂的人性，书写人的欲望的压抑和释放，在叙述上也多了一份批判的力度。但不管怎么变，都可以在其中看到作者本人的影子，他始终坚守自我，依然保持着那股不屈的精气神。

张家界市2019年中青年民族作家作品研讨会召开 4月13日，张家界市2019年中青年民族作家作品研讨会在张家界市区召开，本次研讨会由张家界市文联指导、张家界市作家协会主办、张家界市民族宗教事务局协办。市文联党组成员、副调研员杨次洪代表市文联党组出席会议并作重要讲话。市作协主席团成员刘云、向延波，党支部宣传委员吴红霞，市文艺评论家协会专业评论家罗建辉、朱岚武，本土文学评论家李文锋、郁大鹏、胡家胜、鲁絮，儿童文学作家钟锐，网络文学作家刘明，以及吉首大学张家界学院汉语言文学专业的部分学生近30人参加研讨。研讨会由市作协党支部书记、主席石绍河主持。本次研讨会重点研讨张家界市中青年民族作家吕传友《奔跑的露珠》、宋梅花《庸城故事》、黄真龙《从沅水到澧水》、谷俊德《追爱张家界》、李三清《漫步紫竹林》文学作品。

“梦圆2020”主题文学创作研修班举行 4月16日，“梦圆2020”主题文学创作研修班在湖南长沙毛泽东文学院举行。省作协党组副书记、主席王跃文，党组副书记、专职副主席游和平，副主席龚旭东及“梦圆2020”签约作家参加了研修班。会议由省作协副主席、毛泽东文学院管理处主任谢宗玉主持。谢宗玉做动员讲话。龚旭东就如何创作出好的作品，现场给予作家建议与指导。王跃文听取了签约作家的汇报与探讨，鼓励作家积极创作并分享了自己的创作心得。省作协相关部门负责人及毛泽东文学院工作人员出席了会议。本期研修班由湖南省作家协会主办，毛泽东文学院承办，旨在跟进签约作家的创作进度，了解签约作家的作品情况，解决签约作家在创作过程中的实际困难。与会作家积极交流发言，提出创作困惑，分享创作经验。

省作协“梦圆2020”主题文学征文活动推进会在长沙召开 4月17日，省作协“梦圆2020”主题文学征文活动推进会在长沙召开。省作协主席王跃文在会上做了题为《勇于担当不负使命 着力推进“梦圆2020”主题文学创作和征文》的讲话。郴州、怀化市作协负责人代表市州作协发言，6位签约作家代表发言。各市州作协负责人、“梦圆2020”专栏负责人、“梦圆 2020”主题文学征文活动签约作家和省作协各有关部门负责人参加了本次会议。

《民族作家：文化认同与生命寻根——文学湘军的江华现象》研讨会召开 4 月 21 日，全国第一部以一个县域作家群，特别是少数民族县域作家群作为个案分析的文学批评专著——《民族作家：文化认同与生命寻根——文学湘军的江华现象》研讨会在江华瑶族自治县举办。该作以江华瑶族作家群为主要研究对象，对江华作家群进行深度剖析和中肯评价，引起学界和社会上的广泛关注。聂茂教授进行了现场赠书，李建盛、游和平、马笑泉、郑山明、罗军飞、郑杰、李星辉、晏杰雄、蒋蒲英、陈仲庚、潘雁飞等省市文学评论家、高等院校专家学者和作者聂茂教授从文学、民俗学、叙事学和传播学等视角对江华瑶族作家群及其作品进行深入研讨，帕男、黄爱平、李祥红等作为江华籍代表发言，共同探寻少数民族自治县的文化路径与少数民族作家的心路历程，深入挖掘民族文学的繁荣和发展的特色个案和文学的时代价值。

曾令超作品研讨会在京举办 4 月 22 日，由中国盲文出版社、求真出版社联合举办的“曾令超作品研讨会”在北京中国盲文图书馆召开。曾令超是中国作家协会会员、国家一级作家和全国自强模范，先后创作《一个女人的调动》《跋涉光明》《天平至上》《女儿河》《人生跋涉》等十三部作品，获得国家图书奖、奋发文明进步图书奖、省市“五个一工程”奖等奖项。与会专家围绕曾令超先生《人生跋涉》《一个女人的调动》《天平至上》《女儿河》4 部作品各抒己见，认为他的作品真实生动，字里行间承载着感恩、惜爱、求美的“光明情结”，饱含着一位残疾人对美好生活的向往，具有很强的艺术感染力，充分展现了残疾人自强不息、拼搏进取的精神境界，为整个社会树立了自强不息、感恩生命、追求理想的家国情怀。

谢长华文学作品研讨会成功举行 4 月 29 日，“谢长华文学作品研讨会”在位于雪峰山下的中共湖南省洞口县委党校隆重举行。中国少年儿童新闻出版总社儿童文学中心副主任汪玥含，中国少年儿童新闻出版总社期刊中心副总监李晓平，中国作家网记者尹超，中国传媒商报要闻版记者董琦，省儿童文学学会副会长谢乐军，市文联主席张千山，洞口县委常委、宣传部部长曾泽群及周伟、汤岚等60余位作家、艺术家、评论家参加了这次研讨会。与会专家认为谢长华动物小说体现了宏阔的国际视角，融刻着少年成长的心路历程，是时代变革下的荡气回肠的人物史诗，深刻体现了人物被时代裹挟的命运感。

杨丰美长篇报告文学《先声》作品研讨会在长沙举行 4月30日，为纪念五四运动100周年、留法勤工俭学运动100周年，由中共长沙市委宣传部指导，湖南省报告文学学会、中共长沙市委党史研究室、长沙市中共党史学会、湘潭大学出版社主办，中共长沙市岳麓区委宣传部、长沙市作家协会承办，岳麓区作家协会协办的杨丰美长篇报告文学《先声》作品研讨会在长沙举行。本次作品研讨会旨在献礼这段不朽的峥嵘历史，献礼新中国成立70周年，礼赞青春，讴歌祖国。中国作协名誉副主席、省文联原主席谭谈，省作家协会名誉主席、省散文学会会长梁瑞郴，省作协党组副书记、专职副主席、省报告文学学会会长游和平，中共长沙市委党史研究室主任宋俊湘等专家学者共50余人参加了会议并展开研讨。

5月

湖南省八位作家选题入选2019年度中国作家协会重点作品扶持篇目 5月9日，2019年度中国作家协会重点作品扶持篇目正式公布，湖南省有8位作家的选题入选2019年度中国作家协会重点作品扶持和中国作协网络文学重点扶持项目。具体作品如下：万宁的长篇小说《现世安好》、马笑泉的长篇小说《放养年代》、彭东明的长篇小说《坪上村传》、纪红建的报告文学《走向世界：中国彩瓷文明远航探秘》、沈念的散文《湿地上》、范文胜的诗歌《沅水》、小姐姐安如好的网络小说《致我们勇敢的年华》、沸丽也讨好的网络小说《同在金水湾》

长篇小说《故人庄》研讨会成功举行 5月9日，由湖南省评论家协会、湖南大学文学院举办的“隆回县扶贫文化暨长篇小说《故人庄》研讨会”在湖南省隆回县举行。《故人庄》是湖南隆回县本土作家李梦昭、李凌洁父女俩共同创作的长篇小说，由人民日报出版社出版，全书近50万字。作品以古梅山地区的石桥铺村四家三代的况味人生，真实记叙近30年转型变革的历史浪潮对人性、人情、人心的涤荡、冲刷和激扬；以古梅山独特的民俗文化为背景，演绎谐趣怪诞的现实场景。与会专家学者围绕隆回县文化扶贫的历史经验、路径方法和扶贫文化的重要作用、精神特质展开了深入研讨，并对长篇小说《故人庄》的艺术特色进行了充分讨论和精彩点评。

湖南省第八期专题文学（网络文学）研讨班举行开学典礼 5月16日，由湖南省作协举办，毛泽东文学院承办的湖南省第八期专题文学（网络文学）研讨班在毛泽东文学院举行开学典礼。湖南省第八期专题文学（网络文学）研讨班，共46位学员，集结了湖南省当前在网络文学创作上较为活跃、创作成绩较为突出，具有创作实绩和发展潜质的作家，旨在更有针对性地提供学习机会和交流平台，鼓励各位作家不断推出具有原创价值和核心竞争力的文学精品，推动湖南文学事业发展，筑就新高峰、再创新辉煌。本次专题班的教学将根据实际情况，采取以讲座为主的方法，聘请国内知名作家、网络大咖授课，并组织学员进行创作交流。

中国作协来湘调研作家维权工作 5月29日，中国作协社联部权益保护处李军杰处长一行2人来湘调研作家维权工作。游和平同志结合调研主题，重点汇报了省作协成立作家权益保护工作办公室的情况，介绍了湖南省在作家权益保护方面开展的主要工作、取得的主要成效以及面临的主要问题和困难。参加座谈会的作家代表围绕当下作家维权工作、作家面临的主要侵权问题、网络环境下作家权益面临的新挑战以及对现行著作权法体系的意见和建议展开了座谈交流。中国作协调研组一行和省作协权益保护办公室聘请的律师对一些交流的问题进行了现场解答，对于健全全国性的作家维权机制也进行了探讨交流。

李述文长篇小说《金梯门》作品研讨会在长沙举行 5月30日，由毛泽东文学院、湖南省小说学会、中共娄底市委宣传部联合主办，长沙湘版文化传播有限公司协办的李述文长篇小说《金梯门》作品研讨会在长沙举行。

与会专家从人物塑造、叙事结构、主题内容等方面对小说进行了研讨，认为《金梯门》以改革开放40年来的社会变迁与发展为背景，以人物对事业与情感的追求为主线，带着思考，满怀情感，刻画了一组具有真善美的典型人物形象。既有宏观视野，又有细腻刻画；既有曲折的故事情节，又有浓烈的诗性特征；既有厚植于生活的深刻主题，又有知性温婉的独特表达。

6月

湖南省诗歌学会召开第四次常务理事会 6月2日，湖南省诗歌学会第四次常务理事会在长沙举行。会议由梁尔源会长主持，会议听取了常务副会长罗鹿鸣作的湖南省诗歌学会《2018年工作报告》和《2018年财务工作报告》；审议通过了内设部门办公室、编辑部，增设编辑专业委员会、高校诗歌专业委员会、古诗词教育教学与写作专业委员会，组建湖南省诗歌学会散文诗分会等议案。聘任李少君、陈惠芳、谭克修、王鹏为湖南省诗歌学会顾问，聘任黄爱平为湖南省诗歌学会名誉副会长，对内设机构与专业委员会、分会人员进行了聘任；增补了常务理事会、理事会成员；审批了新一批入会会员，会员人数接近1000人；会上还给学会顾问颁发了证书。

第四届海峡两岸新媒体原创文学大赛颁奖，湖南作家余红夺魁 6月27日，第四届海峡两岸新媒体原创文学大赛颁奖典礼在北京举行。本届大赛金奖空缺，湖南女作家余红凭借作品《我的青春有片海》荣获银奖，同获银奖的还有作品《落凤山》。大赛于2018年5月启动，半年内收到有效参赛作品4560部，作品主要来自中国大陆、台湾地区、香港特别行政区和澳门特别行政区，同时美国、加拿大及缅甸的华人也积极参与。中国出版集团公司副总裁、文学评论家潘凯雄，中国当代文学研究会会长白烨，一级作家、中国作协网络文学研究专家马季等10余位专家评委对400部进入复审的作品组织审读，共选出100部作品进入终评，最终评选出创意奖2部、优秀奖8部、铜奖3部、银奖2部，共15部获奖作品，大赛金奖空缺。

“作家看常德七十年巨变”文学采风活动启动 6月30日，“中国梦·

文学梦·湖南篇章”系列文学活动之“作家看常德七十年巨变”大型文学采风活动在常德市柳叶湖畔启动。本次采风活动由省作协和常德市委、市政府联合举办。省作协主席王跃文在启动仪式上强调，“作家看常德七十年巨变”文学采风活动，是近年来开展的“中国梦·文学梦·湖南篇章”系列活动之一，是省作协为隆重庆祝中华人民共和国成立70周年开展的系列重要文学活动之一，也是践行“四力”教育的具体行动。此次采风活动将组织“不忘初心、牢记使命”主题教育调研座谈会，把主题教育的精神和要求贯穿始终。活动特别邀请了省内外50余名知名作家。作家们将深入常德的武陵、鼎城、桃源、津市、澧县等多个县区的社会经济发展第一线，开展为期5天的文学采风创作活动。

7月

《渫湾古韵》首发式暨《一生承诺》研讨会在长沙举行 7月5日，王丽君长篇报告文学《渫湾古韵》首发式暨《一生承诺》研讨会在长沙毛泽东文学院举行。中国作协名誉副主席谭谈，中国报告文学学会副会长徐剑，作家出版社原总编辑、中国作家协会报告文学委员会委员张陵，湖南省作协名誉主席、省散文学会会长梁瑞郴等专家学者共80余人参加了本次活动。与会专家学者在发言中认为，《渫湾古韵》内容充实、材料丰富、文笔生动，阅读性强，既为研究渫湾镇提供了重要的参考价值，又可作渫湾镇旅游者选胜导游之用，对讲述岳麓故事、传承湖湘文化有很好的积极作用。《一生承诺》以大故事套小故事的方法，不断在插叙、闪回、倒叙中重现历史情境，其语言、动作、气氛真实可感，故事情节跌宕起伏，在回忆中又适当插入现场讲述和作者所感，既有现场感，也有间离意味。如实写下了现实里最平凡的一对夫妻，能让读者在他们的故事里找到久违而期盼的美好感情，引导读者在浮华里思考爱情的本色。

湖南省金融作家协会第二次会员代表大会在长沙召开 7月6日，湖南省金融作家协会第二次会员代表大会在长沙召开。省作协主席王跃文、中国金融作协常务副主席龚文宣、中国金融工会湖南省工作委员会主任田本全出席会议并讲话。罗鹿鸣代表省金融作协第一届理事会做工作报告。本次会员代表大会，选举产生新一届理事会，胡小平当选为主席，聘请罗鹿鸣、胡玉明、贺学群为名誉主席。

省作协权益保护办公室全面启动作家维权工作 7月9日，为了更好地维护湖南作家权益，湖南省作家协会权益保护办公室与湖南闻胜律师事务所的法律服务团队，就作家权益保护工作展开了一次深入交流，对即将全面展开的湖南作家权益保护工作进行了部署安排。未来一年，湖南省作家协会权益保护办公室将面向14个市州招募作家权益保护法律志愿者，分别负责当地的作家权益保护工作，真正实现权益保护工作全覆盖，真正做到让作家维权有道。2017年，建立湖南省作协协会权益保护办公室写入省委下发的关于省作协深化改革的方案，2019年5月正式成立。新成立的湖南省作家协会权益保护办公室具体负责开展省内作家维权法律咨询、会员版权纠纷调解工作和组织省内作家普法、权益保护等公益活动。

中国文联主席、中国作协主席铁凝率队来湘调研 7月19日至23日，中国文联主席、中国作协主席铁凝率队来湘调研。调研期间，省委书记杜家毫在长沙与铁凝一行座谈，就贯彻落实习近平总书记致中国文联中国作协成立70周年的贺信精神、进一步加强文艺创作、共同推动湖南文艺事业全面繁荣发展等深入交换意见。铁凝高度评价湖南近年来在文艺创作上取得的成绩。她说，调研组此行来湘，感慨、感动、感奋于湖南在经济社会发展特别是脱贫攻坚上所做的各项工作。中国文联、中国作协将充分发挥自身优势，团结带领文艺工作者潜心创作一批反映湖南高质量发展和精准扶贫成就的文艺作品，助力湖南文艺事业全面繁荣发展。在湘期间，铁凝一行先后来到湘西土家族苗族自治州、怀化市，实地调研少数民族文学事业发展情况，并召开相关座谈会，听取对作协工作的意见建议；亲切看望了在长老艺术家，并赴韶山向毛泽东同志铜像敬献花篮，瞻仰毛泽东同志故居和纪念馆，接受革命传统教育。

第十五届“三月三诗会”在桂阳举行 7月19日至21日，第十五届

“三月三诗会”在桂阳县举行，舒婷、陈仲义、欧阳江河、宋琳等来自全国各地的40余位诗人，相约古郡桂阳，以诗会友。“三月三诗会”是由当代诗人倡导和发起的文化雅集活动，自2005年开始举办，来自国内和世界各地的当代诗人定期在江南周边地区聚会、交流、采风、朗诵，并颁发“三月三诗歌奖”。本届“三月三诗会”以“遇见桂阳山和水、倾听古郡诗与歌”为主题，诗人们参观古书院、古戏台、古宗祠，体验桂阳悠久的历史文化，感受桂阳山水的豁达情怀，找寻文化跳动的脉搏。

“大白鲸”优秀作品揭晓，湖南作者摘得银鲸奖 7月21日至22日，2019“大白鲸”原创幻想儿童文学年度盛典系列活动在大连举行，知名作家、画家、评论家、阅读推广专家代表与作者一起，共同见证了第六届“大白鲸”优秀作品征集活动获奖名单的揭晓。其中，作者木彬的《多多有一个自由门》被评为银鲸作品。

湖南省作协教师作家分会正式成立暨首届湖湘教师写作训练营开营 7月24日，湖南省作家协会教师作家分会正式成立，秘书处设于湖南教育报刊集团。湖南省人大常委会党组副书记、副主任王柯敏向大会发来贺信。湖南省教育厅党组成员、副厅长、省委教育工委委员王玉清，湖南出版投资控股集团党委书记、董事长、总编辑、中南传媒董事长龚曙光，湖南省作家协会主席、湖南省政协文教卫体和文史委员会副主任、中国作家协会主席团委员王跃文，湖南省文联副主席、湖南省作家协会副主席、湖南师范大学教授汤素兰出席成立大会。王跃文、龚曙光、唐浩明、阎真、余三定、欧阳友权担任湖南省作家协会教师作家分会名誉主席。湖南省作家协会教师作家分会首届理事会共54名常务理事，大会选出1名主席，15名副主席，汤素兰当选为湖南省作家协会教师作家分会主席。王玉清、王跃文向湖南教育报刊集团授予“湖南省作家协会教师作家分会秘书处”牌匾。成立大会之后，首届湖湘教师写作训练营开营。据悉，湖南省作家协会教师作家分会成立后，将定期出版《湖南教育（文学版）》，举办研讨会、座谈会、培训班和作家进校园等公益活动，助力全民阅读和书香校园建设。

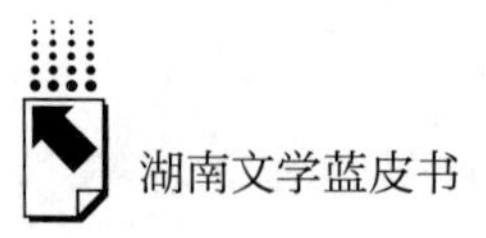

8月

“脱贫攻坚在湖南”系列丛书审稿会在长沙召开 8月2日，由湖南省报告文学学会和湘潭大学出版社联合主办的长篇报告文学“脱贫攻坚在湖南”系列丛书审稿会在长沙召开。会议由湘潭大学出版社党总支书记刘波主持。“脱贫攻坚在湖南”系列丛书由湘潭大学出版社与省报告文学学会共同策划，由省报告文学学会五位作家主笔，围绕湖南脱贫攻坚的主题，各有创作侧重。内容涵盖杨丰美的湖南省扶贫全局、王丽君的老区扶贫、张雪云的教育扶贫、李伟的旅游扶贫、刘慧的社会扶贫共五个方面的写作，以丛书聚力推出，着力展示湖南脱贫攻坚风貌。会上，与会专家分别对丛书的五部作品给予了点评，在肯定作品的同时，就如何增强作品的思想性、感染力，调整框架结构等方面提出了许多具体的宝贵修改建议。

首届“爱在丽江·中国七夕情诗会”爱情诗接力赛颁奖，湖南诗人康雪获年度冠军奖 8月7日，由北京出版集团和中共丽江市委宣传部共同主办、十月杂志社承办的第一届“爱在丽江·中国七夕情诗会”爱情诗接力赛在云南丽江颁奖。据介绍，此次征文活动自2018年8月开始启动，在10个月的时间里，共收到18000多份以爱情和丽江风土人情为主题的原创诗歌稿件。在评选中，每周从来稿中选出5件入围作品，由读者投票决出周冠军，共评出42位周冠军诗人；每月从4件周冠军奖作品中决出月冠军，共评出吴素贞、梅依然、余秀华、宇舒、灯灯、霜白、高友年、冯娜、邓方、康雪10位月冠军诗人。在颁奖前一天，评委会从10件月冠军作品中评出年度冠军大奖，康雪获奖；从关注丽江风土人情的周冠军、月冠军作品中评出特别奖，冯娜、马萧萧获奖。

纪红建报告文学《乡村国是》获全国“五个一工程”特别奖 8月19日，中宣部第十五届精神文明建设“五个一工程”表彰座谈会在北京召开，本届“五个一工程”评选结果同时揭晓。湖南作家纪红建的长篇报告文学《乡村国是》获特别奖，成为全国13个获此奖项的作品之一。长篇报告文学《乡村国是》是一部反映我国脱贫攻坚壮举的现实主义文艺力作，被誉为“一部鲜活感人的‘中国故事’”，由湖南人民出版社于2017年9月出版，作者为长沙望城籍作家纪红建。该书曾入选“2017年中国报告文学优秀作品排行榜”，入围“央视推荐2017中国好书”，获得第七届鲁迅文学奖。作者纪红建在两年多时间里，走访了全国精准扶贫“主战场”的39个县（区、市）202个村庄，用手中的笔记录了六盘山区、滇桂黔石漠化片区、武陵山区、秦巴山区、乌蒙山区、罗霄山区、闽东山区以及西藏山南、新疆喀什等精准扶贫重点地区贫困乡村脱贫攻坚的现实场景。这部作品推出来后，立即在社会上引起强烈反响。书中用一个个真实、生动的故事展现中国脱贫攻坚取得的巨大成就，也呈现扶贫工作的艰巨性和复杂性。

刘晓平散文集《一路风景》研讨会在京举行 8月24日，由《民族文学》杂志社和中国少数民族作家学会共同主办、张家界市文联协办的“刘晓平散文集《一路风景》研讨会”在京举行。中国作协书记处书记、中国作家出版集团管委会主任吴义勤，中国作协主席团委员、中国少数民族作家学会常务副会长叶梅，《民族文学》主编、中国少数民族作家学会副会长石一宁，中国作协社联部主任、中国少数民族作家学会副会长李霄明，以及徐可、胡平、范咏戈、张陵、王山、王必胜、王彬、赵晏彪、哈闻等专家20多人出席会议。研讨会由《民族文学》副主编陈亚军主持。与会专家认为，《一路风景》是一部有质感的厚重的书，更是一部有风景线的书，涵盖着人生的风景、时光的风景和自然的风景；作者自觉与时代同行，站在泥土里仰视生活，在不断跋涉和追寻中把自己的经历和见闻当作风景进行思考、记录和表现，步步有风景，步步有感悟。这是一本励志的书、真诚的书、令人感动的书。

赵俊辉长篇小说《美人书》作品研讨会在长沙召开 8月30日，由湖南省社会科学院、湖南省作家协会主办的“赵俊辉长篇小说《美人书》作品研讨会”在长沙召开。赵俊辉，湖南永州人，20世纪90年代曾在《人民文学》发表过作品。出版和发表过《永州少爷》《夜半月半》《祠堂沉吟》等。离开文坛20多年后，2018年以煌煌37万言长篇小说《美人书》重现

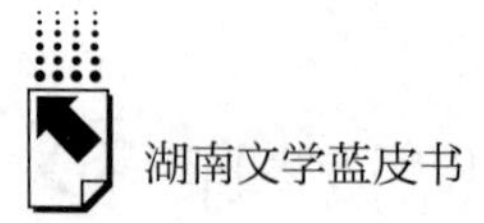

文坛。与会评论家就《美人书》的创作思想、主题与人物、叙事结构、写作手法、美学特征、文学价值等展开了深入讨论。作者赵俊辉分享了自己的创作经验和感悟。与会评论家认为，《美人书》的艺术表现力非常突出。作者以“女书”为主题，融诗性语言于跌宕的情节，塑造了鲜明生动的人物形象，为读者呈现一个丰富多彩的女性世界，体现出强烈的女性意识。

《2018 湖南诗歌年选》首发式在长沙举行 8 月 31 日，《2018 湖南诗歌年选》首发式在长沙止间书店举行，来自全省各地的 100 余位诗人、诗歌爱好者和朗诵达人参加了本次活动。该书由湖南省诗歌学会编辑、百花洲文艺出版社出版发行。这是湖南省诗歌学会成立以来编辑出版的第四本诗歌年选，成为展示湖南诗坛力量的重要平台。湖南省诗歌学会会长梁尔源出席本次活动并致辞。他讲到，每年出版一本年选，连续四年没有停过，这在全国的省级诗歌组织当中应该是凤毛麟角，这与湖南作为诗歌大省的地位相匹配，并希望通过这样一年一度的检阅，凝聚诗歌力量，发现诗歌新人，展示诗歌湘军实力。

9月

邵东县第五届中秋音乐诗会举行 9 月 12 日，湖南邵东县举行第五届中秋音乐诗会，来自湖南本土及北京、内蒙古、陕西、湖北、广东、广西等地 1000 余名诗人及诗歌爱好者共赏视听盛宴。本届中秋音乐诗会由湖南省诗歌学会、邵阳市文联、邵东县委宣传部指导，邵东县文联主办，邵东县作家协会、邵东县诗歌学会承办。著名作家、湖南省作家协会主席王跃文以及湖南省诗歌学会会长梁尔源、副会长罗鹿鸣、吴昕孺、张战等出席中秋诗会。当天下午，邵东文学爱好者聆听了诗评家草树的诗歌讲座及湖南省诗歌学会常务副会长兼秘书长罗鹿鸣对话著名诗人余秀华、刘年。

湖南报告文学作家创作研讨会在长沙举行 9 月 18 日，由中国作家协会报告文学委员会和湖南省作家协会联合主办，湖南省报告文学学会承办的“庆祝中华人民共和国成立 70 周年·湖南报告文学作家创作研讨会”在长沙举行。研讨会上，中国作家协会副主席、中国作家协会报告文学委员会主任、中国报告文学学会会长何建明说，回顾中华人民共和国成立70年以来中国文学的发展，报告文学这一文体的成长成熟以及它所贡献的丰硕佳作值得欣慰与祝贺。特别是近年来湖南报告文学组织建设和队伍建设得到大力加强，已经成为中国报告文学的主力方阵，一批重点作家正迅速发展，有望成为中国报告文学国家队的队员。与会专家认为，近些年，随着湖南报告文学的蓬勃发展，优秀作家和优秀作品的频频出现，老中青作家梯队的科学搭建，“报告文学湖南现象”已蔚为壮观，湖南报告文学在全国范围内走在前列。此次湖南报告文学作家创作研讨会的成功举办，又为湖南报告文学作家、评论家等建立和提供了一个共商报告文学采访、创作、出版、理论批评、经验交流及其他相关问题探讨的高端对话平台，而这些都有利于湖南报告文学作家创作出更多“有思想、有温度、有品质”的精品力作。

曾散报告文学《第一军规》《半条被子》研讨会在长沙举行 9月18日，由湖南省报告文学学会、湖南人民出版社主办，中共汝城县委宣传部、中共桂东县委宣传部协办的曾散报告文学《第一军规》《半条被子》研讨会在毛泽东文学院举行。中国作家协会副主席何建明、湖南省作家协会主席王跃文等共70余人出席会议。长篇报告文学《第一军规》完整讲述了“三大纪律八项注意”的“前世今生”，将其诞生、演变的历史过程穿插在历史事件中，呈现了大量细节，书写了“军规”怎样成为人民军队的光荣传统，成为军民团结的坚韧纽带和无往不胜的力量源泉。报告文学《半条被子》以“半条被子”故事为切入口，整合汝城的革命故事，涵盖沙洲村脱贫致富的新时代事迹，将中国共产党人的“初心和使命”呈现给读者。与会专家、学者从不同角度对《第一军规》《半条被子》两本书展开研讨，对作者的创作给予了肯定。他们认为，值此新中国成立70周年之际，青年作家曾散创作出《第一军规》和《半条被子》这样守初心、担使命，弘扬主旋律的作品，具有特殊的时代意义。

湖南省作家协会举办诗歌朗诵会隆重庆祝中华人民共和国成立七十周年 9月20日，湖南省作协在毛泽东文学院举办诗歌朗诵会，隆重庆祝中华人民共和国成立七十周年。朗诵会紧扣“庆祝中华人民共和国成立七十周年”的主题，由“祖国颂”和“新时代颂”两个篇章组成，选取了不同时期诗人的原创作品。这些作品热情讴歌中国共产党的光辉征程，讴歌革命先烈的丰功伟绩，讴歌社会主义建设的伟大成就，讴新时代日新月异的变化。充满激情的诗篇，伴随着或优美或激昂的旋律，经朗诵者的深情演绎，表达了湖湘儿女的心声，为伟大祖国凝聚正能量。整场演出洋溢着激昂的爱国热情。省作协干部职工、各文学学会负责人、省诗歌学会会员代表及社会各界的诗歌爱好者、朗诵爱好者160余人现场聆听了朗诵会。

《放养年代》新书发布会在京举行　9月24日，由SKP RENDEZ-VOUS、凤凰网文化、一点资讯、北京十月文艺出版社联合主办的“童年的游荡与秘密生长——《放养年代》新书发布会”在SKP RENDEZ-VOUS举行，著名评论家张莉，著名作家付秀莹、王小王，著名作家、本书作者马笑泉与各界读者分享了《放养年代》的阅读感受，并就“童年的游荡与秘密生长”这一话题进行了深入的讨论。《放养年代》是马笑泉对童年的一次深情回望和深度探照。在作家于中年之际重返校园读书时，童年记忆被纯真之气照亮，遂以小说的形式，呈现生命的来路，回望那些生命之初的美好与残酷、放养年代的成长秘密。在呈现一个自在童年的同时，作者表达了他对童年的看法——单纯中蕴藏着被忽略与遗忘的复杂，并且，与成人世界一样，充满着残酷的竞争。

10月

湖南省第十八期中青年作家研讨班、第八期新疆作家班举行开学典礼　10月11日，由湖南省作家协会主办，毛泽东文学院承办的湖南省第十八期中青年作家研讨班、第八期新疆作家班在毛泽东文学院举行开学典礼。据悉，本期湖南省中青年作家研讨班集结了来自当前在文学创作上较为活跃、创作成绩较为突出的68名中青年作家，而新疆维吾尔自治区作协推荐的10位作家、新疆兵团作协推荐的11位作家，也都是胸怀理想，在文学事业上已经取得不俗成绩的青年作家。两个作家班的教学将根据实际情况，采取以讲座为主的方法，请国内知名作家、学者授课，并组织学员进行作品研讨、创作交流。

刘亮程做客“文学名家讲堂”主讲《大地上的家乡》 10月11日，由湖南省作家协会主办的第二十二期“文学名家讲堂”在毛泽东文学院报告厅举行。中国作协散文委员会副主任、新疆作协副主席、木垒书院院长刘亮程以“大地上的家乡”为题，做了一场精彩的文学讲座。湖南省第十八期中青年作家研讨班第八期新疆作家班全体学员，以及社会各界文学爱好者听取了讲座。刘亮程是第六届鲁迅文学奖获得者，他的作品脍炙人口，被誉为“20世纪中国最后一位散文家”和“乡村哲学家”。他用清澈朴素的语言，直击人们灵魂的文字功底，诗一般的纯美意境，饱含深情和敬重地抒发着自己浓郁的乡土情怀，以及对人类精神生态的关注与反思。

毛泽东文学院为八位学员举办作品研讨会 10月18日，由毛泽东文学院主办的陈伍国、戴志刚、任瑞湘、姜雪峰、邓文慧、殷君发、殷运良、方锐作品研讨会在长沙举行。会议分别研讨了湖南省第十八期中青年作家研讨班、第八期新疆作家班八位优秀作者代表近几年出版的代表作，包括陈伍国的人物传记《王震与新疆》、戴志刚的散文集《凉月微弄》、任瑞湘的散文集《行走在消逝中》、姜雪峰的散文集《聆听花开的声音》、邓文慧的扶贫日记《沩水源长》、殷君发的小说集《这样的生活这样的爱》、殷运良的文集《女人不哭》、方锐的报告文学《红门笔记——一名消防战士的成长记录》。作品涵盖散文、小说、日记、传记等多种文体，触及现实生活的方方面面，展现了学员代表们的文学风采和创作实力。与会专家和学员代表对这八部作品分别进行了评述与探讨。在肯定作者们创作成绩的同时，也指出了作者们创作中的不足之处，并对他们提出了殷切的期望。八位作者发表了创作感言，谈及创作的理念、心路历程，以及在创作过程中遇到的困难、困惑，并同在座的专家和学员们进行了讨论和交流。

周松万诗集《惦记一只飞鸟》作品研讨会在毛泽东文学院举行 10月23日，湖南省第十八期中青年作家研讨班学员周松万诗集《惦记一只飞鸟》

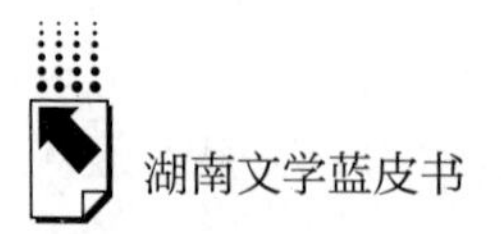

作品研讨会在毛泽东文学院举行。与会作家、诗人和编辑充分肯定了普通学员在毛泽东文学院举办作品研讨会的意义和作用。大家畅所欲言，把脉问诊，对周松万诗集《惦记一只飞鸟》创作文本进行了犀利点评，在肯定作者创作优点、成绩的同时，重点指出了作者作品的问题和不足，提出了指导性意见和建议，并对作者寄予了新的期望，为作者指明了下一步创作方向。会上，黄镌、周莉、罗畅分别朗诵了周松万诗集中的优美诗歌章节。

岳阳市第六期中青年文艺创作培训班开班 10月26日，由岳阳市作家协会举办的第六期中青年文艺创作培训班在平江开班，市委常委、宣传部部长马娜出席并致辞，来自全市的60余名中青年文学作者参加培训。此次培训以发展繁荣文艺创作为主题，以培养文学新人为己任，涵盖小说、报告文学、散文、诗歌、儿童文学等各个门类的创作培训，特邀著名作家彭见明、《小说选刊》副主编王干、《散文选刊》主编葛一敏等著名的作家、评论家、编辑家，为学员奉上文学艺术大餐。

湖南省第七次青年作家创作会议在长沙召开 10月31日，湖南省第七次青年作家创作会议在长沙开幕，来自全省各地百余名青年作家参加会议。湖南省委常委、宣传部部长张宏森出席会议并讲话。会议宣读了《致全省青年作家的倡议书》，并就《湖南省作家协会优秀青年作家扶持办法》修订征求意见，提出实施湖南省青年文学人才扶持工程，对入选的优秀青年作家给予资金扶持；探索建立文学导师制度，在全国范围内聘请名家，对入选该人才工程的部分青年作家进行重点培养。张宏森对湖南青年作家培养工作及青年作家群体创作成就给予充分肯定。他表示，湖南是一个拥有悠久文化传统和深厚文学根基的文化大省和文学大省，历届省委、省政府高度重视文艺工作，党的十九大以来，省委制定出台一系列政策文件推动文学繁荣发展，省委书记杜家毫多次调研指导文艺工作，提出湖南文艺界“要有敢为人先的精神，要有奉献精神，要有富贵不能淫、贫贱不能移的精神，要有‘十年寒窗’的精神”。张宏森强调，广大青年作家要深入学习贯彻习近平总书记关于文艺工作的重要论述，落实省委书记杜家毫的指示精神，在文学创作中，正确把握文艺与民族复兴的关系，自觉做文化复兴的追梦者；正确把握文艺与时代的关系，自觉做新时代的先行者；正确把握文艺与人民的关系，自觉做人民心声的代言者；正确把握“高原”与“高峰”的关系，自觉做精品力作的创造者；正确把握做文与做人的关系，自觉做道德风尚的引领者。以青春之笔，书写新时代湖南发展新篇章。

11月

“中外诗人汨罗行”文学采风活动和2019中国屈原学会第十八届年会举行 11月3日，“中外诗人汨罗行”文学采风活动和2019中国屈原学会第十八届年会在汨罗拉开序幕，中国作家协会书记处书记、副主席吉狄马加，中国屈原学会会长方铭等来自海内外的400余名诗人、专家、学者相聚汨罗江畔，共话屈原。中国屈原学会于1985年6月成立，学会每两年举行一次国际学术讨论会及年会，研究屈原及楚辞，对推广中国传统文化、促进中外文化交流发挥了积极作用。当天下午，“中外诗人汨罗行”高峰论坛举行，来自印度、俄罗斯、美国、葡萄牙等多个国家和地区的诗人、学者齐聚一堂，以“全球虚拟时代，河流之于诗人的意义”为主题，用不同语言，从不同角度，探讨人类与河流、诗歌创作、现代生活环境之间的联系。

“文学照亮三湘”活动走进津市 11月8日，津市一中多功能报告厅内座无虚席，由湖南省作协组织举办的“文学照亮三湘”公益大讲堂活动在这里举行。《潇湘晨报》创始人，湖南出版投资控股集团党委书记、董事长、总编辑，中南出版传媒集团董事长龚曙光以“我们的乡土和他们的文化”为主题，为近千名文学爱好者做了一场精彩的演讲。湖南省作家协会主席王跃文首先介绍了活动的举办情况和龚曙光先生的文学创作历程。龚曙光先生以深邃的眼光、渊博的知识和质朴的情感讲述了自己的工作和文学创作历程，以及对家乡的热爱。他从逆行的角度审视和剖析了西方文化的起源以及对我们文化的影响。在历时两个小时的讲座中，他就如何保护好乡土文化、记住乡愁；如何面对接纳西方文化的渗透等发表了自己的观点。讲座中，龚曙光还回答了部分文学爱好者和学生的现场提问。此次活动由省作协主办，津市市委宣传部、津市市文联、津市一中、津市新华书店承办。

湖南作家龙向梅获2019陈伯吹国际儿童文学奖 11月14日，2019陈伯吹国际儿童文学奖颁奖典礼在上海宝山国际民间艺术博览馆举行，本年度获奖名单正式发布。作家龙向梅刊登于《少年文艺》2018年9月的《鞋尖朝外》获年度单篇作品奖。其作品散见于《儿童文学》《少年文艺》《诗刊》等刊物，诗歌入选多个年度选本，并在全国获奖十多次。长篇童话《寻找蓝色风》获“大白鲸”原创幻想儿童文学特等奖、中宣部2017年优秀儿童文学出版工程、2018年度桂冠童书、国家新闻出版署2018年向全国青少年推荐百种优秀出版物、2017辽宁好书、2019辽宁省“五个一工程”奖等奖项；《生气的小茉莉》获2017大白鲸原创幻想儿童文学一等奖。

长沙市作家协会举办深入学习贯彻习近平新时代中国特色社会主义思想“不忘初心、牢记使命”主题教育培训班 11月16日，长沙市作家协会深入学习贯彻习近平新时代中国特色社会主义思想“不忘初心、牢记使命”主题教育培训班在留芳宾馆牡丹厅举办。长沙市文联副主席、市作家协会主席唐樱出席并传达学习“中共十九届四中全会精神”。市作家协会主席团成员、市作家协会党支部成员及党员会员、会员代表等共260人参加培训。培训邀请长沙市委“不忘初心、牢记使命”主题教育第十六指导组副组长刘金田、湖南省作家协会副主席龚旭东、湖南省新闻出版广电局巡视员尹飞舟分别就主题教育和文艺门类业务知识进行了专题授课。市作家协会副主席、党支部书记周光华就支部工作及主题教育开展作了相应部署，曹志辉、蔡虹、张光宇三位党员会员分享了“不忘初心、牢记使命”主题教育的学习心得体会。大家一致认为，这次培训起点高、落地实，对加强文艺队伍思想政治引领，加强新文艺群体、背后文艺组织文艺人才建设，提升协会的政治性、先进性、群众性，落实意识形态工作责任都起到了良好的示范带动作用。

娄底首个湖南文学创作示范基地签约挂牌 11月17日，湖南文学创作示范基地签约挂牌仪式在新化县维山乡三联村隆重举行。省作家协会主席王跃文，市委常委、宣传部部长吴建平，省作家协会名誉主席姜贻斌，省作家协会副主席、株洲市作家协会主席万宁，市文联党组书记、主席张湘平，市作家协会主席廖志理，省社会科学院研究生教育与管理中心主任、湖南文学创作示范基地主任曾著强等领导出席签约仪式。湖南省作家协会、娄底市作家协会、新化县三联生态旅游开发有限责任公司共同签署了合作协议。王跃文为基地授牌。签约仪式后，王跃文、吴建平等领导还共同为基地揭牌。

第四届张天翼儿童文学奖获奖作品揭晓 11 月 24 日，第四届张天翼儿童文学奖揭晓，1 部理论专著、5 部小说、2 部童话获奖，另评出短篇佳作 2 篇、新人奖 1 名。第四届张天翼儿童文学奖评选活动由湖南省作家协会联合有关部委指导，湖南省儿童文学学会、湖南少年儿童出版社主办，湖南省寓言童话文学研究会协办。本次主办方共收到参赛作品 32 种，有儿童文学理论、儿童小说、童话、散文等体裁。经过评委认真评选，评选出了长篇小说、童话或儿童文学专著奖，短篇或单篇儿童文学作品奖及新人奖等 3 个奖项的 11 个获奖作品和人物。长篇小说、童话或儿童文学专著奖获奖作品有：吴双英的《童书之光》、汤素兰的《阿莲》、邓湘子的《像蝉一样歌唱》、龙章辉的《歌乡传奇》、唐池子的《勇敢的花朵》、沈念的《岛上离歌》、方先义的《土地神的盟约》、谢乐军的系列童话《最奇怪大王》。短篇或单篇儿童文学作品奖：谭群的《雨打芭蕉》、陈静的《去看好外婆》。新人奖(1 人)：杨巧。

梁尔源诗集《镜中白马》研读会在京举行 11 月 24 日，梁尔源诗集《镜中白马》研读会在京举行。中国作家协会副主席吉狄马加、中国作家协会书记处书记吴义勤、中国作协诗歌委员会主任叶延滨、诗人欧阳江河、《中国艺术报》社长向云驹、《光明日报》文艺部执行主任邓凯等 50 余人出席了此次诗歌研读会。

与会专家一致认为，梁尔源的作品缩短了人与诗歌的距离，其诗歌朴实、温暖、真诚和朴素，诗风正，具有家国情怀，符合诗歌创作规律，在创作中做了富有成效的探索。他的作品反映了自己的心路历程，是对他个体的生命体验，时代气息浓烈，生活滋味浓酽，除了一般人都爱写的对亲情、对家乡的题材以外，作品里面的当下元素颇多，表现出较强的个人观察力。在诗歌的创作上，他对“好”和“真”作为诗学与美学落实到文本中的挑战有了很好的处理，作品规避了极端化的表现，用优美和诗意消解了负面内容与情绪，不仅能够引起广大读者的共鸣而且能够在个人性和时代性的平衡中凸显一个优秀诗人的精神能力。本次研读会由评论家霍俊明主持，研读会由中国作家协会诗歌委员会主办，北京小众书坊承办。

常德市作家协会第四次代表大会召开　11 月 25 日，常德市作家协会召开第四次代表大会，会议审议通过了市作协第三届理事会工作报告，审议通过了《常德市作家协会章程（修改草案）》，选举产生了市作协新一届主席团。湖南省作协主席王跃文，常德市委常委、市委宣传部部长、省作协副主席胡丘陵出席开幕式并讲话。会议听取了市作协第三届理事会工作报告，总结了过去 11 年里全市文学创作取得的丰硕成果，提出了今后全市文学事业发展的思路。会议选举产生了市作协新一届理事 30 人，主席 1 人，名誉主席 5 人，副主席 8 人，秘书长 1 人。会上宣读了给老一辈作家的致敬信，并为名誉主席颁发聘书，新当选的市作协主席周碧华致闭幕词。

流浪的军刀《血火流觞》作品研讨会在中南大学召开　11 月 30 日，由中南大学湖南作家研究中心主办的流浪的军刀《血火流觞》作品研讨会在中南大学召开。与会专家认为《血火流觞》作为现实题材的作品却体现了超越现实的奇幻性，包括人物的奇幻性、场景的奇幻性、情节的奇幻性、行动的奇幻性等，作品中人物的技能与行动的巧妙、大胆，彻底颠覆了我们对战争的认知。极具代入感的写作、性格迥异的双男主人物设置和简练有力的语言风格使小说极具吸引力。本次研讨会进一步加深了文学评论界和网络作家之间的联系，与会作家和评论家们共同表示，希望能有更多机会参与评论界与网文现场的研讨活动，共同期待网络文学作品繁荣之景。

12月

“周立波与中国现当代文学学术研讨会”在长沙召开　12 月 6 日，“周立波与中国现当代文学学术研讨会”在长沙市毛泽东文学院召开。此次会议由中国社会科学院文学研究所“20世纪中国革命与中国文学创新团队”、湖南省社会科学院、湖南省作家协会、《文艺争鸣》杂志社、《文艺论坛》杂志社、湖南城市学院主办，湖南文学研究中心、湖南省文学评论学会承办。湖南省作家协会主席王跃文、中国社会科学院文学研究研究员所程凯致辞。中国当代文学研究会副会长贺绍俊、北京大学教授李杨、《文艺争鸣》主编王双龙、中国社会科学院文学研究所研究员何吉贤、湖南省社会科学院文学研究所原所长胡光凡等学者出席会议。出席本次会议的还有来自北京、上海、河北、河南、山东、贵州等地和省内的40多位学者。开幕式由湖南省文学评论学会会长、湖南省社会科学院文学研究所所长卓今主持。此次研讨会围绕“延安文艺座谈会方向”与周立波的文学史意义，周立波小说创作研究、翻译研究，以及周立波研究中新材料的发掘等主题展开，集中探讨了周立波的文学艺术成就及其历史贡献。与会作家从周立波小说的艺术风格、美学意蕴、语言形式、经典化、方言书写实践、翻译研究、地方性等展开了充分的讨论，着重探讨了周立波小说，尤其是其20世纪50年代的长篇小说《山乡巨变》的艺术成就，并由此重新思考周立波在20世纪中国文学史上的历史地位。

第三届中国·张家界国际旅游诗歌节开幕 12月6日，第三届中国·张家界国际旅游诗歌节开幕式暨中国诗歌自媒体联盟成立仪式，在吉首大学张家界学院举行。自2017年至今，张家界已举办三届国际旅游诗歌节，邀请了国内外、省内外的知名学者、诗人齐聚一堂共襄盛举、共享诗歌盛宴。本届诗歌节将“国际”“旅游”“诗歌”三个元素有机结合，在面向国际、国内邀约诗人参会，共同交流互动的基础上，还组织了中国文旅新媒体联盟的20家媒体参与旅游诗歌征集H5创作，并且囊括全国百余家景区。在诗歌节期间，共有精美旅游诗歌大赛、2019第三届中国·张家界国际旅游诗歌节开幕式暨中国诗歌自媒体联盟成立仪式、国际旅游诗歌论坛暨张家界旅游诗歌现象研讨会、“行吟中国”旅游诗歌之夜暨2019第三届中国·张家界国际旅游诗歌节颁奖典礼、张家界诗歌采风之旅、“诗与远方·中国诗人风景脸谱”纪实等六大主题活动。

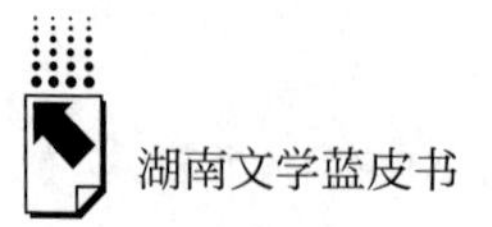

第二届中国土家族文学奖在重庆颁发，湖南诗人刘晓平、向未获奖 12月11日，第二届中国土家族文学奖在重庆颁发。当日，第二届中国土家族文学奖颁奖典礼在重庆黔江举行。奖项评选参照茅盾文学奖、鲁迅文学奖等文学奖评选办法，共设“优秀作品专集奖”“优秀作品单篇奖”“新锐奖”三大奖项，12部作品获中国土家族文学创作最高成就殊荣。其中，叶梅的散文集《根河之恋》、陈彤的长篇小说《诗和远方》、饶昆明的长篇小说《濯水谣》、向未的诗集《白夜》、徐必常的报告文学集《爱心的河流》获优秀作品专集奖；田冯太的散文《人法地》、田瑛的中篇小说《生还》、刘晓平的诗歌《苏木绰拾起的诗意》、杨彬的评论《现实性 民族性 主旋律——评第十一届“骏马奖”获奖长篇小说〈白虎寨〉》、凌春杰的短篇小说《跳舞的时装》获优秀作品单篇奖，向迅的散文《斯卡布罗集市》、朱雀的短篇小说《夜间飞行》获优秀作品新锐奖。

“新时代湖南青年诗人培训班”举行 12月12日，由湖南省作家协会、《诗刊》社、湖南省诗歌学会主办，邵阳邵东市委宣传部、市文联、市作协承办的“新时代湖南青年诗人培训班”在邵阳邵东市举行开班典礼，《诗刊》社主编李少君、湖南省作家协会主席王跃文、湖南省诗歌学会会长梁尔源、邵阳市委宣传部副部长赵应国、邵阳市文联主席肖治国等领导出席。来自全省的54名青年诗人参加本次培训学习，在为期5天的培训中，李少君、何言宏、谢建平、吴昕孺、张战等省内外著名诗人、专家学者为学员授课；聂权、隋伦、李点、丁鹏、姚晓斐等来自《诗刊》社的编辑为学员现场辅导、改稿。培训学习期间，还举行了诗歌座谈会、分组讨论会、诗歌朗诵会、社会实践等活动，为培养新时代湖南青年诗歌英才，促进湖南省诗歌创作繁荣，起到积极作用。

湖南省第二期作家高级研讨班举行开学典礼 12月16日，由湖南省作家协会主办、毛泽东文学院承办的湖南省第二期作家高级研讨班在毛泽东文学院举行开学典礼。省作协党组副书记、主席王跃文，省作协党组成员、秘书长王艳，省作协副主席、毛泽东文学院管理处主任谢宗玉出席典礼。典礼由毛泽东文学院管理处副主任刘哲主持。据悉，这是湖南省第二次开办作家高研班。本次高研班集结了湖南省43位当前在文学创作上十分活跃、创作成绩突出的作家，招收的学员不分门类，只选取具有创作实绩和发展潜质的湖南作家，旨在更有针对性地提供学习机会和交流平台，鼓励各位作家不断推出具有原创价值和核心竞争力的文学精品。作家班教学将根据实际情况，采取以讲座为主的方法，请国内知名作家、学者授课，并组织学员进行自由交流、社会实践及采风活动等。

王跃文做客“文学名家讲堂”主讲《小说创作谈》 12月16日，由湖南省作家协会主办的第二十三期“文学名家讲堂”在毛泽东文学院报告厅举行。湖南省作家协会主席王跃文以“小说创作谈”为题，做了一场精彩的文学讲座。湖南省第二期作家高级研讨班全体学员，以及社会各界文学爱好者听取了讲座。讲座中，王跃文简单梳理了中国小说史，并与大家探讨了自己在小说创作上的一些观点。讲座结束后，王跃文与听众就文学创作和阅读方面的问题进行了互动交流。

湖南省作协确定“庆祝建党100周年”创作专项选题 12月19日，省作协举行“庆祝建党100周年”创作专项选题评审会。经过评委的认真审读和充分讨论，最终确定5部作品为省作协“庆祝建党100周年”创作专项选题。具体如下（排序不分先后）：胡小平的长篇小说《格局》；徐秋良的长篇小说《红土圣地彻天寻》；陈茂智（一墨）的长篇小说《白帆船》；彭东明的长篇小说《故乡》；郭红艳（雪梵）的报告文学《新阳》。除评选出的五个选题外，省作协特邀余艳、沈念、刘少一等3位作者参与“庆祝建党100周年”专项创作。

衡阳市举办新时代第一届中青年作家文学创作研讨班 12月20～22日，衡阳市举办新时代第一届中青年作家文学创作研讨班。中国作协会员、市作协主席陈群洲在开班仪式上说，举办这个研讨班，主要目的是分析研判当前衡阳文学形势，形成浓厚的创作氛围，推动衡阳文学事业繁荣发展。研讨班还举办了诗歌朗诵会，学员与蓝墨水上游诗群成员交流互动。

刘少一中短篇小说集《绝招》作品研讨会在京召开 12月21日，由中国少数民族作家学会、《民族文学》杂志社、湖南省作家协会主办，湖南常德市文联、湖南石门县文联协办的“刘少一中短篇小说集《绝招》作品研讨会”在北京中国现代文学馆召开。中国作协党组成员、书记处书记、副主席吉狄马加，中国作协副主席白庚胜，中国少数民族作家学会常务副会长叶梅，中国少数民族作家学会名誉副会长包明德等评论家、作家100余人出席了此次会议。专家们对少一的小说集进行了多方位多角度的分析与把脉，从个人经验与时代记忆的关系对作家创作的影响，作品中所呈现而出的作者创作的独立性与主观能动性，不同文化在融合过程中产生的作者心灵历程，如何处理好作家与生活、与时代、与人民的关系等，到公安文学的文本可读性，生活本质的复杂性，人性的隐暗幽微于小说中的表达，现实主义创作对作者文学功力的要求等，均进行了文学审美式的梳理与探求。

谢慧长篇报告文学《古丈守艺人》作品研讨会在长沙举行 12月21日，由毛泽东文学院、湖南省报告文学学会主办，湖南人民出版社协办的长篇报告文学《古丈守艺人》作品研讨会在长沙举行。与会专家认为，这是一部拾小取微的作品，作者以对题材的有效获取和内在意义的表达，给出了报告文学走向生活全景写作的种种可能性。书名“守艺人”奠定了作品的关键点，整个写作没有偏离“守艺人”这个关键词，这点非常可贵。写作抓取了很多细节，用本真的写法，不添加任何写作技巧，写出了人与茶、人与人的关联，很有现场感，整个写作是很真诚的。作品表达了游子对家乡的重新认识和感受，作者通过这本书的写作重新找到了自己的根，这将会对作者一生的写作有着深远的影响。

“湖南与中国当代文学七十年”学术研讨会暨湖南省文学评论学会第二次年会在长沙召开 12月27日，“湖南与中国当代文学七十年”学术研讨会暨湖南省文学评论学会第二次年会在湖南省社会科学院召开。中共湖南省委宣传部巡视员龚爱林，湖南省社会科学院院长、党组书记李荐国，湖南省作家协会主席、党组副书记王跃文，湖南省文学评论学会名誉会长凌宇教授、胡光凡研究员、龙长吟研究员、赵树勤教授，湖南省社会科学院文学研究所所长、湖南省文学评论学会会长卓今研究员，湖南省作家协会副主席龚旭东等出席会议。参加会议的还有来自北京、安徽等各大高校与科研机构的学者、专家以及湖南本地的评论家、文学爱好者。会议开幕式由湖南省作家协会副主席游和平主持。龚爱林发表讲话，李荐国、王跃文、卓今分别致辞，中国当代文学研究会会长白烨发来贺信。此次研讨会以“湖南与中国当代文学七十年”为主题，对湖南当代文学的现状、成就、文学史地位以及未来发展路向进行深入探讨。与会专家学者还通过湖南当代文学作品细读与理论深阐、不同文类创作的经验思考、乡土书写立场、湖湘文化精神的传承与变化等路径切入思考，提出了颇有新意的见解。与会专家学者一致肯定七十年来湖南文学取得的巨大成就，同时对湖南文学的未来发展进行了积极展望。此次研讨交流实现了对湖南当代文学七十年历程的细致梳理，展示了湖南文学研究的新成果，对当下湖南文学创作和研究具有积极意义。

皮书

智库报告的主要形式
同一主题智库报告的聚合

❖ 皮书定义 ❖

皮书是对中国与世界发展状况和热点问题进行年度监测，以专业的角度、专家的视野和实证研究方法，针对某一领域或区域现状与发展态势展开分析和预测，具备前沿性、原创性、实证性、连续性、时效性等特点的公开出版物，由一系列权威研究报告组成。

❖ 皮书作者 ❖

皮书系列报告作者以国内外一流研究机构、知名高校等重点智库的研究人员为主，多为相关领域一流专家学者，他们的观点代表了当下学界对中国与世界的现实和未来最高水平的解读与分析。截至 2020 年，皮书研创机构有近千家，报告作者累计超过 7 万人。

❖ 皮书荣誉 ❖

皮书系列已成为社会科学文献出版社的著名图书品牌和中国社会科学院的知名学术品牌。2016 年皮书系列正式列入“十三五”国家重点出版规划项目；2013~2020 年，重点皮书列入中国社会科学院承担的国家哲学社会科学创新工程项目。

中国皮书网

（网址：www.pishu.cn）

发布皮书研创资讯，传播皮书精彩内容
引领皮书出版潮流，打造皮书服务平台

栏目设置

◆ **关于皮书**

何谓皮书、皮书分类、皮书大事记、
皮书荣誉、皮书出版第一人、皮书编辑部

◆ **最新资讯**

通知公告、新闻动态、媒体聚焦、
网站专题、视频直播、下载专区

◆ **皮书研创**

皮书规范、皮书选题、皮书出版、
皮书研究、研创团队

◆ **皮书评奖评价**

指标体系、皮书评价、皮书评奖

◆ **互动专区**

皮书说、社科数托邦、皮书微博、留言板

所获荣誉

◆ 2008 年、2011 年、2014 年，中国皮书网均在全国新闻出版业网站荣誉评选中获得“最具商业价值网站”称号；

◆ 2012 年,获得“出版业网站百强”称号。

网库合一

2014年，中国皮书网与皮书数据库端口合一，实现资源共享。

中国社会发展数据库（下设 12 个子库）

整合国内外中国社会发展研究成果，汇聚独家统计数据、深度分析报告，涉及社会、人口、政治、教育、法律等 12 个领域，为了解中国社会发展动态、跟踪社会核心热点、分析社会发展趋势提供一站式资源搜索和数据服务。

中国经济发展数据库（下设 12 个子库）

围绕国内外中国经济发展主题研究报告、学术资讯、基础数据等资料构建，内容涵盖宏观经济、农业经济、工业经济、产业经济等 12 个重点经济领域，为实时掌控经济运行态势、把握经济发展规律、洞察经济形势、进行经济决策提供参考和依据。

中国行业发展数据库（下设 17 个子库）

以中国国民经济行业分类为依据，覆盖金融业、旅游、医疗卫生、交通运输、能源矿产等 100 多个行业，跟踪分析国民经济相关行业市场运行状况和政策导向，汇集行业发展前沿资讯，为投资、从业及各种经济决策提供理论基础和实践指导。

中国区域发展数据库（下设 6 个子库）

对中国特定区域内的经济、社会、文化等领域现状与发展情况进行深度分析和预测，研究层级至县及县以下行政区，涉及地区、区域经济体、城市、农村等不同维度，为地方经济社会宏观态势研究、发展经验研究、案例分析提供数据服务。

中国文化传媒数据库（下设 18 个子库）

汇聚文化传媒领域专家观点、热点资讯，梳理国内外中国文化发展相关学术研究成果、一手统计数据，涵盖文化产业、新闻传播、电影娱乐、文学艺术、群众文化等 18 个重点研究领域。为文化传媒研究提供相关数据、研究报告和综合分析服务。

世界经济与国际关系数据库（下设 6 个子库）

立足“皮书系列”世界经济、国际关系相关学术资源，整合世界经济、国际政治、世界文化与科技、全球性问题、国际组织与国际法、区域研究 6 大领域研究成果，为世界经济与国际关系研究提供全方位数据分析，为决策和形势研判提供参考。

法律声明

“皮书系列”（含蓝皮书、绿皮书、黄皮书）之品牌由社会科学文献出版社最早使用并持续至今，现已被中国图书市场所熟知。“皮书系列”的相关商标已在中华人民共和国国家工商行政管理总局商标局注册，如LOGO（ ）、皮书、Pishu、经济蓝皮书、社会蓝皮书等。“皮书系列”图书的注册商标专用权及封面设计、版式设计的著作权均为社会科学文献出版社所有。未经社会科学文献出版社书面授权许可，任何使用与“皮书系列”图书注册商标、封面设计、版式设计相同或者近似的文字、图形或其组合的行为均系侵权行为。

经作者授权，本书的专有出版权及信息网络传播权等为社会科学文献出版社享有。未经社会科学文献出版社书面授权许可，任何就本书内容的复制、发行或以数字形式进行网络传播的行为均系侵权行为。

社会科学文献出版社将通过法律途径追究上述侵权行为的法律责任，维护自身合法权益。

欢迎社会各界人士对侵犯社会科学文献出版社上述权利的侵权行为进行举报。电话：010-59367121，电子邮箱：fawubu@ssap.cn。

社会科学文献出版社